KB209385

미들섹스 1

Middlesex

MIDDLESEX
by Jeffrey Eugenides

Copyright © Jeffrey Eugenides 2002

All rights reserved including the rights of reproduction
in whole or in part in any form.

Korean translation edition is published by arrangement with
Jeffrey Eugenides c/o Janklow & Nesbit Associates through Imprima Korea Agency.

Korean Translation Copyright © Minumsa 2004, 2024

이 책의 한국어판 저작권은 임프리마 코리아 에이전시를 통해
Janklow & Nesbit Associates와 독점 계약한 (주)민음사에 있습니다.

저작권법에 의해 한국 내에서 보호를 받는 저작물이므로
무단 전재와 무단 복제를 금합니다.

세계문학전집 459

미들섹스 1

Middlesex

제프리 유제니디스

이화연 옮김

민음사

일러두기

1 이 책은 Jeffrey Eugenides, *Middlesex*(New York: Farrar, Straus and Giroux, 2002)를 저본으로 번역하였다.

2 본문의 각주는 모두 옮긴이 주이다.

차례

1부

은수저

나는 두 번 태어났다. 처음엔 여자아이로, 유난히도 맑았던 1960년 1월의 어느 날 디트로이트에서. 그리고 사춘기로 접어든 1974년 8월, 미시간주 피터스키 근교의 한 응급실에서 남자아이로 다시 한번 태어났다. 전문 지식이 있는 독자라면 1975년 《소아과 분비학 저널》에 실린 피터 루스 박사의 「5알파환원효소를 지닌 유사 양성 인간의 성 정체성」이란 논문에서 나에 대해 읽어 봤을지 모르겠다. 어쩌면 이제 애석하게도 구닥다리가 돼 버린 『발생학과 유전학』16장에서 내 사진을 봤을 수도 있다. 578쪽 키 성장표 옆에서 검은 막대로 눈을 가리고 서 있는 벌거숭이가 바로 나다.

출생증명서에 기록된 내 이름은 칼리오페 헬렌 스테퍼니데스. 바로 얼마 전에 갱신한 운전면허증(독일연방공화국 발급)에는 그냥 '칼'로 기재되었다. 나는 한때 필드하키의 골키퍼였고, 오랫동안 매너티(바다소) 보호 재단의 회원이었으며, 가끔이지만 그리스 정교회 미사에도 참례했고, 어른이 되어서는 미 국무부에서 근무했다. 그리스 신화에 나오는 테이레시아스[1]처럼 나는 처음과 나중이 달랐다. 학교 친구들은 놀려 댔고, 의사들은 실험용 기니피그로 삼았고, 전문의들은 손으로 두드리고 만졌으며 마치 오브 다임스[2]는 나를 연구 과제로 삼았다. 그로스포인트[3]에 살던 빨강 머리 계집아이는 그런 줄도 모르고 날 좋아했다.(걔 남동생도 날 좋아했다.) 언젠가는 군 탱크를 따라가다 시가전에 말려든 적도 있다. 수영장에 가면 내 정체는 알쏭달쏭해졌고, 내 정신은 나의 몸에서 빠져나와 다른 사람의 몸에 들어간 일도 있다. 이 모든 것을 나는 열여섯 살이 되기 전에 겪었다.

그런데 이제 마흔한 살의 나이에 나는 또 다른 탄생을 예감하고 있다. 수십 년간 잊고 있었고, 이미 오래전에 고인이 돼 버린 우리 고모할머니, 할아버지의 형제들, 그 이전의 조상들, 얼굴도 모르는 머나먼 친척들, 아니 나와 같은 근친혼의 가계에서는 그 모든 것이 실은 하나란 생각이 든다. 세월을 따라 오르락내리락 언제 출몰할지 모르는 이놈의 유전자

---

1) 테이레시아스는 교미하고 있는 한 쌍의 뱀에게 지팡이를 던졌다가 여자가 되었는데 후에 다시 그 뱀을 보고 또 지팡이를 던졌더니 남자로 돌아왔다. 한편 신의 노여움을 사서 눈이 멀었으나 후에 예언의 능력을 받았다.
2) 신생아 질병을 연구하는 단체이다.
3) 디트로이트시의 부촌이다.

를 나는 더 늦기 전에 끝장내 버리고 싶다. 아, 뮤즈 여신이여, 나의 다섯 번째 염색체에 나타난 열성 돌연변이에 대해 노래하라! 두 세기 반도 더 전에 염소가 울고 올리브 열매가 떨어지던 올림포스산 비탈에서 어떻게 이 돌연변이가 꽃피었던가 노래하라. 스테퍼니데스 가문의 더럽혀진 혈통에 숨어서 어떻게 아홉 세대 동안 유전되어 왔는가를 노래하라. 하느님이 대량 살육의 모습으로 어떻게 이 유전자를 다시 날려 보냈는가 노래하라. 그리하여 하나의 씨앗처럼 바다를 가로질러 아메리카를 떠돌다가 산업화의 빗줄기를 타고 내려 중서부에 자리 잡은 내 어머니의 비옥한 자궁에 떨어지기까지를 노래로 불러라. 간혹 시를 읊듯이 지껄여서 미안하다. 이 역시 내력이다.

내가 태어나기 석 달 전 주일에 정성스럽게 준비한 저녁 만찬이 끝난 후에 우리 데스데모나 스테퍼니데스 할머니는 형에게 누에 상자를 가져오라고 일렀다. 할머니가 불쑥 앞을 막아섰을 때 우리 형인 챕터 일레븐은 라이스 푸딩을 가지러 막 부엌에 들어가려던 참이었다. 쉰일곱 살이었던 할머니는 작달막한 체구에 사람을 주눅 들게 만드는 머리그물을 쓰고 있어서 누군가의 앞을 가로막는 데는 제격이었다. 할머니 뒤로 보이는 부엌에서는 그날의 여자 손님들이 우르르 모여서 뭔가 수군거리다가 깔깔대고 있었다. 궁금해진 형은 무슨 일인가 보려고 옆으로 몸을 뺐지만 할머니가 앞을 막으면서 단호히, 한층 더 엄하게 형의 뺨을 꼬집었다. 정신이 반짝 든 형에게 할머니는 손짓으로 직사각형 모양을 만든 뒤 천장을 가리켰다. 그러고는 잘 안 맞는 의치 사이로 이렇게 말했다.

"인석, 할미한테 어서 가져와."

형은 말귀를 알아들었다. 그는 쏜살같이 홀을 가로질러 거실로 들어갔다. 거기서 모양만 갖춘 층층다리를 기어서 2층으로 올라간 다음 복도를 따라 침실들을 지나갔다. 막다른 곳에는 금방 알아보기 힘든 문이 있었는데 흡사 비밀 통로로 들어가는 입구인 양 위에 도배를 해 버린 문이었다. 형은 작은 문고리를 머리 높이에 맞추고는 힘껏 당겨서 문을 열었다. 문 뒤에는 또 하나의 층층다리가 나왔다. 그 위는 캄캄했기 때문에 형은 한참을 더듬거리며 할아버지, 할머니가 거처하는 다락방으로 기어 올라갔다.

형은 젖은 신문지를 발라 서까래에 매달아 놓은 열두 개의 새장 아래를 운동화 발로 지나갔다. 앵무새들에게서 나는 시큼한 악취, 노인네들 특유의 냄새, 거기다 좀약과 해시시[4]까지 뒤범벅이 된 냄새를 몸에 적신 형은 사뭇 용감한 표정이었다. 책이 수북이 쌓인 책상과 할아버지가 모아 놓은 레베티카[5] 레코드 더미 사이로 조심스럽게 걸어갔다. 결국 형은 가죽 오토만[6]과 놋쇠로 만든 둥근 커피 탁자에 쿵 부딪히면서 침대 밑에 있는 누에 상자를 발견했다.

구두 상자보다 약간 큰 누에 상자는 올리브나무를 깎아 만

---

4) 대마초의 일종이다.
5) 그리스 전통 현악기 중 하나이다.
6) 튀르크에서 전파된 긴 의자를 말한다.

든 것으로 그 위엔 주석 뚜껑이 덮여 있었는데 작은 공기구멍이 뚫려 있는 이 뚜껑에는 얼른 알아보기 힘든 성인의 모습이 새겨져 있었다. 얼굴은 이미 닳아 없어져 버렸지만, 아담하고 멋진 자줏빛 뽕나무를 축복하려고 쳐들고 있는 오른손 손가락만은 볼록하게 도드라졌다. 이 생생한 장면을 잠시 쳐다보던 형은 이윽고 침대 밑에서 상자를 꺼내 열어 보았다. 상자 안에는 올가미로 만든 결혼 화관 두 개가 뱀처럼 똬리를 틀었고, 기다랗게 땋은 머리채 두 개가 반쯤 삭아 내린 검은 리본에 각각 묶여 있었다. 형은 집게손가락으로 머리채 사이를 푹 찔러 보았다. 그때 별안간 앵무새가 꽥 소리를 내는 바람에 형은 화들짝 놀라서 상자를 닫아 겨드랑이에 끼고는 아래층의 할머니에게 가져갔다.

할머니는 아직도 문간에서 기다리고 있었다. 형이 누에 상자를 건네자 할머니는 부엌으로 들어갔다. 이 순간이 되자 형은 부엌을 힐끔 들여다볼 수 있었는데 여자들은 이제 쥐 죽은 듯이 조용했다. 여자들이 비켜 준 길로 할머니가 들어갔을 때 부엌 한가운데에는 어머니가 있었다. 나의 어머니인 테시 스테퍼니데스는 임신해서 북처럼 탱탱하게 부푼 배를 내밀고서 부엌 의자에 못 박힌 듯 뒤로 젖히고 앉아 있었다. 그녀의 얼굴은 아무 생각 없이 행복에 겨워 발갛게 홍조를 띠었다. 할머니는 식탁에 누에 상자를 내려놓고 뚜껑을 열었다. 할머니가 결혼 화관과 머리채 밑에서 찾아낸 것은 형이 미처 발견하지 못한 것이었다. 그것은 은수저였다. 할머니는 은수저 손잡이에 가는 끈을 매달았다. 그러고는 몸을 앞으로 구부려 어머니의 불룩한 배 위에 은수저를 내려뜨렸다. 다시 말해 내 위에다 말이다.

할머니는 그때까지 태아의 성별을 스물세 번이나 정확하게 알아맞힌 완벽한 기록의 소유자였다. 할머니는 우리 어머니 테시가 배 속에 있을 적부터 테시란 사실을 알았다. 일레븐 형은 물론 고전에서 이름을 따온 내 사촌들, 그러니까 소크라테스, 플라톤, 아리스토텔레스, 클레오파트라에 이르기까지 할머니는 모두의 성별을 미리 알았다. 그녀가 성을 점치지 않은 아이들은 자기가 낳은 아이들뿐이었는데 그것은 엄마 될 사람이 자기 배 속을 점치는 건 재수 없는 일로 여겨졌기 때문이다. 그런데 겁도 없이 할머니는 어머니의 배 속을 점치고 있었다. 은수저는 잠시 흔들리는 듯하더니 이윽고 남북으로 왔다 갔다 하기 시작했는데 이것은 내가 남자아이란 뜻이었다.

어머니는 다리를 벌리고 앉은 채 억지웃음을 지었다. 그녀가 원한 건 아들이 아니었다. 아들이야 이미 있었으니까. 사실 어머니는 내가 딸일 거라고 어찌나 확신했는지 이름까지 칼리오페라고 지어 놓은 터였다. 하지만 할머니 입에서 그리스 말로 "고추다!" 하는 외침이 떨어지자 그 소리는 부엌을 맴돌다가 바깥의 홀로 퍼져 나가 이윽고 남자들이 정치 이야기로 옥신각신하던 거실에까지 이르렀다. 어머니는 같은 말을 수없이 듣게 되자 이젠 그 말을 기정사실로 믿어 버리기 시작했다. 그러나 아버지는 할머니의 고함 소리를 듣자마자 한달음에 부엌으로 들어와 적어도 이번만큼은 자기 어머니의 은수저가 틀렸다고 말했다.

"그래 넌 어째 그리도 잘 아냐?"

할머니가 이렇게 따지고 들었다. 그러자 아버지는 그 세대의 미국인들이 으레 하던 답을 내놓았다.

"그게 과학이라고요, 엄마."

우리 부모님, 그러니까 밀턴과 테시가 둘째를 가지기로 결심했을 때부터 — 식당 영업은 순조로웠고 형은 기저귀를 뗀지 이미 오래였다 — 두 사람 다 딸을 원했다. 일레븐 형은 이제 막 다섯 살이 되었다. 얼마 전에 형은 마당에서 죽은 새를 발견하곤 엄마에게 보여 준다며 집으로 들고 들어왔다. 형이 좋아하는 일은 물건 집어 던지기, 두드려 패기, 깨뜨려 부수기, 그리고 아버지와 몸싸움하는 것이었다. 집안 식구들이 그렇게 거칠다 보니 어머니는 언제부터인가 자신이 얼토당토않은 낯선 곳에 와 십 년 넘게 옥살이를 하고 있는 기분이었다. 딸이 태어나면 게릴라 같은 아들과 남편을 소탕해 주겠지. 귀여운 강아지도 예뻐해 주고, 아이스 커페이즈[7]를 보러 가자고 하면 같이 가 줄 거야. 1959년 봄, 그러니까 나를 임신할 것이냐 말 것이냐로 시끄럽던 그때만 해도 우리 어머니는 여자들이 조만간 브래지어를 수천 개씩 쌓아 놓고 불태우리라곤 꿈도 꾸지 못했다. 어머니의 브래지어는 안에 솜을 채워 넣고 방화 소재의 빳빳한 천으로 만든 것이었다. 어머니는 아들을 사랑하지 않는 것은 아니었지만 딸하고만 통하는 그 무엇이 있

_____

7) 당시 인기를 끌었던 아이스 쇼를 말한다.

다는 것을 알고 있었다.

어느 날 아침 출근길에 아버지는 숨이 막힐 정도로 귀엽고 눈빛이 진한 여자아이의 환영을 본 적이 있다. 여자아이는 옆 조수석에 앉아 참을성 있게 이것저것 설명해 주는 아버지에게 (대개는 신호에 걸렸을 때) 이런저런 것들을 물었다.

"아빠, 저건 이름이 뭐야?"

"그거? 그건 캐딜락 상표란다."

"캐딜락 상표가 뭔데?"

"보자, 옛날에 캐딜락(카디야크)이라는 프랑스 탐험가가 있었는데 그 사람이 바로 디트로이트를 발견했어. 이 상표는 그 사람이 프랑스에 있을 때 자기 집안의 표시로 쓰던 거야."

"프랑스가 뭔데?"

"프랑스는 유럽에 있는 나라지."

"유럽은 뭐야?"

"그건 아주 커다란 땅덩어리야, 한 나라보다도 훨씬 더 크지. 하지만 이제 캐딜락 자동차는 유럽산이 아니고 우리 미국산이란다, 아가야."

신호가 바뀌어 그는 차를 몰았다. 하지만 나의 영상은 없어지지 않았다. 다음 신호에서도 그다음 신호에서도. 이 여자아이가 너무나 마음에 든 아버지는 뚝심 있는 사나이답게 이 환상을 현실로 옮기기로 했다.

이런 일이 있고 나서 얼마 지나지 않아 남자들이 정치판 얘기를 하느라 떠들썩하던 우리 집 거실에서는 정자의 속도가 화제로 등장한 적이 있다. 우리가 '피트 아저씨'라고 부르던 피터 타타키스가 그 사랑방 모임의 주역이었는데 이 모임은 거실에 있던 까만 이인용 소파를 중심으로 매주 열렸다. 아저씨는 평생 결혼을 하지 않은 데다 미국에 가족이 없어서 우리와 가까이 지내는 사이였다. 매주 일요일 아저씨는 짙은 와인색 뷰익을 타고 도착했는데, 키가 훤칠하고 혈색이 자두 빛을 띠어 어딘가 서글퍼 보이는 인상인 반면 곱슬거리는 머리는 어울리지 않게 활력이 넘쳤다. 아저씨는 아이들이라면 재미없어했다. '그레이트 북스'의 팬답게(아저씨는 두 번이나 그 시리즈를 탐독했다.) 피트 아저씨는 심오한 사상과 이탈리아 오페라에 빠져 있었다. 역사 하면 에드워드 기번을, 문학 하면 스탈 부인의 일기를 무척이나 좋아했다. 아저씨는 기지에 넘치는 스탈 부인이 독일어를 두고 했다는 말을 곧잘 인용했는데, 그 말인즉슨 독일어는 동사가 나오려면 문장이 끝날 때까지 기다려야 하기 때문에 중간에 말을 자를 수 없어서 대화를 주고받는 데 좋지 않다는 것이었다. 피트 아저씨는 의사가 되고 싶었지만 '난리 통'에 꿈을 접어야 했다. 미국에서 그는 척추 교정 지압 학교를 이 년 만에 마치고 지금은 버밍햄에서 아직도 할부금을 다 내지 못한 해골을 걸어 두고 작은 사무실을 운영하고 있었다. 그 시절에는 척추 지압사라고 하면 뭔가 미심쩍은 소문을 달고 다녔다. 사람들이 피트 아저씨를 찾는 것은 쿤달리니[8]를 해방시키기 위해서가 아니었다. 아저씨는 목에서 우두

---

8) 힌두교에서는 인간의 몸에 정신적 힘이 모이는 여섯 개의 중요한 차크라가 있다고 말한다. 그중 맨 아래 것이 척추의 기부(회음부)에 있는 물라다라인데 여기에 신비한 잠재력인 쿤달리니가 뱀 모양의 여신으로 잠들어 있다.

둑 소리가 나게 했으며 등뼈를 곧게 폈고, 기포 고무를 가지고
구두 밑바닥에 대는 깔창을 만들었다. 어쨌거나 아저씨는 그
일요일 모임의 일원 중에서 가장 의사에 가까운 사람이었다.
젊었을 적에 아저씨는 위장의 반을 떼어 내는 수술을 받았는
데, 그 때문에 식사 후에는 언제나 먹은 것을 소화시키기 위
해 펩시 콜라를 마셨다. 아저씨의 유식한 설명에 따르면 펩시
콜라는 이름부터가 소화 효소인 펩신에서 따왔으므로 소화
를 돕는 데 그보다 좋은 것은 없다는 것이었다.

　가족계획에 관해 아버지가 피트 아저씨의 말을 신뢰하게
된 것은 이런 유의 지식 때문이었다. 신발을 벗은 채 쿠션을
베고 누워 우리 부모님의 스테레오에서 감미롭게 연주되는
「나비부인」을 들으면서 피트 아저씨는 현미경으로 봤을 때 남
성 염색체를 가진 정자가 여성 염색체를 가진 정자보다 더 빨
리 헤엄치는 걸 관찰할 수 있다고 설명했다. 이렇게 자신에 차
서 하는 말을 듣자 그 자리에 모인 식당 주인들과 가죽업자
들은 바로 와자지껄하게 떠들어 댔다. 그러나 아버지는 버릇
대로 '생각하는 사람' 자세를 취했는데 마침 건너편 전화 탁자
위에도 「생각하는 사람」 모형이 마주 보고 있었다. 이 이야기
는 일요일의 푸짐한 성찬을 먹고 난 뒤 탁 트인 분위기 속에
오가긴 했어도 누구 하나 정자의 임자를 들먹이지 않았고, 그
렇다 해도 문제의 정자가 우리 아버지에게서 나왔다는 사실
은 불을 보듯 뻔했다. 피트 아저씨의 결론은 명쾌했다. 즉 딸

쿤달리니가 요가 수련을 통해 상층의 차크라로 오르면서 깨달음을 이룬다.

을 낳으려면 배란이 되기 이십사 시간 전에 '성적 교접'을 해야 한다는 것이었다. 그러면 남자 정자는 서둘러서 돌진해 왔다가 죽어 버릴 것이고, 난자가 나올 즈음에는 늦어도 제 할 일 다 하는 여자 정자가 때맞춰 도착할 것이기 때문이다.

아버지는 어머니를 이 계획에 끌어들이느라 땀깨나 뺐다. 테시 지즈모는 스물두 살에 밀턴 스테퍼니데스와 결혼할 때까지 처녀의 몸이었다. 두 사람이 약혼함과 동시에 공교롭게도 2차 세계 대전이 터져 두 사람 사이에는 아무 일도 일어나지 않았던 것이다. 어머니는 세계 대격변이 진행되는 동안에도 아버지의 열정을 불태웠다 식혔다 해 가며 줄곧 온기를 유지한 데 대해 뿌듯해했다. 하지만 이는 그리 어려울 것도 없던 것이 어머니는 디트로이트에, 아버지는 아나폴리스의 미국 해군 사관학교에 각각 떨어져 있었기 때문이다. 어머니가 일 년도 넘게 그리스 교회에 나가 약혼자를 위해 촛불을 밝히는 동안 아버지는 막사 침대 뒤에 붙여 놓은 어머니 사진을 들여다보았다. 아버지는 어머니에게 영화 잡지에 나오는 것처럼 뾰족구두를 신은 발 한쪽을 층계에 올리고 옆으로 서게 해서 검은 스타킹이 잘 보이도록 사진을 찍곤 했다. 이때의 낡은 스냅 사진들을 보면 어머니가 불가사의할 정도로 고분고분해 보이는 것이 마치 그녀는 군복 입은 약혼자가 시키는 대로 초라한 이웃집 담벼락이나 가로등에 얌전히 기대어 서는 일을 이 세상에서 제일 좋아했던 것 같다.

일본이 항복을 하고 나서야 어머니도 항복했다. 그러고 나서 결혼 첫날밤 이후로는 줄곧(형이 듣지 않으려고 손으로 귀를 막고 있는 나에게 말해 준 바에 따르면) 규칙적이고도 즐겁게 사랑을 했다. 그러나 아이를 갖는 문제라면 어머니에게도 생각이 있었다. 어머니는 아이를 만들 때 부모가 얼마나 사랑하고 있었는가를 배 속의 아이가 알고 있다고 믿었다. 이 때문에 아버지의 계획은 어머니에게 먹혀들지 않았다.

"여보, 이게 무슨 올림픽 경기인 줄 알아?"

"그냥 이론적으로 말해서 그렇다는 거지."

"피트 아저씨는 아기를 가져 본 적도 없잖아?"

"《사이언스 아메리칸》에서 그런 기사를 읽었대." 아버지는 이것만으로는 모자란다고 느꼈던지 이렇게 덧붙였다.

"아저씨는 《사이언스 아메리칸》을 정기 구독하잖아."

"여보, 만약 허리가 아프면 나도 피트 아저씨한테 갈 거야. 당신처럼 평발이라도 그럴 거야. 하지만 이건 다른 문제라고."

"모두 입증된 사실이야. 그것도 현미경으로. 남자 정자가 더 빠르다고."

"틀림없이 머리도 더 나쁠 거야."

"바보 같은 소리 좀 작작 해. 남자 정자가 뭐 어떻다고 그러는 거야? 맘대로 하라고. 당신이나 나나 남자 정자는 필요 없는걸. 착하고 말 잘 듣고 느긋하고 믿을 수 있는 여자 정자만 있으면 되잖아."

"그렇기는 하지만 어쨌든 너무 바보 같은 일이야. 여보, 난 시계태엽처럼 감아 놓고 돌아가는 기계가 아니란 말이야."

"어려운 거야 당신보다 내가 더할걸."

"이제 그 소리 듣기도 싫어."

"난 당신이 딸을 갖고 싶어 하는 줄 알았는데."

"누가 아니래?"

"어쨌든 딸을 가지려면 이렇게 해야 한다고."

어머니는 이 일을 웃어넘겼다. 그러나 그 웃음 뒤에는 진지한 도덕관이 자리 잡고 있었다. 아이의 탄생과 같은 신비하고도 불가사의한 일을 가지고 이러쿵저러쿵한다는 것은 신에 대한 모독이었다. 무엇보다도 그건 불가능한 일이라고 어머니는 믿었다. 아니, 가능하다 해도 해선 안 되는 일이었다.

물론 나 같은 처지의(당시 태아 이전의 상태였던) 화자가 이 모든 걸 완벽하게 보증할 수는 없는 일이다. 나는 단지 1959년 봄에 아버지를 사로잡았던 과학 맹신주의를 그 시대 사람 누구에게나 번져 나갔던 하나의 신앙 현상으로 설명하고 있을 뿐이다. 생각해 보라, 불과 이 년 전에는 스푸트니크호[9]가 발사되었다. 내 부모의 어린 시절, 여름날을 방 안에 갇혀 지내게 했던 소아마비도 솔크 백신으로 정복되었다. 사람들은 바이러스가 인간보다 더 영악하다는 것을 몰랐고 머지않아 역사 속에 묻혀 버릴 것이라고 생각했다. 전후 미국의 이 낙관적인 분위기에서, 내가 태어난 것은 그 끄트머리쯤이었는데, 사람들은 누구나 자기 운명의 주인이었으며 아버지도 당신 운명의 주인이고자 했을 것이다.

---

9) 최초의 인공위성이다.

아버지는 자기 계획을 처음 아내에게 말한 지 이삼일 지나서 퇴근길에 선물을 들고 왔다. 그것은 리본으로 묶은 보석 상자였다.

"이게 웬 거야?" 수상쩍은 듯이 어머니가 물었다.

"웬 거냐니?"

"내 생일도 아니고 결혼기념일도 아닌데 왜 선물을 주냐고?"

"아내한테 선물하는 것도 맘대로 못 하나? 어서 풀어 보기나 해."

어머니는 납득이 안 가는 듯이 입술 한쪽을 실룩였다. 그러나 자기 손에 들어온 보석 상자를 열어 보지 않을 여자가 어디 있겠는가? 결국 어머니는 리본을 풀고 상자를 딸깍하고 열었다.

안에는 검은 벨벳을 배경으로 체온계가 들어 있었다.

"체온계네."

"그냥 체온계가 아냐. 그걸 구하느라 약국을 세 군데나 돌았어."

"좋은 건가 봐?"

"그럼." 아버지가 말을 이었다.

"그게 바로 기초 체온계라는 거야. 체온을 10분의 1도까지 재 주지."

여기서 아버지는 눈썹을 추켜올렸다.

"보통 체온계는 10분의 2도씩밖에 못 재거든. 이건 10분의 1도까지 잰단 말이야. 어디 한번 해 봐. 입에 넣고."

"나는 열이 없는데." 어머니가 말했다.

"이건 병에 걸렸을 때 쓰는 게 아냐. 기초 체온을 알아낼 때 쓰는 거지. 열병 환자한테 쓰는 체온계보다 훨씬 더 정확하다고."

"이다음엔 목걸이를 선물해 줘."

하지만 아버지는 기죽지 않았다.

"잘 들어 봐, 당신 체온은 항상 변하고 있어. 본인은 못 느끼지만 사실이야. 체온으로만 보면 늘 오르락내리락하는 셈이지. 예를 들어……. (잠깐 헛기침) 배란이 되고 있다면 체온이 올라가게 돼. 대개 10분의 6도야. 그러니까……."

아버지는 아내가 찌푸리는 것도 모른 채 점점 신이 나서 떠들어 댔다.

"요전 날 우리가 말한 대로 할 것 같으면…… 이를테면 말이지…… 당신이 할 일은 첫째, 기초 체온을 잴 것. 아마 37도를 넘지 않을 거야. 사람마다 조금씩 다르지만 말이야. 피트 아저씨가 따로 말해 주셨어. 아무튼 기초 체온을 알고 나면 0.2도 올라가는 날을 찾는 거야. 그렇게 계획대로 한다면 그때가 바로 칵테일을 섞는 날이라고."

어머니는 입을 꼭 다물었다. 그녀는 체온계를 상자에 다시 넣고 닫은 뒤 남편에게 건넸다.

"좋아, 잘해 보라고. 당신 맘대로 해 봐. 보나 마나 또 아들일 테니. 축 탄생 차남. 당신 바라는 게 그거라면 소원대로 해." 아버지가 말했다.

"도대체 우리가 이런다고 무슨 소용이람."

어머니의 대답이었다.

그러는 동안 나는 세상으로 통하는 대기실에서 기다리고 있었다. 아직 아버지 될 사람의 눈길 한번 못 받은 채.(그는 시무룩한 표정으로 무릎에 놓인 체온계 상자를 멍하니 바라보고 있었다.) 그때 어머니는 이인용 소파에서 일어섰다. 그녀는 이마에 한 손을 짚은 채 층계로 향했는데 내가 생겨날 가망성은 점점 더 줄어드는 것 같았다. 이제 아버지도 자리에서 일어나 집안을 한 바퀴 돌며 불을 끄고 문단속을 했다. 그가 층계를 오르는 동안 나에 대한 희망이 다시 생겨났다. 내가 나로 되기 위해서는 일의 앞뒤 순서가 그토록 치밀해야 했던 것이다. 한 시간만 행동이 늦어도 나의 성별이 바뀌어 버리니. 내가 수태되려면 아직 몇 주일이 더 있어야 했지만 나의 부모는 이미 서서히 서로에게로 충돌을 개시하고 있었다. 2층 복도에는 선물의 집을 운영하는 재키 해일러스가 선물한 아크로폴리스 야간등이 어둠을 밝히고 있었다. 아버지가 침실에 들어왔을 때 어머니는 화장대에 앉아 있었다. 손가락 두 개로 녹세마[10]를 얼굴에 찍어 바른 뒤 휴지로 닦아 냈다. 아버지가 한두 마디 다정한 말만 건네도 그녀는 그를 용서할 참이었다. 그랬다면 그날 밤 내가 아닌 다른 누군가가 생겨났을지도 모르겠다. 문지방을 가득 메운 헤아릴 수 없이 많은 '나'들 가운데 나 역시 아무런 보장도 받지 못한 채 서 있는 하나일 뿐이었던 것이다. 시간은 유유히 흘러가고 우주의 천체는 제 갈 길을 가는데 날씨마저 무심한 것이 우리 어머니는 천둥 번개를 무서워했기

---

10) 클렌징크림의 일종이다.

때문에 그날 밤 비라도 왔다면 아버지 옆에 바싹 안겼을 것이다. 그러나 맑은 하늘은 우리 부모의 고집처럼 꺾일 줄을 몰랐다. 침실에 불이 꺼졌다. 그들은 침대 양 끝에 모로 누웠다. 마침내 어머니가 "잘 자." 하고 인사를 하자 아버지도 "아침에 보자고."라며 한마디 뱉었다. 나에게로 차츰 다가오던 순간들은 명령이 떨어진 듯 그 자리에 멈춰 섰다. 내 생각에 바로 이 점이 내가 부모를 끔찍이 여기게 된 이유다.

그 주 일요일이 되자 어머니는 할머니와 형을 데리고 교회로 갔다. 아버지는 여덟 살 때 교회에서 봉헌촛값을 터무니없이 받는 것을 본 이래 교회에는 발길을 끊었다. 마찬가지 이유로 할아버지도 일요일 아침이면 사포의 '복원된' 시들을 현대 그리스어로 옮기며 시간을 보내는 쪽을 훨씬 더 좋아했다. 그후 칠 년에 걸쳐 여러 번 쓰러지면서도 할아버지는 작은 책상에 앉아 사포의 전설적인 시 조각들을 모자이크하거나 여기저기에 연이나 종결부를 보태고 단단장격이나 단장격을 고쳐 넣곤 했다. 저녁이면 할아버지는 사창가 같은 데서 들을 수 있는 음악을 연주하며 물담배를 빨았다.

1959년, 성모승천 그리스 정교회는 샤를부아에 있었다. 일 년 후면 내가 세례를 받고 정교회 신앙인으로 자라나게 될 곳이 바로 여기였다. 성모승천 교회는 주임 사제를 주기적으로 전근시켰는데 우리 교구의 주임 사제는 언제나 콘스탄티노플 총대주교구를 거쳐 오게 마련이었고, 그들은 하나같이 긴 수염을 근엄하게 늘인 채 신성하기 이를 데 없는 수놓인 사제복을 입고 오게 마련이었지만 얼마 안 가(통상 육 개월이 걸렸다.) 지쳐 버리곤 했다. 그 이유인즉 시답잖은 일로 다투고, 그가 부르는 노래에 트집을 잡고, 교회를 타이거 야구장의 관람석 쯤으로 여기는 교구민들을 계속해서 조용히 시켜야 하고, 끝으로 매주 두 번씩 꼬박꼬박 예배를 집전해야 하는데 그것도 그리스어와 영어로 꼭꼭 치러 내야 했기 때문이다. 성모승천 교회의 끔찍할 정도로 성령이 충만한 다과 시간, 열악한 재정에 비가 뚝뚝 새는 지붕, 보기에도 한심스러운 민속 축제, 교리 문답 학습, 이와 같은 전통 유산은 이 거대한 이방인의 땅에서 수명이 얼마 남지 않은 채 우리 안에 조그맣게 살아 있었다. 우리 식구들은 봉헌 초를 담은 모래 쟁반을 지나 중앙 통로를 따라 앞으로 나아갔다. 머리 위에는 메이시 백화점의 추수 감사절 행렬에 등장하는 꽃수레만큼이나 거대한 예수상이 있었다. 이 대예수상은 교회의 둥근 천장을 가로지르며 구부러져 있어서 그 자체가 하나의 우주 같은 느낌이었다. 교회 벽에 사람들 눈높이에 맞추어 그려 놓은 땅에서 고통받는 예수들과 달리 대예수상은 확실히 초월적이고 전능해서 하늘에 올라 있었다. 대예수상은 몸을 아래로 향해 제단 위의 사도들에게 복음이 담긴 두루마리 양피지 네 장을 전해 주는 중이었다. 그리고 평생 하느님을 믿으려고 발버둥 쳤지만 별 소득이 없었던 어머니는 인도를 받고자 이 대예수상을 우러러보는 것이었다.

대예수상의 눈동자가 침침한 불빛을 받아 깜박거렸다. 어머니는 몸이 붕 떠서 그 눈동자에 빨려 들어가는 기분이었다.

장내에 소용돌이치는 향내 속에 이 구원자의 두 눈은 최근 경기를 방영하는 텔레비전 화면처럼 번들거렸다. 우선 지난주에 시어머니, 그러니까 우리 데스데모나 할머니가 그녀를 좋게 타이르며 물은 적이 있었다.

"얘야, 왜 애를 더 낳으려는 게냐?"

할머니는 애써 무관심을 가장했다. 할머니는 불안한 표정 (그 후 십육 년간 까닭 모르게 짓곤 하던 표정)을 감추려고 허리를 굽혀 오븐 안을 들여다보면서 생각을 떨쳐 내려는 듯 머리를 흔들어 댔다.

"애가 더 생기면 골치만 더 아프지……."

다음은 나이 지긋한 우리 가족의 주치의인 필로보시안 박사였다. 등 뒤에 오래된 학위증을 여럿 걸어 놓고 이 노의사는 판결을 내렸다.

"말도 안 되는 소리. 남자 정자가 더 빠르다니? 이 보라고. 현미경으로 처음 정자를 본 사람은 레이우엔훅[11]이었어. 그때 정자가 어떻게 보였는지 알기나 해? 벌레 같았다고!"

그러고 나서 할머니는 사뭇 다른 태도로 돌아갔다.

"아기는 하느님이 점지해 주시는 거야. 네가 아니고."

영영 끝나지 않을 것 같던 그 일요일 미사 내내 어머니의 머릿속에는 이런 장면들이 오갔다. 신도들이 일어섰다 앉았다. 성화가 그려진 장막 뒤에서 마이크 신부가 나타나 향로를

---

11) 안톤 판 레이우엔훅(Anton Van Leeuwenhoek, 1632~1723). 네덜란드의 미생물학자이다.

흔들었다. 어머니는 기도하려고 했지만 소용이 없었다. 그녀는 다과 시간까지 간신히 버텼다.

여리기만 하던 열두 살 무렵부터 어머니는 엄청나게 진한 커피를 설탕도 넣지 않은 시커먼 블랙으로 최소한 두 잔은 마셔야 하루 일과를 시작할 수 있었는데, 그 맛은 그녀가 자라난 하숙집에 우글거렸던 예인선 선장들과 멋쟁이 총각들이 가르쳐 준 것이었다. 키가 155센티미터가 된 고등학교 여학생 시절에는 수업 첫째 시간 전에 간이식당에서 자동차 공장 노동자들과 어깨를 나란히 하고 커피를 마시곤 했다. 옆자리의 노동자들이 경마 신문을 훑고 있는 사이에 그녀는 공민학 숙제를 끝냈다. 지금 그녀는 교회 지하실에서 커피를 마시며 정신을 차리는 동안 아들에게 다른 아이들과 나가서 뛰놀라고 말하고 있었다.

어머니가 막 두 잔째 커피를 마시려 할 때 여자같이 다정한 목소리가 귓전을 간질였다.

"테시, 잘 지냈소?"

시누이의 남편인 마이클 안토니우 신부였다.

"안녕하세요, 마이크 신부님, 훌륭한 미사였어요."

이렇게 말한 어머니는 곧바로 후회했다. 마이크 신부는 성모승천 교회의 보좌 신부였다. 전임 신부가 달랑 석 달 만에 떠나 아테네로 갔을 때 집안에서는 마이크 신부가 승진했으면 하고 바랐다. 하지만 결국 외국 태생의 그레고리오스 신부가 신임으로 임명되었다. 조 고모는 기회만 났다 하면 결혼 생활에 대해 신세 한탄을 늘어놓았는데 밥 먹을 때는 코미디언 같은 목소리로 이렇게 말하곤 했다.

"저이 말이야. 밤낮 신부 들러리나 하지 죽었다 깨도 신부
는 못 된다니까."

오늘 미사가 좋았다고 해서 그레고리오스 신부를 칭찬할
생각은 아니었다. 상황이 한층 미묘했던 것은 수년 전 어머니
와 마이클 안토니우가 결혼하기로 약속한 적이 있었기 때문
이다. 지금이야 어머니는 아버지하고, 마이크 신부는 아버지
의 누이동생하고 결혼한 사이였다. 어머니는 머리를 식히고 커
피를 마시려고 여기 내려온 것이었지만 벌써부터 이날은 꼬일
대로 꼬이고 있었다.

그러나 마이크 신부는 무시당한 낌새를 전혀 알아채지 못
한 것 같았다. 그는 미소 지으며 서 있었는데 폭포수처럼 쏟
아지는 수염 위로 두 눈이 온화했다. 타고난 성품이 상냥해서
마이크 신부는 교회 과부들에게 인기가 많았다. 남편을 잃은
여자들은 그에게 과자를 가져다주거나 주위에 몰려들어 사람
을 기분 좋게 해 주는 그의 분위기에 넋을 잃곤 했다. 이런 분
위기의 일부는 마이크 신부 자신이 160센티미터라는 작은 키
를 전혀 아랑곳하지 않는 데서 나왔다. 키에 대해서는 달관해
버린 양 키가 작은 덕분에 도리어 너그러운 느낌마저 들었다.
그는 몇 해 전 어머니가 약혼을 깨 버린 일을 벌써 용서한 것
같았지만 이따금 그의 사제복 옷깃에 떨어지는 탤컴파우더처
럼 그들 사이에는 늘 과거의 앙금이 남아 맴돌았다.

커피 잔과 받침을 조심스레 받쳐 든 채 마이크 신부가 생글
거리며 물었다.

"테시, 요즘 별일 없소?"

우리 집 사랑방 모임의 일원인 마이크 신부가 체온계에 대해 모를 리 없었다. 그의 눈빛에는 재미있어하는 눈치가 역력했다.

"이따 우리 집에 오실 거잖아요? 그때 직접 확인해 보세요." 어머니가 시큰둥하게 대답했다.

"그러잖아도 기대가 되는걸. 그 모임은 정말 재미있소."

다시 마이크 신부의 눈을 찬찬히 뜯어 보니 이번에는 순수한 따뜻함만이 느껴졌다. 그때 갑자기 그녀의 시선을 빼앗는 일이 벌어졌다. 건너편에서 일레븐 형이 의자에 올라서서 커피포트의 뚜껑을 열려고 손을 뻗고 있었다. 형은 커피를 따르려는 것이었지만 뚜껑을 열고 닫지를 못했다. 펄펄 끓는 커피가 테이블 위로 쏟아졌다. 옆에 서 있던 여자아이에게 뜨거운 커피가 튀었다. 여자아이는 펄쩍 뒤로 물러났다. 입을 벌렸으나 아무 소리도 내지 못했다. 어머니는 눈 깜짝할 사이에 휴게실을 가로질러 낚아채듯이 여자아이를 화장실로 데려갔다.

그 아이의 이름이 뭐였는지 아무도 기억하지 못한다. 어떤 교구에도 속해 있지 않은 아이였다. 그리스계도 아니었다. 그 애가 교회에 온 건 그날 딱 한 번뿐, 어쩌면 우리 어머니의 마음을 바꾸어 놓으려고 나타났던 게 아닌가 싶기도 하다. 화장실에서 아이가 김이 모락모락 나는 셔츠를 벗는 동안 어머니는 젖은 수건을 가져왔다.

"애, 괜찮니? 데지는 않았어?"

"저 꼬마, 왜 저렇게 서툴러요?" 여자아이의 말이었다.

"쟤가 그래. 뭐든지 해 보려고 해서 말이야."

"남자아이들이란 정말 통제 불능이라니까요."

이 말에 어머니가 미소 지었다.

"너 어려운 말을 아는구나."

칭찬을 듣자 여자아이는 금세 웃는 얼굴이 되어 떠들기 시작했다.

"'통제 불능'은 내가 제일 좋아하는 말이에요. 우리 오빠도 아주 통제 불능이거든요. 저번 달에는 '허풍선이'란 말을 좋아했어요. 하지만 '허풍선이'는 별로 쓸 일이 없더라고요. 생각해 보면 허풍선이가 그리 많지 않거든요."

"네 말이 맞다. 하지만 통제 불능은 얼마든지 있지."

어머니가 큰 소리로 웃으며 말했다.

"제 말이 그 말이에요."

두 주 후. 1959년 부활절 일요일. 율리우스력을 따르는 우리 교회의 관습상 우리는 또 한 번 남들과 달라져야 했다. 두 주 전에 우리 형은 이웃의 또래들이 주변 덤불 속에서 색색으로 물들인 달걀을 찾아내는 것을 지켜보았다. 친구들은 토끼 모양으로 만든 초콜릿에서 머리를 베어 먹고 썩은 이가 가득한 입안으로 젤리 과자를 한 줌이나 던져 넣는 것이었다.(바로 그날 형은 창가에 서서 죽어 버린 미국 하느님을 믿고 싶어 안달을 부렸다.) 어제가 되어서야 형은 마침내 달걀을 물들일 수 있었는데 그것도 오로지 한 가지 색, 즉 빨간색으로만이었다. 하지가 다가오면서 점점 길어지는 햇살을 받아 온 집 안의 빨간 달걀들이 빛을 뿜었다. 식탁 위에는 그릇마다 달걀이 그득했고 현관 앞에도 달걀을 넣은 그물주머니가 줄지어 매달렸다. 벽난로 선반에 놓인 달걀들은 십자가 모양의 부활절 빵을 굽는 데 들어갔다.

이제 늦은 오후가 되었고 저녁 식사도 끝났다. 형은 연방 싱글벙글이었다. 그도 그럴 것이 달걀 사냥이나 젤리 과자보다 훨씬 신나는 그리스 부활절 행사가 남아 있었기 때문인데 그건 바로 달걀 깨기 시합이었다. 다들 식탁으로 모여들었다. 입술을 깨물며 일레븐 형은 사발에서 달걀을 주워 들고 찬찬히 살피다가 내려놓았다가 다시 다른 달걀을 주워 들었다.

"이거 단단하게 생겼네." 아버지도 달걀을 고르면서 한마디 했다.

"브링크스 트럭처럼 말이야."

아버지가 달걀을 들어 올렸다. 일레븐 형이 공격할 준비를 했다. 그때 갑자기 어머니가 아버지의 등을 쿡 찔렀다.

"여보, 잠깐만 기다려, 이제 막 깨려고 한단 말이야."

어머니가 더 세게 아버지를 찔렀다.

"뭔데 그래?"

"체온 말이야." 어머니는 머뭇거리며 말했다.

"0.2도 올랐다니까."

그녀는 체온을 재고 있었던 것이다. 아버지로서는 금시초문이었다.

"지금 말이야?" 아버지가 소리를 죽여 말했다.

"맙소사, 여보, 정말이야?"

"당신이 그랬잖아, 체온이 조금이라도 오르면 말하라고, 그 래서 지금 0.2도 올랐다고 얘기하는 거라고."

여기서 어머니는 한층 더 작은 소리로 덧붙였다.

"그리고 지난달에 그거 한 지 십삼 일 됐어."

"아빠, 빨리 해요." 형이 졸랐다.

"타임아웃."

아버지는 이렇게 말하며 달걀을 재떨이에 놓았다.

"이건 내 달걀이야. 아빠 올 때까지 아무도 손대지 않기."

2층의 안방 침실에서 우리 부모는 임무를 수행했다. 순진무 구한 아이인 나로서는 그 장면을 아주 자세하게 그려 보기가 어렵다. 다만 한 가지, 일을 마쳤을 때 아버지는 모든 일을 아 우르듯 "이제 됐어." 하고 말했다. 그의 말이 옳았다. 5월에 어 머니는 임신 사실을 알았고 드디어 기다림이 시작되었다.

육 주 무렵이 되자 눈과 귀가 생겼다. 칠 주 차에는 콧구멍 과 입술까지. 생식기도 모양을 갖추기 시작했다. 염색체의 정 보를 담은 여러 가지 태아 호르몬이 뮐러관의 생성을 억제하 고 볼프관의 생성을 촉진했다.[12] 스물세 쌍의 내 염색체들이 서로 연결되고 가로지르며 바쁘게 윤전기 바퀴를 굴리자 나 의 할아버지는 어머니 배에 손을 얹고 "둘 다 건강하거라!"라 고 말했다. 나의 유전 인자들은 연대를 편성해서 명령에 따라

---

12) 두 개의 볼프관은 남성에게는 부고환관, 정관, 사정관, 정낭으로 분화되 지만 여성의 경우는 퇴화한다. 두 개의 뮐러관은 여성에게는 난관, 자궁, 질 의 일부로 분화되는 반면 남성의 경우는 퇴화한다.

움직였다, 딱 두 놈만 빼고. 한 쌍의 악당(관점에 따라서 반군이랄 수도 있는)이 나의 제5염색체 뒤에 숨어서 어떤 효소를 빨아먹었는데 이 때문에 약속된 호르몬의 생산이 중단되고, 결국 내 인생이 꼬여 버리게 되었다.

거실에서 남자들은 정치 얘기를 접고 태어날 아이가 아들이냐 딸이냐를 놓고 내기가 한창이었다. 아버지는 추호도 흔들리지 않았다. 일을 치르고 나서 이십사 시간 뒤에 어머니의 체온이 0.2도 더 올라갔으므로 그때 배란된 게 확실했다. 그때쯤이면 남자 정자들은 기진맥진해서 쓰러져 버렸을 것이고, 거북이 같은 여자 정자들이 승리를 거머쥐었을 것이다. (이 시점에서 어머니는 아버지에게 체온계를 건네고 다시는 체온계의 '체'자도 들먹이지 말라고 했다.)

이런 일들이 지나가고 나서 데스데모나 할머니가 어머니 배위에 은수저를 들이밀게 된 것이었다. 당시에는 초음파가 없었으므로 은수저가 차선책이었다. 할머니가 몸을 수그렸다. 부엌에선 숨소리 하나 들리지 않았다. 여자들은 아랫입술을 깨물며 눈이 빠져라 들여다보았다. 처음 얼마간은 숟가락이 전혀 움직이지 않았다. 할머니의 손이 떨렸고 수 초의 시간이 흐른 뒤 리나 할머니는 우리 할머니가 손을 떨지 않게 잡아 주었다. 숟가락이 돌았다. 내가 발길질을 했고 어머니가 외마디 비명을 질렀다. 그리고 나서 천천히 아무도 느끼지 못한 바람결에, 저 불가사의한 영웅반[13]처럼, 은수저가 움직이면서 흔들

---

13) 신비 의식에서 영계의 뜻을 전하는 타원형 나무판을 말한다.

리기 시작했다. 처음엔 작은 원을 그리다가 점점 타원형으로 변해 가며 마침내 그 길이 좁아지더니 오븐에서 바게트 사이를 가리키는 직선이 되었다. 그러니까 다시 말해서 남북 방향이었다. 할머니가 외쳤다. "고추다!" 그러자 방 안은 "고추래, 고추." 하는 고함 소리로 터져 나갈 듯했다.

그날 밤 아버지가 말했다.

"스물세 번을 내리 맞혔으니 이번엔 분명히 틀렸을 거야. 날 믿어. 어머니가 틀렸다고."

"녀석이 아들이라도 상관없어." 어머니가 말했다.

"정말이야. 건강하게 손가락, 발가락만 열 개씩이면."

"녀석이라니? 딸이래도."

나는 신년을 일주일 넘긴 1960년 1월 8일에 태어났다. 대기실에서 분홍색 리본이 달린 시가만 피우던 아버지가 소리 질렀다.

"만세!"

나는 딸이었다. 키 48센티미터에 3.3킬로그램의 무게가 나가는.

같은 날 할아버지는 처음으로 쓰러졌는데 이후 할아버지는 열세 번 쓰러지게 된다. 어머니와 아버지가 병원에 간다고 소란을 떠는 바람에 잠이 깬 할아버지는 침대에서 내려와 커피를 마시려고 아래층 부엌으로 내려갔다. 한 시간 뒤 할머니는 할아버지가 부엌 바닥에 쓰러져 있는 것을 발견했다. 할아버지의 정신 능력에는 이상이 없었지만 그날 아침 내가 부인과 병원에서 첫울음을 내질렀을 때 할아버지는 말하는 능력을 잃어버렸다. 할머니는 할아버지가 운세를 보려고 커피 잔을 뒤집어 보다가 곧바로 쓰러졌다고 했다.

내가 여자란 소식을 들었을 때 피트 아저씨는 축하 인사를 마다했다. 마술을 부린 것도 아닌걸. "밀턴 그 사람이 수고했지 뭘." 아저씨의 농담이었다. 할머니는 심드렁해졌다. 미국에서 난 아들이 옳았다는 게 입증되었으니 이번의 패배로 삼십팔 년을 떠나 살았지만 아직도 그녀가 매달리고자 하는 6000킬로미터 밖의 오래된 조국은 눈금 하나만큼 더 멀어지고 말았다. 내가 태어나면서 할머니의 태아 성 감별은 막을 내렸고, 그녀의 남편 역시 기나긴 쇠락의 길을 걷기 시작했다. 누에 상자 얘기가 이따금 나오긴 했지만 은수저는 이제 더 이상 보물이 아니었다.

나는 배 속에서 나와 엉덩이를 후려 맞고 호스로 입안의 오물을 빼내는 수순을 밟았다. 간호사들은 날 담요로 둘둘 말아 다른 여섯 명의 신생아, 그러니까 네 명의 사내아이와 두 명의 계집아이 사이에 잘 보이게 눕혔는데 이 아이들은 나와 달리 꼬리표가 정확했다. 불가능한 일이겠지만 난 기억한다. 그때 천천히 어두운 벽을 채우기 시작한 광채를.

누군가 내 눈에 전원을 켰던 것이다.

짝 지어 주기

이 이야기가 세상에 알려지면 나는 역사상 가장 유명한 양성 인간이 될 것이다. 이전에 다른 양성 인간이 없었던 건 아니다. 알렉시나 바빈은 에이블이란 남자가 되기 전에 프랑스에서 여학생 기숙 학교를 다녔다. 그녀는 죽기 전에 자서전을 남겼는데, 이것을 나중에 미셸 푸코가 프랑스 공중보건성의 고문서과에서 발견하게 된다.(바빈의 자서전은 자살과 함께 끝나 버려 마무리가 불충분한데 어쨌든 난 그걸 읽고 나서 내 이야기를 써야겠다는 생각을 하게 되었다.) 1798년에 태어난 고틀리프 괴틀리히는 서른세 살까지 마리 로진이란 여자로 살았다. 어느 날 마리는 복통으로 의사에게 가게 되었다. 의사는 탈장 여부를 확인하려다 뜻밖에도 제대로 자리를 잡지 못한 고환을 발견했다. 그때부터 마리는 남자 옷을 입고 고틀리프란 이름으로 유럽을 여행하면서 의료인들에게 자기 몸을 보이며 돈을 벌었다.

의사들의 견지에서 보면 나는 고틀리프보다 훨씬 양호하다. 태아 호르몬이 뇌 화학과 조직 구조에 영향을 미치는 한 나는 남성의 뇌를 가졌다. 그러나 나는 여자아이로 길러졌다. 누군가 타고난 천성과 양육된 결과 사이의 상관관계를 측정하는 실험을 하고자 한다면 이보다 더 좋은 경우는 찾기 힘들 것이다. 이십 년 전쯤 내가 클리닉에 다니던 시절 루스 박사는 내게 일련의 실험들을 했다. 나는 벤턴 시각 유지 테스트와 벤더 게슈탈트 시각 운동 테스트를 받았다. 그 밖에도 언어 IQ를 비롯해서 헤아릴 수 없이 많은 것을 측정받았다. 루스 박사는 심지어 내 글까지 분석했는데 그것은 나의 문체가 직선적이고 남성적인지, 아니면 간접적이고 여성적인지를 알아내기 위해서였다.

이것만큼은 확실하다. 즉 나의 뇌가 남성 호르몬에 물들긴 했지만 앞으로 내가 하는 이야기를 잘 살펴보면 순환적인 여성성도 찾을 수 있다는 것이다. 물론 유전적인 측면에서도 그렇다. 나는 기나긴 문장의 마지막 절이다. 그 문장은 오래전에 다른 나라 말로 시작되었으며, 그 끝을 알려면 처음부터 읽지 않으면 안 되는데 그 마지막에 내가 등장하는 것이다.

이제 내가 막 태어난 시점에서 다시 한번 필름을 되감아 보자. 나를 감싼 분홍색 담요가 도로 벗겨지고, 신생아를 실은 바퀴 침대가 후진하고, 나의 탯줄이 다시 제자리에 붙는다. 나는 울음을 터뜨리는 것과 동시에 다시 어머니의 다리 사이로 빨려 들어간다. 어머니의 배가 다시금 남산만 하게 불러진

다. 그리고 좀 더 앞으로 돌아가면 은수저 하나가 흔들리다가 멈추고, 체온계가 벨벳 상자에 다시 들어간다. 스푸트니크호가 로켓 궤도를 따라 다시 발사대에 내려앉고 소아마비가 온 나라에 창궐한다. 스무 살의 아버지가 전화기에 대고 클라리넷으로 아티 쇼의 곡을 연주하는 장면이 짧게 스쳐 가고, 여덟 살짜리 아버지는 교회에서 바가지 씌운 봉헌촛값에 화를 낸다. 그다음 1931년 할아버지는 금전 등록기에서 나오는 미국 지폐를 처음으로 만져 보고 있다. 그리고 나면 미국으로부터 완전히 벗어난 대양 한가운데, 필름을 거꾸로 돌리느라 음악 소리도 이상하게 들린다. 증기선이 나타나는가 싶더니 갑판 위의 구명보트가 수상하게 흔들린다. 그러나 그 배는 꼬리를 부두에 대고 우리는 어느덧 다시 뭍에 서 있다. 여기서 필름은 계속해서 뒤로 돌아가며 처음으로……

*

1922년 늦여름이었다. 나의 할머니인 데스데모나 스테퍼니데스는 탄생이 아닌 죽음, 그것도 자신의 죽음을 예감하고 있었다. 소아시아의 올림포스산 비탈 높이 자리 잡은 누에 치는 방에서 데스데모나는 갑자기 심장이 멈추어 버렸다. 뚜렷한 느낌이었다. 그녀는 심장이 멎더니 공처럼 오그라드는 걸 느꼈다. 몸이 뻣뻣해지려는 순간 갑자기 심장이 갈비뼈에 닿을 만큼 세차게 뛰기 시작했다. 그녀는 놀라 조그맣게 소리 질렀다. 고치를 만들고 있던 누에들 2만 마리가 사람의 마음을 알아채기라도 한 것처럼 그 자리에 뚝 멈춰 버렸다. 데스데모나는 희미한 불빛에 눈을 가늘게 뜨고 앞섶이 들썩거리는 것을 내려다보았다. 바로 그 순간, 다시 말해 내면의 반란을 깨달은 그 한순간에 그녀는 남은 생애 동안 살아갈 모습대로, 즉 건강한 육신 속에 갇혀 버린 병든 인간이 되어 버렸다. 심장은 이미 평정을 되찾았지만 그녀는 자기가 살아 있다는 사실을 믿을 수가 없어서 앞으로도 오십팔 년을 더 살아야 할 이 세상을 마지막으로 한 번 더 보려고 누에방을 걸어 나왔다.

눈앞에 펼쳐진 광경은 인상적이었다. 3000미터 아래에는 옛 오스만 제국 수도인 부르사[14]가 골짜기의 녹음을 가로질러 주사위 놀이판처럼 펼쳐져 있었다. 지붕으로 입힌 다이아몬드 모양의 빨간 타일과 하얀 타일이 조화를 이루었다. 술탄의 무덤들이 여기저기 밝은색 칩을 쌓아 올린 것처럼 보였다. 1922년 당시에는 교통 체증이란 게 없었다. 스키 리프트가 산마다 소나무 숲을 뚫고 지나가지도 않았다. 도금 공장과 섬유 공장이 소음을 일으키며 스모그로 도심을 채우지도 않았다. 부르사는 (최소한 3000미터 위에서 보면) 지난 6세기 동안 그랬던 것과 똑같이 거룩한 도시요, 오스만 제국의 공동묘지이며 실크 무역의 중심지였다. 고즈넉하게 기울어 가는 거리마다 첨탑들과 키프로스나무들이 가득했다. 그린 모스크의 타일은 녹색 분위기만 남긴 채 세월의 더께로 파랗게 변해 있었다. 하지만 데스데모나 스테퍼니데스는 어깨 너머 주사위 놀이에 훈수

---

14) 튀르키예 서북부의 도시이다.

를 두듯이 뭐 빠진 게 없을까 하고 발밑을 한참 내려다보았다.

우리 할머니의 심장 발작을 심리적으로 분석해 보면 그것은 크나큰 슬픔의 표시였다. 그녀는 얼마 전 튀르키예와의 전쟁 중에 양친을 잃었던 것이다. 1919년 연합군의 부추김에 힘입어 그리스 군대가 소아시아의 옛 그리스 영토를 내놓으라는 구실로 서부 튀르키예를 침공했다. 오랜 세월 산간에 흩어져 살아왔던 할머니의 고향 마을인 비티니오스 사람들은 대그리스 건설의 꿈인 '위대한 이상'을 방패 삼아 세상에 모습을 드러냈다. 이제 그리스 군대가 부르사를 점령했고, 예전의 오스만 왕궁에는 그리스 국기가 펄럭였다. 튀르키예인들과 그 지도자인 무스타파 케말[15]은 동부의 앙고라로 퇴각했다. 소아시아의 그리스인들은 태어나서 처음으로 튀르키예의 통치에서 벗어났다. 이젠 더 이상 튀르키예로부터 괄시당하는 이단자나 불충한 개가 아니었다. 밝은색 옷을 입는 것도, 말을 탈 때 안장을 사용하는 것도 금지 사항이 아니었다. 이제 다시는 지난 수 세기 동안 그래 왔듯이 튀르키예 관리들이 해마다 마을에 와서 제일 튼튼한 남자아이들을 튀르키예 병사로 징병해 가는 일도 없을 것이었다. 이제부터는 마을 사람들이 비단을 부르사의 시장에 내가는 일도 자유 그리스의 자유 시민으로서였다.

그러나 데스데모나는 부모의 죽음을 슬퍼하며 과거에서 헤어나지 못하고 있었다. 그녀는 산 위에 서서 해방된 도시를 내

---

15) 튀르키예 공화국 초대 대통령이다.

려다보며 다른 사람들과 같은 행복감을 느끼지 못하는 스스로에게 배신감을 느꼈다. 세월이 흘러 남편을 먼저 떠나보낸 뒤 죽고자 하는 열망으로 십 년 동안 침대 신세를 지게 될 때, 그녀는 반세기 전 전쟁이 잠시 멈췄던 그 이 년 동안이 자기 생애에서 가장 괜찮았노라고 돌아볼 것이다. 그러나 그때가 되면 알던 사람들은 모두 저세상으로 떠나고 늘그막의 그녀는 그저 텔레비전을 말벗으로 삼아야 할 것이다.

데스데모나는 불길한 예감을 떨쳐 버리려고 벌써 한 시간 가까이 누에에만 신경을 기울이고 있었다. 한 시간 전쯤에 그녀는 뒷문으로 집을 빠져나왔다. 그러곤 달콤한 향기를 풍기는 포도나무와 층이 진 마당을 지나 야트막하게 초가지붕을 얹은 헛간으로 들어섰다. 애벌레의 톡 쏘는 냄새가 코를 찔렀지만 싫지 않았다. 누에를 치는 이곳이야말로 비록 냄새가 날지언정 그녀만의 오아시스였다. 어디를 둘러보아도 말랑말랑하고 하얀 누에들이 한 다발씩 묶인 뽕 가지에 들러붙어 있었다. 누에들은 흡사 음악에라도 맞추어 움직이는 것처럼 고개를 까딱거려 가며 고치를 틀었다. 그렇게 쳐다보고 있으면 바깥세상의 영고성쇠와 (조금 있으면 듣게 될) 끔찍하기만 한 신식 유행가를 모두 잊을 수 있었다. 그 대신 바로 이 누에방에서 오래전에 어머니 에우프로시네 스테퍼니데스가 누에의 신비를 설명해 주던 말이 떠올랐다.

"좋은 비단을 얻으려면 무엇보다 우선 순결해야 한다."

어머니는 늘 이렇게 말했다.

"누에는 모르는 게 없어. 비단을 보면 누가 무슨 짓을 했는지 다 알 수 있거든."

이런 식이었다. 어머니는 예를 들며 "마리아 폴로스라고 알지? 왜, 그, 아무 남자한테나 치마를 걷어 올리던 애 말이다. 그 애가 키운 고치를 본 적이 있니? 남자 하나에 얼룩 하나씩이지. 다음번에 꼭 눈여겨봐라." 하고 말했다.

세상의 모든 말을 믿던 열한 살인가 열두 살 때의 일이었다. 스물한 살의 아가씨가 된 지금도 그녀는 어머니의 도덕론을 무시할 수가 없었다. 그래서 자기가 품어 온 부정한 생각이 혹시 어디엔가 나타나지 않았을까 하고 누에방을 찬찬히 살펴보는 것이었다. 어머니는 또 누에를 보면 역사적으로 잔인무도한 사건이 벌어진 것도 알 수 있다고 했다. 대학살이 있고 나면 언제나, 80킬로미터 떨어진 마을에서 벌어진 일이라도 누에가 뽑아내는 섬유질이 핏빛으로 변한다는 것이었다.

"누에가 글쎄 예수님 발처럼 피를 뚝뚝 흘리더라니까."

어머니의 말을 수년 만에 기억해 낸 딸은 희미한 불빛에 실눈을 뜨고 빨갛게 변한 고치는 없는지 살펴보았다. 그녀는 누에가 들어 있는 서랍을 하나씩 잡아 빼서 흔들어 주었다. 그런데 바로 그때 심장이 멈추었던 것이다. 심장은 잠시 공처럼 쭈그러들었다가 이윽고 다시 방망이질하기 시작했다. 엉겁결에 서랍을 떨어뜨린 데스테모나는 자기 웃옷이 들썩거리는 것을 보았다. 심장이 주인의 의사와 관계없이 제멋대로 움직이고 있었다. 데스테모나는 심장만 아니라 어떤 것도 자기 맘대로 할 수 없다는 것을 깨달았다.

이때 처음으로 나의 야야 할머니는 마음이 만들어 낸 병에 걸린 것이었다. 부르사를 내려다보면서 그녀는 보이지 않는 자신의 공포감이 어디선가 눈에 보이는 형태로 나타날 것만 같았다. 다음 순간 그것은 집 안에서 소리의 형태로 나타났다. 그녀의 남동생 엘레우테리오스 스테퍼니데스(레프티)가 노래를 부르기 시작했다. 엉터리 발음에 뜻도 없는 영어로.

"맬 아침, 맬 저녁, 재미 좀 볼까."

레프티는 오후 이맘때면 늘 행사처럼 침실 거울 앞에 서서 새로 산 셀룰로이드 칼라를 하얀 셔츠에 붙였다. 그러곤 손바닥에 포마드 한 덩이를 찍어 눌러 발렌티노 스타일로 새로 깎은 머리에다 문지르며 흥얼댔다.

"그동안에 잠깐이라도 재미 좀 볼까."

가사 내용이야 어떻든 그에겐 멜로디만으로도 충분했다. 레프티는 재즈 세대의 경박함과 진칵테일의 맛, 그리고 나이트클럽에서 담배 파는 아가씨들을 노래에서 배웠다. 그는 겉멋에 겨워 반들반들한 머리를 뒤로 빗어 넘겼다. 한편 뜰에서 동생의 노래를 들은 데스데모나는 전혀 다른 생각을 하고 있었다. 그 노랫소리와 함께 그녀의 머릿속에는 동생이 다니는 시내의 평판 나쁜 술집들과 레베티카와 미국 음악을 연주하는 마약쟁이들 소굴, 행실이 바르지 못한 여가수들 등이 떠올랐고 레프티가 새로 산 줄무늬 양복을 입고 빨간 넥타이에 어울리게 빨간 손수건을 접어 넣을 때…… 그녀는 배 속에서 이상한 느낌이 치밀어 올랐다. 슬픔과 분노, 그리고 상처를 주는 뭐라 이름할 수 없는 것들이 뒤죽박죽되어 끓어올랐다.

"집세도 못 냈어, 우리는 차도 없지 않니."

레프티는 나중에 내가 물려받게 될 부드러운 테너 음색으로 흥얼거렸고, 그 노래를 배경으로 데스데모나는 어머니의 목소리가 들리는 듯했다. 탄환에 맞아 숨을 거두면서 어머니는 마지막으로 이런 말을 남겼다.

"레프티를 잘 돌봐 줘라. 제발 부탁이다. 참한 여자를 찾아 주고!"

뜰을 가로질러 집으로 가는 내내 데스데모나의 귓가에는 어머니의 목소리가 울려 왔다. 그녀는 (한 사람을 위해) 저녁을 짓는 작은 부엌을 지나 동생과 함께 쓰는 침실로 곧장 들어갔다. 동생은 아직도 노래하고 있었다. "땡전 한 푼 없어도, 오! 그대가 있으니……." 커프스단추를 채우고 머리 가르마를 타던 그는 그제서야 고개를 들어 누나를 발견했다. "우리 재미 좀……." 그러고는 갑자기 작아진 소리로 "볼까." 하고는 입을 꾹 다물었다.

잠시 거울 속에 두 개의 얼굴이 머물렀다. 스물한 살의 데스데모나. 잘 안 맞는 틀니를 끼고 병자로 자처하기 한참 전에, 우리 할머니는 꽤 예쁜 편이었다. 검은 머리는 길게 땋아 올려 핀으로 꽂은 뒤 두건을 쓰고 있었다. 이렇게 땋은 머리는 어린 소녀의 그것처럼 섬세하지는 않았지만 묵직하고 여성스러운데다 자연스러운 힘을 간직하고 있어 흡사 비버의 꼬리 같았다. 비가 오나 눈이 오나 사시사철 하고많은 세월이 그 머리채에 담겼고, 밤이 되어 머리를 풀면 허리까지 내려왔다. 게다가 지금은 검은 실크 리본으로 머리채를 빙 둘러싸서 훨씬 더 인상적이었다. 물론 머리 위까지 눈이 가는 일은 드물었지만. 대체로 첫눈에 보게 되는 것은 그녀의 얼굴이었다. 커다란 두 눈은 슬퍼 보였고, 안색은 해 질 녘 어스름처럼 핏기가 없었다. 그리고 그녀의 육감적인 몸매에 대해 말하지 않을 수 없는데 예전에 가슴이 절벽이라 고민했다는 사실을 믿기 어려울 정도였다. 그녀는 자기 몸 때문에 난처할 때가 많았다. 전혀 뜻하지 않은 때에 나 여기 있다고 몸이 나서곤 했기 때문이다. 교회에서 무릎 꿇을 때, 뜰에서 담요를 두들길 때, 복숭아나무 아래에서 복숭아를 딸 때 우중충한 옷 속에 공들여 밀어 넣은 살집이 느닷없이 튀어나오곤 했다. 출렁거리는 살 위에서 두건으로 둘러싸인 그녀의 얼굴은 자기 가슴과 엉덩이가 저지르는 일에 난감한 표정을 짓곤 했다.

엘레우테리오스는 누나보다 키가 크고 말랐다. 당시 사진을 보면 그는 자기가 우상시했던 지하 세계의 인물, 혹은 아테네와 콘스탄티노플의 해변가 술집을 가득 메우던 노름꾼이나 코밑수염을 가늘게 기른 도둑처럼 보인다. 매부리코에 눈매가 날카로운 그의 얼굴은 전체적으로 독수리 같은 인상이었다. 그러나 한번 씩 웃을 때면 눈이 순하다는 것을 알게 되고, 그가 사실은 깡패가 아니라 제법 잘사는 부모 밑에서 책깨나 읽으며 귀하게 자란 아들이란 것이 분명히 보였다.

그 1922년 여름날 오후 데스데모나가 쳐다본 것은 동생의 얼굴이 아니었다. 그녀의 눈은 동생의 정장용 코트와 반짝이는 머릿결, 줄무늬 바지에 머물렀다. 그리고 머릿속은 지난 두세 달 새에 동생에게 무슨 일이 벌어진 걸까 하는 의문 투성이였다.

레프티는 한 살 아래였는데 그녀는 동생이 태어나기 전 일 년 동안 자기가 어떻게 살았을까 종종 의아해하곤 했다. 왜냐하면 그녀가 기억하는 한 동생은 언제나 그들의 침실을 갈라놓은 염소 털 담요의 저편에 있었기 때문이다. 담요 뒤에서 그는 인형 놀이를 하곤 했는데, 언제나 튀르키예군을 골탕 먹이는 영리한 곱사등이 카라치오치스[16] 역을 맡았다. 어둠 속에서 그는 운율을 만들어 가며 노래했다. 데스데모나가 동생의 노래를 싫어하는 이유 중 하나는 그가 혼자서만 노래를 부르기 때문이었다. 그녀는 산에서 함께 자란 오누이로서 동생을 더없이 사랑했다. 동생은 그녀가 보고 즐길 수 있는 전부였으며 믿을 수 있는 최고의 친구로서 새로운 지름길이나 수도사들의 암자를 발견할 때면 늘 함께 있었다. 예전에는 동생과 유대감이 너무 지나친 나머지 자기와 동생이 각기 다른 사람이란 사실을 잊어버리기까지 했다. 어렸을 때는 비탈진 산에서 다리 넷, 머리 둘 달린 짐승처럼 맞붙어 싸우기도 했다. 저녁 무렵이 되면 하얗게 칠한 담벼락에 비치는 샴쌍둥이 같은 그림자에 익숙해져서 어쩌다가 혼자인 그림자를 보게 되면 반이 잘린 것처럼 느끼곤 했다.

평화로운 시절에는 모든 것이 변하는 것 같았다. 레프티는 이 새로운 자유를 만끽했다. 지난달에는 부르사에 열일곱 번이나 다녀왔다. 세 번은 오우한 술탄 사원 건너편에 있는 코쿤 여관에서 자고 왔다. 어느 날 아침에는 목이 긴 구두를 신고

---

16) 전통 그림자 인형극의 등장인물이다.

무릎까지 오는 양말에 반바지, 조끼, 저고리를 입고 나가더니 다음 날 저녁 생판 다른 차림으로 돌아왔다. 그러니까 줄무늬 양복을 입고 오페라 가수처럼 목깃에 실크 스카프를 두른 채 머리에는 검은 중산모까지 쓰고 나타났던 것이다. 달라진 건 또 있었다. 자주색의 작은 숙어집을 보고 프랑스어를 독학하기 시작했던 것이다. 그는 또 잘난 척하는 몸짓도 배워 왔다. 예를 들어 주머니에서 손을 빼지도 않고 모자를 벗어 인사하거나 주머니 속 동전을 딸랑거리거나 하는 것 말이다. 빨래할 때 보면 레프티의 주머니에서 숫자가 가득 적힌 종잇조각들이 나오곤 했다. 그의 옷에는 사향 냄새, 담배 냄새가 배어 있었고 때로는 달콤한 냄새도 났다.

이제 거울 속에 겹쳐진 두 사람의 얼굴에는 각자 다른 길로 접어든 흔적이 너무나도 뚜렷했다. 태어날 때부터 작은 일로도 크게 걱정하는 할머니는 그 때문에 아까 심장 발작을 일으킨 것이었다. 그녀는 한때 그림자처럼 붙어 다녔던 동생을 바라보는 순간 뭔가가 사라져 버렸음을 직감했다.

"그렇게 차리고 어딜 가는 거니?"

"글쎄, 내가 가는 데가 어딜까? 코자 한이지. 누에를 팔러."

"어제 갔다 왔으면서."

"지금이 한창때잖아."

이렇게 말하며 레프티는 거북 껍데기 빗으로 오른쪽 가르마를 만들고 삐죽 나온 부분에 포마드를 발랐다.

데스데모나가 다가왔다. 그녀는 포마드를 들어 쿵쿵거리며 냄새를 맡았다. 그의 옷에서 나는 냄새와 달랐다.

"거기 가서 또 뭘 할 건데?"

"아무것도 안 해."

"밤을 새우고 올 때도 있잖아."

"오고 가고 하는 데 시간이 많이 걸려. 걸어서 거기 도착할 때쯤엔 벌써 시간이 확 지나 버린 후야."

"술집에선 뭘 피우니?"

"물담뱃대에 담긴 건 뭐든지. 그걸 물어보면 실례지."

"네가 이렇게 술, 담배에 찌든 걸 부모님이 아시면……."

그녀는 말꼬리를 흐렸다.

"부모님이 아실 턱이 있나. 그러니 난 멀쩡하다고."

그의 가벼운 말투는 설득력이 없었다. 레프티는 부모를 잃은 상처를 극복한 듯이 행동했지만 데스데모나는 그의 마음을 꿰뚫어 보았다. 그녀는 잔인한 미소를 지으며 이렇다 저렇다 말없이 주먹을 들어 보였다. 아직도 거울 속 자기 얼굴을 반한 듯 쳐다보고 있던 레프티도 반사적으로 주먹을 쥐었다. 두 사람은 동시에 시작했다.

"가위 바위…… 보!"

"바위가 가위를 눌렀지. 내가 이겼어."

데스데모나의 말이었다.

"그러니까 나한테 말해."

"뭘 말이야?"

"부르사는 뭐가 그렇게 재미있는지 말해 봐."

레프티는 머리를 다시 앞으로 빗었다가 왼쪽으로 가르마를 탔다. 거울을 보면서 그는 머리를 앞뒤로 흔들었다.

"어느 쪽이 더 나아? 왼쪽이야 오른쪽이야?"

"어디 보자."

데스데모나는 레프티의 머리에 살며시 손을 갖다 대는 것 같더니 이내 흩뜨려 버렸다.

"어!"

"부르사에서 뭘 할 거야?"

"날 좀 내버려둬."

"말해!"

"알고 싶어?" 레프티는 이제 누나 때문에 짜증이 났다.

"내가 뭘 할 거라고 생각해?" 속으로 힘을 억누르며 말했다. "난 여자가 필요하다고."

데스데모나는 배를 움켜쥐고 가슴을 쳤다. 그리고 두 걸음 뒤로 물러나 동생을 다시 한번 뜯어보았다. 그녀와 눈과 눈썹의 모양이 똑같은 레프티가, 밤마다 옆 침대에서 잠을 자던 레프티가 그 같은 욕망의 포로가 되어 있으리라고는 꿈에도 생각지 못한 일이었다. 육체적으로 성숙한 여자였지만 데스데모나는 자기 몸에 대해 아직 잘 모르고 있었다. 밤에 침실에 들면 잠든 동생은 매트리스 줄이 거슬리기라도 하는 것처럼 세게 누르고 있곤 했다. 그렇지만 그때는 왜 그러는지 생각해 본 적도 없었다. 어렸을 적에 누에방에서 동생이 천진하게 나무 기둥에 몸을 비벼 대는 것을 본 적이 있다. 하지만 그땐 아무 생각이 없었다. 나무 기둥을 붙들고 무릎을 아래위로 여덟아홉 번씩 움직이고 있는 동생에게 그녀는 물었다.

"너 뭐 하는 거니?"

그러면 그는 단호하고 차분한 목소리로 대답했다.

"그 기분 좀 내려고."

"무슨 기분 말이니?"

"알잖아." 그는 툴툴거리고, 헐떡거리며, 무릎을 심하게 오르락내리락하면서 대답했다.

"그 기분 말이야."

그러나 그녀는 몰랐다. 자신도 여러 해가 지난 후 오이를 썰다가 식탁 모서리에 기대게 되고, 무심결에 좀 더 세게 문지르게 되고, 그 후로는 매일같이 그 자세를 취하게 되어 식탁 모서리가 늘 자기 다리 사이에서 쉬게 되리라는 것을. 이제는 동생의 식사를 준비하면서 가끔 식탁과 친했던 생각을 떠올리지만 머릿속으로는 연관을 짓지 못했다. 세상 어디서나 몸뚱이란 말 없는 가운데 교활하게 행동하기 마련이듯 그녀를 그렇게 만든 것도 그녀의 몸이었다.

동생이 시내에 가는 것은 달랐다. 그는 자기가 찾는 바를 분명히 알았고 자기 몸과 충분히 의견 교환을 했다. 그의 정신과 육신은 하나의 전체를 이루어 한 가지 생각을 했으며 한 가지에 집착했다. 데스데모나는 태어나서 처음으로 동생의 생각을 알 수가 없었다. 단지 동생의 뜻이 무엇이든 자기와 상관없다는 것만 알 수 있었다.

그 때문에 그녀는 미칠 것 같았다. 내가 생각하기엔 조금 샘이 났던 것 같지만. 자기야말로 동생에게 최고의 친구가 아니었던가? 오누이가 서로에게 숨기는 게 있었단 말인가? 어머니가 그랬던 것처럼 밥하고 바느질하고 집 안을 치우고 하는 모든 일을 동생에게 해 주지 않았던가? 혼자 힘으로 누에를 치면서 똑똑한 동생이 신부님에게 고대 그리스어를 배울 수 있도록 해 준 게 바로 이 누나가 아니었던가?

"너는 책이나 봐. 누에는 내가 볼 테니까. 네가 할 일은 시장에 누에를 내다 파는 것뿐이라고."

이렇게 말해 준 게 바로 이 누나였잖은가? 그리고 동생이 시내를 어슬렁거리기 시작했을 때 한마디라도 싫은 소리를 했던가? 종잇조각에 대해서나 눈이 벌겋게 되어서 돌아왔을 때나 옷에서 나는 달콤한 사향 냄새에 대해서나 아무 말도 한 적이 없었다. 데스데모나는 이 꿈 많은 동생이 해시시를 피우는 게 아닐까 의심했다. 레베티카 음악이 있는 곳엔 으레 해시시가 따라다닌다는 걸 그녀도 알고 있었다. 또한 레프티로선 나름대로 부모를 잃은 상실감을 달래고 있다는 것, 즉 세상에서 제일 슬픈 음악을 들으면서 구름 같은 해시시 연기 속에서 슬픔을 잊으려 한다는 것을 모르는 바가 아니었다. 이 모든 것을 알기에 그녀는 아무 말도 하지 않았다. 그러나 이제 동생은 그녀가 예상치 못했던 방식으로 슬픔으로부터 도망치려 했고, 그래서 그녀는 더 이상 잠자코 있을 수가 없었다.

"여자가 필요하다고?" 그녀는 믿을 수 없다는 듯이 물었다. "어떤 여자 말이니? 튀르키예 여자 말이야?"

레프티는 아무 대꾸도 하지 않았다. 아까 한바탕 쏟아 낸 뒤로 그는 다시 머리를 빗고 있었다.

"넌 아무래도 하렘의 여자들이 좋은가 보구나. 맞지? 내가 그렇게 헤픈 여자들을 모르는 줄 알아? 그런 갈보들을? 나도 알 만큼 안다고. 내가 바보인 줄 알아? 그래 네 얼굴 앞에서 배를 흔들어 대는 뚱뚱한 여자가 좋단 말이니? 출렁거리는 배에 보석을 박아 넣은 여자? 그런 여자가 필요한 거야? 한 가지만 들어 둬. 너 튀르키예 여자들이 왜 얼굴을 가리고 다니는지 아니? 종교 때문이라고? 천만에. 그렇게라도 하지 않으면 아무도 쳐다보지 않기 때문이야!"

이 대목에 이르렀을 때 그녀의 음성은 이미 고함에 가까웠다.

"부끄러운 줄 알아, 엘레우테리오스! 너 어떻게 된 거니? 왜 우리 마을 아가씨들은 쳐다보지도 않는 거야?"

재킷의 먼지를 털고 있던 레프티는 그제야 누나가 간과한 사실을 상기시켰다.

"누난 아직 모르나 본데 우리 동네엔 아가씨가 없어."

사실인즉슨 그러했다. 비티니오스는 워낙 큰 마을도 아니었지만 1922년에는 더욱 작아져 있었다. 1913년부터 사람들이 마을을 떠나기 시작했는데 포도나무뿌리진디의 충해로 그해 포도 농사를 망쳤던 것이다. 발칸 전쟁 당시에도 사람들은 꾸준히 떠나갔다. 레프티와 데스데모나의 사촌인 수멜리나는 미국으로 건너가 지금은 디트로이트라는 곳에 살고 있었다. 완만한 산마루에 자리 잡은 비티니오스는 위태로운 벼랑가의 산동네와는 차원이 달랐다. 붉은 지붕을 얹고 노란 벽토로 치장한 집들이 옹기종기 모여 있는, 아담하고 누가 뭐래도 보기 좋은 마을이었다. 그중 제일 큰 집 두 채는 길가로 튀어나온 삼면 유리창으로 멋을 부렸다. 대부분은 형편이 어려운 집들이어서 방 한 칸에 부엌을 들인 구조였다. 그 나머지는 데스데모나와 레프티의 집처럼, 잡동사니로 터질 것 같은 거실, 침실 두 칸, 부엌, 그리고 유럽식 세면실을 갖춘 옥외 변소로 이루어져 있었다. 비티니오스에는 가게나 우체국, 은행이 없었다. 있는 거라곤 달랑 교회와 술집 한 군데뿐이었다. 장을 보려면 부르사까지 나가야 했는데, 그러려면 걸어서 시내 마차 정거장까지 가야 했다.

1922년에는 마을 인구가 채 100명도 되지 않았다. 여자는 그중 반도 안 되었다. 여자 마흔일곱 명 중 스물한 명은 할머니였다. 나머지 중 스무 명은 중년 부인이었다. 세 명은 젊은 아기 엄마였는데 하나같이 기저귀도 안 뗀 딸을 하나씩 달고 있었다. 혼기에 접어든 아가씨라곤 레프티의 누나를 제외하면 단둘이었다. 지금 데스데모나가 지명하려는 아가씨들이 바로 그 둘이었다.

"젊은 여자가 없다니? 루실 카프칼리스는 어떠니? 그 애도 아주 싹싹하던데. 아니면 빅토리아 파파스는 어떻고?"

"루실한테서는 냄새가 난단 말이야. 아마 일 년에 한 번 목욕하나 봐. 이름 지은 날에 하겠지. 그리고 빅토리아라고?" 그는 손가락으로 윗입술 위를 쓱 그어 보였다.

"빅토리아는 수염이 나보다 많은걸. 난 아내하고 같이 면도하고 싶지 않다고."

이 말을 하면서 그는 옷솔을 내려놓고 재킷을 걸쳐 입었다. "기다리지 말고 먼저 자." 동생은 방을 나섰다.

"어디든 가 버려!"

데스데모나는 동생의 뒤통수에 대고 소리쳤다.

"내 말 잘 들어. 잊지 말고. 튀르키에 여자를 마누라로 삼았다가 그 여자가 본색을 드러낸다고 집으로 돌아올 생각일랑 아예 하지도 마!"

그러나 레프티는 가 버렸다. 그의 발소리가 멀어졌다. 데스데모나는 몸속에 알 수 없는 독액이 다시 솟구치는 것을 느꼈다. 그녀는 아랑곳하지 않았다.

"난 혼자 저녁 먹는 게 싫어!"

아무도 듣지 않는 외침이었다.

오후면 언제나 그렇듯이 골짜기로부터 바람이 불어왔다. 열린 창문으로 바람이 선들선들했다. 혼수 상자의 빗장과 함께 그 위에 놓인 괴로움의 묵주가 바람에 딸그락거렸다. 데스데모나는 묵주를 집어 들어 손가락 사이로 천천히 돌리기 시작했다. 그녀의 어머니도, 할머니도, 또 증조할머니도 걱정이 있을 때면 그와 똑같이 묵주를 돌렸다. 묵주 알이 서로 부딪치면서 소리를 낼 때 데스데모나는 온 정신을 거기에 쏟았다. 하느님이 대체 뭐란 말인가? 어쩌자고 하느님은 부모님을 데려가 버리고 혼자 남은 그녀에게 동생 걱정을 시킨단 말인가? 동생을 도대체 어떻게 해야 한단 말인가? '담배 피우고, 술 마시고, 이제는 더 나쁜 일까지! 그렇담 도대체 그 돈은 어디서 다 나온담? 내가 키운 고치를 가지고 그랬구나!' 묵주 알을 하나씩 돌릴 때마다 새로운 분노가 터져 나왔다. 데스데모나는 슬픈 눈동자를 하고 어쩔 수 없이 일찍 철들어야 했던 소녀의 얼굴로 묵주와 함께 걱정을 나누었다. 스테퍼니데스 가문 사람들은 이전에도 그랬고, 이후로도(굳이 헤아리자면 바로 나에게도 이어진다.) 그럴 것이다.

그녀는 창가로 가서 머리를 내밀고 소나무 숲과 하얀 자작나무 사이로 스쳐 가는 바람 소리를 들었다. 묵주를 계속 돌리다 보니 그것이 아주 헛일은 아니었다. 기분이 좀 나아졌다. 그녀는 이대로 계속 살아가기로 마음먹었다. 오늘 밤 레프티는 돌아오지 않을 것이다. 누가 걱정이나 한대? 대관절 누가 동생이 있어야 한대? 동생이 돌아오지 않으면 더 편할 것이다. 그러나 동생이 어떤 부끄러운 병에 걸리지 않도록, 아니면 최악의 경우 튀르키예 계집애랑 달아나지 않도록 돌보기로 어머니와 약속했다. 손가락 사이로 묵주 알이 하나씩 돌아갔다. 그러나 이젠 더 이상 고통을 헤아리지 않았다. 그 대신 묵주 알에서 그녀는 아버지의 낡은 책상에 숨겨져 있던 잡지의 장면들을 떠올렸다. 묵주 알 하나는 머리 모양이었다. 다음 묵주는 실크 속치마였다. 그다음은 검은 브래지어. 우리 할머니는 중매를 서기로 마음먹었다.

그러는 동안 레프티는 고치가 든 자루를 메고 산을 내려가고 있었다. 시내에 도착하자, 그는 카팔리 카르시 카데시로 내려갔다. 그리고 보르사 소칵에서 모퉁이를 돈 다음 곧장 아치를 지나 코자 한의 마당으로 들어갔다. 안에는 엷은 청록색 연못이 있고, 그 주변으로 누에고치가 가득 들어차 허리 높이까지 오는 빵빵한 자루가 수백 개나 놓여 있었다. 마당은 고치 상인들로 붐볐다. 그들은 아침 10시에 시작종이 울릴 때부터 줄곧 소리를 질렀기 때문에 목이 쉬어 있었다.

"싸고 좋은 고치요!"

레프티는 자신의 자루를 들고 고치 자루 사이를 비좁게 뚫고 지나갔다. 그는 가족의 생계에는 관심이 없었다. 그는 누나처럼 고치를 촉감이나 냄새로 판별할 줄 몰랐다. 그가 고치를 시장에 가져오는 유일한 이유는 규칙상 여자는 올 수 없기 때문이었다. 짐꾼들에게 밀리고 여기저기 부딪히고, 자루를 피해 걸음을 옮기고 하는 통에 그는 무척 짜증이 났다. 그는 한순간 모든 사람이 움직임을 멈추고 가만히 서서 저녁놀 속에서 고치가 발하는 빛을 보고 경탄하게 되면 얼마나 좋을까 생각해 보았지만 물론 그렇게 하는 사람은 아무도 없었다. 사람들은 계속해서 고함을 지르고 서로의 얼굴에 고치를 들이밀면서 거짓말을 하고 값을 깎고 있었다. 레프티의 아버지는 코자 한에 장이 설 때를 좋아했지만 아들은 아버지의 상인 기질을 물려받지 못했다.

지붕이 있는 기둥 근처에서 아는 장사꾼을 만난 레프티는 곧장 자루를 내밀었다. 장사꾼은 자루 깊숙이 손을 넣어 고치를 하나 꺼냈다. 그는 물 대접에 고치를 집어넣고 자세히 관찰했다. 그러더니 그 고치를 곧장 와인 잔에 담갔다.

"이걸로 날실을 만들어야 하는데 별로 튼튼하지 않군."

레프티는 이 말을 믿지 않았다. 누나가 만든 비단은 언제나 최상품이었다. 그는 그 장사꾼에게 소리를 지르고 불쾌한 듯이 행동하면서 짐짓 다른 데 가서 팔겠노라고 해야 한다는 것을 알고 있었다. 그렇지만 너무 늦게 온 터라 곧 마감 종이 울릴 것이었다. 아버지는 언제나 그에게 시장에 늦게 오면 싼값에 팔아야 하므로 늦은 시간에 고치를 내지 말라고 가르쳤다. 새 옷을 입은 탓에 피부가 따끔거렸다. 그는 얼른 팔아 치우고 싶었다. 레프티는 어찌해야 할지 알 수가 없었다. 인간이란 종에 대해, 돈을 놓고 벌이는 아귀다툼에 대해, 밥 먹듯이 하는 속임수에 대해 어떻게 처신해야 할지 알 수가 없었다. 그는 두말하지 않고 사나이가 부르는 값에 팔아넘겼다. 레프티는 거래가 끝나기 무섭게 자기가 시내에 온 진짜 용건을 해치우려고 코자 한을 빠져나왔다.

데스데모나가 생각한 바와는 아주 딴판이었다. 자세히 살펴보자. 레프티는 모자를 난봉꾼 스타일로 돌려 쓰고 부르사의 경사진 거리를 내려갔다. 커피 판매대를 지나쳤지만 들르지 않았다. 커피점 주인이 아는 척을 했지만 그는 손만 흔들어 주었다. 다음 길에서는 여자들이 유리창 안에서 불러 댔지만 본 척도 않고 과일 가게와 식당들을 지나 꼬불꼬불한 길을 따라 또 다른 거리에 있는 교회로 들어갔다. 더 정확히 말하자면 예전에는 모스크였으나 지금은 첨탑을 뜯어내고, 코란이 새겨진 벽에는 회칠을 해서 아직도 한창 기독교 성인들을 그려 넣고 있는 중인 교회였다. 레프티는 초 파는 할머니에게서 초를 사서 불을 붙여 모래 위에 세워 놓았다. 그는 뒷줄에 자리를 잡았다. 후에 우리 어머니도 나를 가지는 문제로 기도하게 될 때 이와 똑같이 했는데 나의 레프티 할아버지는 (다른 건 제쳐두고) 천장을 향해 아직 완성되지 않은 거대한 예수의 형상을 유심히 올려다보았다. 그의 기도는 어린아이 적에 배운 대로 "주여, 우리를 불쌍히 여기소서. 주여, 우리를 불쌍히 여기소서. 나는 당신의 면류관 앞에 올 자격이 없사오나······."로 시작되었으나 곧 개인적인 이야기로 옮겨 갔다. "제가 왜 이러는지 모르겠습니다, 뭔가 이상해졌습니다." 그러고는 약간 따지는 투가 되어 "저를 이렇게 만든 것은 당신입니다, 제가 이렇게 되라고 빌었던 적은 한 번도 없고······."라고 하더니 급기야 비굴하게도 "그리스도여, 제게 힘을 주소서, 절 이렇게 이끌지 마소서, 그녀가 알게 된다면······."이라는 말로 이어졌다. 레프티는 두 눈을 꼭 감은 채 모자의 테를 부여잡았다. 기도의 말은 향내와 함께 건조 중인 그리스도상을 향해 떠올랐다.

그는 오 분 동안 기도했다. 그러고는 나오면서 다시 모자를 쓰고 주머니의 동전을 딸랑거렸다. 그는 아까 내려오면서 외면했던 곳들을 이번에는 (홀가분한 마음으로) 모두 들렀다. 커피점에 들어가서는 커피를 마시고 담배를 피웠다. 카페에서는 (아니스로 향을 낸 달콤한) 우조를 한잔 들었다. 주사위 놀이에 열중하던 사람들이 소리 질러 불렀다.

"이봐, 발렌티노, 게임 한판 어때?"

그는 이 꼬드김에 넘어가 딱 한 판만 하려고 했는데 이내 져서는 두 배로 받느냐 아니면 몽땅 잃느냐의 승부를 걸지 않을 수 없게 되었다.(데스데모나가 그의 주머니에서 발견한 쪽지는 도박 빚을 적은 것이었다.) 밤이 깊어 갔다. 사람들은 계속해서 술을 따라 마셨다. 악사들이 도착하고 레베티카가 연주되기 시작했다. 그들이 부르는 노래는 욕망과 죽음, 감옥과 부랑자의 삶에 대한 것이었다.

"바닷가 마약 소굴에 나는 매일 들렀지." 레프티의 노래가 시작되었다.

"언제나 날이 새어 아침이 되면 어둠을 물리치고 모래밭에 앉아 있는 두 하렘 아가씨들에게 뛰어갔지. 불쌍한 아가씨들, 마약에 취했지만 무지 이뻤네."

그러는 동안 물담뱃대는 누군가가 채워 주기 마련이었다. 자정 무렵이 되자 레프티는 다시 거리로 나왔다. 어느 골목길로 내려가 모퉁이를 돌자 막다른 곳이 나왔다. 문이 열리고 얼굴 하나가 방긋 웃으며 손짓을 했다. 다음 순간 레프티는 세 명의 그리스 병사들과 소파에 앉아 있었다. 맞은편에는 향수를 잔뜩 뿌린 풍만한 몸매의 여자 일곱 명이 소파 두 개에 나눠 앉아 있었다.(축음기에서는 어디서나 들을 수 있는 유행가가 울려 퍼졌다. "아침마다, 저녁마다…….") 마담이 입을 열 무렵 레프티는 아까 했던 기도 따위는 이미 잊은 지 오래였다.

"누가 마음에 드세요?"

레프티는 금발에 파란 눈을 한 체르케스 아가씨와 선정적인 자세로 복숭아를 먹고 있는 아르메니아 아가씨, 그리고 앞머리를 가지런히 자른 몽고 아가씨를 차례로 훑어보고 나서 소파 맨 끝에 앉아 있는 조용한 아가씨에게 눈이 멎었다. 눈이 슬퍼 보이는 그녀는 피부가 티 한 점 없이 고왔고 검은 머리를 양 갈래로 묶고 있었다. ("짚신도 짝이 있다."라고 마담이 튀르키예어로 말하자 매춘부들은 소리 내어 웃었다.) 자기가 얼마나 매력적인지 의식하지 못한 채 레프티는 일어나 옷의 주름을 펴면서 자기가 고른 여자에게 손을 내밀었다……. 그녀가 위층으로 안내하는 순간이 되어서야 그의 머릿속에는 이 여자가 어디로 자기를 데려가는지, 그리고 그녀의 과거가 어떤지 등등을 캐묻는 목소리가 들려왔지만 이미 때는 늦었다. 침대 시트는 더러웠고, 기름 램프가 핏빛으로 어둠을 밝혔다. 그리고 장미수와 더러운 발냄새가 코를 찌르는 방이었다. 레프티는 젊은 혈기에 가득 찬 나머지 여자가 옷을 벗을수록 누군가와 점점 더 비슷해진다는 걸 깨달을 여유가 없었다. 그는 커다란 젖가슴과 잘록한 허리, 무장 해제된 엉덩이까지 닿는 긴 머리카락을 쳐다보았다. 하지만 연관을 짓지는 못했다. 여자는 그를 위해 물담뱃대를 채워 주었다. 서서히 몽롱한 상태에 빠져들면서 마음속의 소리도 더 이상 들리지 않았다. 해시시에 살짝 취해 그는 자기가 누군지, 누구랑 같이 있는지도 잊어버렸다. 그녀의 팔다리를 다른 여자의 것으로 착각했다. 그는 누군가의 이름을 두세 번 불렀지만 그걸 의식하기에는 이미 정신이 너무나 혼미했다. 한참 만에 여자가 나가는 길을 안내할 때가 되어서야 그는 현실 세계로 돌아왔다.

"그런데 내 이름은 아이리니예요. 여기엔 데스데모나란 여자는 없어요."

이튿날 아침 코콘 여관에서 눈을 뜬 레프티는 마음 가득 자책감으로 괴로워했다. 그는 시내를 벗어나 다시 산에 올라 비티니오스 마을로 돌아왔다. 주머니에서는 (비어 있었으니) 아무 소리도 나지 않았다. 곧 벌어질 사태에 안절부절못하며 레프티는 누나가 옳았다고 혼잣말을 했다. 자기는 결혼해야 할 나이였다. 루실 아니면 빅토리아와 결혼하게 되겠지. 아이들을 낳고 부르사에는 더 이상 못 가게 될 것이다. 조금씩 조금씩 변해 가겠지. 나이를 먹게 되면 지금 느끼는 모든 것이 기억 속에 묻혀 결국은 아무것도 아닌 걸로 될 거야. 그는 고개를 끄덕이고 나서 모자를 눌러썼다.

그동안 비티니오스에서 데스데모나는 초보자 둘을 앉혀 놓고 마무리 수업을 하고 있었다. 레프티가 코쿤 여관에서 곯아떨어져 있는 동안 누나는 루실 카프칼리스와 빅토리아 파파스를 집으로 초대했다. 이 아가씨들은 데스데모나보다 훨씬 어렸고 아직 부모와 함께 생활하고 있었다. 그들은 한 가정의 안주인으로서 데스데모나를 존경했다. 데스데모나의 아름다움을 부러워하면서 그녀를 경탄의 눈으로 바라보았고, 그녀가 쳐다봐 주면 우쭐해했으며 그녀에게 속내를 털어놓기도 했다. 특히 모양내기에 대해서는 데스데모나의 말 한마디 한마디에 귀를 쫑긋 세웠다. 데스데모나는 루실에게 목욕을 좀 더 자주하고 겨드랑이에서 나는 땀 냄새를 없애려면 식초를 사용하라고 귀띔해 주었다. 빅토리아에게는 원하지 않는 털을 전문으로 깎아 주는 튀르키예 여자를 소개해 주었다. 그다음 주 내내 데스데모나는 자기가 아는 유일한 미용 잡지이자 이미 너덜너덜해진 《랭주리 파리지엔》에서 주워 얻은 모든 지식을 두 아가씨에게 가르쳐 주었다. 이 잡지는 원래 아버지의 것이었는데 브래지어와 코르셋, 가터벨트, 스타킹을 걸친 모델들 사진이 서른두 쪽이나 되었다. 밤에 식구들이 잠들고 나면 아버지는 책상 서랍 맨 밑에서 이 책을 꺼내 보곤 했다. 데스데모나는 언젠가 그 사진들을 실제로 재현할 수 있도록 남몰래 그

잡지를 연구하면서 암기했다.

그녀는 루실과 빅토리아에게 하루도 빼지 말고 오후에 들르라고 일렀다. 그들은 데스데모나에게 지시받은 대로 엉덩이를 흔들면서 마당에 들어섰다. 그러고는 레프티가 즐겨 책을 읽는 포도나무 정자를 쓱 지나가는 것이었다. 그들은 머리 모양과 걸음걸이, 치장하는 보석은 물론 버릇까지 바꾸었다. 데스데모나의 가르침에 따라 이 우중충한 두 아가씨는 작은 소도시 여자들처럼 특징적인 웃음소리를 내거나 독특한 보석을 달고, 아니면 좋아하는 노래를 흥얼거리는 식으로 변화를 주었다. 두 주가 지난 어느 오후 데스데모나는 포도나무 정자로 나가 동생을 넌지시 떠보았다.

"여기서 뭐 하니? 부르사에는 안 가? 지금쯤 결혼하겠다고 예쁜 튀르키예 아가씨를 데려올 줄 알았더니만. 빅토리아처럼 수염이 났을지도 모르니 누구든 꼭 베일은 들쳐 봐라."

"누나가 그렇게 말하니까 웃긴걸. 못 봤어? 비키[17]가 이젠 수염이 없어졌더라고. 또 뭐가 달라졌는지 알아?" 레프티는 일어서면서 연방 싱글거렸다.

"글쎄, 루실도 냄새가 싹 가셨어. 루실이 지나가면 꽃 냄새가 난다니까."

(물론 동생은 거짓말을 하고 있었다. 루실과 빅토리아는 전과 마찬가지로 그의 마음을 전혀 끌지 못했다. 지금 그가 공연히 들뜬 시늉을 하는 것은 피할 수 없는 일들, 즉 결혼과 가정생활, 어린아이라

---

17) 빅토리아의 애칭이다.

는 총체적 재난에 대응하는 자기만의 방식이었던 것이다.) 그는 누나에게 바싹 다가갔다.

"누나가 옳았어. 세상에서 제일 예쁜 여자들은 바로 우리 동네에 있었어."

누나도 수줍게 동생의 눈을 올려다보았다.

"그렇게 생각해?"

"그래서 등잔 밑이 어둡다고 하잖아?"

오누이는 그렇게 서로를 응시하며 서 있었다. 문득 데스데모나는 다시 배 속이 이상해지는 느낌을 받았다. 그 느낌을 설명하자면 또 하나의 이야기를 하지 않을 수 없다. 1968년 성별에 관한 연구 학회의 연례 회의에서 기조연설을 하는 자리에서(그해에는 여러 가지로 재미있는 깜짝 사건이 많았는데 이것은 멕시코 서부의 항구 도시 마사틀란에서 있었던 회의 때이다.) 루스 박사는 '페리페슨스(periphescence)' 개념을 도입했다. 이 용어 자체만으로는 무슨 뜻인지 알 수 없다. 루스 박사가 어원학상의 연상 작용을 피하기 위해 이렇게 만든 것이었다. 그렇지만 페리페슨스의 증상은 유명하다. 그것은 인간이 짝짓기를 앞두고 처음 겪는 열병을 일컫는다. 그때가 되면 현기증이 나고, 공연히 신이 나며 흉벽이 간지럽고, 애인의 머리카락을 밧줄 삼아 붙잡고 발코니에 오르고 싶은 충동을 느낀다. 페리페슨스는 후각이 예민한 강아지처럼 애인의 주위를 킁킁대며 즐겁게 뛰어다니는, 마약에 취한 듯 행복한 최초의 시간을 의미한다.(루스 박사는 기껏해야 이 년 정도 지속된다고 설명했다.) 옛날 사람들 같으면 데스데모나가 겪고 있는 것을 에로스의 장난이라 말했을 것이다. 오늘날 전문가들은 뇌 화학과 진화로 이 현상을 설명할 것이다. 그러나 내가 꼭 말해 둬야 할 것은 데스데모나에게 페리페슨스 상태는 배에서부터 더운 공기가 끼쳐 올라와 가슴을 가로지르는 느낌이었다는 점이다. 그것은 알코올 도수가 180도나 되는 핀란드 민트그린의 화기가 엄습하는 것과 같았다. 목을 지나는 두 개의 선이 잽싸게 펌프질한 술기운은 뜨겁게 얼굴을 달구었다. 그러고 나면 엉뚱한 생각들이 떠오르고 이어서 그 술기운은 데스데모나 같은 규수들은 용납할 수 없는 부위로 번져 나가기 시작했으므로 그녀는 얼른 눈길을 거두고 돌아섰다. 그녀는 페리페슨스 기운을 뒤에 남긴 채 창가로 다가가 골짜기로부터 불어오는 바람에 몸을 식혔다.

"내가 그 애들 부모님한테 말할게." 되도록 어머니 같은 목소리를 내려 애쓰며 그녀가 말했다.

"그러고 나서 네가 구애하는 거야."

다음 날 밤에는 오늘날 튀르키예의 국기를 연상시키는 초승달이 떠올랐다. 부르사 시내에서는 그리스 군대가 음식을 노략질하거나 흥청망청 술을 퍼마시고 이슬람 사원들에 닥치는 대로 총질을 해 댔다. 앙고라에서는 무스타파 케말이 찬카야에서 차를 마시고 있는 사진이 신문에 실렸지만 실제로 케말은 전선의 사령부를 향해 떠난 뒤였다. 부하들과 함께 라키[18]를

---

18) 동유럽에서 마시는 독주의 일종이다.

마신 케말은 전쟁이 끝날 때까지 다시는 술을 입에 대지 않았다. 밤을 틈타 튀르키예 군대는 사람들의 예상을 뒤엎고 북쪽 에스키셰히르 대신 중무장되어 있는 남쪽 도시 아피온으로 진격했다. 에스키셰히르의 튀르키예군은 전력을 과장하기 위해서 야영지에 모닥불을 피웠다. 북쪽의 부르사는 소규모의 견제군으로 위장했다. 이처럼 군대가 여기저기 포진한 가운데 레프티 스테파니데스는 코르사주 두 개를 들고 집을 나섰다. 그는 먼저 빅토리아 파파스의 집으로 향했다.

그것은 출생이나 죽음에 맞먹는 일대 사건이었다. 100여 명 가까운 비티니오스 주민들은 레프티가 곧 방문하리라는 소식을 들어서 알고 있었다. 마을 노인들은 물론이요, 늙은 과부나 유부녀, 젊은 엄마를 가리지 않고 모두들 그가 어느 아가씨를 고를지 숨을 죽이고 기다렸다. 워낙 인구가 적다 보니 구애하는 낡은 관습은 거의 사라지고 없었다. 이렇게 낭만의 가능성이 사라지자 악순환이 생겨났다. 사랑할 사람이 없으니 사랑이 없고. 사랑이 없으니 아이도 생기지 않고. 아이가 없으니 사랑할 사람이 없는.

빅토리아 파파스는 《랭주리 파리지엔》의 8쪽 사진과 똑같이 한쪽으로만 조명을 받아 몸 위로 그늘이 지게 하는 자세로서 있었다. 데스데모나(의상과 무대 매너를 비롯한 총감독을 맡은)는 빅토리아의 머리에 핀을 꽂아 주고 곱슬머리를 이마 위에 늘어뜨리게 했다. 그리고 멋없이 크기만 한 코는 반드시 그늘지게 하도록 일러두었다. 향수를 칙칙 뿌리고, 털을 깎고, 연

화제로 피부를 촉촉하게 만들고, 눈가에는 콜[19]을 발라 힘을 주면서, 빅토리아는 레프티가 자기를 쳐다보겠거니 했다. 그녀는 그의 뜨거운 시선을 느끼고, 무거운 숨소리를 듣고, 그가 (목이 말라 약간 쉰 소리로) 같은 말을 두 번 하는 것을 들었다. 그리고 그의 발소리가 다가오는 것을 들었다. 마침내 그녀는 돌아서서 데스데모나가 가르쳐 준 표정을 지었다. 그런데 프랑스 모델처럼 입술을 앞으로 내미느라 너무 신경을 쓴 나머지 레프티의 발소리가 다가오다가 멀어지는 것을 미처 깨닫지 못했다. 급기야 돌아보니 마을의 유일한 신랑감인 레프티 스테퍼니데스는 떠나간 뒤였다.

그동안 집에 있는 데스데모나는 혼수 상자를 열어 보았다. 그 안에서 그녀는 코르셋을 꺼냈다. 결혼 첫날밤에 입으라며 어머니가 몇 해 전에 준 것이었다.

"언젠가는 이 옷이 몸에 꼭 맞을 게다."

침실 거울 앞에서 그녀는 이 이상하고 복잡하게 생긴 의상을 몸에 대 보았다. 무릎까지 오는 양말과 잿빛 속옷을 벗었다. 허리가 위로 올라간 하이웨이스트 치마와 깃을 높이 세운 상의도 벗어 던졌다. 머리에 쓴 두건을 벗겨 내자 풀려난 머리채가 맨살의 어깨 위로 넘실거렸다. 코르셋은 하얀 실크로 만든 것이었다. 그것을 입으니 데스데모나는 자신이 변태(變態)를 기다리며 고치를 짓고 있는 듯한 기분이 들었다.

그러나 거울을 다시 보았을 때 그녀는 번쩍 정신이 들었다.

---

19) 이슬람 지역에서 쓰이는 화장먹이다.

코르셋이라니 부질없었다. 그녀가 결혼하는 일은 결코 없을 것이다. 오늘 밤 레프티는 신부를 골라 집에 데려올 것이다. 데스데모나는 이제까지 그랬던 것처럼 묵주를 돌리고 지금 느끼는 것보다 훨씬 더 늙어 버리겠지. 개가 컹컹 짖었다. 마을에 사는 누군가가 장작더미를 발로 걷어차며 욕설을 해 댔다. 그리고 나의 할머니는 절대 떠나지 않을 괴로움을 헤아리며 남은 세월을 보내야 한다는 생각에 소리 죽여 울기 시작했다.

한편 루실 카프칼리스는 정확하게 자기가 배운 대로의 모습을 하고 서 있었다. 그러니까 한쪽으로만 조명을 받는 자세로 유리로 만든 체리 장식이 달린 하얀 모자를 쓰고 어깨에는 작은 망토를 걸쳤다. 목과 어깨가 드러날 정도로 옷깃이 커다란 연두색 드레스를 입고 높은 구두를 신은 채 넘어지기라도 할까 봐 꼼짝도 않고 있었다. 뚱뚱한 그녀의 어머니가 어기적거리며 들어와서 싱글벙글하며 소리쳤다.

"이리로 온다! 빅토리아한테는 일 분도 안 가 있었단다!"

아까부터 식초 냄새가 강하게 코를 찔렀다. 레프티는 카프칼리스네의 낮은 현관으로 막 들어서던 참이었다. 루실의 아버지가 그를 반갑게 맞으며 말했다.

"두 사람만 시간을 보내게나. 친해져야지."

부모가 나갔다. 방 안은 어둠침침했다. 레프티는 돌아섰고…… 나머지 코르사주를 떨어뜨렸다.

데스데모나가 미처 예상치 못했던 것은 바로 남동생 역시 《랭주리 파리지엔》을 꿰고 있었다는 점이다. 사실을 말하자면 열두 살 때부터 열네 살까지 그에게는 굉장한 보물이 있었으니 낡은 옷 가방 속에 감춰 둔 엽서 크기의 사진 열 장이었다. 그것은 '환락궁의 소녀, 세르민'이란 제목 아래 서양 배를 닮은 스물다섯 살의 아가씨가 권태로운 모양으로 잘 꾸며 놓은 후궁에서 술이 달린 베개들을 받치고 여러 가지 자세를 취하고 있는 사진들이었다. 화장 가방에서 처음 이 여자를 찾아냈을 때 레프티는 요술쟁이가 들어 있는 램프를 문지른 기분이었다. 반짝이는 먼지구름 속으로 세르민이 뭉게뭉게 피어올랐다. 몸에는 『아라비안나이트』에 나오는 것 같은 슬리퍼와 허리에 두른 장식띠(번쩍) 외엔 아무것도 걸치지 않았다. 호랑이 가죽 위에 나른하게 누워 아라비아 칼(번쩍)을 어루만지다가 서양 장기판 위에 젖가슴을 드러낸 채 앉아 있었다. 그 열 장의 흑백 사진을 보고 레프티는 도시에 매혹되기 시작했다. 그러나 그는 《랭주리 파리지엔》 속의 첫사랑을 아무리 해도 잊을 수가 없었다. 그는 마음만 먹으면 언제든지 상상 속에서 그 사진들을 불러낼 수가 있었다. 빅토리아 파파스가 8쪽처럼 보였을 때, 그에게 가장 먼저 떠오른 것은 어린 시절 첫사랑과 어쩌면 저렇게 다를까 하는 실망감이었다. 그는 빅토리아와 결혼해서 같이 사는 모습을 상상해 보려고 애썼지만 머릿속에 떠오르는 장면들은 모두 중심이 비어 있었다. 그가 이 세상 누구보다 사랑하고 누구보다 더 잘 아는 사람이 있어야 할 자리는 허전하기만 했다. 그래서 그는 빅토리아 파파스에게서 도망치듯이 길을 내려왔다. 하지만 루실 카프칼리스를 봤을 때 똑같은 실망감을 느끼지 않을 수 없었으니 그것은 그녀가 《랭주리 파리지엔》 22쪽을 보람도 없이 흉내 내고 있어서였다.

그러고 나서 일은 벌어졌다. 울고 있던 데스데모나는 코르셋을 벗어 원래대로 개어 혼수 상자에 집어넣었다. 그녀는 레프티의 침대에 몸을 던지고 하염없이 울었다. 베개에서는 동생의 포마드 냄새가 났고 그녀는 훌쩍이면서 그 냄새를 들이마셨다.

그리하여 흐느끼던 그녀는 마약에 취하듯 잠에 빠져들었다. 잠자면서 그녀는 줄곧 마음속에 품어 온 꿈을 꾸었다. 꿈속에선 모든 것이 예전 그대로였다. 그녀와 레프티는 다시 어린애(단, 몸이 성숙한 어린애)가 되어 한 침대(단, 부모의 침대)에 누워 있었다. 자면서 오누이는 팔다리를 이리저리 움직였다.(어떻게 움직였는지 말할 수 없이 기분이 좋았다. 침대가 축축했다.) ……그 대목에서 데스데모나는 언제나와 같이 잠이 깨었다. 얼굴이 뜨거웠다. 배가 이상하게 아래로 쑥 꺼지는 것 같았고, 이젠 그 느낌을 뭐라고 해야 할지 알 수 있을 것 같았다.

여기 아론 의자[20]에 앉아 윌슨[21]의 사상을 생각해 본다. 그것은 사랑이었을까, 번식이었을까? 우연 아니면 운명? 죄악 아니면 자연의 섭리? 아마도 스스로를 드러내려는 결정적 과제를 안고 있었던 것은 다름 아닌 유전자였으리라. 데스데모나가 눈물을 흘린 것도, 레프티가 술집 여자들을 찾아 나선

---

20) 인체공학적으로 설계한 가구이다.
21) 에드워드 오스본 윌슨(Edward Osborne Wilson, 1929~2021). 생물 다양성의 보전과 인간성 회복을 주장한 미국의 생물학자. 인간을 비롯한 모든 동물의 사회적 행동에 대한 유전 관계를 연구하는 사회생물학을 최초로 주장했다.

것도 다 그 때문이었을 것이다. 어떤 변덕이나 감상적인 동정심에서가 아니라 이 새로운 존재가 세상에 나가려는, 그리하여 가슴속에 마련된 게임을 해 보려는 필요성에서였을 것이다. 그러나 나는 그걸 설명할 길이 없고 데스데모나나 레프티도 모르기는 매한가지였다. 세상의 그 누구도 사랑에 빠지는 일을 두고 어디까지는 호르몬의 작용이고, 어디서부터는 신성한 사랑이라고 가를 수는 없을 것이다. 나는 무슨 일이 있어도 종족을 보존하려는 어떤 이타주의에서 나온 하느님의 소관이라는 의견을 고집하고 싶지만 장담할 수는 없다. 나는 유전학이 나오기 이전의 마음가짐, 그러니까 모든 사람이 모든 사실에 대해서 "그건 다 유전자에 들어 있지."라고 말하는 버릇이 생기기 이전의 시절로 돌아가려고 한다. 오늘날의 자유를 누리기 이전의 시절, 그때가 훨씬 더 자유로웠다. 암, 그렇고말고. 데스데모나는 상황이 어떻게 돌아가는지 알 수가 없었다. 그녀는 자기 내면을 1 아니면 0의 무한수열로, 어디에 버그가 날지 모르는 거대한 컴퓨터 코드로 여기지 않았다. 오늘날 우리는 누구나 이런 지도를 하나씩 떠메고 다닌다는 사실을 알고 있다. 길에 우두커니 서 있을 때도 우리 운명은 유전자의 손아귀에 있다. 유전자는 우리 부모와 똑같은 주름살과 저승꽃을 우리 얼굴에 심어 놓는다. 유전자 때문에 우리는 특이 체질로서 가계를 알아볼 수 있게끔 코를 훌쩍인다. 유전자들은 깊숙한 곳에서 우리의 눈 근육을 통제하고, 그 때문에 두 자매는 똑같은 모양으로 눈을 깜박이며, 쌍둥이 형제는 똑같은 자세로 공을 튕기는 것이다. 나는 불안한 기분이 들 때면 가끔 우리 형처럼 코의 물렁뼈를 만지작거리곤 한다. 형과 나는 인후와 후두의 구조가 똑같아 똑같은 톤과 똑같은 데시벨의 공기를 내보낸다. 이것은 시간을 반대로 뒤집더라도 마찬가지로 성립한다. 다시 말해 내가 말하고 있을 때 그것은 곧 데스데모나가 말하는 것과 같다. 그러므로 할머니도 지금 이 글을 쓰고 있는 것이다. 데스데모나는 꿈에도 알 턱이 없었다. 자기 안에서 이런 대군이 100만 가지 명령을 수행하고 있다는 것을, 그리고 병사 하나가 명령을 어기고 무단 외출을 나갔다는 것을.

그와 같은 이유로 레프티는 루실 카프칼리스에게서 누나에게로 도망쳐 왔다. 옷을 입으면서 데스데모나는 동생이 빠른 걸음으로 걸어오는 소리를 들었다. 그녀는 코르셋을 혼수 상자에 집어넣고 두건으로 눈가를 훔쳤다. 동생이 문 안에 들어섰을 때 그녀는 미소를 지었다.

"그래, 누구를 골랐니?"

레프티는 아무 말 없이 누나를 살폈다. 그는 언제나 누나와 함께 침실을 써 왔기 때문에 누나가 울었는지 아닌지를 눈 감고도 알 수 있었다. 누나는 머리카락이 흐트러져 얼굴을 뒤덮고 있었지만 동생을 올려다보는 눈만큼은 여느 때와 같이 다정했다.

"아무도 안 골랐어." 그가 말했다.

이 말에 데스데모나는 말로 설명할 수 없는 행복감에 어쩔 줄을 몰랐다. 그러나 말로는 안 그런 척했다.

"어떻게 된 거야? 누구든 한 사람을 골랐어야지."

"그 애들이 창녀같이 보이더라고."

"레프티!"

"사실인걸."

"그 애들하고 결혼하고 싶지 않니?"

"응."

"그래도 해야 해." 그녀가 주먹을 들어 올렸다.

"내가 이기면 넌 루실과 결혼하는 거야."

이 제의를 거절하지 못하고 레프티도 주먹을 쥐었다.

"가위, 바위…… 보!"

"보가 바위를 감쌌어." 레프티의 말이었다.

"내가 이겼어."

"다시, 이번엔 내가 이기면 비키와 결혼하는 거야. 가위, 바위…… 보!"

"가위가 보를 조각냈어. 내가 또 이겼어! 비키야, 안녕!"

"그러면 누구랑 결혼할 거니?"

"몰라." 누나의 손을 잡고 누나를 내려다보며 레프티가 말했다.

"누나랑 하면 어떨까?"

"말도 안 돼. 난 네 누나야."

"그냥 누나가 아니지. 누나는 팔촌도 돼. 팔촌은 결혼할 수 있어."

"레프티, 너 미쳤구나."

"그편이 나을 거야. 집을 다시 정리할 필요도 없잖아."

농담이 아니었지만 농담인 것처럼 데스데모나와 레프티는

서로를 껴안았다. 처음에는 그냥 껴안은 것이었지만 십 초가 지나자 그냥 껴안은 게 아니었다. 손의 위치와 손가락의 움직임이 보통 오누이가 애정을 보이는 정도를 벗어났다. 이런 것들은 그 나름의 언어로 만들어져서 조용한 방에 완전히 새로운 메시지를 선포하게 되었다. 레프티는 데스데모나를 이끌고 유럽식 왈츠를 추기 시작했다. 왈츠를 추면서 두 사람은 바깥으로 나갔다. 뜰을 건너 누에방과 포도 덩굴 아래로 가는 동안 그녀는 터져 나오는 웃음을 손으로 가렸다.

"우리 친척 동생은 춤도 잘 추는구나."

이렇게 말하는 그녀의 가슴은 다시 쿵쿵 뛰었다. 그녀는 그날 그 자리에서 레프티의 팔에 안겨 죽을 것 같았다. 하지만 물론 그런 일은 생기지 않았고, 그들은 계속해서 춤을 추었다. 여기서 잠깐. 이들 남매가 춤추고 있는 곳을 되새겨 보자. 비티니오스. 그 산골 마을에서는 사촌끼리도 결혼하는 일이 종종 있어서 동네 사람들 모두가 어떻게든 친족 관계였다. 오누이이면서 팔촌이기도 한 그들은 춤을 추면서 서로를 더욱 세게 끌어안기 시작했다. 농담처럼 주고받던 대화도 끊어지고 함께 춤만 추었다. 외딴곳의 절박한 환경에 처한 외로운 남녀가 흔히 그러하듯이.

멀리서 폭발음이 들린 것은 바로 그때였다. 아직 말이든 행동이든 결정적인 사태는 벌어지지 않은 상황(그러한 결단은 결국 두 사람 대신 뜻밖의 화재가 내려 주게 된다.)에서 왈츠를 추던 두 사람은 불길 속에 그리스 군대가 총퇴각하는 광경을 내려다보았다.

해서는 안 될 청혼

소아시아 그리스 민족의 후예로 미국 땅에서 태어난 나는 지금 유럽에 살고 있다. 정확하게 말하자면 베를린 쉰베르크 지역이다. 미국 국무부의 해외 근무직은 외교부와 문화부 두 부분으로 나뉜다. 대사와 그의 보좌진은 노이슈타트 키르히슈트라세의 새 대사관에서 바리케이드를 넓게 두르고 외교 정책을 시행한다. 우리 부서(독서, 강연, 음악회를 맡고 있다.)는 미국 냄새를 줄줄 흘리며 하나의 이정표 구실을 하는 미국 문화원 건물에서 활동한다.

오늘 아침 나는 여느 날과 같이 지하철을 타고 출근했다. 우반[22]을 타고 편안하게 서쪽 클라이스트 공원으로 간 다음,

---

22) 독일의 지하철을 말한다.

그곳에서 지하철을 갈아탄 뒤 북쪽 베를린 동물원으로 갔다. 예전에는 서베를린에 속했던 역들이 차례차례 지나갔다. 대부분은 1970년대에 단장한 뒤 한 번도 손을 보지 않았기 때문에 내가 어렸을 적 살던 변두리 주택의 부엌 같은 색, 그러니까 아보카도나 계피, 노란 해바라기 같은 색을 띠고 있다. 우반이 슈피혜른슈트라세역에 멈추었을 때이다. 바깥 플랫폼에서는 거리의 악사가 아코디언으로 구슬픈 슬라브곡을 연주하고 있었다. 나는 아직도 약간 젖은 머리에 구두코를 반짝거리며 손가락으로 《프랑크푸르트 알게마이네 차이퉁》을 뒤적이고 있었다. 그녀가 상상을 초월하는 자전거를 굴리며 들어온 건 바로 그때였다.

예전에는 남자든 여자든 얼굴을 보면 대개 그 사람의 국적을 알 수 있었다. 그러나 이민이란 것 때문에 이제 그런 추측은 불가능해졌다. 그다음으로 국적을 알 수 있게 해 주는 것이 신발인데 세계화의 물결로 그것도 불가능해졌다. 바다표범 새끼 가죽으로 만든 핀란드화도, 독일의 가자미 신발도 이젠 찾아보기가 어려워졌다. 지금은 바스크 지방 사람들도, 네덜란드나 시베리아 사람들도 나이키를 신는다.

자전거를 끌고 온 여자는 아시아계였다, 적어도 유전적으로는. 그녀의 검은 머리는 들쭉날쭉했다. 그녀는 짧은 올리브색 바람막이 점퍼와 주름 잡힌 검정색 스키 바지를 입고 볼링 슈즈처럼 생긴 밤색 캠퍼를 신었다. 자전거 바구니에는 카메라 가방이 들어 있었다.

나는 감으로 그녀가 미국인일 거라고 생각했다. 그녀의 자전거는 복고풍이었다. 크롬과 튀르키예옥으로 만든 그 자전거는 흙받기가 셰브롤레만큼 넓었고, 타이어는 일륜차의 그것만큼이나 두꺼웠으며, 적어도 50킬로그램은 나갈 것 같았다. 국적을 이탈한 사람의 변덕을 읽을 수 있는 자전거였다. 나는 기차가 다시 멈추면 그걸 핑계 삼아 말을 붙여 볼 요량이었다. 여자가 올려다보았다. 모자를 쓴 아름다운 얼굴을 비켜 머리카락이 흘러내렸고 잠시 나와 여자의 눈이 마주쳤다. 차분한 표정과 매끄러운 피부 때문에 그녀의 얼굴은 가면에 살아 있는 사람의 눈을 박아 넣은 것처럼 보였다. 그 두 개의 눈이 내게서 비켜났다. 여자는 자전거의 핸들을 부여잡고 거대한 두 바퀴 자전거를 우반에서 내려 승강기 쪽으로 굴리며 걸어갔다. 우반이 다시 출발했으나 나는 더 이상 책을 읽지 않았다. 나는 자리에 앉아 육감적인 흥분, 흥분한 육감의 상태로 목적지까지 왔다. 그러고는 비틀거리며 우반에서 내렸다.

나는 양복 상의 단추를 풀고 외투 안주머니에서 시가를 한 개비 꺼냈다. 그리고 작은 주머니에서 시가 커터와 성냥을 꺼냈다. 식후도 아니었지만 나는 시가(다비도프 그랜드 크루 3번)에 불을 붙이고는 마음을 가라앉히려고 조용히 입에 물었다. 시가라든가 더블브레스트 양복…… 이런 것들은 내게 좀 과분하다. 나도 잘 알고 있다. 하지만 나한테는 필요한 물건들이다. 그런 것들로 기분이 훨씬 좋아지니까. 내가 겪어 온 일들을 생각하면 약간의 과잉 보상을 기대해도 좋을 것이다. 맞춤 양복에 체크무늬 셔츠를 입고 나는 내 핏속의 열기가 잦아들 때까지 지방 함량이 중간 정도 되는 시가를 피웠다.

여러분이 오해하지 말아야 할 것은 내가 적어도 자웅 양성은 아니라는 사실이다. 5알파환원효소결핍증후군은 태아기와 신생아기, 그리고 사춘기에 테스토스테론의 말초 작용과 정상적인 생합성을 가능하게 한다. 다시 말하자면 나는 사회에서 남자로 기능한다는 뜻이다. 나는 남자 화장실을 사용한다. 여자들이 사용하는 좌변기가 아니라 언제나 남자 소변기를 쓴다. 체육관의 남자 탈의실에서는 조심스럽게 샤워도 한다. 나는 정상적인 남자의 2차 성징을 모두 가지고 있는데 단 한 가지, 즉 디하이드로테스토스테론을 합성할 능력이 없기 때문에 대머리는 될 수 없다. 내 평생의 반 이상을 남자로 살아왔기 때문에 이제는 모든 것이 자연스럽다. 칼리오페가 갑자기 표면에 떠오를 때도 있지만 그것은 어린아이가 말을 배우다 간혹 틀릴 때가 있는 것과 같은 이치이다. 칼리오페는 예고 없이 나타나서 머리카락을 쓸어 넘기거나 손톱을 매만지곤 한다. 잠깐 혼이 썬 것 같은 느낌이다. 칼리는 헐거운 가운을 입듯 내 피부를 입으며 안에서 일어선다. 조그만 두 손을 내 팔의 풍성한 소맷자락에 찔러 넣고, 침팬지 같은 두 발을 내 다리가 걸쳤던 바지 속에 쑥 집어넣는다. 보도에서는 자꾸 여자처럼 걷게 되고, 그렇게 걷다 등하굣길의 소녀들을 만나면 그들처럼 수다를 떨고 싶은 마음에 옛 생각을 떠올리게 된다. 이 느낌은 몇 걸음 더 계속된다. 칼리의 머리카락이 내 뒷덜미를 간질인다. 그녀는 내 가슴속에 무슨 일이 일어났는지 알고 싶다는 듯이 짐짓 내 가슴을 압박해 온다. 그것은 그녀가 초조할 때의 오랜 습관이다. 그녀의 정맥 속에 흐르던, 사춘기의 절망을 담은 병든 체액이 다시금 내 정맥으로 흘러든다. 하지만 그러고 나면 거짓말같이 그녀는 내 안에서 오그라들고 녹아 버려 흔적도 없이 사라진다. 돌아서서 비춰 본 유리창에는 기다란 곱슬머리에 숱이 적은 염소수염을 기른 마흔한 살의 사나이가 서 있는 것이다. 현대에 나타난 머스킷 총병이랄까.

그러나 지금으로서는 그걸로 충분하다. 나는 어제 어디서 그 일이 터졌는가를 알아내야 한다. 결국 그다음 일이 터지지 않았더라면 칼이든 칼리오페든 간에 살아남을 수 없었을 테니까.

*

"내가 말했잖아!" 데스데모나는 목이 터져라 소리를 질렀다.

"너무 운이 좋다 싶을 땐 도리어 나빠질 수 있다고 그랬잖아. 이게 우리를 해방시키는 거였어? 세상천지에 이렇게 어리석은 건 그리스인밖에 없을 거야!"

여러분이 본 대로 왈츠를 추고 난 다음 날 아침이 되자 데스데모나의 예감이 그대로 들어맞았다. '거대한 이상'의 꿈은 수포로 돌아갔다. 튀르키예군이 아피온을 탈환했다. 그리스 군대는 패해서 바닷가로 달아났고 후퇴하면서도 길에 보이는 건물들에 닥치는 대로 불을 질렀다. 데스데모나와 레프티는 새벽 어스름한 산허리에서 파멸의 현장을 발아래 굽어보았다. 수 킬로미터에 이르는 골짜기 아래 동네에서 검은 연기가 피어올랐다. 마을마다, 경작지마다, 나무마다 불길이었다.

"여기 있으면 안 되겠어." 레프티가 말했다.

"튀르키예군이 보복하러 올 거야."

"언제는 구실이 없어서 못 왔고?"

"미국으로 가야겠어. 수멜리나한테 가면 될 거야."

"미국이라고 별 뾰족한 수도 없을 거야." 데스데모나는 머리를 흔들며 고집을 피웠다.

"리나의 편지를 그대로 믿으면 안 돼. 그 애는 허풍이 심하거든."

"어쨌든 같이 가면 괜찮지 않겠어?"

전날 밤과 같이 그가 바라보자 데스데모나는 얼굴을 붉혔다. 그가 팔로 안으려 하자 그녀는 막았다.

"저기 좀 봐."

아래에서 연기가 잠시 가늘어지고 있었다. 그러자 피난민으로 들끓는 길거리가 보였는데 손수레, 마차, 물소, 노새, 사람 할 것 없이 모두가 바쁜 걸음으로 시내를 빠져나오고 있었다.

"어디서 배를 타면 될까? 콘스탄티노플에서?"

"스미르나[23]로 가자." 레프티가 말했다.

"스미르나가 제일 안전하대."

데스데모나는 이 새로운 현실을 가늠해 보려고 잠시 입을 다물었다. 동네의 이웃집들이 시끌벅적해지더니 사람들은 그리스와 튀르키예를 모두 욕하면서 짐을 꾸리기 시작했다. 데

---

23) 이즈미르의 옛 이름이다.

스데모나는 갑자기 결심한 듯이 이렇게 말했다.

"난 누에 상자를 가지고 갈 테야. 누에알도 좀 가져가고. 그러면 돈이야 벌 수 있겠지."

레프티는 누나의 팔을 잡고 장난스레 흔들었다.

"미국에서는 비단 농사를 안 지어."

"그래도 옷은 입을 것 아냐? 안 그러면 벌거벗고 다닌다고? 옷을 입는다면 비단도 필요할 거고. 그러면 비단을 사러 나한테 올 거야."

"좋아. 누나 하고 싶은 대로 해. 어서어서."

1922년 8월 31일 엘루테리오스와 데스데모나 스테퍼니데스는 비티니오스를 떠났다. 두 사람은 옷가지와 세면도구, 데스데모나의 해몽책, 묵주, 그리고 레프티의 고대 그리스어 교본 두 권을 넣은 가방 두 개를 들고 걸어서 집을 나섰다. 데스데모나는 하얀 천에 싼 이삼백 개의 누에알을 누에 상자에 담아 품에 안았다. 레프티의 주머니에는 이제 도박 빚이 아닌 아테네와 애스토리아 발송 주소를 적은 종이쪽지가 들어 있었다. 단 일주일 만에 100명가량의 비티니오스 주민들이 짐을 싸서 떠났고, 그중 대부분은 그리스 본토를 통해 미국으로 갔다. (그 이주로 나는 태어나지 못했어야 마땅하지만 실제로는 그렇지가 못했다.)

떠나기에 앞서 데스데모나는 뜰로 나가 엄지손가락으로 그리스 정교회식으로 성호를 그었다. 그녀는 썩은 내가 물씬 풍기는 누에방, 담장을 따라 줄지어 있는 뽕나무, 이제 다시는 올라갈 필요가 없어진 층계와 세상 사람들 위에 살고 있다는 기분 이 모든 것에 작별을 고했다. 그녀는 마지막으로 자신의 누에를 한 번 더 보려고 누에방 안으로 들어갔다. 누에들은 모두 고치 만들기를 쉬고 있었다. 그녀는 손을 뻗어 뽕나무 가지에서 누에 한 마리를 잡아떼어 웃옷 안주머니에 집어넣었다.

1922년 9월 6일, 소아시아에 주둔해 있는 그리스 군대의 최고 사령관인 하지에네스티스 장군은 잠에서 깼을 때 두 다리가 유리로 변해 버린 느낌이었다. 침대에서 내려오기가 두려워진 그는 아침 면도를 생략하고 이발사를 내보냈다. 오후에는 매일 레몬 아이스를 마시기 위해 들르던 스미르나 강가에도 가지 않기로 했다. 대신 그는 정신을 가다듬고 가만히 누워서 (전선에서 급파된 문서를 전달하는) 부관들에게 문을 쾅 닫거나 발을 구르지 말라고 지시했다. 이런 것들은 사령관으로서의 투명하고 생산적인 일과라 할 수 있다. 이 주 전 튀르키예군이 아피온을 공격했을 때 하지에네스티스는 이제 죽은 목숨이라고, 자기 막사 벽에 일렁이는 불빛의 물결들이 하늘나라의 꽃불이거니 하고 믿었다.

2시에 부사령관이 발끝걸음으로 사령관 막사에 들어와 속삭였다.

"사령관님, 반격 명령만 내려 주십시오."

"삐걱거리는 소리가 들리는가?"

"네?"

"내 다리 말이네. 유리처럼 깨져 버릴 것 같은 내 말라깽이

다리 말이야."

"사령관님, 전 사령관님께서 다리 때문에 고생하신다는 건 잘 알고 있습니다만, 송구스럽게도 실례를 무릅쓰고 말씀드리자면……. (속삭이는 소리보다 조금 큰 소리로) 지금은 그런 문제에 신경 쓸 때가 아닙니다."

"부관은 내가 농담이나 지껄이고 있다고 생각하는가? 자네 다리가 유리로 변해 버렸다면 자네도 이해할 걸세. 난 해변에 들어갈 수가 없어. 케말이 기대하고 있는 건 바로 그거란 말이야! 나를 세워 놓고 내 다리를 산산조각 내려 들걸."

"사령관님, 최신 근황입니다."

부사령관은 종이 한 장을 하지에네스티스의 얼굴에 들이대고 읽어 내려갔다.

"튀르키예군 기갑 부대가 스미르나 동쪽 160킬로미터 지점에서 확인됐습니다. 난민 수는 현재 18만 명입니다. 어제보다 3만 명 늘어난 수치입니다."

"죽음이 이렇게 찾아올 줄은 몰랐어, 부관. 자네가 가깝게 느껴지는구먼. 난 다됐어. 저승사자를 만나러 길을 떠났지만, 아직은 자네가 보이는군. 내 말 잘 듣게. 죽는다고 끝나는 건 아냐. 그게 내가 알아낸 사실이야. 우리는 전과 다름없이 살아남는 거야. 죽은 자들은 나도 자기들과 같다는 것을 알고 있어. 내 주변에는 온통 죽은 자들이야. 자네 눈에는 안 보이겠지만 그들은 분명히 여기 있어. 아이를 안은 엄마들, 나이 든 여자들…… 모두가 여기 있어. 요리사에게 점심을 들이라고 하게."

막사가 위치한 이 유명한 항구에는 배들이 가득 들어차 있었다. 상선들은 바지선과 나룻배가 즐비한 긴 부두를 따라 정박해 있었고, 조금 떨어진 곳에는 닻을 내린 연합군의 군함들이 보였다. 스미르나의 그리스인이나 미국 시민권자들(그리고 수천 명도 넘는 그리스 난민들)은 그 광경을 보고 적이 안심을 했다. 그리스 침공을 원조한 대가로 연합군 측이 스미르나시를 승전국인 튀르키예 측에 양도할 계획이란 기사가 어제 아르메니아 신문에 났다는 소문이 돌 때마다 사람들은 프랑스 해군의 구축함과 영국의 전함을 쳐다보았고, 스미르나의 유럽 상권이 아직은 보호받고 있다는 점을 근거로 불안을 잠재울 수 있었다.

니샨 필로보시안 박사가 그날 오후 항구를 향해 출발한 것은 바로 그와 같은 내용을 확인하기 위해서였다. 그는 아내인 투키에게 입맞춤을 하고 두 딸 로즈와 아니타에게 작별 인사를 했다. 그러고 나서 두 아들 카레킨과 스테판의 등을 손바닥으로 툭 치고는 장기판을 손가락으로 가리키며 짐짓 심각한 투로 말했다.

"저 장기말, 한 칸도 움직이면 안 돼."

그는 현관문을 잠근 뒤 한 번 더 어깨로 밀어 잠긴 것을 확인하고 수앤 거리를 걸어 내려가기 시작했다. 아르메니아 구역에서 문을 닫은 상점들과 셔터를 내린 창문들을 지나갔다. 그는 버베리안 빵집 앞에 발을 멈추고는 찰스 버베리안이 가족을 데리고 시내를 빠져나갔을까 아니면 자기네 식구들처럼 위층에 숨어 있을까 궁금해했다. 닷새간 집에서 숨어 지내는 동안 필로보시안 박사와 아들들은 체스 게임으로 시간을 보냈다. 로즈와 아니타는 얼마 전 그가 미국의 파라다이스란 교외를 다녀오면서 사다 준《포토플레이》를 뒤적였으며, 아내는 먹는 게 걱정을 덜어 줄 유일한 낙이었으므로 밤낮으로 요리를 했다. 빵집 문에는 "곧 엽니다."라고 쓴 표지판과 케말의 초상화(이걸 보고 필로보시안은 주춤했다.)가 걸려 있었다. 이 불굴의 튀르키예 지도자는 아스트라한 모자[24]를 쓰고 모피 옷깃을 두른 채 검을 엇갈려 놓은 것 같은 눈썹 아래 새파란 두 눈으로 쏘아보고 있었다. 필로보시안 박사는 그 얼굴을 외면하고 계속 걸어가면서 저렇게 케말의 초상화를 내거는 것에 반대하여 자기가 했던 말들을 하나하나 떠올렸다. 그 한 가지는 (아내에게 이번 주 내내 누누이 말했듯이) 유럽 열강들이 튀르키예인들을 이 도시에 들이지 않으리라는 것이었다. 두 번째는 설사 튀르키예인들이 시내로 들어온다 해도 항구에 전함들이 있기 때문에 튀르키예군이 약탈하는 일은 없으리라는 것이었다. 심지어 1915년 대학살 때에도 스미르나의 아르메니아인들은 안전했다. 그리고 마지막으로 (최소한 그의 가족을 위해서) 편지가 있지 않은가. 그는 그 편지를 가지러 지금 병원으로 가는 길이었다. 머릿속으로 그런 생각들을 떠올리며 그는 언덕을 내려와 유럽인 구역에 이르렀다. 이곳의 가옥들은 한결 화려했다. 거리 양편으로 화단을 가꾼 발코니와 문장이 새겨진 높은 담을 두른 2층짜리 저택들이 늘어서 있었다. 필로보시

---

24) 어린 양의 털가죽 모자이다.

안 박사는 이런 저택의 사교 모임에 초대받아 본 적은 없지만 이곳에 사는 레반트[25] 소녀들을 진찰하러 왕진을 온 일은 여러 번 있었다. 저택 안뜰의 '수궁(水宮)'에서는 열여덟이나 열아홉 살 정도의 소녀들이 과일나무 아래에 놓인 침상에 힘없이 누워 그를 기다리곤 했다. 그녀들은 유럽인 남편을 얻어야 한다는 강박 관념 때문에 소문이 나빠질 정도로 자유분방했으며, 그런 이유 때문에 스미르나시는 군 장교들에게 예외적으로 친절하다는 평판을 얻게 되었다. 필로보시안 박사가 방문하던 아침 녘에 소녀들의 얼굴이 열꽃으로 발개 있던 것도 역시 같은 이유에서였다. 그녀들이 호소하는 내용은 무도장에서 발목을 삐었다는 데서부터 좀 더 은밀한 윗부분의 생채기까지 다양했다. 그 같은 상처에 대해 소녀들은 부끄러운 빛도 없이 속옷까지 활짝 벗어젖히며 말했다.

"너무 빨개요, 선생님. 어떻게 좀 해 주세요. 11시까지 카진에 가야 한단 말이에요."

그 소녀들은 몇 주 전 첫 번째 전투가 벌어진 후 부모들을 따라 (시즌이 시작된) 파리와 런던으로 가고 없어서 집들은 조용했다. 박사는 소녀들의 풀어 헤친 옷을 생각하니 위기의식이 좀 물러가는 것 같았다. 그러나 모퉁이를 돌아 부두에 이르자 다시 불안한 마음이 엄습해 왔다.

항구는 한쪽 끝에서 다른 쪽 끝까지 후송되기를 기다리는 그리스 병사들로 장사진을 이루었다. 그들은 기진맥진하고 누

---

25) 시리아, 레바논, 이스라엘 등 동부 지중해 연안의 나라들이다.

추한 행색으로 살아 있는 송장처럼 철수 지점인 스미르나 남서쪽 케스메로 절뚝거리며 걸어가고 있었다. 누덕누덕해진 군복은 퇴각하면서 불을 지른 마을의 숯 검댕으로 시커멨다. 일주일 전만 해도 이 해변의 우아한 노상 카페들은 해군과 외교관들로 붐볐지만 지금 이 부두는 돼지우리였다. 첫 피난민들은 양탄자와 안락의자, 라디오, 빅트롤라 축음기, 스탠드, 서랍장을 가지고 와서 항구 앞에 죽 늘어놓았다. 나중에 온 사람들은 보따리나 가방 하나 달랑 들고 나타났다. 이 혼란의 소용돌이 속에서 짐꾼들은 화살처럼 사방으로 뛰어다니며 담배와 무화과, 유향, 실크, 모헤어를 배에 실었다. 창고의 물건들은 튀르키예군이 도착하기 전에 비어 가고 있었다.

필로보시안 박사는 산더미 같은 쓰레기 속에서 닭 뼈와 감자 껍질을 뒤적이고 있는 한 피난민에게 시선이 쏠렸다. 재단은 잘되었지만 때가 많이 탄 양복을 입은 젊은이였다. 먼발치였지만 의사인 필로보시안 박사는 그 젊은이의 손에 상처가 난 것과 영양실조 때문에 얼굴이 창백한 것을 한눈에 알아볼 수 있었다. 그러나 그 젊은이가 고개를 들었을 때 박사는 얼굴 대신 텅 빈 공허함만을 보았다. 젊은이는 부두를 벌떼처럼 메우고 있는 여느 피난민들과 다를 바 없었다. 그래도 그 공허함을 빤히 들여다보던 의사가 물었다.

"어디 아프시오?"

"사흘 동안 먹지를 못했습니다." 젊은이의 말이었다.

의사는 탄식했다.

"나랑 갑시다."

박사는 젊은이를 길가로 데리고 나와 자기 병원으로 갔다. 박사는 젊은이를 안으로 안내하고 의료 캐비닛에서 붕대와 소독약, 반창고를 꺼낸 뒤 손을 살펴보았다. 다친 데는 엄지손가락이었는데 손톱이 빠지고 없었다.

"어쩌다가 이렇게 됐소?"

"처음엔 그리스군이 쳐들어왔어요." 젊은이가 말을 시작했다.

"다음엔 튀르키예군이 다시 쳐들어왔습니다. 그 중간에 제 손이 끼어 버린 겁니다."

필로보시안 박사는 상처를 소독하면서 아무 말도 하지 않았다.

"선생님, 수표로 계산을 해 드려야 할 텐데." 피난민 젊은이가 말했다.

"저 언짢게 생각지 않으셨으면 좋겠습니다. 지금은 제가 돈이 많지가 않아서요."

박사는 주머니에 손을 집어넣으며 말했다.

"허튼소리. 돈은 여기 좀 있소. 이걸 가져가요."

젊은이는 잠시 머뭇거렸다.

"감사합니다, 선생님. 미국에 도착하는 대로 갚겠습니다. 주소를 가르쳐 주십시오."

"마시는 걸 조심해요." 박사는 그의 말은 무시하고 말했다. "될 수 있으면 물을 끓여 마시고. 하느님의 가호로 배가 곧 들어올 게요."

젊은이가 고개를 끄덕였다.

"선생님은 아르메니아인이십니까?"

"그렇소."

"그런데 안 떠나시나요?"

"스미르나가 내 고향인걸."

"그럼 행운을 빌겠습니다. 하느님이 함께하시길."

"그쪽도."

이 말과 함께 박사는 젊은이를 내보냈다. 그는 젊은이가 걸어가는 모습을 바라보았다. 가망이 없어 하고 그는 생각했다. 일주일 안에 죽을 거야, 티푸스가 아니면 다른 병으로. 하지만 그가 상관할 바가 아니었다. 박사는 타자기 안에 손을 집어넣고 잉크 리본 밑에서 두툼한 지폐 다발을 끄집어냈다. 그러고는 서랍 안을 샅샅이 뒤져서 의대 학위증과 함께 있는, 타자로 친 누리끼리한 편지를 찾아냈다.

"이 문서는 니샨 필로보시안 의학 박사가 1919년 4월 3일 무스타파 케말 파샤의 게실염을 치료했음을 증명한다. 케말 파샤는 이 편지를 읽는 모든 사람에게 필로보시안 박사를 보호하고 존경과 신뢰를 보일 것을 추천하는 바다."

편지 속 주인공은 이제 편지를 접어 주머니에 넣었다.

그때쯤 아까의 젊은이는 부둣가 빵집에서 빵을 사고 있었다. 그는 빵집에서 돌아서며 때가 덕지덕지 묻은 양복 아래에 김이 모락모락 나는 빵을 감추었다. 햇빛이 물에 반사되어 그의 얼굴을 환하게 비추자 그의 정체가 드러났다. 매부리코에 매와 같은 표정, 상냥해 보이는 갈색 눈.

레프티 스테퍼니데스는 스미르나에 온 후 처음으로 웃었다. 먼젓번에는 썩은 복숭아 한 개와 올리브 여섯 알밖에 못 주워

갔는데 데스데모나에게는 허기를 달래기 위해 씨째 삼키라고 했다. 지금은 깨가 송송 박힌 추레키를 안고 사람들 틈에 끼어들었다. 그는 노천 거실의 가장자리를 지나(여러 가족이 둘러앉아 아무 소리도 나지 않는 라디오에 귀를 기울이고 있으므로) 시체들을 넘어가면서 그 시체들이 지금 잠든 사람들이라면 얼마나 좋을까 생각했다. 그는 또 다른 소식에 들떠 있었다. 바로 오늘 아침 떠돈 소문으로는 그리스가 피난민들을 본국으로 태워 가기 위해 함대를 보냈다는 것이다. 레프티는 에게 해를 바라보았다. 이십 년 동안 산에서 살았으므로 전에 한 번도 바다를 본 적이 없었다. 저 바다 건너 어딘가에 미국도 있고 사촌인 수멜리나도 있었다. 그는 바다 냄새와 빵 냄새, 그리고 손가락의 붕대에서 나는 소독내를 맡았다. 그러고는 그녀(누나는 그가 남겨 두고 갔던 자리에 가방을 깔고 앉아 있었다.)를 보고 더욱 행복해졌다.

레프티는 언제부터 누나에 대해 생각하기 시작했는지 꼭 집어 말할 수가 없었다. 처음에는 그저 호기심으로 진짜 여자의 젖가슴이 어떻게 생겼는지 궁금했다. 누나의 젖가슴이라도 상관없었다. 되도록이면 누나의 가슴이란 생각을 잊으려고 애썼다. 그들의 침실을 가르기 위해 매달아 놓은 염소 털 담요 뒤에 숨어서 그는 누나가 옷 벗는 것을 훔쳐보았다. 그것은 그냥 몸일 뿐이었다. 다른 누군가의 몸일 수도 있었다. 아니, 레프티는 그렇게 믿고 싶었다.

"너 거기서 뭐 하고 있니?" 누나가 옷을 벗다가 물었.

"아무 말도 안 하고?"

"책 읽고 있어."

"무슨 책인데?"

"성경."

"행여나. 넌 성경 안 읽잖아."

얼마 안 가 그는 불이 꺼지고 나면 누나를 떠올리게 되었다. 누나가 그의 환상 속으로 밀고 들어왔지만 그는 벗어나려고 몸부림쳤다. 그 대신 그는 혈연관계가 없는 벗은 여자들을 찾아 시내로 갔다. 그러나 함께 왈츠를 추었던 밤 이후로 레프티는 더 이상 벗어나려고 하지 않았다. 데스데모나의 손가락이 전해 준 무언의 호소 때문에, 부모님은 돌아가셨고 마을은 쑥밭이 되었기 때문에, 스미르나에서는 두 사람을 아는 사람이 아무도 없었기 때문에, 그리고 지금 가방 위에 앉아 있는 바로 저 모습 때문에.

그렇다면 데스데모나는? 그녀는 어떻게 느끼고 있을까? 맨 처음에는 두려웠고, 걱정스러웠으며, 예전에 한 번도 느껴 보지 못한 기쁨으로 마음이 뻥 뚫렸다. 그녀는 소달구지를 타고 가면서 남자 무릎을 베어 본 적이 한 번도 없었다. 바람둥이처럼 남자 품에 안겨 잠든 적도 없었다. 억지로 괜찮은 척했지만 실은 갈비뼈가 으스러지게 아플 정도로 남자에게 안겨 본 적도 없었다.

"80킬로미터만 더 가면 돼." 스미르나로 오는 힘든 여행 중 어느 날 밤 레프티가 말했다.

"내일 운이 좋으면 차를 얻어 탈 수 있을 거야. 그리고 스미르나에 도착해서는 아테네까지 배를 타면 되고."

그의 목소리는 긴장한 탓에 평소보다 톤이 높아 우습게 들렸다.

"그리고 아테네에서부터는 배를 타고 미국으로 가게 될 거야. 근사하지 않아? 좋았어. 그러면 되겠네."

'내가 지금 무슨 짓을 하는 거지?' 데스데모나가 문득 생각했다. '그는 내 동생이야.' 그녀는 부두의 다른 피난민들을 쳐다보았다. 그들이 손가락을 흔들며 '부끄러운 줄 알아야지!' 하고 말해 주기를 바라면서. 그러나 그들은 생기 없는 얼굴과 공허한 눈빛을 보일 따름이었다. 아무도 몰랐고 아무도 상관하지 않았다. 그때 동생의 흥분된 목소리가 들려오며 코앞에 빵을 내려놓는 게 보였다.

"잘 봐. 하늘에서 내려온 만나야."

데스데모나는 흘깃 동생을 올려다보았다. 레프티가 추레키를 둘로 쪼갤 때 그녀의 입안에는 침이 가득 고였다. 그러나 그녀의 눈은 여전히 슬펐다.

"배가 한 척도 오지 않아."

"올 거야. 걱정 말고 먹어."

레프티는 그녀의 옆에 앉았다. 두 사람의 어깨가 닿았다. 데스데모나가 흠칫 몸을 떼었다.

"왜 그래?"

"아무것도 아냐."

"내가 옆에 앉을 때마다 나를 피하잖아."

그는 곤혹스러워하며 데스데모나를 쳐다보았지만 곧 부드

러운 표정을 지으며 팔로 그녀를 감싸안았다. 그녀의 몸이 뻣뻣해졌다.

"좋아. 하고 싶은 대로 해." 그가 다시 일어섰다.

"어디로 갈 건데?"

"먹을 걸 더 구해 와야지."

"가지 마." 데스데모나가 사정했다.

"미안해. 나 여기 혼자 있기 싫어."

그러나 그는 바람같이 떨치고 갔다. 부둣가를 벗어나 혼자 중얼거리며 시내 거리를 헤매었다. 그는 데스데모나가 자기를 밀친 데 화가 났고, 그런 누나한테 화가 난 자신에게 화가 났다. 왜냐하면 누나가 옳다는 것을 알기 때문이었다. 그러나 화는 오래가지 않았다. 타고난 천성이 그러했던 것이다. 그는 피곤했고, 굶주렸으며, 목이 아프고, 다친 손도 아팠다. 그렇지만 그 모든 것보다 레프티는 아직 스무 살밖에 안 되었고, 집에서 이렇게 멀리 떠나온 것이 처음인지라 새로운 사물들 때문에 신경이 곤두서 있었다. 부두에서 벗어나면 지금이 전쟁 중이라는 사실을 거의 잊어버릴 지경이었다. 거기에는 장신구 가게와 고급 술집들이 아직도 성업 중이었다. 그는 프랑스 거리를 내려오다 어느 스포츠클럽 앞에 우뚝 섰다. 이 비상시국에도 외국 영사 둘이 잔디밭에서 테니스를 치고 있었다. 저물어 가는 석양빛 속에서 그들은 앞뒤로 왔다 갔다 하며 공을 주고받았고, 한쪽에는 하얀 상의를 입은 검은 피부의 소년이 진과 토닉을 담은 쟁반을 들고 서 있었다. 레프티는 계속 걸었다. 광장에 이르러 분수가 눈에 띄자 얼굴을 씻었다. 산들바람이 버너바트로부터 재스민 향을 실어 왔다. 레프티가 한숨 돌리려고 멈춰 서 있는 동안 나도 그 틈을 타서 (순전히 애도하는 뜻에서 한 단락만) 1922년에 영원히 사라져 버린 도시를 부활시켜 보려 한다.

스미르나는 오늘날에도 두세 곡의 레베티카 노래와 엘리엇의 시 「황무지」의 한 연에 살아 있다.

> 스미르나의 상인 유제니디스 씨는
> 수염도 안 깎고 주머니 가득
> 보험료에 런던행 운임이 포함된 건포도 일람 증서를 넣은 채
> 서민적인 프랑스어로 일렀지
> 캐넌 스트리트 호텔에서 점심을 먹고
> 메트로폴에서 주말을[26) 보내자고.

스미르나에 대해 알아야 할 것은 이 안에 다 들어 있다. 여기 상인은 돈이 많고, 스미르나 역시 그렇다. 그의 제안은 매혹적이었으며, 스미르나 역시 그러했다. 스미르나는 근동[27)에서 가장 국제화된 도시였다. 스미르나의 창시자들 또한 유명한데 그 가운데는 우선 아마존(내 주제와 잘 어울린다.)의 여인들이 있고, 다음으로 탄탈로스[28)가 있다. 호메로스가 이곳에

---

26) 메트로폴은 영국 브라이턴에 있는 호텔인데 당시 "메트로폴에서 주말을"이란 표현에는 성적인 뉘앙스가 있었다.
27) 미국에서 볼 때 발칸반도와 서남아시아 지역이다.
28) 탄탈로스는 신들의 비밀을 누설한 벌로 지옥의 호수에 잠겨 있는데 목

서 태어났고 아리스토틀 오나시스[29]도 이곳 태생이다. 스미르나에서는 동양과 서양이, 오페라와 폴리타키아[30]가, 바이올린과 주르나[31]가, 피아노와 다불[32]이 이 지방 페이스트리에 장미 꽃잎과 꿀을 섞듯이 입맛에 따라 혼용되었다.

레프티는 다시 걷기 시작해서 곧 스미르나 카진에 닿았다. 화분에 심은 야자나무들이 거대한 입구를 지켰지만 카진의 문은 활짝 열려 있었다. 레프티는 안으로 들어갔다. 아무도 막지 않았다. 주변에는 사람이 하나도 없었다. 그는 빨간 카펫을 따라 2층 도박장까지 들어갔다. 두 개의 주사위를 굴리는 크랩스 테이블은 비어 있었다. 룰렛 자리에도 아무도 없었다. 그러나 멀리 구석진 자리에서 한 패의 남자들이 카드를 하고 있었다. 그들은 얼굴을 들어 레프티를 힐끗 보았지만 다시 게임에 전념했고 더러운 옷을 입고 있는 그를 못 본 척했다. 그제야 레프티는 그들이 클럽의 정식 회원이 아니라는 것을 알았다. 그들 역시 피난민이었다. 모두가 스미르나를 떠나는 뱃삯이라도 벌어 볼까 하는 바람으로 열린 문을 기웃거리며 들어왔던 것이다. 레프티는 도박판으로 다가갔다. 게임을 하고 있던 사람이 물었다.

이 말라 물을 마시려 하면 물이 빠지고, 배가 고파 머리 위의 나무 열매를 따려 하면 가지가 물러가서 괴로움을 당했다.

29) 당대 최고 갑부였던 그리스 선박왕이다.

30) 스미르나의 전통극이다.

31) 클라리넷과 비슷한 목관 악기이다.

32) 드럼의 일종이다.

"당신도 끼겠소?"

"끼겠소."

그는 게임의 법칙을 몰랐다. 주사위라면 몰라도 포커는 해 본 적이 없었다. 그래서 그는 처음 삼십 분 동안 잃을 대로 잃었다. 그러나 레프티는 차츰 파이브 카드 드로와 세븐 카드 스터드의 차이를 이해하기 시작했고, 판세가 레프티 쪽으로 점점 기울기 시작했다.

"이게 석 장이군."

레프티가 에이스 석 장을 보여 주자 사나이들은 툴툴거렸다. 그들은 레프티의 손놀림을 유심히 살펴보았고, 그가 서툴러서 헛짚는 것을 도리어 전문 도박사의 능란한 술책으로 오인했다. 레프티는 점점 즐길 줄 알게 되었고, 크게 한 판 이긴 뒤에는 "여기, 우조술 다 돌려!" 하고 외쳤다. 그러나 아무도 술을 가져오지 않자 그는 눈을 들어 새삼 이 카진이 얼마나 살풍경한가를 깨달았다. 방 안에 펼쳐진 장면은 이 사나이들이 얼마나 큰 내기를 걸고 있는가를 절실히 느끼게 했다. 그들은 목숨을 건 도박을 하고 있었다. 옆의 사나이들을 찬찬히 살펴보니 눈썹 위로는 구슬땀이 흐르고 몸에서는 신 냄새가 뿜어져 나오고 있었다. 레프티 스테퍼니데스는 사십 년이 지나 디트로이트에서 숫자 놀음에 재미 붙일 때를 생각하면 비교할 수도 없이 큰 자제력을 발휘하며 일어섰다.

"난 이만하겠어."

사나이들은 그를 죽이기라도 할 기세였다. 레프티는 주머니마다 딴 돈으로 불룩했는데 사나이들은 그가 다시 판을 벌여

돈을 돌려주지 않으면 떠날 수 없다고 으름장을 놓았다. 레프티는 몸을 구부려 다리를 긁으며 자기 생각을 말했다.

"난 가고 싶을 때 언제든지 갈 수 있소."

한 사나이가 그의 때 묻은 깃을 움켜쥐자 레프티가 덧붙였다.

"아직은 가고 싶지 않지만." 그는 앉아서 다른 쪽 다리를 마저 긁었고 그 뒤로 잃고 또 잃었다. 돈을 몽땅 날리고 나자 레프티는 심사가 뒤틀려 일어서서 말했다.

"이제 가도 되겠소?"

사나이들은 물론 가도 된다며 웃으면서 다음 판을 돌리는 것이었다. 레프티는 뻣뻣해진 몸으로 풀이 죽어서 카진에서 나왔다. 입구에 이르자 야자 화분 사이로 몸을 구부리고 푹푹 신 냄새가 진동하는 양말 속에 감춰 두었던 돈을 챙겼다. 부두에 돌아와서 그는 데스데모나를 찾았다.

"내가 뭘 가져왔게?" 그는 돈을 흔들어 보였다.

"누가 흘렸나 봐. 이제 이 돈으로 배를 탈 수 있게 됐어."

데스데모나는 째지는 소리를 지르며 그를 안았다. 그녀는 동생의 입술에 정통으로 입을 맞췄다. 그러고는 뒤로 물러나서 얼굴을 붉히며 바다 쪽으로 몸을 돌렸다.

"자, 들어 봐." 그녀가 말했다.

"저 영국인들이 또 음악을 연주하고 있어."

그녀가 가리키는 것은 아이언듀크호의 군악대였다. 매일 밤 장병들의 식사 시간에 맞추어 이 악대는 배의 갑판 위에서 연주를 시작했다. 비발디와 브람스의 선율이 바다 위에 울려 퍼졌다. 대영 제국 해병대의 아서 맥스웰 소령과 그의 부하들은 브랜디를 마시면서 해변 상황을 살피기 위해 망원경을 들여다보았다.

"대단히 붐비는군. 어떤가?"

"네, 크리스마스이브의 빅토리아역 같습니다."

"저 불쌍한 인파 좀 보게. 혼자 힘으로 살아남아야 하게 됐으니. 그리스 판무관이 떠난다는 소식이 알려지면 저긴 그야말로 아수라장이 될 걸세."

"우리가 저 난민들을 철수시키는 겁니까, 소령님?"

"우리가 받은 명령은 영국 재산과 영국 시민들을 보호하는 거야."

"그렇지만 소령님, 튀르키예군이 도착하면 대량 학살이 벌어질⋯⋯."

"필립스, 그 일은 우리 소관이 아니네. 난 근동에서 잔뼈가 굵은 사람이야. 여기서 내가 배운 첫 번째 사실은 이 사람들 가지고는 아무것도 할 수 없단 거지. 하나도 없어! 튀르키예군이야말로 제대로 걸린 거지. 아르메니아인들은 유대인하고 닮은 구석이 있어. 도덕관념은 없으면서 머리는 잘 굴리거든. 그리스인들은 자, 잘 보라고. 이 나라를 통째로 태워 버리고 이젠 벌떼같이 여기로 와서 도와달라고 아우성이니. 시가 맛이 좋군. 그렇지 않나?"

"아주 좋습니다."

"스미르나 담배야. 세계 제일이지. 눈물이 앞을 가리는군. 저기 창고에 이 좋은 게 산더미처럼 쌓여 있을 걸 생각하니 말이야.”

“담배를 구하러 분견대를 파견할 수도 있을 겁니다.”

“지금 비꼬는 거지, 필립스?”

“그럴 리가 있나요, 소령님.”

“좋네, 필립스. 나라고 마음이 얼어붙은 건 아니니까. 나도 저 사람들을 도와줬으면 좋겠어. 하지만 할 수가 없는걸. 이건 우리 전쟁이 아니야.”

“그 말이 정말이십니까?”

“정말이냐니?”

“우리가 그리스군을 원조할 수도 있었을 겁니다. 그들을 들여보낸 걸 보면 말입니다.”

“그놈들은 죽을 작정을 하고 들어간 거라고! 베니젤로스[33]와 그 패거리는. 자네는 이 복잡한 상황을 잘 이해하지 못한 것 같은데, 우리는 여기서 튀르키예하고나 잘 지내면 돼. 지극히 조심해서 행동하지 않으면 안 돼. 이런 남의 싸움에 끼어들면 곤란하다고.”

“알았습니다. 코냑 더 하시겠습니까?”

“고맙네.”

“그래도 어쨌든 아름다운 도시입니다. 그렇지 않습니까?”

“맞는 말이야. 자네는 스트라본[34]이 스미르나를 두고 한 말을 들어 봤나? 아시아에서 제일 좋은 도시라고 했지. 아우구

_____

33) 당시 그리스 총리이다.
34) 1세기 그리스의 역사학자이다.

스투스 시대로 거슬러 가는 이야기야. 그만큼 오래된 도시야. 잘 봐 두게, 필립스. 아주 잘 봐 두라고."

1922년 9월 7일이 되자 스미르나에 있는 그리스인들은 레프티 스테퍼니데스를 포함해서 모두가 튀르키예 사람입네 행세하느라 모자를 쓰고 다녔다. 마지막으로 남은 그리스 병사들이 케스메에서 후송되고 있었다. 튀르키예군은 불과 50킬로미터 밖에 와 있었고…… 난민을 후송시키기 위해 아테네에서 출발하는 배는 단 한 척도 없었다.

판돈을 챙기고 모자를 구해 쓴 레프티는 부두에서 저마다 밤색 모자를 눌러쓴 사람들 틈을 헤치며 걸어갔다. 전차 궤도를 여러 개 건너며 오르막길을 올라가니 증기선 관리소가 보였다. 안에 들어가자 직원 한 사람이 승객 명단 위에 머리를 처박고 있었다. 레프티는 노름판에서 딴 돈을 꺼내며 말했다.

"아테네까지 두 장요!"

직원은 머리도 들지 않은 채 물었다.

"갑판요? 선실요?"

"갑판."

"1500드라크마요."

"아니, 선실 말고 갑판 말이오." 레프티가 말했다.

"갑판도 괜찮아요."

"갑판 요금이 그렇단 말이오."

"1500이라고? 그만한 돈이 없는데. 어제는 500이었는데."

"그건 어제 얘기이고."

1922년 9월 8일, 하지에네스티스 장군은 선실에 누워 오른쪽 다리와 왼쪽 다리를 차례로 문지르고 관절끼리 서로 부딪쳐 본 뒤에 자리에서 일어났다. 그러고 나서 그는 훗날 패전의 책임을 지고 아테네에서 사형을 받을 때와 똑같이 대단한 위엄을 갖추고 갑판 위로 걸어 나갔다.

부두에서는 그리스 판무관인 아리스테데스 스테르지아데스가 자기를 태우러 온 대형 보트에 옮겨 타고 있었다. 몰려든 사람들은 야유를 보내고 비아냥거리며 주먹을 휘둘렀다. 하지에네스티스 장군은 말없이 그 장면을 바라보았다. 그가 좋아하던 해변의 카페는 군중에 가려 보이지 않았다. 보이는 거라곤 열흘 전에 「죽음의 탱고」를 본 영화관 차양뿐이었다. 그리고 어쩌면 그 역시 또 하나의 환영인지 몰랐다. 어디선가 버너바트의 신선한 재스민 향이 풍겼다. 그는 그 냄새를 가슴속 깊이 들이마셨다. 대형 보트가 함선에 닿고 뒤이어 얼굴이 새하얗게 질린 스테르지아데스 판무관이 함선에 올랐다. 그제야 하지에네스티스 장군은 몇 주 만에 처음으로 군인으로서의 명령을 내렸다.

"닻을 올려라. 엔진을 돌리고. 최고 속력으로 전방으로 나아간다."

해안에서 레프티와 데스데모나는 그리스 함대가 떠나는 것을 지켜보았다. 군중은 파도처럼 물가로 몰려나와 수백, 수천의 손을 흔들며 고함을 질렀다. 그러고는 적막이 찾아왔다. 모국이 그들을 버렸고, 지금 스미르나에는 정부도 없으며, 진격해 오는 튀르키예군을 막을 것 또한 아무것도 없다는 데 생각이 이르자 단 한 사람도 입을 열지 않았다.

(그런데 해마다 여름이면 스미르나의 길거리에 장미 꽃잎을 담은 바구니가 즐비하다는 말을 내가 했던가? 그리고 이 도시에서는 프랑스어, 이탈리아어, 그리스어, 튀르키예어, 영어, 네덜란드어가 얼마나 자유롭게 통용되는지도? 또 그 유명한 무화과에 대해서는? 낙타를 탄 사막의 상인들이 무화과를 산더미같이 땅바닥에 부려 놓으면 남루한 차림의 여자들이 서둘러 소금물에 담그고 아이들은 쭈그리고 앉아 무화과 다발에 붙은 이물질을 떼어 낸다. 무화과 여인들의 후끈한 열기가 아몬드와 미모사, 월계수, 복숭아의 달콤한 냄새와 묘하게 뒤섞인다. 마르디 그라[35])에는 모두가 가면을 쓰고 군함의 갑판에서 멋들어진 식사를 한다. 난 이 모든 것을 말해 주고 싶다. 이 모든 일이 스미르나에서 벌어질 수 있었던 것은 정확하게 말해서 그곳이 아무 곳도 아니었기 때문이다. 스미르나는 어느 한 나라의 땅이 아닌 모든 나라였다. 지금 그곳에 가면 현대식 고층 건물들, 지난 일을 모두 잊어버린 거리들, 사람들로 가득 찬 노동자 착취 공장이 있고 나토 사령부, 그리고 이즈미르라 쓰인 간판을 볼 수 있을 것이다.)

올리브 가지로 장식한 자동차 다섯 대가 스미르나의 관문을 뚫고 들어왔다. 기갑 차량들은 꼬리에 꼬리를 물고 전속력으로 질주해 왔다. 자동차들은 굉음을 내며 철시한 시장을 지

---

35) Mardi Gras는 프랑스어로 '고기를 먹는 화요일'이란 뜻이다. 가톨릭 국가에서 사순절 전에 펼쳐지는 카니발이 절정을 이루는 날이다.

나 튀르키예 구역의 환호하는 인파 속으로 들어갔다. 튀르키예 구역에서는 가로등이며 집집의 문과 창문에 온통 빨간 천의 물결이었다. 오스만 제국의 법률에 따라 튀르키예인들은 도시의 가장 높은 지대를 차지했으므로 이 군용 차량대는 지금 고지대에서 아래를 향해 가고 있었다. 얼마 지나지 않아 이 다섯 대의 차량들은 사람들이 버리고 갔거나 숨어 버린 황량한 지역으로 접어들었다. 아니타 필로보시안은 나뭇잎으로 뒤덮인 아름다운 차들이 다가오자 그 광경에 매혹되어 하마터면 셔터를 열 뻔했으나 어머니가 말렸다. 널빤지에 바짝 기대선 얼굴들, 아르메니아, 불가리아, 그리스의 눈동자들이 정복자를 보고 그의 의중을 짚쳐 보려고 각자의 은신 장소인 다락방에서 몰래 내다보고 있었다. 그러나 차들은 너무나 빨랐고, 기병대의 높이 쳐든 검이 햇빛에 반사되어 눈이 멀 지경이었다. 그리고 차들은 가 버렸다. 부두에 이르자 말들은 군중을 향해 돌격했고, 난민들은 비명을 지르며 흩어졌다.

마지막 차의 뒷좌석에 무스타파 케말이 앉아 있었다. 그는 연이은 전투로 해쓱했지만 푸른 눈에서는 광채가 번득였다. 그는 이 주가 넘도록 술을 마시지 않았다.(필로보시안 박사가 치료했다던 게실염은 핑계에 지나지 않았다. 서구화와 세속 튀르키예 정부의 선두 주자인 케말은 쉰일곱 살에 간경변증으로 죽을 때까지 이 금주 원칙에 충실할 것이었다.) 그는 차를 타고 지나가면서 사람들을 유심히 내다보았다. 그때 한 젊은 여자가 여행 가방 옆에서 일어섰다. 푸른 눈동자가 밤색 눈동자를 뚫어지게 보았다. 이 초간. 아니, 이 초도 채 되지 않는 시간이었다. 그러고 나서 케말은 시선을 돌렸다. 호송 차량이 사라졌다.

이젠 모든 것이 바람에 달려 있었다. 1922년 9월 13일 수요일 새벽 1시. 레프티와 데스데모나가 스미르나에 온 지 칠 일째였다. 재스민 향은 이제 등유 냄새로 변했다. 아르메니아 구역에는 방책이 둘러쳐졌다. 튀르키예 군대가 부두로부터 나가는 출구를 봉쇄했다. 일을 시작하기에는 바람의 방향이 아직 나빴다. 하지만 한밤중이 되자 바람이 방향을 바꾸어 불기 시작했다. 남서쪽으로, 다시 말해 튀르키예군이 있는 언덕에서 항구를 향해 불기 시작한 것이다.

어두컴컴한 가운데 횃불들이 모여들었다. 튀르키예 병사 셋이 양복점 안에 서 있었다. 그들이 들고 있는 횃불에 비쳐 켜켜이 세워져 있는 양복지와 옷걸이에 걸린 양복들이 환하게 보였다. 그리고 불빛이 점점 커지면서 양복쟁이가 눈에 들어왔다. 양복쟁이는 오른쪽 신발을 재봉틀 발판 위에 놓은 채 재봉틀 앞에 앉아 있었다. 불빛이 점점 더 밝아지면서 그의 얼굴이 드러났다. 눈이 있어야 할 구멍은 텅 비어 있고, 턱수염을 도려낸 자리는 피투성이였다.

아르메니아 구역 전체에서 불이 일어났다. 100만 마리의 개똥벌레들처럼 불꽃은 어두운 도시에 마구잡이로 튀어 불이라는 균을 지상의 모든 땅에 뿌려 댔다. 수앤 거리의 집에 있던 필로보시안 박사는 발코니에 젖은 양탄자를 내걸고 서둘러 어두운 집 안으로 들어가 셔터를 내렸다. 그러나 불길은 방 안으로 뚫고 들어와 온 가족의 면면을 한눈에 보여 주었다. 아내의 겁먹은 눈동자, 《포토플레이》에 실린 클라라 보처럼 이마에 은색 리본을 맨 아니타, 로즈의 목덜미, 스테판과 카레킨의 풀 죽은 어깨. 그 불빛에 의지해서 필로보시안 박사는 벌써 오늘 밤에만도 다섯 번째로 읽었다.

"'보호하고…… 존경과 신뢰를 보여 줄 것을…….' 듣고 있니? '보호하고…….'"

길 건너편에서는 비드지키안 부인이 「마술 피리」에 나오는 「한밤의 여왕」 아리아의 절정에 해당하는 세 음을 노래하고 있었다. 다른 소음들 ― 깨고 들어가는 소리, 사람들의 비명 소리, 아가씨들의 울부짖는 소리 등등 ― 가운데서 그 노랫소리는 너무나 이상하게 들려서 사람들은 모두 고개를 들었다. 비드지키안 부인은 마치 아리아를 연습하는 것처럼 B플랫, D, 그리고 F 음을 두 번 더 반복했다. 그러고 나서 그녀의 목소리가 아무도 들어 보지 못한 음조를 내자 그제야 사람들은 그녀가 아리아를 부르는 게 아니란 걸 깨달았다.

"로즈, 가방 가져와."

"여보, 안 돼요." 아내가 만류했다.

"당신이 밖으로 나가면 우리가 숨어 있다는 걸 모두 알게 돼요."

"아무도 못 볼 거야."

불길을 처음 봤을 때 데스데모나는 배들이 불을 밝힌 줄 알았다. 오렌지색 섬광이 미국 선박인 리치필드호와 프랑스 증기선 피에르 로티가 있는 해안선 위에서 가물거렸다. 잠시 후 바다는 마치 인광성 물고기 떼가 항구에 들어온 것처럼 환해졌다.

레프티는 누나의 어깨에 머리를 기대고 있었다. 데스데모나는 동생이 잠들었는지 확인하느라 "레프티, 레프티." 하고 불렀다. 아무 반응이 없자 그녀는 그의 머리 꼭대기에 입을 맞추었다. 그때 사이렌이 울렸다.

그녀는 한 개가 아닌 수없이 많은 불을 보았다. 언덕 위에는 오렌지색 점들이 스무 개 남짓 있었다. 그리고 그 불들은 이상할 정도로 집요했다. 소방관들이 한쪽 불을 끄기가 무섭게 어딘가 다른 곳에서 불길이 일어났다. 불은 건초를 실어 놓은 수레와 쓰레기통에서 시작되어 등유 자국을 따라 거리 중심까지 파고든 뒤 거기서 모퉁이를 돌아 깨부수어 놓은 대문 안으로 들어갔다. 어떤 불은 버베리안 빵집에 들어가 빵 선반과 페이스트리 수레를 순식간에 해치웠다. 불은 살림집을 뚫고 들어가 정문 층계를 반쯤 올라가다 찰스 버베리안을 만났고, 그는 담요로 불을 막으려고 안간힘을 썼다. 하지만 불은 홱 몸을 돌려 기어이 집 안으로 달려들었다. 거기서부터는 동양풍의 깔개를 휙 가로지르고 뒷문으로 행진해서는 잽싸게 빨랫줄로 뛰어올라 줄타기 곡예사처럼 아슬아슬하게 뒷집으로 건너갔다. 불은 창문을 타고 넘어가더니 마치 그 부유함에 충격을 받은 듯 잠시 멈췄다. 이 집은 마치 모든 것을 타기 좋게 맞춰 놓은 것 같았다. 기다란 술이 달린 다마스크 소파, 그 옆에 딸린 마호가니 간이 탁자, 사라사 무명의 램프 갓. 그 열기에 벽지가 벗겨졌다. 비단 이 아파트만이 아니라 10여 가구가, 아니 20여 가구가, 전체가 다 타 버리기까지 제 이웃집에 불을 놓는 형편이었다. 뜻하지 않은 것들을 태운 냄새가 도시를 떠돌았다. 구두약과 쥐약, 치약, 피아노 줄, 탈장대, 요람, 인디언 클럽[36] 그리고 머리카락과 살갗이 타는 냄새. 그렇다, 이 맘때가 되자 머리카락과 살이 타는 냄새가 났다. 부두에는 레프티와 데스데모나가 다른 사람들과 나란히 서 있었다. 사람들은 너무 놀라서 아무것도 할 수 없었고, 아직도 잠에서 덜 깬 상태이거나 티푸스와 콜레라 때문에, 혹은 너무 지쳐서 신경 쓸 여유가 없었다. 그때 갑자기 언덕 위의 불길이 도시 전체에 이르는 거대한 벽을 형성하여 — 이제는 피할 도리도 없이 — 그들을 향해 내려오기 시작하는 것이었다.

(그러고 보니 생각이 난다. 나의 아버지 밀턴 스테퍼니데스가 크리스마스 날 아침에 실내복과 슬리퍼 차림으로 불을 피우려고 쭈그리고 있었다. 산더미같이 쌓인 포장 종이와 두꺼운 상자를 처분해야 하기 때문에 일 년에 단 한 번 할머니는 우리 벽난로를 쓰도록 허락했다. "엄마." 아버지가 할머니에게 경고하듯 말했다. "지금 이 쓰레기를 좀 태워야겠어요." 이 말에 할머니는 "아이코!" 하고 고함을 지르고 지팡이를 부여잡았다. 벽난로에 앉아 아버지는 육각형 성냥갑에서 기다란 성냥을 꺼내곤 했다. 그러나 할머니는 이미 안전한 부엌으로 피신한 후였는데 부엌의 오븐은 전기 오븐이었다. "야야 할머니는 불을 좋아하지 않으셔." 아버지는 우리에게 이렇게 말해 주었다. 그러고 나서 성냥을 그어 요정과 산타로 뒤덮인 종이에 대면

---

36) 병 모양의 체조용 곤봉이다.

불꽃이 튀어 오르곤 했다. 우리는 미국 아이들이 활활 타는 불길 속에 종이며 상자며 끈을 집어넣으면서 왜 그렇게 열광하는지 알 턱이 없었다.)

필로보시안 박사는 거리로 뛰어나왔다. 그리고 길 양쪽을 살피며 똑바로 달려가 맞은편 집 대문으로 들어갔다. 층계로 올라갈 때 거실에 앉아 있는 비드지키안 부인의 뒤통수가 보였다. 단숨에 부인에게 달려간 박사는 자신이 맞은편에 사는 필로보시안 박사라며 두려워하지 말라고 말했다. 비드지키안 부인은 고개를 끄덕이는 것 같았지만 내려간 고개는 다시 올라오지 않았다. 박사는 옆에 무릎을 꿇고 목을 만져 보았다. 맥박이 약하게 뛰고 있었다. 그는 조심스럽게 그녀를 의자에서 내려 마루에 눕혔다. 그러는 동안 층계를 올라오는 발소리가 들렸다. 박사는 급히 방을 질러가 커튼 뒤로 숨었고 숨이 막힐 듯이 아슬아슬한 찰나에 군인들이 들이닥쳤다.

십오 분 동안 그들은 아파트를 샅샅이 뒤져 앞서 거쳐 간 폭도가 미처 가져가지 못한 것들을 챙겼다. 숨겨 둔 보석이나 돈을 찾느라고 서랍들을 뒤집어엎고 소파와 의류를 칼로 갈랐다. 군인들이 가고 나서도 박사는 꼬박 오 분을 더 숨어 있다가 커튼 밖으로 나왔다. 비드지키안 부인은 이미 숨이 끊어져 있었다. 그는 자기 손수건으로 얼굴을 덮어 주고 여자의 시신 위에 성호를 그었다. 그러고 나서 왕진 가방을 집어 들고 서둘러 층계를 다시 내려왔다.

불보다 뜨거운 기운이 먼저 찾아왔다. 부두에 쌓인 무화과

들이 제때 실려 가지 못한 채 거품을 내거나 과즙을 줄줄 흘리면서 구워지기 시작했다. 달콤한 냄새가 연기 냄새와 범벅이 되었다. 데스데모나와 레프티는 다른 사람들과 마찬가지로 될 수 있는 대로 물가에 가까이 서려고 했다. 도망갈 곳은 아무 데도 없었다. 튀르키예 군인들이 방책을 지키고 있었다. 사람들은 기도하고, 팔을 들어 항구에 정박 중인 배들을 향해 애원했다. 탐조등이 바다를 훑고 지나가자 헤엄을 치거나 물에 빠진 사람들이 환하게 비쳤다.

"우린 이제 죽을 거야, 레프티."

"아냐, 그렇지 않아. 우리는 빠져나갈 수 있어."

그러나 레프티는 제 말을 믿지 않았다. 타오르는 불길이 눈에 들어오자 그 역시 이젠 죽을 수밖에 없다고 확신했다. 그리고 이 확신에 힘입어 그는 다른 경우였다면 결코 하지 않았을, 아니, 생각조차 하지 않았을 말을 해 버렸다.

"우리는 살아남을 거야. 그러고 나면 누나는 나한테 시집와야 될걸."

"떠나지 말걸 그랬어. 비티니오스에 그냥 남아 있을걸."

불길이 점점 다가오자 프랑스 영사관은 문을 모두 열었다. 해안 수비대가 부두에서 항구까지 두 줄로 대열을 만들었다. 삼색기[37]가 내려왔다. 영사관으로부터 사람들이 하나둘 나왔다. 크림색 양복을 입은 남자들과 밀짚모자를 쓴 여자들이 서로 부축해 가며 대기 중인 대형 보트로 걸어갔다. 해군들이

---

37) 프랑스 국기이다.

엇갈려 들고 있는 총 사이로 레프티는 막 얼굴에 분가루를 두드린 듯한 여자들과 시가를 입에 문 남자들을 보았다. 한 여자는 겨드랑이에 작은 푸들을 안고 있었다. 또 한 여자는 발을 삐끗해서 구두 굽이 부러지는 바람에 남편이 위로해 주고 있었다. 대형 보트가 시동을 걸고 멀어져 간 뒤에 한 장교가 사람들을 향해 돌아섰다.

"프랑스 시민들만 후송합니다. 지금 바로 비자를 검사하겠습니다."

누군가 문을 두드리는 소리에 그들은 깜짝 놀랐다. 스테판이 창가로 가서 내려다보았다.

"아빠가 틀림없어."

"어서 문을 열어 드려. 빨리!" 어머니가 말했다.

카레킨이 날아가듯이 층계를 한 번에 두 칸씩 내려갔다. 현관에 이르자 그는 침착하게 마음을 가다듬고 소리가 안 나게 문을 열었다. 문이 열렸을 때 처음엔 아무것도 보이지 않았다. 그러더니 조그맣게 쉬잇 하는 소리에 뒤이어 뭔가 가르는 소리가 났다. 자기와 아무 상관도 없는 것 같던 그 소리는 이윽고 셔츠 단추 하나가 튀어 나가 문에 가서 쨍그랑 부딪히게 했다. 카레킨이 눈을 내리까는 순간 입안은 갑자기 더운 액체로 가득 찼다. 하늘 높이 붕 떠오르는 느낌, 어릴 적 아버지가 휙 안아 주던 기분이 바로 이랬다. "아빠, 내 단추가……." 하고 말을 하는데 곧 몸이 높이 떠오른 그는 강철 총검이 배를 관통한 것을 알아차렸다. 불빛을 받은 총신이 방 안의 광경과 망치 너머로 보이고 무아지경 상태인 군인의 얼굴이 보였다.

불은 부둣가의 사람들에게 성큼 다가왔다. 미국 영사관 지붕에 불이 붙었다. 불길은 영화관을 타고 올라가 대형 천막을 단숨에 태워 버렸다. 군중은 불의 열기에서 한 걸음 한 걸음 뒤로 물러섰다. 그러나 레프티는 자신에게 찾아온 기회를 눈치채고 단념하지 않았다.

"아무도 모를 거야." 그가 말했다.

"누가 알겠어? 우리밖에 없어."

"옳은 일이 아니야."

지붕이 무너져 내리고 사람들이 비명을 질렀다. 레프티는 누나의 귀에 입술을 갖다 대고 말했다.

"나한테 참한 그리스 여인을 구해 준댔지? 누나가 바로 그 여인이야."

한편에서는 남자 하나가 물에 뛰어들었고, 다른 편에서는 막 출산하려는 아내를 위해 남편이 코트를 벗어 감싸 주고 있었다. "불이다! 불이야!" 사람들이 소리를 질렀다. "우리는 타 죽고 있어! 우리는 타 죽고 있어!" 데스데모나는 손가락으로 눈앞의 불길과 모든 것을 가리키며 말했다.

"너무 늦었어. 레프티. 이젠 아무 상관도 없어."

"그래도 우리가 살아남는다면? 그땐 나한테 시집올 거지?"

끄덕끄덕. 그게 전부였다. 그러자 레프티는 불길 속으로 달려 들어갔다.

검은 스크린을 배경으로 쌍안경 모양의 시야가 앞뒤로 흔들리면서 난민들의 모습을 잡아내었다. 난민들은 소리도 없이 아우성을 치면서 간절하게 손을 들어 올렸다.

"저러다 불쌍한 난민들을 산 채로 요리하겠군."

"물에 뛰어든 사람이라도 구조하게 해 주십시오, 소령님."

"안 될 소리네, 필립스. 한 사람을 태워 줬다가는 몽땅 실어야 할 거야."

"어린 여자아이입니다, 소령님."

"몇 살이나 되었는데?"

"열 살이나 열한 살쯤."

아서 맥스웰 소령은 망원경을 내렸다. 턱에 삼각형의 주름이 잡혔다가 사라졌다.

"한 번만 보십시오, 소령님."

"여기서 감정에 휘둘려서는 안 되네, 필립스. 더 큰 문제들이 걸려 있잖나."

"딱 한 번만 보십시오, 소령님."

필립스 선장을 바라보는 맥스웰 소령의 콧구멍이 벌룽거렸다. 소령은 자기 허벅지를 손으로 철썩 갈기고는 배의 한쪽 끝으로 갔다.

탐조등이 바다를 훑고 지나가면서 밝게 비치는 동그란 광경을 만들어 냈다. 그렇게 비친 바다는 이상하게 보였다. 이것저것 던져 넣은 칙칙한 고깃국물 같기도 하고, 밝은 오렌지색으로 보이는가 하면 가장자리에 돌아가면서 오물을 둘러씌운 중절모자 같기도 하고 찢어발긴 편지 조각 같기도 했다. 그런데 그때 이 보잘것없는 덩어리 속에서 여자아이가 나타났다. 아이는 배 끄트머리를 부여잡았다. 입고 있는 분홍 원피스는 물에 젖어 붉은색으로 보였고, 머리카락은 그 작은 머리통에 찰싹 달라붙어 있었다. 아이의 두 눈은 아무런 호소력도 없이 앞을 빤히 바라보았다. 가냘픈 발은 너무 빨리 흔들어 대는 탓에 지느러미같이 보였다. 해안에서 날아온 총알이 아이의 옆을 맞혔다. 아이는 전혀 신경을 쓰지 않았다.

"탐조등을 꺼."

불이 꺼지자 총소리는 멎었다. 맥스웰 소령은 시계를 보았다.

"21시 15분이군. 나는 선실로 가겠네, 필립스. 07시까지 선실에 있을 거야. 그사이에 난민 하나가 배에 오른다 해도 내 눈에는 안 뛸 테지. 알아들었나?"

"잘 알았습니다, 소령님."

필로보시안 박사는 길에서 자신이 넘어간 비틀린 시체가 제 작은아들이라고는 꿈에도 생각지 못했다. 오로지 제집 현관문이 열린 데 정신이 팔려 있을 뿐이었다. 현관 입구에 멈춰서서 그는 귀를 기울였다. 아무 소리도 들리지 않았다. 천천히 왕진 가방을 손에 든 채 그는 층계를 올라갔다. 방마다 불이 켜져 있었다. 거실은 밝았다. 아내는 소파에 앉아 그를 기다리고 있었다. 그녀의 머리는 깔깔대며 웃을 때처럼 뒤로 젖혀져 있었지만 그 꺾어진 상처 밑으로 기도의 일부가 희끗 보였다. 큰아들 스테판은 풀이 죽어 식탁에 앉아 있었는데 케말의 편지를 쥐고 있는 그의 오른손은 스테이크 칼로 내리꽂혀 있었다. 필로보시안 박사는 발걸음을 옮기려다 미끄러지는 바람에 복도에 피가 흥건한 것을 알았다. 핏자국을 따라 안방까지 갔을 때 두 딸이 보였다. 딸들은 실오라기 하나 걸치지 않은 채 누워 있었다. 그들의 젖가슴 중 세 개는 잘려 나갔다. 로즈의 손은 동생의 이마에 걸친 은색 리본을 바로잡아 주려는 것처럼 뻗어 있었다.

줄은 길었고 그 움직임은 느리기 짝이 없었다. 레프티는 어휘를 점검할 시간을 벌 수 있었다. 그는 숙어책을 얼른 살펴보며 문법을 복습했다. 「제1과: 인사말」을 복습하고 장교 앞에 이르렀을 때 그는 준비가 되어 있었다.

"이름은?"

"엘르테리오 스테파니드."

"출생지는?"

"파리요."

장교가 올려다보며 말했다. "여권은."

"몽땅 불에 타 버렸습지요! 서류가 몽땅 다요!"

레프티는 언젠가 보았던 프랑스 사람처럼 입술을 오므리고 바람을 빼며 말했다.

"제 차림새를 보십쇼. 좋은 양복을 다 망쳐 버렸습니다요."

장교는 비꼬는 미소를 지으며 서류에 도장을 찍었다. "통과."

"집사람이 있는뎁쇼."

"같이 파리에서 태어났겠지."

"물론입죠."

"이름은?"

"데스데모나."

"데스데모나 스테파니드?"

"맞습니다요. 저랑 성이 같습죠."

레프티가 비자를 가지고 돌아왔을 때 데스데모나는 혼자가 아니었다. 가방 위에 한 사나이가 그녀와 함께 앉아 있었다.

"이분이 물에 뛰어들려는 순간 내가 마침 붙들었어."

사나이는 반짝이는 천을 한쪽 손에 두른 채 피를 흘리며 멍하니 계속 되뇌었다.

"그놈들이 읽는 법을 몰랐던 거야. 그놈들은 문맹이었다고!"

레프티는 어디서 피가 나는지 살펴보았지만 상처를 찾을 수가 없었다. 손에 감긴 천은 알고 보니 은색 리본이어서 레프티는 그걸 던져 버렸다.

"놈들은 내 편지를 읽지 못했던 거야."

사나이가 레프티에게 얼굴을 돌렸을 때 레프티는 그를 알아보았다.

"또 당신이야?" 프랑스 장교가 말했다.

"제 사촌도……."

레프티는 형편없는 프랑스어로 지껄였다. 장교는 비자에 도장을 찍어 건네주었다.

대형 모터보트가 그들을 배까지 실어다 주었다. 레프티는 아직도 물에 뛰어들려는 필로보시안 박사를 붙들었다. 데스데모나는 누에 상자를 열고 하얀 천을 풀어 누에알들을 살펴보았다. 음산한 바다에는 시체들이 둥둥 떠갔고 어떤 사람은 살아서 소리를 지르고 있었다. 탐조등이 비출 때 한 소년이 전함의 닻줄을 반쯤 타고 올라오고 있었다. 선원들이 그 위로 기름을 들이붓자 소년은 미끄러져 바닷속으로 사라졌다.

장바르호의 갑판에 서서 새로 탄생한 세 사람의 프랑스 시민은 끝에서 끝까지 화염에 휩싸인 불타는 도시를 돌아보았다. 화재는 앞으로도 사흘 더 계속될 터였고, 80킬로미터 밖에서도 그 불길이 보였다. 바다에 있던 뱃사람들은 솟아오르는 연기를 거대한 산맥으로 오인하곤 했다. 세 사람이 지금 향하고 있는 미국에서는 스미르나의 화재가 하루 이틀 신문의 1면을 차지했는데 그 직후 발생한 홀스 살인 사건[38]과 월드 시리즈의 개막으로 밀려나고 말았다. 미 해군의 마크 브리스톨 대령은 미국과 튀르키예의 관계가 악화될까 봐 걱정한 나머지 외신으로 "살인과 방화와 처형으로 인한 사망자 수는 확인할 수 없으나 대략 2000명을 넘지 않는다."라는 보도 자료를 흘렸다. 미국의 조지 호턴 영사는 좀 더 높이 잡았다. 화재가 일어나기 전 스미르나에 거주하던 튀르키예의 기독교 인구는 40만 명이었으나 10월 1일 현재 19만 명이 집계되지 않았다. 호턴은 집계되지 않은 사람들 가운데 반 정도인 10만 명이 죽었을 것으로 추산했다.

닻들이 물속에서 올라왔다. 파괴자의 엔진이 반대 방향으로 돌아가기 시작하면서 발아래의 갑판이 덜커덩거렸다. 데스

---

38) 홀스 목사의 시체가 성가대원인 밀스 양의 침실에서 발견된 사건이다.

데모나와 레프티는 소아시아가 멀어지는 것을 바라보았다.

아이언듀크호의 옆을 지날 때 영국 군악대는 왈츠를 연주하기 시작했다.

실크로드

고대 중국 신화에 보면 기원전 2640년의 어느 날 시 링치 공주가 뽕나무 아래 앉아 차를 마시고 있을 때, 누에고치가 찻잔에 떨어졌다 한다. 공주가 누에고치를 꺼내려고 하는데 뜨거운 찻물 속에서 이미 고치가 실을 풀고 있더란다. 공주는 그 느슨한 끝을 시녀에게 쥐어 주고는 걸어 보라고 했다. 시녀는 공주의 방을 나가 궁궐의 안뜰로 들어갔고, 이윽고 궁궐 문을 지나 자금성을 빠져나가고도 10킬로미터나 떨어진 시골 길까지 접어들었는데 그제서야 고치의 실이 끝나더란다.(서양에서 이 신화는 3000년을 지나오는 동안 차츰차츰 물리학자와 사과의 이야기로 변해 갔다. 어느 쪽이든 그 의미는 똑같다. 위대한 발견이란 실크의 경우나 중력의 경우나 언제나 뜻밖에도 나무에서 떨어진다는 것. 이런 일은 나무 밑에서 얼쩡거리는 사람들에게 일어나게 마련이다.)

나는 데스데모나에게 생계 수단을 만들어 준 그 중국 공주가 된 기분이다. 그녀처럼 나의 이야기를 풀어 가고 뽑아낸 실이 길어질수록 남은 이야기는 짧아진다. 섬유를 되짚어 나가다 보면 누에가 시작한 조그만 옹이, 맨 처음 어설프게 만든 첫 번째 고리에 이르게 된다. 또 이야기의 실마리를 따라가다 보면 아테네의 장바르호에서 멈추게 되는 것이다. 우리 조부모님은 다시 뭍에 내려서 또 한 번의 여행을 준비하고 있었다. 손에 여권을 들고 팔에는 예방 주사를 맞은 채로. 배 한 척이 부두에 들어왔다. 줄리아호였다. 무적(霧笛)이 울렸다.

어디 보자. 줄리아호 갑판에서는 뭔가 다른 것이 풀리고 있었다. 알록달록 색색가지의 뭔가가 피레에프스[39] 앞바다에 풀어지고 있었다.

당시 미국으로 떠나는 사람들은 실뭉치를 갖고 배에 오르는 풍습이 있었다. 부둣가에 남은 친척들은 느슨한 실 끝을 붙들고 섰다. 줄리아호가 기적을 울리며 부두에서 멀어지자 이삼백 가닥의 실이 바다 위에 늘어졌다. 사람들은 고래고래 작별 인사를 외치거나 미친 듯이 손을 흔들어 대기도 하고 기억하지도 못할 마지막 모습을 위해 아기들을 번쩍 위로 치켜들기도 했다. 프로펠러가 요란한 소리를 내며 돌아갔고, 손수건이 휘날리는 가운데 갑판 위에서는 실뭉치들이 하염없이 풀리기 시작했다. 빨강, 노랑, 파랑, 초록의 실들은 부두를 향해

---

39) 그리스에서 가장 큰 아테네의 항구 도시이다.

끌려졌다. 처음엔 천천히 십 초에 한 번씩 실뭉치를 돌리다가 배가 속력을 올릴수록 점점 더 빠르게 실을 풀어냈다. 승객들은 할 수 있는 한 오래 육지의 사라져 가는 얼굴들과 연결되어 있으려 했다. 그러나 실뭉치는 어느덧 하나둘 바닥이 났다. 실들은 가닥가닥 자유롭게 산들바람에 흔들렸다.

레프티와 데스데모나 — 결론적으로 나의 조부모 — 는 줄리아호 선상의 각각 다른 곳에서 그 가벼운 담요 같은 실들이 떠가는 모습을 지켜보았다. 데스데모나는 대형 튜바처럼 생긴 두 개의 공기 파이프 사이에 서 있었다. 레프티는 배 한가운데에서 구부정하게 남자들 틈에 끼어 있었다. 벌써 세 시간 동안 그들은 서로 얼굴도 보지 못한 채 떨어져 있었다. 그날 아침 두 사람은 부두 근처 카페에서 함께 커피를 마시고 전문적인 스파이처럼 각자의 여행 가방을 들고 — 데스데모나는 누에 상자도 챙기고 — 서로 다른 방향으로 갈라졌다. 할머니의 여권은 위조된 것이었다. 즉시 그리스를 떠난다는 조건으로 그리스 정부가 내준 할머니의 여권에는 할머니의 어머니의 처녀 적 이름, 그러니까 스테퍼니데스 대신 아리스토스로 기재되어 있었다. 줄리아호에 오르는 트랩 꼭대기에서 할머니는 승선권과 함께 이 여권을 내밀었다. 그런 다음에 예정된 각본대로 배에 오를 수 있었던 것이다.

배는 서쪽으로 돌아 제 항로에 들어서자 다시 한번 무적을 울리면서 속도를 올렸다. 몇 사람이 모자를 머리 위로 던져 올리며 고함을 지르고 웃음을 터뜨렸다. 하늘에 그물을 짠 것 같던 실도 이제는 거의 보이지 않았다. 사람들은 할 수 있는 한 멀리까지 보려고 애를 썼다. 데스데모나는 일찌감치 아래 선실로 내려갔다. 레프티는 갑판 위에서 삼십 분 더 어슬렁거렸는데 이 역시 미리 계획한 대로였다.

바다에서 보낸 첫날 두 사람은 서로에게 아무 말도 걸지 않았다. 그들은 약속한 식사 시간에 갑판에 올라와 서로 다른 줄에 서서 기다렸다. 식사가 끝난 후 레프티는 난간에 모여 담배 피우는 남자들 틈에 끼었고, 데스데모나는 바람을 피해 갑판 위에 쭈그리고 앉은 여자와 어린아이들 틈에 섞였다.

"누구 나와 줄 사람이 있어요?" 여자들이 물었다.

"약혼자라든가?"

"아뇨. 그냥 디트로이트에 사촌만 있어요."

"혼자 여행하는 거요?" 남자들이 레프티에게 물었다.

"네. 홀가분하고 편한걸요."

밤이 되면 둘은 각자의 선실로 내려갔다. 해초를 대마 포대에 싸서 잠자리로 삼고 구명조끼를 반으로 접어 베개 삼아 누운 그들은 각자의 자리에서 잠들기를 청했다. 배의 움직임에 익숙해지고 온갖 냄새를 이겨 낼 수 있기를. 승객들은 갖가지 양념과 설탕에 절인 과일들, 정어리 통조림, 와인 소스에 담근 문어, 통마늘에 절인 양 다리 같은 것들을 안고 배에 탔다. 그 시절에는 남자건 여자건 풍기는 냄새로 그 사람의 국적을 알 수 있었다. 눈을 감고 누워 있어도 데스데모나는 오른편 헝가리 여자에게서 나는 양파 냄새와 왼편 아르메니아 여자에게서 나는 날고기 냄새를 식별할 수 있었다.(그리고 그 여자들은 반대로 데스데모나에게서 나는 마늘과 요구르트 냄새로 그녀가 그리스인임을 짐작할 수 있었다.) 레프티는 후각만 아니라 청각적으로도 곤란을 겪었다. 한쪽에서는 칼라스란 사나이가 축소판 무적처럼 코를 골아 댔고, 다른 쪽에서는 필로보시안 박사가 자면서도 훌쩍거렸으니까. 스미르나를 떠나온 이래 박사는 억장이 무너지는 슬픔으로 제정신이 아니었다. 배를 걷어채이고 심한 고문을 당한 듯이 그는 눈 주변이 시퍼렇게 되어 외투 속에 몸을 웅크리고 있었다. 음식도 거의 입에 대지 않았다. 신선한 공기를 쐬러 갑판에 올라가자고 해도 듣지 않았다. 두세 번인가 갑판에 올라갔을 때에는 바다에 뛰어들겠다고 고집을 부렸다.

아테네에서 필로보시안 박사는 두 사람에게 자기를 내버려 두라고 말했다. 박사는 앞으로의 계획에 대해 상의하는 것도 꺼렸으며 이 세상 어디에도 가족이 없다고 말했다.

"난 피붙이가 없어. 놈들이 죽여 버렸다고."

"가엾은 분." 데스데모나가 말했다.

"살고 싶지 않은가 봐."

"우리가 도와드려야 해." 레프티가 고집스럽게 말했다. "저분은 내게 돈을 주었어. 손에 붕대도 감아 주고. 다른 사람은 아무도 날 거들떠보지 않는데 말이야. 우리 저분하고 같이 가자."

사촌이 전신으로 돈을 부쳐 주기를 기다리는 동안 레프티는 의사 선생을 달래어 마침내 함께 디트로이트행 배에 오르는 데 성공했다.

"먼 곳이라면 어디든 상관없어." 필로보시안 박사의 말이었다. "난 어디든 먼 곳으로 가고 싶어." 그러나 지금 배 위에서 그는 오로지 죽겠다는 말만 했다.

미국으로 가는 여행은 십이 일에서 십사 일 걸리는 여정이었다. 레프티와 데스데모나는 그동안의 일정을 모두 짜 두었다. 배에 오른 다음 날 레프티는 저녁을 먹고 곧바로 배를 한 바퀴 둘러보았다. 사람들이 드러누워 있는 삼등 갑판을 가로질러 조타실로 향하는 계단을 지나자 나무 상자에 담은 칼라마타 특산 올리브와 올리브유, 코스섬의 특산품인 해면과 같은 특수 화물들이 보였다. 그는 계속 앞으로 나아가면서 손으로 구명정의 녹색 방수포를 죽 훑어 나갔다. 그러다가 마침내 조타실과 삼등실을 가르는 사슬을 찾았다. 줄리아호는 왕년에 오스트리아와 헝가리를 오가는 노선의 일부였다. 전기 조명과 환기구 등 현대적인 편의 시설을 자랑하면서 한 달에 한 번 트리스트와 뉴욕 사이를 운행하기도 했다. 지금이야 전등이라 해도 일등실에만 달려 있고, 그마저도 어쩌다 켜는 것이었지만. 쇠 난간은 녹슨 지 오래였고, 그리스 국기는 굴뚝 연기로 더러워져 있었다. 배에는 낡은 청소함 냄새와 역대 승객들이 구토한 냄새가 배어 있었다. 레프티는 아직 배의 흔들림에 적응이 되지 않아 걸핏하면 난간에 부딪히기 일쑤였다. 그는 사슬 옆에서 어느 정도 시간을 보낸 다음 현창으로 건너간 뒤 다시 배 뒤편으로 돌아갔다. 데스데모나는 미리 약속한 대로 난간에 혼자 서 있었다. 레프티는 그 옆을 지나면서 살짝 웃고 고개를 끄덕했다. 그녀는 쌀쌀맞게 목례를 하고는 바다 쪽을 바라보았다.

사흘째, 레프티는 저녁을 먹고 나서 또 산책을 했다. 그는 앞으로 걸어가다가 현창을 가로질러 선미 쪽으로 향했다. 데스데모나를 보자 또 웃으면서 고개를 끄덕였다. 이번에는 데스데모나도 웃어 주었다. 담배 피우는 남자들 틈으로 돌아온 레프티는 혼자 여행하는 그 젊은 여자의 이름을 수소문해 보았다.

나흘째 갑판에서 만난 날 레프티는 걸음을 멈추고 자기소개를 했다.

"다행히 날씨가 참 좋군요."

"네, 이런 날씨만 계속된다면 좋겠어요."

"혼자 여행하십니까?"

"네."

"저도 그래요. 미국에 도착하면 어디로 가십니까?"

"디트로이트요."

"아니, 이럴 수가! 저도 디트로이트로 갑니다."

두 사람은 서서 몇 분 동안 더 이야기를 주고받았다. 그러고 나서 데스데모나는 실례한다면서 아래층으로 내려갔다. 이 풋사랑에 대한 소문은 금세 배 안 가득히 퍼졌다. 사람들은 시간을 때우려고 만났다 하면 그 키 크고 예의 바른 그리스 젊은이가 어떻게 해서 늘 올리브나무 상자를 들고 다니는 까무잡잡한 미인하고 사랑에 빠졌는지를 이야기했다.

"두 사람 다 혼자 간대." 사람들은 말했다.

"게다가 둘 다 디트로이트에 친척이 있다지."

"내가 보기에 천생연분은 아닌 것 같은데."

"어째서?"

"남자가 여자보다 집안이 좋은 것 같아. 그러면 안 되지."

"그래도 남자가 여자를 좋아하는 것 같은데."

"그 사람은 바다 한가운데에서 배를 타고 있어. 달리 할 일이 없잖아?"

닷새째, 레프티와 데스데모나는 함께 갑판 위를 산책했다. 엿새째, 남자가 팔을 내밀자 여자가 잡았다.

"내가 두 사람을 소개시켜 주었어!" 한 사나이가 자랑을 했다. 도회지 출신 아가씨들은 코웃음을 치며 말했다.

"머리를 저렇게 땋다니 시골뜨기가 틀림없어."

우리 할아버지는 대체적으로 한결 나은 대접을 받았다. 사람들은 그를 화재로 전 재산을 잃어버린 스미르나의 실크 상인입네, 콘스탄티누스 1세[40]가 프랑스 애인에게서 낳은 아들입네, 세계 대전 동안 독일 황제가 파견한 밀정입네 하며 말들이 많았다. 레프티는 어느 추측도 부인하지 않았다. 그는 이번 대서양 횡단 여행을 자기 자신을 재창조하는 계기로 삼았다. 그는 쥐가 갉아 먹은 담요를 오페라 망토처럼 어깨에 둘렀다. 지금 벌어지는 일들이 곧 실재가 되며, 지금 사람들이 짐작하는 모습이 실제 그의 모습, 다시 말해 미국인이 되리라는 것을 의식하면서 레프티는 데스데모나가 갑판에 올라오기를 기다렸다. 그녀가 올라오자 그는 망토를 단정히 두르고 배에서 사귄 친구들에게 고개를 끄떡여 보이더니 갑판을 가로질러 느릿느릿 다가가 데스데모나에게 경의를 표하는 것이었다.

---

40) 그리스의 왕이다.

"완전히 반했군."

"아닌 것 같은데. 저런 사람들은 말이야, 그냥 재미로 저런
다니까. 저 아가씨도 조심하는 게 좋을걸. 안 그랬다간 저 상
자보다 훨씬 더 큰 걸 지니고 다녀야 할 거야."

내 조부모는 자기들이 꾸며 낸 이 연애 놀이를 즐겼다. 사
람들이 주변에 있을 때에는 맨 처음이나 두 번째로 만나 데이
트하는 사람들의 말투를 흉내 내어 살아온 이야기를 꾸며 댔
다. 레프티가 묻곤 했다.

"그러면 동생이나 언니는 있어요?"

"남동생이 있었는데……."

데스데모나가 능청스럽게 대답했다. "튀르키예 아가씨와 도
망쳐 버렸어요. 아버지는 동생이랑 의절해 버리셨죠."

"아주 엄하시군요. 난 사랑한다면 세상의 모든 금기를 뛰어
넘을 수 있다고 생각하는데. 그렇지 않아요?"

두 사람만 남게 되면 그들은 서로 이렇게 말했다.

"이 방법이 잘 먹혀들었어. 아무도 눈치채지 못하잖아."

레프티는 갑판에서 데스데모나와 마주칠 때마다 지금 막
만난 것처럼 반가운 시늉을 지었다. 그는 다가와 말을 걸며 석
양이 아름답다는 등 너스레를 떤 뒤 다짜고짜 얼굴이 예쁘다
는 얘기로 넘어갔다. 데스데모나 역시 맡은 역할을 다했다. 처
음에는 약간 멋쩍어하며 레프티가 야한 농담을 할 때마다 팔
을 뒤로 빼곤 했다. 그녀는 어머니가 예전에 그 같은 남자를
조심하라고 일러 줬다고 말했다. 그들은 항해하는 동안 이런
가상 연애를 하며 자신들이 꾸며 낸 이야기를 점점 믿어 버리

게 되었다. 두 사람은 추억거리를 만들어 냈고, 임시변통으로 운명을 지어냈다.(왜 나의 조부모는 그렇게 했을까? 어째서 그렇게 골치 아픈 일들을 만들어 냈을까? 두 사람이 이미 약혼한 사이라고 말할 수는 없었던 걸까? 아니면 몇 년 전에 이미 결혼하기로 예정되어 있었다거나. 정작 그들이 속이고자 했던 것은 다른 여행자들이 아니라 바로 그들 자신이었다.)

여행으로 그 일이 한결 쉬워졌다. 500명이나 되는 이방인들과 함께 바다를 건너가다 보니 자연히 누가 누군지도 모르는 속에서 나의 조부모는 자기들 스스로를 재창조할 수 있었다. 줄리아호 선상에서의 추진 동력은 단연 자기 변신이었다. 바다를 응시하면서 담배 농사꾼들은 자신들이 자동차 경주 선수가 된 양 상상했고, 비단 염색업자들은 월스트리트의 부호로, 방앗간 아가씨들은 「지그펠드 폴리스」에서 선정적인 부채춤을 추는 댄서라도 된 것처럼 꿈을 꾸었다. 동서남북 어디를 보아도 잿빛 바다뿐이었다. 유럽과 소아시아는 그들 뒤에서 죽어 버렸다. 눈앞에는 미국과 새로운 지평이 있을 따름이었다.

바다에서의 여드레째, 레프티 스테퍼니데스는 삼등칸의 승객 663명이 모두 보는 앞에서 거창하게 무릎을 꿇었다. 그러고는 도킹용 밧줄 걸이에 앉아 있는 데스데모나 아리스토스에게 청혼을 했다. 젊은 여자들은 숨을 죽였고, 결혼한 남자들은 총각들을 쿡쿡 찔러 대며 말했다.

"잘 봐 둬. 배워 놔야지."

나의 할머니는 예의 우울증과 맥락을 같이하는 천부적인

무대 감각으로 미묘한 감정을 보였다. 우선은 깜짝 놀라며 기뻐하다가 다음에는 곰곰이 생각을 하고, 신중하게 거절을 해야 할까 하다가 이미 누가 시작했는지 모를 환호와 갈채 속에 머리가 아찔해지는 승낙을 해 버린 것이다.

식은 갑판에서 진행되었다. 웨딩드레스 대신 데스데모나는 비단 숄을 빌려 머리에 썼다. 콘툴리스 선장이 레프티에게 소스 얼룩이 묻어 있는 넥타이를 빌려주었다. "외투 단추를 채우면 아무도 모를 거야."라는 게 그의 말이었다. 나의 조부모는 새끼줄로 꼰 결혼 화관을 썼고 바다에서 꽃을 구할 수는 없는 노릇이어서 들러리로 나선 펠로스란 녀석은 신랑의 새끼줄 화관을 신부의 머리에 얹었다가 또 신부의 새끼줄 화관을 신랑의 머리에 얹었다가 다시 제자리로 갖다 놓았다.

신랑 신부는 이사야의 춤을 추었다. 엉덩이와 엉덩이를 맞대고 팔을 엮어 손을 잡고 데스데모나와 레프티는 선장 주위를 한 번, 두 번, 그리고 다시 한번 돌며 인생의 누에고치를 함께 자아내기 시작했다. 여기에는 그들의 내력을 아는 어떤 피붙이도 없었다. 우리 그리스인들은 결혼할 때 결혼 사실을 스스로에게 각인시키기 위해 수없이 원을 그린다. 행복해지려면 그 반복되는 원을 다채롭게 그려야 하며, 앞으로 나아갔다가 시작한 자리로 다시 돌아와야 한다.

아마도 내 조부모는 원을 만들며 이렇게 생각했을 것이다. 즉 맨 처음에 갑판을 돌았을 때 그들은 아직 오누이였다. 두 번째 돌았을 때 두 사람은 신랑 신부가 되었고, 세 번째 돌자 남편과 아내가 되었다.

　조부모의 결혼 첫날밤 해는 뉴욕을 가리키며 정확히 뱃머리 앞으로 떨어졌다. 달이 바다 위에 은색 줄을 늘어뜨리며 떠올랐다. 콘툴리스 선장은 야간 순찰을 돌려고 조타실에서 내려와 갑판 위로 걸어갔다. 바람이 불어왔다. 줄리아호는 파도가 높아지자 속도를 조금 올렸다. 갑판이 앞뒤로 기우뚱하는 가운데서도 콘툴리스 선장은 한 번도 비틀거리지 않았다. 그뿐 아니라 바람을 막기 위해 수가 놓인 모자챙을 잠깐 내리면서 자기가 애연하는 인도네시아산 담배에 불을 붙이기까지 했다. 그는 과히 깨끗하다고 할 수 없는 제복과 무릎까지 오는 크레타 부츠 차림으로 배의 야간 항행등을 살펴보았다. 그러고 나서 갑판 의자와 구명정들을 차곡차곡 쌓아 올렸다. 이 넓은 대서양에 홀로 오롯이 떠 있는 줄리아호는 외로웠다. 배의 옆구리를 넘어오는 큰 파도를 막기 위해 해치 위에는 누름대가 버티고 있었다. 갑판에는 일등실의 승객 두 사람밖에 없었다. 미국인 사업가인 그들은 무릎담요를 덮고서 자기 전에 술을 함께 마시고 있었다.
　"내가 듣기로는 거, 왜, 틸든이 부하 직원들하고 그냥 테니스만 치는 게 아니라더군."
　"농담이겠지."
　"그렇게 잘들 지내보라지."
　콘툴리스 선장은 그들의 대화 내용을 알지도 못하면서 고개를 끄덕이고 지나갔다.

구멍정 안에서 데스데모나가 말했다.

"보지 마."

그녀는 누워 있었다. 두 사람 사이에는 이제 염소 털 담요가 없었다. 그래서 레프티는 손으로 눈을 가린 채 손가락 사이로 엿보았다. 방수포에 뚫린 조그만 구멍으로 달빛이 새어 들어와 구멍정 안을 서서히 채웠다. 레프티는 데스데모나가 옷 벗는 장면을 수없이 보았지만 대개 그림자 정도였고 달빛 속에서 보는 것은 처음이었다. 신발을 벗으려고 이렇게 등을 구부리고 발을 올린 적도 없었다. 그녀가 아래로 치마를 벗고 위로 상의를 벗는 것을 그는 가만히 지켜보았다. 그러고는 누나가 달빛 아래 구멍정 속에서 얼마나 달라 보이는가에 깜짝 놀랐다. 그녀는 빛을 발하고 있었다. 그녀에게서는 하얀 빛이 나왔다. 레프티는 얼굴을 손으로 가린 채 눈을 깜박거렸다. 달빛이 점점 떠올라 그의 목을 덮고 눈에 이르렀을 때에야 그는 알 수 있었다. 데스데모나는 코르셋을 입고 있었다. 비티니오스에서부터 줄곧 간직해 온 물건. 누에알들을 감았던 하얀 천은 바로 데스데모나의 결혼 코르셋이었다. 그녀는 그걸 입을 일이 없으리라고 생각했지만 지금이야말로 그때였다. 브래지어 컵은 구멍정의 삼베 지붕을 향해 뾰족이 솟아 있었다. 고래수염으로 만든 살대가 그녀의 허리를 꼭 죄고 있었다. 코르셋에 매달린 가터에는 스타킹이 없었으므로 아무것도 달려 있지 않았다. 구멍정 안에서는 그 코르셋이 모든 달빛을 흡수해 데스데모나의 얼굴과 머리, 팔이 사라져 버리는 이상한 결과를 낳았다. 그녀는 떨어지다 등을 다쳐 정복자의 박물관으로 실려 가는, 날개 달린 승리의 여신처럼 보였다. 없는 것은 오로지 날개뿐이었다.

레프티가 신발과 양말을 벗자 모래가 비 오듯이 쏟아졌다. 속옷을 벗자 구명정 안이 버섯 냄새로 가득 찼다. 그는 잠깐 부끄러웠지만 데스데모나는 개의치 않는 것 같았다. 그녀는 자신의 복잡한 감정에 골몰해 있었다. 코르셋은 어쩔 수 없이 어머니를 떠오르게 했고, 지금 그들이 하려는 일이 옳지 못하다는 데 생각이 이르자 마음이 불편해졌다. 지금까지는 그 감정을 마음속 깊은 곳에 감춰 두었다. 지난 며칠 동안 혼란스러운 와중에서 그녀는 이 일을 곰곰이 생각할 시간을 가지지 못했던 것이다.

레프티 역시 갈등에 빠졌다. 머릿속이 온통 데스데모나 생각으로 꽉 차 있었지만 구명정 안이 어두워서 그는 꼭 집어 말하자면 누나의 얼굴이 안 보여서 좋았다. 몇 달 동안 레프티는 누나와 닮은 갈보들과 잤는데 이제는 누나가 남이라고 우기는 편이 더 마음 편했다.

코르셋은 마치 손이 달려 있는 것 같았다. 한 손은 다리 사이를 부드럽게 문질러 댔고, 다른 두 손은 그녀의 젖가슴을 오목하게 받쳐 주었다. 그러니 하나, 둘, 세 개의 손이 그녀를 누르고 애무해 주는 셈이었다. 속옷을 입은 데스데모나는 새로운 눈으로 자신의 가느다란 허리와 풍만한 허벅지를 보았다. 그녀는 더할 나위 없이 아름다웠고, 다른 무엇보다도 자기가 딴사람이 된 것 같았다. 그녀는 두 발을 들어 각각 노걸이에 장딴지를 걸쳤다. 그리고 다리를 벌렸다. 그녀는 레프티에게 두 팔을 벌렸고, 레프티는 팔꿈치와 무릎을 바닥에 대고 몸을 흔들다가 그만 노를 밀어 하마터면 조명탄을 터뜨릴 뻔했다. 그는 마침내 그녀의 부드러움 속에 정신을 잃어버렸다. 생전 처음으로 데스데모나는 그의 입안을 맛보았고, 사랑을 나누는 동안 그녀가 누나로서 한 행동은 딱 한 번 숨을 고르고 이렇게 말한 것뿐이었다.

"나쁜 녀석. 너 해 봤구나."

그러나 레프티는 이렇게 되뇌기만 했다.

"이거랑은 달랐어. 이거랑은 달랐다고……."

그런데 내가 아까 한 말 중에 틀린 부분을 정정해야겠다. 데스데모나에게는 살대에 박자를 맞추고 몸을 받쳐 주는 날개 한 쌍이 있었다.

"레프티!" 데스데모나가 숨을 몰아쉬며 말했다.

"나 느낀 것 같아."

"뭘 말이야?"

"왜 그거 있잖아, 그거."

"저런, 신혼부부들이란." 콘툴리스 선장이 흔들리는 구명정을 쳐다보면서 말했다.

"아, 다시 젊어질 수 있다면."

시 링치 공주…… 며칠 전 우반에서 본 자전거 아가씨에게 내가 멋대로 상상해서 붙인 이름이다. 웬일인지 나는 그녀를 계속 떠올리게 되고, 아침마다 그녀를 찾아 두리번거린다. 공주가 비단을 발견한 사실을 중국에서는 3190년 동안 비밀에 부쳤다. 누에알을 중국 밖으로 밀반출하려는 사람은 누구를 막론하고 사형에 처해졌다. 유스티니아누스 1세[41]가 없었더라면 나의 가족은 비단 농사꾼이 되지 못했을 것이다. 프로코피우스에 따르면 유스티니아누스 황제는 두 명의 사절을 보내이 위험한 일을 감행토록 했다는 것이다. 서기 550년 황제의사절들은 누에알을 집어넣은 당시의 콘돔, 즉 속이 텅 빈 자루를 삼킨 뒤 슬그머니 중국을 빠져나왔다. 그들은 뽕나무 씨앗도 함께 가지고 왔다. 그 결과 비잔틴 제국은 양잠업의 중심이 되었고 튀르키예의 언덕마다 뽕나무가 무성했다. 누에는뽕잎을 먹었다. 1400년이 흐른 뒤 그렇게 훔쳐서 키운 누에의후손들이 지금 줄리아호에서 내 할머니의 누에 상자를 가득채우고 있었다.

　나 자신도 밀수업의 후손이다. 자기들도 모르는 일이었지만미국으로 오면서 내 조부모는 각기 5번 염색체가 변이된 유전자를 하나씩 가지고 왔다. 루스 박사는 이 유전자가 우리 혈통에 처음 등장한 것은 1750년쯤, 내 증조할머니의 9제곱쯤되는 촌수인 페넬로페 에반젤라토스의 몸에서일 것이라고 말했다. 그녀는 이것을 아들 페트라스에게 물려주었고, 페트라스는 두 딸에게, 이 딸들은 모두 다섯 자녀 가운데 셋에게 이를 넘겨주었으며, 줄곧 그런 식으로 전달되었다. 이 유전자는열성이었으므로 발현이 몹시 변덕스러웠다. 유전학자들이 말하는 산발 유전이 바로 이것이다. 수십 년간 비밀리에 전해 내

41) 6세기 비잔틴 제국의 황제이다.

려오던 특성은 모든 사람이 그것을 잊어버렸을 때 다시 나타나는 법이다. 비티니오스의 진상은 바로 이러했다. 양성 인간이 드물지 않게 태어났는데 겉으로 보기에는 여자아이였던 것이 자라고 나니 여자가 아니었던 것이다.

그다음 엿새 동안 나의 조부모는 다양한 기상 조건 아래 구명정에서 만나 데이트를 했다. 낮 동안에는 죄의식이 활짝 고개를 들어 갑판에 앉은 데스데모나는 자기와 레프티가 그 모든 일로 벌을 받지 않을까 불안했다. 그러나 밤이 되면 쓸쓸한 마음에 선실을 빠져나와 구명정과 신랑에게로 몰래 돌아오곤 했다.

그들의 신혼은 거꾸로 진행되었다. 서로를 알아 가는 과정 대신에 상대방이 좋아하고 싫어하는 점, 간지럼을 타는 부위, 싫어하는 부위에 익숙해졌다. 그들은 서로에게 낯설어지려고 애썼다. 기왕에 벌인 선상 사기 사건의 정신으로 그들은 살아온 이야기를 자꾸 날조해서 그럴듯한 이름의 형제자매들을 만들고 도덕적으로 문란한 사촌들과 안면 경련 증세가 있는 친척들을 꾸며 냈다. 일부는 지어내고 일부는 실제 인물에서 빌려 온 당당한 족보를 번갈아 가며 읊어 대다 때로는 좋아하는 실제 삼촌이나 고모를 놓고 서로 차지하겠다고 다투기도 했는데, 그럴 때는 영화 제작 팀의 배역 담당 책임자들처럼 서로 협상을 벌여야 했다. 시간이 거듭될수록 점차 이와 같은 가공의 친척들은 그들의 마음속에서 구체화되기 시작했다. 연결 관계가 모호한 친척에 대해선 서로 문제를 냈고, 레프티는 이렇게 묻곤 했다.

"육촌인 야니스와 결혼한 사람은 누구게?"

그러면 데스데모나는 이렇게 대답했다.

"그거야 쉽지. 아테나지. 다리를 저는."

(친척 관계에 집착하는 내 버릇이 그때 구명정에서 비롯되었다면 지나친 억측일까? 나의 어머니도 내게 아저씨들과 아주머니들에 관해 문제를 내지 않았던가? 어머니는 눈삽이나 트랙터를 책임져야 하는 오빠에게는 그런 걸 물어보지 않았다. 그러나 나에게는 감사하다는 메모와 모든 사람의 생일과 세례일을 기억하는 따위의 여성스러운 붙임성으로 가족 간의 유대를 공고히 하는 책임을 맡겼다. 어느 정도냐고? 어머니는 숨도 안 쉬고 다음 족보를 단숨에 꿰곤 했다. "그건 네 사촌 멜리아다. 그 애는 마이크 삼촌의 누이동생 루실의 시동생인 스타티스의 딸이야. 너도 알지? 우유 배달하던 스타티스 말이야. 여간 몸이 잰 게 아니었지. 스타티스는 위로 아들 둘, 그러니까 마이크와 조니를 낳고 세 번째로 멜리아를 본 거야. 너도 걔를 봐야 하는데. 그 멜리아가 결혼을 해서 너랑 또 사촌뻘이 되는구나!")

성적으로는 사뭇 간단했다. 훌륭한 성의학자인 루스 박사 같으면 1950년 이전의 부부들 사이에는 구강성교가 없었다는 놀라운 통계 자료를 예로 들 것이다. 내 조부모의 성생활은 즐거웠지만 단조로운 것이었다. 매일 밤 데스데모나는 코르셋만 남기고 옷을 벗었고 레프티는 꼭 잠긴 옷을 여는 비밀의 조합을 찾느라 훅과 쾜쇠를 눌러 대곤 했다. 성욕을 불러일으키기 위해서는 코르셋만 있으면 되었고, 우리 할아버지에게는 평생을 두고 코르셋이 에로틱함의 유일한 상징이 되었다. 코르셋만 입으면 데스데모나는 언제라도 새로웠다. 먼저도 말했듯이 레프티는 전에도 누나가 벗은 모습을 훔쳐보곤 했지만 코르셋은 왠지 더욱 적나라한 느낌을 주는 위력이 있었다. 코르셋을 입고 있으면 데스데모나는 그가 반드시 손에 쥐어야 하는 보드라운 속살을 가진 철갑을 두른 금단의 생명체로 변하는 것이었다. 자물쇠가 딸깍 소리를 내면 활짝 문이 열렸다. 그렇게 해서 레프티가 기어서 데스데모나의 몸 위에 올라타면 두 사람은 거의 움직일 필요가 없었다. 넘실대는 파도가 그들의 일을 대신 해 주었으니까.

그들의 '페리페스스'는 짝짓기 과정 중 최정상에 올랐을 때가 아니더라도 계속 존재했다. 섹스를 하다가도 언제든 마음만 먹으면 아늑하고 편안한 분위기를 연출했다. 그래서 사랑이 끝나고 나면 두 사람은 방수천을 걷어 올리고 가만히 누워서 밤하늘을 올려다보며 다시 일상의 생활로 돌아오는 것이었다.

"어쩌면 리나의 남편이 나한테 일자리를 줄지도 몰라." 레프티가 말했다.

"그 사람은 자기 사업을 한다고 했지?"

"무슨 일을 하는지는 몰라. 리나가 제대로 가르쳐 준 적이 한 번도 없거든."

"돈을 모으면 난 카지노를 열 거야. 도박도 하고, 바도 있는…… 잘하면 플로어 쇼도 할 수 있을 거야. 그리고 여기저기에 야자나무 화분을 갖다 놓아야지."

"넌 대학에 가야 해. 엄마 아빠가 원하신 대로 교수가 돼야지. 또 누에도 키워야 하고. 잊지 마."

"누에고치는 잊어버려. 난 룰렛이나 레베티카, 그리고 술 마시고 춤추는 얘길 하고 있잖아. 한쪽에서 해시시를 팔 수도 있을 거야."

"미국에서는 해시시를 피우지 못하게 할걸."

"누가 그래?"

이 말에 데스데모나는 확신을 가지고 선포했다.

"거긴 그런 나라가 아니야."

그들은 남은 신혼 기간을 갑판에서 보내며 어떻게 해야 엘리스섬[42]을 무사히 통과할 수 있을까를 연구했다. '이민 제한 연맹'이 결성된 것이 1894년이었다. 미국 상원 의회에서 공화당의 헨리 캐벗 로지 의원은 『종의 기원』으로 탁상을 내리치면서 남유럽과 동유럽의 열등한 민족들이 유입되면 "우리 민족의 정통성"을 위협한다고 경고했다. 1917년 제정된 이민법에 따라 서른세 종류의 부적격자들은 미국에 들어오지 못하게 되었고, 따라서 1922년 줄리아호 갑판에서 승객들은 어떻게 그 범주를 벗어날까 머리를 맞대고 궁리했다. 신경을 곤두세운 이 벼락치기 공부에서 문맹자들은 글을 아는 척하는 법을 배우고, 아내를 둘 가진 사람은 아내 하나만을 인정하도록, 무정부주의자들은 프루동[43]을 읽지 않았다고 시치미를 떼도

---

42) 미국 어퍼 뉴욕만에 있는 섬. 초창기 이민자들이 통과해야 했던 관문인데 비인간적인 검역 과정으로 악명이 높았다.

43) 피에르 조제프 프루동(Pierre Joseph Proudhon, 1809~1865). 프랑스 사회주의자이다.

록, 심장병 환자들은 짐짓 기운이 넘치는 것처럼 보이도록, 간질 환자들은 발작을 일으킨 적이 없다고 말하도록, 유전병 환자들은 그런 사실을 말하지 않도록 배웠다. 유전자 변이 사실을 모르는 나의 조부모는 좀 더 노골적인 자격 조건에 신경을 썼다. "도덕적으로 야비한 행위를 포함해서 살인이나 경범죄를 저지른 사람"이란 제한 조건이 있었다. 그리고 이 항목에는 "근친상간 혈족"이 포함되었다.

데스데모나와 레프티는 결막염이나 피부병으로 고생하는 사람들을 피했다. 자꾸 마른기침을 하는 사람들도 멀리했다. 가끔 레프티는 다시 한번 확인해 두려고 다음과 같은 증명서를 꺼내 들었다.

엘레우테리오스 스테퍼니데스는
예방 접종을 받았음.
이도 박멸했음.
벼룩이나 빈대가 없는 것으로 확인됐음.

1922년 9월 23일
피레에프스 해운 방역청

글자도 알겠다, (비록 친남매간이었지만) 한 사람하고만 결혼했겠다, 민주적인 성향이겠다, 정신적으로 온전하겠다, 관계 당국이 이까지 박멸해 주었겠다, 나의 조부모는 입국을 저지당할 아무런 이유가 없었다. 두 사람은 각자 꼭 필요한 25달러씩 가지고 있었다. 또 후견인, 즉 사촌인 수멜리나도 있었다.

바로 일 년 전 발효된 "이민 할당 조례"에 따라 남유럽과 동유럽으로부터의 이민은 연간 78만 3000명에서 15만 5000명으로 줄어들었다. 후견인이나 깜짝 놀랄 만한 직업적인 추천장이 없고서는 미국 땅에 들어가기란 거의 불가능했다. 요행수를 높이려고 레프티는 프랑스어 숙어집을 던져 버리고 킹제임스 신약 성서의 첫 네 줄을 외우기 시작했다. 줄리아호에 떠도는 정보로는 영어 시험이 출제된다는 얘기가 있었다. 국적에 따라 성서의 각기 다른 부분들을 옮기도록 요구받았다. 그리스인들에게는 「마태복음」 19장 12절이 주어졌다.

"어미의 태로부터 된 고자도 있고, 사람이 만든 고자도 있고, 천국을 위하여 스스로 된 고자도 있도다."

"고자라고?" 데스데모나가 움찔해서 물었다.

"누가 너한테 그런 말을 했니?"

"이건 그냥 성경 구절일 뿐이야."

"웬 성경 말이니? 그건 그리스 성경이 아니야. 시험에 뭐가 나오는지 누구 다른 사람한테 가서 물어봐."

그러나 레프티는 위에 그리스어가 적히고 아래에 영어로 되어 있는 카드를 보여 주었다. 그는 문장을 단어마다 하나하나 반복해서 그녀가 이해를 하든 못 하든 외우게 만들었다.

"튀르키예에는 고자가 별로 없잖아? 이제 엘리스섬에 가서 그걸 말해야 되는 거야?"

"미국에선 누구든지 받아 줘." 레프티가 농담을 했다.

"고자도 포함해서 말이야."

"그렇게 너그럽다면 우리가 그리스 말을 하도록 내버려둬야지." 데스데모나가 투덜거렸다.

여름이 점차 바다를 떠나고 있었다. 어느 날 밤엔가는 코르셋의 고리를 풀기에는 구명정 안이 너무 추웠다. 그래서 그들은 담요 밑으로 기어들며 말했다.

"수멜리나가 뉴욕으로 우리를 만나러 와 줄까?"

데스데모나가 질문을 던졌다.

"아니. 우리가 디트로이트로 가는 기차를 잡아타야지."

"왜 못 만나러 오는데?"

"너무 멀어."

"차라리 그게 낫겠다. 수멜리나가 온다 해도 제시간에 대지 못할 테니까."

잠시도 멈추지 않는 바닷바람에 방수천 자락이 펄럭거렸다. 구명정의 뱃전에 서리가 생겼다. 두 사람의 눈에 줄리아호의 굴뚝 꼭대기가 들어왔다. 굴뚝에서 솟는 연기는 별 한 점 없는 밤하늘에 긴 꼬리처럼 두드러졌다.(그때는 몰랐지만 줄무늬가 그려진 그 깡통 굴뚝은 앞으로 그들이 꾸밀 새 가정을 미리 보여 주는 것이었다. 굴뚝은 루지강과 유니로열 공장, 그리고 세븐 시스터스와 투 브라더스에 대해 속살거리고 있었지만 그들은 귀담아 듣지 않았다. 둘은 코를 찡그리며 연기를 피해 구명정 안으로 파고들었다.)

그리고 내 이야기에는 아직 공장 냄새가 나지 않지만 소나무 향이 그윽한 산에서 자라 디트로이트의 오염된 공기에 결코 적응할 수 없었던 데스데모나와 레프티가 구명정에 머리를 푹 처박지 않았던들 그들은 새로운 냄새가 거친 바다 공기에 떠 오는 것을 감지할 수 있었을 것이다. 그것은 진흙과 젖은 나무 둥치의 축축한 냄새였다. 육지였다. 뉴욕이었다. 바로 미국이었다.

"수멜리나한테 우리 일을 어떻게 설명하지?"

"이해해 줄 거야."

"입을 다물어 줄까?"

"수멜리나도 남편한테 알리고 싶지 않은 일이 두어 가지 있잖아?"

"헬렌 일 말이야?"

"아니라고 할 수 없지." 레프티가 말했다.

그들은 그러고서 잠이 들었고, 다음 날 햇살에 눈을 떴을 때는 웬 얼굴이 두 사람을 내려다보고 있었다.

"잘 잤소?" 콘퇼리스 선장이었다.

"필요하다면 담요를 더 갖다주겠소."

"죄송합니다." 레프티가 말했다.

"다시는 안 그러겠습니다."

"이젠 기회가 없을 거요."

이렇게 말하며 선장은 자기 말을 다짐이라도 하듯이 구명정의 방수천을 완전히 걷어 버렸다. 데스데모나와 레프티는 일어나 앉았다. 멀리서 떠오르는 태양빛을 받아 뉴욕의 하늘이 보였다. 그것은 도시라는 이름에 어울리는 모습이 아니었다. 둥근 지붕도 없고, 첨탑도 보이지 않았다. 그들의 눈이 그 높은 기하학적인 형체들을 소화하는 데에는 꼭 일 분이 걸렸다. 엷은 안개가 만을 휘감고 돌았다. 헤아릴 수 없이 많은 분홍색 창유리가 반짝거렸다. 더 가까이 가자 고전적인 그리스 의상을 입고 태양 빛을 담뿍 받은 자유의 여신상이 그들을 환영했다.

"어떻소?" 콘툴리스 선장이 물었다.

"횃불이라면 죽을 때까지 안 봐도 될 것 같은데." 레프티가 말했다.

그러나 데스데모나는 갑자기 낙천적이 되었다.

"다른 건 몰라도 저건 여자네. 아, 여기선 매일같이 서로 죽이는 일은 없겠군."

2부

헨리 포드의 영어 잡탕 냄비

공장을 세우는 사람은 곧 사원을 짓는 것과 같다.
— 캘빈 쿨리지[44]

디트로이트는 언제나 바퀴로 유명한 도시였다. 빅3[45]가 등장하고 "자동차 도시"란 별명을 얻기 한참 전부터 그랬다. 자동차 공장과 화물 운송업자들이 출현하고 화학 실험으로 밤을 지새우는 날들이 오기 전부터 선더버드[46] 안에서 입맞춤을 하고 모델 T[47] 안에서 여자를 애무하기 훨씬 전부터 그랬다. 헨리 포드라는 젊은이가 '사륜차'를 고안해 내던 때, 이런저런 부품 끼워 넣기에만 바쁜 나머지 정작 완성품이 나가야 할 문은 생각지 못해서 결국 공작소 벽을 허물어뜨리기 전부

---

44) John Calvin Coolidge(1872~1933). 미국의 30대 대통령이다.
45) 제너럴모터스, 포드, 크라이슬러를 말한다.
46) 엄청난 인기를 끌었던 포드의 고전적인 모델이다.
47) 포드의 초기 모델이다.

터, 1896년 3월의 어느 추운 날 밤 찰스 킹이 말이 끌지 않고 키로 조종하는 탈것을 만들어 우드워드 애비뉴(거기서 2행정 엔진은 금방 고장이 나고 말았다.)를 올라가던 때로부터 100년도 더 전에, 더 거슬러 올라가서 이곳이 아직 디트로이트 해협 근처의 이름 없는 땅, 그러니까 인디언으로부터 훔친 땅덩어리에 지나지 않던 때, 영국과 프랑스가 기진맥진할 때까지 이 요새를 두고 싸우다가 결국은 미국이 차지하게끔 되기 이전 아득한 옛적에, 자동차와 클로버 잎이 난무하기 오래오래 전부터 디트로이트는 바퀴로 만들어진 도시였다.

아홉 살인 나는 땀으로 축축해진 아버지의 두툼한 손을 잡았다. 우리는 폰차트레인 호텔의 꼭대기 층 창가에 서 있었다. 일 년에 한 번 있는 부녀간의 점심 데이트를 위해서. 난 미니스커트에 밝은 자홍색 스타킹을 신고 어깨에는 끈이 긴 하얀 에나멜 가방을 메고 있었다. 희뿌연 창문엔 얼룩이 져 있었고, 우리가 있는 곳은 아주 높았다. 나는 잠시 후 새우 스캠피를 시킬 참이었다.

아버지의 손에 식은땀이 찬 것은 높은 곳이 두려워서였다. 이틀 전 아버지가 가고 싶은 곳이면 어디든 데려다준다고 했을 때 나는 째지는 소리로 "폰치[48] 꼭대기요!"라고 외쳤다. 디트로이트를 내려다보면서 오찬을 함께하는 사업가들과 거물급 브로커들 사이에 앉아 보고 싶었던 것이다. 아버지는 약속을 지켰다. 맥박이 빠르게 뛰는데도 아버지는 호텔 지배인에

---

48) 폰차트레인호텔을 말한다.

게 창가 테이블을 잡아 달라고 했다. 그리하여 지금 턱시도를 입은 웨이터가 내 의자를 뒤로 빼 주는 동안 아버지는 앉기가 너무 두려운 나머지 역사 강의를 시작했다.

역사를 공부해야 하는 이유는 무엇인가? 현재를 이해하기 위해, 혹은 오늘날과 같이 되지 않기 위해? 아버지는 올리브색 피부가 약간 창백해지면서 그냥 이렇게 말하는 것이었다.

"얘, 바퀴가 보이니?"

나는 눈을 가늘게 떴다. 아직 아홉 살인지라 나중에 눈가에 주름이 생길지도 모른다는 생각은 꿈에도 하지 못한 채 나는 시내 전경과 아버지가 (보지도 않으면서) 가리키는 거리들을 내려다보았다. 거기에는 정말 있었다. 시청 광장의 반쪽짜리 휠 캡과 빛을 내며 뻗어 있는 바큇살들이 베이글리와 워싱턴, 우드워드, 브로드웨이, 매디슨을 가리키고 있었다.

유명한 우드워드 계획의 유물은 그게 다였다. 1807년 술고래였던 우드워드 판사는 자기 이름을 따서 이 도시 계획을 작성했다.(그러기 이 년 전인 1805년, 이곳은 화재로 잿더미가 되고 말았다. 카디야크가 1701년에 설립한 정착 농장과 목조 주택 마을은 단 세 시간 만에 몽땅 타 버렸다. 그리고 1969년 나는 날카로운 시각으로 그때 화재의 흔적을 10킬로미터 떨어진 그랜드서커스 공원에서 이렇게 읽어 낸다. "우리는 더 나은 것을 희망한다. 그것은 재 속에서 피어날 것이다.")

우드워드 판사는 새로운 디트로이트를 육각형을 엮은 형태로 디자인하고 도심의 무릉도원으로 건설하려 했다. 각각의 바퀴는 제퍼슨 미학에 따라 고전적인 대칭을 유지하는 것은 물론이요. 이 신생 국가의 연방주의에 입각하여 따로 떨어진 동시에 연결되어 있어야 했다. 그 꿈은 결국 실현되지 못했다. 계획이란 어느 정도 문화를 위해 바쳐진 도시, 예컨대 파리나 런던, 로마 같은 세계적인 도시에나 어울리는 것이다. 디트로이트는 그와 반대로 미국적인 도시이며, 돈을 위해 목숨을 바친 도시이다. 따라서 디자인은 물러가고 편의만 남았다. 1818년 이후 디트로이트는 강을 따라 성장하면서 창고 옆에 창고가, 공장 옆에 공장이 들어섰다. 우드워드 판사가 구상한 육각형의 바퀴들은 찌그러지고 이등분되어 평범한 직사각형으로 눌렸다.

같은 장면을 다른 쪽(식당 옥상)에서 보면 바퀴들은 그대로 남아 있으면서 단지 형태만 달라 보인다. 1900년경 디트로이트는 마차와 짐차 제조에서 선두 주자였다. 나의 조부모가 도착한 1922년에 디트로이트는 선박용 기관이나 자전거, 손으로 굴려서 마는 시가처럼 갖가지 돌아가는 물건들을 만들고 있었다. 물론 나중에는 자동차도 만들었다.

이 모든 것이 기차 안에서도 보였다. 디트로이트강을 따라 다가갈수록 레프티와 데스데모나는 새로운 고향이 점점 모습을 갖춰 가는 것을 보았다. 농사짓는 땅 대신 울타리가 쳐진 구획과 자갈이 깔린 거리가 보였다. 하늘은 연기로 어둑했다. 건물들이 옆으로 날아가고, 벽돌 창고에는 흔한 북맨 글씨체로 회사 이름들이 허옇게 씌어 있었다. "WRIGHT AND KAY CO······ J. H. BLACK & SONS······ DETROIT STOVE WORKS." 강에는 타르 칠을 한 납작한 바지선들이

느릿느릿 떠갔고, 길거리에는 어디선가 갑자기 사람들이 튀어나왔다. 노동자들은 때 묻은 작업 바지를 입었고, 사무원들은 멜빵에 엄지손가락을 걸었으며, 간이식당과 하숙집 간판들이 옆에 나타났다.

"스트로스 템퍼런스 맥주 팝니다. 내 집같이 편안합니다. 식사는 15센트……"

이런 새로운 광경들이 조부모의 시야에 물밀듯이 밀어닥치면서 전날 보았던 모습들과 마구 뒤죽박죽이 되어 버렸다. 엘리스섬은 도제의 궁전[49]인 양 물 위에 솟아 있었다. 수하물실에는 짐들이 천장에 닿을 정도로 가득했다. 사람들은 뒷사람에 떠밀려 층계를 올라 등록실까지 갔다. 데스데모나와 레프티는 줄리아호에서 내린 사람들 틈에 끼어 신체검사 줄을 따라갔다. 검사관들은 눈과 귀를 들여다보고, 머리 가죽을 문지르고, 갈고리 모양의 단추 걸이로 눈꺼풀을 뒤집어 보았다. 어떤 의사는 필로보시안 박사의 눈꺼풀 아래에서 염증을 찾아내고는 검사를 중단했다. 그리고 박사의 외투에 분필로 X 자를 썼다. 박사는 줄 밖으로 불려 나갔다. 조부모는 그를 다시 보지 못했다.

"배에서 옮은 게 틀림없어." 데스데모나가 말했다.

"그렇지 않으면 너무 울어서 눈이 빨개졌든가."

그러는 동안에도 분필은 계속해서 제 할 일을 다하고 있었

---

49) 팔라초 두칼레. 옛 베네치아 공화국 도제(총독)들이 지내던 고딕 양식의 관저로 석호에 둘러싸여 있다.

다. 임신한 여자의 배에는 Pg라고 표시했고, 한 노인의 약한 심장 위에는 H라고 갈겨썼다. 결막염은 C, 황선[50]은 F, 트라코마[51]는 T였다. 그러나 제아무리 숙련된 의사의 눈이라 하더라도 제5염색체에 숨은 열성 변이를 짚어 낼 수는 없었다. 손으로 만져 알 수 있는 것도 아니고, 단추 걸이로 백일하에 드러나게 할 수도 없었으니…….

이제 기차에서 나의 조부모는 승객 명부가 아니라 행선지 카드를 받았다. "차장에게: 이 카드의 소지자에게 갈아타는 역과 내리는 역을 가르쳐 주시오. 이 사람은 영어를 모릅니다. 목적지는 디트로이트의 그랜드트렁크역." 그들은 예약이 안 된 좌석에 나란히 앉았다. 레프티는 들떠서 차창에 얼굴을 대고 밖을 내다보았지만 데스데모나는 물끄러미 자기 누에 상자만 내려다볼 뿐이었다. 지난 삼십육 시간 동안 참고 견뎌야 했던 치욕과 분노로 두 뺨은 진홍색이 되었다.

"앞으로는 아무도 내 머리 못 잘라." 그녀가 말했다.

"괜찮은데 뭐." 쳐다보지도 않으면서 레프티가 받아 주었다.

"미국 여자처럼 보여."

"미국 여자처럼 보이고 싶지 않아."

엘리스섬에서 레프티가 데스데모나를 꼬드겨 YWCA에서 운영하는 텐트에 들어가도록 했던 것이다. 그녀는 숄을 두르고 머릿수건을 쓴 채 들어갔다가 십오 분 뒤 허리선을 내려잡

---

50) 피부병의 일종이다.
51) 결막과 각막을 침투하는 전염병이다.

은 원피스에 요강처럼 생긴 헐렁한 모자를 쓰고 나왔다. 분가루를 두드려 새로 단장한 얼굴에는 분노가 이글거렸다. 몸단장을 한답시고 YWCA의 여자들이 데스데모나의 땋은 머리를 잘라 냈던 것이다. 주머니 깊숙한 곳에 구멍이 나서 걱정하는 사람처럼 데스데모나는 벌써 열세 번인가 열네 번째로 헐렁한 모자 아래에 손을 넣어 잘린 머리카락을 만지고 있었다.

"이젠 아무도 못 잘라."

그녀는 반복해서 말했다.(할머니는 이 맹세에 충실했다. 그날로부터 데스데모나는 고다이바 부인[52]처럼 길게 머리를 길러 거대한 머리채를 그물로 덮어 두었다가 금요일마다 감았다. 레프티가 세상을 떠난 후에야 할머니는 머리를 잘라 소피 서순에게 주었는데 소피는 이를 250달러에 가발 만드는 여자에게 팔았고, 그 여자는 그걸로 무려 다섯 개의 가발을 만들었다. 가발 만드는 여자는 이 가발 중하나를 나중에 백악관에서 물러나 일반인이 된 베티 포드[53]에게 팔았다. 그래서 우리는 언젠가 텔레비전에 방송되는 리처드 닉슨의 장례식에서 우리 할머니의 머리가 전직 대통령 부인의 머리 위에 올라가 있는 것을 보아야 했다.)

그러나 할머니의 기분이 언짢은 데에는 또 하나의 이유가 있었다. 그녀는 무릎 위의 누에 상자를 열었다. 안에는 아직도

---

52) 11세기 영국의 머시아 백작인 레오프릭의 아내. 주민에게 부과한 무거운 세금을 줄여 달라는 아내의 끈질긴 요청에 화가 난 남편이 사람들 앞에서 알몸으로 지나가면 청을 들어주겠다고 소리치자 부인은 온몸을 긴 머리카락으로 감싼 알몸으로 말을 타고 코번트리를 달렸다고 한다.
53) Betty Ford(1918~20111). 제38대 대통령 제럴드 R. 포드의 부인이다.

상주의 리본으로 묶인 땋은 머리 두 개가 들어 있었지만 그 외에는 아무것도 없었다. 비티니오스를 떠나올 때부터 애지중지 들고 왔던 누에알들을 데스데모나는 엘리스섬에 이르러 버리지 않을 수 없었다. 누에알이 기생충 목록에 올라 있었던 것이다.

레프티는 창에 들러붙어 있었다. 그는 호보컨에서부터 줄곧 바깥의 경이로운 광경에 넋이 나가 있었다. 올버니 언덕 위로 전차들이 분홍색 얼굴을 쑥 내밀었고, 버펄로의 밤을 배경으로 공장들은 화산처럼 빛을 뿜어냈다. 한번은 새벽녘에 기차가 시내로 들어가고 있을 때 얼핏 잠에서 깬 레프티가 기둥 모양으로 된 은행 입구를 파르테논으로 착각하고는 아테네에 다시 온 걸로 오인하기도 했다.

이제 디트로이트강이 쏜살같이 흘러가고 시내가 어렴풋이 보였다. 레프티는 자동차들이 거대한 딱정벌레들처럼 보도에 주차되어 있는 것을 눈이 빠지게 쳐다보았다. 굴뚝이 도시 전체를 장악하고 대포알 같은 연기를 대기에 쏘아 대고 있었다. 붉은 벽돌 굴뚝이 있는가 하면 높다란 은색 굴뚝도 있었고, 연대가 줄을 맞춰 선 굴뚝이 있는가 하면 혼자 깊은 생각에 잠겨 연기를 뿜어 대는 놈도 있었다. 굴뚝이 숲을 이루어 햇빛을 가리는가 싶더니 별안간 완전히 막아 버렸다. 모든 게 캄캄했다. 기차역에 도착한 것이다.

그랜드트렁크역은 지금이야 덩치만 컸지 폐허 더미에 불과하지만 그때만 해도 디트로이트가 뉴욕에 한발 앞설 욕심에 세운 것이었다. 맨 아래층은 거대한 대리석을 깐 신고전주의 전시관처럼 코린트식 기둥과 조각을 새겨 넣은 엔타블러처[54]까지 완벽했다. 이 신전 위로 13층의 사무실 건물이 솟아 있었다. 그리스가 미국에 물려준 것들을 꼼꼼히 살피고 있던 레프티는 이제 그 전수가 멈춘 데에 이르렀다. 다시 말해 미래에 직면한 것이다. 그는 미래를 만나 보기 위해 걸음을 내디뎠다. 데스데모나는 다른 선택의 여지 없이 그 뒤를 따랐다.

그러나 그 시대를 한번 상상해 보라! 그랜드트렁크라니! 100여 개의 운송 사무실에서 울려 대는 전화벨 소리는 아직도 듣기에 따라 생소했고, 물건들은 동서남북 사방으로 부쳐졌다. 도착하는 승객과 떠나는 승객들은 팜코트에서 커피를 마시거나 구두닦이에게 신발을 맡겼다. 은행원은 화려한 구두 코끝을, 납품업자는 왕발가락 부분을, 주류 밀매업자는 새들 슈즈를. 구아스타비노의 타일 작품이 들어간 둥근 천장, 그 상들리에, 웨일스의 채석장에서 캐 온 돌로 바닥을 깐 그랜드트렁크란……. 의자 여섯 개짜리 이발소가 있었는데 뜨거운 타월을 덮어 놓은 시정 지도자들의 얼굴은 미라처럼 보였고, 욕조는 모두 손님들로 찼으며, 옆으로 늘어선 엘리베이터 앞에는 갸름한 투명 대리석 램프가 불을 밝히고 있었다.

데스데모나를 기둥 뒤에 남겨 놓은 채 레프티는 인파를 헤치고 마중 나왔을 사촌을 찾아 돌아다녔다. 수멜리나 지즈모는 파파스디아몬도폴리스에서 내 조부모의 사촌으로 태어났으니 나와는 육촌인 셈이다. 나는 화려한 할머니인 그녀를

---

54) 그리스 건축에서 기둥이 떠받치는 수평 부분을 가리킨다.

알고 있다. 아슬아슬 금방이라도 떨어질 것 같은 담뱃재, 쪽 빛 목욕물, 접신 학회에서의 아침 겸 점심……. 수멜리나 할 머니 하면 떠오르는 것들이다. 그녀는 팔꿈치까지 오는 새틴 장갑을 낀 채 눈물 자국이 그렁그렁하고 고약한 냄새를 풍기 는 닥스훈트를 여러 마리 줄줄이 끌고 다녔다. 그녀의 집에는 발 없는 스툴이 잔뜩 있었는데 다리가 짧은 닥스훈트들이 소 파나 긴 의자에 올라갈 수 있도록 놓아둔 것이었다. 그렇지만 1922년의 수멜리나는 겨우 스물여덟 살이었다. 그랜드트렁크 의 군중 속에서 그녀를 찾아내기란 내가 우리 부모의 결혼 앨 범에서 손님들의 정체를 알아맞히는 것만큼이나 어려운 일이 다. 결혼식 사진에서 사람들은 저마다 젊음이라는 가면을 쓰 고 있게 마련이다. 지금 레프티의 문제는 그와는 조금 다르지 만. 그는 사람들로 붐비는 중앙 홀을 돌면서 어릴 때 함께 자 란 사촌을 찾기 시작했다. 코가 날카롭고 코미디 가면처럼 웃 는 입을 가진 사촌을. 천장의 채광창으로부터 햇살이 비껴들 었다. 그는 눈을 가늘게 뜨고 지나가는 여자들을 유심히 살폈 는데 마침내 한 여자가 그를 큰 소리로 불렀다.

"아이고, 여기 있었네. 레프티, 나야, 못 알아보겠어? 못 말 리는 리나 말야."

"리나라고?"

"그래, 난 이제 시골뜨기가 아니야."

튀르키예를 떠난 지 오 년 만에 수멜리나는 감쪽같이 그리 스 냄새를 떨쳐 버렸다. 짙은 밤색으로 염색해서 마르셀 웨이 브를 준 단발머리부터 어디 서구 멀리서 이민 온 사람 같은

'유럽식' 악센트, 즐겨 읽는 《콜리어스》와 《하퍼스》, 좋아하는 왕새우 크림구이와 땅콩버터, 끝으로 옷차림에 이르기까지 그리스적인 것은 하나도 없었다. 그녀는 녹색의 하늘하늘한 짧은 드레스를 입었는데 가장자리에는 술이 달려 있었다. 옷에 맞춘 녹색 새틴 구두는 발가락 부분에 금속 장식이 달려 있고 발목에는 섬세한 가죽끈이 매여 있었다. 어깨에는 검은색 깃털 목도리를 두르고 머리에는 종 모양의 모자를 눌러썼는데 쥐어뜯긴 듯한 눈썹 위로 새까만 마노가 달랑거렸다.

다음 몇 초간 그녀는 세련된 미국식 태도로 흠씬 뿜을 내었으나 역시 그 (종 모양의 모자) 아래에는 예전의 리나가 있었다. 곧 그리스인다운 호들갑이 쏟아져 나왔다. 그녀는 두 팔을 활짝 벌리고 말했다.

"자, 어디 얼굴 좀 보자."

두 사람은 포옹을 했다. 리나는 연지 바른 뺨을 레프티의 목에 문질러 댔다. 그러고는 뒤로 물러서서 꼼꼼히 살펴보고는 까르르 웃으며 손을 오목하게 만들어 그의 코에 갖다 댔다.

"여전하네. 이 코만 보면 어디서든지 알 수 있어."

웃음소리에 뒤이어 그녀는 어깨를 으쓱하며 다음 수순을 밟았다.

"그래, 어디 있어? 네 신부 말이야. 전보에 이름도 안 썼던데. 뭐야? 숨어 있니?"

"지금…… 화장실에 갔어."

"미인인가 보구나. 그렇게 빨리 결혼하다니. 둘이 맨 처음 만나서 뭘 한 거야? 자기소개부터 했어? 청혼부터 했어?"

"글쎄, 청혼부터 했던 것 같은데."

"어떻게 생겼는데?"

"어떠냐면…… 리나 누나같이 생겼어."

"오, 설마, 그럴 리가."

수멜리나는 궐련 물부리를 입에 대고 들이마시며 지나가는 사람들을 훑어보았다.

"데스데모나가 불쌍해서 어째! 동생은 사랑에 빠져서 누나도 버리고 뉴욕으로 왔는데. 누나는 어때?"

"잘 지내."

"왜 같이 안 왔어? 누나가 신부를 질투하는 건 아니겠지?"

"그런 건 아냐."

수멜리나가 레프티의 팔을 덥석 잡으며 말했다.

"화재 기사를 읽었어. 끔찍해! 네 편지 받을 때까지 얼마나 걱정했는지. 튀르키예가 불을 질렀을 거야. 난 알아. 물론 내 남편은 나하고 생각이 다르지만."

"그래?"

"한 가지 주의할 사항은, 우리랑 같이 살 거라서 말인데, 내 남편 앞에서 정치 얘긴 하지 말아 줘."

"알았어."

"그러면 마을은 어떻게 됐어?" 수멜리나가 물었다.

"모두 고향을 떠났어. 이젠 아무것도 없어."

"지겹게 싫더니만 눈물 한 방울 안 나네."

"누나, 누나한테 미리 말해 둘 일이 있는데……."

그러나 수멜리나는 발을 구르면서 한눈을 팔고 있었다.

"화장실에 가서 빠졌나?"

"우리 누나랑 관련된 일인데……."

"그런데?"

"내 안사람이…… 데스데모나가……."

"내 말이 맞지? 너희 둘 사이가 안 좋아진 거지?"

"아냐…… 데스데모나가…… 내 안사람이……."

"그래서?"

"같은 사람이야."

그는 신호를 보냈다. 데스데모나가 기둥 뒤에서 걸어 나왔다.

"안녕, 리나 언니." 나의 할머니가 말했다.

"우리 결혼했어. 다른 사람들한테는 말하지 마."

이렇게 하여 비밀은 마지막에서 두 번째로 이렇게 폭로되었다. 그랜드트렁크의 웽웽 울리는 천장 아래에서 나의 야야 할머니는 종 모양의 모자를 눌러쓴 수멜리나의 귀에 대고 불쑥 말해 버렸던 것이다. 이 고백은 잠시 공기 중에 떠다니다가 수멜리나가 피우는 담배 연기를 따라 어디론가 날아가 버렸다. 데스데모나는 남편의 팔을 잡았다.

수멜리나가 입을 다물 수밖에 없다고 믿은 데에는 또 다른 이유가 있었다. 그녀 자신이 비밀을 간직한 채 미국으로 왔던 것이다. 이 비밀은 1979년 수멜리나가 죽을 때까지 가족이 지켜 주었는데 그녀가 세상을 떠나자 모든 사람의 비밀이 그렇듯이 사후라는 이유로 기밀문서에서 제외되었다. 그 바람에 사람들은 "수멜리나의 여자 친구들"에 대해 말하기 시작했다. 다시 말해 비밀이라기엔 엉성하기 이를 데 없어 이제 와

선 — 내 입으로 그걸 누설할 지경에 이르렀는데도 — 자손으로서 양심에 거리끼는 바가 거의 없다는 말이다.

수멜리나의 비밀은 (조 고모의 말마따나) 이런 것이었다.

"나중에 그 섬에 대해 얘기할 때면 등장하는 여자들 중에 리나란 이름이 빠지지 않았지."

고향에서 소녀 적의 수멜리나는 몇몇 여자 친구들과 미심쩍은 사건에 연루된 적이 있다.

"별로 많진 않았어." 그녀 자신이 수년 후 내게 말해 주었다.

"두세 명쯤. 사람들은 누가 여자를 좋아한다면 치마만 두르면 다 좋아하는 줄 알지만 난 늘 까다로운 축이었지. 그리고 내 눈에 차는 앤 많지 않았어."

한동안 그녀는 이러한 기질을 없애려고 애를 먹었다.

"난 교회에 나갔어. 한 번도 빼먹지 않고! 도움이 안 되더라고. 그때는 여자 친구 만나기에 교회만 한 곳이 없었지. 교회에서 말이야! 우린 모두 달라지게 해 달라고 기도를 드렸고."

수멜리나가 또래 여자애가 아닌 어른 여자, 그것도 애가 둘 딸린 엄마하고 어울려 다니자 나쁜 소문이 돌기 시작했다. 수멜리나의 아버지는 딸을 결혼시키려 했지만 나서는 남자가 없었다. 이렇게 관심도 없는 데다 소문마저 안 좋은 신붓감이 멀쩡한 남편을 얻기란 비티니오스같이 작은 마을에선 하늘의 별 따기였다. 그래서 그녀의 아버지는 그 시절에 결혼 못 하는 딸을 가진 그리스 아버지가 하는 일을 했다. 미국으로 편지를 보냈던 것이다. 미국은 달러 지폐와 야구계의 강타자, 너구리 모피 코트, 다이아몬드로 만든 장신구들로 넘쳐 나는 곳이었고, 이민 와서 외로움에 시달리는 총각도 많았다. 신부 될 사람의 사진 한 장과 상당한 지참금을 가지고 그녀의 아버지는 마침내 한 놈을 잡았다.

지미 지즈모(원래 이름은 지시모풀로스)는 1907년 서른 살의 나이에 미국으로 건너왔다. 가족은 그가 물건 고를 때 아주 깐깐하다는 것 외엔 그에 대해 아는 바가 별로 없었다. 수멜리나의 아버지에게 편지를 여러 통 보내면서 지즈모는 변호사의 격식을 갖춘 문장으로 지참금 액수를 협상했는데 결혼식도 하기 전에 은행 수표를 요구할 정도였다. 수멜리나가 받은 사진은 키 크고 잘생기고 남자다운 콧수염을 기른 남자가 한 손에는 권총을, 다른 손에는 술병을 들고 찍은 것이었다. 그러나 두 달 뒤 그랜드트렁크역에 내린 그녀를 마중 나온 사람은 키가 작고 말끔하게 면도한 얼굴에 심술궂은 표정을 띤, 노동자처럼 혈색이 거무스름한 사나이였다. 보통 신부들 같으면 이렇게 예상과 다른 데에 실망을 금치 못했을 테지만 수멜리나는 이렇든 저렇든 상관없었다.

수멜리나는 미국에서 새로운 생활에 대해 자주 편지로 알려 왔다. 새로 유행하는 패션이라든가, 매일같이 이어폰으로 다이얼을 맞춰 가며 몇 시간씩 열심히 듣는 라디오에 대해서. 특히 에어리올라가 가정용으로 처음 디자인한 이 라디오는 크리스털 위에 쌓인 카본 먼지를 닦아 내야 했고 그 바람에 몇 번씩 음악 감상이 중단되곤 했다. 그러나 데스데모나가 "잠자리"라고 칭하는 일에 대해서는 일절 언급하지 않았기 때문에 사촌들은 편지의 행간에서 그와 같은 내용을 찾을 수밖에 없었다. 예컨대 일요일에 벨아일로 드라이브 갔던 묘사에서 운전대에 앉은 남편의 표정이 좋았는가, 나빴는가, 아니면 수멜리나의 새로운 머리 스타일 — 이른바 "이와 벼룩의 창고"— 을 과연 지즈모가 뒤죽박죽으로 엉클어 버릴 자격이 있었는가를 논한 글귀로부터 추측을 하는 정도였다. 이렇게 자기 비밀로 가득한 바로 그 수멜리나가 지금 새로운 공범자를 맞아들이게 됐던 것이다.

"결혼이라고? 그러니까 잠자리를 같이하는 그 결혼 말이니?"

레프티가 간신히 대답했다.

"으응."

수멜리나는 태어나서 처음으로 담배 끄트머리의 재를 알아차리고 털어 냈다.

"세상에. 내가 동네를 떠나고 나니 더 우스워졌구나."

그러나 데스데모나는 그 같은 빈정거림에 동조하지 않았다. 그녀는 수멜리나의 손을 잡고 사정했다.

"말하지 않겠다고 약속해. 이렇게 살다가 죽으면 그만이야."

"말 안 할게."

"내가 언니 사촌인 것도 말하면 안 돼."

"아무한테도 말 안 할게."

"언니 남편은 어쩌지?"

"그 사람은 내가 사촌하고 신부를 데리러 간 줄 알아."

"남편한테도 말 안 할 거지?"

"그거야 쉬운 일이지." 리나가 소리 내어 웃으며 말했다.

"내 말은 귓등으로도 안 듣는걸."

수멜리나는 자기 차, 그러니까 검은 패커드까지 가방을 옮기는 데 군이 짐꾼을 사자고 했다. 그녀는 짐꾼에게 팁을 주고 운전석에 올라타 이목을 끌었다. 1922년에는 아직 여자가 운전하는 일이 대단한 사건에 들었다. 계기판 위에 퀄런 물부리를 놓은 뒤 그녀는 초크를 당기고 오 초간 기다렸다. 그러고는 점화 버튼을 눌렀다. 자동차의 양철 보닛이 몸을 부르르 떨며 살아났다. 가죽 시트가 진동하기 시작하자 데스데모나는 남편의 팔을 꽉 붙잡았다. 수멜리나는 맨발로 운전하려고 새틴 끈으로 묶은 하이힐을 벗었다. 그러고는 기어를 넣더니 교통 신호에는 아랑곳하지 않고 미시간 애비뉴를 지나 캐딜락 공장까지 비틀거리며 달려갔다. 내 조부모는 두 눈을 반짝이면서 북적거리는 움직임들을 지켜보았다. 덜컹거리면서 종을 딸랑대는 전차, 흑백사진처럼 스치는 자동차들. 당시 디트로이트 시내는 쇼핑하는 사람들과 사무원들로 발 디딜 틈이 없었다. 허드슨 백화점 앞은 사람이 다른 곳보다 열 배는 더 많아서 최신식 회전문에 들어가려는 사람들이 서로 밀치고들 있었다. 리나는 몇 군데를 손으로 가리켰다. 프론테낙 카페…… 가족 극장…… 그리고 거대한 전광판에 보이는 광고. "Ralston…… Wait & Bond Blackstone Mild 10c Cigar." 그 위에선 키가 9미터나 되는 소년이 3미터 길이의 식빵 조각에 메도 골드 버터를 펴 바르는 중이었다. 어떤 건물에는 10월 31일까지 진행될 판촉 행사를 위해 입구 위에 대형 기름 램프를 한 줄로 설치해 놓았다. 온통 시끌벅적한 소용돌이였다. 데스데모나는 뒷좌석에 기대앉아 앞으로 현대의 편의 시설이 두고두고 그녀에게 일으킬 두통을 앓기 시작했다. 주로 자동차가 큰 문제였지만 토스터와 스프링클러, 에스컬레이터도 마찬가지였다. 한편 레프티는 씩 웃고 고개를 흔들었다. 하늘을 찌르는 고층 건물이 도처에 올라가고 화려한 극장과 호텔도 즐비했다. 디트로이트의 대형 건물들은 대부분 20세기 들어서 지어졌다. 페놉스코트 빌딩과 인디언의 허리띠같이 화려한 디자인을 살린 두 번째 불 빌딩, 뉴유니언트러스트 빌딩, 캐딜락 타워, 금박 지붕을 얹은 피셔 빌딩이 모두 그랬다. 나의 조부모에게 디트로이트는 누에고치 성수기를 맞은 코자 한과 같았다. 주택난으로 길거리에서 자는 노동자들이나 바로 동쪽에 있는 게토는 그들 눈에 보이지 않았다. 게토는 릴랜드, 머콤, 헤이스팅스, 브러시 거리에 인접해 있는 구역으로 아프리카계 미국인들은 이곳에서만 살 수 있었다. 간단히 말해서 내 조부모는 이 도시의 (두 번째) 파멸의 씨앗은 보지 못했다. 왜냐하면 그들 역시 이 도시의 한 부분이었으며 출신이 어디든지 간에 여기 사람들은 모두 헨리 포드가 내건 일당 5달러의 약속에 목숨을 걸었기 때문이다.

디트로이트의 이스트사이드는 성당의 느릅나무가 드리워진 조용한 주택가였다. 리나가 그들을 태우고 간 헐버트 거리의 집은 루트비어색 벽돌로 지은 수수한 이층집이었다. 그러나 내 조부모에게 이 집은 궁전처럼 보였다. 두 사람은 차에서부터 입이 딱 벌어져 움직일 수도 없었는데 이윽고 현관문이 열리고 누군가 걸어 나왔다.

162

지미 지즈모에 관해서는 너무 많은 얘기가 얽혀서 어디서부터 시작해야 좋을지 모르겠다. 아마추어 허브 재배가, 여성 참정권 반대론자, 한탕주의자, 전과자, 마약 밀매업자, 절대 금주주의자 등인데 기분 내키는 대로 골라잡으면 된다. 그는 마흔다섯 살로 아내보다 거의 두 배나 나이가 많았다. 현관 밖의 침침한 곳에 서 있는 그는 뾰족 칼라 셔츠에 빳빳한 풀기라고는 거의 찾아볼 수 없는 싸구려 양복 차림이었다. 곱슬곱슬한 검은 머리는 오랜 세월 그가 거쳐 온 독신 남자의 헝클어진 인상을 주었는데 이 느낌은 막 자고 일어난 침대처럼 구겨진 얼굴을 보면 더욱 확실해졌다. 그러나 눈썹은 날라리 소녀의 그것처럼 유혹하는 듯한 아치형이었고, 속눈썹은 어찌나 진한지 마스카라를 바른 것처럼 보였다. 하지만 나의 할머니는 이런 것들이 안중에도 없었다. 그녀는 뭔가 다른 것에 관심을 빼앗기고 있었다.

"아랍인이야?" 데스데모나는 부엌에 사촌과 단둘이 남자마자 물었다.

"왜 편지에 저 사람 얘기를 쓰지 않았어?"

"아랍계는 아냐. 흑해 출신이지."

"여기가 살라[55]요." 여자들이 부엌에 있는 동안 지즈모는 레프티에게 집 안을 돌며 이것저것 설명해 주었다.

"폰토스[56] 사람이네!"

---

55) 거실을 가리킨다.
56) 소아시아의 고대 국가이다.

데스데모나는 두려움에 탄성을 지르면서도 아이스박스에서 눈을 떼지 못했다.

"저 사람, 설마 이슬람교도는 아니지?"

"폰토스 출신이라고 무조건 종교를 바꾸는 건 아냐." 리나가 코웃음 치며 말했다.

"너는 그리스 사람이 흑해에서 한 번 헤엄치고 나면 이슬람교도로 변한다고 생각하는 거니?"

"그런데 저 사람은 튀르키예 피가 섞였어?"

여기서 데스데모나는 목소리를 낮췄다.

"왜 저렇게 까맣대?"

"그건 모르지만 신경 안 써."

"여기에는 언제까지나 있어도 좋소."

지즈모는 이제 레프티를 2층으로 안내하고 있었다.

"다만 몇 가지 규칙이 있는데 첫째, 나는 채식주의자요. 당신 부인이 고기를 요리하고 싶다면 냄비와 접시를 따로 사용하도록 해요. 그리고 위스키도 안 돼요. 술을 마시나요?"

"가끔 합니다."

"집에선 술 마실 생각 말아요. 술 생각이 나면 무허가 술집으로 가시오. 난 경찰하고 문제 일으킬 생각은 없으니까. 그리고 방세 말인데, 결혼한 지 얼마 안 되지요?"

"네."

"지참금으로는 어떤 걸 받으셨소?"

"지참금이라고요?"

"그렇소. 얼마나 받았소?"

"그런데 저렇게 늙은 걸 알고 있었어?" 아래층에서 오븐을 살펴보며 데스데모나는 이렇게 속삭였다.

"그래도 난 동생하고 결혼하진 않았어."

"조용! 농담이라도 그런 소리 마."

"지참금은 받지 않았습니다." 레프티가 대답했다.

"우리는 배에서 만났거든요."

"지참금이 없다니!"

지즈모는 층계에 멈춰 서서 놀랍다는 듯이 레프티를 돌아다보았다.

"그러면 어째서 결혼을 했소?"

"사랑에 빠졌거든요."

레프티의 말이었다. 전에는 모르는 사람에게 한 번도 이런 말을 한 적이 없었는데 막상 이렇게 말하고 보니 행복하기도 하고 갑자기 겁이 나기도 했다.

"돈을 못 받았으면 결혼도 하지 말아야지."

지즈모가 말했다.

"그래서 난 이렇게 늦어졌는데. 제값을 받을 때까지 버텼지."

이렇게 말하며 그는 한 눈을 찡긋했다.

"리나 말로는 무슨 사업을 하신다더군요." 레프티는 욕실로 안내하는 지즈모를 따라가며 갑작스럽게 관심을 보였다.

"어떤 종류의 사업이지요?"

"나 말이요? 난 수입업자요."

"대체 뭘 수입하는지는 나도 몰라." 수멜리나가 부엌에서 대답을 했다.

"수입업자래. 내가 아는 건 집에 돈을 가져다주는 것밖에 없어."

"어떻게 하나도 모르는 사람하고 결혼할 생각을 다 했어?"

"그 나라를 벗어나려고. 절름발이하고라도 결혼했을걸."

"수입하는 거라면 나도 해 본 적이 있어요."

지즈모가 배관을 보여 주는 동안 레프티가 어렵게 끼어들며 말했다.

"부르사에 있을 때였죠. 실크 분야였어요."

"내가 아는 한은 말이야……." 리나는 아래층에서 계속 떠들어 댔다. "남편이란 늙으면 늙을수록 좋은 거야." 그녀는 찬장 문을 열었다. "젊은 남편이었다면 졸졸 내 뒤만 따라다녔을걸. 얼마나 신경이 쓰이겠어?"

"너무했어, 언니."

이렇게 말하면서도 데스데모나는 자기도 모르게 소리 내어 웃었다. 함께 자란 사촌을 비티니오스에서와 똑같은 모습으로 다시 만나다니 데스데모나로서는 꿈만 같았다. 짙은 색 찬장에 가득한 무화과와 아몬드, 호두, 할와,[57] 말린 자두를 보자 그녀는 기분이 더욱더 좋아졌다.

"그런데 어떻게 하면 방세를 벌 수 있을까요?"

지즈모와 아래층으로 내려오면서 레프티가 마침내 우물거리며 내뱉었다. "지금은 돈이 하나도 없거든요. 어디 일할 데 없을까요?"

---

57) 참깨와 꿀이 섞인 튀르키예 과자이다.

"그거야 문제없소." 지즈모는 손을 내저었다.

"몇 사람한테 말해 줄 테니."

그들은 살라를 다시 지나왔다. 지즈모는 잠시 멈춰 서서 의미심장한 눈빛으로 바닥을 내려다보았다.

"아니 그러고 보니 여기 얼룩말 가죽 깔개를 그냥 지나쳤군."

"아주 좋은 거군요."

"아프리카에서 가져왔지. 내가 직접 쏘아 잡은 거요."

"아프리카에도 가셨댔나요?"

"안 가 본 데가 없지."

도시에선 누구나 그렇듯이 그들은 비좁게 지냈다. 데스데모나와 레프티는 지즈모와 리나가 자는 바로 윗방에서 잤다. 그래서 처음 며칠 밤은 데스데모나가 침대에서 기어 내려와 바닥에 귀를 대곤 했다.

"아무 소리도 안 나. 내가 말했잖아."

"어서 와." 레프티가 책망했다.

"자기들 사업인걸."

"무슨 사업? 내가 얘기해 줄게. 저 사람들은 사업을 하는 게 아냐."

그러는 동안 아래층 침실에서는 새로 들인 세입자들에 대해 지즈모가 말하고 있었다.

"낭만 좋아하시네! 배에서 여자를 만나 결혼하다니. 지참금도 없이."

"사랑해서 결혼하는 사람들도 있어요."

"결혼이란 살림 살고 아이 낳으려고 하는 거지. 그러고 보니 또 생각이 나네."

"제발, 지미, 오늘 밤엔 싫어요."

"그럼 언제? 결혼한 지 오 년이나 됐는데 아이가 없다니. 당신은 날마다 아프다, 피곤하다, 어쩌고 하며 핑계나 대고. 피마자기름을 먹고 있어?"

"네."

"그리고 마그네슘은?"

"먹었어요."

"그래야지. 당신은 담즙을 줄여야 해. 엄마한테 담즙이 너무 많으면 아이가 박력이 없고 부모 말을 안 듣게 되거든."

"잘 자요."

"잘 자."

그 주가 다 가기 전에 우리 조부모가 수멜리나의 결혼 생활에 대해 품었던 의문들은 모두 풀렸다. 나이 차가 많다 보니 지즈모는 젊은 신부를 아내라기보다는 딸처럼 대했다. 아내가 해도 되는 일과 해서는 안 되는 일에 대해 늘 잔소리였다. 겉치장에 돈을 너무 많이 쓰네, 옷이 많이 파였네 하면서 으르렁거리고, 잠자라, 일어나라, 말해라, 입 다물어라 하고 노상 지껄이는 것이었다. 아내가 아양을 떨며 입을 맞추고 안마하기 전에는 자동차 열쇠도 주는 법이 없었다. 영양에 대해 안 닽시고 그는 의사처럼 아내의 생활이 규칙적인지를 감시했고, 그들 부부의 큰 싸움은 대개 대변에 대해 물어보면서 시작되었다. 지난 다섯 달 동안 리나는 상상에서 비롯된 통증을 호소해 왔는데, 그 때문에 남편이 육체적으로 관심을 가져 주는 것보다 그의 약초 치료법을 더 좋아했다. 한편 지즈모는 정액을 몸 밖에 내보내지 않는 편이 몸에 더 좋다는 요가 철학적인 생각을 품고 있었다. 그래서 그는 아내의 건강이 회복될 때까지 기다리는 편이었다. 집 안은 옛 조국 땅에서처럼 남자는 살라로, 여자는 부엌으로 갈라져 각각 성 분리가 되어 버렸다. 서로 관심도 의무도 다르고 심지어 (진화생물학자들이 말하듯) 사고방식마저 다른 두 개의 세계였다. 자기 집에서만 살아온 레프티와 데스데모나는 이 새로운 집주인의 방식에 적응하느라 애를 먹었다. 게다가 내 할아버지는 일자리가 필요한 처지였다.

당시에는 일할 만한 자동차 회사가 아주 많았다. 차머스, 메츠거, 브러시, 컬럼비아, 플랜더스가 있었고, 후프, 페이지, 허드슨, 크릿, 색슨, 리버티, 리켄배커, 다지가 있었다. 그런데 지미 지즈모는 포드에 연고가 있었다.

"내가 공급책이야." 그가 말했다.

"뭘 공급하는데요?"

"여러 가지 연료를 공급하지."

그들은 얇은 타이어 위에서 덜덜거리는 패커드에 다시 올랐다. 하늘에서 엷은 안개비가 내리고 있었다. 레프티는 눈을 가늘게 뜨고 희뿌연 차창 밖을 뚫어져라 보았다. 미시간 애비뉴에 점점 다가갈수록 멀리 엄청나게 큰 덩어리가 보이기 시작했는데 그것은 파이프가 하늘 높이까지 이르는 거대한 교회 오르간처럼 생긴 건물이었다.

무슨 냄새도 났는데 그것은 몇 년 후 내가 침대에 누워 있을 때나 필드하키 골대에 서 있을 때 강 상류 쪽에서 흘러오던 냄새와 같았다. 나처럼 매부리코인 할아버지의 후각에 비상이 걸렸다. 콧구멍을 벌름거리면서 그는 숨을 들이마셨다. 처음엔 썩은 달걀과 거름과 같은 유기물 냄새인 줄 알았다. 그러나 몇 초 지나지 않아 그 냄새의 화학 성분들이 그의 후각을 마비시켰다. 그래서 그는 손수건으로 코를 막았다. 지즈모가 큰 소리로 껄껄 웃었다.

"걱정 말게. 곧 익숙해질 테니."

"아니, 안 될 것 같은데요."

"비결을 일러 줄까?"

"뭔데요?"

"숨을 쉬지 마."

공장에 도착하자 지즈모는 레프티를 인사과로 데려갔다.

"이 사람, 디트로이트에 온 지는 얼마나 됐소?"

인사부장이 물었다.

"육 개월이오."

"그걸 증명할 수 있나요?"

이 말에 지즈모는 갑자기 은근한 어조로 말했다.

"필요한 서류를 자네 집에다 떨어뜨려 주지."

인사부장은 레프티와 지즈모 양쪽을 번갈아 보며 말했다.

"올드록 캐빈으로?"

"좋은 쪽으로."

부장은 나의 할아버지를 훑어보며 아랫입술을 쭉 내밀었다.

"영어는 할 수 있소?"

"나보다야 못하지. 그래도 배우는 속도가 빠르니까."

"과정을 이수하고 시험을 봐야 해요. 시험에 떨어지면 나가야 되고."

"해볼 만하군. 그럼 이제 주소를 적어 주게나. 배달시킬 준비를 해야지. 월요일 저녁 8시 30분쯤, 어때?"

"뒷문으로 돌아서 오시오."

스테퍼니데스 가문이 자동차 산업과 인연을 맺은 것은 이때 할아버지가 포드 자동차 회사에 잠깐 다닌 것이 전부이다. 자동차 대신 우리는 수블라키와 그리스식 샐러드를 만들고, 스파나코피타와 그릴드 치즈 샌드위치를 팔며 라이스 푸딩과 바나나 크림 파이를 요리하게 될 것이었다.[58] 우리의 조립 라인은 그릴이었고, 우리의 중장비는 소다수 용기였다. 그래도 그 이십오 주의 시간 덕분에 우리는 고속도로에서 보았던 육중하고도 감히 범접하기 어려우며 두려움을 불러일으키는 복잡한 기계와 개인적으로 가까워지게 되었다. 베수비오 화산에서 쏟아져 내리는 것 같은 통제된 활강로, 튜브와 사다리, 고양이가 다닐 법한 좁다란 통로, 불, 익히 알려진 연기…… 그런 것들이 역병이나 군왕처럼 군림하는 곳. 이름하여 '루지'[59]였다. 색깔이야 빨갰으니까.

---

58) 수블라키는 고기를 납작한 부꾸미로 동그랗게 만 그리스 햄버거이고, 스파니코피타는 그릇 모양의 반죽 안에 양파, 치즈, 달걀 등을 넣고 구운 그리스 빵이다.

59) Rouge는 프랑스어로 '붉은색'을 말한다.

출근 첫날 레프티는 새로 받은 작업복을 선보이러 부엌에 들어갔다. 그는 플란넬 셔츠 소매를 쭉 펴 보이고 손가락을 딱딱 소리 나게 꺾으며 작업 신발을 신은 채 춤을 춰 보였다. 그러자 데스데모나는 소리 내어 웃으면서 리나가 깰까 봐 얼른 부엌문을 닫았다. 레프티는 아침 식사로 자두와 요구르트를 먹으며 며칠 지난 그리스 신문을 읽었다. 데스데모나는 새로운 미국제 용기, 즉 갈색 종이봉투에 빵과 페타 치즈[60]와 올리브로 도시락을 쌌다. 뒷문에서 그가 입을 맞추려고 돌아서자, 데스데모나는 누가 볼까 봐 뒤로 물러섰다. 하지만 바로 다음 순간 이제는 결혼했다는 데에 생각이 미쳤다. 그들이 사는 이 미시간이라는 곳, 새들은 한 가지 색밖에 모르는 것 같았고 그들을 알아보는 사람은 아무도 없었다. 데스데모나는 다시 한 걸음 다가가 남편의 입술을 기꺼이 받았다. 잎이 떨어지는 벚나무 옆, 부엌 뒷문에서 나눈 이것이 이 거대한 미국 땅의 야외에서 처음으로 한 입맞춤이었다. 짧지만 확 퍼지는 행복감이 그녀의 내면에서 피어올랐다 레프티가 집 앞을 돌아 사라질 때까지 불꽃처럼 쏟아져 내렸다.

할아버지는 트롤리(전차) 정류장까지 가는 동안 내내 기분이 좋았다. 다른 노동자들은 무릎이 풀린 채 담배를 피우거나 농담을 나누며 벌써들 기다리고 있었다. 레프티는 그들의 금속 도시락통을 보고는 자기 종이 꾸러미가 부끄러워져서 뒤로 숨겼다. 트롤리는 그의 구두 밑창에서 나는 것 같은 소리

---

60) 염소나 양의 젖으로 만든 그리스 치즈를 말한다.

를 앞세우며 모습을 드러냈다. 떠오르는 태양을 배경으로 보니 그것은 흡사 아폴로가 모는 마차에 전동 장치만 달아 놓은 것 같았다. 안에는 남자들이 언어별로 나뉘어 있었다. 얼굴은 출근길에 씻어서 깨끗했지만 귓속은 그을음이 남아 시커멨다. 전차가 다시 속도를 줄였다. 즐거웠던 분위기는 순식간에 흩어지고 대화도 뚝 끊어졌다. 시내 근처에서 흑인 몇 명이 전차에 올라탔는데 그들은 바깥 난간에 서서 지붕에 매달리다시피 해서 갔다.

얼마나 지났을까, 마침내 루지가 스스로 뿜어내는 연기를 뚫고 하늘을 배경으로 불쑥 나타났다. 처음에는 큰 굴뚝 꼭대기 여덟 개밖에 보이지 않았다. 굴뚝마다 시커먼 구름을 만들어 내고 있었다. 구름은 깃털 모양으로 올라가 하늘에 걸린 커다란 덮개가 되어 전차 궤도를 따라 그림자를 드리웠다. 그제야 레프티는 사람들이 입을 다문 것은 아침마다 대면해야 하는 이 그림자 때문이란 걸 알았다. 그림자에 다가가면서 사람들은 등을 돌렸기 때문에 하늘에서 빛이 사라지는 것을 본 사람은 레프티뿐이었다. 점차 그림자는 전차를 감싸안았고 사람들의 얼굴은 잿빛으로 변하였으며 난간에 서 있던 흑인들 중 하나는 길가에 피를 뱉었다. 냄새가 전차에 스며들었다. 처음에는 달걀이나 거름같이 참을 만하던 냄새가 나중에는 오염된 화학물 같은 참을 수 없는 냄새로 변했다. 레프티는 남들도 그런가 지켜보았지만 다들 개의치 않고 계속 숨을 쉬었다. 문이 열리자 사람들은 줄지어 내렸다. 떠도는 연기 사이로 레프티는 다른 전차들이 쏟아 내는 노동자들을 보았다. 수백 개의 잿빛 형상들이 포장된 안뜰을 터벅터벅 걸어서 공장 문으로 향했다. 트럭들이 옆으로 달려갔고, 레프티는 다음 교대조의 인파에 떠밀려 걸어갔다. 5만, 6만, 7만 명의 남자들이 서둘러 마지막 담배를 피워 댔고, 마지막 말들을 내뱉었다. 공장으로 다가가면서 사람들은 다시 말을 하기 시작했는데 그것은 딱히 할 말이 있어서라기보다 문을 들어서면 한마디도 허용되지 않기 때문이었다. 짙은 색 벽돌로 지은 요새 같은 본관 건물은 7층 높이에 굴뚝이 열일곱 개였다. 본관 건물의 꼭대기에는 급수탑이 있었고, 그곳으로부터 두 줄기의 슈트(활송로)가 뻗어 나왔다. 그 슈트를 따라가면 관측대와 거기 부속된 제련소들이 눈에 잘 안 띄는 굴뚝들과 함께 보였다. 그것은 마치 숲과 같아서 루지 본관의 굴뚝 여덟 개가 공기 중에 뿌린 씨앗이 이제 열 개, 스무 개, 쉰 개의 작은 기둥으로 이 불모의 공장 부지에 싹을 틔운 것처럼 보였다. 그제서야 레프티의 눈에 철로가 들어왔다. 강변의 거대한 저장고, 석탄과 코크스와 철광석을 담은 초대형 양념 그릇, 그리고 머리 위로 이리저리 뻗은 작은 길들은 엄청나게 큰 거미와도 같았다. 문에 빨려 들어가기 전에 레프티는 화물선 한 척과 루지강의 한 끝을 얼핏 보았다. 강물이 폐수로 인해 오렌지색이 되었다가, 나중에는 아예 불타는 색으로 변하기 훨씬 전부터 물빛이 불그스름하다고 해서 프랑스 탐험가들이 '루지'라고 이름 지은 강이다.

역사적인 사실 한 가지. 1913년에 사람들은 더 이상 인간이기를 포기했다. 그해에 헨리 포드는 자동차를 롤러 위에 올리고 노동자들에게 조립 라인의 속도에 맞추도록 했다. 처음에 노동자들은 반발했다. 그들은 시대가 요구하는 새로운 속도에 자신들의 몸을 적응시킬 수 없었기에 떼 지어 회사를 그만두었다. 그러나 그때로부터 적응력은 대대로 전해졌다. 우리는 모두 어느 정도 그걸 이어받아서 수동 제어 장치든 원격이든 제자리에 앉혀만 놓으면 수백 가지 반복 동작을 한다.

그러나 1922년에는 기계가 된다는 것이 아직 새로운 일이었다. 공장 바닥에서 나의 할아버지는 십칠 분 동안 자기 일에 대해 훈련받았다. 새로운 생산 방법을 가히 천재적이라 말할 수 있는 이유는 노동을 비전문가도 해낼 수 있는 단순한 업무들로 나눠 놓았다는 것이다. 그런 식이라면 누구를 고용하든 지장이 없었다. 또 누구를 해고해도 상관없었다. 어떤 누구를 해고할지라도. 십장은 레프티에게 컨베이어에서 베어링을 꺼내 선반에 갈고 다시 제자리에 놓는 시범을 보여 주었다. 이 초보 일꾼이 얼마 만에 이 일을 해내는가를 그는 초시계로 재었다. 그러고는 고개를 한 번 끄덕이고 라인에서 레프티가 일해야 하는 자리로 데려갔다. 왼쪽에는 위어즈비키라는 사람, 오른쪽에는 오몰리란 사람이 있는 자리였다. 잠시 그들은 함께 기다리는 세 남자가 되었다. 그러고 나서 호각이 울렸다.

십사 초에 한 번씩 위어즈비키는 베어링의 구멍을 넓혔고, 스테퍼니데스는 베어링을 갈았으며, 오몰리는 캠축에 베어링을 끼웠다. 이 캠축은 컨베이어를 타고 떠나가서 금속 먼지구름과 산성 안개 속에서 공장 안을 굽이굽이 돌아 45미터 떨어진 다른 노동자의 손에 들어간다. 그 노동자는 캠축을 들어 엔진 블록에 딱 맞게 끼운다(이십 초). 그러는 동안에도 다른 사람들은 자기 앞의 컨베이어에서 부품들(카뷰레터, 배전기, 다양한 흡입구)을 낚아채어 엔진 블록에 연결했다. 고개 숙인 사람들 위로 돌아가는 거대한 스핀들이 증기로 움직이는 주먹을 쾅쾅 내질렀다. 말을 하는 사람은 아무도 없었다. 위어즈비키는 베어링의 구멍을 넓혔고, 스테퍼니데스는 베어링을 갈았으며, 오몰리는 캠축에 베어링을 끼웠다. 캠축은 공장을 한 바퀴 돌았고, 또 다른 손이 그걸 가져다가 엔진 블록에 맞춰 넣는다. 쉬잇 소리를 내는 파이프와 선풍기의 깃털 날개 때문에 점점 더 머리가 뱅뱅 돌았다. 위어즈비키는 베어링의 구멍을 넓혔고, 스테퍼니데스는 베어링을 갈았으며, 오몰리는 캠축에 베어링을 끼웠다. 한편 다른 노동자들은 에어 필터를 나사로 죄고(십칠 초), 시동 모터를 붙이고(이십육 초), 플라이휠을 앉힌다. 그러면 엔진은 완성이 되고 마지막 사람이 올려 보내고…….

그러나 그는 마지막 사람이 아니었다. 섀시가 굴러가면 아래층에 있던 또 다른 사람들이 엔진을 끌어온다. 이들은 엔진을 변속기에 부착한다(이십오 초). 위어즈비키는 베어링의 구멍을 넓혔고, 스테퍼니데스는 베어링을 갈았으며, 오몰리는 캠축에 베어링을 끼웠다. 내 할아버지는 오로지 눈앞의 베어링만 보았고, 그의 손은 그걸 가져와 갈다가 다른 베어링이 나타나기 무섭게 제자리에 갖다 놓았다. 머리 위의 컨베이어는 멀리 베어링을 찍어 내고 주괴를 용광로에 집어넣는 사람들에게까지 이어졌다. 컨베이어를 더 따라가면 주물 공장에 이르렀는데 거기서는 흑인들이 지옥 같은 빛과 열 속에서 두 눈을 희번덕거리고 있었다. 그들은 송풍 가마에 철광석을 넣고 녹은 쇳물을 국자로 심형틀에 부었다. 이때 한 치의 오차도 없이 일정한 속도로 붓는 것이 중요한데 너무 빨리 부으면 틀이 파열되고, 너무 느리면 쇠가 딱딱해지기 때문이다. 어쩌다 불붙은 금속 파편이 팔에 튀어도 집어낼 짬이 없다. 십장이 와서 해 줄 때도 있고, 그러지 않을 때도 있다. 이 주물 공장은 루지의 가장 깊숙한 심장부로서 용해된 핵이었지만 라인은 이보다 훨씬 더 멀리까지 간다. 라인은 석탄과 코크스가 산더미같이 쌓인 언덕까지 뻗고, 화물선들이 철광을 부리는 강까지 이어졌으며, 이 지점에서 라인은 강으로 변해 구불구불 꼬부라지면서 그 원천이 있는 북쪽 숲까지 이어져 거기서 석회석과 사암을 품은 대지 그 자체가 되었다. 그러고 나서 이 라인은 다시 돌아서서 하층토를 벗어나 강으로, 화물선으로, 그리하여 마침내는 크레인과 삽과 용광로에 이르러 쇳물로 변했고, 노동자들은 이 쇳물을 틀에 부어 식히고 굳혀서 자동차 부품, 그러니까 1922년 모델T의 기어와 구동축과 연료 탱크를 만들어 냈다. 위어즈비키는 베어링의 구멍을 넓혔고, 스테퍼니데스는 베어링을 갈았으며, 오몰리는 캠축에 베어링을 끼웠다. 위에서, 뒤에서, 여러 각도에서 노동자들은 심형틀에 모래를 채워 넣었으며, 혹은 망치로 접속해서 틀을 만들어 내고, 혹은 주물 상자를 용광로에 던져 넣었다. 라인은 하나의 선이 아니라 수없이 갈라지고 교차되었다. 다른 노동자들은 몸체 조각들을 찍어 내고(오십 초), 쿵 소리가 나게 조각들을 떨어뜨리고

(사십이 초), 부품들을 한데 용접한다(일 분 십 초). 위어즈비키는 베어링의 구멍을 넓혔고, 스테퍼니데스는 베어링을 갈았으며, 오몰리는 캠축에 베어링을 끼웠다. 캠축은 누군가 낚아채서 엔진 블록에 갖다 붙일 때까지 공장 안을 빙빙 돌아다녔고, 선풍기 날개와 파이프와 점화전(스파크 플러그) 때문에 점점 더 머리가 뱅뱅 돌았다. 그러고 나면 엔진이 완성되었다. 누군가 엔진을 때마침 다가오는 섀시에 떨어뜨려 놓으면 세 사람이 달라붙어 차체를 가마에서 꺼낸 다음 검게 도장하고 반질반질 얼굴이 비치도록 광택을 입혀서 잠시나마 자기 얼굴들을 비춰 본 다음 또다시 다가오는 섀시에 차체를 떨어뜨려 놓는 것이다. 누군가가 앞좌석에 뛰어들어(삼 초) 점화 장치를 켠 다음(이 초), 차를 몰고 나간다.

낮에는 유구무언이다가 밤에는 중언부언이었다. 매일 저녁 퇴근 시간이 되면 지칠 대로 지쳐 버린 할아버지는 공장에서 나와 터벅터벅 걸어서 옆 건물의 포드 영어 학원에 갔다. 할아버지는 연습장을 앞에 펴 놓고 책상에 앉았다. 시간당 2킬로미터를 달리는 라인의 진동이 바닥으로 전달돼 손을 대면 책상이 떨렸다. 레프티는 교실 벽 중간에 띠 벽지로 붙여 놓은 영어 알파벳을 쳐다보았다. 옆에는 똑같은 연습장을 펴 놓은 남자들이 줄지어 앉아 있었다. 땀이 마르면서 머리카락은 뻣뻣해지고, 두 눈은 금속 먼지로 충혈되었으며, 손바닥은 벗겨져서 얼얼한데 말 잘 듣는 성가대 아이들처럼 같은 말을 크게 소리 내어 외었다.

"사원들은 집에 가서 비누와 물을 많이 사용해야 합니다."

"바른 생활에서 청결만큼 중요한 것은 없습니다."

"집에 침을 뱉지 않습니다."

"집에 파리를 키우지 않습니다."

"가장 앞선 사람은 가장 깨끗합니다."

영어 수업은 종종 작업 강의로 연결되었다. 어느 주에는 생산성을 높이는 방법에 대해 십장이 강의한 이후 레프티의 작업이 향상되어 베어링 가는 속도가 십사 초에서 십이 초로 단축되었다. 화장실에 다녀온 뒤 레프티는 자기 선반 옆에 누군가 "쥐새끼"[61]라고 써 놓은 걸 발견했다. 벨트가 잘려 있었다. 비품 상자에서 새 벨트를 찾아냈을 때 호각이 울렸다. 라인이 중단되었다.

"빌어먹을, 대체 왜 그래?" 십장이 레프티에게 고함을 질렀다.

"라인이 멈출 때마다 얼마가 날아가는지 알아? 다음에 또 이런 일이 생기면 넌 해고야. 알아들었어?"

"잘 알겠습니다."

"좋아! 가동해!"

라인이 다시 돌기 시작했다. 십장이 가고 나자 오몰리가 두리번거리며 슬쩍 다가와 귀띔을 해 주었다.

"속도 자랑할 생각은 말라고. 알았어? 우리가 다 그렇게 빨리 일해야겠어?"

---

61) '배반자'라는 의미이다.

데스데모나는 집에 있으면서 요리를 했다. 누에를 돌보거나 뽕잎을 딸 필요도 없고 수다를 떨 이웃이나 젖을 짜 줘야 할 염소도 없었기 때문에 나의 할머니는 오로지 요리를 하며 시간을 때웠다. 레프티가 쉴 새 없이 베어링을 가는 동안, 데스데모나는 파스티치오, 무사카, 갈락토부레코를 만들었다.[62] 그녀는 식탁을 밀가루로 떡칠을 해 놓고 하얀 반죽을 얇게 밀어 냈다. 종잇장 같은 밀가루 반죽이 한 장 한 장 그녀의 조립 라인에서 나왔다. 부엌 가득 밀가루 반죽이 쌓이고, 미리 침대 시트로 가구를 덮어 놓은 거실까지 온통 반죽으로 뒤덮였다. 데스데모나는 이 생산 라인을 바지런히 오가며 호두, 버터, 꿀, 시금치, 치즈를 얹고 그 위에 다시 밀가루 반죽을 덮고 또 버터를 얹어서 조립된 결과물을 오븐에 넣고 별렀다. 루지에서 노동자들이 열기와 피로로 나가떨어지는 동안 헐버트 거리의 내 할머니는 2교대 일을 혼자서 해냈다. 그녀는 아침에 일어나 남편에게 아침을 차려 주고 점심 도시락을 싸 준 다음 어린 양의 다리를 와인과 마늘에 절여 놓았다. 오후에 그녀는 자기가 먹을 소시지를 만들어 회향 열매로 향을 낸 뒤 지하실의 난방 파이프 위에 매달아 놓았다. 3시가 되면 그녀는 저녁 준비를 시작했고, 불이 그녀를 대신해 주는 이 시간이 되어서야 비로소 쉴 수 있었는데, 이때는 식탁에 앉아 해몽책을 뒤

---

62) 파스티치오는 마카로니 사이에 쇠고기를 넣고 치즈와 버터를 덮어 오븐에 구운 요리, 무사카는 가지, 감자, 쇠고기 등을 갈아 베샤멜 소스에 재워 구운 요리이다. 갈락토브레코는 사과 아이스크림과 함께 나오는 바닐라 커스터드로 모두 그리스 음식이다.

지며 간밤의 꿈을 풀이해 보는 것이었다. 스토브 위에는 언제나 세 개 이상의 냄비가 부글거렸다. 지미 지즈모는 사업상 동료들을 두세 명씩 집으로 데려오는 일이 많았는데, 덩치가 산만 한 그 남자들은 중절모에 뒤룩뒤룩 돼지 같은 머리를 쑤셔 박고 왔다. 데스데모나는 종일 그들에게 식사 대접을 했다. 그러면 그들은 다시 시내로 나가는 것이었다. 데스데모나는 설거지를 했다.

그녀는 장보기만큼은 아주 싫어했다. 미국 상점들은 그녀를 혼란스럽게 했다. 상품들을 보면 기가 죽었다. 오랜 세월이 흐른 뒤에도 할머니는 우리 집 부엌에 놓인 크로거 상표의 매킨토시 사과[63]를 집어 들며 이렇게 비웃었다.

"이런 건 아무것도 아냐. 염소나 먹이면 딱 좋겠다."

시골 장에 드나드는 것은 부르사에서 먹던 복숭아와 무화과, 밤 생각이 나서였다. 미국에 온 지 한 달 만에 데스데모나는 벌써부터 "불치의 향수병"을 앓기 시작했다. 그래서 레프티는 공장에서 일하고 영어 수업을 들은 뒤 양고기와 야채와 향신료와 꿀을 먹어 주어야 했다.

이렇게 그들은 살았다……. 한 달…… 석 달…… 다섯 달. 그들은 미시간에서 첫 겨울을 났다. 1월의 어느 날 밤 새벽 1시가 막 지날 무렵이었다. 데스데모나 스테퍼니데스는 얇은 벽을 뚫고 들어오는 바람 때문에 지독히도 싫어하는 YMCA 모자를 쓴 채 잠들어 있었다. 라디에이터는 한숨 소리를 내다가 절

---

63) 초가을에 익는 빨간 빛깔의 고급 사과이다.

껑절꺽 소리를 내며 움직였다. 레프티는 촛불 옆에서 무릎에 공책을 받치고 손에 연필을 쥔 채 숙제를 마쳤다. 그때 벽에서 바스락거리는 기척이 났다. 고개를 들어 보니 벽의 널빤지에 난 구멍으로 빨간 눈동자가 반짝거리며 들여다보고 있는 것이었다. 그는 "쥐-새-끼"라고 쓰고 나서 쥐를 향해 연필을 던졌다. 데스데모나는 잠에서 깨지 않았고, 그는 그녀의 머리를 쓰다듬었다. 그러고는 영어로 이렇게 말했다.

"헬로, 스위트하트."

새 나라와 새 언어 덕분에 과거는 한 걸음 더 뒤로 물러갔다. 그의 옆에서 자는 존재는 밤이 거듭될수록 점점 더 누나에서 아내가 되어 갔다. 근친결혼을 제한하는 법령은 날이 갈수록 희미해졌고, 죄의식의 기억도 모두 씻겨 나갔다. (그러나 인간은 잊어도 세포는 기억을 한다. 기억력 좋은 코끼리처럼…… 몸은 잊지 않는다.)

1923년 봄이 왔다. 고대 그리스 동사의 다양한 활용에 익숙해 있던 나의 할아버지는 비록 불규칙이 많지만 영어는 한결 배우기 쉽다는 걸 알았다. 꽤 많은 영어 단어를 받아들일 때에도 그는 우선 낯익은 요소들, 즉 어원이나 접두어, 접미어에 남은 그리스어의 흔적들을 음미하기 시작했다. 포드 영어 학원 졸업 기념으로 야외극이 계획되었다. 우등생이었던 레프티는 역할을 맡게 되었다.

"어떤 종류의 연극이야?" 데스데모나가 물었다.

"말할 수 없어. 깜짝 쇼거든. 하지만 의상을 좀 만들어 줘야겠어."

"어떤 옷을?"

"옛 조국 땅에서 입던 옷."

그날은 수요일 저녁이었다. 레프티와 지즈모가 살라에 있을 때 리나가 「로니 로네트와 함께」를 들으려고 급하게 들어왔다. 지즈모가 안 된다는 표정을 지어 보였지만 리나는 헤드폰을 끼고 내뺐다.

"집사람은 자기가 여기 사람이 다 된 줄 안다니까." 지즈모가 말했다.

"저 봐, 다리까지 꼬고 앉는 걸 보면 참."

"여기는 미국이니까요." 레프티가 말했다.

"우린 이제 모두 '아메리칸'인걸요."

"여긴 미국이 아냐." 지즈모가 지지 않고 응수했다.

"여긴 내 집이야. 내 집에서는 아메리칸처럼 살지 않아. 자네 안사람은 이해할 걸세. 살라에서 자네 안사람이 다리를 드러낸 채 라디오를 듣는 모습을 본 적 있는가?"

누군가 문을 두드렸다. 미리 약속 없이 찾아오는 손님을 이상하리만치 싫어하는 지즈모는 펄쩍 뛰다시피 외투 아래로 몸을 감추었다. 그는 레프티에게 움직이지 말라고 손짓을 했다. 리나도 눈치를 채고 이어폰을 뺐다. 문 두드리는 소리가 다시 들렸다.

"여보, 그들이 당신을 죽이러 오는 거라면 문을 두드리겠어요?" 리나가 말했다.

"누가 죽이러 오다뇨!"

데스데모나가 부엌에서 뛰어나오며 말했다.

"그냥 말하자면 그렇다는 거지."

남편의 수입업에 대해 조금은 더 잘 아는 리나가 이미 내뱉은 말을 주워 담듯이 말했다. 그녀가 미끄러지듯 현관으로 가서 문을 열었다.

현관 매트를 밟고 남자 둘이 서 있었다. 그들은 회색 양복에 줄무늬 넥타이를 매고 투박하게 생긴 검은 구두를 신고 있었다. 둘 다 짧은 구레나룻을 기르고 딱 어울리는 서류 가방을 들었다. 둘이서 모자를 들어 올리자 똑같이 가운데 가르마를 깔끔하게 탄 밤색 머리가 드러났다. 지즈모는 외투 밖으로 손을 내밀었다.

"우리는 포드 사회관리부에서 나왔습니다."

키 큰 사내가 말했다.

"스테퍼니데스 씨가 댁에 계신가요?"

"그렇소만." 레프티가 말했다.

"스테퍼니데스 씨, 우리가 온 용건을 말씀드리지요."

"관리부에서 예상하기로는……."

키 작은 사내가 숨도 쉬지 않고 말을 이었다.

"어떤 사람들에겐 하루 5달러가 공정하고 바른 생활을 유지하는 데 오히려 크나큰 지장을 초래하고, 따라서 사회 전반에 위협이 될 수 있다는 겁니다."

"그래서 우리 포드 회장님께서는……."

키 큰 사나이가 말을 받아 이었다.

"잘 알아서 조심스럽게 돈을 쓸 능력이 없는 사람은 돈을 받을 자격이 없다고 단언하셨습니다."

키 작은 사내가 다시 말을 받았다.

"또 이 계획에 따라 자격이 인정됐다가도 후에 취약점이 발견된다거나 하면 그의 명예가 회복될 때까지 그가 받는 몫을 줄이고자 하는 것이 회사 방침입니다. 좀 들어가도 되겠습니까?"

문지방을 넘어서자 두 사람은 갈라섰다. 키 큰 사내가 서류 가방에서 서류철을 꺼냈다.

"괜찮으시다면 몇 가지 질문을 하겠습니다. 스테퍼니데스 씨, 술을 드십니까?"

"아니, 이 사람은 술을 안 마시오." 지즈모가 대신 대답했다.

"그런데 실례지만 댁은 누구시죠?"

"내 이름은 지즈모요만."

"여기 세 들어 사시나요?"

"여긴 내 집이오."

"그렇다면 스테퍼니데스 씨 부부가 세입자군요?"

"그렇소."

"안 되지, 안 돼." 키 큰 사내가 말했다.

"회사에서는 사원들에게 주택 융자를 추천하고 있습니다."

"저 사람도 연구 중이오." 지즈모가 말했다.

그러는 동안 키 작은 사내는 부엌으로 들어와 있었다. 그는 냄비 뚜껑들을 열어 보고, 오븐을 열고, 쓰레기통을 들여다보았다. 데스데모나는 못 하게 하려고 했지만 리나가 눈짓으로 그냥 두라는 신호를 보냈다.(이 순간 잘 눈여겨보면 데스데모나의 코가 실룩거리는 걸 알 수 있었다. 이틀째, 그녀는 후각이 믿을 수 없을 만큼 예민해져 있었다. 음식에서 수상한 냄새가 나기 시작했는데 페타 치즈에서는 발 고린내가 나고, 올리브에서는 염소 똥 냄새가 났다.)

"목욕은 얼마나 자주 하나요, 스테퍼니데스 씨?"

키 큰 사내가 물었다.

"매일 합니다."

"양치질은 얼마나 자주 하나요?"

"매일 합니다."

"뭐로 양치질을 하지요?"

"베이킹 소다죠."

키 작은 사내는 이제 층계를 오르고 있었다. 그는 내 조부모의 침실로 들어가서 리넨 천을 점검했다. 화장실에 들어가서는 변기 좌석을 꼼꼼히 살폈다.

"이제부터는 이걸 사용하세요." 키 큰 사내가 말했다.

"치약입니다. 여기 칫솔도 새걸로 드리죠."

할아버지는 당황하며 물건들을 받아 들고는 이렇게 덧붙였다.

"우리 고향은 부르사입니다. 거긴 큰 도시예요."

"잇몸을 따라서 양치질하십시오. 아랫니는 위로, 윗니는 아래로. 아침저녁으로 이 분간. 자, 어디 봅시다. 한번 해 봐요."

"우리는 개화된 사람들이오."

"당신이 위생 수칙을 거절한다고 이해해도 되겠습니까?"

"내 말 좀 들어 봐요." 지즈모가 말했다.

"앵글로색슨족이 겨우 동물 가죽이나 걸치고 다니던 시절에 그리스 민족은 판테온 신전을 짓고 이집트인들은 피라미드를 건축했소."

키 큰 사내는 지즈모를 지긋이 쳐다보더니 서류에 뭐라고 써넣었다.

"이렇게 말입니까?"

나의 할아버지가 말했다. 보기 싫게 이를 드러낸 채 그는 치약도 묻히지 않은 칫솔을 아래위로 움직였다.

"맞습니다. 좋아요."

키 작은 사내가 위층에서 다시 나타났다. 그는 자기 서류를 펄럭이며 입을 열었다.

"제1항, 부엌 쓰레기통은 뚜껑이 없음. 제2항, 부엌 식탁에 집파리가 있음. 제3항, 음식에 마늘이 너무 많음. 소화 불량을 유발."

(그제서야 데스데모나는 역겨움의 주범을 찾아냈다. 키 작은 사내가 윤을 내느라 바른 머릿기름 냄새가 속을 메스껍게 했다.)

"이렇게 왕림하셔서 직원 건강에 관심을 가져 주시다니 정말 생각이 깊으시군요." 지즈모가 말했다.

"아무도 병이 나거나 하면 안 되죠. 그렇지 않습니까? 생산성이 떨어질 수도 있으니까요."

"안 들은 걸로 하겠습니다." 키 큰 사내가 말했다.

"어쨌든 당신은 포드 자동차 회사의 정식 사원이 아닌 걸 알았으니까." 그는 내 할아버지에게로 돌아섰다.

"그리고 스테퍼니데스 씨에게 충고하겠는데, 보고서에 당신의 사회 관계에 대해 적지 않을 수가 없군요. 당신과 부인께 재정적으로 형편이 나아지는 대로 집을 마련해서 이사하도록 권고하겠습니다."

"그런데 무슨 일을 하는지 물어도 되겠습니까?" 키 작은 사내가 궁금해했다.

"선박업이요." 지즈모가 말했다.

"두 신사분께서 들러 주셔서 정말 감사드려요."

리나가 끼어들었다.

"그런데 실례지만 저희가 막 저녁을 먹으려던 참이라서요. 오늘 밤 교회에 가야 하거든요. 그리고 참, 레프티는 9시면 휴식을 취하기 위해 잠자리에 들어야 하지 않겠어요? 상쾌한 기분으로 일어나려면 말이에요."

"좋습니다, 좋아요."

두 사람은 함께 모자를 쓰고 떠났다.

그러고 나서 졸업 기념 연극이 있는 주로 접어들었다. 데스데모나는 팔리카리 조끼[64]를 꿰매고, 빨강과 하양, 파랑 실로 수를 놓았다. 레프티에게는 금요일 저녁 일을 끝낸 뒤 밀러 거리를 건너 장갑 트럭으로부터 돈을 받는 일이 주어졌다. 레프티는 또 연극 공연 당일 밤에 전차로 캐딜락 광장에 가서 골드크로스까지 걸어가야 했다. 지미 지즈모가 거기에 가서 의상 고르는 것을 도와주기로 했다.

"여름도 다 되었는데 크림색 같은 건 어때? 노란 실크 넥타이랑?"

---

64) 그리스 전통 의상이다.

"안 돼요. 영어 선생이 그러는데 파란색 아니면 회색만 된 대요."

"널 프로테스탄트로 만들려는 거야. 싫다고 해!"

"뜻은 고맙지만 난 파란색으로 할래요." 레프티는 자기가 할 수 있는 최선의 영어로 말했다.

(그런데 여기서 또 한 가지. 가게 주인은 지즈모에게 신세 진 일이 있는 것 같았다. 20퍼센트나 깎아 준 걸 보면.)

한편 헐버트에서는 드디어 성모승천 그리스 정교회의 수장인 스틸리아노폴로스 신부가 이 가정을 축복하기 위해 방문 중이었다. 데스데모나는 자기가 대접한 메타크사[65]를 마시는 신부를 초조한 심정으로 지켜보았다. 그녀와 레프티가 그의 신도가 되었을 때 이 노신부는 의례적으로 그들이 정교회식 혼례를 올렸느냐고 물어보았다. 데스데모나는 그렇다고 대답했다. 그녀는 신부들이 사람들의 거짓말과 참말을 분간할 줄 안다고 믿으며 자라났다. 그런데 스틸리아노폴로스 신부는 그냥 고개를 끄덕이고는 교회 명부에 그들의 이름을 적어 넣는 것이었다. 이제 그는 잔을 내려놓았다. 신부는 일어서서 축복의 말을 읊조리며 문지방 위에서 성수를 흔들었다. 그러나 이 일이 채 끝나기도 전에 데스데모나의 코가 또다시 작동하기 시작했다. 그녀는 신부가 점심으로 뭘 먹었는지 냄새로 알 수 있었고, 신부가 성호를 그을 때는 그의 겨드랑이에서 나는 방향제 냄새를 맡을 수 있었다. 현관에서 그를 배웅할 때는 숨

---

65) 그리스산 독한 갈색 브랜디이다.

을 참았다.

"감사합니다, 신부님. 감사합니다."

스틸리아노풀로스 신부는 제 갈 길을 갔다. 그러나 소용이 없었다. 다시 숨을 들이마시자 가루받이가 된 화단의 냄새며 옆집의 체슬라프스키 부인이 양배추 삶는 냄새며 세상의 모든 냄새가 그녀를 향해 날아오기 시작했다. 데스데모나는 배를 움켜쥐었다.

그때 침실 문이 열렸다. 수멜리나가 걸어 나왔다. 얼굴 한쪽은 분가루와 입술연지로 뒤덮여 있고, 다른 쪽에는 아무것도 바르지 않아 초록색으로 보였다.

"무슨 냄새가 나니?" 그녀가 물었다.

"응. 별의별 냄새가 다."

"오, 세상에."

"왜 그래?"

"나한테는 이런 일이 없을 줄 알았는데. 너라면 몰라도. 하지만 난 아니었다고."

그날 저녁 7시. 우리는 디트로이트주 방위군 훈련소에 와 있었다. 2000명의 청중이 자리 잡았고 건물에는 희미한 불이 켜졌다. 유명한 사업가들이 서로 악수를 하며 인사를 나누었다. 새로 산 크림색 양복에 노란 넥타이를 맨 지미 지즈모는 다리를 꼬고 앉아 운동화 한 짝을 떨고 있었다. 리나와 데스데모나는 까닭 모를 유대감에 손을 마주 잡았다.

커튼이 양쪽으로 갈라지자 사람들은 숨을 죽였고, 산발적으로 박수 소리가 터져 나왔다. 무대 뒤에는 커다란 굴뚝 두

개와 갑판, 난간이 그려져서 이 극의 배경이 증기선임을 나타
내고 있었다. 좁은 트랩을 따라가면 무대에 설치된 또 하나의
초점, 즉 거대한 회색 도가니가 보였는데 그 둘레에는 "포드
영어 학원 잡탕 냄비"라고 쓴 문구가 화려하게 장식되어 있었
다. 유럽의 민속 음악이 연주되기 시작했다. 등장인물 한 사람
이 불쑥 통로에 나타났다. 발칸반도 지역의 조끼 의상을 입고
풍선처럼 부풀린 바지에 긴 가죽 구두를 신은 이 이민객은 보
따리를 매단 막대기를 어깨에 걸치고 있었다. 그는 걱정스럽
게 주변을 둘러본 뒤 잡탕 냄비 안으로 내려갔다.

"웬 선전 운동이람."

지즈모가 자리에 앉은 채 투덜댔다.

리나가 그를 조용히 시켰다.

이제 시리아가 냄비에 들어가고 이탈리아, 폴란드, 노르웨
이, 팔레스타인, 그리고 끝으로 그리스가 등장했다.

"저기 봐, 레프티야!"

수놓은 팔리카리 조끼에다 소매에 뽕을 넣은 푸카미소 셔
츠와 주름 잡은 푸스타넬라 치마로 그리스 전통 의상을 차려
입은 나의 할아버지는 통로에 걸터앉았다. 그는 잠시 멈추고
관객을 바라보았지만 조명 때문에 눈이 부셔서 아무것도 눈
에 들어오지 않았다. 나의 할머니가 터질 듯한 비밀을 간직한
채 마주 보고 있는 것도 보이지 않았다. 독일 이민객이 그의
등을 툭 쳤다.

"실례합니다. 빨리 가세요."

앞줄에서는 헨리 포드가 마음에 든다는 뜻으로 고개를 끄

덕이며 쇼를 즐겼다. 포드 부인이 귓속말을 하려 했지만 그는 손을 저어 뿌리쳤다. 푸른 갈매기 같은 그의 눈은 영어 강사들이 다음 무대에 나타났을 때 한 사람 한 사람에게 시선을 보냈다. 강사들은 긴 숟가락을 들고나와 냄비에 찔러 넣었다. 강사들이 숟가락으로 냄비를 휘젓자 불빛이 붉게 변하면서 깜박거렸다. 무대 위에 수증기가 피어올랐다. 냄비 안에 가득 들어찬 사람들은 이민 의상을 벗어 던지고 양복으로 갈아입었다. 서로 팔이 엉키고 옆 사람의 발을 밟는 등 야단이었다.

"죄송합니다. 미안합니다."

이렇게 말하며 파란 모직 바지와 재킷을 껴입은 레프티는 진정한 미국인이 된 느낌이었다. 입안에는 서른두 개의 치아가 미국식으로 양치질돼 있었고, 겨드랑이에는 미제 데오도란트가 충분히 뿌려져 있었다. 그리고 이제 숟가락들이 위에서 내려오고 사람들은 빙글빙글 돌아가고……. 키 큰 사내와 키작은 사내는 서류를 손에 들고 무대 옆에 서 있었다. 그리고 관중석에 있는 나의 할머니는 굳은 표정이었다. 그리고 잡탕 냄비는 끓어올랐다. 붉은 조명이 밝아졌다. 오케스트라는 「양키 두들」[66]을 연주하기 시작했다. 한 사람씩 차례로 포드 영어 학원의 졸업생들이 냄비 안에서 일어났다. 푸른색과 회색 옷으로 갖춰 입고 그들은 냄비에서 내려와 미국기를 흔들며 우레와 같은 박수를 받았다.

---

66) 독립 전쟁 당시 영국이 아메리카 식민지 사람들을 깔보며 부르는 노래였는데 반대로 독립군의 송가가 되어 지극히 애국적인 노래가 되었다.

커튼이 채 내려오기도 전에 사회관리부의 두 사내가 다가 왔다.

"전 기말시험에 합격했습니다." 나의 할아버지가 그들에게 말했다.

"93점입니다! 그리고 오늘 예금 통장도 개설했고요."

"잘됐군요." 키 큰 사내가 말했다.

"그렇지만 안타깝게도 너무 늦었습니다." 키 작은 사내의 말 이었다. 그는 주머니에서 디트로이트 핑크로 알려진 색깔의 종잇조각을 꺼냈다.

"당신 집주인에 대해 몇 가지 조사를 해 보았소. 지미 지즈 모라는 작자는 전과가 있더군."

"전 모르는 일인데요." 나의 할아버지가 말했다.

"뭔가 착오가 있을 겁니다. 좋은 사람이에요. 일도 열심히 하고."

"유감이오. 스테퍼니데스 씨. 그렇지만 포드 회장님은 그러 한 연고를 가진 사원을 둘 수가 없소. 그러니까 월요일에는 공 장에 나올 필요가 없소."

나의 할아버지가 애써 이 소식을 받아들이려 하고 있을 때 키 작은 사내가 몸을 기울이며 말했다.

"이 일이 좋은 경험이 됐으면 좋겠소. 나쁜 사람들하고 어울 리다 보면 함께 가라앉는 수가 생기거든. 스테퍼니데스 씨, 당 신은 좋은 사람인 것 같은데. 정말로 좋은 사람으로 보여. 앞 으로 좋은 일이 생기길 바라오."

몇 분 후 레프티는 무대에서 내려와 아내를 만났다. 사람들이 보는 앞에서 아내가 그를 껴안고 놓아주려 하지 않자 레프티는 깜짝 놀랐다.

"연극 잘 봤어?"

"그게 문제가 아니야."

"무슨 일이야?"

데스데모나는 남편의 눈을 들여다보았다. 그렇지만 정작 설명을 해 준 사람은 수멜리나였다.

"네 아내하고 나 말이야⋯⋯." 그녀가 쉬운 영어로 말했다.

"우린 둘 다 애를 뱄어."

미노타우로스

나와는 그다지 상관없는 일이지만 대부분의 양성 인간들처럼 나는 아이를 낳을 수 없다. 내가 여태 결혼하지 않은 것도 일부 그 때문이고, 해외 근무를 택한 것도 수치심을 제외하면 그런 이유에서이다. 나는 한곳에 오래 머무르는 걸 좋아하지 않는다. 남자로서 생을 시작한 이래 어머니와 나는 미시간을 떠나 늘 옮겨 다니며 살았다. 내년이나 후년쯤엔 베를린을 떠나 어딘가 다른 곳으로 발령받을 것이다. 떠나기 섭섭하겠지만. 예전에 분단을 겪었던 이 도시를 보면 나 자신을 떠올리게 된다. 통일, '아인하이트(Einheit)'를 향한 나의 몸부림. 내가 태어나고 자란 곳이 아직도 인종 차별로 반으로 나뉘어 있어서인지 나는 이곳 베를린에 오면 희망을 느낀다.

내 치부에 대해서라면 단 한 마디 말이라도 결코 그냥 넘어가는 법이 없다. 그리고 그걸 극복하기 위해 난 최선을 다한다. 인터섹스 운동[67]은 신생아의 성기 성형 수술을 근절하는 데 목적을 두고 있다. 그 첫 번째 성과는 세상에(특히 소아내분비학자들에게) 양성 동체의 생식기가 질병이 아니란 사실을 일깨웠다는 점이다. 신생아 2000명 중 한 명은 정체가 불분명한 생식기를 가지고 태어난다. 미국 인구가 2억 7500만 명이니까 간성 인간들 13만 7000명이 오늘날 살아가고 있는 것이다.

그러나 우리 양성 인간들도 다른 사람들과 똑같다. 그리고 내 경우에는 정치적인 사람이 못 된다. 나는 단체를 싫어한다. 비록 북미 인터섹스 협회에 들기는 했지만 나는 시위에 한 번도 참가해 본 적이 없다. 나는 내 나름대로 살아가면서 상처를 보듬는다. 최선의 방법은 아니지만 이것이 나의 방식이다.

역사상 가장 유명한 양성 인간은? 나라고? 그렇게 쓰면 좋겠지만 그러기에는 가야 할 길이 너무 멀다. 나는 사무실에 틀어박혀 지내기 때문에 몇몇 친구하고만 터놓고 지낸다. 칵테일 리셉션에서 (역시 디트로이트 토박이인) 전임 대사 옆에 서게 되면 우리는 타이거즈[68]에 대해 이야기를 나눈다. 이곳 베를린에서 나의 비밀을 아는 사람은 극소수이다. 나는 예전보다 더 많은 사람과 이야기하지만 늘 일정한 것은 아니다. 어떤 날엔 금방 만난 사람하고도 떠들어 대고, 어떤 때는 입도 뻥긋

---

67) 남녀 중간의 성징을 보이는 간성(間性) 보존을 주장하는 운동이다.
68) 디트로이트 야구팀이다.

하지 않는다.

특히 끌리는 여자들에게는 더욱 그렇다. 누군가를 만났을 때 그 사람이 마음에 들고 그쪽에서도 날 좋아하는 눈치면 나는 움츠러든다. 베를린에 와서 숱한 밤들을 나는 순도 높은 리오하[69]의 힘을 빌려 육체적인 궁지에서 벗어나 희망을 찾아보려 했다. 먼저 맞춤 양복을 벗고 토머스 핑크 셔츠마저 벗어던진다. (더블브레스트 양복 아래 운동으로 단련된 또 하나의 더블브레스트 근육을 보는 순간) 그녀에게 나와의 데이트는 이 훌륭한 신체 조건 때문에 단연 손꼽히는 추억거리로 각인된다. 하지만 마지막 보호막, 그러니까 조심스럽게 가려 주고 있는 널찍한 사각팬티만큼은 벗지 않는다. 언제나 그렇다. 결국 나는 실례를 고하며 그 자리를 떠난다. 그리고 다시는 그들에게 전화하지 않는다. 그야말로 사나이답게.

그리고 얼마 지나지 않아 나는 다시 같은 상황에 직면한다. 한 번 더 해 보려고 출발선에 선다. 오늘 아침에 난 자전거 아가씨를 다시 만났다. 이번에는 이름을 알아냈다. 줄리. 줄리 키쿠치였다. 북부 캘리포니아에서 자랐고, 로드아일랜드 디자인 학교를 졸업한 뒤 지금은 베를린에서 퀸스틀러하우스 베다니엔으로부터 지원금을 받고 있다고 한다. 무엇보다 중요한 것은 이번 금요일 밤에 데이트하기로 했다는 사실이다.

그냥 첫 데이트일 뿐이다. 아무 일도 벌어지지 않을 것이다. 나의 특수한 상황이나 오랜 세월 미로 속에 갇혀 모습을 감추

---

69) 고급 스페인 와인이다.

고 사랑을 숨겨야 했던 방황을 말해야 할 이유는 없다.

*

'동시다발 수정'이 일어났다. 극장을 다녀온 다음 날인 1923년 3월 24일 새벽에 아래위층의 침실 두 곳에서. 내 할아버지는 곧 해고될 것도 모르고 패밀리 극장에서 공연 중인 「미노타우로스」입장권을 네 장이나 사 두었다. 처음에 데스데모나는 가지 않겠다고 했다. 그녀는 대체로 연극을 좋아하지 않았는데 가벼운 대중극은 특히 더 싫어했다. 하지만 결국 고대 그리스 주제라는 데 끌려서 새 양말을 신고 검은 드레스와 코트를 걸친 뒤 얼음이 언 인도를 내려가 끔찍한 패커드를 탔다.

패밀리 극장의 막이 오르자 나의 피붙이들은 전체 내용을 안 봐도 알 수 있었다. 어떻게 해서 크레테의 왕 미노스가 포세이돈에게 하얀 소를 제물로 바치지 않게 되었는지. 어떻게 해서 불같이 진노한 포세이돈이 미노스의 아내 파시파이로 하여금 소한테 반하게 만들었는지. 그 결합으로 아스테리우스[70]가 소의 머리에 사람 몸으로 태어난 일과 그리하여 다이달로스가 미로를 만들고 어쩌고 하는……. 그러나 조명이 켜지는 순간 이 연극은 그런 전통과 전혀 무관하다는 사실이 밝혀졌다. 누가 무대 위를 깡충대며 뛰어다니는가 싶어 살펴보니 코러스 걸들이었다. 은색 스타킹에 훤히 들여다보이는 속치마를 입고

---

70) 미노타우로스의 다른 이름이다.

코러스 걸들은 춤을 추고 무시무시한 플루트 음색에 전혀 어울리지 않는 합창을 불러 젖혔다. 이윽고 미노타우로스가 등장했는데 종이 반죽으로 빚어서 만든 소 머리를 쓰고 있었다. 이 고전극의 이면에 흐르는 섬세한 심리는 무시한 채 미노타우로스 역을 맡은 배우는 반인반수의 역할을 그저 영화에 나오는 괴물처럼 해냈다. 그가 괴성을 지르면 북소리가 둥둥 울렸고, 코러스 걸들이 비명을 지르며 도망쳤다. 미노타우로스는 쫓아가서 예정된 각본대로 한 사람 한 사람 잡아 처참하게 집어삼켰고, 무력하기 이를 데 없는 코러스 걸들의 하얀 몸뚱이를 질질 끌면서 미로 속으로 들어갔다. 그리고 막이 내렸다.

18열에 앉아 있던 나의 할머니의 비평적 견해는 이러했다.

"박물관에 걸린 그림 같아. 연극이 아니라 벌거벗은 몸을 보여 주려는 구실일 뿐이야."

그녀는 2막 커튼이 오르기도 전에 나가자고 졸랐다. 집에 돌아와 잠자리를 준비하면서 네 사람은 밤마다 하는 행사를 시작했다. 데스데모나는 양말을 빨고 복도의 야간등을 켰다. 지즈모는 소화에 좋다면서 남들에게도 성가시게 권하는 파파야주스를 한 잔 들이켰다. 레프티는 양복을 단정히 걸어 놓고 바지 주름을 꼼꼼히 잡아 주었다. 한편 수멜리나는 콜드크림으로 화장을 지우고 침대로 갔다. 네 사람은 제각각의 궤도에서 움직이면서 방금 본 연극이 자기들에게 아무 영향도 미치지 않은 것처럼 행동했다. 이제 지미 지즈모는 침대 등을 껐다. 그리고 자신의 싱글 침대에 오르다 어럽쇼! 사람이 있는 걸 발견했다. 코러스 걸을 생각하고 있던 수멜리나가 깔개를 건너 슬그머니 남편의 침대로 기어들었던 것이다. 합창곡을 흥얼거리면서 그녀는 남편 위로 올라갔다. ("알지?" 지즈모가 어둠 속에서 말했다. "더 이상 담즙이 나와선 안 돼. 피마자기름을 먹으란 말이야.") 그때 위층의 데스데모나가 자는 척하지 않았더라면 마루 밑에서 나는 소리를 들었을지도 모른다. 데스데모나 역시 연극 때문에 자기도 모르게 흥분해 있었다. 미노타우로스의 야수적이면서도 근육이 잘 발달한 허벅지. 꼼짝 못 하고 누워서 버둥거리던 그의 희생물들. 자기가 흥분한 사실이 부끄러워 그녀는 겉으로는 아무렇지도 않은 것처럼 행동했다. 램프 스위치를 끄고 남편에게 잘 자라는 인사를 했다. 그러곤 (다분히 연극적인) 하품을 하고 등을 돌렸다. 그래도 레프티는 뒤에서 슬쩍 무임승차를 했다.

모든 행동을 그 자리에서 정지시켜 보자. 이 밤은 모두(나도 포함해서)에게 역사적인 밤이었다. 나는 그 자세들(레프티는 드러누웠고, 리나는 웅크렸다.)과 상황(모든 것을 잊게 만드는 밤이었다.)과 직접적인 원인(잡종 괴물에 관한 연극)에 대해 기록하고 싶다. 부모는 자식에게 육체적인 특성을 물려준다고 생각한다. 하지만 나는 그 외 모든 것, 생각이나 행동, 심지어 운명까지도 물려받는다고 믿는다. 어떤 아가씨가 일부러 자는 척하고 있다면 나 역시 은근슬쩍 올라타지 않겠는가? 그리고 거기에는 누군가 무대에서 죽는 연극이 연관되지 않았겠는가?

이런 혈통상의 문제는 제쳐 두고 다시 생물학적인 사실들을 생각해 보자. 기숙사 방을 함께 쓰는 여대생들처럼 데스데모나와 리나는 생리 주기가 똑같아졌다. 그날 밤은 십사 일째였다. 체온계로 증명한 사실은 아니지만 이삼 주가 지난 뒤 속이 메스껍고 냄새를 못 맡겠는 증세가 나타난 것이 가장 확실한 증거였다.

"입덧에 아침 구역질이란 이름을 갖다 붙인 사람은 보나 마나 남자일 거야." 리나가 단언했다.

"아침 말곤 집에 있는 시간이 없었을 테지."

구역질은 아무런 예고도 하지 않고 시도 때도 없이 찾아왔다. 두 사람은 오후에도, 한밤중에도 속이 메스꺼웠다. 임신이란 풍랑을 만난 배와 같아서 도망갈 데가 없었다. 그래서 그들은 돛대와도 같은 침대 기둥에 몸을 동여매고 비바람을 헤쳐 나갔다. 부딪히는 모든 것, 침대 시트와 베개와 공기마저 거슬리기 시작했다. 남편들의 숨소리도 참을 수 없게 되어서 움직일 기운이나마 있는 날이면 팔을 저어 남자들에게 저리 가라고 손짓을 했다.

임신으로 남편들은 초라해졌다. 임신 소식을 듣고 남자로서 긍지를 느낀 건 옛말이고, 남자들은 하루아침에 자연의 섭리가 재생산의 드라마에서 자기들에게 맡긴 조역의 위치를 깨달았다. 그래서 당황스럽지만 말없이 자제하는 분위기였고, 설명할 수 없는 폭발 현상에서 촉매 역할을 하는 걸로 만족해야 했다. 아내들이 침대에서 너무 괴로워할 때면 지즈모와 레프티는 살라로 피신해 음악을 듣거나 냄새난다고 나무라는 사람 없는 그리스 타운의 커피 하우스로 차를 몰곤 했다. 거기서는 주사위 놀이를 하거나 정치 얘기를 했고, 아내를 화제로 삼는 사람은 아무도 없었다. 왜냐하면 커피 하우스에 오는 사람은 나이가 많든 적든, 또 남편을 반기지 않는 아내에게 몇 명의 자식을 낳게 했든 상관없이 모두 독신이었기 때문이다. 이야기는 언제나 똑같았다. 튀르키예 놈들과 그들의 잔혹성에 대해, 베니젤로스와 그의 실책에 대해, 콘스탄티누스 1세와 그의 복귀에 대해, 스미르나 화재에 대해 앙갚음을 해야 한다는.

"그래서 누가 신경이나 쓴대? 천만의 말씀이지!"

"허, 참, 꼭 베랑제가 클레망소한테 한 말 같군.[71] '석유를 가진 자가 세계를 차지한다.'라고 했어."

"빌어먹을 튀르키예 놈들! 살인자, 강도, 강간범들!"

"하기아 소피아 성당을 더럽히더니 이제는 스미르나를 파괴해!"

그런데 이 대목에서 지즈모가 입을 열었다.

"불평은 이제 그만들 하쇼. 이 전쟁은 그리스가 잘못한 거지 뭐."

"뭐라고!"

"누가 누구한테 쳐들어갔단 말이오?" 지즈모가 물었다.

"튀르키예 놈이 쳐들어왔지. 1453년에."

"그리스는 제 나라 하나도 옳게 다스리지 못했소. 그런 주제에 딴 나라를 넘보다니."

여기까지 이르자 남자들이 일어서면서 의자가 우르르 넘어졌다.

---

71) 19세기 프랑스 시인이자 샹송 작가 베랑제는 부르봉 왕조를 비난하는 시와 자유주의적이고 인도주의적인 견해로 유명하다. 클레망소는 1차 세계대전 때 연합군이 승리하는 데 크게 기여한 프랑스 총리다.

"젠장할, 어떤 놈의 주둥아리야? 지즈모냐? 뒈져 버려라, 폰토스 새끼! 튀르키예 앞잡이놈!"

"나는 사실을 사실대로 말하고 있는 거요." 지즈모가 큰 소리로 외쳤다.

"튀르키예가 불을 질렀다는 증거는 없소. 그리스가 튀르키예에 뒤집어씌우려고 그런 거지."

레프티는 싸움을 막으려고 남자들 사이를 몸으로 막았다. 그 일이 있은 후 지즈모는 자신의 정치적 견해를 아무에게도 말하지 않았다. 시무룩하게 앉아 커피를 마시거나 우주여행과 고대 문명을 다룬 이상한 잡지들이나 읽었다. 그는 레몬 껍질을 질겅질겅 씹으며 레프티에게도 그렇게 하라고 했다. 그들은 출산 언저리에서 만난 남자들로서 우의를 다졌다. 예비 아빠들이 다 그렇듯이 그들의 생각은 돈으로 향했다.

내 할아버지는 어째서 자기가 포드에서 쫓겨났는지 말하지 않았지만, 지즈모는 대강 짐작하고 있었다. 그래서 몇 주가 지나자, 그는 나름대로 보상을 해 주었다.

"그냥 드라이브 나온 것처럼 해."

"그러죠."

"누가 막더라도 아무 말 하지 마."

"그러죠."

"이쪽이 루지 일보다 나을 거야. 날 믿어 봐. 5달러 일당은 아무것도 아니지. 그리고 여기선 마늘을 얼마든지 먹어도 괜찮아."

그들은 패커드를 타고 일렉트릭 파크의 놀이동산을 지나고 있었다. 안개가 자욱했고, 시간은 꽤 늦어 막 새벽 3시가 된 참이었다. 솔직히 이 시간이면 놀이동산은 문을 닫는 게 정상이겠지만 편의상 오늘 밤만큼은 일렉트릭 파크가 개장한 걸로 해 두자. 그때 안개가 확 걷히더니 창밖으로 롤러코스터가 트랙을 질주하는 게 보였다. 일순간 값싼 상징주의를 즐겨 보았지만 곧바로 나는 준엄한 리얼리즘의 규칙에 몸을 숙여야 한다. 다시 말하자면 아무것도 볼 수 없었다는 뜻이다. 문을 연 지 얼마 안 되는 벨아일 브리지의 담벼락에 밤안개가 피어올랐다. 가로등의 노란 전구가 어스름 속에 달무리 지듯 훈훈한 빛을 내뿜었다.

"이렇게 늦었는데도 차가 많군요." 레프티가 놀라며 말했다.

"그렇지. 여긴 밤에 더 인기야."

다리에 올라 강을 사뿐 건너 맞은편으로 내려갔다. 벨아일은 디트로이트강에 있는 짚신벌레 모양의 작은 섬으로 캐나다 쪽 강안까지 칠팔 킬로미터만 가면 된다. 낮에 이 공원은 산책이나 소풍 나온 사람들로 가득하다. 질척한 강둑에는 낚시꾼이 낚싯대를 드리우고 교회 신도들이 텐트 모임도 열었다. 그러나 이 섬에는 해변 풍경이 으레 그렇듯이 도덕적으로 문란한 장면도 많았다. 호젓한 전망대는 언제나 연인들의 차로 붐볐다. 차들은 그늘 속의 임무를 수행하다 다리 위에서 구르기 일쑤였다. 지즈모는 어둠 속을 질주해서 팔각 전망대와 남북 전쟁 영웅 기념탑을 지나, 예전에 오타와족 인디언들이 여름이면 머물렀던 숲까지 달렸다. 안개가 앞을 가렸다. 검은 잉크를 풀어 놓은 것 같은 하늘에 자작나무가 양피지 같은 잎사귀를 떨어뜨렸다.

1920년대 차에는 대체로 백미러가 없었다.

"운전해."

지즈모는 줄곧 이렇게 말하면서 누군가 따라오고 있지 않나 연방 뒤를 돌아보았다. 두 사람은 이런 식으로 번갈아 운전하면서 센트럴 애비뉴와 스트랜드 거리를 누볐다. 결국 섬을 세 바퀴나 빙빙 돈 다음에야 지즈모는 마음을 놓았다. 섬의 북동쪽 끝에서 그는 캐나다를 바라보며 차를 세웠다.

"왜 세우는 거죠?"

"좀 기다려 봐."

지즈모는 헤드라이트를 세 번 깜박였다. 그가 차에서 내리자 레프티도 따라 내렸다. 두 사람은 어둠 속에 서서 강에서 나는 소리를 들었다. 철썩이는 물소리, 무적을 울리는 화물선들. 그때 또 다른 소리가, 멀리서 붕붕하는 소리가 들렸다.

"사무실이 있나요?" 나의 할아버지가 물었다.

"아니면 창고라도?"

"내 사무실은 여기야." 지즈모가 허공에 손을 흔들었다. 그는 패커드를 가리키며 말했다.

"그리고 저게 창고."

붕붕 소리가 이제 더 크게 들렸다. 레프티는 눈을 가늘게 뜨고 안개 속을 뚫어져라 쳐다봤다.

"전에 철도 일을 한 적이 있지." 지즈모는 주머니에서 말린 자두를 꺼내 먹었다.

"멀리 서부 유타에서였는데 그만 허리가 부러지고 말았어. 그다음부턴 사람이 영악해지더라고."

그때 붕붕 소리가 거의 닿을 듯이 가까워졌고 지즈모는 트렁크를 열었다. 문득 안개 속에서 뱃전이 보이는가 싶더니 미끈한 배 한 척이 두 사람을 태우고 나타났다. 배는 갈대밭으로 미끄러져 들어오면서 엔진을 껐다. 지즈모는 그중 한 사내에게 봉투를 건넸다. 다른 사내는 배꼬리에서 방수포를 휙 젖혔다. 깔끔하게 쌓아 올린 열두 개의 나무 상자가 달빛을 받아 반짝거렸다.

"이젠 내가 직접 철도를 운영한다고 할 수 있지." 지즈모가 말했다.

"어서 짐을 내리게."

지미 지즈모가 하는 수입업의 정체는 이렇게 드러났다. 그는 시리아산 말린 자두나 튀르키예산 할와, 레바논산 꿀을 들여오는 게 아니었다. 그는 온타리오에서 만든 히람워커 위스키, 퀘벡 맥주, 바베이도스산 럼주를 세인트로렌스강을 통해 들여오고 있었다. 자신은 절대 금주주의자이면서 술을 사다 파는 일로 생업을 삼았던 것이다.

"이 미국인들이 모두 술고래라면 내가 할 수 있는 일이 뭐가 있겠어?"

몇 분 뒤 차를 몰기 시작하면서 그는 이렇게 자기변명을 늘어놓았다.

"미리 말해 줬어야죠!" 레프티가 펄펄 뛰며 소리쳤다.

"그러다 붙잡히기라도 했으면 난 시민권도 못 받을 뻔했잖아요. 그대로 그리스로 쫓겨날 뻔했다고요."

"그렇다고 달리 뭘 할 수 있겠나? 이보다 나은 직장이 있어? 그리고 잊지 말라고. 우린 둘 다 자식이 생겨."

그리하여 내 할아버지의 범죄 인생이 시작되었다. 그 후 팔 개월 동안 할아버지는 호젓한 때를 타서 감시하고 한밤중에 일어나 새벽녘에 식사를 하면서 지즈모의 주류 밀매를 거들었다. 불법 거래에서 쓰는 은어들을 배우는 바람에 영어 어휘가 네 배는 늘었다. 술을 "후치"나 "빙고", "다람쥐 이슬", 또는 "원숭이 오줌"이라고 한다는 걸 알았다. 그는 부저리스 (boozeries)나 도거리스(doggeries), 럼홀스(rumholes), 스쿠너스 (schooners) 같은 술집들을 드나들었다. 또 디트로이트 전역을 통틀어 '눈먼 돼지들'[72]이나 시체를 향유 대신 진으로 채우는 장의사가 어디 있는지, 성찬용 와인이라기엔 턱없이 많은 술을 내놓는 교회라든가, 비누통이 '파란 파멸'[73]로 채워진 이발소의 위치도 알게 되었다. 레프티는 디트로이트강 기슭에 익숙해졌고, 잘 안 보이게 숨은 내해라든가 은밀한 상륙장들도 알게 되었다. 주류 밀매업은 교묘한 작업이었다. 큰 주류 밀매업은 배후에 퍼플갱이나 마피아가 있었다. 그들의 비호 아래 아마추어 주류 밀매업은 어느 정도 숨통을 틔울 수가 있었다. 하루 동안 캐나다를 다녀오기도 했고, 야간 항로를 따라 낚싯배를 내보내기도 했다. 여자들은 갤런들이 통을 드레스

---

72) 주류 밀매소나 무허가 술집을 일컫는다.
73) 진의 속어이다.

밑에 숨기고 윈저행 페리에 올라탔다. 그러한 소규모 밀매업이 자기들의 주된 업무를 가로막지 않는 한 갱들은 굳이 막지 않았다. 그러나 지즈모는 그 한계를 한참 넘어서고 있었다.

그들은 한 주에 다섯 번 내지 여섯 번 나갔다. 패커드의 트렁크에는 술이 딱 네 상자 들어갔고, 커튼으로 가린 널찍한 뒷좌석에는 여덟 상자가 더 들어갔다. 지즈모에게는 규칙도 국경도 없었다.

"미국에서 금주법이 통과되자마자 난 도서관에 가서 지도를 뒤적였어." 지즈모는 자기가 이 일에 뛰어들게 된 배경을 이렇게 설명했다.

"알고 보니 캐나다하고 미시간하고 거의 맞닿아 있더라고. 그래서 난 디트로이트행 차표를 샀지. 도착하고 보니 돈이 한 푼도 없는 거야. 난 그리스 타운의 결혼 중개업자에게 찾아갔어. 내가 리나에게 이 차를 몰게 하는 이유가 뭔지 알아? 바로 리나가 돈을 냈기 때문이야."

그는 만족감으로 미소를 머금었지만 생각이 조금 멀리 미치자 얼굴이 어두워졌다.

"난 여자들이 운전하는 건 반대야. 잘 알아 둬. 그런데 이젠 여자들이 투표까지 하다니!" 그는 혼잣말처럼 투덜거렸다.

"우리가 본 연극 생각나? 여자들은 모조리 다 그렇다고. 기회만 생겼다 하면 황소하고도 그 짓을 할 거야."

"지미, 그건 그냥 얘기일 뿐이에요." 레프티가 말했다.

"그걸 있는 그대로 받아들이면 안 되죠."

"왜 안 되지?" 지즈모는 계속했다.

"여자들은 우리랑 달라. 성적인 본능이 있다고. 그저 여자들이란 미로 속에 가둬 놓는 게 제일이야."

"무슨 말씀이세요?"

지즈모가 씩 웃으며 말했다.

"임신 말이야."

임신은 미로와 같았다. 데스데모나는 편안한 자세를 찾으려고 이렇게 저렇게 누워 봤다가 왼쪽 오른쪽으로 계속 뒤척였다. 침대에 못 박힌 채 그녀는 임신이라는 어두운 복도를 헤매며 이전에 이 길을 지나간 여자들의 잔해에 발이 걸려 넘어지곤 했다. 출발 주자로 그녀의 어머니 에우프로자인(그녀는 갑자기 어머니를 닮아 가기 시작했다.)과 할머니들, 할아버지의 누이들, 그리고 선사 시대의 저주받은 자궁의 주인공인 이브에 이르기까지 모든 여자가 있었다. 데스데모나는 이 여자들을 육체적으로 알게 되고 그들의 고통과 한숨, 그들의 공포와 자구책, 그들의 분노와 기대를 알게 되었다. 이전의 여자들처럼 데스데모나는 세계를 떠받치듯이 배를 손으로 받쳤다. 그녀는 무한한 힘과 긍지를 느꼈다. 그런데 그때 등 근육이 경련을 일으켰다.

이제 독자 여러분에게 임신의 전 과정을 설명하겠다. 팔 주째, 데스데모나는 반듯하게 누워 이불을 겨드랑이까지 끌어다 덮었다. 창밖에서 보면 밤낮이 바뀔 때마다 불빛이 깜박깜박했다. 그녀는 몸이 비틀리면 옆으로 누웠고, 배는 나날이 불러 왔다. 양모 담요가 나타났다가 사라졌다. 음식을 담은 쟁반이 침대 옆 탁자로 날아오는가 싶더니 가볍게 뛰어내렸다간 다시 돌아가곤 했다. 그런 생명 없는 물건들이 미친 듯이 춤추는 가운데 데스데모나의 몸은 쉴 새 없이 변해 갔다. 젖가슴이 부풀어 오르고 젖꼭지가 거무스름해졌다. 십사 주째가 되자 그녀의 얼굴은 포동포동해졌고, 이제야 내가 어릴 때 봤던 야야 할머니의 얼굴을 갖추게 되었다. 이십 주가 되자 배꼽에서부터 아래로 신비한 줄이 죽 생겨났다. 그녀의 배는 뻥튀기처럼 부풀어 올랐다. 삼십 주에는 피부가 얇아지고 머리카락은 두꺼워졌다. 혈색은 처음엔 입덧 때문에 창백했으나 점차 회복되었고, 나중에는 홍조를 띠었다. 몸이 점점 커질수록 움직임은 점점 둔해져 갔다. 이젠 엎드리는 일이 없었다. 움직이지 않고 그녀는 가만히 카메라를 향해 부풀어 갔다. 유리창의 스트로보 효과[74]는 계속되었다. 삼십육 주가 되자 그녀는 침대 시트를 가지고 고치를 틀기 시작했다. 이불을 덮었다 걷어찼다 하면서 얼굴만 내놓고서 이제는 지친 듯도 하고, 행복에 겨운 듯도 하고, 체념한 듯도 하고, 초조한 듯도 했다. 그러다가 그녀는 눈을 동그랗게 뜨고 크게 소리를 질렀다.

리나는 정맥류를 방지하기 위해 다리에 각반을 감았고, 입에서 안 좋은 냄새가 날까 봐 침대 옆에 박하사탕 깡통을 갖다 두었다. 매일 아침 몸무게를 재면서 아랫입술을 깨물었다. 그녀는 토실토실 살이 올라서 좋았지만 나중 일이 걱정되었다.

"젖가슴이 이젠 전 같지 않을 거야. 난 알아. 이젠 축 늘어지겠지.《내셔널 지오그래픽》에 나오는 것처럼."

---

74) 움직이는 물체를 단속적으로 조명하여 관찰하는 기술이다.

임신을 하자 리나는 자신이 짐승처럼 느껴졌다. 공개적으로 몸을 속박당하는 것이 당혹스러웠다. 호르몬 수치가 올라가자 그녀는 얼굴이 불타는 것처럼 뜨거웠다. 땀이 나는 바람에 화장이 지워졌다. 임신의 전 과정은 진화에서 보다 초기 단계의 잔존물이었다. 그 때문에 리나는 하등 생물을 떠올리지 않을 수 없었다. 들입다 알만 낳아 대는 여왕벌이 생각났다. 옆집에서 키우는 콜리견이 지난봄 뒷마당에 구멍을 파던 것도 생각났다.

유일한 탈출구는 라디오였다. 그녀는 침대에서도, 안락의자에서도, 욕조에서도 귀에 이어폰을 꽂고 지냈다. 여름 내내 그녀는 애지중지하는 에어리올라 라디오를 끼고 벚나무 아래 앉아 있었다. 머릿속에 음악을 집어넣으면 육체로부터 벗어날 수 있었다.

구 개월째 되던 10월 어느 아침 헐버트 거리 3467번지 앞에 택시 한 대가 서더니 키가 크고 늘씬한 사람이 내렸다. 그는 종이쪽지에 적힌 주소를 확인하고 우산과 가방을 챙긴 다음 차비를 지불했다. 그러고는 모자를 벗더니 마치 챙에 지시 사항이라도 있는 것처럼 뚫어지게 들여다보는 것이었다. 이윽고 그는 다시 모자를 눌러쓰고 현관으로 걸어갔다.

데스데모나와 리나는 동시에 문 두드리는 소리를 듣고 내려가다가 현관문에서 딱 마주쳤다. 문이 열리자 남자는 두 여자의 배를 번갈아 쳐다보았다.

"때맞춰 왔군."

그는 필로보시안 박사였다. 눈빛도 맑아져 있었고, 깨끗이

면도를 해서 이전의 슬픔은 찾아볼 수 없었다.

"적어 준 주소를 잘 가지고 있었소."

두 여자가 그를 안으로 들어오게 하자 그는 자기 이야기를 털어놓기 시작했다. 줄리아 호에서 그가 안질에 걸린 것은 사실이었다. 그러나 의사 면허증 덕분에 그리스로 쫓겨나지 않아도 되었다. 미국에는 내과 의사가 모자랐기 때문이다. 필로보시안 박사는 엘리스섬의 병원에서 한 달간 머무른 뒤 아르메니아 구호국의 지원을 받아 미국 본토로 들어올 수 있었다. 지난 십일 개월 동안 그는 "검안사한테 렌즈를 갈아 주면서" 뉴욕의 로어이스트사이드에서 살았다. 바로 얼마 전에 그는 튀르키예로부터 얼마간의 재산을 가까스로 돌려받았고, 그래서 중서부로 올 수 있었다.

"여기서 병원을 개업하려고 하오. 뉴욕에는 이미 의사가 너무 많거든."

필로보시안 박사는 저녁까지 먹고 갔다. 여자들이 지금 극도로 예민한 상태라 해서 대접하지 않을 손님이 아니었다. 부은 다리를 끌면서 그녀들은 양고기와 쌀, 토마토소스를 뿌린 오크라,[75] 그리스식 샐러드, 라이스푸딩을 날라다 주었다. 그러고 나서 데스데모나는 그리스식 커피를 끓여 데미타스 찻잔[76]에 담아 갈색 거품을 내는 라키아를 위에 얹어서 냈다. 필로보시안 박사는 의자에 앉은 남편들을 바라보았다.

---

75) 아욱과 식물이다.
76) 블랙커피용 소형 찻잔을 말한다.

확률이 100대 1인데. 같은 날 밤이란 게 확실하오?"

"그럼요." 수멜리나가 식탁에서 담배를 피우며 대답했다.

"그날 밤엔 우리 집이 무지 바빴걸랑요."

"보통 여자가 임신하는 데에는 오륙 개월이 걸리지." 의사가 설명을 해 나갔다.

"같은 날 밤에 두 사람 모두 그렇게 되기란…… 100대 1의 승산이라고."

"100대 1이라고?"

지즈모가 식탁 건너편의 수멜리나를 쳐다보았지만 그녀는 딴 데를 보고 있었다.

"최소한 100대 1이야."

의사가 다짐하듯 말했다.

"그게 다 미노타우로스 때문에 벌어진 일이지요."

레프티가 농담을 했다.

"그 연극 얘기는 하지도 마."

데스데모나가 책망하듯 끼어들었다.

"왜 그렇게 쳐다봐요?"

리나가 남편에게 물었다.

"왜, 쳐다보면 안 되나?"

수멜리나는 짜증 섞인 한숨을 내쉬고 냅킨으로 입을 닦았다. 긴장된 침묵이 흘렀다. 필로보시안 박사가 와인 한 잔을 새로 따르며 이 정적을 깼다.

"출산은 재미있는 주제야. 예를 들어 신체 기형이 있다고 쳐봐. 사람들은 엄마 될 사람이 그렇게 상상을 해서 기형이 된다고 생각했지. 성관계를 가질 때 엄마가 보거나 생각한 것들은 뭐든 아이에게 영향을 미칠 거라고 말이지. 다마스쿠스 이야기인데, 어떤 여자가 침대 위에 세례 요한의 그림을 붙여 놓았대. 고행자들이 입는 꺼칠꺼칠한 옷차림이었다나 봐. 남편하고 절정에 이르렀을 때 이 불쌍한 여자가 어쩌다 이 초상화에 눈이 갔다지. 구 개월 뒤 아기가 태어났는데…… 곰처럼 털북숭이였다는구먼!"

의사는 껄껄 웃으면서 기분 좋게 와인을 음미했다.

"그럴 리가 있겠어요?"

갑자기 긴장한 투로 데스데모나가 물었다.

필로보시안 박사는 이제 흥이 나서 떠들어 대기 시작했다.

"또 어떤 여자는 정사를 하던 중에 어쩌다 두꺼비에 손이 닿았던가 봐. 아기가 나왔는데 퉁방울눈에 피부가 온통 우툴두툴했다는 거야."

"책에서 읽은 거예요?"

데스데모나가 앙칼진 목소리로 대들었다.

"파레77)의 『괴물과 놀라운 일들』에 보면 거의 다 나와 있어. 교회에서도 그걸 인정한 걸 보면 말 다 했지. 칸지아밀라는 『천골 발생학』에서 자궁 내 세례를 권장했어. 배 속의 아이가 괴물일지 몰라서 걱정이라면 어떻게 할까? 그럴 때 간단한 해결책이 있단 말이야. 힘들 것도 없이 그냥 주사기에 성수를

---

77) 앙브루아즈 파레(Ambroise Pare, 1510~1590). 르네상스 시대에 유명했던 프랑스 외과 의사를 말한다.

집어넣고 아기가 나오기 전에 배 속에서 세례를 받게 한단 말이지."

"걱정하지 마, 데스데모나." 불안해하는 아내를 보고 레프티가 말했다.

"요즘 의사들은 그렇게 생각하지 않으니까."

"물론이지." 또 필로보시안이었다.

"이런 말도 안 되는 소리들은 암흑시대 때 이야기야. 이제는 대부분의 선천적 기형이 부모의 근친결혼 때문에 일어난다는 걸 알고 있지."

"뭐, 뭐에서 온다고요?" 데스데모나가 물었다.

"가족 간의 근친혼 말이야."

데스데모나의 얼굴이 하얗게 변했다.

"모든 문제가 거기서 비롯되지. 지적 장애, 혈우병. 로마노프 왕조를 보라고. 그 왕족은 하나같이 돌연변이들이었지."

"그날 밤 내가 뭘 생각했는지 기억이 나질 않아."

데스데모나가 설거지하면서 말했다.

"난 생각나." 리나가 말했다.

"오른쪽에서 세 번째 사람. 빨간 머리를 한."

"난 눈을 감고 있었어."

"그럼 걱정이나 하지 마."

데스데모나는 물을 틀어 목소리가 잘 안 들리게 하고 말했다.

"그런데 그 뭐라더라? 근…… 근친……."

"근친결혼 말이구나?"

"그래. 아기가 그런지 안 그런지 어떻게 알 수 있지?"

"낳아 보기 전엔 모르지."

"아이코!"

"교회에서 왜 형제자매끼리 결혼하지 못하게 한다고 생각해? 사촌이라도 결혼을 하려면 주교님한테 허락을 받아야 하는 법이야."

"내 생각에는 그냥……." 대답할 말을 찾지 못하고 데스데모나는 말꼬리를 흐렸다.

"걱정 마." 리나가 말했다.

"의사들이란 원래 부풀리기 선수들이잖아. 가족끼리 결혼하는 게 그렇게 나쁘다면 우린 모두 팔 여섯 개에 다리 하나는 없든가 해야지."

그러나 데스데모나는 정말 걱정이 되었다. 비티니오스를 떠올려 보았다. 태어날 때부터 어딘가 잘못된 아이들이 몇 명이나 되었더라……. 멜리아 살라카스가 낳은 딸은 얼굴 가운데 일부가 없었다. 멜리아의 오빠인 요르고스는 한평생 여덟 살로 살아갔다. 고행자의 옷 같은 아기가 있었던가? 개구리 같은 아기들은 없나? 마을에서 태어난 이상한 아이들에 대해 어머니가 들려준 이야기들이 생각났다. 그런 아이들은 세대를 두세 번 거치는 동안 꼭 한 번씩 태어났다. 정확히 어디인지는 몰라도 몸이 안 좋은 아기들이었다. 어머니도 기억이 가물가물하다고 했다. 세대마다 이런 아기들이 태어났고, 그들은 비극적인 종말을 맞았다. 자살하거나 가출해서 서커스 곡예사가 되기도 했고, 세월이 지난 후에는 부르사에서 구걸을 하거나 몸을 파는 신세가 되었다. 데스데모나는 레프티가 일하러 나간 밤에는 혼자 침대에 누워 이런 이야기들을 자세히 기억해 내려고 애썼다. 그러나 이제는 너무나 오래된 일들이고 에우프로자인 스테퍼니데스도 이 세상에 없었으므로 누구 하나 물어볼 사람이 없었다. 그녀는 임신이 된 날 밤을 돌이켜 보고 그날 있었던 일들을 재구성해 보려고 했다. 그래서 옆으로 돌아누워 레프티 대신 베개로 자기 등을 누르는 시늉을 했다. 그녀는 방을 둘러보았다. 벽에는 아무 그림도 없었고 두꺼비 따위는 손도 대지 않았다.

"내가 뭘 봤지?" 이렇게 스스로 물었다.

"벽밖에 없잖아."

그런데 이런 생각으로 걱정하는 건 그녀만이 아니었다. 지금 생각하면 이 사람에 관한 한 신뢰할 수 없는 것이 공식적으로 확인되어 그에 대해 말한다는 것 자체가 무모하기 이를 데 없는데, 왜냐하면 내가 미국 중서부라는 에피다우로스[78]에서 아는 사람들 가운데 가장 연기를 잘하는 사람이 바로 지미 지즈모였기 때문이다. 임신 말기에 접어들었을 당시 그의 감정을 잠깐 엿보면 다음과 같다. 아버지가 된다는 사실에 그가 설렜을까? 약초 뿌리를 집에 가져와서 동종 요법에 따른 차를 끓여 주었을까? 천만의 말씀이다. 필로보시안 박사가 저

---

78) 펠로폰네소스반도에 있는 에피다우로스 극장은 그리스에서 가장 유명한 야외극장이다. 여기서는 미국 중서부를 연극 무대에 비유했다.

녁을 먹고 간 날 밤부터 지미 지즈모는 달라지기 시작했다. 그건 아마 박사가 동시다발 임신에 대해 한 말 때문일 것이다. 100대 1의 승산. 지즈모가 점점 더 우울해하고 임신한 아내를 의심스러운 눈초리로 쳐다보는 것도 어쩌면 이때 주워들은 알량한 지식 때문인지도 모른다. 어쩌면 그는 오 개월 동안 메말랐던 잠자리가 어떻게 단 한 차례의 교접으로 임신에 성공할 수 있었을까 의심했는지 모른다. 아내를 찬찬히 뜯어보곤 자기가 늙었음을 실감했던 걸까? 속았다고 여겼을까?

1923년 늦가을 우리 가족은 미노타우로스에게 시달려야 했다. 데스데모나에게는 피가 멈추지 않는 아이들, 혹은 털북숭이가 된 아이들의 모습으로 나타났고, 지즈모는 흔히 생각하는 녹색 눈을 가진 괴물을 상상했다. 그 괴물은 술을 실으려고 강변에서 기다리는 그를 어둠 속에서 빤히 쳐다보았다. 이윽고 괴물은 길가에서 펄쩍 뛰어 패커드의 차창에 들러붙었다. 집에 와서도 해가 뜨기까지 그놈은 침대 위에서 뒹굴었다. 녹색 눈의 괴물은 수수께끼 같은 젊은 아내 옆에 누워 있었지만 지즈모가 눈을 깜작이자 이내 사라져 버렸다.

여자들이 임신 팔 개월이 되었을 때 첫눈이 내렸다. 레프티와 지즈모는 장갑에 머플러를 두르고 벨아일 강변에서 기다리고 있었다. 주변에 아무도 없었지만 레프티는 떨렸다. 지난달에 두 번이나 경찰에 붙들릴 뻔했기 때문이다. 아내에 대한 의심 때문에 지즈모는 변덕스러워져서 밀회 약속을 잡는 것도 잊기 일쑤였고, 아무 준비도 없이 깎아지른 낭떠러지 길을 골라 달려가곤 했다. 더 나쁜 것은 퍼플갱이 디트로이트의 주류 밀매업을 장악하고 있다는 사실이었다. 두 사람이 그들과 부딪치는 것은 시간문제였다.

그러는 동안 헐버트에서는 숟가락이 흔들리고 있었다. 다리에 붕대를 감은 수멜리나가 거실에 누워 있었고, 데스데모나는 결국 나에게서 끝이 날 '태아 성 감별'을 처음으로 실행하고 있었다.

"딸이었음 좋겠어."

"언니는 딸을 원하지 않잖아? 여자애들은 문제가 많다고. 남자애들하고 어울려 다녀 봐, 얼마나 걱정이 되나. 시집보내려고 해도 지참금이 있어야지……."

"데스데모나, 미국엔 지참금 같은 거 없어."

숟가락이 움직이기 시작했다.

"만약에 아들이라고 하면 널 죽여 버릴 거야."

"딸이면 엄청 싸우게 될 텐데."

"딸하고야 말이 통할 테니 걱정 마."

"아들은 사랑하지 않을 수 없을걸."

숟가락의 움직임이 커졌다.

"이건…… 이건……."

"뭔데?"

"돈을 모으기 시작하고."

"그래서?"

"창문은 꼭 잠그고."

"그래? 그게 정말이야?"

"싸울 준비를 하는 거야."

"네 말은 그러니까……."

"그래. 딸이야. 틀림없어."

"오, 감사합니다, 하느님."

그리하여 찬방을 깨끗이 비우고 벽을 하얗게 단장해서 아기방으로 쓰기로 했다. 허드슨 상점에서 똑같이 생긴 아기 침대 두 개가 도착했다. 우리 할머니는 침대 둘을 아기 방에 놓고 당신 아이가 아들일 경우를 대비해 가운데를 담요로 막았다. 복도에 나오자 그녀는 등불 앞에 멈춰 서서 거룩하신 하느님께 기도드렸다.

"하느님, 제 아기가 혈우병 같은 것에 걸리지 않게 해 주세요. 레프티와 전 아무것도 모르고 그랬습니다. 앞으로 절대 아기를 가지지 않겠습니다. 이번만 봐주세요."

삼십삼 주가 지나고 삼십사 주째가 되었다. 양수 속에서 아기들은 다이빙 자세로 머리부터 곤두박질치고 있었다. 임신 기간 내내 똑같은 과정을 밟던 수멜리나와 데스데모나는 끝에 가서 갈라졌다. 12월 17일, 수멜리나는 라디오 드라마를 듣다가 이어폰을 빼고는 진통이 시작됐다고 선포했다. 세 시간 뒤 필로보시안 박사는 데스데모나가 예측한 대로 딸을 받아 냈다. 아기는 겨우 1.9킬로그램밖에 되지 않아 일주일 동안 인큐베이터에 들어가 있어야 했다.

"저 봐." 리나는 유리창 너머 아기를 보며 데스데모나에게 말했다.

"필로보시안 박사가 틀렸어. 잘 보라고. 아기 머리가 검은색이잖아. 빨간색이 아니라."

다음으로 지미 지즈모가 인큐베이터에 다가갔다. 그는 모자를 벗고 바짝 다가가 눈을 가늘게 뜨고 아기를 들여다보았다. 그가 주춤했을까? 아기의 하얀 피부를 보고 의심을 확인했을까? 아니면 해답을 찾았을까? 어째서 하나 있는 마누라가 늘 쑤시고 아프다고 하는지에 대해? 또 그 마누라가 어떻게 때맞춰 몸이 나아 그를 아버지로 만들어 주었는지를? (마음속에 어떤 의심을 품었든지 간에 이 아이는 그의 아이였다. 수멜리나의 피부색을 닮았다 해서 자기 아이가 아닌 것은 아니었다. 아이가 누굴 닮고 안 닮고의 문제는 순전히 예측할 수 없는 주사위 던지기였다.)

내가 아는 건 단지 지즈모가 딸을 본 직후에 마지막 계획을 생각해 냈다는 사실이다. 일주일 후 그는 레프티에게 말했다.

"준비해. 오늘 밤 일이 있으니까."

그리고 지금 호숫가의 저택들은 크리스마스를 맞아 불을 환히 밝히고 있었다. 눈으로 뒤덮인 도지 저택의 로즈 테라스 대정원에는 어퍼 반도[79]에서 트럭으로 실어 온 12미터짜리 크리스마스트리가 한껏 뽐내고 있었고, 미니어처 도지 세단에 올라탄 요정들이 꼬리잡기를 하듯 소나무를 빙 두르고 있었다. 모자를 쓴 산타클로스는 순록이 끄는 마차를 타고 있었

---

79) 미시간주 상부에 위치한다.

다.(이때까지 루돌프는 아직 태어나지 않았으니 순록의 코는 검은색이었다.) 저택의 대문 밖으로 새카만 패커드 한 대가 지나갔다. 운전자는 앞만 바라보았고 동승자는 이 으리으리한 광경에 눈이 휘둥그레졌다.

지미 지즈모는 타이어에 체인을 감았기 때문에 차를 천천히 몰았다. 그들은 일렉트릭 파크와 벨아일 브리지를 지나 E. 제퍼슨 거리를 죽 따라서 디트로이트의 이스트사이드로 접어들었다.(이제 나의 구역이랄 수 있는 그로스포인트에 이르렀다. 바로 여기에 스타크네 집이 있었는데 후일 3학년을 앞둔 여름에 난 이곳에서 클레멘틴 스타크와 '입맞춤' 실습을 하게 된다. 그리고 호숫가가 내려다보이는 언덕 위에 베이커 잉글리스 여학교가 있었다.) 내 할아버지는 지즈모가 이런 고래등 같은 집들을 구경시키려고 자길 그로스 포인트에 데려온 게 아니라는 것쯤은 잘 알고 있었다. 그는 지즈모가 무슨 말을 할지 초조하게 기다렸다. 로즈 테라스에서 얼마 가지 않아 까맣고 아무것도 없는 얼어붙은 호반의 땅이 나타났다. 기슭에는 얼음이 켜켜이 쌓여 있었고, 지즈모는 이 기슭을 따라가다가 여름이면 배가 나가는 협곡에 이르렀다. 그러고는 그리로 접어들다 차를 멈추었다.

"얼음을 넘어갈 건가요?" 우리 할아버지가 물었다.

"지금 캐나다로 가는 가장 손쉬운 방법은 바로 이거야."

"얼음이 깨지면요?"

그 대답으로 지즈모는 자기 쪽 문을 열었다. 탈출에 대비하기 위해서였다. 레프티도 따라 했다. 패커드의 앞바퀴가 얼음 위로 올라섰다. 얼어붙은 호수가 통째로 움직이는 느낌이었다.

곧이어 얼음 조각을 이로 깨물 때처럼 날카로운 소리가 뒤따랐다. 이삼 초 지나서 조용해지자 뒷바퀴도 얼음을 딛고 올라섰다. 얼음이 내려앉았다.

부르사를 떠난 이래 기도라곤 흉내도 내 본 적 없던 할아버지는 갑자기 기도하고 싶은 충동에 사로잡혔다. 세인트클레어 호수는 퍼플갱의 영역이었다. 여기에는 몸을 숨길 만한 나무도 없고 빠져나갈 샛길도 없었다. 할아버지는 손톱이 빠져 버린 엄지손가락을 깨물었다.

달빛 한 점 없이 그들은 벌레처럼 오로지 헤드라이트의 불빛으로만 세상을 보았다. 눈이 시리도록 새파랗고 오톨도톨한 4.5미터 두께의 얼음 위에는 타이어 자국이 어지럽게 남았다. 불어오는 바람에 눈발이 소용돌이치며 앞을 막았다. 지즈모는 뿌예진 앞 유리창을 셔츠 소매로 닦으며 말했다.

"검은 얼음이 있나 잘 봐."

"왜요?"

"얇은 얼음이란 뜻이거든."

바로 앞에 검은 얼음이 나타났다. 여울목은 물결 때문에 얼음이 약해지기 마련이다. 지즈모는 그곳을 피해 돌아갔다. 그러나 곧 또 다른 박빙이 나타나서 다시 방향을 틀어야 했다. 패커드는 뱀처럼 구불구불 다른 밀매업자들이 남긴 타이어 자국을 따라갔다. 어떤 때는 얼음덩이가 길을 막아 처음 지난 곳까지 후진해야 했다. 오른쪽으로, 왼쪽으로, 뒤로, 앞으로 대리석처럼 미끄러운 얼음 위를 칠흑 같은 어둠 속에서 움직여 갔다. 지즈모는 핸들 위에 잔뜩 구부린 채 헤드라이트 불빛이 이르는 곳까지 시선을 집중했다. 내 할아버지는 문을 열어 둔 채 얼음 깨지는 소리가 나지 않나 신경을 곤두세웠다.

그런데 이때 엔진 소리 너머 또 다른 소음이 나기 시작했다. 같은 날 밤 시내를 사이에 두고 나의 할머니는 악몽을 꾸고 있었다. 꿈에서 그녀는 줄리아호의 구명정 안에 있었다. 콘툴리스 선장이 그녀의 다리 사이에 무릎을 꿇고 결혼 코르셋을 벗기는 것이었다. 선장은 코르셋의 고리를 푼 다음 잡아당겨 벗기면서 정향 담배를 뻐끔거렸다. 갑자기 몸이 드러난데 놀라 어쩔 줄 몰라 하면서 데스데모나는 매혹적인 선장의 물건을 내려다보았다. 묵직한 배의 밧줄이 그녀 안으로 사라졌다.

"닻을 감아라!"

콘툴리스 선장이 고함을 치자 레프티가 걱정스러운 표정으로 나타났다. 레프티는 손에 밧줄 끝을 잡고서 잡아당기기 시작했다. 그러고는······.

진통이, 꿈속의 진통이, 현실이 아니지만 현실인 것처럼, 신경 세포들의 폭발이 시작되었다. 데스데모나의 깊은 속에서 물풍선이 터졌다. 뜨뜻한 느낌이 허벅지를 타고 내려가는 것이 마치 구명정이 피로 젖는 느낌이었다. 레프티는 밧줄을 잡아당기고 또 잡아당겼다. 선장의 얼굴에 피가 튀었지만 선장은 모자챙을 내려 피가 흘러내리도록 했다. 데스데모나는 비명을 질렀고, 구명정이 흔들렸다. 그러고 나서 펑 소리가 나고 몸이 둘로 쪼개지는 것처럼 아팠다. 이윽고 거기, 밧줄 끝에 아이가, 멍든 것처럼 새파랗고 조그만 근육 덩어리로 이루어진 아이가 있었다. 그녀는 아이의 팔이 제대로 붙어 있나 살펴보고 다리를 찾아보았지만 보이지 않았다. 그때 조그만 머리가 높이 떠올랐고, 데스데모나는 아기의 얼굴을 들여다보니 한 줄의 치아가 보일락 말락 했다. 눈도 없고, 입도 없고, 오로지 치아만 보일락 말락……

데스데모나는 화들짝 놀라 잠에서 깨었다. 그 순간 그녀는 침대가 흠뻑 젖은 것을 깨달았다. 양수가 터졌던 것이다.

그러는 동안 얼음 위에서는 패커드의 헤드라이트가 액셀러레이터로 밝아질 때마다 배터리에서 물이 새어 나오고 있었다. 그들은 이제 호수의 양쪽 기슭으로부터 똑같은 거리의 뱃길에 놓여 있었다. 거대한 검은 사발 같은 하늘에 천상의 빛이 뚫고 들어오기 시작했다. 두 사람은 지금까지 지나온 길을 기억할 수 없었다. 얼마나 많이 돌았으며 얼음 상태는 또 얼마나 열악했던가를. 얼어붙은 호수는 사방팔방으로 그어진 타이어 자국으로 어지러웠다. 그들은 죽어서 고꾸라진 것 같은 털털이 자동차들을 지나쳐 갔다. 앞머리는 얼음을 깨고 빠져 있었고, 문들은 총에 맞아 벌집이 된 채였다. 여기저기 차축과 자동차 휠 캡, 스페어타이어가 나뒹굴었다. 어둠과 휘날리는 눈발 속에서 나의 할아버지는 헛것을 보기 시작했다. 두 번이나 그는 자동차들이 떼를 지어 다가온다고 생각했다. 자동차들은 사방에서 에워싸며 그들 두 사람을 가지고 놀았으며 너무 빨리 오락가락하는 바람에 그는 도대체 자기가 뭘 보았는지조차 헷갈렸다. 게다가 어디선가 또 다른 냄새가 나기 시작했다. 그것은 패커드에 밴 가죽 냄새와 위스키 냄새를 제치고 할아버지의 데오도란트 향조차 뛰어넘는 강력한 금속성의 냄새였는데, 바로 두려움이라는 냄새였다. 바로 그때 지즈모는 낮은 목소리로 이렇게 말했다.

"궁금한 게 있는데 리나가 자네 사촌이란 걸 왜 아무한테도 말하지 않는 건가?"

마른하늘의 날벼락처럼 난데없이 날아온 이 질문에 우리 할아버지는 무방비 상태였다.

"비밀은 아니에요."

"아니라고? " 지즈모가 반문했다.

"자네가 그런 말 하는 걸 들어 본 적이 없는걸."

"우리 고향 마을에선 누구나 다 사촌이에요." 레프티는 농으로 받아넘기려 했다. 그러고는 이렇게 말을 이었다.

"리나와 내가 촌수로 몇 촌이더라?"

"이게 뱃길의 반대편이야. 아직은 미국 땅이지만."

"여기서 어떻게 그걸 알 수 있죠?"

"알 수가 있지. 좀 더 빨리 갈까?"

대답을 듣지도 않고 지즈모는 액셀러레이터를 밟았다.

"돼, 됐어요. 천천히 가요."

"알고 싶은 게 또 있는데."

지즈모가 다시 속도를 올리며 말했다.

"지미, 조심해서 가요."

"왜 리나가 고향을 떠나 멀리 시집을 왔지?"

"지금 너무 빨라요. 얼음을 살필 겨를도 없이."

226

"대답하게."

"왜 떠났더라? 거기엔 결혼할 사람이 하나도 없었어요. 누나는 미국으로 가고 싶어 했고요."

"그래서라고?" 지즈모는 다시 속도를 내었다.

"지미, 속도 줄여요!"

그러나 지즈모는 페달을 끝까지 밟았다. 그리고는 크게 소리 질렀다.

"그게 너지!"

"지금 무슨 말을 하는 거예요?"

"그게 너라고!"

지즈모가 다시 으르렁거리듯 말했다. 이제 엔진에서 흐느끼는 듯한 소리가 났고, 차 밑에 깔린 얼음에서는 핑 하는 소리가 들렸다.

"그게 누구야!" 지즈모는 다그쳐 물었다.

"말해 봐! 그게 누군지?"

그러나 할아버지가 대답할 말을 찾기도 전에 또 하나의 기억이 얼음장 저 너머에서 쏟아져 들어온다. 내가 아직 어릴 적 얘기이다. 어느 일요일 밤 아버지는 디트로이트 요트 클럽에 날 데리고 간 적이 있다. 우리는 빨간 양탄자를 깔아 놓은 층계를 올라가면서 은으로 만든 트로피들과 수상 비행기 경주 선수인 가 우드의 유화 초상화를 보았다. 우리는 2층 강당으로 들어갔는데 스크린 앞에 나무로 만든 접의자들이 놓여 있었다. 이윽고 조명이 꺼지고 절꺽거리는 영사기가 빛을 쏘아대자 공기 중에 떠도는 수많은 먼지가 눈에 들어왔다.

내게 조상의 얼을 심어 주기 위해 아버지가 생각해 낼 수 있었던 유일한 방법은 이탈리아어판으로 편집한 고대 그리스 신화를 보여 주는 것이었다. 그래서 우리는 일주일에 한 번씩 헤라클레스가 네메아의 사자를 죽이고 아마존의 허리띠를 훔치는 것("정말 대단한 허리띠 아니냐, 칼리?"), 까닭도 없이 뱀 굴에 처박히는 것을 보았다. 그러나 뭐니 뭐니 해도 가장 재미있는 것은 미노타우로스였다.

영화에 엉성한 가발을 쓴 배우가 등장했다.

"저건 테세우스야." 아빠가 설명해 주었다.

"여자 친구가 준 실뭉치를 들고 있지, 잘 봐. 저걸 가지고 미로 속에서 길을 찾는 거야."

이제 테세우스가 미궁으로 들어가는 장면이었다. 그가 든 횃불이 마분지로 만든 돌담을 밝혔다. 앞에는 해골들이 흩어져 있고 가짜 바위에는 핏자국이 얼룩져 있었다. 화면에서 눈을 떼지 못한 채 나는 아버지 손을 꼭 잡았다. 아버지는 블레이저[80] 주머니를 뒤져 버터스카치 사탕을 찾았다. 그걸 주면서 아버지는 귀에 대고 말했다.

"이제 미노타우로스가 나온다!"

그러면 나는 공포와 기쁨에 전율했다.

나한테야 교육용이었지만 그 괴물의 슬픈 운명이라니. 아스테리우스 자신은 아무 죄도 없이 괴물로 태어났다. 독을 품은 배신의 열매, 감춰진 부끄러움의 결과. 여덟 살의 나이에 난

---

80) 화려한 스포츠 상의이다.

어느 것도 이해할 수가 없었다. 난 그저 테세우스가 나오면 응원하는 쪽이었다.

마치 1923년 나의 할머니가 배 속에 숨은 괴물을 만날 준비를 하는 것처럼 말이다. 할머니는 배를 움켜쥐고 택시 뒷좌석에 털썩 앉아 버렸고, 리나가 앞자리에 올라타서 기사에게 서둘러 달라고 말했다. 데스데모나는 달리기를 하는 것처럼 호흡을 들이마시고 내쉬었다. 리나가 말했다.

"날 깨웠다고 해서 기분 나쁜 건 하나도 없어. 어쨌든 아침엔 나도 병원에 가려던 참이었으니까. 이제 아기를 집에 데려가도 된댔거든."

그러나 데스데모나의 귀에는 아무 소리도 들리지 않았다. 그녀는 미리 챙겨 둔 가방을 열고 나이트가운과 슬리퍼를 뒤져 괴로움의 묵주를 찾았다. 응어리진 꿀처럼 보이는 호박 묵주는 뜨거운 열기에 균열되면서 그녀와 함께 대학살과 난민행렬, 불타는 도시를 거쳐 온 것이었다. 그녀는 어두운 거리를 덜커덩거리며 달리는 택시 안에서 수축의 진통을 이기려고 묵주를 세었다.

같은 순간 지즈모는 패커드로 빙상을 질주하고 있었다. 속도계가 올라가고 엔진에서 천둥소리가 났다. 타이어에 감은 체인이 뒤로 뿌연 눈보라를 일으켰다. 패커드는 얇은 얼음판 위에서 미끄러지듯 어둠 속으로 돌진하며 꼬리를 흔들어 댔다.

"너희 둘이 미리 다 짰지?" 그가 고함을 질러 댔다.

"리나가 미국 시민하고 결혼한 다음에 너를 도와주도록 말이야?"

"무슨 소리!" 내 할아버지는 이치를 따지려고 했다.

"당신하고 리나 누나가 결혼할 때 난 미국으로 오게 될 줄은 꿈에도 몰랐어요. 차나 천천히 몰아요."

"그게 계획이냐? 남편을 구해 놓고 그의 집으로 들어가는 것 말이야!"

미노타우로스에서 시작된 기상천외한 발상은 끝도 없는 것 같았다. 괴물은 전혀 예상치 못한 곳에서 접근해 왔다. 마찬가지로 세인트클레어 호수에서 내 할아버지는 퍼플갱이 혹시 나타날까 봐 안절부절못했다. 현실에서 괴물은 바로 옆에 자동차 바퀴 같은 데 숨어 있곤 하니까. 열린 문을 통해 바람이 불어오자 지즈모의 곱슬머리가 갈기처럼 뒤로 나부꼈다. 그는 머리를 낮추고 분노에 젖어 콧구멍을 벌름거렸다. 눈에서는 무시무시한 빛이 뿜어져 나왔다.

"그게 누구야!"

"지미! 돌아가요! 온통 얼음이잖아요! 보이지도 않아요?"

"네가 말하기 전에는 계속 갈 거야!"

"말할 게 없다니까요. 리나 누나는 좋은 여인이었어요. 당신한테도 좋은 아내고. 장담한다니까요!"

그러나 패커드는 계속 덜컹거렸다. 우리 할아버지는 의자에 납작 몸을 붙였다.

"그럼 지미, 아기는 어때요? 당신 딸이라고 생각해요?"

"누가 내 딸이래?"

"당연히 당신 딸이죠."

"그런 여자하고 결혼하는 게 아니었어."

레프티는 그 문제에 대해 입씨름할 여유가 없었다. 더 이상 묻는 말에 대답하지 않고 그는 열린 문으로 뛰어내렸다. 바람이 진짜 주먹처럼 세게 내리치는 바람에 그는 자동차 뒤 흙받기에 부딪혔다. 그는 느린 움직임으로 자기 목도리가 패커드의 뒷바퀴에 감기는 것을 보았다. 레프티는 올가미에 걸린 것처럼 목이 당겨지는 걸 느꼈지만 바로 그 순간 목도리는 목에서 풀어졌고, 다시 빠른 속도로 시간이 흘러가면서 그는 차에서 완전히 벗어났다. 다시 고개를 들었을 때 패커드는 여전히 달리고 있었다. 지즈모가 방향을 틀거나 브레이크를 밟을 수 있다고 보기는 어려웠다. 레프티는 어디 하나 부러지지 않은 채 일어서서 지즈모가 미친 것처럼 어둠 속을 덜커덩거리는 것을 지켜보았다. 50미터…… 70미터…… 90미터……. 갑자기 새로운 소리가 들렸다. 엔진 소리보다 더 크게 갈라지는 소리가 나고 이어서 발밑으로 흔들림이 전달되었다. 패커드가 얼어붙은 호수의 검은 박빙을 밟았던 것이다.

얼음과 마찬가지로 목숨에도 우지끈 금이 간다. 인격에도, 명예에도. 지미 지즈모는 패커드 운전석에 쭈그린 채 이미 지나간 결혼 계약의 부담으로부터 자유로워졌다. 그의 흔적이 얼어붙어 버린 바로 이 지점에서. 그 이상은 나도 알 수가 없다. 아마도 그것은 질투에서 비롯된 분노였을 것이다. 아니면 그가 택한 길이었는지도 모른다. 지참금과 가족을 부양하는 비용을 어림해 보다가 선택한. 이 주류 밀매업의 호시절이 영원할 수는 없으리라는 생각에서. 또 한 가지 가설이 있다. 그가 모든 일을 날조했을지 모른다는.

그러나 길게 생각할 시간이 없었다. 얼음이 소리를 내며 쩍쩍 갈라졌고, 차 앞바퀴는 얼음의 표면을 부수고 물에 빠져버렸다. 앞다리로 지탱하고 선 코끼리처럼 패커드는 우아하게 머리를 처박은 채 뒤집혔다. 헤드라이트가 순간적으로 얼음과 그 밑의 물을 환하게 수영장처럼 비추었지만 후드가 와장창 얼음을 깨고 들어가는 순간 불꽃이 한차례 일더니 이내 사방이 캄캄해졌다.

부인과 병원에서 데스데모나는 여섯 시간 동안 진통을 겪었다. 필로보시안 박사가 아기를 받았는데 그 성별을 알아내는 데에는 일반적인 방법이 사용되었다. 즉 다리를 벌리고 들여다보는 것.

"축하하오. 아들이오."

데스데모나는 크나큰 구원을 받은 듯이 울부짖었다.

"털이라곤 머리털밖에 없어요."

얼마 지나지 않아 레프티가 병원에 도착했다. 그는 호수 기슭까지 걸어가서 지나가는 우유 트럭을 얻어 타고 집까지 왔다. 신생아실 유리창 너머에 서 있는 그는 아직도 공포에서 헤어나지 못하고 있었다. 차에서 탈출할 때 얼음에 부딪힌 오른쪽 뺨에는 여기저기 긁힌 자국이 나 있었고 아랫입술은 퉁퉁 부어올랐다. 웬일인지 바로 그날 아침 리나의 아기는 정상 체중을 회복하고 인큐베이터를 나왔다. 그래서 두 아기 모두 신생아실에 있게 됐다. 사내아이는 아테네의 위대한 장군 이름을 따서 밀티아데스[81]라고 이름을 지었지만 나중에는 위대한 영국 시인의 이름인 밀턴[82]으로 부르게 되었다. 아버지 없이 자라게 된 여자아이는 수멜리나가 숭배하는 비잔틴 제국의 말 많았던 황후인 테오도라의 이름을 따서 지었다. 테오도라 역시 나중에 미국식 별칭을 얻게 된다.

그러나 이 아기들에 대해 덧붙여 두고 싶은 말이 있다. 육안으로 보이지 않는 것. 더 자세히 보아라. 거기, 바로 그것이다.

각자가 하나의 돌연변이였던 것이다.

---

81) 마라톤 전투에서 승리한 아테네이다.

82) 존 밀턴(John Milton, 1608~1674). 『실락원』을 쓴 작가이다.

얼음 위의 결혼식

지미 지즈모의 장례식은 시카고 주교의 허락을 받아 십삼 일 뒤에 치러졌다. 거의 이 주 동안 가족은 상갓집 분위기를 유지하며 이따금 문상 오는 손님을 맞이했고 집 밖으로는 나가지 않았다. 거울에는 검은 천을 씌우고 문에도 까만 줄을 드리웠다. 죽은 사람이 있는 곳에서 사치를 부리면 안 되었기 때문에 레프티는 장례식 때까지 면도도 하지 않아 거의 털북숭이가 되다시피 했다.

장례식이 늦어진 이유는 경찰이 시신을 못 찾았기 때문이다. 사고 다음 날 현장을 살피러 형사 둘이 나갔다. 밤사이에 얼음이 다시 얼고 새로 내린 눈이 오륙 센티미터나 더 쌓여 있었다. 형사들은 무거운 발걸음을 옮기며 타이어 자국을 찾아다녔지만 삼십 분 만에 포기해 버렸다. 결국 그들은 지즈모가 얼음낚시를 나갔으며 술을 마셨을지 모르겠다는 레프티의 진술을 받아들였다. 그중 한 형사는 레프티에게 시체들이 봄에 떠오르는 일이 많은데 얼음 때문에 놀랄 정도로 말짱하다는 말을 해 주었다.

가족은 슬픔에 잠겨 지냈다. 스틸리아노풀로스 신부는 이 사건을 주교에게 고했고, 주교는 나중에 시체를 찾으면 입관식을 무덤가에서 행한다는 조건으로 지즈모에게 정교회식 장례를 베풀어 주었다. 장례 절차는 레프티가 맡았다. 그는 관을 고르고 묘지를 선정하고 묘석을 주문하고 신문에 부고 내는 일을 했다. 그 무렵에는 그리스에서 이민 온 사람들도 장의사들이 하는 식을 따르기 시작했지만 수멜리나는 굳이 집에서 상을 치르겠다고 했다. 일주일도 넘게 조문객들이 어두운 거실에 들이닥쳤다. 커튼을 내린 거실에는 꽃향기만이 무겁게 감돌았다. 지즈모가 물건을 대 주던 무허가 술집에서도 사람들이 오고 리나의 친구도 여럿 왔으며, 그뿐 아니라 지즈모의 음성적 사업 동반자들도 와 주었다. 그들은 혼자 남은 과부에게 위로의 말을 건넨 뒤 거실을 가로질러 열린 관 앞에 섰다. 관에는 액자에 넣은 지미 지즈모의 사진이 베개 위에 놓여 있었다. 사진 속에서 지즈모는 4분의 3만 한 크기로 누워 천상에서 내려온 듯한 사진관의 조명을 받으며 위를 올려다보고 있었다. 수멜리나는 두 결혼 화관을 이어 주던 띠를 자르고 남편의 화관을 관 안에 넣었다.

남편의 죽음으로 인한 수멜리나의 비통함은 살아생전 남편에 대한 애정을 훨씬 웃도는 것이었다. 이틀에 걸쳐 열 시간 동안 그녀는 지미 지즈모의 텅 빈 관 앞에서 곡을 하며 즉흥적인 애도가를 읊었다. 아주 그럴싸하게 시골 사람 흉내를 내면서 수멜리나는 높은 음색의 아리아로 남편의 죽음을 애도하고 죽은 남편을 원망했다. 지즈모에 대한 아리아가 끝나자 그녀는 남편을 이렇게 일찍 데려간 하느님을 원망하고 핏덩어리인 딸의 운명을 슬퍼했다.

"당신 때문이야! 모두 당신 잘못이라고!" 이렇게 그녀는 울부짖었다.

"왜 당신이 죽어야 해? 날 남겨 두고! 강보에 싸인 아기는 어쩌라고!"

그녀는 아기에게 젖을 먹이면서 곡을 했고 틈틈이 아기를 지즈모와 하느님이 볼 수 있도록 위로 들어 올렸다. 나이 든 이민자들은 리나의 곡을 듣고 그리스에서의 어린 시절을 떠올렸다. 그들은 자기네 조부모 혹은 부모의 장례식을 기억해 내고는 리나가 저토록 슬픈 모습을 보이다니 지미 지즈모의 영혼은 영원한 안식을 보장받겠다며 고개를 주억거리는 것이었다.

교회법에 따라 장례식은 주중에 거행되었다. 스틸리아노풀로스 신부는 머리에 기다란 칼리마프키온[83]을 쓰고, 가슴에는 커다란 십자가 장식을 달고 아침 10시에 집으로 왔다. 기도를 마친 수멜리나는 촛불을 접시에 받쳐 신부에게 가져갔다. 그녀가 입으로 훅 불어서 촛불을 끄자 연기가 사방으로

---

83) 그리스 정교회 신부가 쓰는 검은 모자이다.

흩어졌다. 스틸리아노풀로스 신부는 초를 반으로 뚝 꺾었다. 그리고 나서 사람들은 밖으로 나가 교회로 가는 행렬을 지었다. 레프티는 이날을 위해 리무진을 빌려 두었다. 그는 리무진 문을 열어 아내와 리나를 태웠다. 식구들이 차에 오르자 그는 지즈모의 영혼이 다시는 집에 들어오지 못하도록 현관을 막고 있는 남자에게 보일락 말락 하게 손을 흔들어 주었다. 이 남자가 나중에 척추 교정사가 되는 피트 타타키스이다. 전통에 따라 피트 아저씨는 교회에서 예식이 끝날 때까지 두 시간도 넘게 현관을 지켰다.

장례식은 정식 전례를 따랐고 회중이 고인에게 마지막 입맞춤을 하는 끝부분만을 생략했다. 그 대신 수멜리나가 관 옆으로 가서 결혼 화관에 입을 맞추고 그 뒤를 데스데모나와 레프티가 따라갔다. 성모승천 교회는 그때 하트 거리의 작은 상가에 있었는데 장례식에 참례한 신도들은 전체 좌석의 4분의 1도 채우지 못했다. 지미와 리나는 교회에 잘 나가지 않았다. 대부분의 참례객은 나이 든 과부들이었고 그들에게는 장례식이 일종의 오락이었다. 마지막으로 장례식 사진을 찍기 위해 관이 밖으로 들려 나왔다. 참례객들이 이 소박한 하트 거리 교회의 뒷마당에 둥그렇게 모여 섰다. 스틸리아노풀로스 신부가 관 앞에 자리를 잡았다. 이 대목에서 관이 다시 한번 열리고 사람들은 새틴 위에 모셔진 지미 지즈모의 사진을 보았다. 깃발 두 개가 관을 덮었다. 하나는 그리스 국기, 다른 하나는 미국 국기였다. 사진을 찍을 때 아무도 웃지 않았다. 이윽고 장례 행렬은 반다이크에 있는 포리스트론 묘지까지 이어졌고, 관은 그곳에서 봄까지 보관될 계획이었다. 봄이 되어 땅이 녹으면 관의 주인이 나타날지도 몰랐다.

　필요한 모든 의식을 거행했지만 가족은 여전히 지미 지즈모의 영혼이 안식을 찾지 못했다는 것을 알고 있었다. 사망 직후 정교회의 영혼들은 곧바로 하늘로 날아가는 것이 아니다. 그들은 땅에 미련을 못 버리고 산 사람들을 괴롭히곤 한다. 그 후 사십 일 동안 나의 할머니는 해몽책이나 괴로움의 묵주를 잘못 두었거나 할 때면 늘 지즈모의 영혼 탓으로 돌렸다. 지즈모가 집 안을 떠돌아다니며 등불을 불어 꺼 버리거나 욕실의 비누를 훔쳐 간다고 했다. 애도 기간이 끝나 갈 무렵 데스데모나와 수멜리나는 콜리보를 구웠다. 웨딩 케이크처럼 눈부시게 하얀 3층 케이크였다. 제일 윗단에는 울타리를 치고 녹색 젤라틴으로 전나무를 만들어 놓았다. 파란 젤리로 연못도 만들고 은색 알갱이로는 지즈모의 이름을 수놓았다. 장례식으로부터 사십 일째 되는 날 교회에서 또 한 차례 의식을 치르고 사람들은 모두 헐버트 거리의 집으로 돌아왔다. 그들은 콜리보를 중심으로 모였다. 콜리보에는 내세를 의미하는 설탕을 뿌리고 불멸의 석류씨를 뒤섞어 놓았다. 이 케이크를 먹자마자 그들은 모두 느낄 수 있었다. 지미 지즈모의 영혼이 이승을 떠나 하늘나라로 들어가 이제 더 이상은 산 자를 괴롭히지 않으리라는 것을. 한창 분위기가 무르익었을 때 수멜리나가 방에 들어가 밝은 오렌지색 드레스를 입고 나와 한바탕 소동이 벌어졌다.

　“언니 지금 뭐 하는 거야?” 데스데모나가 귓속말을 했다.

"미망인은 평생 검은 옷을 입어야지."

"사십 일이면 충분해."

리나는 이렇게 말하며 계속 먹어 댔다.

그제서야 비로소 아기들은 세례를 받을 수 있었다. 그다음 주 토요일, 데스데모나는 교회에서 대부들이 아기들을 세례반 위로 들어 올리는 것을 편치 않은 마음으로 지켜보았다. 교회에 들어설 때만 해도 나의 할머니는 뿌듯한 마음이었다. 사람들이 아기를 보려고 몰려들었고, 아기에게는 아무리 늙은 여자라도 젊은 엄마의 심정으로 돌아가게 하는 어떤 마력이 있는 것 같았다. 세례식이 진행되는 동안 스틸리아노풀로스 신부는 밀턴의 머리털 한 줌을 잘라 물에 떨어뜨렸다. 신부는 성향유로 아기의 이마에 십자가를 그은 뒤 아기를 물에 담그었다. 그런데 이렇게 아기 밀턴이 원죄를 씻는 순간에도 데스데모나는 자신의 부정한 행동을 계속해서 의식하지 않을 수 없었다. 그녀는 마음속으로 다시는 아이를 낳지 않겠다는 맹세를 되풀이했다.

"리나 언니."

며칠 뒤 데스데모나가 얼굴을 붉히며 말을 꺼냈다.

"왜?"

"아, 아무것도 아냐."

"그게 아닌 것 같은데. 무슨 일이야?"

"궁금해서 그러는데…… 어떻게 하는지…… 만약에 원하지 않으면…….." 그러다가 데스데모나는 불쑥 이렇게 말해 버렸다.

"임신하지 않으려면 어떻게 해야 되지?"

리나가 작은 소리로 웃으며 말했다.

"난 이제 그 문제로 걱정하지 않아도 돼."

"하지만 그 방법을 알고 있어? 무슨 수가 없을까?"

"우리 엄마는 젖 먹이는 동안에는 임신이 안 된다고 했어. 그 말이 사실인지 모르겠지만 하여튼 엄마 말은 그랬으니까."

"그러면 그다음엔?"

"간단해. 남편하고 자지 마."

당분간은 그게 가능했다. 아기를 낳은 후 우리 조부모는 잠시 휴지기를 갖는 중이었다. 데스데모나는 밤 시간의 반은 젖을 먹이느라 깨어 있었다. 그래서 그녀는 늘 피곤해했다. 게다가 출산할 때 찢어진 회음이 아직 아물지 않은 상태였다. 레프티는 점잖게 애정 행위를 삼가고 있었지만 두 달째가 되자 그는 침대에서 데스데모나 옆에 바짝 다가가기 시작했다. 데스데모나는 할 수 있는 한 그를 멀리했다.

"아직 너무 일러." 그녀가 말했다.

"아기가 또 생기게 할 수는 없어."

"왜 안 되지? 밀턴에게 동생이 생기면 좋잖아."

"아프단 말이야."

"살살 할게. 이리 와 봐."

"아니, 사양할게. 오늘 밤엔."

"뭐라고? 수멜리나 누나처럼 하려고? 일 년에 한 번?"

"조용히 해. 아기 깨겠어."

"깨든 말든 무슨 상관이야."

"말 좀 작게 해. 좋아. 그럼 이리로 와."

그러나 오 분 뒤의 상황은 이러했다.

"왜 그래?"

"아니, 아무것도 아냐."

"그러지 말고. 나무 막대기하고 하는 기분이잖아."

"오, 레프티!"

데스데모나는 흐느껴 울기 시작했다. 레프티는 그녀를 위로하고 사과했다. 그러나 잠을 자려고 돌아누웠을 때 아버지가 되는 대가로 고독 속에 갇혔음을 절감했다. 아들이 태어난 뒤로 엘루테리오스 스테파니데스는 아내에게 자신의 비중이 점점 작아지는 것을 알아차렸다. 베개에 얼굴을 파묻으면서 그는 집에서도 하숙생처럼 살아가는 온 세상 아버지들의 속마음을 이해할 수 있게 되었다. 불현듯 갓난아이에게 미친 듯이 샘이 나기 시작했다. 데스데모나는 아기 울음소리밖에 못 듣는 것 같았고, 그 작은 몸이야말로 끝없이 사랑하고 돌봐야 하는 줄로 알았다. 그리하여 아기는 어떤 신이 여자의 젖을 빨려고 돼지 새끼의 모습을 빌렸다는 신성하고도 허울 좋은 구실로 자기 아버지를 데스데모나에게서 억지로 떼어 놓았다. 그 후 몇 달간 레프티는 시베리아의 동토와도 같은 자신의 잠자리에서 이 모자간의 사랑이 나날이 무르익어 가는 것을 지켜보아야 했다. 아내는 까르륵거리는 소리를 들으려고 아기 눈앞에 얼굴을 들이대고 손으로 잡아당겼다 늘였다 했다. 아내가 어쩌면 그리도 비위 좋게 아기의 뒤치다꺼리를 하고 엉덩이를 부드럽게 씻기고 분을 바르며 문질러 주는지 레프티는 깜짝 놀랐다. 심지어 항문을 벌리고 바셀린을 발라 주는 것을 보고 그는 크나큰 충격을 받았다.

그때부터 내 할아버지와 할머니의 관계는 달라지기 시작했다. 밀턴이 태어날 때까지 레프티와 데스데모나는 당시로서는 보기 드물게 친밀하고 평등한 결혼 생활을 즐겼다. 그러나 버림받았다고 느끼게 된 남편은 전통으로 회귀함으로써 보복을 가하기 시작했다. 이제 그는 아내를 '인형'이란 의미의 '쿠클라' 대신 '부인'이란 뜻의 '키리아'로 부르기 시작했다. 또 집안에 새로이 성차별 규칙을 만들어서 살라에는 남자 손님들을 들이고 데스데모나는 부엌으로 추방해 버렸다. 그는 "키리아, 밥 줘." 혹은 "키리아, 물 줘." 하는 식으로 주문했다. 그리하여 그는 그 시대 사람들과 똑같이 행동했으며 수멜리나 말고는 아무도 그걸 이상하다고 생각하지 않았다. 그러나 제아무리 수멜리나라 할지라도 자라난 마을의 습속에서 완전히 벗어날 수는 없었다. 그래서 레프티가 남자 친구들을 집에 데리고 와서 담배를 피우고 그리스 민요를 부를 때면 그녀는 자기 침실로 쑥 들어가 버리는 것이었다.

아버지로서 고독을 씹으며 레프티 스테퍼니데스는 좀 더 안정된 생계를 찾는 데 고심했다. 그는 뉴욕의 아틀란티스 출판사에 편지로 번역감을 달라고 써 보냈으나 돌아온 것은 관심을 가져 줘서 고맙다는 인사장과 카탈로그뿐이었다. 카탈로그를 데스데모나에게 주자 그녀는 새로 나온 해몽책을 주문했다. 개신교 냄새가 물씬 나는 파란색 양복을 입고 레프티는 직접 그 지역의 대학교들을 찾아다니며 그리스어 강사가 필요하지 않은지 물어보고 다녔다. 그러나 몇 안 되는 그 자리는 이미 누군가 차지하고 있었다. 나의 할아버지는 그에 필요한 학위는커녕 대학교도 졸업하지 못한 터였다. 게다가 말하는 영어는 약간 이상해도 그런대로 들어 줄 만했지만 쓰는 영어는 아무리 후하게 쳐 봐야 평범한 수준이었다. 먹여 살려야할 처자식이 있는 마당에 학교를 다시 들어간다는 것은 생각할 수도 없는 노릇이었다. 이런저런 난관에도 불구하고, 아니바로 그런 것들 때문에 레프티는 사십 일 동안의 상중에 거실에서 혼자 공부하며 학문적인 소양을 넓히려 했다. 끈질기게도, 어찌 보면 순전히 도피를 위해 그는 몇 시간이고 호메로스와 밈네르모스[84]를 영어로 번역하는 데 매달리곤 했다. 그는 아름답게 장정된 값비싼 밀라노 공책을 이용했고, 에메랄드색 잉크 만년필을 썼다. 저녁이면 젊은 이민 남자들이 밀매된 위스키를 가지고 와서 모두 술을 마시고 주사위 놀이를 했다. 때때로 데스데모나는 문 밑으로 스며 들어오는 익숙한 사향 냄새를 맡을 수 있었다.

낮에 답답한 기분이 들면 레프티는 새로 산 중절모를 이마 깊숙이 눌러쓰고 집을 나서서 생각에 잠겼다. 워터웍스 공원으로 내려갈 때는 배관 필터와 흡입 밸브를 갖춘 저런 궁전같은 집을 지은 미국인들에게 감탄을 했다. 강가로 내려간 그는 건선거에 들어간 배들 사이에 서 있곤 했다. 눈으로 덮인 공터에서는 줄에 묶인 독일산 셰퍼드들이 그를 보고 짖어 댔

---

84) 기원전 7세기 그리스의 비가 시인이다.

다. 레프티는 겨울이라 문을 닫은 미끼 상점의 유리창 안을 들여다보았다. 한번은 이렇게 걷다가 무너진 아파트 옆을 지나게 되었다. 건물 정면이 허물어져서 내부의 방들이 인형의 집처럼 들여다보였다. 밝은 타일을 붙인 부엌과 욕실이 공중에 떠 있었는데 반쯤 드러난 그곳의 화려한 색을 보니 술탄의 무덤이 생각났다. 그리고 한 가지 아이디어가 떠올랐다.

다음 날 아침 그는 더듬더듬 지하실로 내려가 일을 하기 시작했다. 우선 난방 파이프 위에 널려 있던 데스데모나의 양념 소시지를 치웠다. 거미줄을 걷어 내고 더러운 마루에 깔개를 깔았다. 지미 지즈모의 얼룩말 가죽을 가지고 내려와 벽에 걸었다. 싱크대 앞에는 버려진 목재로 조그만 바를 만들고 길에서 주워 온 타일을 붙여 파랑과 하양의 아라베스크 무늬를 만들었다. 나폴리풍의 장기판과 붉은 용 문장, 그리고 시골 역에서 볼 수 있는 거무스름한 긴 의자들을 들여놓고, 굵은 밧줄을 감은 물레통을 엎고 천을 씌워 탁자를 만들었다. 머리 위로는 침대 시트로 천막을 치듯이 막아서 파이프들이 안 보이게 했다. 또 밀매업에 손을 댔던 오랜 연고를 이용해 슬롯머신 한 대를 빌려다 놓고 일주일 치 맥주와 위스키를 주문했다. 그리하여 1924년 2월 어느 추운 금요일 밤 그는 영업을 시작했다.

제브러룸은 이웃들이 수시로 드나드는 장소가 되었다. 영업을 시작할 때면 레프티는 언제나 성 조지상을 길이 내다보이는 거실 창가에 놓았다. 단골손님들은 뒤로 돌아와 지하실 문에 대고 미리 약속한 바와 같이 길게 한 번, 짧게 두 번, 다시 길게 두 번을 두드렸다. 그러곤 층계를 내려오는 동안 미국으로부터, 공장과 혹독한 십장으로부터 벗어나 무릉도원이 펼쳐진 망각의 늪으로 빠져들었다. 할아버지는 빅트롤라 축음기를 구석에 들여놓고 꽈배기 모양으로 만든 참깨 쿠루리아[85]를 바에 늘어놓았다. 레프티는 외국인에게서나 볼 수 있는 싹싹함으로 손님들을 맞이했으며 여자들과 노닥거렸다. 바 뒤쪽에는 술병들이 스테인드글라스 창유리처럼 반짝거렸다. 잉글리시 진의 푸른색, 클라레와 마드리아 포도주의 자홍색, 스카치와 버번의 황갈색……. 흔들 램프가 얼룩말 가죽에 빛을 던지면 손님들은 자기들이 모주가라도 된 양 느끼는 것이었다. 이따금 누군가 의자에서 일어나 이상한 음악에 맞춰 자기 손가락을 잡아당기고 꺾으면 일행은 소리 높여 웃곤 했다.

그 지하실 무허가 술집에서 나의 할아버지는 이후 그의 생업이 될 바텐더로서의 면모를 갖추었다. 그는 자기가 가진 지적인 힘을 칵테일이라는 혼합 과학에 쏟아부었다. 저녁이 되어 손님이 밀어닥쳐도 할아버지는 혼자 처리하는 방법을 터득했다. 오른손으로 위스키를 따르면서 왼손으로는 조끼를 채우고, 팔꿈치로 쟁반을 밀어내는 동시에 발로는 술통을 펌프질하는 것이었다. 하루 열네 시간에서 열여섯 시간씩 그는 이 화려하게 꾸며 놓은 지하방에서 일을 했고 그동안 내내 쉬지 않고 몸을 움직였다. 술을 따르고 있지 않으면 쿠루리아 쟁반을 채웠다. 새 맥주 통을 굴리고 있지 않으면 완숙한 달걀을

---

85) 버터 쿠키의 일종이다.

철사 광주리에 담았다. 몸이 너무 바쁜 나머지 그의 정신은 아내가 점점 더 쌀쌀해지고 있다든가, 이 일이 계속해서 범죄에 속한다든가 하는 걸 생각할 여유가 없었다. 레프티의 꿈은 카지노를 여는 것이었고, 제브러룸은 그 꿈을 이루는 가장 근접한 길이었다. 노름판도, 화분에 심은 야자수도 없었지만 레베티카가 있었고 해시시를 피우는 숱한 밤들이 있었다. 1958년이 되어서야 할아버지는 제2의 제브러룸 바에서 걸어 나와 젊은 날의 꿈이었던 룰렛 휠을 떠올릴 시간을 가지게 된다. 그러고는 잃어버린 시간을 보상하려는 듯이 자신을 망가뜨려 갔고, 끝에 가서는 나의 탄생과 함께 목소리를 아예 삼켜 버렸다.

데스데모나와 수멜리나는 위층에서 아이들을 키웠다. 좀 더 사실적으로 말하자면 데스데모나가 아침에 아이들을 침대에서 안고 나와 먹이고 씻겨서 기저귀를 갈아 준 다음, 그때쯤이면 밤새 눈가에 붙인 오이 냄새를 풍기면서 손님을 맞이하고 있을 수멜리나에게 데려다주었다는 뜻이다. 테오도라가 보이면 수멜리나는 팔을 벌리고 "사랑하는 내 딸!"이라고 흥얼거리며 데스데모나에게서 자신의 금쪽같은 딸을 낚아채 얼굴에 입맞춤을 퍼부었다. 아침 내내 리나는 커피를 마시며 어린 테오도라의 눈썹에 콜 먹을 칠해 주면서 즐거워했다. 냄새가 피어오르면 그녀는 아기를 도로 넘겨주며 이렇게 말했다.

"얘가 너 좀 보잔다."

수멜리나는 말을 하기 전의 아이에게는 영혼이 들어 있지 않다고 믿었다. 기저귀 발진과 백일해, 귀앓이나 코피 같은 문제는 데스데모나가 걱정할 일이었다. 그러나 일요일 식사를 함께하기 위해 손님이 찾아올 때면 언제나 수멜리나는 잔뜩 차려입힌 아기를 어깨에 딱 붙여 놓곤 했는데 그 이상 완벽한 액세서리는 다시없었다. 수멜리나는 아기 돌보는 데는 소질이 없었지만 십 대에게는 그 이상 좋을 수가 없었다. 사랑에 빠져 가슴앓이를 할 때, 파티에 입고 갈 드레스가 필요할 때, 복잡한 세상살이에 가치관이 흔들리고 머리가 어지러운 그럴 때를 위해 수멜리나가 존재했다. 그래서 밀턴과 테오도라는 함께 스테퍼니데스 가문의 방식대로 자라났다. 예전에 염소 털 담요가 오누이를 갈라놓았던 것처럼 이번엔 양모 담요가 육촌 간을 갈라놓았다. 예전에 두 개의 그림자가 비티니오스의 산마루를 뛰어다녔듯이 이제는 똑같이 생긴 두 개의 그림자가 헐버트 거리의 집 뒷마당을 어슬렁거렸다.

아이들은 무럭무럭 자랐다. 한 살 때 그들은 같은 목욕물에서 목욕했다. 두 살 때는 같은 크레용을 사용했다. 세 살이 되자 밀턴은 장난감 비행기에 들어가 앉았고 테오도라는 프로펠러를 돌렸다. 그러나 디트로이트의 이스트사이드는 결코 비티니오스 같은 작은 벽촌이 아니었다. 어울려 놀 아이들이 아주 많았다. 그래서 네 살이 되었을 때 밀턴은 사촌과 다니기를 거부하고 이웃집 사내아이들과 노는 쪽을 택했다. 테오도라는 개의치 않았다. 그 무렵 테오도라에게는 함께 놀 사촌이 또 생겼던 것이다.

데스데모나는 아이를 갖지 않겠다는 약속을 지키려고 갖은 애를 다 썼다. 그녀는 밀턴이 세 살이 되도록 젖을 먹였고 레프티가 다가오는 것을 계속 밀어냈다. 그러나 매일 밤 그렇게 하기란 사실상 불가능했다. 그녀에게는 레프티와 결혼했다는 죄의식이 그를 만족시키지 못한다는 죄의식과 뒤섞이는 순간들이 있었다. 레프티의 요구가 너무 간절하고 너무 가련해서 굴복하지 않을 수 없는 순간들이 있었다. 또한 그녀 자신도 육체적인 위안과 해방이 필요한 순간들이 있었다. 그런 순간은 매년 손가락에 꼽을 정도였지만 여름이 되면 더 자주 찾아왔다. 어떤 때는 데스데모나가 누군가의 세례식 날에 너무 술을 많이 마셔서 그렇게 돼 버렸고, 또 1927년 7월 어느 더운 밤에는 실로 의미심장하게 그 일이 벌어졌는데 그 결과는 딸이었다. 조에 헬렌 스테퍼니데스, 조 고모였다.

임신한 걸 안 순간부터 나의 할머니는 다시 끔찍한 선천성 결함을 가진 아기가 태어나지 않을까 하는 두려움에 시달렸다. 정교회에서는 심지어 가깝게 지내는 대부들의 자녀 간에도 결혼을 금지했는데 그것은 영혼의 근친상간에 해당된다는 것이었다. 그에 비하면 이건 뭐란 말인가? 훨씬 더 나빴다! 그래서 데스데모나는 새 아기가 배 속에서 자라남에 따라 밤에 잠도 못 자고 고뇌했다. 항상 거룩하신 성처녀에게 했던 약속, 즉 다시는 아이를 갖지 않겠다던 맹세가 떠올라 데스데모나는 자기 머리 위에 심판의 손이 무겁게 내려올 것을 한층 더 확신했다. 그러나 다시 한번 그녀의 근심은 기우였던 것으로 판결 났다. 이듬해 봄, 그러니까 1928년 4월 27일, 조에 스테퍼니데스는 자기 할머니의 모난 머리를 닮은 우람하고 건강한 여자아이로 태어나 우렁찬 울음소리를 터뜨렸다. 문제 될 것은 아무것도 없었다.

밀턴은 새로 태어난 여동생에게 거의 관심이 없었다. 친구들과 어울려 다니며 새총 쏘기를 더 좋아했다. 테오도라는 이와 반대로 조에게 푹 빠져 버렸다. 마치 새 인형이 생긴 것처럼 아기를 안고 돌아다녔다. 두 사람의 평생에 걸친 우정은 이후 숱한 우여곡절을 겪게 되지만 그 시작은 테오도라가 조의 엄마 흉내를 내던 첫 만남부터였다.

아기가 한 명 더 생기자 헐버트의 집은 비좁게 느껴졌다. 수멜리나가 이사를 하기로 결심했다. 그녀는 주택 융자금을 레프티와 데스데모나에게 떠안긴 채 꽃집에서 일자리를 찾았다. 같은 해 가을, 수멜리나와 테오도라는 헐버트 바로 뒤 캐딜락 거리의 오툴 보딩하우스로 거처를 옮겼다. 두 집은 서로 등을 맞대고 있어서 리나와 테오도라는 거의 매일같이 올 정도로 여전히 가까웠다.

1929년 10월 24일 목요일, 말끔히 잘 차려입은 남자들이 뉴욕시 월스트리트의 유명한 고층 건물들 창밖으로 뛰어내리기 시작했다. 나그네쥐와도 같은 그들의 절망은 헐버트 거리와 동떨어진 것처럼 보였지만 차츰차츰 그 검은 구름은 온 나라를 뒤덮기 시작하면서 바람 따라 퍼지더니 마침내 중서부까지 이르렀다. 레프티는 바에 빈자리가 늘어나는 것을 보고 경제 대공황이 온 것을 알아차렸다. 거의 육 년 동안 가득 찼던 술집이 썰렁해지더니 밤이 되어도 3분의 2나 반밖에 안 차는 날들이 허다해졌다. 극기의 경지에 이른 알코올 중독자들은 무슨 일이 있어도 자기 소명에 충실했다. 국제적인 금융 기관들이야(코플린 신부가 라디오에서 죄다 까발렸다시피) 공동 모의를 하건 말건 이 강직한 사람들은 성 조지가 창밖을 내다볼 때면 어김없이 당번입네 하고 나타났다. 그러나 사교를 목적으로 술을 마시는 사람들과 가정적인 남자들은 발길을 뚝 끊었다. 1930년 3월이 되자 지하실 문을 비밀스럽게 장단단 장장 격으로 두드리는 단골이라곤 예전의 반밖에 되지 않았다. 여름 동안에는 그런대로 매상이 올랐다.

"걱정 마." 레프티가 데스데모나에게 말했다.

"허버트 후버 대통령이 잘해 나가고 있어. 최악의 사태는 지나갔다고."

일 년 육 개월은 근근이 버텨 나갔지만 1932년이 되자 매일 오는 단골이 겨우 두세 명에 불과했다. 레프티는 외상을 늘리고 술값도 깎아 주었으나 소용이 없었다. 얼마 안 있어 그는 술 운송료도 내지 못할 형편이 되었다. 어느 날 남자 둘이 오더니 슬롯머신을 회수해 갔다.

"정말 징글징글했어!"

데스데모나는 오십 년이 지난 후에도 그 시절을 떠올리면 여전히 이렇게 우는소리였다. 내가 어렸을 때 경제 대공황의 '경' 자만 들먹여도 나의 야야 할머니는 한참을 훌쩍거리며 가슴을 쥐어뜯었다.(한번은 '경제 대국'에 대해 얘기할 때조차 그랬다.) 할머니는 힘없이 의자에 앉아 두 손으로 뭉크의 「비명」 속 인물처럼 얼굴을 쥐어짜면서 이렇게 말하곤 했다.

"아이코! 경제 대공황이라니! 상상도 못 할 정도로 끔찍했어! 아무리 찾아도 일할 데라곤 없고. 굶주린 사람들이 끝도 없이 줄지어 나왔지! 사람들이 모두 길에 나와 섰는데 100만 명이나 되는 사람들이 차례차례, 한 사람 한 사람씩, 헨리 포드 씨한테 가서 공장 문을 열라고 말하려고 말이야. 또 어떤 날 밤엔 끔찍한 소리가 들렸어. 사람들이 쥐를 잡아먹으려고 탁탁탁 몽둥이로 때려죽이고 있었던 거야. 아이코, 하느님! 그리고 레프티는 그때 공장을 그만둔 뒤였고, 왜, 너희도 알지, 사람들이 술 마시러 오는 그 무허가 술집을 하고 있을 때였어. 그런데 경제 대공황이란 또 한 차례 고생길이어서 경제는 바닥이고 돈은 없고, 해서 아무도 술을 마실 수가 없었어. 먹고 살기도 바쁜데 누가 술까지 마시겠어? 그래서 할아버지와 이야야 할머니는 금방 돈이 떨어졌지. 그러고 나서……."

할머니는 손을 가슴에 대며 말을 이었다.

"그래서 그 흑인들을 위해 일하게 된 거야. 흑인들 말이야! 아이코, 하느님!"

일의 전모란 이렇다. 어느 날 밤 나의 할아버지가 할머니와 자려고 침대에 들고 보니 할머니는 혼자가 아니었다. 여덟 살 난 밀턴이 엄마 옆에 바짝 붙어 있었고, 다른 쪽에는 네 살밖에 안 된 조가 있었다. 고된 일과에 기진맥진한 레프티는 이 모습을 내려다보았다. 그는 아이들이 자는 모습을 보는 게 좋았다. 결혼 생활에 문제가 있다 해서 아들과 딸을 원망할 수는 없었다. 또 아이들을 마주할 시간이 거의 없기도 했다. 돈을 벌기 위해 그는 무허가 술집에서 하루 열여섯 시간, 어떤 때는 열여덟 시간까지도 일해야 했으며, 일요일에도 쉬지 않았다. 가족을 부양하기 위해 그는 가족으로부터 추방돼야 했다. 그가 집 안을 어슬렁거리는 아침이면 아이들은 그를 낯익은 친척이나 삼촌쯤으로 여길 뿐 아버지로 보지 않았다.

그리고 바에 오는 여자들 문제도 있었다. 컴컴한 토굴 속에서 밤낮으로 술을 팔다 보면 친구들하고 오거나 심지어 혼자 오는 여자들하고 만날 기회가 많았다. 1932년에 나의 할아버지는 서른 살이었다. 살이 오른 그는 이제 사나이라고 할 만했다. 매력적이고 친근하며 언제나 옷을 잘 차려입었고…… 아직 육체적으로 한창이었다. 위층에 있는 아내는 섹스 공포증에 걸려 있지만 아래층 제브러룸의 여자들은 그에게 대담하고 뜨거운 시선을 보냈다. 지금 침대 위에 잠든 세 사람을 내려다보니 머릿속에 그 모든 생각이 동시에 떠오르는 것이었다. 아이들과 아내에 대한 사랑, 그와 함께 결혼 생활의 좌절, 그리고 바에 출입하는 여자들의 쾌활하고 왠지 독신인 것처럼 느끼게 하는 흥분을. 그는 조에게 얼굴을 갖다 댔다. 목욕을 한 뒤라 아이의 머리는 아직 젖어 있었고 좋은 냄새가 물씬 풍겼다. 레프티는 국외자로 남아 있으면서도 아버지로서 기쁨 같은 것을 느낄 수 있었다. 그는 자기 머릿속 생각들이 서로 어느 정도 어긋날 수밖에 없다는 것을 알았다. 그래서 귀여운 아이들의 얼굴을 한참 들여다보다가는 아이들을 안아 각자 방으로 데려다주었다. 그러고는 잠자는 아내 옆에 누웠다. 그는 부드럽게 아내를 만지면서 잠옷 밑으로 손을 집어넣었다. 그러자 갑자기 데스데모나가 눈을 떴다.

"지금 뭐 하는 거야?"

"뭐 하는 것 같아?"

"나 자고 있잖아."

"난 지금 깨우고 있잖아."

"부끄러운 줄 알아!"

나의 할머니는 남편을 밀어냈다. 레프티는 풀이 죽었다. 그는 화가 나서 아내에게서 멀찍이 몸을 웅크리고 누웠다. 한참 동안 말이 없던 그가 입을 열었다.

"당신은 나한테 아무것도 해 주는 게 없어. 난 종일 일하는데도 아무 보람도 없다고."

"누군 쉬는 줄 알아? 아이 둘을 뒷바라지하느라 나도 힘들 만큼 힘들다고."

"다른 집 여자 같았으면 밖에서 뼈가 빠지게 힘들더라도 일할 맛이 났을 텐데."

"다른 집 남자 같았으면 아이 키우는 것도 도와줬을 텐데."

"내가 어떻게 당신을 도울 수 있겠어? 이 나라에서 돈을 버는 게 어떤 건지 알기나 해? 내가 지하실에 내려가 재미나 보고 오는 줄 알아?"

"음악 틀고 술 마시고 하겠지. 부엌에서도 음악이 들리니까."

"그게 내 일이야. 사람들이 오는 이유도 그거고. 손님이 안 오면 돈이라곤 구경도 못 할걸. 모든 게 나한테 달려 있다고. 당신은 이해 못 할 거야. 밤낮으로 고생스럽게 일하고 집에 와서는 잠도 제대로 못 자고. 누울 자리도 없잖아!"

"밀턴이 무서운 꿈을 꿨어."

"난 밤마다 무서운 꿈을 꿔."

레프티가 불을 켜자 데스데모나는 남편의 얼굴이 이전에 한 번도 보지 못한 악의로 일그러진 것을 알아차렸다. 그것은 레프티의 얼굴도, 남동생이나 남편의 얼굴도 아니었다. 그것은 같이 살고 있는 이방인의 낯선 얼굴이었다. 이윽고 이 끔찍하고 낯선 얼굴이 최후통첩을 전했다.

"내일 아침에는 당신이 일자리를 알아봐."

레프티가 내뱉듯이 말했다. 다음 날 리나가 점심 먹으러 왔을 때 데스데모나는 그녀에게 신문의 구인란을 읽어 달라고 말했다.

"내가 어떻게 일을 할 수 있겠어? 영어도 모르는데."

"조금은 알잖아."

"그리스로 갔어야 하는 건데. 그리스에서는 남편이 아내에게 나가서 돈 벌어 오란 소린 안 해."

"걱정 마." 리나가 재활용을 위해 묶어 놓은 신문지를 들추며 말했다.

"뭔가 있을 거야."

400만 인구가 읽던 1932년 《디트로이트 타임스》의 구인 광고란은 겨우 한 단 남짓했다. 수멜리나는 적당한 게 없을까 하고 눈을 가늘게 뜨고 살펴보았다.

"웨이트리스." 리나가 읽었다.

"싫어."

"왜 싫어?"

"남자들이 치근덕댈 거야."

"그런 게 싫어?"

"더 읽어 봐." 데스데모나가 말했다.

"세공과 염색." 리나가 말했다.

나의 할머니는 인상을 찌푸렸다.

"그게 뭔데?"

"나도 몰라."

"천을 염색하는 그런 거야?"

"아마도."

"계속 읽어." 데스데모나가 말했다.

"담배 말이." 리나가 계속했다.

"난 담배 연기가 싫어."

"가정부."

"언니, 제발. 하녀가 될 수는 없잖아."

"명주 작업."

"뭐라고?"

"명주 작업. 그렇게만 나와 있는데. 주소하고."

"명주 작업이라고? 난 명주 전문가야. 그거라면 문제없어."

"그렇다면 축하해야겠네. 일자리를 찾았으니. 너무 늦지 않았으면 어서 가 봐."

한 시간 뒤 일자리를 찾는 사람다운 복장을 하고 나의 할머니는 마지못해 집을 나섰다. 수멜리나는 목이 파인 드레스를 빌려 입고 가라고 아우성을 쳤다.

"이걸 입고 가면 네가 어디 출신인지 눈치채지 못할 거야."

그러나 데스데모나는 커다란 밤색 물방울무늬가 있는 촌스러운 회색 옷을 입고 전차를 타러 갔다. 구두와 모자, 핸드백까지 모두 밤색이었으니 얼추 색은 맞아떨어졌다.

　자동차보다는 나았지만 전차도 마음에 안 들기는 마찬가지였다. 데스데모나는 노선을 구분하기가 어려웠다. 발작적으로 유령 같은 연기를 뿜어내는 전차는 언제나 예상치 못한 곳에서 돌아 미지의 모퉁이에 그녀를 떨어뜨리곤 했다. 첫 번째 전차가 왔을 때 그녀는 차장에게 소리쳤다.

　"다운타운 가요?"

　차장은 끄덕였고 그녀는 홀쩍 올라타서 자리를 잡고는 지갑을 열어 리나가 적어 준 주소를 꺼냈다. 차장이 지나갈 때 그녀는 종이쪽지를 내밀었다.

　"헤이스팅스 가요? 거길 간단 말요?"

　"네, 헤이스팅스 가요."

　"그레이숏까지 이걸 타고 가다가 거기서 그레이숏 전차를 타쇼. 그리고 헤이스팅스에서 내리면 돼요."

　그레이숏이란 말에 데스데모나는 마음이 놓였다. 레프티와 함께 그리스 타운으로 갈 때 그레이숏 라인을 이용해 봤던 것이다. 이제 매사가 분명해졌다. '그래, 디트로이트에서는 실크를 만들지 않는다고?' 그녀는 눈앞에 있지도 않은 남편에게 의기양양하게 물었다. '네가 아는 건 겨우 그 정도라고.'

　전차가 속도를 높였다. 맥 거리의 점포들을 지나갔다. 몇 군데 점포들이 문을 닫고 유리창을 비눗물로 닦고 있었다. 데스데모나는 얼굴을 차창에 대었다. 이렇게 혼자가 되고 보니 이제서야 남편에게 퍼부어 줄 말이 줄줄이 떠오르는 것이었다.

　'엘리스섬에서 경찰에게 내 누에 상자를 뺏기지 않았더라면 뒷마당에 누에를 칠 수도 있었을 거야. 굳이 일자리를 찾아 나서지 않아도 되었을 테고, 돈도 많이 벌 수 있을 거라고 내가 말했잖아.'

그 시절만 해도 아직 정장 차림이 많았지만 지나는 사람들의 의상은 남루했다. 모자는 몇 달째 쭈그러진 채였고, 바짓단과 소매 끝은 닳았으며, 넥타이와 옷깃에는 땟국이 흘렀다. 길거리에 한 남자가 손으로 쓴 팻말을 치켜들고 있었다.

"내가 원하는 건 적선이 아니라 일임. 일자리 찾도록 도와줍쇼. 디트로이트에 온 지 칠 년. 돈이 없음. 살던 집에서 쫓겨났음. 문의 환영."

'저 불쌍한 남자를 봐. 난민 같은데. 차라리 스미르나에 있는 게 더 나았을걸, 여기라고 다를 게 뭐가 있어?'

전차는 계속해서 그녀가 아는 이정표들을 지나쳐 갔다. 야채 가게, 영화관, 소화전과 그 옆의 신문 판매대. 시골에서 자란 그녀의 눈은 나무와 덤불이라면 한눈에 구분할 수 있었지만 길가를 따라 늘어서 있는 간판에는 눈이 어지러울 수밖에 없었다. 뜻 모를 로마자가 한 자 한 자 소용돌이치고 울퉁불퉁한 게시판들은 피부를 벗겨 낸 미국인의 얼굴을 보여 주고 있었다. 눈도 입도 없이 코만 남은 얼굴을. 그레이숏의 대각선 쪽 길을 문득 보았을 때 그녀는 벌떡 일어나서 낭랑한 목소리를 냅다 질러 댔다.

"배라머글 녀석!"

그녀는 이게 무슨 뜻인지 몰랐다. 수멜리나가 내려야 할 정류장을 놓칠 때마다 사용하는 말이란 것밖에. 여느 때와 다름

없이 이 말은 즉효를 발휘했다. 운전사는 브레이크를 밟았고 승객들은 서둘러 그녀가 내릴 수 있게 길을 터 주었다. 사람들은 그녀가 웃으면서 고맙다고 말할 때 놀라는 기색이었다.

그레이숏 전차에 올라 그녀는 차장에게 말했다.

"저어, 헤이스팅스에 가려고 하는데요."

"헤이스팅스라고요? 정말요?"

그녀는 차장에게 주소를 보이며 더 큰 소리로 말했다.

"헤이스팅스 거리요."

"알았어요."

전차는 그리스 타운으로 향했다. 데스데모나는 차창에 얼굴을 비춰 보며 모자를 바로 썼다. 임신한 이래 그녀는 몸이 불고 허리에 살이 붙었지만 피부와 머리털은 여전히 윤기가 나서 아직 매력적으로 보였다. 얼굴을 본 다음에는 지나가는 장면들을 유심히 쳐다보았다. 1932년 디트로이트 거리에서 그 거 말고 무슨 볼거리가 있었겠는가? 헐렁한 모자를 쓴 채 모퉁이에서 사과를 팔고 있는 남자들이 보였을 것이다. 담배 말이 일꾼들은 창문 하나 없는 공장에서 바람을 쐬려고 걸어 나왔을 테고, 그들의 얼굴은 담뱃진 때문에 평생 지워지지 않는 밤색으로 얼룩져 있었을 것이다. 노동자들이 노조 결성을 지지하는 유인물을 나눠 주고 핑커턴 같은 탐정들이 그 뒤를 밟는 모습을 보았을지도 모른다. 골목길에서는 노조를 해체하려는 깡패들이 아까 유인물을 나눠 주던 사람들을 사정없이 때렸을 테고 도보 경찰과 기마경찰들도 보았을 것이다. 그 경찰들 중 60퍼센트는 블랙 리전[86]의 백인 프로테스탄트 지부 비밀 회원들로서 흑인과 공산주의자, 가톨릭교도들을 해치우는 나름의 방법을 터득하고 있었을 것이다.

"그래 계속해 봐, 칼."

우리 어머니의 목소리가 들리는 듯하다.

"뭐 근사한 얘기 없니?"

"알았어요, 알았어."

1932년 디트로이트는 '나무의 도시'로 알려져 있었다. 1제곱킬로미터당 나무 수가 미국의 다른 어느 곳보다 많았다. 장을 보려면 컨스나 허드슨스로 가면 되었다. 우드워드 거리에는 자동차 거물들이 아름다운 디트로이트 미술관을 건립해서 데스데모나가 면접을 받으러 가는 바로 그 순간에도 디에고 리베라라는 이름의 멕시코 예술가가 자신의 새로운 임무, 즉 자동차 산업의 새로운 신화를 묘사하는 벽화에 열중하고 있었다. 리베라는 작업 발판 위 접의자에 앉아 대작의 밑그림을 그렸는데 위판에 그려진 남녀 양성의 네 인종은 자동차 노동자들이 일하는 루지강의 조립 라인을 굽어보았고, 아래의 노동자들은 조화롭게 전력 분투하고 있었다. 그보다 작은 여러 개의 화판에는 식물의 구근 안에 갓난아기의 '생식 세포'가 들어 있는 그림들이 그려져 있었다. 그것은 미시간주의 특산 과일과 곡물들이었는데 의약품에 대한 경이와 두려움을 묘사한 그림이었다. 그리고 저만치 위의 한쪽 구석에는 잿빛

---

86) KKK와 유사한 집단이다.

얼굴의 헨리 포드가 딱딱한 자세로 책들을 훑어보고 있었다.

전차는 맥두걸, 조스캄포, 첸 거리를 지나 조금 떨면서 헤이스팅스 거리에 들어섰다. 그 순간이 되자 전원 백인인 승객들은 하나같이 불가사의한 행동을 하기 시작했다. 남자들은 손으로 지갑을 매만졌고, 여자들도 지갑을 다시 여몄다. 운전사는 레버를 당겨 뒷문을 단속했다. 이 모든 것을 주시하던 데스데모나는 전차가 바야흐로 블랙 보텀 게토에 접어들었음을 알아차렸다.

장애물이나 울타리가 있는 것도 아니었다. 전차는 잠시 머뭇거리지도 않고 보이지 않는 장벽을 넘었지만 선을 넘는 그 순간에 세상은 완전히 달라졌다. 햇빛이 별안간 줄에 널린 빨래를 통과해서 들어오는 것처럼 희끄무레해졌다. 전기 시설도 없이 집집마다 아파트마다 거무죽죽한 느낌이 거리로 배어 나왔다. 이곳을 떠도는 어두운 가난의 구름은 그림자도 없이 황량하기 이를 데 없는 물건들을 한층 선명하게 보여 주었다. 현관 입구에서 깨져 나온 붉은 벽돌, 산더미 같은 쓰레기와 돼지 뼈, 중고 타이어, 지난해 열렸던 장터에서 남은 부서진 바람개비, 누군가 잃어버린 낡은 신발짝. 이 말 없는 유실물들은 블랙 보텀의 골목과 거리가 모습을 드러내기까지 아주 잠깐 보였을 뿐이다.

'저 아이들 좀 봐! 세상에 저렇게 많다니!'

갑자기 아이들이 전차를 따라 손을 흔들고 소리를 지르며 달려왔다. 그들은 선로 앞에서 펄쩍펄쩍 뛰며 전차 앞에서 담력 테스트 놀이를 했다. 어떤 아이들은 뒤에서 기어올랐다. 데스데모나는 목에 손을 얹었다.

'왜 저렇게 아이를 많이 낳은 걸까? 대체 무슨 일일까? 좀 더 오래 젖을 먹이라고 누군가 흑인 여자들에게 말해 줘야 할 텐데.'

골목길에서는 남자들이 공중 수돗가에서 씻고 있었고 반쯤 몸을 드러낸 여자들은 2층 현관에서 엉덩이를 삐죽 내밀고 있었다. 데스데모나는 놀라움과 두려움으로 가득 차서 창가를 메우고 있는 얼굴들과 거리를 메우고 있는 몸들을 보았다. 100제곱미터의 땅에 거의 50만 명이 밀집해 있었다. 1차 세계 대전이 터진 이후, 패커드 자동차 회사의 경영자였던 E. I. 와이스는 직접 쓴 보고서에서 처음으로 "검둥이 문제"를 공론화했고, 시 당국은 바로 이곳 블랙 보텀에 흑인들을 수용하기로 했다. 그리하여 주물 공장 노동자와 법률가, 식모와 목수, 의사와 불량배 등 모든 종류의 직업을 총망라해서 흑인들이 한데 밀집되었다. 그러나 1932년에는 대부분 직장이 없었다. 그런데도 날이 갈수록 더 많은 사람이 일자리를 찾아 북부로 모여들었다. 집집마다 소파마저 잠자리로 사용되었고, 마당에는 판잣집들이 들어섰다. 지붕 위에서 야영을 하는 사람들도 있었다.(이런 상황은 물론 오래가지 못했다. 수년을 두고 블랙 보텀은 그 규모를 제한하려는 백인들의 노력에도 불구하고 ─ 빈곤과 인종 차별의 무정한 법률 때문에 ─ 천천히 퍼져 나가 도로와 이웃 주택가를 잠식하면서 이른바 게토가 곧 하나의 도시를 이루었다. 1970년대에 이르자 디트로이트는 세금을 내지 않는 기지로서 웬만한 백인들은 모두 떠나고 콜먼 영이 다스리는 살인의 도시가 되어 흑인들은 마침내 살고 싶은 곳에서 마음껏 살 수 있게 되었다.)

그런데 지금 1932년으로 돌아가 보면 뭔가 요상한 일이 벌어지고 있었다. 전차가 속도를 줄이더니 블랙 보텀 한복판에서 뚝 멈추고는 ─ 그런 일은 생전 처음이었다! ─ 문을 여는 것이었다. 승객들이 술렁거렸다. 차장이 데스데모나의 어깨를 두드리며 말했다.

"저, 여기가 거깁니다. 헤이스팅스요."

"헤이스팅스 거리라고요?"

그녀는 믿기지가 않아서 차장에게 다시 한번 주소를 보여주었다. 그는 손으로 문을 가리켰다.

"여기에 실크 공장이 있나요?" 그녀가 차장에게 물었다.

"여기 뭐가 있는지는 모르지요. 우리 동네가 아니니까요."

그렇게 해서 나의 할머니는 헤이스팅스 거리에 발을 들여놓게 되었다. 전차가 멀어져 가는 동안 하얀 얼굴들이 전차 밖으로 내동댕이쳐진 여자를 내다봤다. 그녀는 걷기 시작했다. 지갑을 그러쥐면서 마치 어디로 가야 할지 알고나 있는 것처럼 두 눈을 부릅뜨고 종종걸음으로 헤이스팅스 거리를 내려갔다. 보도에서 아이들이 줄넘기를 하고 있었다. 3층 창가에서 한 사나이가 종잇조각을 찢으며 소리 질렀다.

"어이, 우체부 총각, 이제부턴 나한테 오는 우편물은 파리로 보내면 돼."

집집마다 현관에는 거실 가구들, 낡은 소파와 안락의자들이 복잡하게 널려 있었고, 사람들은 장기를 두거나 언쟁을 벌이거나 손가락을 흔들거나 웃음을 터뜨리곤 했다.

'이 흑인들은 언제나 웃는군. 웃고, 또 웃고, 마치 만사가 우스꽝스러운 것처럼 말이야. 뭐가 그렇게 우스운지 말 좀 해봐. 그런데 저 남자, 뭐야…… 아이코, 하느님 맙소사! 길거리에서 일을 보다니! 쳐다보지 말아야지.'

그녀는 어느 폐품 예술가가 병마개로 세계 7대 불가사의를 만들어 놓은 뜰을 지나갔다. 화려한 솜브레로[87]를 쓴 늙수그레한 술꾼이 잇몸밖에 안 남은 입을 느릿느릿 달싹이면서 손을 들어 동냥을 하고 있었다. '하지만 이 사람들이 뭘 할 수 있겠어? 배관 시설도 없고 하수구도 없다니, 끔찍하기 짝이 없어. 마치 옛 고향 땅에 온 것 같아. 튀르키예가 우리에게 배관 시설을 만들어 주었던가?' 이발소 옆을 지날 때에는 남자들이 머리를 말쑥하게 빗어 넘기고 여자들처럼 샤워 캡을 쓰고 있는 것이 보였다. 길 건너편에서 젊은 남자들이 그녀에게 소릴 질러 댔다.

"여어, 아가씨, 쭉쭉 빵빵인데, 그러다 사고 나겠어."

"헤이, 도넛 아가씨, 말랑말랑 젤리가 필요하거든 나한테 오라고."

터져 나오는 웃음소리를 뒤로하고 그녀는 걸음을 빨리했다. 점점 더 멀리 이름도 모르는 길을 그녀는 걸어갔다. 낯선 냄새가 공중에 감돌았다. 근처 강에서 잡아 온 생선, 돼지 무릎뼈, 묽은 옥수수죽, 튀긴 볼로냐소시지, 동부[88] 냄새. 그렇지만 또

---

87) 테가 넓고 꼭대기가 높은 멕시코 모자이다.
88) 중국 콩의 일종이다.

음식도 하지 않고, 웃거나 얘기도 하지 않고, 그저 쓸쓸한 얼굴과 떠돌이 개들만 지키는 컴컴한 집도 많이 있었다. 누군가 말을 붙여 온 것도 바로 그런 집에서였다. 다행히 여자였다.

"길을 잃었나요?"

데스데모나는 부드럽고 교양 있는 표정을 지으며 말했다.

"공장을 찾는데요. 비단 공장을요."

"이 부근에는 공장이 없어요. 있다 해도 문을 닫았을 텐데."

데스데모나는 그녀에게 주소를 내밀었다.

여자는 길 건너편을 가리켰다.

"바로 저기네요."

이렇게 해서 돌아섰을 때 데스데모나의 눈에 뭐가 들어왔을까? 얼마 전까지 맥퍼슨 홀로 알려졌던 갈색 벽돌 건물을 보았을까? 정치적인 집회나 결혼식, 혹은 이따금 찾아오는 투시안의 공연 장소로 대여되던 그곳을 보았을까? 출입구 주변의 요란한 장식과 화강암 과일이 쏟아질 듯 담긴 로마풍의 도자기며 얼룩무늬 대리석을 알아보았을까? 그도 아니면 정문 바깥쪽에 차렷 자세로 서 있는 두 흑인 청년에게 시선이 모아졌을까? 청년들의 옷차림이 나무랄 데 없으며 한 사람은 지도에서 바다 부분을 나타내는 하늘색 양복을 입었고, 또 한 사람은 프랑스제 파스텔처럼 엷은 보라색 양복을 입은 걸 알아챘을까? 다른 건 몰라도 군인 같은 그들의 태도와 번지르르 윤이 나는 구두와 선명한 넥타이, 그리고 뭔가 자신만만해 보이는 그들의 모습과 사뭇 유린당한 듯한 주변 환경이 얼마나 대조적인지 그녀는 분명히 알아보았을 것이다. 그 순간 그녀가 느낀 복잡한 감정은 충격적인 하나의 깨달음이 되어 내게로 유전되었다.

튀르키예모자였다. 두 청년은 튀르키예모자를 쓰고 있었다. 이전에 내 조부모를 괴롭힌 폭정자들이 쓰던 위가 납작하고 부드러운 밤색이 도는 바로 그 모자였다. 이 모자는 핏빛 염료를 생산해 내던 모로코의 도시 이름을 따서 '페즈'라고 불렸다. (군인들의 머리 위에 올라앉아) 대지를 어두운 밤색으로 물들이며 우리 조부모를 튀르키예 밖으로 내몬 것도 바로 이 모자였다. 이제 그 모자가 다시 디트로이트의 잘생긴 흑인 젊은이들 머리 위에 나타난 것이다.(페즈는 내 이야기에서 장례식 날 다시 한번 등장할 텐데, 현실에서나 있을 법한 그 우연의 일치란 너무나 기이해서 지금은 말해 줄 수가 없다.)

혹시나 하는 마음에서 데스데모나는 길을 건너갔다. 청년들에게 구인 광고를 보고 왔다고 하자 한 사람이 고개를 끄덕이며 말해 주었다.

"뒤로 돌아가야 합니다."

그는 정중한 태도로 앞장서서 골목길을 지나 깨끗하게 정돈된 마당으로 들어갔다. 그 순간 은밀한 신호라도 받은 듯이 스르르 뒷문이 열리는 바람에 데스데모나는 두 번째 충격을 받았다. 차도르를 입은 여자 둘이 나타났다. 내 할머니의 눈에 그들은 입고 있는 옷의 색만 아니라면 부르사에서 온 독실한 이슬람교도처럼 보였다. 여자들은 흑인이 아니라 백인이었다. 차도르는 그들의 턱에서 시작해서 발목까지 닿았으며 머리에는 하얀 두건을 두르고 있었다. 베일은 쓰지 않았지만 점점 가까워지자 여자들이 갈색 옥스퍼드[89]를 신은 것이 보였다.

튀르키예모자와 차도르, 그다음은 이슬람 사원이었다. 맥퍼슨 홀이었던 내부는 무어식으로 새로 단장돼 있었다. 데스데모나는 기하학적인 무늬로 타일을 붙여 놓은 곳으로 여자들을 따라갔다. 빛을 가리기 위해 쳐 놓은 두툼하고 술이 달린 커튼을 지나갔다. 옷 스치는 소리밖에 들리지 않더니 점차 저 멀리서 말하는 것 같기도 하고 기도하는 것 같기도 한 소리가 들리기 시작했다. 이윽고 여자들은 어떤 사무실에 그녀를 들여보냈는데 그곳에서는 또 한 여자가 그림을 걸고 있었다.

"나는 시스터 원더예요." 여자가 돌아보지도 않고 말했다.

"모스크 1호의 최고 책임자이지요."

그녀가 입은 차도르는 아까 여자들과 달리 가두리 장식과 견장까지 달린 것이었다. 그녀가 걸고 있는 그림은 뉴욕 상공을 날고 있는 비행접시를 나타낸 것이었는데 그림 속 비행접시는 광선을 쏘아 보내고 있었다.

"일자리 때문에 왔죠?"

"네. 전 실크 만드는 일을 할 줄 알아요. 경험이 아주 많죠. 누에를 치고 고치를 만들고 실을……."

시스터 원더가 손을 휘저었다. 그녀는 데스데모나의 얼굴을 찬찬히 뜯어보며 말했다.

"문제가 좀 있어요. 출신은?"

"그리스예요."

---

89) 끈으로 매는 단화이다.

"오, 그리스라. 백인이겠군요? 그리스에서 태어났나요?"

"아뇨. 튀르키예에서 태어났어요. 고향은 튀르키예지요. 남편하고 저하고요."

"튀르키예라! 왜 진작 말하지 않았죠? 튀르키예는 이슬람 국가잖아요. 당신도 이슬람교도세요?"

"아뇨. 그리스 정교회 신도예요."

"그래도 튀르키예에서 태어났잖아요?"

"암요."

"네?"

"아, 그렇다는 말이에요."

"그럼 가족도 튀르키예에서 왔겠네요?"

"네."

"그러면 약간 섞였을 수도 있겠군요. 완전 백인은 아니게."

데스데모나는 머뭇거렸다.

"이봐요. 지금 어떻게 꾸며 댈까 연구하는 중이에요." 시스터 원더가 계속했다.

"파드 목사님은 성도 메카에서 오셨는데 언제나 우리에게 자립의 중요성을 말씀하시지요. 백인 남자들이란 도대체 믿을 수가 없어요. 우리가 알아서 해야 한다고요. 알겠어요?"

여기서 원더는 목소리를 낮추며 말했다.

"문제는 아무짝에도 쓸모없는 사람이 광고를 보고 찾아온다는 거예요. 그런 사람들은 실크에 대해 안다고 큰소리치지만 실은 아무것도 몰라요. 그냥 고용됐다가 바로 해고되길 바라는 거예요. 하루 일당이나 벌려고." 원더는 눈을 가늘게 뜨며 말했다.

"당신이 노리는 것도 그런 건가요?"

"아뇨. 전 그냥 고용만 되고 싶어요. 해고는 말고."

"그러면 정체가 뭐죠? 그리스인가요, 아니면 튀르키예나 다른 곳?"

다시 한번 데스데모나는 망설였다. 그녀는 아이들을 생각했다. 먹을 것도 못 사 가지고 집으로 돌아가는 모습을 상상해 보았다. 그러자 그녀는 침을 꿀꺽 삼키고 말했다.

"뒤죽박죽이지요. 튀르키예, 그리스가 반반이에요."

"바로 그 말을 듣고 싶었어요." 시스터 원더가 얼굴을 펴고 미소 지었다.

"파드 목사님도 섞였어요. 자, 그럼 우리가 원하는 걸 말해 드리죠."

그녀는 데스데모나를 데리고 징두리널을 댄 기다란 복도를 지나 전화 교환원이 있는 사무실을 통과해서 조금 더 어두운 복도로 들어갔다. 맨 끝의 막다른 곳에는 두꺼운 천이 로비 입구를 가로막고 있었다. 젊은 보초 둘이 경비를 서고 있었다.

"우리랑 일하려면 몇 가지를 알고 있어야 해요. 절대로 이 커튼 안에 들어가서는 안 돼요. 이 안의 본당에서 파드 목사님이 설교를 하시거든요. 당신은 여기 여자 구역에 있어야 해요. 머리카락도 가리고. 그 모자는 귀가 보여서 남자를 유혹하겠군요."

데스데모나는 자기도 모르게 귀에 손을 갖다 대며 뒤의 보초들을 돌아보았다. 보초들의 표정엔 아무런 변화도 없었다.

그녀는 다시 최고 책임자를 따라 몸을 돌렸다.

"자, 이제 여기서 하는 작업을 보여 줄게요." 시스터 원더가 말했다.

"여기는 모든 게 다 있어요. 필요한 건, 잘 알겠지만 사실 얼마 안 되잖아요?"

원더가 층계를 오르기 시작하고 데스데모나가 그 뒤를 따랐다.

(층계참이 세 개나 되는 긴 층계였다. 그리고 원더는 무릎 관절이 좋지 않아 꼭대기까지 오르는 데 제법 시간이 걸릴 것이다. 일단 두 사람을 거기 내버려두고 그동안에 나는 할머니가 이제 막 끼어들게 된 단체에 대해 설명하겠다.)

"1930년 여름의 어느 날 붙임성이 있으면서도 왠지 신비스러운 행상인이 불쑥 디트로이트 흑인 게토에 나타났다. (나는 지금 C. 에릭 링컨의 『미국의 흑인 이슬람교도들』에서 인용하고 있다.) 사람들은 그를 아랍인이라고 생각했지만 그가 어떤 인종이며 어느 나라 사람이었는지는 기록으로 남아 있지 않다. 그는 문화가 빈곤한 아프리카계 미국인의 가정에서 환영을 받아 실크와 공예품을 많이 팔 수 있었는데 바다 건너 자기 고향에서 흑인들이 입는 것이라고 말했다. ……그의 단골들은 자신들의 역사와 조상의 나라에 대해 배우려는 열의가 대단했으므로 이 행상인은 조만간 게토의 이 집 저 집을 들락거리면서 모임을 열기 시작했다."

"그는 '선지자'로 알려졌으며, 초기에 그의 가르침은 자기가 외국에서 겪었던 일들을 들려주거나 어떤 음식을 먹지 말아야 하는지, 그리고 건강하려면 어떻게 해야 하는지 등을 일러 주는 것에 국한되었다. 그는 친절하고 친근했으며 젠체하는 투도 없었고 참을성이 많았다."

"일단 초대한 집 주인의 관심을 불러일으키고 난 뒤에는……. (이 글은 클로드 앤드루 클렉 2세의 『오리지널 맨』에서 인용한 것이다.) 점점 아프리카계 미국인의 역사와 미래에 대한 강론으로 변해 갔다. 이 전략은 잘 먹혀들어서 마침내 그는 호기심 많은 흑인들의 모임을 개인 가정에서 여는 데 성공했다. 나중에는 강연을 위해 강당을 빌리고 '이슬람 동포(Nation of Islam)'라는 조직이 구성되어 가난에 찌든 디트로이트의 중앙에서 점차 형체를 갖춰 가기 시작했다."

이 행상인에게는 이름이 많았다. 어떤 때는 자기를 파라드 무함마드 혹은 F. 무함마드 알리라고 했고, 또 어떤 때는 프레드 다드, 포드 교수, 월러스 포드, 혹은 W. D. 포드, 월리 파라드, 워델 파드, 아니면 W. D. 파드라고 했다. 근본도 그만큼이나 다양했는데 사람들은 그가 시리아계 이슬람교도를 아버지로 둔 자메이카 흑인이라고들 했다. 들리는 소문으로는 그가 디트로이트에 오기 전에 인도, 남아프리카, 런던에서 인종 분쟁을 선동했던 팔레스타인계 아랍인이라고도 했다. 어떤 이야기를 들으면 그가 선지자 무함마드의 부족인 쿠라이시족[90]으로서 돈 많은 부모에게서 자라났다고 했는데, FBI 기록에 따르면 파드는 뉴질랜드나 오리건주 포틀랜드에서 태어났고 부

---

90) 예언자 무함마드의 시대에 메카를 지배했던 부족이다.

모는 하와이인이거나 영국계 폴리네시아인이라고 했다.

한 가지 분명한 사실은 1932년에 파드가 모스크 1호를 디트로이트에 설립했다는 점이다. 지금 데스데모나가 올라가고 있는 층계는 다름 아닌 그 사원의 뒷계단이었던 것이다.

"우리는 바로 이 사원에서 실크를 팔아요." 층계를 다 오른 시스터 원더가 설명해 주었다.

"파드 목사님이 직접 디자인한 대로 옷을 만들지요. 우리 선조들이 아프리카에서 입었던 옷들이에요. 전에는 천을 주문해서 우리가 바느질만 했는데 이런 불경기에는 천을 구하기도 힘들어서요. 그래서 파드 목사님이 계시를 내렸어요. 어느 날 아침 내게 와서 말씀하시더군요. '양잠 도구들을 직접 구입해야겠소.' 늘 그런 식으로 말씀하시죠. 말을 잘하느냐고요? 사막에서 난로를 팔 정도이지요."

층계를 오르면서 데스데모나는 차츰 이곳의 전모를 파악할 수 있었다. 바깥의 남자들이 입고 있는 희한한 의상과 실내 장식들. 원더가 층계참에 이르러서는 "여기에 견습실이 있어요."라고 말하며 문을 열어젖혔다. 데스데모나는 방 안으로 한 걸음 내디뎠다.

밝은색 차도르를 입고 머릿수건을 쓴 스물세 명의 십 대 소녀들이 옷을 짓고 있었다. 그들이 일감에서 채 눈을 떼기도 전에 최고 책임자는 이방인을 데리고 들어왔다. 소녀들은 고개를 숙이고 입에는 지퍼를 채운 채 옥스퍼드 천으로 덮인 발판을 밟으며 생산을 멈추지 않았다.

"여기가 우리 '무슬림 소녀 일반교양 견습반'이에요. 이 학생들이 얼마나 착하고 예의 바른지 좀 보세요. 누가 먼저 말을 걸기 전에는 입도 뻥긋 안 한답니다. '이슬람'이란 말은 순종을 뜻하지요. 알고 있었나요? 다시 구인 광고 낸 얘기로 돌아가서, 천은 점점 떨어져 가고, 사람들은 모두 할 일이 떨어지는 것 같았지요."

원더는 데스데모나를 데리고 방을 질러갔다. 때가 꼬질꼬질한 나무 상자가 열린 채 놓여 있었다.

"그래서 우리는 이 누에를 주문한 거예요. 우편 주문이란 거 알아요? 이보다 더 많았는데 문제는 이놈들이 디트로이트를 좋아하지 않는다는 거예요. 그야 이놈들 탓이 아니지만. 계속 죽어 나가니 이런 법이 어딨겠어요? 거기다 냄새라니! 오, 하느……." 여기서 그녀는 스스로 자제했다.

"어머, 말실수할 뻔했네. 난 독실하게 자랐어요. 그런데 이름이 뭐더라?"

"데스데모나예요."

"이봐요, 데스데모나, 최고 책임자가 되기 전에 난 머리도 하고 손톱 손질도 했지요. 그러니까 농군의 딸이 아니란 말이에요. 알겠어요? 내가 어딜 봐서 농사를 잘 짓겠어요? 날 좀 도와 달라, 그 말예요. 이 누에 녀석들이 어떤지 알아요? 도대체 이놈들을 어떻게 키워야 하는지."

"어려운 일이지요."

"상관없어요."

"돈이 들어요."

"돈이야 많아요."

데스데모나는 말라서 다 죽어 가는 누에 한 마리를 집어 들었다. 그러고는 그리스 말로 다정하게 얼러 주었다.

"어린 자매 여러분, 잘 들으세요."

시스터 원더가 입을 벌리자 소녀들은 하나같이 바느질을 멈추고 두 손을 무릎 위에 엇갈려 놓은 자세로 주의 깊게 귀를 기울였다.

"여기 새로 오신 분이 실크 만드는 방법을 우리에게 가르쳐 주실 거예요. 이분은 파드 목사님처럼 물라토[91]이고 우리 민족이 잃어버린 예술에 대해 가르쳐 주실 겁니다. 우리 힘으로 할 수 있도록 말이죠."

스물세 쌍의 눈동자가 데스데모나에게 쏠렸다. 그녀는 용기를 내어 하고자 하는 말을 영어로 옮기면서 입 밖에 내기 전에 두 번, 세 번 생각했다.

"좋은 실크를 만들기 위해서는……."

이렇게 해서 나의 할머니는 무슬림 소녀 일반교양 견습반의 수업을 시작하게 되었다.

"우선 깨끗이 해야 돼요."

"어디 해봅시다, 데스데모나. 알라께 영광을. 해봅시다."

---

91) 흑백 혼혈을 말한다.

속임수

나의 할머니가 '이슬람 동포'를 위해 일하게 된 내력은 그렇게 해서였다. 그로스포인트에서 일하는 세탁부처럼 그녀는 뒷문으로 들락거렸다. 남자를 유혹할 것 같은 귀는 모자 대신 머릿수건으로 가렸다. 말할 때는 항상 속삭이듯이 했고 질문이나 불평 따위는 절대로 하지 않았다. 이민족이 통치하는 나라에서 자란 탓에 그녀는 이 모든 일이 수월했다. 페즈와 융단, 반달무늬 같은 것들이 조금은 고향에 온 느낌을 자아내기도 했다.

블랙 보텀의 주민들에게 이 사원은 다른 행성으로의 여행 같은 것이었다. 사원 정문은 대부분의 미국 출입구를 기분 좋게 뒤집어 놓은 것처럼 흑인은 들어가게 하고 백인은 제외시

컸다. 로비에 있던 예전 그림 ── '명백한 운명'[92]에 후끈 달아오른 풍경과 인디언들의 처형을 다룬 장면을 그린 ── 은 지하실로 보내 버린 지 오래였고, 그 대신 아프리카의 역사를 묘사한 그림들이 걸렸다. 왕자와 공주가 수정같이 맑은 강가를 거닐고 흑인 학자들이 실외 토론장에서 토론을 벌이는 그림들이.

사람들이 모스크 1호에 오는 이유는 파드의 강연도 듣고 물건도 사기 위해서였다. 시스터 원더는 허름한 물품 보관소에 선지자가 "동방의 고향에서 흑인들이 입는 것과 똑같은 종류"라고 말한 의상들을 전시했다. 그리고 신도들이 들어와 돈을 내지 않고는 못 배기도록 형형색색의 천들을 불빛 아래 굽이쳐 보이도록 전시했다. 여자들은 비루한 하녀복을 벗고 해방을 뜻하는 하얀 차도르를 사 갔다. 남자들은 압제의 옷가지들을 벗어 던지고 위엄 있는 실크 양복을 골랐다. 사원의 현금 등록기는 넘쳐 났다. 경기가 안 좋을 때에도 모스크는 북새통을 이루었다. 포드사는 공장 문을 닫았지만 헤이스팅스 거리 3408번지의 파드는 호황이었다.

데스데모나는 3층에 있었기 때문에 이런 것들을 거의 보지 못했다. 아침에는 교실에서 무슬림 소녀들을 가르치고 오후에는 재단하지 않은 천을 쌓아 놓은 실크룸에서 시간을 보내는 것이 그녀의 일과였다. 어느 날 아침 그녀는 학생들에게 보여 주려고 자신의 누에 상자를 가져왔다. 데스데모나는 상자를

---

92) 19세기 후반 미국의 확장 정책을 옹호하는 신념을 말한다. 영토를 북아메리카 전체로 확대하여 정치적, 사회적, 경제적 영향력을 강화함으로써 주변의 약소민족을 감화시키는 것이 미국 백인의 임무라는 것이다.

돌려 보게 하며 그 내력을 설명해 주었다. 어떻게 해서 그녀의 할아버지가 올리브나무로 누에 상자를 깎게 되었는지, 또 어떻게 해서 화재 속에서도 살아남게 되었는지를 학생들의 종교 의식을 건드리지 않으려고 애쓰면서 말해 주었다. 사실 소녀들은 지극히 온순하고 친근해서 데스데모나는 옛날 그리스인과 튀르키예인이 사이좋게 살던 시절을 떠올렸다.

그렇지만 흑인들은 여전히 우리 야야 할머니에게 생소한 사람들이었다. 그녀는 여러 가지 새로운 사실들에 충격을 받곤 했는데 한번은 남편에게 이렇게 말했다. "손바닥을 펴면 흑인들도 우리처럼 하얘." 혹은 "흑인들은 흉터가 안 남고 멍만 든대." 혹은 "흑인들이 어떻게 면도하는지 알아? 가루분을 가지고 해! 가게 유리창으로 봤어." 블랙 보텀의 거리를 지나면서 데스데모나는 사람들이 살아가는 방식에 깜짝 놀라곤 했다.

"빗자루로 마당을 쓰는 사람이 아무도 없어. 집집마다 쓰레기가 쌓여 있는데도 아무도 비질을 하지 않는 거야. 정말이지 끔찍해."

그러나 모스크 안의 사정은 달랐다. 남자들은 열심히 일하고 술을 마시지 않았으며 여자들은 깔끔하고 온순했다.

"그러니까 파드라는 사람은 정말 대단한 일을 하는 거라고." 일요일의 정찬을 먹으면서 그녀가 말했다.

"오, 제발." 수멜리나가 이 말을 부인하며 말했다.

"우린 베일을 튀르키예에 두고 왔잖아."

그러나 데스데모나는 고개를 저었다.

"여기 미국 여자들도 베일을 한두 장쯤은 쓸 수 있지."

선지자도 데스데모나에게는 베일에 싸인 인물이었다. 파드는 신과 같아서 어디에나 있지만 아무 데에서도 볼 수 없었다. 강의를 듣고 난 사람들의 눈에는 파드가 남긴 빛이 어른거렸다. 식이 요법에서 파드는 자신의 기호를 확실히 드러냈는데 그는 아프리카의 자연식품을 선호해서 얌이나 카사바를 권장했고, 돼지고기는 먹지 말라고 했다. 파드의 자동차(크라이슬러 쿠페 신형)는 거의 매일같이 모스크 앞에 주차돼 있었다. 그 차는 언제 봐도 금방 세차한 듯 깨끗했고 왁스까지 칠해져 있었으며 앞쪽 크롬 그릴은 눈부시도록 윤이 났다. 그러나 그녀는 파드가 운전대에 앉은 것을 한 번도 보지 못했다.

"그 사람이 하느님이라면 안 보이는 게 당연하지 않아?"

레프티가 어느 날 밤 침대에 들면서 놀렸다. 데스데모나는 침대 밑에 숨겨 둔 첫 주 급료가 자기를 살살 간질이기라도 하는 것처럼 웃으면서 누워 있었다.

"이제 계획을 세워야겠어." 그녀의 말이었다.

데스데모나가 모스크 1호에서 처음 세운 계획은 옥외 변소를 누에방으로 바꾸는 일이었다. '이슬람 동포'의 군대 격인 '이슬람 열매'가 소집되었다. 그녀는 다 쓰러져 가는 판잣집 변소에서 젊은이들이 나무 변기를 들어내는 것을 옆에서 지켜보았다. 분뇨 통을 흙으로 메우고 낡은 달력을 벽에서 떼어 내었으며, 쓰레기 더미에 오물을 던져 넣을 때는 눈을 딴 데로 돌렸다. 그들은 선반을 달고 공기가 통하도록 천장에 숨구멍을 뚫었다. 그랬는데도 악취는 사라지지 않았다.

"시간이 지나면 돼요." 데스데모나가 그들에게 말했다.

"누에 냄새에 비하면 이건 아무것도 아닌걸요."

위층 무슬림 소녀 일반교양 견습반에서는 누에를 칠 칸막이 서랍을 엮느라 한창이었다. 데스데모나는 1차로 알을 깐 누에고치들을 살려 보려고 갖은 애를 썼다. 전구를 가까이 달아 따뜻하게 해 주고 그리스 노래를 불러 주었지만 누에들은 이 정도에 속아 넘어가지 않았다. 검은 알을 깨고 나와 건조한 실내 공기와 전구로 만들어진 가짜 태양을 알아채는 순간 누에들은 비실비실 말라 가기 시작했다.

"이러다가 잘되겠지." 시스터 원더는 이 실패를 털어 버리려고 이렇게 말했다.

"머지않아 바로 여기서."

여러 날이 흘러갔다. 데스데모나는 아프리카계 미국인들의 하얀 손바닥에 익숙해졌다. 뒷문으로 드나드는 데에도, 누가 말을 걸기 전에는 먼저 말하지 않는 데에도 이력이 났다. 소녀들을 가르치지 않을 때에는 2층 실크룸에 있었다.

그 방(4.5×6미터인 그 방에서 너무나 많은 일이 일어났다. 내 할머니는 거기서 하느님의 소리도 들었고, 자신의 출신을 부인하는가 하면, 창조의 섭리도 알게 되었다. 그리고 그건 시작에 불과했다.)은 실크룸이라고 부르기에 부족함이 없었다. 작고, 천장이 낮은 그 방은 한쪽 끝에 재단 테이블이 있고 몇 필의 실크 두루마리들이 벽에 세워져 있었는데, 바닥에서 천장에 이르는 그 화려함 때문에 마치 보석 상자 안에 들어온 기분이었다. 천을 구하기가 점점 어려워지긴 했지만 쟁여 놓은 물건이 아직은 제법 많았다. 어떤 때는 그 실크들이 춤을 추는 것 같았다. 어디서 불어오는지 모를 바람에 실크가 펄럭이면서 후르르 위로 말려 올라갔다. 그러면 데스데모나는 얼른 천 끄트머리를 잡아 도로 말아 넣곤 했다.

그러던 어느 날이었다. 예의 유령 무도회가 벌어지던 중 — 데스데모나가 앞으로 펄럭거리는 녹색 실크를 잡으려던 순간 — 어떤 목소리가 들려왔다.

"전 1877년 2월 17일 메카의 성도에서 태어났습니다."

처음엔 누가 방 안에 들어온 줄 알았다. 그러나 아무리 둘러보아도 사람의 흔적은 없었다.

"제 아버지는 흑단 피부를 가진 샤바즈 부족의 알폰소였고, 어머니 이름은 베이비 지, 악마 같은 캅카스인이었습니다."

'악마 같은 뭐라고?'

데스데모나는 잘 들리지가 않았다. 목소리가 어디서 흘러나오는 건지 꼭 집어낼 수가 없었다. 어떤 때는 마루에서 나는 소리 같기도 했다.

"아버지가 어머니를 만난 건 동아시아의 언덕에서였죠. 아버지는 어머니의 가능성을 알아보고 바른길로 인도하여 거룩한 무슬림이 되도록 도왔습니다."

데스데모나가 당황스러웠던 것은 그 목소리가 말하는 내용이 아니라 도대체 뭘 말하려는 것인지 이해할 수 없기 때문이었다. 그것은 분명 사람 음성이었으며 가슴뼈가 울리도록 깊은 베이스 음색이었다. 그녀는 멋대로 춤추는 실크를 내버려두고 수건으로 두른 머리를 낮춰 귀를 기울였다. 다시 목소리가 들려오자 그녀는 목소리의 근원을 찾아 실크 두루마리들을 헤치기 시작했다.

"제 아버지는 어째서 카프카스 악마와 결혼했을까요? 맞습니다. 아버지는 그때 이미 알고 계셨던 겁니다. 당신의 아들이 잃어버린 샤바즈 부족에게 말씀을 전할 운명이란 걸 말입니다."

셋, 넷, 다섯 개의 두루마리를 옆으로 밀어내자 거기 난방용 벽난로가 나타났다. 그러자 목소리가 더 크게 들려왔다.

"그래서 아버지는 당신의 아들이 흑인과 백인을 정의롭고도 공평하게 다룰 수 있는 피부색이길 원하셨습니다. 그리하여 오늘 저는 물라토로서 여기 섰습니다, 유대인에게 계명을 전해 주었던 무사처럼."

건물 깊은 곳으로부터 들려온 그것은 바로 선지자의 목소리였다. 그 목소리는 3층이나 아래에 있는 강당에서 시작되었다. 그 음성은 옛날 담배업자들의 모임에서 론데거 아가씨가 전라의 몸에 담배 묶는 리본만 두르고 갑자기 등장할 때 이용했던 무대 뒤의 뚜껑 문을 거쳐 흘러나왔다. 목소리는 지붕 밑 얕은 공간에 울려 퍼졌다가 건물 양쪽에 이르러 거기서 난방관을 타고 순환하는 동안 왜곡과 울림이 심해지면서 마침내 데스데모나가 웅크리고 있는 벽난로로 뜨겁게 밀려 나온 것이었다.

"제 몸에 흐르는 거룩한 피, 또 제가 받은 교육으로 인해 전 권좌에 오를 수도 있었습니다. 그렇지만 형제들이여, 전 아저씨의 울음소리를 들었습니다. 미국에 계신 저희 아저씨가 흐느끼는 소리를."

데스데모나는 이제야 그 희미한 악센트를 알아들을 수 있었다. 그녀는 좀 더 기다려 보았지만 아무 소리도 들리지 않았다. 난로 냄새가 휙 얼굴에 끼쳐 왔다. 좀 더 수그리고 귀를 기울였지만 그다음에 들려온 소리는 층계참에서 시스터 원더가 부르는 소리였다.

"이봐요, 데스데모나! 이제 다 됐어요."

그녀는 난로 앞에서 몸을 떨쳐 일어섰다.

나의 할머니는 W. D. 파드가 설교하는 걸 들은 유일한 백인이었는데 사실 할머니는 그의 말을 반도 알아듣지 못했다. 그것은 난로의 열악한 음향 시설 탓이기도 했고, 영어를 잘 몰라서이기도 했는데, 그보다 더 큰 이유는 누가 올까 봐 신경을 곤두세우고 있었기 때문이다. 데스데모나는 자기가 파드의 강연을 들어서는 안 된다는 걸 알고 있었다. 어떤 일이 있어도 그녀는 새로 얻은 일자리를 잃고 싶지 않았다. 그러나 실크룸 외에 달리 가 있을 곳도 없었다.

매일 1시가 되면 벽난로가 웅얼거리기 시작했다. 처음에는 사람들이 강당에 들어오는 잡음 섞인 소리였고, 곧이어 찬송가가 들려왔다. 그녀는 이 소리들을 잘 안 들리게 하려고 여분의 실크 두루마리를 잔뜩 갖다 놓고 의자를 반대편 구석으로 옮겨 놓았다. 그러나 아무 소용이 없었다.

"지난번 강론에서 제가 달의 추방에 대해 한 말, 생각나십니까?"

"아니, 모르겠는데." 데스데모나가 말했다.

"60조 년 전에 어떤 과학자 신이 땅에 구멍을 파고 다이너 마이트를 채워 넣은 뒤 땅을 둘로 날려 버렸습니다. 이렇게 갈라진 두 조각 가운데 작은 것이 달이 되었다는 얘기, 기억하시겠죠?"

내 할머니는 손으로 귀를 틀어막았다. 얼굴에는 거부의 표정이 역력했다. 그러나 입에서는 자기도 모르게 질문이 새어 나왔다.

"누가 땅을 날려 버렸다고? 누가 그랬단 거지?"

"오늘은 또 다른 과학자 신을 말씀드리겠습니다. 야쿱이라는 사악한 과학자이죠."

이쯤 되면 그녀는 손가락을 스르르 풀어 무슨 소리인지 귀를 기울이게 되었다.

"야쿱은 2만 5000년의 현세 역사 가운데 8400년 전에 살았습니다. 이 야쿱이란 자는 보기 드물게 커다란 머리통을 가졌더랬습니다. 머리가 좋고 영리했죠. '이슬람 동포'의 탁월한 학자로 손꼽혔어요. 겨우 여섯 살 때 자력의 비밀을 알아낸 사람이기도 합니다. 쇳조각 두 개를 가지고 놀다가 함께 두었는데 여기서 과학 법칙을 발견했던 거지요, 바로 자력이라는."

목소리 자체가 자석이 된 것처럼 데스데모나에게 와서 달라붙었다. 귀를 막았던 두 손은 이미 내린 지 오래였고, 그녀는 목소리에 이끌려 의자에서 몸을 앞으로 수그렸다.

"그러나 야쿱은 자력의 발견에 만족하지 않았습니다. 머리가 크다 보니 자연 생각도 컸던 거죠. 그래서 어느 날 그는 최초의 사람들하고 (유전적으로) 완전히 다른 인종을 만들어야겠다는 생각을 했습니다. 속임수를 써서 그 인종으로 검은 민족을 다스려야겠다고 말이죠."

몸을 수그리는 것도 성에 차지 않아 그녀는 결국 소리가 들리는 곳 가까이로 옮겨 갔다. 방 끝으로 건너가서 실크 필들을 치우고 벽난로 앞에 무릎을 꿇자 파드의 설명은 계속되었다.

"흑인은 누구나 두 개의 종자로 만들어집니다. 검은 종자와 갈색 종자. 그래서 야쿱은 5만 9999명의 무슬림들에게 믿음을 주어 펠란섬으로 이주하도록 했습니다. 펠란섬은 에게 해에 있는 섬입니다. 지금도 유럽 지도에 나와 있는데 이름이 틀렸지요. 이 섬으로 야쿱은 5만 9999명의 무슬림들을 데려왔던 겁니다. 그리고 거기서 그는 접붙이기를 시작했습니다."

다른 소리도 들려왔다. 파드가 연단을 걸어 다니는 발소리라든가 청중이 그의 한 마디 한 마디에 매달려 앞으로 기울일 때 의자가 삐걱거리는 소리들이.

"야쿱은 펠란섬의 실험실에서 최초의 검은 사람들은 번식하지 못하도록 막았습니다. 검은 여인이 아기를 낳으면 죽였던 거죠. 야쿱은 갈색 아기들만 살려 두었습니다. 갈색 피부를 가진 사람들만 짝짓기를 하도록 허용했던 겁니다."

"저런, 끔찍해라." 데스데모나가 3층에서 중얼거렸다.

"그 야쿱이란 사람, 아주 끔찍하군."

"다윈의 자연 선택설을 들어 보셨습니까? 야쿱의 행위는 전혀 자연스럽지 않은 선택이었습니다. 이런 과학적인 접붙이기로 야쿱은 최초의 황인종과 홍인종을 생산해 냈습니다. 그러나 그는 거기서 그치지 않았습니다. 그렇게 태어난 사람들의 자손들 중 밝은색 피부를 가진 사람들을 계속해서 짝짓기를 시켜 나갔지요. 수많은 세월이 흐르면서 그는 흑인을 한 세대에 한 번씩 유전적으로 바꿔 나갔습니다. 색은 더 밝아지고 힘은 더 약해졌습니다. 정의감과 도덕심도 더 약해져 악의 길로 한층 더 다가갔던 겁니다. 그러던 어느 날, 형제들이여, 야쿱은 결딴이 났습니다. 그가 만들어 낸 작품이 결국 그를 끝장냈던 겁니다. 그렇다면 그의 사악함이 만들어 낸 건 과연 뭐겠습니까? 전에도 말한 적이 있듯이 콩 심은 데 콩 나고 팥 심은 데 팥 나기 마련입니다. 야쿱이 만들어 낸 건 백인이었습니다! 거짓말과 살인으로부터 태어난 종족. 푸른 눈의 악귀들인 것입니다."

바깥에서는 무슬림 소녀 일반교양 견습반 학생들이 누에 서랍을 설치하고 있었다. 말없이 일하는 가운데 그들은 머릿속으로 여러 가지 것을 꿈꾸었다. 루비 제임스는 아침에 본 존 2X가 얼마나 미남이었는지를 떠올리며 언젠가 그와 결혼할 수 있을지 생각해 보았다. 달린 우드는 뾰로통해 있었는데, 파드 목사님이 남자 신도들에게는 노예의 이름을 버리도록 하면서 여자에 대해서는 아무런 언급도 없었기 때문이다. 그래서 그녀는 여전히 달린 우드였다. 릴리 헤일은 머리 스카프 밑에 꼭꼭 밀어 넣은 공들인 곱슬머리를 생각하느라 여념이 없었다. 오늘 밤 날씨를 알아보는 것처럼 침실 창가에 머리를 내밀 때 옆집 러벅 T. 해스가 봐 주려나. 베티 스미스는 오로지 '알라에게 영광을, 알라에게 영광을, 알라에게 영광을' 바치느라 정신없었고, 밀리 리틀은 껌을 씹고 싶은 생각뿐이었다.

그러는 동안 위층의 데스데모나는 난방용 환기구로 나오는 공기에 얼굴이 벌겋게 달아오른 채 이야기가 꼬여 가는 데 반감을 느끼고 있었다.

"악귀들이라고? 백인들이 모두?"

그녀는 콧방귀를 뀌며 마루에서 일어나 몸의 먼지를 털어 냈다.

"됐어. 이런 미친 사람 얘기는 더 이상 듣고 싶지 않아. 난 돈 받고 일하는 거니까 그거면 끝이야."

그러나 다음 날 아침 할머니는 또 실크룸에 있었고, 1시가 되자 다시 목소리가 들려왔으며, 그녀는 또다시 귀를 쫑긋 세우는 것이었다.

"오늘은 백인종과 최초의 인종을 생리학적으로 비교해 봅시다. 해부학적으로 말해 백인은 뼈도 더 약하고 피도 더 묽습니다. 백인의 힘은 대략 흑인의 3분의 1밖에 안 됩니다. 누가 이걸 부인하겠습니까? 여러분의 눈으로 본 사실들이 과연 무얼 뜻하겠습니까?"

데스데모나는 목소리와 싸웠다. 그러나 시간이 흘러가면서 나의 할머니도 말 잘 듣는 아이처럼 환기통 앞에 실크를 펼쳐 놓고 무릎을 받치게 되었다. 그녀는 무릎을 꿇은 채 환기통에 귀를 바짝 대느라 이마가 거의 바닥에 닿을 정도였다.

"순전히 사기꾼이야." 말은 이렇게 내뱉었다.

"사람들의 돈이나 긁어내고."

그러면서도 그녀는 움직이지 않았다. 잠시 뒤 환기통은 방금 전의 계시로 인해 우렁우렁 울렸다.

데스데모나는 대체 어떻게 된 걸까? 언제나 성직자들의 깊은 음색에 순응하던 그녀가 파드의 목소리에 감화를 받은 걸까? 아니면 이곳 생활 십 년 만에 디트로이트 시민이 다 된 나머지 그저 매사를 흑인과 백인의 관계로 바라보게 된 것일까?

한 가지 가능성이 더 있다. 그것은 우리 할머니의 죄의식, 거의 주기적으로 그녀의 내면을 흠뻑 적셔 오던 축축하게 독기 어린 공포감이 아니었을까? 파드의 호소에 그녀가 솔깃했던 것은 그 불치의 바이러스 때문이 아니었을까? 죄의식에 감염되어 있었기 때문에 파드가 백인들에 대해 죄 많다고 하는 말이 더욱 설득력 있게 들렸을까? 파드가 백인종에 대해 공격한 말을 개인적인 의미로 받아들였던 걸까?

"우리 애들이 좀 이상한 것 같지 않아?"

어느 날 그녀는 레프티에게 물었다.

"하나도 이상하지 않은걸. 멀쩡하잖아."

"그걸 어떻게 알아?"

"쟤들을 좀 봐."

"도대체 우리가 어떻게 됐던 거지? 어쩜 그런 짓을 할 수 있었을까?"

"우리는 아무렇지도 않아."

"아냐. 레프티. 우리는……." 그녀는 울부짖기 시작했다.

"우리는 좋은 사람들이 아니야."

"아이들은 착해. 우린 행복하고. 이젠 다 지나간 일이야."

그러나 데스데모나는 침대에 몸을 던졌다.

"어쩌자고 내가 네 말을 들었을까?" 흐느끼면서 그녀가 말했다.

"왜 다른 사람들처럼 바다에 뛰어들지 않았을까?"

레프티가 데스데모나를 안아 주려고 했지만 그녀는 그를 밀쳐 냈다.

"손대지 마!"

"데스데모나, 제발……."

"불에 타 죽었더라면 좋았을걸! 농담 아니야! 스미르나에서 죽었어야 하는 건데!"

그녀는 아이들을 자세히 들여다보기 시작했다. 이제까지 한 번 놀란 일 — 다섯 살 때 밀턴이 유두 감염으로 죽다 살아난 일 — 을 제외하고는 둘 다 건강했다. 어디를 베었을 때에도 피는 잘 멎었다. 밀턴은 학교 성적이 좋았고, 조는 평균을 웃도는 정도였다. 그러나 이 모든 사실로도 데스데모나는 안심할 수가 없었다. 그녀는 어떤 질병이나 비정상적인 무슨 일이 벌어지기를 줄곧 기다리고 있는 것 같았다. 자기 죄에 대한 응징이 가장 끔찍한 방법으로, 그것도 자신의 영혼이 아니라 아이들의 몸에 일어날 것만 같은 두려움에 떨면서.

1932년을 접는 몇 달간 우리 집이 어떻게 변해 갔는지 난 알 수 있다. 루트비어 색깔을 띤 벽돌을 뚫고 방마다 냉기가 엄습했고, 복도에 켜 놓은 등불은 꺼지기 일쑤였다. 찬 바람이 불어와 데스데모나의 해몽책을 펄럭거렸다. 요즘 들어 부쩍 악몽을 꾸게 된 터라 그녀는 해몽책을 더 열심히 보게 되었다. 신생아의 배아 세포가 부글부글 끓어오르면서 나누어지는 꿈, 그 연한 거품에서 징그러운 괴물이 자라나는 꿈. 이제 그녀는 어떤 일이 있어도 남편과 잠자리를 같이하지 않았다. 여름이 되어도, 누군가의 세례식에서 와인을 석 잔 마신 날 밤에도 절대로. 얼마 지나지 않아 레프티도 포기해 버렸다. 지난날 잠시라도 떨어져서는 못 살 것 같았던 나의 조부모는 이렇게 소원해져 갔다. 날이 밝으면 데스데모나는 모스크 1호로 출근을 하고 레프티는 밤샘 장사 끝에 곯아떨어졌다. 그녀가 퇴근할 때는 그가 지하실로 사라져 버린 뒤였다.

1932년의 인디언 서머[93] 내내 불어제쳤던 찬 바람에 실려 지하실로 살금살금 내려가 본 어느 날 아침 레프티는 갈색 종이 봉지에 사진들을 집어넣고 있었다. 아내의 애정을 잃고 난 뒤 레프티 스테퍼니데스는 일에만 전념했다. 그런데 그의 일이란 게 좀 달라져 있었다. 술집 손님이 좀 뜸해지자 할아버지는 영업을 다양화했던 것이다.

그날은 화요일, 8시가 막 지났고 데스데모나는 출근한 뒤였다. 지하 술집의 앞 유리창에서 성 조지상이 쓱 치워졌다. 집 앞에 낡은 다임러 한 대가 멈춰 서자 레프티는 급한 기색으로 총총히 나오더니 뒷좌석에 올라탔다.

내 할아버지의 새로운 사업 동반자들로서 우선 앞자리에 앉은 메이블 리스가 있었다. 켄튀르키예 출신으로 스물여섯 살. 얼굴엔 연지를 바르고 아침에 고대기를 쓰다가 태워 먹은 탓에 머리카락 탄 냄새가 났다.

---

93) 늦가을에 잠시 찾아오는 화창한 날씨이다.

"퍼두커에는……." 그녀가 운전석에 앉은 사람에게 하는 말이었다.

"카메라가 있는 얼빠진 녀석이 있거든요. 맨날 강가를 오르내리면서 뭘 그리 찍어 대는지. 제일 끔찍한 것들만 골라서 찍는다니까요."

"그건 나도 마찬가지야." 운전하던 사내가 대꾸했다.

"내 사진은 돈이 되지만 말야."

이렇게 말한 건 모리스 플랜태저넷. 그는 메이블에게 싱긋 웃어 주고는 제퍼슨 거리를 질주해 갔다. 그의 코닥 상자가 뒷좌석에 앉은 레프티 옆에 잘 놓여 있었다. 모리스는 WPA[94]가 창설되기 전 이 시절이 자신의 예술가적 성향에 불리하다는 것을 진즉에 깨달았다. 벨아일로 가는 도중에 그는 사진의 역사에 대해 일장 연설을 늘어놓았다. 니세포르 니엡스가 사진기를 발명한 경위에서부터 다게르가 은판 사진의 발명으로 명성을 얻게 된 사연까지. 그는 최초의 인물 사진에 대해서도 설명해 주었는데 파리의 거리를 찍었을 때는 노출을 너무 오래 주는 바람에 움직이는 행인은 한 사람도 없이 구두닦이에게 신발을 맡긴 키 큰 신사만 사진에 찍혔다는 것이었다.

"나도 사진사에 길이 남고 싶어. 하지만 엄밀히 말해서 이건 올바른 길은 아니야."

플랜태저넷은 센트럴 거리를 거쳐 벨아일로 가기로 했다. 그러나 스트랜드로 질러가는 대신 막다른 비포장도로로 우회

---

94) 공공사업진흥국이다.

했다. 차를 세워 두고 모두 내렸다. 플랜태저넷은 순광을 받도록 카메라를 설치했고 레프티는 자동차에 집중했다. 손수건을 꺼내 차바퀴와 헤드램프를 번쩍거리게 닦고 발판에 묻은 진흙을 발로 긁어낸 뒤 앞과 옆 차창을 깨끗이 닦았다. 플랜태저넷이 말했다.

"거장은 준비 끝났소이다."

메이블 리스가 외투를 벗었다. 그러자 코르셋과 가터벨트만 입은 알몸이 드러났다.

"어디서 할까요?"

"후드 위에 올라가서 몸을 쭉 뻗어 봐."

"이렇게요?"

"그래, 좋아. 얼굴을 후드 위에 붙이고. 다리는 약간 벌려야지."

"이렇게 말이에요?"

"그래. 이젠 머리를 돌려서 카메라를 돌아다봐. 좋아. 스마일. 내가 남자 친구라고 생각하고."

매주 이런 식이었다. 플랜태저넷은 사진을 찍었고 나의 할아버지는 모델을 공급했다. 여자를 찾아내기란 어려운 일이 아니었다. 매일 밤 그의 무허가 술집에는 다른 사람들과 마찬가지로 돈이 궁한 아가씨들이 찾아왔다. 플랜태저넷은 이렇게 찍은 사진을 시내 도매업자에게 팔아 레프티와 나눠 가졌다. 공식은 간단했다. 속옷을 입은 여자들이 자동차 위에 축 늘어져 있으면 되었다. 벌거벗다시피 한 여자들이 뒷좌석에 웅크리거나 앞좌석에 젖가슴을 드러내고 있거나, 펑크 난 타이어를 땜질한 위에 몸을 둥그렇게 말고 있거나. 대개는 여자 하나를 썼지만 둘을 쓸 때도 있었다. 플랜태저넷은 사진에 갖가지 조화를 부렸는데 엉덩이 곡선과 자동차 흙받기, 코르셋과 쿠션의 주름, 가터벨트와 팬 벨트를 각기 조화로운 한 쌍으로 만들어 내는 것이었다. 그것은 할아버지의 아이디어였다. 그 옛날 남몰래 탐독하던 "환락궁의 소녀 세르민"을 떠올리며 할아버지는 그 오랜 이상형을 현대화할 계획을 세웠던 것이다. 하렘의 시대는 끝났다. 뒷좌석의 시대를 이끌어 내라! 자동차야말로 새로운 환락궁이었다. 자동차만 있으면 평범한 남자도 거리의 술탄이 될 수 있었다. 플랜태저넷의 사진에는 엉뚱한 장소에서 피크닉을 즐기는 내용이 많았다. 여자들이 흙받기 위에서 잠이 들거나 트렁크에서 타이어 레버를 꺼내기 위해 몸을 수그리는 일도 있었다. 대공황이 한창이던 시절 먹을 걸 살 돈도 없던 그때에 사람들은 플랜태저넷의 자동차 에로 사진을 사기 위해 돈을 모았다. 사진 덕분에 레프티는 착실한 부수입을 얻었다. 사실 그는 저축을 하기 시작했고, 이것은 나중에 새로운 기회를 만드는 밑바탕이 되었다.

지금도 난 이따금 벼룩시장이나 사진 책자에서 플랜태저넷의 옛날 사진과 마주치곤 하는데, 다임러의 연식 때문에 그 사진들이 억울하게 1920년대 것들로 오인되는 일이 많다. 대공황 때에는 5센트에 팔리던 사진들이 지금은 600달러 주고도 사기 힘들다. 플랜태저넷의 '예술적' 업적은 모두 잊혔지만 여자와 자동차에 대한 그의 관능적인 탐구 작업은 아직도 사람들의 사랑을 받고 있다. 그는 자기 시대를 대표해서 역사책에 올랐지만 막상 자기 자신은 세상과 타협했다고 생각했다.

궤짝들을 들추다 보면 그의 여자들과 기기묘묘한 속옷들과 그들의 들쭉날쭉한 미소들을 보게 된다. 수십 년 전 나의 할아버지가 응시했던 얼굴들을 응시하면서 나는 스스로에게 이렇게 물어본다. 어째서 레프티는 자기 누나의 얼굴을 뜯어보지 않고 다른 여자들을 뜯어보게 되었을까? 얇은 입술의 금발 여인, 도발적인 엉덩이를 가진 여자 강도들을. 모델들을 순전히 금전적으로만 생각했을까? 집 안에 쌩쌩 몰아치던 찬 바람이 그에게 다른 곳에서 따뜻함을 찾도록 몰아세웠던 걸까? 그게 아니면 그 역시 죄의식에 사로잡혀 자기가 저지른 일을 외면하고 여기 메이블과 루시와 돌로레스 같은 여자들과 어울리게 되었던 걸까?

이 물음들에 답할 수가 없어서 난 다시 모스크 1호로 돌아가야겠다. 그곳에선 새로운 개종자들이 나침반에 대해 알아보고 있었다. 눈물방울 모양으로 하얀 바탕에 검은 숫자가 쓰여 있는 이 나침반은 가운데에 카바석[95]이 그려져 있었다. 파드 목사의 이 새로운 종교를 믿으려면 정작 무얼 어떻게 해야 하는지 아직도 아리송한 신도들은 시도 때도 없이 기도를 드렸다. 그러나 최소한 나침반만큼은 주로 옷가지를 파는, 사람 좋아 보이는 자매에게서 구입했다. 남자들은 한 번에 한 발짝씩 돌면서 나침반의 바늘이 34에 이르도록 했다. 디트로이트에선 메카가 34로 맞춰져 있었다. 사람들은 메카의 방향을 알

---

95) 메카의 대사원 안뜰에 있는 카바 성소에 안치된 돌로 이슬람교도는 이곳을 향해 기도한다. 순례자의 눈물로 검게 변했다고 한다.

기 위해 나침반을 이용했던 것이다.

"이번엔 두개골 측정학으로 화제를 옮겨 봅시다. 두개골 측정학이 대체 뭡니까? 그건 뇌, 그중에서도 의사들이 '회백질'[96]이라고 부르는 것을 과학적으로 재는 겁니다. 백인 남자들은 그 평균 무게가 170그램이고 흑인 남자들은 평균 212그램입니다."

파드는 침례교 목사처럼 열을 내어 배 속에서 나오는 소리로 말하지 않았지만 기독교에 감염되지 않은 그의 청중(한 명은 그리스 정교회 신봉자였지만)에게는 이편이 더 잘 먹혀들었다. 그들은 거룩하게 몸을 흔들어 대고, 고함을 지르고, 눈썹을 올렸다 내렸다 거친 숨소리를 내고 하는 일들에 질려 있었다. 그들은 백인이 흑인들에게 주입했다시피 봉사는 신성하다는 식의 노예를 부리기 위한 종교관에도 싫증 나 있었다.

"그런데 백인이 최초의 인종보다 뛰어난 게 딱 하나 있습니다. 운명적으로 보거나 유전적으로 프로그래밍된 사실을 보거나 백인은 속임수 방면에 뛰어나다는 겁니다. 이건 굳이 꼭 집어서 말할 필요도 없는 일인데…… 여러분이 이미 아는 사실일 테니까요. 유럽인들이 최초의 인종을 동아시아의 메카 등지로부터 데려올 수 있었던 것도 다 속임수를 썼기 때문입니다. 1555년에 존 호킨스라는 노예 상인이 이 나라 해안에 처음으로 샤바즈 부족을 데려왔습니다. 1555년에 말입니다. 그 배의 이름이 뭔지 아십니까? 지저스호였지요. 이건 역사책

---

96) 신경 세포가 모인 부분이다.

에도 나오는 사실입니다. 디트로이트 공립 도서관에 가서 찾아보십시오."

"미국에 온 최초 인종의 1세대는 어떻게 되었습니까? 백인들이 죽여 버렸습니다. 속임수를 써서. 백인은 최초 인종의 아이들이 자기 민족과 고향을 알게 될까 봐 그 부모들을 살해했습니다. 그 아이들의 후손, 그 불쌍한 고아들의 후예가 바로 여러분입니다. 이 방 안에 있는 여러분입니다. 그뿐 아니라 미국 게토에 사는 소위 깜둥이들이 모두 그렇습니다. 나는 여러분이 누구인가 말해 주기 위해 여기 왔습니다. 여러분은 샤바즈 부족의 사라진 동족입니다."

블랙 보텀을 아무리 다녀 봐야 소용이 없었다. 데스데모나는 어째서 길거리에 그렇게 쓰레기가 많았는지 그 까닭을 알았다. 시에서 치워 주지 않았던 것이다. 백인 집주인들은 자기 아파트 건물들이 절망의 나락에 빠지는 것을 보면서도 집세를 계속 올려 댔다. 언젠가 데스데모나는 백인 가게 주인이 흑인 손님에게서 돈 받기를 꺼리는 장면을 보았다.

"그냥 카운터 위에 놓고 가요." 가게 주인의 말이었다.

'흑인 여자의 손에 닿을까 봐 저러는구나!' 그러잖아도 죄의식에 갇혀 살아가던 시절 그녀의 머릿속은 파드의 이론으로 가득 찼고 점차 파드의 논지를 따라가기 시작했다. 시내 도처에 푸른 눈을 한 악귀들이 있었다. 그리스 속담에도 있다. "붉은 수염과 푸른 눈은 악마를 뜻한다." 내 할머니의 눈은 갈색이었지만 그렇다고 해서 기분이 좋아질 리 만무했다. 누군가 악마라면 그것은 바로 자기였다. 사태를 바꾸기 위해 할 수 있는 일은 아무것도 없었다. 그러나 그 일이 다시 벌어지지 않도록 할 수는 있었다. 그녀는 필로보시안 박사를 찾아갔다.

"데스데모나, 그건 아주 극단적인 조치인걸."

박사가 그녀에게 말했다.

"그래도 확실히 하고 싶어요."

"그렇지만 당신은 아직 젊어요."

"아녜요, 박사님. 저는 젊지 않아요." 할머니는 지친 목소리로 말했다.

"전 8400살인걸요."

1932년 11월 21일, 《디트로이트 타임스》는 '인간 제물을 바치는 제단의 현장'이란 제목의 머리기사를 내보냈다. 내용인즉슨 "흑인 제례 지도자의 추종자 100여 명이 오늘 경찰에 검거되어 조사를 받고 있다. 문제의 제례 지도자는 집에 조잡한 제단을 차려 놓고 인간을 제물로 바친 혐의로 체포되었다."

이슬람 교단의 왕으로 자처하는 이 사람은 뒤부아 거리 1429번지에 사는 마흔네 살 로버트 해리스이며 희생자는 해리스의 집에 세 들어 사는 마흔 살의 흑인인 제임스 J. 스미스로 밝혀졌다. 희생된 스미스는 자동차 굴대로 맞고 은제 칼로 심장을 찔린 것으로 확인됐다. 주범인 해리스는 "부두교의 학살자"로 알려지게 되었는데 예전에 모스크 1호를 어슬렁거린 전력이 있었다. 아마 그는 파드의 "다시 찾은 무슬림 1과와 2과"에 나오는 다음 구절을 읽은 것 같았다. "모든 무슬림은 악마를 죽여야 한다. 왜냐하면 악마는 곧 뱀이며 만일 살려 둔다면 또 다른 사람을 물어 죽일 것이기 때문이다." 그래서 해리스는 자기 교단을 직접 창설했고, (피부가 하얀) 악마를 찾아 헤매었지만 이웃에서 찾을 수가 없자 아쉬운 대로 손쉽게 구할 수 있는 악마로 만족해야 했다.

사흘 뒤 파드는 체포되었다. 심문 과정에서 그는 다른 이에게 인간을 제물로 바치라고 명령한 적이 없다고 항변했다. 그는 자신이 "지상의 최고 존재"라고 주장했다.(어쨌든 이 말은 그가 처음으로 심문받을 때 한 말이었고, 몇 달 뒤 두 번째로 체포되었을 때는 얘기가 달라졌다. 즉 경찰 발표에 따를 것 같으면 그는 '이슬람 동포'가 한낱 부정한 돈벌이였음을 "인정했던" 것이다. 그는 "돈을 벌기 위해" 계시와 우주론을 날조했다는 것이다.) 그 말의 진위 여부야 어찌 되었든 결론은 이렇다. 기소를 취하하는 조건으로 파드는 영원히 디트로이트를 떠나게 되었다.

1933년 5월이 되자 데스데모나는 무슬림 소녀 일반교양 견습반 학생들과 작별해야 했다. 얼굴만 내놓은 머릿수건은 눈물로 얼룩졌다. 소녀들은 줄을 서서 데스데모나의 양 볼에 입을 맞추었다. (나의 할머니는 그동안 정이 흠뻑 들어서 이 소녀들을 무척 그리워할 것이다.) "어머니 말씀이, 시절이 나쁘면 누에가 실을 뽑지 않는다고 하셨습니다. 그러면 좋은 실크도 얻을 수 없고 좋은 고치도 얻을 수 없어요." 소녀들은 이 진리를 가슴에 새기고 새로 알을 깐 벌레들에 절망의 징표가 있지 않은가 살펴보았다.

실크룸의 선반은 모두 비어 있었다. 파드 무함마드는 새 지도자에게 권력을 이양했다. 전에 엘리야 풀이었던 카리엠 형제가 이제 엘리야 무함마드란 이름으로 '이슬람 동포'의 최고 성직자가 되었다. 엘리야 무함마드는 '이슬람 동포'의 살림살이에 대해 파드와 생각이 달랐다. 그는 이제부터 의류업이 아닌 부동산업에 눈을 돌릴 참이었다.

그렇게 해서 데스데모나는 층계를 내려오는 수밖에 없었다. 그녀는 마지막 층계참에 이르러 로비를 뒤돌아보았다. '이슬람 열매'가 경비를 서지 않고 커튼이 모두 젖혀진 것은 여기 발을 들여놓은 이래 처음 있는 일이었다. 데스데모나는 뒷문으로 나가야 한다는 걸 알고 있었지만 이제 더 잃으려야 잃을 것도 없었다. 그래서 용기를 내어 정문에 도전해 보기로 했다. 그녀는 이중문에 다가가 지성소로 뚫고 들어갔다.

처음 십오 초 동안 그녀는 가만히 서 있었다. 머릿속에 그려 온 모습이 눈앞의 현실로 바뀌는 데 그만큼 시간이 필요했던 것이다. 그녀는 날아오를 것 같은 둥근 천장과 화려한 색깔의 튀르키예식 양탄자를 상상해 왔지만 기껏 굳게 마음먹고 들어선 그곳은 그저 소박한 강당일 뿐이었다. 한쪽 끝에 작은 단상이 있고 벽에는 줄줄이 접의자들이 포개져 있었다. 그녀는 이 모든 사실을 조용히 받아들였다. 그때 갑자기 어떤 목소리가 들려왔다.

"반갑군, 데스데모나."

아무도 없는 줄 알았던 단상의 설교대 뒤에 선지자인 마디[97] 파드 무함마드가 서 있었다. 중절모로 얼굴을 가린 그는 날씬하고 귀티 나는 하나의 실루엣으로밖에 보이지 않았다.

---

97) 이슬람교의 구세주에 대한 칭호이다.

"당신은 여기 들어오면 안 될 텐데." 그가 말하기 시작했다. "하지만 오늘이야 괜찮겠지."

데스데모나는 겁을 잔뜩 집어먹은 채 간신히 이렇게 물었다. "어떻게 제 이름을 아시죠?"

"모르고 있었소? 난 모르는 게 없소."

그의 깊은 음성은 난방관을 통해 들을 때에도 명치를 떨리게 했는데 이제 바로 앞에서 듣고 보니 그녀의 몸 전체를 꿰뚫는 듯했다. 그 충격의 여파로 팔과 함께 손가락이 따끔거리기 시작했다.

"레프티는 잘 지내오?"

이 물음에 데스데모나는 하마터면 쓰러질 뻔했다. 그녀는 아무 말도 할 수가 없었다. 한꺼번에 많은 생각이 머릿속을 오갔다. 우선 어떻게 파드가 남편 이름을 알까? 시스터 원더에게 말한 적이 있던가? ……그리고 두 번째, 만일 그가 모든 것을 안다는 말이 사실이라면, 그의 말은 모두 옳아야 하는데, 그렇다면 푸른 눈의 악귀와 악의 과학자에 관한 얘기나 일본에서 온 마더 플레인이 세계를 멸망시키고 무슬림을 쫓아내리란 얘기도 틀림없는 사실이란 말인가? 그녀는 공포에 사로잡히는 한편 기억 속의 뭔가를 자꾸 떠올리고 있었다. '어디선가 저 목소리를 들은 적이 있는데…….'

이제 파드 무함마드는 설교대 뒤에서 걸어 나왔다. 그는 단상을 가로질러 마루로 내려섰다. 그러고는 자신의 전지함을 과시하면서 데스데모나에게 다가왔다.

"지금도 무허가 술집을 경영하고 있소? 그 시절도 이제 끝나 가는데. 레프티도 다른 일을 찾아보는 게 좋을 거요."

비스듬하게 내려쓴 중절모, 단정하게 단추를 채운 양복, 마디는 그늘 아래 얼굴을 가린 채 그녀에게 점점 다가왔다. 그녀는 달아나고 싶었지만 그럴 수가 없었다.

"그리고 아이들은 어때?" 마디가 물었다.

"밀턴은 지금쯤 여덟 살이 됐겠군."

이제 그와의 거리는 겨우 3미터 정도밖에 안 되었다. 데스데모나의 심장이 미친 듯이 쿵쾅거릴 때 파드 무함마드는 모자를 벗어 얼굴을 드러냈다. 선지자의 얼굴이 웃고 있었다.

지금쯤이면 여러분도 그가 누군지 알아차렸을 것이다. 그렇다. 그는 지미 지즈모였던 것이다.

"아이코!"

"안녕, 데스데모나."

"아니, 당신은!"

"틀림없지."

데스데모나는 눈이 휘둥그레져서 쳐다보았다.

"우린 당신이 죽은 줄 알았어요, 지미! 호숫가에서 차 사고로."

"지미는 죽었지."

"하지만 당신이 바로 지미잖아요." 데스데모나는 이제 반격할 기운을 차리고 한껏 퍼붓기 시작했다.

"어째서 처자식을 팽개쳐 두는 거예요? 도대체 어떻게 된 거냐고요?"

"내가 책임져야 할 사람은 오직 나의 신도들뿐이오."

"무슨 신도? 흑인들 말인가요?"

"최초의 인종이지."

그녀는 그가 하는 말이 농담인지 진담인지 알 수가 없었다.

"어째서 백인을 싫어하는 거예요? 왜 악마라고 부르는 거죠?"

"증거가 필요해? 이 도시, 이 나라를 좀 보라고. 아직도 이해가 안 되나 보지?"

"어디엘 가도 악마는 있어요."

"특히 헐버트 거리의 그 집에는."

잠시 침묵이 흘렀다. 그러다가 데스데모나가 조심스럽게 물었다.

"그, 그게 무슨 뜻이지요?"

파드, 아니 지즈모는 다시 웃음을 흘리며 말했다.

"감춰 봤자 소용없소. 다 알게 됐으니."

"아니, 뭘 감췄단 말이에요?"

"흥, 내 아내라는 여자 수멜리나는 소위 비정상적인 식욕을 가진 여자요. 그리고 당신과 레프티는 어떤지 아오? 당신들은 날 보기 좋게 속였다고 생각하겠지?"

"아니, 지미, 제발."

"날 그렇게 부르지 마. 그건 내 이름이 아니니까."

"무슨 소리예요? 당신은 내 형부잖아요."

"모르는 소리!" 그가 고함을 질렀다.

"당신은 날 알았던 적이 없어!" 마음을 잠시 가라앉히고 나서 그가 계속 말했다.

"당신은 내가 누구인지, 고향은 어딘지도 몰랐어." 그 말과 함께 마디는 데스데모나 옆을 지나 로비와 이중문을 통해서 우리 인생에서 나가 버렸다.

데스데모나는 그다음 마지막을 보지 못했다. 하지만 그 장면은 문서로 잘 보관되어 있다. 우선 파드 무함마드는 '이슬람 열매'들과 악수를 나누었다. 청년들이 눈물을 훔치는 가운데 그는 작별 인사를 했다. 그러고는 모스크 1호 밖의 군중을 헤치고 연석 앞에 주차된 크라이슬러 쿠페에 이르렀다. 발판에 발을 얹은 다음 나중에 거기 모인 사람들이 한결같이 자기를 쳐다보았다고 주장할 그런 눈빛을 던졌다. 여자들은 내놓고 흐느끼며 그에게 가지 말라고 매달렸다. 파드 무함마드는 모자를 벗어 가슴에 갖다 댔다. 그는 겸손하게 눈을 내리깔며 말했다.

"걱정 마세요. 나는 여러분과 함께 있습니다."

그는 게토의 빈민가 소굴과 비포장도로, 더러운 빨래터, 이 모든 이웃을 받아들이는 듯한 몸짓으로 모자를 들어 올렸다.

"나는 가까운 미래에 돌아와 여러분을 이 지옥으로부터 인도해 나갈 것입니다."

그리고 나서 파드 무함마드는 크라이슬러에 올라 시동을 걸고 마지막으로 자신에 찬 미소를 흘리며 떠나갔다.

파드 무함마드는 디트로이트에 다시 나타나지 않았다. 시아파의 열두 번째 이맘[98]처럼 그는 종적을 감춰 버렸다. 어떤 사람은 1934년 런던행 원양 여객선에서 그를 봤다고 했다. 1959년 시카고의 일간지들은 W. D. 파드에 대해서 "튀르키예 태생의

---

98) 시아파 최고 지도자의 칭호이다.

나치 앞잡이"로서 2차 세계 대전 때 히틀러를 위해 일하다가 죽었다고 보도했다. 그의 죽음에 경찰이나 FBI가 연관되었다는 음모론도 제기되었다. 추측이 무성했다. 파드 무함마드, 즉 나의 외가 쪽 할아버지는 올 때 그랬던 것처럼 갈 때도 어딘지 알 수 없는 곳으로 사라졌다.

데스데모나로 말할 것 같으면 파드와 만난 걸 계기로 그 무렵 생각하고 있던 대담한 결정을 실행하기에 이르렀다. 선지자가 사라진 지 얼마 지나지 않아 할머니는 당시로선 꽤 신기술이었던 의료 수술을 받은 것이다. 의사가 그녀의 배꼽 아래 두 군데를 절개했다. 피부 조직과 근육을 벌려서 나팔관을 드러낸 뒤 하나씩 묶었고, 그 후로 더 이상 아이가 생기지 않았다.

클라리넷 세레나데

우리는 데이트 약속을 했다. 나는 그녀를 데리러 크로이츠 베르크에 있는 스튜디오로 갔다. 실은 그녀가 일하는 모습을 보고 싶었지만 줄리는 날 들어오지 못하게 했다. 그래서 우리는 저녁을 먹으러 '오스트리아'라는 곳으로 갔다.

오스트리아는 사냥꾼의 오두막집 같았다. 벽은 온통 뿔 달린 사슴 머리로 도배되다시피 했는데 줄잡아 오륙십 개는 되었다. 뿔이래 봐야 우스꽝스러울 정도로 작아서 맨손으로도 때려잡을 만한 크기였다. 식당 안은 어두웠지만 따뜻하고 나무 냄새가 나서 아늑했다. 그런 곳을 싫어하는 사람이라면 내가 싫어하는 사람일 것이다. 줄리는 그곳을 좋아했다.

"당신이 하는 일을 보여 주지 않아서 말인데요." 자리에 앉으며 내가 운을 뗐다.

"최소한 어떤 일인지만이라도 말해 줄 수 없나요?"

"사진 쪽이에요."

"어떤 사진인지는 말하고 싶지 않은가 보군요."

"우선 목부터 축이고요."

줄리 키쿠치는 서른여섯 살이지만 얼른 보기에는 스물여섯 같았다. 키는 작아도 왜소하지 않으며, 불손하지만 막돼먹지는 않았다. 얼마 전까지 물리 치료를 받았는데 이젠 끊었다고 한다. 엘리베이터 사고로 오른손에 약간의 관절염 증세가 있어서였다. 그래서 장시간 카메라를 들고 있으면 아파했다.

"난 조수가 있어야겠어요. 그게 안 되면 손을 새로 해 달든지."

그녀의 말이었다. 그녀의 손톱은 그리 깨끗하지 않다. 말이야 바른말이지 그렇게 사랑스럽고 기막힌 체취를 풍기는 사람에게서는 한 번도 보지 못했을 만큼 때가 낀 손톱이다.

젖가슴을 보면 나도 같은 양의 테스토스테론이 분비되는 여느 사람과 마찬가지 느낌을 받으며 흥분한다. 나는 줄리에게 메뉴를 번역해 주었고 우리는 식사를 주문했다. 나온 것은 삶은 쇠고기와 단지에 담긴 그레이비소스, 붉은 양배추, 그리고 크기가 소프트볼만 한 만두였다. 우리는 베를린과 유럽 국가들 사이의 차이점에 대해 이야기했다. 줄리는 바르셀로나 식물원에서 개장 시간이 끝나는 바람에 남자 친구와 갇혔던 얘기를 해 주었다. 옳거니, 나는 속으로 생각했다. 첫 번째 남자 친구가 화제로 나왔겠다. 곧 나머지들이 술술 따라 나오겠지. 남자 친구들을 테이블 주위에 쫙 늘어놓고 그들의 모자란 점과 지나친 점, 그리고 변심한 사연들을 털어놓겠지. 그다음에는 나도 불려 나가 변변치 못한 나의 이력을 불어야겠지. 그쯤 되면 나의 첫 데이트는 대개 어긋나기 마련이었다. 나는 충분한 자료가 없었다. 내 나이만큼 살아온 남자가 의당 알고 있어야 할 자료가 내게는 축적돼 있지 않았던 것이다. 그걸 느끼는 순간 여자들의 눈동자에는 이상하게 여기고 궁금해하는 표정이 감돌았다. 그러면 나는 디저트가 나오기도 전에 이미 그들로부터 도망치기 시작했다.

그런데 줄리에게는 그런 일이 일어나지 않았다. 남자 친구 얘기라곤 바르셀로나에서 튀어나온 그 친구뿐. 줄줄이 따라 나오는 남자는 아무도 없었다. 그렇다고 남자 친구가 없었을 리는 만무했다. 지금 줄리는 남편감을 찾는 것도 아니었다. 따라서 굳이 날 남편감으로 인터뷰해야 할 이유도 없었다.

나는 줄리 키쿠치를 좋아한다. 아주 많이 좋아한다. 그러고 나면 늘 같은 문제에 부닥친다. 그녀가 원하는 건 무얼까? 사실을 안다면 그녀가 어떻게 나올까? 그대로 말해야 할까? 아니, 너무 일러. 우리는 아직 입도 못 맞췄잖아. 이제부터 나는 새로운 로맨스에 빠져들 거야. 새로운 로맨스에 빠져들 거라고.

*

1944년 어느 여름날에서부터 시작하자. 모두들 테시라고 부르는 테오도라 지즈모는 발톱에 매니큐어를 바르고 있었다. 침대 겸용 소파에 앉아 발밑에 베개를 받치고 발가락 사이에는 솜뭉치를 끼워 넣고서. 방 안은 시들어 가는 꽃들과 어머니의 잡동사니로 가득했다. 뚜껑을 잃어버린 화장품들, 코 푼 휴지, 접신론에 관한 책들, 뚜껑도 없이 포장지만 잔뜩 쑤셔 넣은 초콜릿 상자, 그리고 이빨 자국만 내 놓고 먹다 만 크림 과자들로 방은 너저분했다. 테시를 기준으로 그 위쪽은 한결 나았다. 펜과 연필들이 컵 속에 가지런했고 축소판 셰익스피어 흉상 모양의 놋쇠 북엔드 사이에는 야드 세일[99]에서 고른 소설책들이 꽂혀 있었다.

스무 살. 테시 지즈모의 발 사이즈는 220센티미터였고, 푸른 심줄이 두드러져 보이는 파리한 발끝에 꼼지락거리는 빨간색 발톱은 마치 공작새 꼬리에 매달린 태양 같았다. 때마침 다리에 바른 로션 냄새를 맡고 각다귀 한 마리가 다리를 따라가다가 그만 엄지발톱에 붙어 버렸다. 그녀는 준엄하게 발톱을 살폈다.

"아니, 이런 징그러운 녀석."

그녀는 각다귀를 집어내고 다시 매니큐어를 칠했다.

2차 세계 대전이 한창이던 이날 저녁 한 곡조의 세레나데가 곧 시작될 예정이었다. 몇 분만 있으면 되었다. 가만히 귀를 기울여 보면 창문이 스르르 열리고 목관 악기의 주둥이에 깨끗한 리드를 밀어 넣는 소리가 들렸을 것이다. 모든 것의 시작을 알리고, 나의 전 생애가 달렸다고 할 수 있는 음악이 이제 울려 퍼지려 했다. 그러나 그 곡조가 제소리를 내기 전에 지나

---

99) 개인이 집 앞에서 벌이는 중고품 세일을 말한다.

간 십일 년 세월 동안 무슨 일이 있었는지 설명하겠다.

우선 금주법이 폐지되었다. 1933년 모든 주의 만장일치로 헌법 제21조가 발효되면서 제18조 금주법이 폐지되었다. 디트로이트의 '미국재향군인협의회'에서는 줄리어스 스트로가 스트로 가문의 보헤미안 맥주가 그득한 금박 나무통의 마개를 쭉 뽑았다. 루스벨트 대통령은 백악관에서 칵테일을 홀짝이는 사진을 찍었다. 그리고 헐버트 거리의 우리 할아버지 레프티 스테퍼니데스는 얼룩말 가죽을 걷고 지하 무허가 술집을 닫고서 다시 한번 지상으로 올라왔다.

자동차 에로 사진으로 모은 돈으로 그는 웨스트그랜드 거리에 면한 핑그리 거리의 한 건물에 계약금을 지불했다. 1층의 제브러룸은 복잡한 상업 지구 한복판에서 바와 그릴을 겸했고, 주변의 가게들은 내가 어릴 때까지도 그대로 있었다. 어렴풋이 기억나는 A. A. 로리의 안경점엔 안경 모양 네온사인이 있었고, 뉴요커 양품점의 앞 유리창에서 나는 난생처음 벌거벗은 마네킹이 추는 살인적인 탱고를 보았다. 그리고 '고급 정육점', '혜저모저의 싱싱한 어물전', 또 '솜씨 좋은 이발소'도 있었다. 모퉁이에 위치한 우리 가게는 좁다란 단층 건물로 나무 얼룩말 머리가 인도 위에 삐죽이 튀어나와 있었다. 밤이 되면 얼룩말 머리에 둘러친 빨간 네온이 깜박거렸다.

단골손님들은 주로 자동차 공장의 노동자들이었다. 그들은 교대 시간이 끝나면 들렀는데 교대하기 '전에' 들르는 경우도 많았다. 레프티는 아침 8시부터 저녁 8시 30분까지 바를 열었고, 바 안은 작업 라인에 출두하기 전에 정신을 무디게 하려는 남자들로 북새통을 이루었다. 그들에게 맥주를 따라 주면서 레프티는 바깥세상 돌아가는 걸 알게 되었다. 1935년 단골손님들은 '자동차 노조'가 설립된 것을 축하했다. 이 년 뒤 그들은'구름다리 전투'에서 포드사의 무장 경비원들이 노조 지도자인 월터 로이터를 급습한 사실을 두고 욕을 해 댔다. 나의 할아버지는 이 논쟁에서 어느 편도 들지 않았다. 그의 직업은 들어 주고, 고개를 끄덕이고, 술이 떨어지면 채워 주고, 웃어 주는 일이었으니까. 1943년 바에서 나눈 대화가 화근이 되었을 때에도 그는 아무 말도 하지 않았다. 8월의 어느 일요일 벨아일에서 흑인과 백인 사이에 주먹다짐이 있었다.

"어떤 깜둥이 놈이 백인 여자를 겁탈했어." 한 손님의 말이었다.

"그래, 이젠 세상의 모든 깜둥이가 앙갚음을 하려는 거야. 자넨 가만히 앉아서 구경이나 해."

월요일 아침까지 인종 간의 분쟁이 끊이지 않았다. 그러나 한 떼의 남자들이 들어서며 흑인 하나를 때려죽였다고 떠벌려 대자 나의 할아버지는 술을 팔지 않겠다고 거절하고 나섰다.

"네 나라로나 꺼지지 그래?"

패거리 중 하나가 화가 나서 소리를 질렀다.

"여기가 내 나라요."

이렇게 말하면서 레프티는 그걸 증명이라도 하려는 듯 매우 미국적인 행동을 취했다. 카운터 밑에 손을 집어넣어 권총을 꺼내 든 것이다.

이런 싸움들은 훨씬 더 큰 싸움에 묻혀 지금은 ── 테시가 발톱에 매니큐어를 칠하는 것만큼이나 ─ 모두 과거가 되었다. 1944년에는 디트로이트를 통틀어 자동차 공장들의 대대적인 개편 작업이 진행되었다. 윌로런[100]에서는 포드 세단 대신 B-52 폭격기가 조립 라인을 탔고, 건너편 크라이슬러에서는 탱크가 만들어지기 시작했다. 생산업자들은 마침내 진퇴양난에 빠진 경제 회생책을 발견했다. 그것은 전쟁이었다. 그때까지만 해도 아직 모타운(디트로이트의 다른 이름)으로 불리지 않았던 이 자동차 도시는 한동안 "민주주의의 병기창"이 되었다. 그리고 캐딜락 거리의 하숙집에서 테시 지즈모는 발톱을 칠하면서 클라리넷 소리를 들었다.

아티 쇼의 히트곡인 「비긴 더 비긴」이 축축한 공기 위로 떠올랐다. 느닷없는 음악 소리에 전화선 위의 다람쥐가 고개를 쫑긋 세우고 긴장해서 귀를 기울였다. 이어서 사과나무 잎새가 바스락거리고, 뱅뱅 도는 풍향계 위에 수탉이 올라갔다. 「비긴 더 비긴」의 강한 박자와 소용돌이치는 멜로디는 (2차 세계 대전 중 정원을 일구어 만든) 채소밭과 정원의 집기들, 그리고 나무딸기 덩굴에 칭칭 감겨 숨이 막힐 것 같은 울타리와 현관에 놓인 그네 위로 솟아올랐다가 훌쩍 울타리를 건너뛰어 오툴 보딩하우스의 뒷마당으로 들어선다. 그러고는 남자 하숙생들을 위한 잔디 볼링의 레인과 누군가 깜박 두고 간 몇몇 크로케 타구봉 주변을 한 바퀴 돌아 손질이 안 된 담쟁이덩굴을 따라 벽돌담을 지나고, 총각들이 빈들거리거나 수염을 긁적이

---

100) 디트로이트 대도시권과 연결된 교통 중심지이다.

는(특히 다넬리코프 씨의 경우에는 체스 두는 법을 공식으로 만들고 있었다.) 창문을 넘어 위로위로 솟아올랐다.「비긴 더 비긴」은 아티 쇼의 최고작이자 가장 사랑받는 곡으로서 1939년에 녹음되었지만 아직도 미국 어딜 가나 라디오에서 심심찮게 들려왔다. 이 음악은 그 가락이 너무나 신선하고 생동감이 있어서 미국의 순수한 대의명분과 연합군 측의 궁극적인 승리를 장담하는 것 같았다. 그러나 막상 여기 테오도라의 창에 이르렀을 때 그녀는 발톱을 말리기 위해 부채질하느라 여념이 없었다. 이윽고 클라리넷 소리를 들은 나의 어머니는 창 쪽을 돌아보며 싱긋 미소를 지었다.

그 음악의 진원지는 바로 브릴 크림[101]으로 머리를 뒤덮은 뒷집의 오르페우스였다. 스무 살 대학생인 밀턴 스테퍼니데스가 자기 침실 창가에 서서 솜씨 좋게 클라리넷을 연주하고 있었다. 그는 보이스카우트 제복을 입고 있었다. 턱을 쳐들고 팔꿈치는 바깥쪽으로 내민 채 오른쪽 무릎으로 카키색 바지 속에서 박자를 맞추며 한여름 밤에 사랑의 노래를 불어 보낸 것이었다. 얼마나 열렬하고 뜨겁게 연주를 했던지 이십오 년 뒤 우리 집 다락방에서 내가 그 먼지투성이 목관 악기를 찾아냈을 때는 그만 눈곱만큼의 온기도 남아 있지 않았다. 밀턴은 사우스이스턴 고등학교 오케스트라에서 3번 클라리넷 주자였다. 고등학교에 다닐 때에는 슈베르트와 베토벤, 모차르트를 연주해야 했지만 이젠 졸업했으므로 마음 내키는 대로 뭐든

---

101) 남성용 모발 화장품이다.

연주할 수 있었다. 그는 아티 쇼의 흉내를 냈다. 마치 스스로의 연주에 압도되어 뒤로 날아갈 것처럼 과장되고 균형을 잃은 자세를 그대로 따라 했다. 지금 그는 창가에 서서 서예가가 일필휘지를 휘날리듯 쇼처럼 자기 악기를 휘둘렀다. 까맣게 빛나던 악기를 쳐다보던 그의 두 눈이 문득 두 블록 떨어진 집, 그중에서도 3층 창가에 매달린 하얗고 소심하면서도 흥분한 근시의 얼굴에 멎었다. 나뭇가지와 전화선들이 그의 시야를 가렸지만 그는 그녀의 짙고 긴 머리카락이 자기 클라리넷처럼 반짝이는 것을 알 수 있었다.

테시는 손을 흔들지 않았다. 그의 음악을 들었다는 표시로—미소 짓는 것 외에는—아무런 신호도 보내지 않았다. 이웃 사람들은 세레나데에는 도통 관심도 없이 자기 하던 일들만 계속했다. 어른들은 잔디에 물을 주거나 새 모이통을 채웠고, 어린아이들은 나비를 쫓아다녔다. 밀턴은 마지막 부분에 이르러 악기를 내리고 창밖으로 몸을 내민 채 싱긋 웃었다. 그러고는 처음부터 다시 시작하는 것이었다.

아래층의 데스데모나는 손님들을 접대하다 아들의 클라리넷 소리를 듣고는 마치 오케스트라 연주에 화음을 넣듯이 긴 한숨을 내쉬었다. 거스와 조지아 바실라키스 부부, 그리고 그들의 딸인 가이아가 거실에 앉아 있은 지 벌써 사십오 분이 지났다. 때는 일요일 오후. 커피 탁자 위에 놓인 장밋빛 젤리 접시가 어른들이 마시는 번쩍이는 와인 잔의 빛을 반사하고 있었다. 가이아는 미지근한 베르너 진저에일 잔을 소중한 물건 다루듯 만지작거렸다.

"가이아, 네 생각은 어떠니?" 아버지가 그녀에게 채근했다.

"밀턴은 평발이야. 그런 흠을 가지고 네게 어디 댈 법이나 하겠니?"

"아빠아." 가이아가 당황해서 말했다.

"아주 잘려서 없어진 것보다야 평발이라도 있는 게 낫지요." 레프티의 말이었다.

"지당하신 말씀이에요." 조지아가 맞장구쳤다.

"밀턴을 다른 사람이 채 가지 않아서 다행이다. 난 평발이라고 해서 부끄러워해야 한다고 생각지 않아. 내 아들을 전쟁에 내보내야 한다면 나도 무슨 짓을 했을지 모르는걸."

이런 이야기를 나누면서 데스데모나는 줄곧 가이아 바실라키스의 무릎을 툭툭 치며 이렇게 말했다.

"밀턴이 금방 올 거야."

이 말은 손님들이 도착했을 때부터 몇 번이나 한 말이었다. 그리고 이 말은 가이아 바실라키스에게만 한 것이 아니라 지난 한 달 반 동안 일요일마다 해 온 말이었다. 지난주 일요일에 부모와 함께 온 지니 다이아몬드에게도 한 말이고, 그 전주에 왔던 비키 로가테티스에게도 같은 말을 했다.

데스데모나는 갓 마흔세 살이 되었고 그 세대의 여자로 보면 이제 완전히 중늙은이에 들었다. 머리카락은 반백이 되었고, 언제부턴가 쓰기 시작한 테 없는 황금색 안경 때문에 눈이 약간 더 커 보이고 인상도 실제보다 훨씬 더 어리벙벙해 보였다. 걱정하는 성격(최근 들어 위층에서 들리는 스윙 음악이 한층 불을 질렀다.) 탓에 그녀는 또다시 가슴이 쿵쾅거리는 걸 느겼다. 이젠 거의 매일같이 있는 일이었다. 그러나 이렇게 걱정이 많은 가운데에서도 데스데모나는 생동감이 넘쳤다. 늘 요리하고 빨래하고 자기 자식과 남의 자식들을 돌보며 날카로운 소리를 질러 대는 그야말로 소음과 활력으로 가득 찬 삶이었다.

할머니는 교정 렌즈를 꼈는데도 여전히 세상에 초점을 맞출 수 없었다. 데스데모나는 무엇 때문에 전쟁이 일어났는지 이해할 수가 없었다. 스미르나 시절에 배를 보내 난민을 구해 준 나라는 일본뿐이었는데. 나의 할머니는 평생 그 일로 감사의 마음을 잊지 않았다. 사람들이 진주만 기습에 대해 이야기하면 할머니는 "바다 한가운데 있는 섬나라 얘긴 꺼내지도 마라. 이 나라도 전 세계의 섬을 모두 가져야 할 만큼 큰 건 아니잖니?"라고 말했다. 자유의 여신상이 여성이라 해서 바뀐 것은 아무것도 없었다. 여기도 다른 곳과 다를 바가 없었다. 그저 남자들과 남자들의 전쟁뿐. 다행히 밀턴은 군대에서 거부당했다. 전쟁에 나가는 대신 그는 밤에는 야간 학교에 다니고 낮에는 바에서 일을 거들기로 했다. 그가 입었던 제복이라고는 보이스카우트 제복이 고작이었다. 보이스카우트에서 대장이긴 했지만. 그래서 스카우트 캠핑을 위해 북쪽을 다녀오는 일이 종종 있었다.

오 분이 지나도 밀턴이 나타나지 않자 데스데모나는 실례하겠다고 말한 뒤 층계를 올라갔다. 밀턴의 방 앞에 이른 그녀는 안에서 흘러나오는 음악 소리에 인상을 찌푸렸다. 그리고는 문도 두드리지 않고 안으로 들어갔다.

창가에 선 밀턴은 클라리넷을 앞으로 내민 채 아무 생각 없이 연주에 열중해 있었다. 엉덩이는 점잖지 못하게 흔들어 댔으며 입술은 머리카락과 마찬가지로 밝게 빛났다. 데스데모나는 성큼성큼 방으로 걸어 들어가 쾅 소리가 나게 창문을 닫아 버렸다.

"썩 내려와." 그녀의 명령이었다.

"가이아가 아래층에 와 있다."

"지금은 연습 중이에요."

"연습은 나중에 하고."

이렇게 말하면서 그녀는 마당 건너편의 오툴 보딩하우스 창가를 슬쩍 보았다. 3층 창에서 누가 얼른 숨는 것 같았지만 확실하지는 않았다.

"왜 연습할 때마다 창문에 붙어서 하니?"

"열이 나니까요."

데스데모나는 움찔했다.

"열이라니?"

"연주하다 보니까요."

그녀는 코웃음을 쳤다.

"와 봐. 가이아가 너 주려고 과자를 가져왔어."

그 무렵 들어 할머니는 밀턴과 테시 사이가 점점 가까워지는 걸 눈치채고 있었다. 테시가 수멜리나와 저녁 먹으러 올 때마다 그녀를 쳐다보는 밀턴의 눈길이 남달랐던 것이다. 자랄 적에는 조와 테시가 더 친했는데 이제 테시가 현관 그네에 앉아 있을 때면 늘 밀턴이 같이 있었다. 데스데모나는 조를 불러 물어보았다.

"너 왜 요즘엔 테시하고 놀지 않니?"

그러자 조는 약간 삐죽거리며 이렇게 대답했다.

"언니가 바빠서."

할머니의 가슴이 뛰기 시작한 것은 이 때문이었다. 자기 죄를 보상하기 위해 최선을 다했건만, 결혼 생활을 극지의 황무지로 만들고 의사에게 나팔관을 묶어 버리도록 했건만, 아직도 근친 관계는 그녀의 주위를 맴돌았다. 그리하여 겁에 질린 나의 할머니는 오래전에도 시도했지만 결국 복잡한 결과만 낳고 만 활동을 재개했다. 다시 결혼 중매에 나선 것이다.

일요일마다 옛날 비티니오스의 집에서처럼 혼기에 접어든 처녀들이 헐버트 집의 현관으로 들어섰다. 그때하고 다른 점이라면 처녀들이 좀 더 다양하다는 것이다. 디트로이트에는 처녀가 많았다. 날카로운 목소리의 처녀가 있는가 하면 부드러운 알토 음색이 있었고, 뚱보와 말라깽이도 있었고, 로켓 목걸이에 사진을 넣고 다니는 어린애 같은 처녀가 있는 반면 보험 회사에서 비서로 일하는 노처녀도 있었다. 소피 조르고풀로스라고 어느 캠프에서 뜨거운 석탄을 밟은 뒤로 걸음걸이가 우스꽝스러워진 처녀도 있었다. 또 예쁜 여자들에게 혐오감을 느낀 나머지 밀턴에겐 아예 관심을 보이지 않았던 마틸다 리바노스는 태어나서 한 번도 머리를 안 감은 것 같은 여자였다. 부모의 손을 잡고 오든 혼자 오든 매주 처녀들이 찾아왔고, 한 주 한 주 거듭될 때마다 밀턴은 실례를 무릅쓰고 자기 방으로 올라가 창가에 서서 클라리넷을 연주했다.

　이제 밀턴은 소몰이꾼 같은 어머니에게 이끌려 가이아 바실라키스를 만나야 했다. 가이아는 부모를 옆에 끼고 속을 너무 채워 넣은 해포석 같은 녹색 소파에 앉아 있었다. 신부 후보는 워낙 덩치가 좋았는데 뽕을 넣은 소매와 주름을 잡은 치마에 역시 잔뜩 부풀린 페티코트를 받친 하얀 드레스까지 입고 있었다. 짧은 흰 양말도 주름투성이였다. 그걸 보니 밀턴은 화장실 쓰레기통에 씌우는 레이스 커버가 떠올랐다.

　"자네는 배지가 참 많군." 거스 바실라키스가 말했다.

　"하나만 더 모았으면 밀턴은 이글 스카우트가 됐을 겁니다." 레프티가 거들었다.

　"대체 무슨 배지인데 못 받았지?"

　"수영이지요." 밀턴이 담담하게 말했다.

　"전 물에만 들어가면 맥주병이거든요."

　"저도 수영은 잘 못해요." 가이아가 수줍게 웃으며 말했다.

　"과자 좀 먹어 봐라, 밀티." 데스데모나가 재촉했다.

　밀턴은 깡통을 내려다보며 과자를 집어 들었다.

　"가이아가 만들었다." 데스데모나가 말했다.

　"마음에 드니?"

　밀턴은 생각에 잠긴 듯이 한 입 깨물었다. 잠시 뒤 그는 보이스카우트식 인사로 손을 들었다.

　"제가 원래 거짓말을 못 해서 그러는데요, 이 과자는 진짜 꽝이네요."

세상에 자기 부모의 러브 스토리처럼 믿기 어려운 일이 또 있을까? 오래전에 황금기를 지나 버려 영구적으로 지체 부자유자 명단에 오르게 된 그들도 과거에는 출발선에 서 있었다는 사실을 금방 이해할 수 있을까? 내가 경험한 아버지는 이자율이 떨어진다든지 할 때 말고는 긴장하는 법이 없었는데, 그런 아버지가 사춘기 시절에 타오르는 육체적 욕망으로 고생했다는 것은 얼른 상상하기가 어렵다. 훗날 내가 미지의 아가씨를 꿈꾸며 그러듯이 나의 아버지도 어머니를 꿈꾸며 침대에 누워 있을 때가 많았다. 연애편지를 쓰거나 심지어 야간학교에서 앤드루 마벌[102]의 시 「수줍은 애인에게」를 읽은 후에는 연애 시를 긁적이기도 했다. 밀턴의 시는 엘리자베스 시대의 형이상학을 에드거 버건[103]의 운율과 혼합한 문체였다.

당신은 어떤 새로운 기계 장치만큼이나
놀랍소, 테시 지즈모.
GE의 중역이 사람을 보낼지도 모를 일.
당신은 세계 박람회에 내놓아도 좋을 처녀일진대······.

아무리 너그러운 딸이라 해도 인정할 것은 인정해야겠다. 아버지는 전혀 미남이 아니었다. 열여덟 살 때 그는 폐병 환자처럼 뼈만 붙어 있었다. 얼굴 여기저기에는 흠집이 있었고, 슬

---

102) Andrew Marvell(1621~1678). 17세기 영국 형이상학과 시인이다.
103) Edgar Bergen(1903~1978). 유명한 복화술사이다.

퍼 보이는 눈 아래에는 벌써 두둑한 살집이 검게 자리를 잡았다. 턱은 작았고 코는 지나치게 컸으며 브릴 크림으로 떡칠한 머리털은 젤리 틀처럼 무겁게 번들거렸다. 그러나 밀턴은 이런 육체적 결함을 전혀 자각하지 못했다. 그는 세상의 공격으로부터 조개껍데기처럼 자신을 보호하는 알량한 자존심의 소유자였다.

그에 비하면 테오도라는 한결 매력적이었다. 수멜리나의 아름다움을 약간은 물려받은 터였다. 그녀는 155센티미터밖에 안 되는 키에 허리가 가늘고 가슴도 빈약했는데 하트형의 예쁘장한 얼굴을 백조처럼 기다란 목으로 받치고 있었다. 수멜리나가 마를레네 디트리히[104]처럼 순전히 유럽적인 미국인이었다면 테시는 디트리히의 미국인 딸이 있었으면 저랬겠다 싶은 얼굴이었다. 물론 디트리히의 딸이라기엔 조금 촌스럽지만. 테시의 그런 특징은 치아 사이가 약간 벌어지고 들창코인 점에서도 그대로 드러난다. 때로는 유전적 특질이 세대를 뛰어넘어 전달된다. 나는 어머니보다 훨씬 더 전형적인 그리스인처럼 생겼다. 어쨌든 테시는 부분적으로 남부의 소산이었다. 그녀는 "아뿔싸"나 "에고" 같은 말을 했다. 종일 꽃집에서 일하느라 리나는 테시를 나이 지긋한 아줌마들에게 맡겼는데, 그들은 대개 켄튀르키예에서 자라난 스코틀랜드계 아일랜드인이어서 테시의 말투에 이런 식의 콧소리가 많이 섞이게 된 것이다. 조의 강하고 남성적인 외모에 비해 테시는 이른바 순수 미

104) Marlene Dietrich(1901~1992). 독일 출신의 미국 여배우이다.

국적인 용모를 지녔는데 분명 그것이 나의 아버지를 끌어당겼을 것이다.

수멜리나가 꽃집에서 받는 급료는 많지 않아 모녀는 검소한 생활을 하지 않으면 안 되었다. 중고 가게에 가면 수멜리나는 라스베이거스의 쇼걸들이 입는 의상들에 마음이 끌렸고 테시는 얌전한 옷들을 골랐다. 오툴에 돌아오면 테시는 모직 스커트와 물세탁하는 블라우스를 손질했다. 스웨터의 보풀을 떼어 내고 중고 새들 슈즈를 닦았다. 그러나 이미 배어 버린 싸구려 가게 냄새는 쉽게 가시지 않았다.(그 냄새는 오랜 세월이 흐른 뒤 길을 걸어가는 내게서 풍겨 날 것이다.) 그 냄새는 아버지가 없다는, 점점 더 가난해진다는 설움과 불가분의 관계에 있었다.

지미 지즈모가 남긴 거라곤 테시의 몸에 물려준 것이 다였다. 그녀의 얼굴은 아버지처럼 섬세했고, 머리카락은 명주처럼 부드럽지만 아버지를 닮아 검은색이었다. 머리를 감지 않으면 기름이 흐르고 베개에서 냄새가 났는데 그러면 그녀는 이렇게 생각하곤 했다.

'아마 우리 아빠 냄새가 이랬을 거야.'

겨울이 되면 입안이 헐었고(이걸 방지하기 위해 지즈모는 비타민 C를 먹었다.) 얼굴은 창백했고 햇볕에 쉽게 탔다.

밀턴의 기억으로는 테시가 집에서 늘 딱딱한 성직자 같은 옷을 입었는데 리나는 그 옷을 재미있어했다.

"우리 두 사람 좀 봐라. 꼭 중국집 메뉴 같지 않니? 한쪽은 달콤, 한쪽은 시큼."

테시는 리나가 이런 식으로 말하는 것을 싫어했다. 그녀는 자기가 시큼하다고 생각하지 않았다. 다만 단정할 뿐이었다. 그녀는 자기 엄마도 좀 더 단정하게 행동했으면 하고 바랐다. 리나가 과음할 때면 테시가 엄마를 집으로 데려가 옷을 벗기고 침대에 눕혔다. 리나가 과시하기를 좋아했기 때문에 테시는 관망자가 되었다. 리나가 시끄럽게 굴었기 때문에 테시는 조용한 성격이 되었다. 그녀도 연주하는 악기가 있었는데 다름 아닌 아코디언이었다. 아코디언은 케이스에 담겨 그녀의 침대 밑에 있었다. 그녀는 이 커다랗고 건반도 많고 색색거리는 악기를 들어 종종 어깨에 들쳐 메었는데 그 크기가 그녀의 몸집과 거의 맞먹었다. 마지못한 듯이 서툰 연주를 시작하면 들려오는 그 멜로디는 언제나 슬픈 사육제 같은 느낌이었다.

어렸을 때 밀턴과 테시는 침대와 욕조를 함께 사용했지만 그건 오래전 일이었다. 최근까지만 해도 밀턴은 테시를 새침데기 사촌으로 여겨 왔다. 친구들이 그녀에게 관심을 보일 때마다 밀턴은 포기하라며 아티 쇼가 했을 법한 말을 해 주었다.

"쟤는 아이스박스 속 꿀 같은 애야. 차가운 꿀은 퍼지지 않지."

그러던 어느 날 밀턴은 악기상에서 새 리드를 사 가지고 집으로 왔다. 현관에서 외투와 모자를 옷걸이에 걸고 리드를 꺼낸 뒤 종이봉투를 손으로 둥글게 뭉쳤다. 거실에 들어서면서 그는 정해진 조준을 했다. 종이 뭉치는 방을 가로질러 쓰레기통의 모서리를 맞고 튀어나왔다. 그때 누군가의 목소리가 들렸다.

"음악 쪽이 차라리 낫겠어."

밀턴은 누구인지 보려고 고개를 들었다. 아니, 누구인지는 이미 알고 있었다. 그러나 그 누구는 그가 알던 예전의 누구가 아니었다.

테오도라가 긴 소파에 앉아 책을 읽고 있었다. 그녀는 봄 분위기가 나는 빨간 꽃무늬 드레스 차림이었다. 웬일인지 맨발이었는데 밀턴이 그걸 본 건 바로 그때였다. 빨간 발톱이었다. 밀턴은 테오도라가 발톱에 빨간색을 칠하는 아가씨라고는 한 번도 생각해 본 적이 없었다. 다른 부분 — 가늘고 하얀 팔과 부서질 것 같은 목 — 은 언제나와 같이 소녀로 남아 있는데, 빨간 발톱 때문에 별안간 그녀가 여자로 보이는 것이었다.

"고기 굽는 걸 보고 있는 중이야."

자기가 왜 거기 있는지를 그녀가 설명했다.

"엄마는 어디 가셨는데?"

"외출하셨어."

"외출? 엄마는 외출 안 해."

"오늘은 그러셨다니까."

"조는 어디 있어?"

"4-H에." 테시의 눈이 그가 들고 있던 검은 케이스에 이르렀다.

"그게 네 클라리넷이니?"

"응."

"뭐 좀 연주해 봐."

밀턴은 소파에 악기 케이스를 내려놓았다. 케이스를 열어 클라리넷을 꺼내는 내내 그는 테시의 맨다리를 의식했다. 마우스피스를 끼워 넣고 손가락을 유연하게 하기 위해 키의 아래위로 왔다 갔다 했다. 그러고는 치밀어 오르는 격정의 힘으로 몸을 수그린 채 테시의 맨발에 대고 클라리넷의 벌어진 끝을 눌러 기다란 음을 뽑아 늘였다. 그녀는 비명을 지르며 무릎을 비켰다.

"이게 D 플랫이야." 밀턴이 말했다.

"D 샤프도 들어 볼래?"

테시는 아직도 얼얼한 무릎 위에 손을 얹고 있었다. 클라리넷의 진동으로 허벅지까지 울림이 전달되었다. 그녀는 간지러운 느낌이 들어서 웃을 뻔했지만 웃지 않았다. 그녀는 사촌을 뚫어지게 바라보며 이렇게 생각했다. '너, 쟤가 웃는 거 보이니? 아직도 여드름이 난 주제에 자기가 멋진 남자라도 되는 줄 아나 봐. 왜 저렇게 됐을까?'

"좋아." 그녀가 마침내 대답했다.

"그래." 밀턴이 말했다.

"D 샤프야. 들어 봐."

첫날은 무릎이었고 그 주 일요일엔 목이었다. 밀턴이 테시의 목 뒷덜미에 대고 클라리넷을 불어 젖히자 마치 마개를 씌운 것 같은 소리가 났다. 머리카락이 날리고 테시는 소리를 질렀지만 오래가진 않았다. "이런." 밀턴이 뒤에 서서 말했다.

일은 그렇게 시작된 것이었다. 그는 테시의 쇄골에 대고 「비긴 더 비긴」을 연주했고 부드러운 뺨에다가는 「문페이스」를 불었다. 눈을 핑핑 돌게 했던 빨간 발톱에는 「당신의 발로 가네요」를 불었다. 자기들도 모르는 사이에 밀턴과 테시는 집에서 조용한 곳을 찾아다니게 되었고, 처음엔 치마를 살짝 들어 올리고 양말을 벗겨 내리곤 하던 것이 한번은 아무도 없을 때 블라우스를 올리고 허리를 드러내었으며, 테시는 밀턴이 클라리넷으로 맨살을 누르고 온몸을 음악으로 채우도록 허락했다. 처음에는 그저 간지럽기만 하던 것이 얼마 지나자 악보의 음표들이 몸속으로 깊이 퍼져 나갔다. 그녀는 진동이 근육을 뚫고 들어와 굽이굽이 파도치며 뼈를 덜컹거린 뒤 내부 장기를 울리는 느낌을 받았다.

밀턴은 보이스카우트 행사 때와 똑같은 손가락으로 연주했지만 속셈은 그때처럼 건전하지 않았다. 거친 숨을 몰아쉬며 테시 위에 몸을 구부린 밀턴의 손은 긴장으로 떨렸다. 그리고 뱀 부리는 사람처럼 클라리넷으로 원을 그렸다. 그러면 테시는 최면에 걸려 온순해진 코브라처럼 음악에 취해 황홀경에 이르는 것이었다. 마침내 어느 날 오후 둘만 남게 되었을 때 새침데기 사촌인 테시는 등을 바닥에 대고 누웠다. 한쪽 팔을 얼굴에 올려놓고서.

"어디를 연주할까?"

이렇게 속삭이는 밀턴의 입은 어떤 것이라도 연주할 듯이 바싹 말랐다. 테시는 블라우스 단추를 풀면서 숨 막힐 듯한 목소리로 말했다.

"내 배."

"배에 대한 곡은 아는 게 없는데."

밀턴이 과감한 질문을 던졌다.

"그러면 갈비뼈."

"갈비뼈에 대한 곡도 몰라."

"흉골은?"

"테스, 흉골에 대한 곡을 쓰는 사람은 아무도 없어."

그녀는 단추를 더 끄르면서 스르르 눈을 감았다. 그러고는 들릴락 말락 한 소리로 이렇게 말했다.

"이건 어때?"

"그거라면 알고 있지."

밀턴의 대답이었다.

테시의 살에 대고 연주할 수 없을 때면 밀턴은 자기 방 창문을 열고 멀리서 그녀에게 세레나데를 연주해 주었다. 어떤 때는 보딩하우스에 전화해서 오툴 부인에게 테오도라를 바꿔 달라고 부탁하기도 했다. "잠깐만." 오툴 부인은 이렇게 말하고 위층에 대고 소리쳤다.

"지즈모, 전화 받아라."

그러면 층계를 뛰어 내려오는 발소리와 함께 테시의 "여보세요." 하는 목소리가 들려왔다. 그는 전화기에 대고 클라리넷을 연주하기 시작했다.

(몇 년 뒤 나의 어머니는 아버지에게 클라리넷으로 구애받던 시절을 이렇게 회상하곤 했다. "썩 잘하진 못했어. 두세 곡 정도. 그게 다였단다." "뭔 소리야?" 아버지는 대뜸 항의하곤 했다. "난 레퍼토리가 아주 많았다고." 그러고는 휘파람으로 「비긴 더 비긴」을 불기 시작했다. 마치 악기를 든 것처럼 연주하는 시늉을 하면서 클라리넷의 비브라토 부분에서는 떨리는 음색까지 냈다. "왜 이제는 세레나데를

연주하지 않아?" 어머니가 이렇게 묻곤 했지만 아버지의 생각은 달랐다. "그 클라리넷이 도대체 어디로 가 버렸지?" 그러면 다시 어머니는 이렇게 대꾸했다. "내가 어떻게 알아? 물건들이 어디로 갔는지 내가 무슨 수로 다 알아?" "지하실에 있을까?" "아마 내가 던져 버렸을걸!" "던져 버렸다고? 어떻게 그런 짓을 할 수 있어?" "밀턴, 대체 뭘 하려는 거야? 연습이라도 하겠다는 거야? 이젠 옛날로 돌아갈 순 없다고.")

모든 사랑의 세레나데는 종말을 고하게 마련이다. 그러나 1944년에는 음악에 끝이 없었다. 7월이 되어 오툴 보딩하우스에 전화가 울렸을 때는 수화기에서 새로운 연가가 흘러나오는 것이었다.

"하느님, 우리를 불쌍히 여기소서, 하느님, 우리를 불쌍히 여기소서."

거의 테시의 목소리만큼이나 여성스럽고 부드러운 음성의 구애가 몇 블록 떨어진 곳으로부터 들려왔다. 그 노랫소리는 적어도 일 분 동안 계속되었고, 그러고 나면 마이클 안토니우가 "어땠나요?" 하고 묻곤 했다.

"훌륭했어요." 어머니의 대답이었다.

"그래요?"

"꼭 교회 안에 있는 것 같아요. 깜박 속을 뻔했지 뭐예요?"

계획만 무성했던 그해의 결정적인 음모에 대해 설명하겠다. 밀턴과 테시가 가까워지는 걸 보다 못한 나의 할머니는 밀턴을 다른 여자와 결혼시키려는 데서 그친 게 아니었다. 그해 여름 할머니는 테시에게도 신랑감을 구해 놓았다.

마이클 안토니우 — 우리 집에서는 마이크 신부로 통하게 되는 — 는 그때 코네티컷주 폼프렛의 그리스 정교회 홀리크 로스 신학교의 학생이었다. 여름에 집에 돌아온 그는 테시 지 즈모에게 관심이 지대했다. 1933년에 성모승천 교회는 하트 거리 상가 건물로부터 본부를 옮겼다. 이제는 베니토에서 갓 벗어난 버너 고속도로 근처에 진짜 교회를 세우게 되었다. 이 교회는 노란 벽돌로 지어졌으며, 모자처럼 생긴 비둘기색 돔 이 세 개 있었고, 지하실에는 사교장도 마련되었다. 다과 시간 에 마이클 안토니우는 테시에게 홀리크로스에서 있었던 일이 며 그리스 정교회에 관해 잘 알려지지 않은 것들을 가르쳐 주 었다. 그가 얘기해 준 아토스산의 수사들은 순결에 대한 집착 이 너무 강해서 그 외딴 고도의 수도원에 여자는 물론이고 동 식물을 포함해 암컷이라곤 일절 들여놓지 않는다고 했다. 새 도 암놈은 없고 뱀이나 개, 고양이를 통틀어 암놈이라곤 찾아 볼 수 없다는 것이었다.

"나한테는 좀 너무 엄격한 곳이에요."

이렇게 말하며 안토니우는 테시에게 의미심장한 웃음을 지 어 보였다.

"난 그냥 지역 교구의 성직자가 되고 싶어요. 결혼해서 아이 도 낳고."

어머니는 그가 자기에게 관심을 갖는 데 놀라지 않았다. 그 녀 자신이 키가 작았기 때문에 흔히 키 작은 청년들이 그녀에 게 춤 신청을 해 오곤 했다. 물론 키 때문에 선택받는 걸 좋아 하진 않았지만 마이클 안토니우는 고집스럽게 쫓아다녔다. 다른 아가씨들이 모두 자기보다 크기 때문에 우리 어머니만 쫓아다닌 건 아닐 것이다. 그는 테시의 눈에 떠오른 소망, 즉 무엇인가가 존재한다고 믿고 싶은 절박한 열망에 마음이 움직였을 것이다.

데스데모나는 이때를 놓치지 않고 테시에게 말했다.

"마이키는 좋은 그리스 청년이야. 착하고. 게다가 신부가 된다니!" 그리고 마이클 안토니우에겐 이렇게 말했다.

"테시는 작아도 다부져요. 마이크 신부님이 보기에는 그 애가 접시를 몇 개나 들 수 있을 것 같아요?"

"아직 전 신부가 아닌데요, 스테퍼니데스 아주머니."

"그러지 말고, 몇 개나 들겠냐니까요?"

"여섯 개?"

"겨우 그거예요? 여섯 개라고요?"

그 말과 함께 할머니는 두 손을 들어 올리며 말했다.

"열 개예요. 테시는 자그마치 열 개나 되는 접시를 나를 수 있어요. 그것도 하나도 안 깨고."

데스데모나는 일요일 식사에 마이클 안토니우를 초대하기 시작했다. 신학생이 나타나자 테시는 더 이상 2층에서 개인 교습을 받으러 돌아다닐 수 없게 되었다. 밀턴은 이 새로운 사태를 못마땅하게 여기며 식사 분위기를 흐려 놓았다.

"내가 보기엔 여기 미국에서 신부 생활을 하는 건 무지하게 힘들 것 같은데."

"그게 무슨 뜻이죠?" 마이클 안토니우가 물었다.

"그러니까 내 말은 오래된 나라에선 사람들의 교육 수준이 높지 않으니까." 밀턴의 말이었다.

"신부들이 뭐라고 하든 쉽게 믿는단 말이죠. 여기선 달라요. 누구든 대학에 갈 수 있고 스스로 생각을 하도록 배우거든요."

"교회라고 해서 사람들이 생각하는 걸 싫어하지는 않아요." 밀턴의 감정을 건드리지 않으려 애쓰면서 마이클이 대답했다. "단지 사람들의 사고 능력으로는 얼마 못 갈 거라는 거죠. 바로 그 사고가 끝나는 지점에서 계시가 출발합니다."

"크리소스토무스[105]가 따로 없네요." 데스데모나가 탄성을 질렀다.

"마이크 신부님, 어쩌면 말씀을 그렇게도 잘하세요?"

그러나 밀턴은 계속 심통을 부렸다.

"그게 아니라 사고가 끝나는 지점에서 어리석음이 시작되는 거겠죠."

"그건 어떻게 사느냐에 따라 다르죠." 마이클 안토니우는 여전히 친절하고 예의 바르게 말을 이었다.

"이야기를 하나 해 드리죠. 어린아이가 말을 배울 때 맨 처음 하는 말이 뭐죠? '얘기해 줘'예요. 우리가 누구인지, 우리 고향이 어디인지 아는 건 그래서입니다. 단순한 이야기 같지만 단순하지가 않습니다. 이야기는 모든 걸 말해 주니까요. 그렇다면 교회에서는 어떤 이야기를 해 줘야 할까요? 간단합니

---

105) 4세기 콘스탄티노플 대주교. 대중을 상대로 열정적이고 명쾌한 설교를 해서 '황금 입'이라는 별명을 얻었다.

다. 교회에서 하는 이야기야말로 이 세상에서 가장 위대한 이야기거든요.”

이 말싸움에 귀를 기울이고 있던 나의 어머니는 두 구혼자의 확연한 차이를 알게 되었다. 한쪽은 신앙이고, 다른 쪽은 회의주의였다. 한쪽은 다정한데 다른 쪽은 적대적이었다. 한쪽은 자타가 공인하는 단신이지만 호감 가는 외모를 가진 젊은이였고, 다른 쪽은 여드름투성이에 뼈만 앙상한 데다 굶주린 이리처럼 눈 밑에 주름이 잡힌 미군 신체검사 불합격자였다. 마이클 안토니우는 테시에게 입 맞추는 일 따위는 꿈도 못 꾸는데 밀턴은 목관 악기를 가지고 이미 그녀를 타락시킨 장본인이었다. D 플랫과 A 샤프들이 수많은 욕망의 혀처럼 날름거리며 무릎 뒤에서, 목덜미에서, 배꼽 아래에서…… 그걸 다 생각하자면 그녀는 부끄러움으로 가득 찼다. 그날 오후에 밀턴이 구석에서 그녀에게 말했다.

“테시, 너한테 새 노래를 준비했어. 바로 오늘 배운 건데.”

그러나 테시는 그에게 말했다.

“저리 가 버려.”

“왜? 대체 왜 그래?”

“그건…… 그건…….” 그녀는 가장 끔찍한 저주를 퍼붓고 싶었지만 결국 한다는 말은 이랬다.

“그건 옳지 않단 말이야!”

밀턴은 클라리넷을 흔들면서 리드를 끼우고 한 눈을 찡긋했다.

“지난주 얘기하고 다르잖아.”

마침내 테시는 이렇게 말했다.

"난 이제 그러기 싫어! 알겠어? 날 좀 내버려둬!"

그 여름 내내 토요일마다 마이클 안토니우는 오툴 보딩하우스로 와서 테시를 데리고 외출했다. 걸을 때면 안토니우는 그녀의 지갑을 흔들면서 향로를 어떻게 흔들어야 하는지를 보여 주었다.

"이걸 똑바로 해야 돼요." 그가 그녀에게 설명했다.

"힘주어 흔들지 않으면 사슬이 꼬여서 재가 떨어지게 되거든요."

길을 내려가면서 나의 어머니는 지갑을 흔드는 남자랑 같이 가는 걸 사람들이 쳐다볼까 봐 부끄러웠지만 참았다. 잡화점의 음료수 판매대에서 그녀는 안토니우가 아이스크림 선디를 먹기 전에 목깃에 냅킨을 끼워 넣는 것을 보았다. 밀턴은 체리를 자기 입에 던져 넣었는데 마이클 안토니우는 줄곧 그녀의 입에 던져 넣겠다고 했다. 나중에 집에 데려다줄 때 그는 테시의 손을 꼭 잡고 진심 어린 눈빛으로 그녀의 눈을 들여다보았다.

"오늘 즐거웠어요. 내일 교회에서 봐요."

그러고는 등 뒤로 두 손을 포갠 자세로 걸어가는 것이었다. 신부의 걸음걸이를 흉내 내듯이.

그가 가고 나자 테시는 2층 자기 방으로 올라갔다. 그러고는 침대 겸용 소파에 누워 책을 읽었다. 어느 날 오후 책을 읽다가 지겨워진 그녀는 책으로 얼굴을 덮어 버렸다. 바로 그때 밖에서 클라리넷 연주가 시작되었다. 테시는 가만히 누워 귀를 기울였다. 그러다가 손을 들어 얼굴에서 책을 치웠다. 그러나 아직은 아니었다. 마치 지휘를 하듯 공중에 손을 흔들고, 그러고는 지각 있는 여자답게 체념을 하고, 절망적인 마음으로 창문을 쾅 소리 나게 닫아 버렸다.

"만세!"

이삼일이 지나 데스데모나가 전화기에 대고 소리를 질렀다. 그러고는 수화기를 가슴에 품고 말했다.

"마이클 안토니우가 방금 테시한테 청혼을 했다는구나! 둘은 이제 약혼한 거나 다름없어! 마이클이 신학교를 마치자마자 결혼할 거란다."

"오빠 너무 흥분한 것 같은데." 조가 밀턴에게 말했다.

"입 닥치지 못해?"

"나한테 화내지 마."

자기 미래에 대해선 전혀 알 수 없었던 조가 이렇게 말했다.

"내가 결혼하나 뭐? 난 죽어도 그 사람한텐 시집 안 가."

"신부하고 결혼하고 싶다면……" 밀턴이 말했다.

"그러라지 뭐. 지옥에나 떨어지라고."

그는 얼굴이 벌게져서 탁자를 박차고 일어나 쏜살같이 계단을 올라갔다.

그런데 우리 어머니는 왜 그랬을까? 자기도 알 수 없었다. 사람들이 누군가와 결혼할 때 왜 하필 그 사람하고 하는지 그 이유가 언제나 명확한 것은 아니다. 그래서 난 짐작만 할 뿐인데 아마 우리 어머니는 아버지 없이 자랐기 때문에 누군가와 결혼하려고 했을 것이다. 어쩌면 신부랑 결혼하는 것은 하느님을 믿기 위해 그녀가 했던 많고 많은 일 중 하나였을지도 모른다. 또한 테시의 결정이 현실적일 수도 있다. 언젠가 그녀는 밀턴에게 무얼 해서 살아갈 거냐고 물은 적이 있다.

"아버지의 술집을 이어 나갈까 싶어."

두 남자의 대조적인 특징 가운데 가장 압권은 바로 그것이 아니었을까? 한쪽은 바텐더, 다른 쪽은 성직자.

내 아버지가 상심하여 흐느껴 울었으리라고 보기는 어렵다. 끼니를 걸렀으리라고 보기는 더욱 어렵다. 또 보딩하우스에 끊임없이 전화를 걸어 대서 결국 오툴 부인과 이런 대화라도 나눴을까?

"잘 들어 봐, 그 애는 너하고 말하고 싶지가 않대. 알아들었어?"

"네."

아버지는 하는 수 없이 쓰디쓴 눈물을 삼키며 대답했을까?

"알겠습니다."

"바다에는 다른 물고기도 많은 법이야."

이런 말을 주고받았을 리는 만무하다. 이런 일은 상상도 할 수 없지만 실상을 알고 보면 그게 모두 사실이었다!

어쩌면 바다에 관한 오툴 부인의 비유가 그에게 힌트를 주었는지 모르겠다. 테시가 약혼한 지 일주일 뒤 푹푹 찌는 화요일 아침이었다. 밀턴은 클라리넷을 영원히 집어치우고 보이스카우트 제복을 물물 교환하려고 캐딜락 거리로 내려갔다.

"저, 해 버렸어요."

그날 저녁 식사 자리에서 그가 부모에게 말했다.

“지원했어요.”

“군대 말이니?” 데스데모나가 겁에 질려 물었다.

“왜 그랬니, 얘야?”

“전쟁도 거의 끝나 간다.” 레프티의 말이었다.

“히틀러도 끝장났어.”

“히틀러에 대해선 몰라요. 제가 걱정하는 건 히로히토예요. 해군에 지원했거든요. 육군이 아니라.”

“네 발은 어쩌고?”

데스데모나가 큰 소리로 물었다.

“발에 대해선 안 묻던데요.”

이제까지 다른 모든 일에 그래 온 것처럼 클라리넷 세레나데에 대해서도 묵묵히 지켜보기만 했던 할아버지는 이 일의 중요성을 알면서도 개입하는 것이 옳은지 확신할 수가 없어서 아들의 얼굴만 뚫어지게 쳐다보았다.

“넌 정말 어리석은 아이로구나. 알기나 아니? 이게 무슨 게임이냐?”

“아닙니다.”

“이건 전쟁이다. 전쟁을 재미로 하는 줄 아니? 어미랑 아비를 앞에 놓고 지금 농담하는 게냐?”

“아닙니다.”

“그 농담이 어떤 건지 곧 알게 될 게다.”

“해군이라니!” 그동안에도 데스데모나는 계속 슬픈 신음 소리를 냈다.

“네가 탄 배가 가라앉으면 어떡하니?”

"밀턴, 난 네가 그러지 않았으면 좋겠다."

레프티가 고개를 저었다.

"넌 네 엄마 가슴에 못을 박고 있어."

"전 괜찮을 거예요." 밀턴이 말했다.

아들을 쳐다보는 레프티의 눈에는 순간 고통스러운 장면이 어렸다. 그것은 이십 년 전 자기 모습이었다. 어리석고 태평스럽게 까불어 대던. 가슴에 비수처럼 꽂히는 두려움을 어쩌지 못하고 그는 화가 나서 이렇게 고함을 쳤다.

"좋아. 그러면 어디 해군에 가 봐. 하지만 넌 어째서 이글 스카우트가 못 됐는지를 잊었구나."

레프티는 밀턴의 가슴에 손가락질하며 말했다.

"네가 맥주병이라서 이글 스카우트 배지를 못 땄던 사실 말이다."

세계의 뉴스

난 사흘을 기다렸다가 줄리에게 전화를 걸었다. 그때가 밤 10시였는데 그녀는 아직 스튜디오에서 일하는 중이었다. 저녁도 먹지 않았다기에 나는 뭘 좀 먹자고 했다. 내가 데리러 가겠다고 말했다. 이번에는 그녀가 스튜디오 안으로 날 안내했다. 스튜디오 안은 그야말로 엉망진창에 도깨비시장 같았지만 몇 걸음 들어서자 그런 건 싹 잊어버렸다. 유독 눈길을 끄는 게 있었는데 벽에 걸린 대여섯 장의 커다란 시험용 인화사진이었다. 어떤 화학 공장의 산업 현장을 찍은 사진이었는데 줄리가 크레인을 타고 찍은 것이어서 보는 사람은 마치 구불구불한 파이프나 굴뚝 위의 허공에서 내려다보는 느낌이었다.

"자, 이제 그만요."

이렇게 말하며 그녀는 나를 문 쪽으로 밀어내기 시작했다.

"잠깐만요." 내가 말했다.

"난 공장을 좋아해요. 디트로이트 출신이거든요. 이건 앤설 애덤스[106] 같군요."

"이제 다 봤으니 됐어요."

날 쫓아내는 그녀는 기분이 좋아 보였지만 편하진 않은 것 같았고, 웃고는 있었지만 고집스러운 표정이었다.

"우리 집 거실에는 베른트와 힐라 베커의 작품이 있어요." 내가 자랑 삼아 말했다.

"베른트와 힐라 베커가 있다고요?"

그녀가 날 밀던 손을 멈췄다.

"낡은 시멘트 공장 사진이죠."

"알았어요, 알았어." 줄리의 태도가 한결 누그러졌다.

"여기가 어디냐면요, 이게파르벤 공장[107]이에요." 그녀는 약간 주춤하며 말을 이었다.

"난 이게 미국인으로서 너무 평범한 소재가 아닐까 걱정돼요."

"'홀로코스트 산업'이다, 이 말인가요?"

"그 제목의 책은 아직 못 읽어 봤지만 그래요."

"늘 공장만 찍는 사람이라면 얘기가 다르지요. 그건 표절

---

106) Ansel E. Adams(1902~1984). 산악 지대를 감동적으로 표현한 미국의 사진작가. 대학에 최초로 사진학과를 만들었다.

107) 독일의 세계적 종합 화학 공업 회사다. 1925년에 설립되어 아스피린 등 의약품, 염료, 필름 등으로 알려졌으나 전범 국가인 독일과 그 발전을 같이하여 '죽음의 상인'이라는 비난을 사기도 했다.

하는 게 아니에요. 당신의 주제가 공장이라면 이게파르벤이야 당연히 찍어야죠."

"정말 그렇게 생각해요?"

나는 시험용 사진을 가리키며 말했다.

"이 사진들은 훌륭해요."

우리는 아무 말 없이 서로 쳐다보았고 이어서 나는 아무 생각 없이 몸을 기울여 줄리의 입술에 가볍게 입을 맞췄다.

입을 맞추고 나자 그녀는 눈을 아주 커다랗게 뜨며 말했다.

"처음 만났을 때 난 당신이 게이라고 생각했어요."

"이거 소송감인걸요."

"게이라면 한눈에 알아봤는데 이젠 저도 사표 내야겠군요."

줄리는 머리를 흔들었다.

"난 항상 내가 마지막 정류장이 아닌가 의심스러워요."

"마지막 뭐라고요?"

"왜, 들어 본 적 없어요? 아시아 아가씨가 마지막 정류장이라고. 아시아 여자는 몸이 좀 남자아이 같잖아요? 그래서 겉으로 드러내지 않는 동성애자들은 아시아 여자를 찾아요."

"당신의 몸은 남자 같지 않아요." 내가 말했다.

이 말에 줄리는 당황해서 고개를 돌렸다.

"엉큼한 게이 녀석들이 꽤나 많이 쫓아다녔나 보지요?" 내가 그녀에게 물었다.

"대학교 때 두 번, 대학원 때 세 번."

줄리의 대답이었다. 아무 대꾸도 없이 난 다시 그녀에게 입을 맞췄다.

*

    우리 부모 이야기를 다시 하려면 어느 그리스계 미국인에 대한 매우 황당한 기억을 먼저 떠올려야 한다. 탱크를 타고 앉은 마이클 듀카키스가 바로 그 주인공이다. 독자 여러분도 생각이 나는가? 그리스인을 백악관에 들여보내려던 우리의 꿈이 담긴 한 장의 사진, 너무 큰 공군 헬멧을 쓰고 덜컹거리는 M41 워커 불도그를 타고 앉은 듀카키스는 대통령처럼 보이고 싶었겠지만 기껏 놀이동산의 놀이기구를 탄 어린아이처럼 보일 뿐이었다. (그리스인이 대통령 집무실에 다가갈 만하면 늘 뭔가 일이 꼬인다. 맨 처음엔 애그뉴[108]가 세금 회피로 말썽이더니 다음번엔 듀카키스의 탱크가 입방아에 올랐다.) 듀카키스가 그런 장갑 차량을 타기 전에 법복을 벗어던지고 군대 잡역에 뛰어들기 전에, 우리는 모두 — 미국의 그리스 동포들이 원하든 원하지 않든 감히 내가 그들을 대표해서 말하건대 — 어깨춤이라도 덩실 출 듯이 기뻐 날뛰었다. 이 남자가 민주당에서 지명한 미국 대통령감이라고! 그는 케네디처럼 매사추세츠 출신이었다! 그는 가톨릭보다 더 낯선 종교 관례를 행했지만 이를 문제 삼는 사람은 아무도 없었다. 1988년의 일이었다. 이젠 누구든 — 아니면 최소한 오래된 빤한 인간들은 빼고 — 대통령이 될 수 있는 시기가 도래한 것 같았다. 민주당 전당 대회에서 나부끼는 깃발들을 보라! 볼보마다 붙어 있는 범퍼 스티커를

---

108) 닉슨과 함께 공직에 오른 제37대 부통령 스피로 시어도어 애그뉴이다.

보라. 모두가 "듀카키스"였다. 두 개가 넘는 모음을 가진 이름이 대통령 선거에 뛰어들다니! 아이젠하워(그는 탱크 위에서도 멋져 보였다.) 이후 처음 있는 일이었다. 대개 미국인들은 자기네 대통령의 이름에서 모음이 두 개가 넘는 것을 좋아하지 않는다. 트루먼, 존슨, 닉슨, 클린턴처럼. 모음이 (레이건처럼) 두 개를 넘어가더라도 두 음절 이상이어서는 안 된다. 더 좋은 것은 음절도 하나, 모음도 하나인 경우이다. 부시처럼. 그러니 두 번이나 해 먹었지. 마리오 쿠오모[109]가 왜 대통령 출마를 포기했겠는가? 곰곰이 들어앉아 생각해 본 결과 그가 내린 결론은 어떤 것이었을까? 고지식한 매사추세츠 출신의 마이클 듀카키스와 달리 쿠오모는 뉴욕 출신인지라 일찌감치 사태의 진상을 알아차렸다. '쿠오모'로는 이길 수 없다는 것을. 어쩐지 처음에 너무 잘된다 싶었다. 하지만 역시 듀카키스엔 모음이 너무 많았다.

탱크 꼭대기에 앉은 마이클 듀카키스는 줄지어 선 사진사들을 지나 정치적인 일몰을 향해 나아갔다. 그 모습을 떠올리기란 고통스러운 일이지만 난 한 가지 이유 때문에 그걸 회상하지 않을 수 없다. 무엇보다 그것은 새로 입대한 이등 수병 밀턴 스테퍼니데스가 1944년 가을 상륙용 주정을 타고 캘리포니아 해안을 떠날 때의 모습처럼 보였기 때문이다. 듀카키스처럼 밀턴도 머리에 쓴 헬멧밖에 안 보였고, 턱에 맨 끈도 듀카키스와 똑같이 엄마가 매어 준 것처럼 보였다. 듀카키스

---

109) Mario Cuomo(1932~2015). 뉴욕 주지사를 지낸 법학자이다.

처럼 밀턴도 뒤늦게 실수를 깨닫고 아차 싶은 표정을 지었는데 그 역시 움직이는 배에서 뛰어내릴 수는 없었으며, 두 사람은 똑같이 절멸을 향해 달리고 있었다. 그들 사이의 차이점이라고는 밀턴의 경우 한밤중이었기 때문에 사진사들이 달라붙지 않았다는 점뿐이다.

미 해병에 입대한 지 한 달이 되었을 때 밀턴은 자기가 샌디에이고의 코로나도 해군 기지에 배속된 걸 알았다. 그는 극동 지역으로 병력을 수송하고 해안선 습격을 원조하는 수륙양용 부대 소속이었다. 그중에서도 밀턴이 맡은 일은 다행히 아직까지는 기동 훈련이었는데 수송선의 측면을 통해 상륙용 주정을 내리는 일이었다. 한 달 넘는 동안 일주일에 엿새, 하루 열 시간씩 그는 바다의 변화무쌍한 여러 상황 아래에서 군인들이 가득 탄 배들을 내리는 일을 했다.

배를 내리지 않을 때는 밀턴 역시 배를 타고 있었고, 일주일에 사나흘은 야간 상륙을 연습해야 했다. 이 훈련은 매우 까다로웠는데 코로나도 해안이 보기와 달리 어려운 지형이기 때문이었다. 미숙한 조종사들은 해안을 가리키는 부표 쪽으로 길을 못 잡고 종종 암초투성이의 기슭으로 배를 몰았다.

밀턴의 얼굴은 철모에 가려 잘 안 보였지만 훗날 사진으로 보기에는 그편이 오히려 나았다. 철모의 무게는 볼링공에 육박했고 두께는 자동차 후드만 했다. 쓰는 방법은 모자처럼 머리에 올려놓으면 됐지만 그것은 결코 모자가 아니었다. 두개골에 마찰되면서 철모는 뇌에 곧바로 영상을 전달했다. 어떤 영상이냐 하면 철모의 존재 이유이기도 한 그것, 예컨대 총알,

유산탄 같은 것들이었다. 그리고 그 영상들은 사고의 흐름을 막아 온통 죽느냐 사느냐의 중요한 현실만을 생각하도록 만드는 것이었다.

꼭 우리 아버지가 아니더라도 그런 상황에 처하면 누구라도 현실에서 벗어나려고 고민하기 시작했을 것이다. 단 일주일의 훈련을 마치고 나서 밀턴은 자기가 해군에 입대한 것이 커다란 실수란 걸 깨달았다. 실전은 그 준비 과정에 비하면 오히려 덜 위험할 정도였다. 밤이면 밤마다 누군가 부상을 입었고, 몰아치는 파도에 병사들은 냅다 뱃전에 가 부딪히곤 했다. 한꺼번에 넘어져서 아래쪽으로 휩쓸려 가는 일도 비일비재했다. 그 전주에는 오마하 출신의 한 녀석이 익사한 일도 있었다.

낮 훈련에서는 다리 힘을 키우기 위해 군화를 신은 채 해안에서 축구를 했고, 밤이 되면 예의 바다에서의 맹훈련을 했다. 기진맥진한 몸으로 뱃멀미에 시달리면서 밀턴은 어깨에 한 짐 가득 짊어진 채 정어리처럼 빽빽하게 늘어선 병사들 틈에 서 있었다. 그는 항상 미국인이 되고 싶어 했는데 이제 그 미국인 동포들이 어떤지 자기 두 눈으로 똑똑히 확인할 수 있었다. 비좁은 막사에서 그는 미국인 병사들의 미개하고 음탕하고 얼간이 같은 소리를 견뎌야 했고, 그들과 함께 배에서 몇 시간씩 철썩거리는 파도를 맞고 똑같이 흠뻑 젖었다. 잠자리에 드는 것은 새벽 3시나 4시. 그러고 나면 태양이 훌쩍 떠올라 다시 똑같은 일을 처음부터 반복해야 할 시간이었다.

어째서 그는 해군에 입대했던 걸까? 그것은 복수하고 탈출하기 위한 것이었다. 그는 테시에게 앙갚음을 하고 싶기도 했고, 그녀를 잊고 싶기도 했다. 어느 쪽도 성공하지 못했지만. 단조로운 군대 생활과 끝없이 반복되는 의무 사항들, 줄을 서서 배식을 하고 목욕을 하고 면도를 하는 일은 사랑을 잊는데 전혀 도움이 되지 않았다. 종일 줄을 서다 보면 밀턴은 그토록 잊으려 했던 생각을 다시금 하지 않을 수 없었다. 테시의 달아오른 허벅지에 환태평양 화산대처럼 늘어섰던 클라리넷 자국들. 그게 아니면 오마하 출신의 익사한 밴든브록 녀석이 생각났다. 형편없이 두들겨 맞은 것 같던 얼굴, 부서져 버린 치열 사이로 바닷물이 뚝뚝 떨어져 내렸다.

주변의 병사들이 벌써부터 멀미를 하기 시작했다. 십 분만 출렁거려도 해군들은 구부정하게 수그리고 저녁 식사로 먹은 비프스튜와 즉석 으깬 감자 요리를 골이 진 금속 바닥에 게워 냈다. 여기에는 어떤 논평도 있을 수 없었다. 토한 배설물은 달빛을 받아 뱀장어처럼 푸르스름하게 나름대로 파도를 일으키며 병사들의 군화 위로 이리저리 질펀거렸다. 밀턴은 맑은 공기를 마시려고 고개를 치켜들었다.

배가 붕 떠오르더니 좌우로 흔들거렸다. 파도가 가라앉자 선체는 단숨에 깨지기라도 할 듯이 주저앉으며 부들부들 떨었다. 그들은 파도가 거세지는 기슭으로 점점 다가가고 있었다. 다른 병사들은 다시 짐을 정돈하면서 모의 공격을 준비했고, 스테퍼니데스 수병은 벗어 놓았던 철모를 머리에 이었다.

"도서관에서 봤는데⋯⋯." 옆의 수병이 다른 녀석에게 말하는 소리였다.

"게시판에 쓰여 있더라고."

"어떤 시험인데 그래?"

"아나폴리스[110] 입학시험 같은 거야."

"에라, 좋기도 하겠다. 우리 같은 사람을 아나폴리스에서 잘도 받아 주겠다."

"받아 주든 말든 그거야 알 바 아니지. 중요한 건 시험 보는 사람을 훈련에서 빼 준다는 거야."

"시험이 뭐 어떻다고?"

밀턴이 참견하며 물었다. 말을 하던 수병은 다른 사람이 듣지 않았나 해서 둘레둘레 돌아보았다.

"조용히 해. 모두 시험 보러 간다고 하면 어쩌려고 그래?"

"언젠데?"

그러나 미처 대답을 듣기도 전에 또 한 차례 뭔가를 갈아 버릴 듯한 굉음이 들렸다. 또 암초에 부닥친 것이었다. 배가 갑자기 멈추자 모두 앞으로 튕겨 나갔다. 철모들이 챙 소리를 내며 서로서로 부딪치고, 그 와중에 코가 깨진 병사들도 숱하게 나왔다. 병사들이 한데 우 하고 몰리는 바람에 앞쪽 해치가 무너졌다. 그러자 바닷물이 쏟아져 들어오기 시작했고 대위가 고래고래 고함을 질러 댔다. 밀턴도 옆 사람들과 마찬가지로 혼란에 빠졌다. 시커먼 바위, 날름거리는 역류, 멕시코산 맥주병, 화들짝 놀랐을 게들.

같은 시각 디트로이트. 역시 어둠 속에서 나의 어머니는 영

---

110) 해군 사관 학교를 말한다.

화관에 있었다. 약혼자인 마이클 안토니우는 홀리크로스 신학교로 돌아갔고 이제 그녀는 토요일마다 혼자였다. 에스콰이어 극장 스크린에 숫자가 섬광처럼 지나갔다. 5…… 4…… 3……. 그리고 뉴스가 시작되었다. 벙어리 트럼펫이 울려 퍼지고 아나운서가 전쟁 뉴스를 내보내기 시작했다. 전쟁이 시작된 후 줄곧 같은 아나운서였기 때문에 이제 테시는 그가 아는 사람, 마치 가족처럼 여겨졌다. 그는 매주 몬티(몽고메리)와 영국이 북아프리카에서 로멜의 탱크를 물리치는 내용이나 우리 미국 청년들이 알제리를 해방시키고 시칠리아에 상륙한 소식들을 전해 주었다.[111] 팝콘을 우물거리면서 테시는 세월의 흐름을 그렇게 지켜보았다. 뉴스는 정해진 일정에 따라 유럽을 훑었다. 처음에는 유럽을 집중적으로 다루어 작은 마을에 탱크가 지나가면 프랑스 아가씨들이 발코니에서 손수건을 흔드는 장면이 나왔다. 프랑스 아가씨들은 전쟁을 겪고 있는 것처럼 보이지 않았다. 예쁜 주름치마를 입고 발목까지 오는 하얀 양말에 실크 스카프를 둘렀다. 그런데 프랑스 장면에 베레모를 쓴 남자가 하나도 없어서 테시는 놀랐다. 그녀는 언제나 유럽에 가 보고 싶었는데 그리스보다도 프랑스나 이탈리아에 더 끌렸다. 뉴스를 보면서도 테시가 눈여겨본 것은 폭격 맞은 건물들이 아니라 길가의 카페와 분수, 그리고 얌전하고 귀엽고 세련된 개들이었다.

---

111) 몽고메리는 2차 세계 대전 때 연합군 사령관으로 뛰어난 활동을 한 영국의 육군 원수다. 로멜은 독일의 육군 원수로 2차 세계 대전 당시 북아프리카 군 지휘관이었으며 '사막의 여우'란 별명을 얻을 정도로 기민했다.

두 주 전 토요일에는 연합군의 힘으로 해방된 앤트워프와 브뤼셀을 보았다. 이제 일본 쪽으로 초점이 옮겨지면서 장면이 바뀌었다. 야자나무가 화면을 메우고 열대 섬이 나타났다. 이날 오후 화면에는 "1944년 10월"이란 날짜가 나오고 이어서 아나운서의 설명이 따랐다.

"미군이 태평양 결전을 준비하는 가운데 더글러스 맥아더 장군은 '나는 돌아올 것이다.'라고 한 자신의 약속을 확인하려는 듯이 군대를 시찰하고 있습니다."

해군들이 갑판에 차렷 자세로 서 있거나 대포알을 대포에 집어넣는 장면, 또는 해변에서 고향의 친지들을 향해 손을 흔들며 법석대는 장면들이 지나갔다. 그러던 어느 순간 나의 어머니는 자기가 얼빠진 짓을 하고 있다는 걸 알았다. 자기도 모르게 밀턴의 얼굴을 찾고 있었던 것이다.

밀턴은 그녀의 육촌이니까 그를 걱정하는 건 당연한 일이었다. 그들 사이에는 꼭 사랑은 아니더라도 뭐랄까, 유년기 적부터의 이끌림이라든가 홀딱 빠진 감정 같은 것이 존재해 왔다. 마이클에게선 느낄 수 없는 것이었다. 그녀는 의자에서 허리를 곧게 펴고 지갑을 무릎에 내려놓았다. 곧 결혼하기로 돼 있는 젊은 규수답게 정숙하게 바로 앉았다. 그러나 뉴스가 끝나고 영화가 시작되자 그녀는 어른이 되기로 한 걸 모두 잊어버렸다. 의자에 벌렁 누운 다음 발은 앞좌석에 걸쳤다.

그날의 영화는 썩 좋지 않았던 것 같다. 아니면 최근에 그녀가 너무 많은 영화를 보았는지도 모르고. 그녀는 어제까지 여드레 동안 하루도 빼놓지 않고 영화관에 왔다. 하지만 이유야 뭐든 테시는 정신을 집중할 수가 없었다. 머릿속으로 그녀는 계속 밀턴에게 무슨 일이 생기지 않았을까, 부상을 당하거나 하느님 맙소사, 행여 돌아오지 못할 일이 벌어지기라도 하면 어쩌지 하는 생각뿐이었다. 어쨌든 그녀 자신도 책임을 면할 수 없었다. 그녀가 그에게 해군에 입대하라고 시킨 건 아니었다. 만일 밀턴이 자신에게 물어봤더라면 그녀는 그러지 말라고 말해 주었을 것이다. 그러나 그녀는 자기 때문에 밀턴이 군에 간 것을 알고 있었다. 이삼 주 전에 봤던 클로드 배런의 영화 「사막으로」와 어느 정도 비슷했다. 그 영화에서 클로드 배런은 리타 캐럴이 딴 남자와 결혼하는 바람에 외국 군대에 입대한다. 그런데 리타가 결혼한 사람은 알고 보니 사기꾼에 술주정뱅이였고, 그래서 리타는 남편을 버리고 클로드가 아랍군과 싸우고 있는 사막으로 찾아간다. 리타가 도착했을 때 클로드는 부상을 입고 병원, 아니, 텐트에 누워 있었다. 이윽고 그녀가 클로드에게 사랑한다고 말하자 그는 이렇게 대답한다.

"난 널 잊기 위해 사막으로 왔던 거야. 그러나 사막의 모래는 네 머리카락색이었고, 사막의 하늘은 네 눈을 떠오르게 했지. 어딜 가도 네가 있었어."

그러고는 숨을 거둔다. 영화를 보면서 테시는 눈물깨나 쏟았다. 하도 울어서 마스카라가 번지고 블라우스 칼라에도 묻어 버렸다.

무자비한 야간 훈련과 토요일의 조조할인 영화, 바닷물에 뛰어들기와 영화관 좌석에 파묻히기, 걱정과 후회, 잊으리라는 희망과 잊으려는 노력이 이어졌다. 그러나 한 치의 거짓도 없이 말한다면 전시에 사람들이 주로 하는 일이란 편지 쓰기였다. 우리 가족은 그해에 편지를 주고받는 데에 대부분의 시간을 쏟아부었는데, 그 편지를 보더라도 현실 생활은 그걸 글로 적은 것만 못하다는 내 개인적인 믿음이 뒷받침된다. 마이클 안토니우는 홀리크로스에서 매주 두 번씩 약혼녀에게 편지를 썼다. 그의 편지들은 왼쪽 위편에 벤저민 대주교의 머리글자가 돋을새김으로 박혀 있는 하늘색 봉투에 담겨 왔는데 안에 적힌 필체는 그의 목소리만큼이나 여성스럽고 깔끔했다.

"아무래도 성직 수여식을 치른 다음 나의 첫 부임지는 그리스 땅이 될 것 같소. 나치가 떠난 다음 그곳에는 지금 재건 바람이 한창이라 하오."

셰익스피어 북엔드가 놓인 책상에 앉아 테시는 100퍼센트 진심은 아니더라도 정성스럽게 편지를 썼다. 그녀의 행동거지는 성직자의 약혼녀에 걸맞을 만큼 정숙하진 못했다. 그래서 그녀는 자기에게 보다 더 어울리는 생활을 생각해 냈다.

"오늘 아침엔 조와 둘이서 적십자에 자원봉사를 하러 갔어요."

편지엔 이렇게 썼지만 사실 그녀는 온종일 팍스 영화관에서 초콜릿을 먹으며 빈둥거렸다.

"거기서 시키는 대로 우리는 낡은 침대 시트를 잘라 붕대 조각으로 만드는 일을 했어요. 당신이 제 엄지손가락의 벤 상처를 보셨더라면 좋았을 텐데. 정말로 커다란 상처였거든요."

처음부터 이런 거짓말로 시작한 건 아니었다. 애초에 테시는 정직하게 하루 일과를 적어 보냈다. 그런데 어느 날 마이클 안토니우가 이렇게 적어 왔던 것이다.

"영화도 여흥으로는 좋지만 나로선 이런 전쟁 중에 영화로 소일하는 것이 과연 옳은 일인지 회의가 드는군요."

그 이후로 테시는 이야기를 지어냈다. 줄곧 거짓말을 적으면서 그녀는 자유롭게 살아가는 것도 이제 올해가 마지막이라며 위안을 삼았다. 내년 여름이면 성직자의 아내가 되어 그리스 어딘가로 가서 살고 있을 것이다. 정직하지 못한 걸 보상이라도 하려는 듯 그녀는 편지에 자기 자랑보다 조를 두둔하는 이야기를 많이 적었다.

"조는 일주일에 엿새 일하면서도 일요일에는 말짱하게 일찍 일어나 촌타키스 부인을 교회로 모셔 가지요. 아흔세 살이나 잡수셔서 제대로 걷지도 못하는 가엾은 분을요. 항상 조는 다른 사람을 배려해 주거든요."

그러는 동안 데스데모나는 밀턴과 편지를 주고받았다. 군대에 가기 전에 밀턴은 자기 어머니에게 그리스어를 깨치겠노라 약속하고 온 터였다. 그래서 지금 캘리포니아에서 그는 저녁이면 너무나 고되어 손도 까딱할 수 없는데도 그리스어 사전을 뒤적이며 자신의 군대 생활에 대한 보고서를 짜맞추는 것이었다. 그러나 그가 아무리 심혈을 기울였어도 헐버트 거리에 도착한 그의 편지에는 번역할 때 뭔가가 빠져 있곤 했다.

"무슨 놈의 편지지가 이래?"

데스데모나는 스위스 치즈같이 되어 버린 편지를 들어 올리며 남편에게 물었다. 생쥐 같은 군 검열관들이 데스데모나가 홀딱 먹어 치우기 전에 밀턴의 편지를 여기저기 잘라 냈던 것이다. 검열관들은 "침략"이나 "샌디에이고", "코로나도" 같은 말이 나올 때마다 잘라 냈고, 해군 기지나 침략자와 부두에 정박 중인 잠수함을 묘사하는 대목에서는 아예 문장 전체를 삭제했다. 검열관의 그리스어 실력은 밀턴보다 못해서 군데군데 실수를 저질렀는데, 그 바람에 사랑의 말 혹은 x나 o로 끝나는 단어는 모두 없어져 버렸다.

밀턴의 편지에는 구멍(문장상으로나 물리적으로나)이 송송 뚫려 있었지만 데스데모나는 아들이 처한 위험한 상황을 충분히 이해할 수 있었다. 시그마와 델타의 삐뚤삐뚤한 필체에서 밀턴이 얼마나 겁에 질려 있는가를 엿볼 수 있었고, 군데군데 틀린 문법 너머로 그녀는 아들의 겁먹은 목소리를 듣는 듯했다. 너덜너덜해진 편지지만 봐도 충분히 알 수 있는 일이었다.

한편 캘리포니아의 스테퍼니데스 수병은 부상을 입지 않기 위해 최선을 다하고 있었다. 수요일 아침 그는 해군 사관 학교의 입학시험을 치르겠다고 기지 도서관에 보고했다. 그 후 다섯 시간 동안 그는 시험지에서 눈을 들 때마다 뜨거운 태양 아래에서 유연체조를 하는 동료들의 모습을 보았다. 그는 회심의 미소를 짓지 않을 수 없었다. 전우들이 밖에서 구슬땀을 흘리는 동안 자기는 천장에 달린 선풍기 아래에서 수학 증명 문제를 풀고 있었다. 남들은 뜨겁게 달구어진 모래밭을 올라갔다 내려갔다 정신없이 뛰는데 자기는 칼라일이라는 사람이 쓴 문장을 읽고 그에 따른 문제를 풀고 있다니. 그리고 오늘 밤에 그들은 암초에 이리 쿵 저리 쿵 부딪힐 테지만 자기는 막사 안에서 포근히 잠에 곯아떨어질 것이다.

1945년 초반에 들어서는 모두가 의무로부터 벗어나려고 안간힘을 썼다. 나의 어머니는 자선 활동을 하지 않으려고 극장으로 숨어들었고 아버지는 시험을 핑계로 훈련을 기피했다. 그러나 무엇보다도 압권은 할머니였다.

그다음 주 일요일, 할머니는 미사가 시작되기 전에 성모승천 교회에 도착했다. 한쪽 벽감으로 다가가 성 크리스퍼상에게 한 가지 조건을 제시했다. "

성 크리스퍼님, 부탁합니다." 이렇게 말하며 데스데모나는 자기 손끝에 입을 맞춘 뒤 성인의 이마에 갖다 대었다.

"전쟁에서 밀티를 무사히 지켜 주신다면 그 애를 비티니오스에 돌려보내 교회를 재건하도록 시키겠습니다."

이렇게 말하면서 할머니는 소아시아의 순교자인 성 크리스토퍼를 올려다보았다.

"튀르키예가 깨부쉈다면 밀티가 다시 일으켜 세울 거고, 페인트칠만 벗겨졌다면 페인트를 새로 칠할 겁니다."

성 크리스토퍼는 거인이었다. 그는 지팡이를 짚고 넘실거리는 강을 건넜다. 그의 등에는 아기 예수가 업혀 있었는데 역사상 가장 무거운 아기였다. 온 세상이 그 아기의 손에 있었으니 그도 그럴밖에. 바다에서 위험에 처한 아들을 보호하기에 이보다 더 좋은 성인이 어디 있으랴? 그늘진 벽감 앞에서 데스데모나는 기도했다. 입술을 달싹거리며 조건들을 하나하나 빼

놓지 않고 뇌었다. "성 크리스토퍼님, 할 수만 있다면 밀티를 훈련에서 뺄 수 있다면 그것도 좋을 겁니다. 그 애 말로는 거기가 아주 위험하대요. 또 그 애가 이제는 그리스어로 편지를 보내옵니다. 성 크리스토퍼님, 썩 잘 쓰지는 못해도 봐줄 만은 합니다. 또 그 애한테 시켜서 교회에 의자를 마호가니도 아니고 좀 더 좋은 걸로 갖다 놓도록 하겠습니다. 거기다가 원하신다면, 양탄자도요."

그녀는 입을 다물며 눈을 감았다. 그녀는 수십 번이나 성호를 그으며 응답을 기다렸다. 그러고 나서 허리를 곧게 펴고는 눈을 뜨고 고개를 끄덕이며 미소를 머금었다. 다시 손끝에 입을 맞춘 뒤 그대로 성인의 화상에 갖다 대고는 밀턴에게 희소식을 전하러 집으로 달려갔다.

"뭐라고?" 편지를 받고 밀턴이 말했다.

"틀림없이 성 크리스토퍼께서 구해 주신다고?"

그는 그길로 그리스어 사전 안에 자기 어머니의 편지를 끼워 넣고 반원형 막사 뒤에 있는 소각로에 던져 버렸다.(그 순간 아버지는 그리스어 공부를 집어치웠다. 그의 부모가 생존해 있는 동안 그리스어를 계속 말하긴 했지만 글로 쓰는 일은 결코 없었다. 그래서 점점 나이가 듦에 따라 아주 간단한 말도 잊어버리고 나중에는 그리스어에 대해 거의 아는 바가 없는 챕터 일레븐 형이나 나 정도의 수준밖에 되지 않았다.)

상황을 알고 보면 밀턴이 보인 냉소주의는 충분히 이해할 수 있는 일이다. 바로 전날 사령관은 밀턴에게 임박한 침략에 대비해 새로운 임무를 주었던 것이다. 모든 비보가 사뭇 그렇듯이 그 전갈도 처음엔 무슨 소리인지 이해할 수가 없었다. 마치 사령관이 내뱉는 음절 하나하나를 정보국 아이들이 뒤죽박죽 만들어 버린 것 같았다. 밀턴은 경례를 붙이고 걸어 나왔다. 계속 해변을 걸어 내려오면서도 마음은 전혀 동요하지 않았다. 어찌 보면 비보를 듣는 순간 약간의 여유를 되찾아 이렇게 평화스럽고 현혹된 순간을 보내는지도 몰랐다. 석양을 바라보았다. 그는 바위에 새겨진 중립국 스위스의 인장을 경탄 어린 눈으로 쳐다봤다. 그러곤 발밑의 모래를 느껴 보려고 군화를 벗었다. 조만간 하직 인사를 고해야 할 이 세상에 지금 막 처음으로 발을 들여놓은 것처럼. 그런데 그때 균열이 일어났다. 두개골 꼭대기가 쩍 갈라지면서 나쁜 소식이 휫 소리와 함께 그의 뇌리로 쏟아져 들어왔다. 순식간에 무르팍이 꺾이면서 밀턴은 그대로 쓰러져 버렸다.

삼십팔 초. 비보란 그것이었다.

"스테퍼니데스, 자네는 통신병으로 전임되었다. 내일 아침 07시에 B 빌딩에 보고하라. 이상."

사령관의 말이었다. 그것만이라면 사실 놀라울 일도 아니었다. 공격이 임박해 오면서 통신병들에게 갑작스러운 부상 사고가 잇따랐다. KP(취사) 근무를 하다가 손가락을 잘라먹질 않나, 총검을 닦다가 오발로 자기 발을 쏘질 않나, 야간 훈련에선 보기 좋게 바윗돌에 가서 부딪히기까지 했다.

삼십팔 초란 통신병의 예상 수명이었다. 뭍에 상륙하고 나면 스테퍼니데스 수병은 배의 맨 앞에 설 것이다. 그는 신호등을 조작해서 모스 부호로 신호를 날려야 할 것이다. 그 빛은 밝아서 해안의 적진에서도 훤히 보일 것이다. 군화를 벗고 해변에 서서 그가 생각한 것은 이런 것들이었다. 아버지의 바를 이어받기는 다 틀렸다고 생각했다. 테시의 얼굴도 영영 못 보고. 그 대신 두 주쯤 지나 그는 적의 총포에 노출된 채 밝은 불빛을 들고 배 위에 서 있어야겠지. 최소한 한숨 돌릴 정도의 시간은 될 거다.

세계의 뉴스에는 나오지 않았지만 우리 아버지가 탄 일명 코로나도 해군 기지발 운송선에서 서쪽을 향해 포성이 한 번 울렸다. 에스콰이어 극장에서 테시 지즈모는 끈적끈적한 극장 바닥으로부터 두 발을 들어 올린 채 하얀 화살들이 태평양을 가로질러 포물선을 그리는 것을 쳐다보았다.

"미 해군의 제12함대가 태평양을 내습하기 위해 한 발 한 발 다가서고 있습니다." 아나운서의 설명이 이어졌다.

"최종 목표는 일본입니다."

화살 하나는 오스트레일리아에서 출발해 뉴기니를 거쳐 필리핀으로 향했다. 또 하나의 화살은 솔로몬 제도에서 시작했고 마리아나 제도에서도 화살 하나가 출발했다. 테시는 이런 지명들을 들어 본 적이 없었다. 그러나 화살들은 계속해서 그녀가 듣도 보도 못 한 또 다른 섬들을 향해 돌진해 갔다. 이오섬과 오키나와섬을 향해. 두 섬 모두 떠오르는 태양이 그려진 깃발이 꽂혀 있었다. 화살들은 각기 세 방향으로부터 한 다발의 섬 뭉치처럼 보이는 일본을 향해 모여들었다. 테시가 지도를 막 이해하려는 순간 갑자기 뉴스 장면이 바뀌었다. 누군가의 손이 경보를 울리자 해군들은 막사에서 뛰쳐나와 재빨리 계단을 오른 뒤 각자 전투 위치를 차지한다. 그런데 바로 거기에 그 사람 — 밀턴 — 이 갑판을 가로질러 달리고 있지 않은가! 테시는 그의 앙상한 가슴과 너구리 같은 두 눈을 알아볼 수 있었다. 그녀는 바닥이 더러운 것도 잊고 두 발을 내렸다. 뉴스에서는 구축함의 대포들이 소리도 없이 포격을 가하고 있었다. 고색창연한 영화를 보다 지구 반 바퀴쯤 떨어진 곳에서 벌어지는 실제 상황을 목도하게 된 테시 지즈모는 순간적으로 움찔했다. 영화관의 객석은 반쯤 차 있었다. 대부분 그녀와 같은 젊은 여자들이었으며 아가씨들은 감정상의 이유로 사탕을 우물거리고 있었다. 그들 역시 화질 나쁜 필름 속에서 약혼자의 얼굴을 찾고 있었던 것이다. 극장 안은 팝콘과 향수 냄새, 그리고 로비에서 경비가 피우는 담배 냄새로 그득했다. 일상생활에서 그 전쟁은 먼 나라에서 벌어지는 추상적인 사건에 지나지 않았다. 여기서 만나는 사오 분짜리 만화와 특집 뉴스 속에서만 전쟁은 구체적인 현실이 되었다. 어쩌면 테시는 극장 안에 자기를 아는 사람이 아무도 없다고 생각한 나머지 저도 모르게 시나트라[112]가 불러일으킬 법한 병적인 흥분을 느꼈는지도 모를 일이다. 이유야 어찌 되었든 옆 사람의 이름도 모르는 영화관 안에서 테시 지즈모는 그동안 잊으려고

112) 「마이 웨이」로 유명한 가수 프랜시스 앨버트 시나트라(Francis Albert Sinatra, 1915~1998)를 말한다.

애썼던 것들을 마음 놓고 추억할 수 있었다. 클라리넷이 압도하듯 허벅지 살을 후비고 활시위를 떠난 화살을 쫓아 내륙에 자리 잡은 그녀의 제국에 들어오던 일……. 그 순간 그녀는 비로소 깨달았다. 그 제국을 자기가 지금 엉뚱한 사람에게 주려 한다는 사실을. 영사기에서 뿜어 나오는 밝은 빛이 머리 위 어둠을 비껴가는 동안 테시는 마이클 안토니우와 결혼하고 싶지 않다는 것을 스스로 시인할 수밖에 없었다. 그녀는 성직자의 아내가 되어 그리스로 가고 싶지 않았다. 다시 뉴스 화면에 밀턴이 나타나는 순간 그녀는 눈물이 그렁그렁해져서 크게 소리 지르고 말았다.

"널 두곤 아무 데도 못 가."

사람들이 조용히 하라고 그녀에게 주의를 주는 동안 밀턴이 카메라 앞으로 다가왔다. 가까이서 보니 그는 밀턴이 아니었다. 그거야 어떻든 상관없었다. 이미 본 거는 본 거니까. 테시는 자리에서 일어났다.

그날 오후 헐버트 거리의 데스데모나는 자리에 누워 있었다. 벌써 사흘째. 우체부가 밀턴의 편지를 배달한 후부터였다. 아들의 편지는 그리스어가 아니라 영어로 되어 있어서 레프티가 해석해 주어야 했다.

가족들에게

이 편지가 제가 보내는 마지막 편지가 될 거예요.(모국어로 쓰지 않아서 죄송해요, 엄마. 하지만 지금은 좀 바쁘거든요.) 지금 벌어지고 있는 일에 대해선 높은 사람들이 말을 못 하게 하지만 너무 걱정 말라는 뜻에서 이 글을 보내는 거예요. 전 안전한 장소로 가게 돼요. 바를 잘 꾸려 나가고 계세요, 아빠. 이 전쟁은 언젠가 끝이 날 거고 전 가업을 잇고 싶으니까요. 조한테제 방에 들어가지 말라고 일러 주세요.

사랑과 웃음을 담아서
밀트

먼젓번 편지들과 달리 이번 편지는 뜯기지 않은 채로 왔다. 구멍 하나 뚫리지 않은 채. 처음엔 이게 웬일인가 하고 좋아했던 데스데모나는 차츰 다른 생각이 들었다. 이젠 더 이상 비밀을 지킬 필요조차 없어진 게 아닐까? 전투는 이미 시작되었는데. 생각이 거기 이르자 데스데모나는 부엌 식탁에서 일어났다. 그리고 마침내 올 것이 오고야 말았다는 회심의 표정으로 비장한 선언을 하기에 이르렀다.

"하느님의 심판이 우리에게 대가를 치르게 하는 거야."

그녀는 거실로 가 소파 쿠션을 반듯하게 해 놓고는 내친김에 층계를 올라 침실에 이르렀다. 침실로 들어간 그녀는 아침 10시란 이른 시각에 옷을 벗고 잠옷으로 갈아입었다. 그러고는 조를 임신했을 때 이래 처음이자 이십오 년 후 영원한 안식을 찾을 때까지 그 유례를 찾을 수 없는 낮잠에 빠져들었다.

처음 사흘 동안은 화장실 갈 때를 빼면 자리에서 일어나지도 않았다. 할아버지가 달래서 일으키려 했지만 소용없었다. 그날 아침에도 레프티는 일을 나가면서 음식을 조금 꺼내 놓았다. 토마토소스에 버무린 하얀 콩과 빵을 담은 접시였다.

현관에서 문 두드리는 소리가 날 때까지도 그녀는 그 음식에 손도 대지 않은 채 내버려두었다. 데스데모나는 일어나서 내다보기는커녕 베개로 얼굴을 덮어 버렸다. 그렇게 귀를 막고 있어도 소리는 계속 들려왔다. 잠시 뒤 현관문이 열리고 마침내 발소리가 층계를 올라와 그녀가 있는 방으로 이어졌다.

"데스 이모?" 테시였다.

데스데모나는 움직이지 않았다.

"이모한테 할 얘기가 있어요." 테시가 계속 말을 이었다.

"누구보다도 이모가 먼저 아셨으면 해요."

침대 위의 인물은 꼼짝도 안 했다. 그러나 그 몸이 긴장돼 있는 걸로 보아 테시는 데스데모나가 잠에서 깨어 귀를 기울이고 있다는 걸 알 수 있었다. 테시는 숨을 들이마시고 단번에 선언했다.

"저, 결혼식 취소할래요."

그러고는 적막이 흘렀다. 데스데모나는 천천히 베개를 얼굴에서 들어냈다. 침대 옆 탁자에 놓인 안경을 가져다 쓰고는 자리에 일어나 앉았다.

"마이클과 결혼하고 싶지 않다는 거니?"

"네."

"마이클은 훌륭한 그리스 청년이야."

"알아요. 하지만 그를 사랑하지 않아요. 밀턴을 사랑해요."

테시는 데스데모나가 충격을 받거나 굉장히 화를 내리라 예상했다. 하지만 놀랍게도 나의 할머니는 그 고백을 제대로 이해조차 못 하는 것 같았다. "이모는 모르시겠지만 전에 밀턴이 저한테 결혼하자고 했는데 제가 싫다고 했어요. 이제 밀턴에게 편지를 써서 결혼하자고 말하겠어요."

데스데모나는 어깨를 약간 으쓱하며 말했다. "편지 쓰는 거야 네 맘이다만, 얘야, 밀티가 받아 볼 수 있을지 모르겠다."

"이건 불법이나 뭐 그런 게 아녜요. 사촌간에도 결혼할 수 있는걸요. 우리는 육촌이나 되잖아요. 밀턴은 법이란 법은 모두 잘 지켜요."

다시 한번 데스데모나는 어깨를 으쓱했다. 근심 걱정에 진이 빠지고 성 크리스토퍼에게 버림받은 나머지 그녀는 이제 처음부터 운명에 없던 우발 사태에 대해서는 맞서 싸우기를 포기했다.

"너하고 밀티하고 결혼하겠다면 내가 축복해 줘야지."

이렇게 말하고 나서 그녀는 축복의 말을 뱉으며 다시 베개에 누워 눈을 감고 산 자의 고통에 대해 생각했다.

"그리고 신께서 허락하시어 아들놈이 바다에서 죽지 않기를."

우리 집안에서는 늘 결혼식을 앞두고 죽음이 왔다 갔다 한다. 내 할머니가 할아버지와 결혼 약속을 했던 것은 두 사람이 살아서 결혼하는 일은 없을 걸로 믿었기 때문이다. 그리고 그 할머니가 내 부모의 결혼을 펄쩍 뛰며 말리다가 결국 축복해 주게 된 것도 실은 밀턴이 일주일도 더 못 살 것이라고 생각했기 때문이다.

바다에 있는 아버지는 그렇게 생각하지 않았다. 운송선의 뱃머리에 서서 그는 시시각각 다가오는 자신의 종말을 바다 너머로 뚫어지게 바라보았다. 그는 하느님에게 기도하거나 자기 사정을 구구절절 털어놓고 싶지도 않았다. 눈앞에 어떤 무한한 존재가 느껴졌지만 그것을 인간적인 소망으로 불러일으킨 것은 아니다. 그 무한한 존재는 배를 둘러싼 대양처럼 빠르고 차가웠고, 그 공허감 속에서 밀턴이 가장 뼈저리게 느낀 것은 자신의 어수선한 마음이었다. 저 바다 건너 어디엔가 그의 생명을 끝장 낼 탄환이 있었다. 어쩌면 이미 발사될 준비를 하며 일본제 총에 장전되었는지도 모르지. 어쩌면 아직 탄띠에 들어 있을지도 몰랐다. 스물한 살의 그는 지성 피부였으며 목젖이 두드러져 보였다. 한낱 여자 때문에 전쟁터로 달아나다니 어리석었단 생각이 퍼뜩 들었다. 그러나 바로 다음 순간 그는 그런 생각을 접었다. 왜냐하면 그건 한낱 여자가 아니라 테오도라였기 때문이다. 그녀의 얼굴이 밀턴의 머리에 떠올랐을 때 한 수병이 그의 등을 툭 쳤다.

"워싱턴에 누구 아는 사람이라도 있어?"

이 말과 함께 그는 우리 아버지에게 전보를 건넸는데 그 즉시 유효한 것이었다. 아버지는 아나폴리스 해군 사관 학교에 출두해야 했다. 입학시험에서 98점을 받았던 것이다.

그리스 연극에는 예외 없이 급할 때 나타나서 도와주는 신이나 사람 같은 일명 '신의 기중기'[113]가 등장한다. 이 경우에는 아버지를 예의 운송선 갑판으로부터 훌쩍 미국 본토행 구축함의 갑판 위로 실어 나르는 요술 양탄자의 형태로 나타났

---

113) 그리스어로 '메카네'이다.

다. 샌프란시스코에 내린 그는 우아한 풀먼 특별 객차로 아나폴리스까지 여행한 뒤 거기서 생도로 등록했다.

"성 크리스토퍼께서 널 전쟁터에서 구해 주신 거야."

이 낭보를 집에 전했을 때 데스데모나가 의기양양하게 말했다.

"분명히 그랬을 거예요."

"그러니 이젠 교회를 고쳐야 해."

"네?"

"교회 말이다. 네가 교회를 고쳐야 한다고."

"아, 알았어요."

해군 사관생도 스테퍼니데스는 이렇게 대답했지만 아마 그 길로 잊어버렸을 것이다. 그는 다시 살아서 미래를 되찾은 것이 고맙기만 했다. 그러나 비티니오스 여행은 차일피일 미루곤 했다. 결혼하고 일 년, 아버지가 되었고, 그러고 나서 전쟁이 끝나 버렸다. 그는 아나폴리스를 졸업하고 한국전에 참전했다. 마침내 디트로이트에 돌아왔고 가업에 종사하게 되었다. 때때로 생각날 때마다 데스데모나는 아들에게 성 크리스토퍼에게 진 빚을 상기시켰지만 아들은 언제나 갈 수 없는 핑계를 만들어 냈다. 이렇게 미루다가는 끔찍한 결과를 보고 말 것이다. 이런 미신 같은 얘기를 믿는다면 훗날 물려받은 그리스의 피가 넘실거릴 때 내게서 보이듯이 말이다.

우리 부모는 1946년 6월에 결혼했다. 마이클 안토니우는 짐짓 너그러움을 뽐내기 위해 결혼식에 참석했다. 이젠 사제로 임명되어 위엄 있고 자애로운 모습이었지만 피로연이 시작된

지 한 시간쯤 한창 분위기가 무르익을 무렵이 되자 무참하게 짓밟힌 그의 본색이 드러났다. 저녁을 먹으면서 샴페인을 너무 많이 마신 탓에 밴드가 연주를 시작할 때 마이클이 벌써 두 번째 신붓감을 찾느라 혈안이 되었던 것이다. 마침 신부 들러리가 그의 눈에 띄었다. 조에 스테퍼니데스였다.

조는 그를 내려다보았다, 30센티미터쯤. 그가 춤추자고 말한 것 같은데 어느새 두 사람은 무도장을 가로지르며 춤을 추고 있었다.

"테시가 당신 얘기를 편지에 많이 썼소."

마이클 안토니우가 말했다.

"글쎄, 흉이나 보지 않았으면 좋겠네요."

"정반대이죠. 당신이 얼마나 훌륭한 기독교인인지 테시가 말해 주었소."

그의 작은 발이 기다란 사제복에 가려서 조는 그를 따라가기가 무척 힘이 들었다. 옆에서는 테시가 하얀 해군 제복을 입은 밀턴과 춤추고 있었다. 두 쌍의 남녀가 서로 지나칠 때면 조는 우스꽝스럽게 테시를 노려보면서 입 모양으로 이렇게 말했다. "언니 죽을 줄 알아." 그러나 그때 밀턴이 테시를 빙 돌리는 바람에 이번엔 두 사람의 연적이 얼굴을 맞대게 되었다.

"안녕, 마이크."

밀턴이 따뜻하게 말했다.

"이젠 마이크 신부야."

패배한 구혼자의 답변이었다.

"진급했구나. 야, 축하해. 너라면 안심하고 내 동생을 맡길 수 있겠어."

밀턴에게 안겨 멀어져 가는 테시는 미안한 마음으로 말없이 돌아보았다. 조는 오빠 때문에 마이크가 얼마나 화가 났을까 생각하며 마이크 신부에게 미안한 마음이 들었다. 그녀는 함께 웨딩 케이크를 먹자고 했다.

모든 것은 알에서 나온다

아까 얘기를 계속해 보자면 수멜리나 지즈모(파파스디아몬도폴리스에서 태어난)는 나에게 그냥 육촌이 아니었다. 그녀는 나의 할머니이기도 했다. 우리 아버지는 당신 어머니(혹은 아버지)의 조카이기도 했다. 데스데모나와 레프티는 나의 조부모이기도 했지만 동시에 고모할머니와 작은할아버지이기도 했다. 나의 부모는 나와 칠촌 간이고 챕터 일레븐은 형인 동시에 팔촌이다. 스테퍼니데스의 가계는 루스 박사가 「상염색체의 열성 형질의 전이」에서 도표로 나타낸 바와 같이 복잡하게 얽혀 있는데 내 생각에 그걸 자세히 알고 싶어 하는 독자는 많지 않을 것 같다. 난 그 유전자가 지나온 마지막 두세 단계에만 초점을 맞추어 왔다. 그리고 이제 그 이야기를 할 차례다. 내가 8학년 때 라틴어를 가르치시던 베리 선생님께 경의를 표하며 나는 위에 인용한 문구에 시선을 모으고 싶다.

"Ex Ovo Omnia."

자리에서 벌떡 일어나는 순간(베리 선생님이 교실에 들어올 때면 언제나 누구나 그렇게 했다.) 베리 선생님의 질문이 들렸다.

"애들아, 누구 이 짧은 문구를 해석하고 출처를 말해 볼 사람?"

내가 손을 들었다.

"스테퍼니데스 양, 호메로스와 동향 출신이지, 어디 한번 시작해 봐."

"그건 오비디우스의 『변신 이야기』에 나오는 글입니다. 창조의 이야기입니다."

"놀라워. 그럼 우리를 위해 저걸 영어로 번역해 보겠니?"

"모든 것은 알에서 나온다."

"들었니, 애들아? 이 교실도, 너희의 환한 얼굴들도, 심지어 내 책상 위의 낡은 키케로마저도 모두 알에서 나온단 말이다!"

*

오랜 세월 동안 필로보시안 박사가 밥상머리에서 전수해 준 비전 가운데 (태아는 산모가 상상하는 괴물로 변한다는 얘긴 빼고) 17세기의 전성설이 있었다. 전성설을 주장한 사람들은 대체로 혀 굴리기가 곤란한 이름들인데 ─ 스팔란차니, 스바메르담, 레이우엔훅 ─ 이들은 천지 창조 이래 모든 인간은 미니어처의 형태에서 출발한다고 믿었다. 큰 인형 속에 작은 인형이 자꾸자꾸 포개지는 러시아 인형처럼 아담의 정액이나 이브의 난자 속에 사람들이 아주 작은 축소 형태로 쑤셔 넣어져 있다는 것이다. 이 이론은 얀 스왐메르담이 외과용 메스를 가지고 어떤 곤충의 외피를 벗겨 내면서부터 시작되었다. 어떤 종류였냐고? 말하기가 좀……. 절지 동물문의 한 종류였는데 라틴 이름이 뭐냐고? 좋아, 그렇다면 말해 주지, 봄빅스 모리(Bombyx mori)라고. 1650년으로 거슬러 올라가 스왐메르담이 실험에 사용했던 곤충은 다름 아닌 누에였다. 당대의 식자들을 앞에 모아 놓고 스왐메르담은 누에의 표피를 잘라 내어 장차 나방이 될 조그만 형체를 드러냈다. 주둥이에서 더듬이, 접힌 날개에 이르기까지. 전성설이 탄생하는 순간이었다.

마찬가지로 나는 형과 내가 세상이 시작된 이래 우리의 뗏목인 알을 타고 떠다녔을 거라고 상상하고 싶다. 각자 탄생의 순간을 위해 기다랗게 갈라진 투명한 막 안에서. 언제나 창백한 혈색을 하고 스물다섯 살 무렵에는 완전히 대머리가 돼 버린 챕터 일레븐이 완벽한 호문쿨루스[114]로 거기 들어앉아 있다. 그의 두드러진 두개골은 장차 수학과 기계적인 것들에 뛰어난 재능이 있음을 드러낸다. 건강해 보이지 않는 창백한 혈색은 다가올 크론병[115]을 전조한다. 그 바로 곁에 미래의 누이인 내가 있는데 내 얼굴은 이미 연구 대상이다. 볼록 렌즈에

---

114) 축소판 인간을 가리킨다.
115) 원인 불명의 만성 위염 질환이다.

붙인 판박이 그림처럼 두 개의 상이 오락가락한다. 어린 시절의 칼처럼 짙은 눈의 예쁘장한 소녀, 그리고 지금의 나처럼 엄해 보이는 매부리코에 고대 로마 주화에 새겨진 인물 같은 생김새. 그렇게 우리 두 사람은 세상이 시작된 이래 큐 사인을 기다리는 동안 눈앞에 벌어지는 쇼를 구경하면서 떠다녔다.

그 쇼의 한 예로 밀턴 스테퍼니데스는 1949년 아나폴리스를 졸업하게 된다. 그의 하얀 모자가 하늘 높이 떠올랐다. 밀턴과 테시는 진주만에 정착해 간소하기 짝이 없는 군인 주택에서 살았다. 그곳에 살면서 어머니는 스물다섯 살 때 너무 많이 타서 화상을 입는 바람에 다시는 수영복을 입지 않았다. 1951년에 그들은 버지니아주의 노퍽으로 이사했다. 그곳에서 내 옆에 있던 챕터 일레븐의 알 주머니가 부르르 떨기 시작했다. 그런데도 그는 줄곧 내 옆에 들러붙어서 한국 전쟁을 지켜보았다. 거기서 스테퍼니데스 소위는 구잠함에서 복무했다. 우리는 그 기간에 터무니없는 것은 절대 받아들이지 않는 미래 우리 아버지의 성격이 형성되어 가는 과정을 지켜보았다. 그가 이후에도 자로 잰 듯이 가르마를 타고 셔츠 소매로 벨트 버클을 윤이 나게 닦는 습관이나 입버릇처럼 하는 "네, 그렇습니다."와 "정리 정돈"이라는 말, 또 산책로에서는 반드시 우리 시계를 똑같이 맞추도록 하는 고집 같은 것은 바로 그때 미 해군에서 길러진 것들이다. 밀턴 스테퍼니데스는 놋쇠 독수리와 속간[116]이 달린 소위 모자를 쓰고 클라리넷을 저버렸다.

---

116) 막대기 다발 사이에 도끼를 끼운 로마 집정관의 권위 표지이다.

해군에 복무하는 동안 그는 항해를 좋아하게 되었고 줄 서서 기다리는 것을 싫어하게 되었다. 그때까지만 해도 그의 정치적 견해가 성장하는 과정이었던지라 그는 반공주의를 굳히고 러시아를 불신하게 되었다. 아프리카와 동남아시아의 기항지들을 다니면서 일찌감치 인종 간에 지능의 차이가 있다고 믿게 되었다. 부대 지휘관들이 남을 업신여기는 것을 보면서 동부의 자유주의자들과 아이비리그를 싫어하게 되었는데 그러면서도 브룩스 브라더스[117]에는 사족을 못 썼다. 또 윙 팁[118]과 시어서커[119] 반바지를 좋아하는 습성이 몸에 배게 되었다. 우리는 아버지 될 사람에 관한 이 모든 사실을 태어나기 전에 알았고 태어나는 순간 잊어버린 뒤 다시 처음부터 배워야 했다. 1954년 한국 전쟁이 끝나자 밀턴은 다시 노폭에 배치되었다. 그리하여 1954년 3월 아버지가 자기 미래를 놓고 가늠하고 있을 때 챕터 일레븐은 내게 짧은 이별의 손짓을 하고 팔다리를 치켜든 채 세상으로 워터슬라이드를 타고 내려갔다.

그리고 나서 나는 내내 혼자였다.

내가 태어나기 전 사건들로는 우선 우리 부모의 결혼식 날 어머니에 대한 감정을 조에게 옮겨 갔던 마이크 신부가 이 년 육 개월 동안이나 끈질기게 조 고모를 쫓아다녔던 사실을 들 수 있다. 고모는 그렇게 종교적이고 그렇게 왜소한 사람과는 결혼하고 싶어 하지 않았다. 마이크 신부가 세 번이나 청혼을

---

117) 고급 양복 브랜드이다.
118) 날개 모양의 가죽 장식이 코끝에 달린 구두이다.
119) 인도산 면직물이다.

했지만 고모는 더 좋은 사람이 나타나길 기다리며 번번이 거절했다. 그러나 나서는 사람은 아무도 없었다. 결국 대안이 없다고 느끼자(그리고 아직도 성직자와 결혼하는 게 대단한 일이라고 생각하는 데스데모나의 부추김에 업혀서) 조 고모는 무릎을 꿇었다. 1949년 고모는 마이크 신부와 결혼하고 곧 그리스로 가 버렸다. 거기서 고모는 아이 넷을 낳으며 팔 년간 머물게 된다.

1950년 디트로이트시는 블랙 보텀 게토를 불도저로 싹 밀어 버리고 고속 도로를 놓는다. '이슬람 동포'는 이제 시카고에 있는 모스크 2호에 본부를 두고 맬컴 X라는 새로운 지도자를 영입한다. 1954년 겨울 데스데모나는 처음으로 나중에 은퇴하면 플로리다에 가서 살 뜻을 비치기 시작했다.

"있잖아, 플로리다에 있는 도시인데 그 이름이 뭔지 아니? 뉴스미르나 해변이야!"

1956년 디트로이트의 마지막 전차가 자취를 감추었고 패커드 공장이 문을 닫았다. 그리고 같은 해에 밀턴 스테퍼니데스는 군대 생활에 염증을 느껴 해군에서 전역하고 오랜 꿈을 이루기 위해 고향으로 돌아왔다.

"뭔가 다른 일을 하거라."

레프티 스테퍼니데스가 아들에게 일렀다. 두 사람은 제브러 룸에 앉아 커피를 마시고 있었다.

"그래 바텐더가 되려고 해군 사관 학교에 들어갔던 거냐?"

"바텐더가 되려는 게 아닙니다. 전 식당을 운영하고 싶어요. 체인점을 곳곳에 두고. 그걸 시작하려면 여기가 적격입니다."

레프티는 고개를 저었다. 그는 뒤로 몸을 기대고 팔을 벌려 바를 모두 품에 안듯이 손을 내밀며 말했다.

"여기는 아무것도 시작할 만한 곳이 못 돼."

할아버지가 옳았다. 아무리 부지런히 술을 따르고 카운터를 훔쳐 내도 바는 예전의 광채를 내지 못했다. 벽에 걸린 얼룩말 가죽은 말라비틀어져서 부스러졌다. 주석을 입힌 천장의 다이아몬드 무늬는 담배 연기로 더럽혀진 지 오래였다. 숱한 세월 동안 제브러룸은 단골손님인 자동차 공장 노동자들의 입김에 절어서 이제는 그 방에 들어가기만 해도 맥주와 헤어 토닉 냄새, 그리고 시계처럼 정확해야 하는 출근부의 고달픔과 지치다 못해 풀어져 버린 신경, 노조 냄새가 물씬 풍겼다. 주변 환경도 변해 가고 있었다. 1933년 할아버지가 처음 바를 열었을 때 이 지역은 백인 중산층이 사는 곳이었다. 이제는 점점 더 가난한 동네가 되었고 눈에 띌 만큼 흑인들이 많아졌다. 디트로이트에서 어김없이 통하는 인과 관계에 따라 어떤 집에 흑인 가족이 이사를 오면 이웃에 사는 백인들은 후다닥 집을 팔고 떠나 버렸다. 매물이 한꺼번에 쏟아져 나오는 바람에 부동산 가격이 급락하고, 이 때문에 돈 없는 사람들이 들어오고, 가난과 함께 범죄가, 그리고 범죄와 함께 이삿짐 트럭이 점점 늘어났다.

"사업은 이제 한물갔다." 레프티가 말했다.

"네가 바를 열고 싶다면 차라리 그리스 타운을 생각해 봐라. 아니면 버밍햄이든가."

나의 아버지는 이러한 반대를 점잖게 물리쳤다.

"바 사업은 그다지 좋지 않을 거예요. 주변에 바가 너무 많아져서 경쟁이 심해졌으니까요. 이 동네에 필요한 건 괜찮은 식당입니다."

한창때에는 미시간과 오하이오, 플로리다주의 동남부를 통틀어 예순여섯 개의 지점을 자랑했던 헤라클레스 핫도그는 어느 지점이든 정문 앞의 독특한 '헤라클레스 기둥' 때문에 금방 알아볼 수 있었다. 헤라클레스 핫도그는 1956년 2월 어느 눈 오는 날 아침에 시작됐다고 말할 수 있다. 그때 아버지는 집수리 문제로 고민하면서 제브러룸에 들어갔다. 아버지가 처음으로 한 일은 축 처진 베네치아 블라인드를 전면 유리창에서 떼어 내 햇빛이 들어오도록 한 것이었다. 그는 내부를 밝은 흰색으로 칠했다. 그리고 현역 또는 퇴역 미군을 위한 미군 병사(GI) 사업 대출금으로 바를 개조해서 식당 카운터와 조그만 주방을 설치했다. 입구에서 먼 벽에는 빨간 비닐을 댄 칸막이 자리를 만들고, 예전에 쓰던 높은 등받이 의자에는 지즈모의 얼룩말 가죽을 입혔다. 어느 날 아침 배달꾼 둘이 현관문 앞에 주크박스를 내려놓았다. 망치 소리가 요란하고 톱밥이 날리는 동안 밀턴은 레프티가 금전 등록기 아래 담배 상자에 아무렇게나 두었던 어음과 낡인 증서들을 살펴보았다.

"세상에, 이게 다 뭡니까?" 밀턴이 아버지에게 물었다.

"여기에 보험 증서가 세 개나 있어요."

"보험이란 많이 들면 들수록 좋은 거란다." 레프티가 말했다. "보험 회사가 돈을 안 줄 때도 있으니 확실히 해 두는 게 낫지."

"확실하다고요? 이 증서 하나만 해도 이런 식당 보험으로는 너무 큰 액수예요. 이걸 다 지불하고 있단 말입니까? 그건 낭비예요."

이제까지 레프티는 아들이 뭘 하든 내버려두는 입장이었다. 그러나 지금은 달랐다. 그는 준엄하게 서서 아들에게 말했다.

"내 말 잘 들어라, 밀턴. 넌 불난리를 겪어 보지 않았잖니. 무슨 일이 있었는지 넌 모른다. 어떤 땐 불이 나서 보험 회사도 폭삭 다 타 버린다고. 그때 가선 뭘 어쩌겠니?"

"하지만 세 개나……."

"우리한텐 세 개가 필요해."

레프티가 우겼다.

"아버지한테 맞춰 드려."

테시가 그날 밤 밀턴에게 말했다.

"네 부모님은 산전수전 다 겪어 오셨잖아."

"그래, 산전수전 다 겪으셨지. 하지만 이 보험금을 내야 할 사람은 바로 우리라고."

말은 그렇게 했지만 밀턴은 아내가 말한 대로 했고 세 개의 보험료를 모두 지불해 나갔다.

내가 어렸을 때의 제브러룸이 기억난다. 방 안이 온통 조화로 가득했는데 노란 튤립에 빨간 장미가 수두룩했고, 밀랍으로 만든 사과가 주렁주렁 달린 작은딸기나무도 있었다. 찻주전자에는 플라스틱 데이지가 자라났고 도자기로 만든 암소에서는 수선화가 피어났다. 아티 쇼와 빙 크로스비의 사진들이 줄지어 벽에 붙어 있었고, 그 옆에는 "꿀맛 같은 라임 리키! 디트로이트 제일의 프렌치토스트!"라고 직접 페인트로 써넣은 표지판이 걸려 있었다. 밀턴이 밀크셰이크에 마지막으로 체리를 살짝 얹고 시장처럼 누군가의 아기에게 입을 맞추는 사진도 있었다. 실제 시장인 미리아니와 캐버노의 사진들도 한 자리를 차지했다. 위대한 1루 주자인 앨 캘린은 타이거 스타디움에 연습하러 가는 길에 들렀다가 자기 얼굴 사진 위에 서명과 함께 이런 글을 남겼다.

"내 친구 밀트에게, 달걀 맛이 죽여주는데!"

플린트에 있는 그리스 정교회에 화재가 났을 때 밀턴은 곧바로 차를 몰고 가 깨지지 않은 스테인드글라스 창유리를 한 장 샀다. 그는 이걸 칸막이 자리 위쪽 벽에 걸었다. 정면 유리창 가에는 도니체티[120]의 흉상을 놓고, 그 옆에 아테나 여신이 그려진 올리브기름 깡통을 줄줄이 세워 놓았다. 모든 게 뒤죽박죽이었다. 할머니 적에 쓰던 램프가 엘 그레코의 복제품과 나란히 세워졌고 작은 아프로디테상의 목에는 황소 뿔 목걸이가 걸렸다. 커피 메이커 위의 선반에는 작은 입상들이 구색을 갖춰 즐비했다. 폴 버니언과 베이브 더 블루 옥스, 미키 마우스, 제우스, 고양이 펠릭스.

할아버지가 어느 날 아들을 도우려는 마음에서 차를 몰고 나가더니 접시 쉰 개를 사 들고 왔다.

"벌써 주문해 놓았는걸요." 밀턴의 말이었다.

"식당 설비 전문점에서요. 10퍼센트나 깎아 줬어요."

---

120) 이탈리아 오페라 작곡가이다.

"그래서 이게 싫다는 거냐?"

레프티는 실망하는 기색이었다.

"좋다. 도로 갖다주마."

"아이, 아버지." 아들이 아버지를 다시 불렀다.

"하루쯤 쉬시지 그러세요? 여긴 제가 알아서 할게요."

"내 도움이 필요 없단 말이냐?"

"집에 가 계세요. 엄마한테 점심 차려 달래서."

레프티는 아들이 시키는 대로 했다. 차를 몰고 아무 쓸모 없는 목숨이라 느끼며 웨스트그랜드 거리를 내려오던 그는 '럽서멘 의료 기구점' ─ 창문도 더럽고 대낮에도 번쩍거리는 네온사인을 끄지 않는 가게였다 ─ 앞을 지나치게 되었다. 문 득 오래전에 알았던 유혹이 솟구쳐 올랐다.

그다음 주 월요일 밀턴은 영업을 시작했다. 종업원 둘을 새 로 고용하고 아침 6시에 가게 문을 열었는데, 두 명의 종업원 이란 자기 돈으로 웨이트리스 유니폼을 사 입은 엘레니 파파 니콜라스와 그녀의 남편인 즉석요리 담당 지미였다.

"잊지 말아요, 엘레니. 당신은 팁을 위해 일하는 사람이야." 밀턴이 격려차 말했다.

"그러니까 웃어요."

"누구한테 말이에요?" 엘레니가 물었다.

그도 그럴 것이 칸막이 자리마다 작은 꽃병에 빨간 카네이 션을 꽂고 얼룩말 무늬 메뉴판과 종이 성냥첩과 냅킨을 준비 해 놓았지만 정작 제브러룸엔 웃어 줘야 할 손님이 아무도 없 었기 때문이다.

"짓궂기는."

밀턴이 싱긋 웃으며 받아넘겼다. 엘레니의 놀림이 불쾌하지 않았던 것이다. 그는 해야 할 일을 모두 해 놓았고 뭔가 빠진 것이 있으면 찾아서 채워 놓았다.

시간상의 편의를 위해 잠깐 전형적인 자본주의자의 모습을 그려 보이겠다. 밀턴이 첫 손님을 맞이하고 엘레니가 그들에게 스크램블드에그를 내가는 장면, 밀턴과 엘레니가 뒤에 서서 입술을 깨무는 모습, 이윽고 손님들의 얼굴에 웃음이 번지며 고개를 끄덕이는 순간! 엘레니는 부리나케 달려가서 커피를 다시 채우고. 그다음 날 밀턴은 다른 옷차림으로 더 많은 손님을 맞아들이고, 요리사 지미는 한 손으로 달걀을 깨고. 그리고 소외된 모습의 레프티.

"프라이드 위스키 둘!"

밀턴은 뜻도 통하지 않는 말을 지어내어 소리 질렀다.

"드라이 화이트, 68, 얼음 넣어서!"

이런 식이었다. 자세히 들여다보면 현금 출납기가 여닫힐 때마다 밀턴의 손은 돈을 헤아리고. 레프티는 모자를 쓰고 아무도 모르게 자리를 뜬다. 점점 더 많은 달걀을 깨뜨리고 프라이하고, 툭 쳐서 스크램블드에그를 만들고. 판지 상자에 담겨 뒷문에 도착한 달걀은 접시에 담겨 주방 문을 통해 나왔다. 복슬복슬한 스크램블드에그는 반짝거리는 노란 접시에 담겨 나갔고, 금전 등록기는 꽝 소리를 내면서 다시 열렸고, 돈은 수북이 쌓여 갔다. 그러다가 마침내 밀턴과 테시는 가장 좋은 옷을 입고 부동산 중개업자를 따라 커다란 집으로 들어

가게 되었다.

인디언 빌리지는 헐버트 거리에서 서쪽으로 겨우 열두 블록 떨어져 있었지만 영판 딴 세상 같았다. 번스, 이로쿼이, 세미놀, 애덤스('번스'와 '애덤스'처럼 인디언 빌리지에서조차 거리 이름 중 절반은 그 잘난 백인의 이름에서 따왔다.)의 대로 네 개가 이런저런 양식으로 지어진 웅장한 저택들과 맞닿아 있었다. 붉은 벽돌로 지은 조지 양식의 건물 옆에 튜더 왕실풍이, 그 옆에는 프랑스 전원주택 스타일이 보였다. 인디언 빌리지의 집들은 마당이 넓었고, 보도가 중요하게 여겨졌으며, 그림처럼 녹이 슨 둥근 지붕과 (점점 찾아보기 어려워지는) 론조키[121], 그리고 (이제 막 인기를 끌기 시작한) 도난 경보기를 갖추고 있었다. 그러나 할아버지는 그처럼 인상적인 아들의 새집을 둘러본 뒤 입을 다물었다.

"거실이 이만하면 되겠습니까?" 밀턴이 아버지에게 물었다.

"여기 앉으세요. 마음 편히 잡수시고요. 테시와 저는 어머니, 아버지가 여기도 내 집이다 하고 생각하셨으면 좋겠습니다. 이제 은퇴하셨으니까……."

"은퇴라니 그게 무슨 뜻이냐?"

"그러면 반퇴라고 하죠. 이제 좀 편안하게 하시고 싶었던 일들을 하셔도 돼요. 여기 서재도 있습니다. 오셔서 번역을 하실 때는 바로 여기서 하시면 돼요. 저 탁자 좀 보세요. 널찍하잖

---

121) 잔디 깎는 기계의 일종이다.

습니까? 그리고 벽에 선반도 반듯하게 걸려 있고요."

제브러룸의 일과에서 밀려난 할아버지는 시내를 드라이브하며 소일하기 시작했다. 시내 공공 도서관으로 차를 몰고 가서 외국 신문을 읽은 뒤에는 그리스 타운의 찻집에 들러 주사위 놀이를 했다. 쉰네 살의 레프티 스테퍼니데스는 아직 한창이었다. 그는 운동 삼아 하루에 5킬로미터를 걸었고, 식사량도 적정 수준을 유지해서 아들보다 배가 안 나왔다. 그런데도 세월은 어김없이 풍화 작용을 일으키고야 말았다. 레프티는 이제 초점 두 개짜리 안경을 써야 했고 어깨에 가벼운 점액낭염을 앓았다. 옷은 유행에 뒤져서 흡사 갱 영화의 엑스트라처럼 보였다. 어느 날 목욕탕 거울에 자신을 냉정하게 비춰 본 그는 자신이 이제 아무도 기억할 수 없는 시대를 기념하기 위해 머리를 뒤로 말쑥하게 넘긴 한낱 노인에 지나지 않는다는 사실을 깨달았다. 이 사실에 풀이 죽은 레프티는 당신 책들을 한데 모았다. 그러고는 세미놀로 건너가 서재에라도 있을까 싶어 차를 몰고 나왔다. 그러나 아들의 집 앞에 이르러서도 그는 차를 멈추지 않았다. 야생의 눈빛을 띠며 그가 향한 곳은 '럽서멘 의료 기구점'이었다.

한번 지하 세계의 맛을 본 사람은 그 세계로 돌아가는 길을 절대로 잊지 않는다. 그 후 영원토록 위층 창의 붉은 불빛과 한밤중이 되어야 열리는 입구를 지키는 샴페인 잔을 바로 알아볼 수 있는 것이다. 벌써 여러 해째 '럽서멘 의료 기구점' 옆을 지나다니면서 할아버지는 변함없이 창가에 늘어놓은 탈장대와 목에 대는 부목, 목발 들을 눈여겨보아 왔다. 물건은 사지도 않으면서 들락거리는 흑인 남녀의 절망적이면서도 광적으로 뭔가에 매달리는 얼굴들을 보아 왔다. 할아버지는 그들의 자포자기를 느꼈고, 이제 강제 퇴직을 당한 자신이야말로 거기 딱 어울린다고 느꼈다. 웨스트사이드를 향해 속도를 높일 때 럽서멘의 네온사인이 레프티의 눈 뒤로 번쩍거렸다. 액셀러레이터를 밟는 순간 어디선가 재스민 향기 같은 것이 물씬 풍겼다. 그 옛날의 흥분이 되살아나면서 피가 뜨거워지고 맥박이 빨라졌다. 산에서 내려와 부르사의 뒷골목을 누비던 이래 처음이었다. 그는 길가에 차를 세우고 서둘러 안으로 들어갔다. 깜짝 놀라는 손님들을 지나(그들에겐 백인이 생소했다.) 아스피린 병들과 티눈 고약과 하제를 얹어 둔 선반 옆을 성큼성큼 걸어 약국 뒤편에 이르렀다.

"무슨 일이신가요?"

약사가 물었다.

"22요."

레프티가 말했다.

"제대로 아셨군요."

부르사에서 도박하던 시절을 돌이켜 보려고 나의 할아버지는 웨스트사이드의 숫자 알아맞히기 도박에 손을 대기 시작했다. 처음에는 작게 했다. 2, 3달러의 적은 금액이었다. 두어 주 지나자 그는 잃은 돈을 벌충하기 위해 10달러로 늘렸다. 매일매일 그는 식당에서 벌어들인 돈의 일부를 내기에 걸었다. 어떤 날은 이겨서 두 배를 땄지만 다음 날엔 하나도 못 따고 잃었다. 탕파와 관장 용기들 사이에서 그는 판돈을 내질렀다.

기침약과 입술 헤르페스 연고에 둘러싸여 그는 '기그'를 하기 시작했다. 그것은 한 번에 세 배를 뜻하는 말이었다. 부르사에서처럼 그의 주머니는 종잇조각으로 넘쳐 났다. 그는 똑같은 숫자를 반복하지 않기 위해 날짜와 함께 걸었던 숫자를 적어 나갔다. 그는 밀턴의 생일과 데스데모나의 생일, 그리스 독립 기념일에서 마지막 숫자를 뺀 수, 스미르나에 화재가 났던 연도를 걸었다. 데스데모나는 세탁하려다가 종잇조각을 발견하고는 새 식당과 관련된 건가 보다고 생각했다.

"내 남편은 백만장자라니까."

그녀는 은퇴해서 플로리다로 갈 날을 꿈꾸었다.

레프티는 자기 무의식이라는 주판 위에서 이기는 숫자를 계산해 낼 욕심에 난생처음으로 데스데모나의 해몽책까지 뒤적였고, 꿈속에 나타나는 정수(整數)에 민감해졌다. '럽서멘 의료 기구점'에 드나드는 흑인들 중 상당수는 할아버지가 이처럼 해몽책에 집착하는 것을 알고 있었다. 그러던 중 그가 두 주 연속으로 돈을 따자 소문이 돌았다. 디트로이트의 흑인들도 해몽책을 사기 시작했는데, 이것은 그리스인이 아프리카계 미국인들의 문화에 끼친 유일한(금목걸이를 제외하고) 기여라 할 것이다. 아틀란티스 출판사는 그리스의 해몽책들을 영어로 번역해 미국 전역의 주요 도시로 실어 날랐다. 삽시간에 나이 지긋한 유색 여인들은 나의 할머니와 같은 미신을 믿기 시작했다. 예컨대 토끼가 뛰어다니는 꿈은 돈이 생길 징조요, 전화 선에 검은 새가 앉는 꿈은 누군가 죽을 꿈이라는 식이었다.

"은행에 가져가시려고요?"

아버지가 현금 등록기를 탈탈 털어 내자 밀턴이 물었다.

"그래, 은행이지."

그러고서 레프티는 정말로 은행에 갔다. 그는 세 자리 변수가 가능한 999가지의 순열을 모두 공략하기 위해 자기 예금 구좌에서 돈을 인출했다. 잃을 때마다 더럭 겁이 나서 그만두고 싶었다. 집에 가서 데스데모나에게 모두 털어놓고도 싶었다. 그러나 그 두려움을 이기는 유일한 해독제는 다음 날엔 이기리라는 희망이었다. 자살 충동이 할아버지의 숫자 맞히기 게임을 부추겼다고 말할 수 있을 것이다. 살아남은 자의 죄책감에 시달리며 그는 아직껏 살아남은 자신을 벌주기 위해 우주의 무차별한 폭력에 자신을 내던지고 있었던 것이다. 그러나 대개는 노름으로 공허한 세월을 축낼 따름이었다.

오직 나만이 원시 상태의 은밀한 알에 들어앉아 이 모든 일들을 지켜보았다. 밀턴은 식당을 운영하느라, 테시는 챕터 일레븐을 돌보느라 미처 눈치채지 못했다. (일요일이면 할아버지는 거실에 앉아 주사위 놀이에 돈을 걸기 시작했다.) 수멜리나가 무슨 낌새를 챌 수도 있었으련만 당시엔 우리 집에 발길이 뜸했다. 1953년 리나는 접신론 학회 모임에서 에블린 왓슨이라는 여자를 만났다. 왓슨 부인은 뉴멕시코주의 산타페에 간 지 반년 되었는데 죽은 남편(밤늦게 술을 마시고 바비큐를 하려고 콩을 주워 모으다가 방울뱀에 물려 죽었다.)과 함께 장만해 둔 어도비 주택이 그곳에 있었다.(왓슨 부인은 작고한 남편과 접촉할 수 있다는 희망으로 접신론 학회에 이끌렸던 것이지만 곧 수멜리나와의 세속적인 귓속말에 재미를 붙여 영적인 세계와의 교신에는 흥미를 잃어버렸다.) 눈 깜짝할 사이에 리나는 꽃집 일을 걷어치우고 왓슨 부인과 함께 남서부로 떠나 버렸다. 그 후 매년 크리스마스가 되면 리나는 우리 부모에게 핫소스와 꽃이 핀 선인장, 그리고 어떤 국립 기념관 앞에서 왓슨 부인과 함께 찍은 사진을 넣은 선물 상자를 보내왔다.(그중 반델리어의 아나사지 기념 동굴에서 찍은 사진이 아직 남아 있는데, 왓슨 부인은 조지아 오키프[122]처럼 차분한 차림인 데 반해 리나는 엄청나게 큰 밀짚모자를 쓰고 키바[123] 안으로 들어가는 장면이다.)

데스데모나로 말할 것 같으면 오십 대 중반에서 후반으로 넘어가면서 짧고도 무덤덤한 자기만족의 주문에 걸린 것 같았다. 아들은 전쟁을 또 한 차례 다녀왔어도 머리털 하나 다치지 않고 돌아왔다.(성 크리스토퍼가 한국의 '국지적 군사 행동' 기간에 밀턴이 총을 한 방도 맞지 않게 해 주기로 한 약속을 지켰던 것이다.) 며느리가 임신하자 예의 불안이 엄습해 왔지만 챕터 일레븐은 건강하게 태어났고 식당도 잘 굴러갔다. 매주 일요일이면 함께 식사를 하려고 인디언 빌리지의 새집으로 식구들과 친구들이 모여들었다. 어느 날 오후 데스데모나는 뉴스미르나 비치 상공 회의소에 편지로 신청해서 받은 안내 책자를 넘겨 보았다. 그건 도무지 스미르나 같지가 않았다. 단지 해가 잘 들고 과일 노점이 있다는 점이 비슷하다고나 할까.

그러는 동안 나의 할아버지는 운수가 트이는 듯싶었다.

---

122) Georgia O'keefe(1887~1986). 현대 미국 모더니즘의 대표 화가이다.
123) 푸에블로 인디언의 지하 예배장이다.

이 년 넘도록 매일매일 하루 한 가지 이상의 숫자에 걸어 왔던 터라 이제는 1부터 740까지 모든 숫자를 섭렵했던 것이다. 999까지를 모두 공략하려면 겨우 159개의 숫자만 더 걸면 되었다! 이제 그는 남은 숫자들을 모조리 다 해 볼 작정이었다. '그러고 나면 뭘 하지? 이것 말고 무얼? 다시 처음부터 시작하지 뭐.' 은행 직원에게서 건네받은 돈다발을 레프티는 고스란히 창문 뒤의 약사에게 건네주었다. 그는 741과 742, 743에 걸었고 744, 745, 746에도 걸었다. 그러던 어느 날 아침 은행 직원은 레프티에게 이제 계좌에 인출할 수 있는 예금이 얼마 남지 않았다고 알려 주었다. 은행원이 보여 주는 잔고는 13달러 26센트였다. 나의 할아버지는 고맙다고 말하고는 은행을 질러 나오며 넥타이를 바로 매었다. 이십육 개월 동안 그가 앓았던 도박의 열병이 사라지면서 마지막 열기로 살갗이 후끈 달아오르더니 느닷없이 온몸이 비에 젖은 듯이 축축해지는 것이었다. 눈썹을 찌푸리면서 레프티는 은행 밖으로 걸어 나와 다시 무일푼의 노년으로 돌아왔다.

이 비극적인 사실을 알고 나의 할머니가 내지른 귀청을 찢는 듯한 비명은 어떤 글로도 옮길 수가 없다. 할머니는 머리카락을 쥐어뜯고 옷을 찢으며 바닥에 쓰러지면서도 비명을 그치지 않았다.

"어떻게 먹고살라고!"

데스데모나는 울부짖으면서 부엌을 비틀비틀 걸어 다녔다.

"어디서 살라고!"

할머니는 신에게 호소하려는 듯이 두 팔을 벌렸다가는 가습을 쥐어뜯으며 결국은 왼쪽 소매를 잡아 찢고 말았다.

"어떻게 생겨 먹은 남편이기에 밥하고 빨래해 준 여자한테, 불평 한마디 없이 자식들을 낳아 준 여자한테 이럴 수가 있단 말이야?" 이어서 그녀는 오른쪽 소매마저 죽 찢어 버렸다.

"내가 노름하지 말라고 했지? 그랬어, 안 그랬어?"

이제 그녀는 본격적으로 치마에 손을 대기 시작했다. 우선 끝단을 손에 쥐고서 고대 근동 지방에서나 들었음 직한 짐승의 울부짖음 같은 소리를 목구멍에서 끌어내기 시작했다.

"울룰룰룰룰룰루! 울룰룰룰룰룰루!"

할아버지는 얌전한 아내가 눈앞에서 옷을 갈기갈기 찢어 버리는 것을 놀란 눈으로 쳐다볼 뿐이었다. 치맛단을 찢고, 허리와 가슴, 목선까지. 마지막까지 뜯어내자 드레스는 두 조각으로 갈라져 버렸고, 데스데모나는 속옷에 벌어진 참상을 만천하에 드러낸 채 바닥에 누워 버렸다. 와이어로 받친 브래지어는 과부하 상태였고, 칙칙한 팬티와 필사적으로 죄어 놓은 거들은 그녀가 착란 상태에 이른 순간에도 변함없이 그녀를 받쳐 주었다. 완전히 벌거벗기 전에 데스데모나는 기진해 버린 듯이 나동그라지고 말았다. 머리에 쓰는 그물마저 벗자 머리털이 그녀를 뒤덮었고 그녀는 이내 녹초가 된 듯이 눈을 감아 버렸다. 다음 순간 데스데모나는 지극히 현실적인 어조로 이렇게 말했다.

"이제 밀턴네로 이사해야겠어."

삼 주가 지난 1958년 10월 우리 조부모는 헐버트 거리에서 나왔다. 주택 융자가 끝나려면 아직도 일 년이 남아 있었다.

인디언 서머의 따뜻한 주말 동안 체면이 말이 아니게 구겨져 버린 할아버지는 아버지와 함께 가구들을 밖으로 내놓고 야드 세일을 벌여 팔 만한 것들을 처분했다. 해포석이 들어 있는 녹색 소파와 안락의자는 비닐을 씌워 놓으니 아직도 새것 같았고, 부엌 탁자와 책장들도 나왔다. 밀턴의 옛날 보이스카우트 시절의 안내서와 함께 램프들도 잔디 위에 죽 늘어놓았고, 조의 인형들과 탭 슈즈, 아테나고라스 1세의 초상화, 옷장에 한가득 있던 레프티의 양복들도 나왔는데 이는 할머니가 할아버지에게 내린 벌로서 굳이 내다 팔도록 한 것이었다. 머리를 그물에 얌전히 집어넣은 데스데모나는 마당 언저리에서 기분이 언짢은 듯 어처구니없을 정도로 절망했을 때는 눈물도 안 나온다는 표정을 짓고 있었다. 그녀는 가격표를 붙이기 전에 물건들을 하나하나 살펴보면서 땅이 꺼져라 한숨을 내쉬었고, 남편에겐 틈틈이 힘도 없으면서 물건을 나른다고 잔소리를 했다.

"당신이 아직도 젊은 줄 알아? 밀턴한테 시키라고. 당신은 늙은이야."

그녀는 한쪽 겨드랑이에 누에 상자를 끼고 있었는데 그것은 팔 물건이 아니었다. 마당에서 총대주교의 초상화를 보았을 때에는 놀라고 두려워 숨도 제대로 못 쉬었다.

"총대주교님을 팔아야 할 만큼 쪼들리는 건 아니겠지?"

그녀는 초상화를 낚아채어 안으로 옮겼다. 그러고는 종일 부엌에서 나가지 않았다. 야드 세일을 노리고 찾아오는 잡다한 인사들이 그녀의 개인적인 소장품들을 집적거리는 것을 차마 볼 수가 없었기 때문이다. 교외에서 개들을 데리고 온 주말 골동품 수집가들도 있었고, 가세가 기울어 중고 의자들을 찌그러진 차에 매달고 가는 가족도 있었으며, 물건마다 뒤집어 보며 상표를 확인하는 예민한 남자 커플도 있었다. 데스데모나는 당신 발에 가격표를 붙인 채 자신이 팔려 가거나 벌거벗고 녹색 소파에 전시된대도 그렇게 부끄럽지는 않았을 것이다. 물건들을 모두 팔거나 줘 버리고 나자 밀턴은 빌린 트럭에 부모의 남은 소지품들을 싣고 열두 블록을 지나 세미놀로 갔다.

사생활을 보호하기 위해 조부모에게는 다락방을 주었다. 자칫하면 다칠 줄을 뻔히 알면서 나의 아버지와 지미 파파니콜라스는 짐을 지고 도배된 문 뒤로 난 비밀 계단을 올라갔다. 두 사람은 그 높은 꼭대기에 할아버지의 침대 부품들과 가죽 오토만, 놋쇠로 만든 커피 탁자, 그리고 레베티카 레코드를 옮겨 놓았다. 아내와 화해하려는 마음에서 할아버지가 들여온 앵무새는 그 후 차츰 자손을 불려 가게 되었다. 그리하여 우리 모두의 머리 위에서 데스데모나와 레프티는 그들 생애에서 끝에서 두 번째가 되는 보금자리를 틀었다. 그 후 구년 동안 데스데모나는 비좁은 공간과 계단을 내려올 때마다 다리가 아프다고 불평을 늘어놓았지만 나의 아버지가 아래로 옮기자고 말할 때마다 번번이 거절했다. 내 생각으로는 그곳에 사는 편이 적절한 고소 현기증을 일으키는 한편 올림포스산을 생각나게 했기 때문에 딴은 내려오기 싫었을 것 같다. 지붕창으로 보이는 전망(보이는 것이 술탄의 무덤이 아니라 에디슨 공장이어서 탈이지만)도 좋았고, 창문을 열어 두면 비티니오스에서처럼 바람이 솔솔 불어 들어왔다. 다락방에 들면 데스데모나와 레프티는 처음으로 돌아온 것 같았다.

마치 내 이야기처럼.

왜냐하면 다섯 살 된 챕터 일레븐 형과 지미 파파니콜라스가 이제 빨간 달걀을 하나씩 손에 쥐었기 때문이다. 식탁 위에는 그리스도의 피처럼 붉게 물들인 달걀이 한 대접 가득했다. 빨간 달걀은 벽난로 위에도 줄지어 있었고, 현관 위에도 꾸러미로 매달려 있었다.

제우스는 모든 살아 있는 것을 알로부터 해방시켰다.

"Ex ovo omnia."

흰자는 날아올라 하늘이 되고 노른자는 내려가서 땅이 되었다. 그래서 그리스에서는 아직도 부활절에 달걀 깨기 놀이를 한다. 지미 파파니콜라스가 달걀을 방어적으로 들고 있으면 챕터 일레븐이 자기 달걀로 세게 부딪친다. 깨지는 달걀은 항상 한쪽이다. "내가 이겼어!" 챕터 일레븐이 소리 질렀다. 이제 밀턴이 대접에서 달걀을 고를 차례이다.

"이게 좋을 것 같은데. 브링크스 트럭처럼 단단해."

그가 달걀을 들어 올리자 챕터 일레븐은 공격 준비를 한다. 그러나 채 무슨 일이 벌어지기도 전에 나의 어머니가 아버지의 등을 톡톡 두드린다. 어머니는 입에 체온계를 물고 있다.

아래층의 저녁 설거지가 끝나자 나의 부모는 손을 잡고 침실로 올라갔다. 데스데모나가 당신 달걀을 레프티의 달걀에 부딪칠 때 나의 부모는 가장 은밀한 속옷까지 벗어 던졌다. 뉴멕시코에서 잠깐 들르러 온 수멜리나가 왓슨 부인과 달걀 게임을 하고 있을 때 나의 아버지는 조그만 신음 소리를 내며 어머니에게서 떨어지고는 이렇게 말하고 있었다.

"이제 됐어."

침실은 조용해졌다. 내 어머니 안에서는 10억 개의 정자가 상류를 향해 헤엄치고 있었는데 그 선두는 남자들이었다. 그들은 눈 색깔에서부터 신장, 코 모양, 효소 생산, 소식구 세포 저항에 관한 지령뿐 아니라 한 가닥의 역사도 함께 운반했다. 정자들이 헤엄쳐 가는 어둠을 배경으로 한 가닥의 길고 하얀 명주 같은 실이 뒤에 쳐졌다. 그 실 가닥은 250년 전 어느 날 생물학의 신령들이 재미 삼아 어떤 아기의 제5염색체 유전자를 가지고 장난칠 때 시작된 것이었다. 여자였던 아기는 이러한 변이를 자신의 아들에게 물려주고, 아들은 다시 두 딸에게 넘겨주었으며, 그다음에 세 아이들이(나의 할아버지의 할아버지의 할아버지뻘쯤 될 거다.) 이를 물려받았고, 내 조부모의 몸에까지 이르렀던 것이다. 그 유전자는 계속 지나가는 차를 결국 얻어 타면서 산골 마을을 뒤로하고 시내로 내려왔다. 그러다가 불타는 도시에 갇혔을 때는 엉터리 프랑스어를 지껄이며 탈출에 성공했다. 바다를 건너면서 로맨스를 날조했고, 배에서는 갑판 가장자리로만 다녔고, 구명정에서 사랑을 나누었다. 머리 타래는 강제로 잘렸고, 디트로이트행 기차를 타고 헐버트 거리의 집으로 이사했으며, 해몽책을 뒤적이기도 하고 지하 무허가 술집을 열기도 했다. 모스크 1호에 일자리를 얻었고…… 그러고 나서 그 유전자는 다시 새로운 육체로 옮겨 갔다. 보이스카우트에도 들어갔고 빨갛게 발톱도 칠했다. 창문에 대고 「비긴 더 비긴」을 연주했고, 전쟁에 나가는가 하면, 집에 남아 뉴스를 시청하기도 했다. 사형 선고를 받고는 성 크리스토퍼와 담판을 지었다. 미래의 사제와 데이트를 해 놓고는 약혼을 파기해 버렸다. 이리저리 떠돌면서 돌격을 거듭하던 유전자는 몇 번 더 고비를 넘긴 끝에 '신의 기중기'로 구조되었다. 그리고 아나폴리스와 구잠함…… 마침내 생물학의 신령들은 때가 무르익었음을, 고대하던 순간이 되었음을 알았다. 그리고 숟가락이 흔들리고, 야야 할머니는 고민에 빠지고, 나의 운명은 제자리를 잡았다. 1954년 3월 20일 챕터 일레븐이 도착했을 때 생물학의 신령들은 고개를 저었다. 아냐, 이걸론 안 돼. 그러나 아직 시간이 있었고 모든 게 적절했다. 유전자를 태운 롤러코스터는 이제 막 내려갈 태세여서 그걸 막을 수 있는 사람은 아무도 없었다. 아버지는 귀여운 딸아이의 환상을 보았고 어머니는 믿지도 않는 예수에게 기도하는 마음이었다. 마침내 — 지금 이 순간! — 1959년 부활절에 그 일이 터졌다. 유전자는 이제 자신의 쌍둥이를 만날 참이었다.

정자가 난자를 만났을 때 난 갑작스러운 충격을 느꼈다. 내 세계가 갈라지면서 커다란 소리가, 소닉붐[124]이 발생했다. 나는 변해 가는 것을 느꼈다. 태초에 누렸던 전지의 권능을 잃고 덜커덕 이름도 쓰여 있지 않은 텅 빈 후보자 명부로 전락해 버렸다.(마지막으로 내게 남은 예지 능력으로 나는 내 할아버지

---

124) 음속 돌파음을 말한다.

가 될 레프티 스테퍼니데스가 앞으로 아홉 달 후 내가 태어나는 날 밤에 데미타스 컵을 컵 받침 위에 뒤집어 볼 것을 알았다. 커피 찌꺼기가 무슨 표식을 만들 무렵 그의 관자놀이에서 통증이 퍼져 나가고 그는 바닥에 쓰러져 버린다.) 다시 한번 정자가 나의 캡슐에 세게 부딪혀 왔고 나는 더 이상 꾸물거릴 수 없다는 것을 깨달았다. 끔찍할 정도로 비좁은 내 아파트의 임차 기간이 마침내 만료되고 나는 쫓겨나는 중이었다. 그래서 나는 (남자라면 으레 그러듯이) 주먹을 쥐고 알껍데기의 벽을 부서져라 두들기기 시작했다. 그러자 나는 노른자위처럼 미끄덩 세상으로 곤두박질쳤다.

"미안, 귀여운 공주님."

침대에 누운 어머니가 배에 손을 대고 벌써 내게 말을 하기 시작했다.

"난 좀 더 낭만적이고 싶었는데."

"낭만적이고 싶다고?" 아버지가 물었다.

"내 클라리넷 어디 갔어?"

3부

가족 극장

이윽고 내 눈에 전원이 들어오면서 난 그다음 장면들을 볼 수 있었다. 간호사가 날 의사에게서 받아 들었고, 난생처음 목욕하러 가는 나를 바라보던 어머니의 의기양양한 얼굴은 러시모어산[125]만큼이나 거대했다.(불가능할 줄로만 알았는데, 아직도 그 모든 일들이 기억나다니.) 그 밖에 물질적인 것, 비물질적인 것 할 것 없이 모든 장면이 떠오른다. 인정사정없이 내리쬐던 눈부신 조명, 하얀 바닥 위를 또각거리며 걸어 다니던 하얀 신발, 거즈 위에 앉은 파리. 부인과 병원의 아래위층을 막론하고 나의 주변에는 제각각의 드라마가 연출되고 있었다. 첫아기를 안고 기뻐하는 부부가 있는가 하면, 아홉 번째 아이를

---

125) 워싱턴, 링컨, 루스벨트 등의 흉상 조각으로 유명하다.

받아 안는 불굴의 가톨릭 신자도 있었다. 남편의 못생긴 턱을 그대로 빼닮은 갓 태어난 딸을 보고 실망하는 젊은 새댁이 있는가 하면, 세쌍둥이의 학비를 계산해 보고 하얗게 질려 버린 새내기 아빠도 있었다. 분만실 바로 위층에는 자궁 절제술과 유방 절제술을 받은 여자들이 꽃 한 송이 없는 입원실에 누워 있었다. 난소가 파열된 십 대 소녀들은 모르핀 기운에 꾸벅꾸벅 졸았다. 신의 계명들은 사라져 가도 성경이 정당화한 여자들의 무거운 고통, 그것은 처음부터 나를 둘러싸고 있었다.

나를 씻겨 준 간호사의 이름은 로잘리였다. 테네시 산간 마을에서 자란 그녀는 기름한 얼굴의 미인이었다. 그녀는 내 콧구멍에서 점액을 빨아낸 뒤 혈액을 응고시키기 위해 비타민 K를 주사했다. 애팔래치아에서는 근친상간이 유전적 기형과 더불어 흔한 일이었지만 로잘리 간호사는 내게서 전혀 이상한 낌새를 알아차리지 못했다. 그녀는 내 뺨의 자줏빛 얼룩을 화염상 모반으로 여기고 염려했다. 그러나 실은 태반이어서 금방 물에 씻겨 나갔다. 로잘리 간호사는 해부학적 검사를 받게 하려고 날 다시 필로보시안 박사에게 데려갔다. 그녀는 날 침상에 눕히고 안전을 위해 한 손으로 붙잡았다. 분만 도중에 박사의 손이 얼마나 떨렸는지 눈치채고 있던 터였다.

1960년, 니샨 필로보시안 박사는 일흔넷이었다. 그는 낙타처럼 목을 길게 늘어뜨렸으며 움직임이라고는 뺨에서 이루어지는 게 전부였다. 새하얀 머리털이 가운데가 빈 머리를 후광처럼 감싸고 커다란 귀를 마치 솜처럼 틀어막았다. 그의 안경에는 직사각형의 루페(확대경)가 붙어 있었다.

박사는 크레틴병[126])으로 인한 주름이 없는지 확인하려고 내 목부터 관찰하기 시작했다. 손가락, 발가락 수를 헤아리고, 입천장을 조사하고, 나의 모로 반사[127])를 당연한 듯이 주시했다. 등으로 가서 천골을 검사하고는 다시 바로 눕혀 놓고 오그린 두 다리를 잡고 쭉 잡아당겼다.

그가 본 것은 무엇이었을까? 깨끗한 바닷조개 같은 여성의 외음부였다. 그 부위는 호르몬 때문에 벌겋게 부풀어 있었다. 모든 아기가 거쳐야 하는 우악스러운 손놀림. 필로보시안 박사는 그 주름 잡힌 살을 벌리고 좀 더 자세히 살폈어야 했는데 그러지 않았다. 왜냐하면 바로 그 순간에 로잘리 간호사가 (그녀에게도 이 순간은 운명적이었다.) 실수로 박사의 팔을 건드렸던 것이다. 필로보시안 박사가 고개를 들었다. 아르메니아인의 희미한 노안이 애팔래치아 출신 중년 여인의 눈과 마주쳤다. 잠시 흔들리는 눈빛. 박사는 시선을 거두었다. 태어난 지 오 분 만에 내 인생의 테마 ― 우연과 성 ― 는 벌써 결정되었다. 로잘리가 얼굴을 붉혔다.

"예쁘군."

날 두고 한 말이었지만 박사의 눈은 간호사에게 가 있었다.

"예쁘고 건강한 여자아이야."

세미놀의 우리 집에선 미처 탄생을 기뻐할 겨를도 없이 돌

---

126) 갑상선 저분비로 인한 선천성 만성 질환이다.
127) 신생아가 갑자기 자극을 받으면 팔다리를 쫙 폈다 오므리는 현상이다.

연 죽음의 예감을 맞이해야 했다.

데스데모나가 부엌 바닥에서 뒤집어진 커피 잔 옆에 쓰러진 레프티를 발견했던 것이다. 그녀는 남편 옆에 무릎을 꿇고 그의 가슴에 귀를 대 보았다. 심장 소리가 들리지 않자 그녀는 울부짖으며 남편의 이름을 불러 댔다. 그 울음소리가 부엌의 딱딱한 기물, 즉 토스터와 오븐, 그리고 냉장고에 부딪혀 메아리쳤다. 결국 그녀는 남편의 가슴 위로 쓰러졌다. 그러나 적막 속에서 데스데모나는 이상한 감정이 피어오르는 걸 느꼈다. 그 감정은 그녀를 사로잡고 있는 두려움과 슬픔을 비집고 점점 퍼져 갔다. 마치 부글부글 가스가 차오르는 느낌 같기도 했다. 그 감정의 정체를 깨달았을 때 그녀는 번쩍 눈을 떴다. 그것은 행복감이었다. 눈물이 줄줄 흘러내리고, 남편을 앗아 가려는 하느님이 원망스러웠다. 그러나 이 같은 자연스러운 감정의 한편으로 전혀 얼토당토않은 안도감이 들었다. 최악의 사태가 발생했다. 이게 바로 최악의 사태였다. 할머니의 생애 처음으로 이젠 더 이상 아무 걱정할 거리가 없어졌다.

내 경험으로 미루어 감정이란 하나의 단어로 표현할 수 없는 것이다. 난 '슬픔'이라든가 '기쁨', 혹은 '후회' 같은 말을 믿지 않는다. 언어가 남성 중심적이라는 가장 극명한 증거는 바로 감정을 지나치게 단순화한다는 점이다. 난 미묘하고 복잡다단한 감정을 자유자재로 표현하고 싶다. 독일의 한 열차 생산업체의 말마따나 "재앙에 뒤따르는 안도감"이라든가 혹은 "환상 속에 잠드는 실망감"이랄까. 난 "늙어 가는 식구들을 보면서 죽음에 익숙해지고” “중년에 접어들면서 거울이 미워지는 것”이 서로 어떻게 연관돼 있는지 보여 주고 싶다. “미니바가 있는 방을 갖게 되었을 때의 설렘”만 아니라 “식당이 망해 갈 때의 낭패감”에 대해서도 말하고 싶다. 나는 아직도 내 인생을 표현할 적절한 단어들을 찾지 못했다. 지금처럼 내가 살아온 이야기를 할 때는 한층 아쉬운 생각이 든다. 더 이상 먼발치에 선 채로 이야기할 수는 없다. 이제부터 이야기는 모두 사건의 일부였던 나의 주관적 체험에서 나온 것이다. 바로 여기가 내 이야기에 감수 분열이 일어나 갈라지는 지점이다. 이미 세상은 무겁게 느껴지기 시작했고, 이제 난 그 한 부분이 되었다. 이제부터는 반창고와 젖은 솜, 영화관의 흰 곰팡이 냄새, 이가 들끓는 고양이들과 그놈들이 좋아하는 냄새나는 쓰레기통, 비가 내리면 흙먼지가 피어오르는 도시의 거리와 접의자를 안으로 들여놓는 나이 지긋한 이탈리아 사람들의 이야기를 하겠다. 지금까지 그것은 내 세상이라 할 수 없었다. 나의 아메리카가 아니었다. 하지만 결국은 여기에 이르렀다.

재앙에 따른 안도감은 그리 오래가지 않았다. 이삼 초 지나서 데스데모나는 다시 남편의 가슴에 머리를 갖다 대 보았다. 이번에는 심장 소리가 들리는 것이었다! 레프티는 급히 병원으로 옮겨졌다. 이틀 뒤 그는 의식을 되찾았고 정신은 맑고 기억력도 온전했다. 그러나 태어난 아기가 아들인지 딸인지 물어보려 했을 때 그는 아무 말도 할 수가 없었다.

줄리 키쿠치에 따르면 아름다움이란 언제나 기형적이다. 어제 아인슈타인 카페에서 슈트루델[128]을 곁들인 커피를 마시면서 그녀는 심혈을 기울여 내게 이 말을 증명해 보이려고 했다.

"이 모델을 좀 보세요." 패션 잡지를 들이대며 그녀가 말했다.

"귀를 좀 보라고요. 꼭 화성인 같지 않아요?"

그러더니 책장을 넘기기 시작했다.

"아니면 여기 이 여자 입은 또 어떻고요? 머리라도 들어갈 것처럼 크잖아요?"

나는 카푸치노를 한 잔 더 주문하려고 했다. 오스트리아인처럼 차려입은 웨이터들은 누구에게나 그러듯이 나를 못 본 척했다. 밖에는 노란 보리수들이 빗물을 뚝뚝 흘리며 울고 있었다.

"맞아, 재키 오[129]는 또 어땠게요?" 줄리가 포기할 줄 모르고 계속 물어 왔다.

"두 눈 사이가 너무 멀어서 거의 머리 옆에 눈이 붙은 것 같았잖아요. 꼭 귀상어처럼."

여기에 조금 살을 붙여서 내 생김새를 설명해 보자. 칼리오페의 갓난아이 적 사진들을 보면 조금 기형적인 데가 있다. 나의 부모는 좋아라 아기 침대를 내려다보며 하나하나 들여다보느라 눈을 떼지 못했다.(남들이 내 아랫도리의 복잡한 사정을 알아채지 못했던 것은 내 얼굴을 보는 순간 강렬한 인상을 받는 동시에 왠지 불안해졌기 때문이 아닐까 하고 가끔 혼자 생각해 본다.)

---

128) 과일과 치즈를 밀가루로 얇게 싸서 구운 과자이다.
129) 재클린 케네디 오나시스를 가리킨다.

내 침대를 박물관에 있는 디오라마[130]라고 상상해 보자. 버튼을 하나 누르면 두 개의 황금빛 트럼펫처럼 내 귀에 불이 들어온다. 버튼을 하나 더 누르면 강한 윤곽의 턱이 빛나기 시작한다. 또 버튼을 누르면 높이 솟은 절묘한 광대뼈가 어둠을 깨고 환히 드러난다. 여기까지는 그리 낙관적이지 않다. 귀와 턱, 광대뼈로 판단하건대 나는 아기 카프카일지도 모른다. 그러나 다음 버튼을 누르는 순간 나의 입매가 밝아지면서 상황이 진전되기 시작한다. 입은 작지만 모양이 좋아서 입 맞추고 싶고 노래하게 만들고 싶다. 그러고 나면 지도 한가운데에 코가 위치한다. 이 코는 그리스의 고전적인 조각에서 볼 수 있는 코가 아니다. 실크가 그렇듯 이 코는 동방에서 소아시아로 건너온 코였다. 이 경우에는 중앙아시아라고 해야 옳을 것이다. 디오라마 아기의 코는 자세히 들여다보면 이미 아라베스크 형상이다. 귀와 코, 입, 턱부터 이젠 눈까지. (재키 오처럼) 이목구비는 배치 간격이 넓을 뿐 아니라 크기도 하다. 아기 얼굴에 머물기엔 너무나 크다. 내 할머니를 닮은 눈. 마거릿 킨[131]]의 그림에서처럼 커다랗고 슬픈 눈. 도무지 내 어머니의 배 속에서 만들어진 것이라고는 믿을 수 없을 정도로 길고 짙은 속눈썹에 싸인 눈. 어머니의 아기가 어쩌면 그토록 섬세한 작업을 할 수 있었을까? 눈 주위는 밝은 올리브색. 머리카락은 새카맣다. 이제 한꺼번에 버튼을 눌러 보자. 내가 보이는가? 내 온 모습

---

130) 투시화관을 말한다.
131) Margaret D. H. Keane(1927~2022). 미국 현대 화가이다.

이? 아마 보이지 않을 것이다. 내 진정한 모습을 본 사람은 아직 한 사람도 없다.

아기 적에, 그리고 조금 자랐을 무렵까지도 나는 어딘가 어색해 보이긴 했지만 굉장히 예뻤다. 어느 한 가지를 딱 꼬집어 말할 수는 없지만 전체적으로 보면 분명 사람을 끄는 데가 있었다. 무심히 이루어진 듯한 조화로움. 또한 겉으로 드러나는 얼굴 밑에 엉뚱한 생각을 품은 듯한 다중성.

데스데모나는 나의 생김새에 주목하지 않았다. 할머니는 내 영혼에 관심을 가졌다.

"네 딸이 이 개월이나 되었다. 왜 아직 세례를 받지 않는 거냐?"

3월이 되자 할머니가 아버지에게 물었다.

"세례를 받게 하고 싶지 않아요." 밀턴의 대답이었다.

"그건 다 호커스포커스[132]예요."

"아니, 그럼 교회가 호키포키[133]란 말이냐?"

데스데모나는 두 번째 손가락까지 치켜들며 아들을 위협했다.

"그렇다면 넌 2000년 동안이나 지켜 온 교회의 거룩한 전통을 호키포키로 여긴단 말이지?"

그러면서 할머니는 아는 형용사는 다 갖다 붙이면서 '성모 마리아'를 불러 댔다.

---

132) 속임수를 뜻한다.
133) 야바위를 뜻한다.

"성스러우시고 더럽혀지지 않으셨으며 가장 복되고 가장 영광스러운 분의 어머니이신 성처녀시여, 제 아들 밀턴이 하는 말이 들리십니까?"

아버지가 여전히 묵묵부답이자 데스데모나는 비장의 무기를 뽑아 들었다. 부채질을 시작한 것이다.

직접 겪어 보지 못한 사람에게 우리 할머니의 부채질이 얼마나 기분 나쁘고 폭풍우 같은 것인지 설명하기란 매우 어려운 일이다. 이제 아들과 말다툼하기도 싫다는 듯이 할머니는 부어오른 발목을 뒤뚱거리며 일광욕실로 걸어갔다. 할머니는 창 옆 등나무 의자에 앉았다. 비스듬히 들이치는 겨울 햇살에 반쯤 투명해 보이는 할머니의 넓은 콧방울이 빨개졌다. 할머니는 마분지 부채를 집어 들었다. 부채 앞면에는 "튀르키예의 만행"이라 쓰여 있었는데 그 아래에 작은 글씨로 상세한 내용이 적혀 있었다. 1955년 이스탄불 학살 때 그리스인 열다섯 명이 살해되고, 그리스 여성 200명이 강간당했으며, 4348개의 점포가 약탈되고, 그리스 정교회 쉰아홉 군데가 파괴되었으며, 총대주교들의 무덤까지 도굴당했다. 데스데모나는 이러한 만행을 기록한 부채를 여섯 개 가지고 있었다. 이것은 수집가를 위한 세트였다. 그녀는 해마다 콘스탄티노플의 교구에 기부금을 보냈는데 그로부터 두어 주 후에는 민족 말살의 만행을 입증하는 새로운 부채가 도착했다. 한번은 아테나고라스 총대주교가 쑥밭이 되어 버린 성당을 배경으로 찍은 사진이 부채에 실려 오기도 했다. 이날 사건은 할머니의 부채 어디에도 오르지 않았지만 튀르키예인이 아닌 할머니의 그리스인

아들이 저지른 가장 최근의 범죄란 점에서 규탄받을 만했다. 딸에게 마땅한 정교회식 세례를 베풀어 주지 않다니……. 데스데모나에게 부채질은 단순히 손목을 앞뒤로 흔드는 물리적 행위를 넘어 내면 깊은 곳으로부터 우러나오는 심적인 동요의 표상이었다. 언젠가 할머니가 내게 말해 주었듯 이는 성령이 깃든 위장과 간 사이의 어떤 지점으로부터 유래하는 바람이었다. 그 바람은 또한 당신이 묻어 버린 범죄보다도 더 깊은 곳으로부터 불어왔다. 밀턴은 신문 뒤로 피하려고 했지만 부채질 때문에 신문이 펄럭거렸다. 할머니의 부채질 위력은 집 안 어디에서나 느껴졌다. 계단의 먼지가 흩날리고 창문의 차양이 들썩거렸다. 때는 겨울이었기 때문에 모두가 벌벌 떨었다. 잠시 뒤 온 집 안의 환기 상태는 도를 넘어 버렸다. 마침내 밀턴은 뷰익 로드마스터로 쫓겨 갔고, 뷰익 자동차는 부랴부랴 라디에이터를 덥히느라 작은 신음 소리를 내기 시작했다.

부채질과 더불어 할머니는 가족의 감정에 호소하기 시작했다. 그녀의 사위이자 나의 고모부인 마이크 신부는 그 무렵 그리스에서 여러 해 만에 돌아와 — 보조 역할로 — 성모승천 그리스 정교회에서 일하고 있었다.

"글쎄, 밀티." 데스데모나는 이렇게 시작했다.

"마이크 신부를 생각해 봐라. 교회에서 마이크한테 높은 자리를 주지 않는구나. 그런데 마이크의 조카딸이 세례도 받지 않는다면 남들 보기에 어떻겠니? 네 여동생을 생각해 줘야지, 밀티. 불쌍한 조! 그 애들은 돈도 많지 않단다."

마침내 우리 아버지는 마음이 약해진 신호를 할머니에게

보냈다.

"세례받는 데 얼마가 드는데요?"

"그야 공짜이지."

밀턴의 눈썹이 올라갔다. 그러나 잠시 생각해 보더니 고개를 끄덕이곤 '역시 그렇지.' 하는 표정을 지었다.

"숫자 놀음이죠. 공짜로 들어오게 해 놓고는 평생 동안 우려먹는 겁니다."

1960년 디트로이트의 이스트사이드에 위치한 그리스 정교회의 신도들은 머잖아 새로운 건물에서 예배를 드리게 되었다. 성모승천 교단이 버너 하이웨이에서 샤를부아의 새 부지로 옮겼던 것이다. 샤를부아 교회의 건설은 엄청난 흥분을 불러일으키는 일대 사건이었다. 하트 거리의 보잘것없는 상가 건물에서 시작한 이 교단이 마침내 베니토를 벗어나 흙탕물이 전혀 튀지 않는 쓸 만한 곳에 거대한 교회 건물을 갖게 된 것이다. 많은 건설 회사가 입찰에 응했지만 결국에는 "지역 사회의 누군가"에게 낙찰이 되었는데 그 누군가란 바트 스키오티스였다.

새로운 교회를 짓게 된 동기는 두 가지였다. 비잔틴 제국의 옛 영광을 재현하고, 날로 성장하는 그리스계 미국인 사회의 자금력을 세상에 과시하려는 것이었다. 경비 면에서는 조금도 아끼지 않았다. 성상을 완성하기 위해 크레타 출신의 성상 화가를 모셔 왔다. 그는 미완성된 건물에서 얇은 매트를 깔고 잠을 자면서 일 년 넘게 머물렀다. 전통주의자인 그는 고기와 술은 물론 단것까지도 멀리하며 영혼을 맑게 하여 신의 영감을 받는 데 주력했다. 그가 쓰는 붓은 원전에 따라 다람쥐 꼬리 끝 털로 만들었다. 포드 프리웨이에서 그리 멀지 않은 이스트사이드의 하기아 소피아 성당은 이 년도 넘는 기간을 천천히 올라갔다. 그런데 문제가 생겼다. 성상 화가와 달리 바트스키오티스는 그리 맑은 영혼의 소유자가 아니었던 모양이다. 조잡한 자재를 쓰고 남은 차액이 개인 구좌로 들어간 사실이 밝혀졌다. 그가 교회 건물을 망쳐 버렸다. 그리하여 얼마 지나지 않아 교회 벽에는 균열이 가지를 뻗었고, 성상화에도 흠집이 생기기 시작했다. 천장에서 비도 샜다.

샤를부아의 수준 미달인 교회 건물에서, 문자 그대로 부실한 건물 안에서 나는 정교회 신앙인으로 세례를 받았다. 프로테스탄트 교회가 뭔가를 '프로테스트[134]'하기 훨씬 이전부터, 그리고 가톨릭이 가톨릭으로 불리기 이전부터 있어 온 신앙이자 라틴어가 아닌 그리스어로 기록되던 기독교의 시초까지 거슬러 올라가는 그리스 정교회는 성 토마스 아퀴나스처럼 추상을 구체화하는 이렇다 할 인물 하나 없이 그 근원으로부터 줄곧 전통과 신비의 연막에 둘러싸여 왔다. 나의 대부인 지미 파파니콜라스는 아버지의 품에 안긴 나를 받아서 마이크 신부에게 건넸다. 무대 중앙에 섰다는 사실이 너무 기뻐 만면에 미소를 머금은 마이크 신부는 내 머리털을 한 움큼 잘라 세례반에 떨어뜨렸다.(나중에 생각해 보니 세례반 표면에 보풀이 생긴 것은 세례식의 바로 이 대목 때문이 아닐까 하는 생각이 들

---

134) 항의를 뜻한다.

었다. 수많은 세월 동안 아기의 머리털을 담그고 생명수로 자극을 주니 뭔가가 뿌리를 내리고 자라날밖에.) 그러나 지금은 마이크 신부가 나를 물에 담글 시간이었다.

"하느님의 종인 칼리오페 헬렌이…… 하느님의 이름으로, 아멘."

이 말과 함께 그는 나를 아래로 내려뜨렸다. 그리스 정교회에서는 물속에 몸의 일부를 담그거나 물을 뿌리거나 이마를 두드리지 않는다. 거듭나기 위해서는 먼저 땅에 묻혀야 하며 이 경우엔 물속으로 들어가야 한다. 우리 가족이 지켜보았다. 어머니는 (내가 물을 마시면 어쩌나) 불안에 사로잡혔고, 형은 아무도 안 볼 때 동전을 물에 던져 넣었으며, 할머니는 몇 주 만에 처음으로 부채질에 열중했다. 마이크 신부가 나를 물에서 들어 올렸다.

"또한 성자의 이름으로, 아멘."

이 말과 함께 그는 나를 다시 물속에 집어넣었다. 두 번째로 물에 들어갔을 때 나는 눈을 떴다. 자유 낙하한 챕터 일레븐의 동전이 어둠 속에서 반짝거렸다. 동전이 떨어진 곳에 많은 물건이 모여 있는 게 보였다. 예를 들면 다른 동전, 머리핀, 누군가 붙였던 일회용 반창고 같은 것들이. 부유물이 뜬 녹색의 성수 안에서 나는 평화를 느꼈다. 사방이 고요했다. 오래전 사람들에게 아가미가 있었던 자리인 목 양옆이 따끔따끔했다. 나는 이 출발의 순간이 내가 살아가게 될 인생에 어떠한 지표가 되리란 걸 어렴풋이 깨달았다. 가족이 날 둘러쌌고, 나는 하느님의 손안에 있었다. 그러나 그와 동시에 나는 흔치 않은 흥분에 싸인 채 진화의 덮개를 밀어내면서 독자적인 개체로서 내 본연의 진가를 발휘하고 있었다. 이러한 깨달음이 바람을 가르며 내 마음을 꿰뚫었을 때 마이크 신부가 나를 다시 들어 올렸다.

"그리고 성령의 이름으로 세례받사옵니다, 아멘."

한 번 더 물에 들어가야 했다. 그렇게 물속에 들어갔다가 다시 빛과 공기 속으로 나왔다. 세 번 침수하는 데 시간이 좀 걸렸다. 물속은 침침할 뿐 아니라 따뜻했다. 세 번째 물에서 나올 때 나는 정말로 다시 태어났다. 물줄기를 쏘아 대는 분수가 되어. 통통하게 살이 오른 내 다리 사이에서 크리스털 같은 한 줄기 오줌이 공중을 향해 뿜어졌다. 둥근 천장의 조명 아래 노랗게 번쩍이는 오줌 줄기는 모든 사람의 시선을 모았다. 내 오줌은 포물선을 그렸고, 방광이 가득 찼던 터라 더욱 힘이 좋아 세례반의 입구 쪽을 말끔히 청소해 주었다. 그리고 나의 고모부인 마이크 신부는 미처 피할 겨를도 없이 얼굴 한가운데를 정통으로 맞고 말았다.

신자석에서 터져 나오는 웃음을 억지로 참는 소리, 할머니 두엇이 내뱉는 겁먹은 신음 소리가 들리더니 정적이 찾아왔다. 마이크 신부는 불시에 — 그것도 프로테스탄트처럼 이마를 흠뻑 적시며 — 받은 부분 세례를 낭패스러워하며 남은 절차를 진행했다. 먼저 손끝에 성향유를 묻히고 정해진 부위에 십자가 표식을 하면서 내게 기름을 발랐다. 이마와 두 눈, 콧구멍, 입, 귀, 가슴, 손과 발에 차례로 기름을 바를 때마다 그는 이렇게 말했다.

"성령의 축복인 봉인을."

끝으로 그는 내게 첫 성체를 베풀었다.(한 가지 예외적인 사실은 마이크 신부가 나의 죄를 용서하지 않았다는 점이다.)

"얘가 제 딸입니다." 집에 가는 길에 밀턴은 큰 소리로 떠벌였다.

"아, 글쎄, 신부님한테 쉬를 했지 뭡니까."

"그건 뜻밖의 사고였어요." 테시는 아직도 당황해서 얼굴이 달아오른 채 우겼다.

"불쌍한 마이크 신부님! 죽을 때까지 못 잊으실 거예요."

"정말 멀리 날아갔다고요."

챕터 일레븐이 경이에 찬 눈초리로 말했다.

그러나 인체공학적으로 어떻게 그런 일이 벌어질 수 있었는지 궁금해하는 사람은 그 와중에 아무도 없었다.

데스데모나는 사위에게 내가 거꾸로 세례를 베푼 일을 나쁜 징조로 여겼다. 이미 할아버지의 중풍에 책임이 있을지도 모른다고 의심받던 나는 첫 번째 전례 예식의 자리에서 신성모독을 범하고 만 것이다. 게다가 나는 딸로 태어나는 바람에 할머니의 얼굴에 먹칠을 했다.

"넌 이제 날씨나 알아맞혀야 되겠다."

수멜리나 할머니가 우리 할머니를 약 올렸고 아빠는 거기다가 한술 더 떴다.

"엄마, 숟가락 얘긴 이제 그만하세요. 숟가락도 늙을 때가 됐죠."

사실을 말하자면 당시 데스데모나는 동화주의자[135]들의 거센 압력에 굴복하기 일보 직전이었다. 외국의 망명자 신세로 사십 년간 손님처럼 이 땅에 살아온 그녀였다. 해서 웬만하면 이 땅의 문물을 받아들이지 않는 게 몸에 밴 터였지만 그 와중에도 어떤 것들은 꼭꼭 걸어 잠근 자물쇠 밑으로 슬그머니 스며 들어온 게 사실이었다. 할아버지가 병원에서 퇴원한 후 아버지는 재미라도 붙이시라며 텔레비전을 사서 다락방에 들여놓았다. 제니스사의 이 작은 흑백텔레비전은 걸핏하면 화면이 아래위로 흔들리기 일쑤였다. 밀턴은 그걸 침대 옆 탁자에 올려놓고 아래층으로 내려갔다. 텔레비전은 거기 남아 와글거리고 번쩍거렸다. 레프티는 그걸 보려고 베개를 받쳤다. 데스데모나는 집안일을 하려고 했지만 자기도 모르게 점점 더 화면을 바라보는 일이 잦아졌다. 그녀는 아직도 자동차를 좋아하지 않았다. 진공청소기가 돌아갈 때면 늘 귀를 막았다. 그러나 텔레비전은 좀 달랐다. 나의 할머니는 곧바로 텔레비전에 빠져들었다. 미국에 온 후로 처음이자 유일하게 마음에 들어 한 물건이었다. 때로는 텔레비전을 끄는 것조차 잊어버리고 새벽 2시 방송 종료 직전에 흘러나오는 「미국 국가」를 듣고 잠에서 깨기도 했다.

　텔레비전은 할아버지 할머니의 생활에서 잃어버린 대화를 대신했다. 데스데모나는 종일 그 앞에 앉아 있었고, 「인생무

---

135) 이들은 인종과 문화가 다른 소수 집단이 미국의 주류 문화와 가치를 받아들여야 한다고 주장한다.

상」[136)에 나오는 애정 행각에 아연실색했다. 할머니가 특히 좋아한 것은 세제 광고였는데 애니메이션으로 만든, 북북 문지르자 거품이 나는 장면이나 비눗물이 복수하는 장면이 나오면 어린애처럼 좋아했다.

세미놀에 살면서 문화 제국주의에 기여하지 않기란 불가능했다. 일요일이면 밀턴은 손님들에게 메탁사[137) 대신 칵테일을 섞어 대접했다.

"술에다 사람 이름을 갖다 붙이다니."

데스데모나는 다락방에 올라와 벙어리 남편에게 투덜거렸다.

"톰 콜린스니 하비 월뱅어니 기가 막히잖우. 술 이름이 그래서야 어디, 나 원 참! 그러고선 음악을 듣는데 거 뭐라더라, 옳지, '하이파이'로 감상을 한다나. 밀턴이 음악을 틀면 톰 콜린스를 마시고 어떤 때는 왜, 거 있잖아, 두 사람이 짝지어서 춤을 추는데 남자 여자가 마치 레슬링을 하는 것 같더만."

나 역시 데스데모나에게는 세상의 종말을 알리는 또 다른 표식일 뿐이었다. 할머니는 날 보지 않으려 했고, 내가 눈에 띄면 부채로 얼굴을 가렸다. 그러던 어느 날 테시가 외출을 하게 되자 데스데모나는 울며 겨자 먹기로 아기를 볼 수밖에 없었다. 조심스럽게 할머니는 내 방으로 들어왔다. 살금살금 발소리를 죽여 가며 내 침대에 다가온 검은 베일의 환갑쟁이는 분홍 배내옷을 입은 갓난쟁이를 뜯어보았다. 아마 내 어떤 표

---

136) 1956년부터 2010년까지 오십 년 넘게 장기 방영한 인기 드라마이다.
137) 그리스의 독한 갈색 브랜디이다.

정이 경종을 울렸나 보다. 어쩌면 할머니는 훗날 그러듯이 그
때 이미 시골 아기들과 나 같은 교외 아기들을 비교하고, 옛
날 아낙들의 이야기와 신식 내분비학을 연관 지었는지도 모를
일이다. 그러고는 다시 설마 아니겠지, 아닐 거야 하던 할머니
는 못 미더워하며 내 침대 난간 너머로 들여다보았는데 내 얼
굴을 보는 순간…… 결국 핏줄이 승리했다. 데스데모나의 걱
정 어린 시선이 (그와 마찬가지로) 어리둥절한 내 얼굴 위를 맴
돌았다. 할머니의 수심 어린 눈빛이 (당신을 쏙 빼닮은) 커다랗
고 까만 내 눈동자를 쏘아보았다. 우리를 둘러싼 모든 것이 똑
같았다. 그렇게 해서 할머니는 나를 안아 올렸고, 나는 세상
의 뭇 손주들처럼 되었다. 나는 우리 두 사람 사이의 지난 세
월을 지워 버렸다. 그리고 데스데모나에게 본래 혈색을 돌려주
었다.

  그때부터 난 그녀의 귀염둥이가 되었다. 아침나절이면 할머
니는 날 다락방으로 데려가서 어머니의 일거리를 덜어 주었다.
이 무렵에는 레프티도 기력을 대부분 회복했다. 비록 언어 기
능이 마비되긴 했지만 나의 할아버지는 예전처럼 활기찬 사람
으로 돌아왔다. 매일 일찍 일어나 목욕하고 면도하고 넥타이
를 맨 다음 아침 먹기 전에 두 시간 동안 아티카 그리스어[138]
를 번역했다. 이 무렵에는 자기 번역을 출판하겠다는 욕심은
버렸지만 그 일을 좋아했고, 또 번역을 하면 정신이 맑아지기
때문에 그는 계속 그 일을 했다. 가족과 의사소통을 하기 위

---

138) 소크라테스 시대의 아테네 표준어이다.

해 할아버지는 언제나 작은 칠판을 들고 다녔다. 할아버지는 글씨와 당신만의 상형 문자로 의사를 전달했다. 당신과 데스데모나가 아들 내외에게 짐이 된다는 걸 알고 레프티는 집 안 곳곳에서 도움이 되려고 무척 애를 썼다. 고장 난 것을 고치고, 설거지를 거들었으며 심부름을 가기도 했다. 날마다 오후가 되면 비가 오나 눈이 오나 할아버지는 8킬로미터의 산책을 나갔고, 돌아올 때는 기분이 좋아 함박웃음을 지었다. 밤에는 다락방에 앉아 레베티카 레코드를 들으면서 물담배를 빨았다. 지금 피우는 게 뭐냐고 챕터 일레븐이 물어볼 때마다 레프티는 칠판에 "튀르키예 진흙"이라고 썼다. 나의 부모는 언제나 그것을 아로마 향 담배라고 믿었다. 레프티가 어디서 그걸 샀는지는 각자의 추측에 맡기겠다. 아마 산책하는 도중에 샀을 것이다. 그에게는 아직도 그리스계와 레바논계 친구들이 시내에 쫙 깔려 있었다.

매일 10시부터 정오까지 할아버지와 할머니가 날 돌보았다. 할머니는 내게 우유를 먹이고 기저귀를 갈아 주었으며 손가락으로 머리를 빗겨 주었다. 내가 보챌 때면 할아버지가 나를 데리고 방 안을 한 바퀴 돌았다. 할아버지는 내게 말을 걸 수 없었기 때문에 던져 올렸다가 받는 놀이를 많이 해 주었고, 콧노래를 부른 다음에는 커다란 매부리코를 내 작은 미래의 매부리코에 가만히 대었다. 할아버지는 분장은 안 했지만 당당한 팬터마임 배우 같았다. 그가 뭔가 잘못되었다는 것을 깨달은 것은 내 나이 다섯 살이 다 되어서였다. 할아버지는 표정 연기에 지칠 때면 지붕창으로 날 데려갔다. 거기서 우리는 각자 생의 시작과 끝에서 함께 녹음이 우거진 이웃을 내려다보았다.

곧 나는 걸음마를 하게 되었다. 근사하게 포장한 선물을 받고 신이 나서 나는 아버지의 가족 극장 프레임 안으로 뛰어들었다. 초창기 영화 필름에 담긴 어린 시절의 크리스마스 장면에서 나는 인판테[139]처럼 지나치게 많은 옷을 껴입고 있다. 딸을 갖고 싶은 열망이 지나쳤던 나머지 어머니는 날 입히는 문제에서 다소 극단적인 경향을 보였다. 레이스 주름이 치렁치렁한 분홍 치마, 머리에는 빨간 체리 구슬. 난 그 옷들이나 뾰족뾰족한 크리스마스트리가 싫었다. 그래서 보통은 극적으로 울음을 터뜨리는 장면이 이어졌고……

어쩌면 그게 아버지의 영화 촬영 기술이었는지도 모른다. 밀턴의 카메라에는 무자비한 투광 조명 세트가 달려 있었다. 그가 찍은 영화는 너무 밝아 게슈타포의 취조실 같은 분위기를 자아낸다. 우리는 선물들을 부여잡고 마치 밀수라도 하다가 붙잡힌 사람들처럼 모두 움츠리고 있다. 눈이 멀 듯 환한 것과는 별도로 밀턴의 가족 영화에는 또 한 가지 특이한 점이 있다. 히치콕처럼 아버지 자신이 언제나 영화에 등장한다는 것. 크리스마스나 생일 파티 장면 중에는 언제나 한순간 밀턴의 눈이 화면을 가득 메울 때가 있다. 그래서 내 유년 시절을 급하게 스케치하는 지금 이 순간에도 가장 뚜렷하게 떠오

---

139) 스페인이나 포르투갈의 왕녀이다.

르는 것은 바로 그 장면이다. 곰을 연상시키는 아버지의 졸린 듯한 갈색 안구……. 기교를 강조하고 기계 장치에 주의를 환기하는 우리 가족 극장의 포스트모던적인 터치이다.(그것은 나에게 계승되어 나의 미학이 되었다.) 아버지의 눈이 우리를 쳐다보았다. 두 눈을 깜박이며. 한쪽 눈의 크기가 교회에 우뚝 서 있는 거대한 그리스도 성상만 했고, 그 자체로 세상의 어떤 모자이크보다도 훌륭했다. 그것은 살아 있는 눈이었다. 각막에는 약간 핏발이 섰고, 속눈썹은 풍부했으며…… 눈 밑의 피부는 커피 물이라도 든 것처럼 불룩하니 지쳐 보였다. 이런 눈이 십 초는 족히 우리를 응시하곤 했다. 마침내 카메라가 다시 돌아가며 기록을 계속했다. 우리는 천장과 조명 설비와 마루, 그리고 나서 다시 우리를 보았다. 그건 스테퍼니데스 일가였다.

맨 먼저 레프티. 중풍을 앓았지만 아직 말쑥한 그는 풀을 먹인 하얀 셔츠와 격자무늬 바지를 입고 자기 칠판에 이렇게 쓰고 들어 올렸다.

"크리스토스 아네스티."

그 건너편에 데스데모나가 앉아 있었는데 그녀는 틀니 때문에 늑대거북[140]처럼 보였다. 나의 어머니는 "1962년 부활절"이라 쓰인 이 홈 무비를 찍을 무렵 마흔 고개를 이 년 남겨 두고 있었다. 얼굴 위에 손을 대고 있는 이유 중 하나는 (투광 조명은 별도로 치고) 눈가의 잔주름 때문이었다. 이런 자세를 취

---

140) 큰 머리에 갈고리 모양의 턱을 지녔다.

할 때의 어머니에게 난 언제나 심정적으로 동질감을 느꼈다. 우리는 둘 다 사람들이 많이 지나다니는 벤치 같은 곳에 앉아서는 남들의 시선 밖으로 밀려날 때 가장 행복해했다. 어머니의 손등 뒤로 전날 밤늦게까지 읽던 소설책의 한 귀퉁이가 보인다. 사전에서 찾아봐야 하는 거창한 단어들이 그녀의 피곤한 머릿속에 와글거리며 오늘날 내게 쓰는 편지에 등장하기를 기다리고 있다. 어머니의 손짓은 또한 그즈음 부쩍 얼굴 보기가 힘들어진 남편에 대한 유일한 보복으로서 거부를 나타내는 것이었다.(아버지는 매일같이 밤이 되어서야 집에 돌아왔다. 술을 마시거나 바람을 피우진 않았지만 먹고살 걱정에 정신은 늘 식당에 빼놓고 오기 일쑤였다. 그런 탓에 아버지는 우리에게 점점 더 존재감이 없어졌다. 칠면조를 썰고 휴일에 영화를 찍지만 결코 거기 있다고 볼 수 없는 일종의 로봇이 되어 갔다.) 결국 어머니의 들어올린 손은 일종의 경고이며 블랙박스의 전조였던 셈이다.

챕터 일레븐은 양탄자 위에 드러누워 정신없이 사탕을 빨아 댔다. 그는 (칠판과 괴로움의 묵주를 들고 다니는) 두 전직 양잠 농부의 손자였지만 누에 치는 일을 도와야 했던 적은 한 번도 없었다. 그가 태어난 곳은 코자 한이 아니었다. 환경이 그에게 이미 각인되어 버렸다. 그의 얼굴에 떠오른 것은 포악하고 자기밖에 모르는 미국 아이의 표정이었다.

이때 개 두 마리가 화면 언저리에 나타났다. 루푸스와 윌리스, 우리 집의 복서종 개들이다. 루푸스가 내 기저귀에 코를 대고 킁킁거리더니 절묘한 타이밍으로 우스꽝스럽게 내 위에 주저앉았다. 이 개는 나중에 사람을 무는 사고를 치는데 결국 두 마리 다 남에게 주어 버렸다. 어머니가 나타나서 루푸스를 쫓아내 버리고…… 그러고 나자 내가 다시 등장했다. 나는 일어서서 카메라 쪽으로 아장거리며 걷는다. 미소를 짓고 팔을 휘저으면서…….

나는 이 필름을 잘 안다. 「1962년 부활절」은 루스 박사가 우리 부모에게 달라고 했던 필름이다. 박사는 이 필름을 매년 코넬 의과대학교 학생들에게 보여 주었다. 30과 5장 2항을 강의할 때 루스는 이 필름이 성 정체성은 생애 초기에 확립된다는 자기 이론을 뒷받침한다고 주장했다. 루스 박사가 내게 보여 주면서 내가 누구인지를 말해 준 것도 바로 이 필름이었다. 그렇다면 저건 누구란 말인가? 화면을 보자. 어머니가 내게 아기 인형을 건네준다. 나는 인형을 받아 품에 안는다. 장난감 우유병을 인형 입에 대고 우유를 먹인다.

필름에서나 현실에서나 나의 유년 시절은 흘러가 버렸다. 나는 계집아이로 자라났고, 이는 추호도 의심할 여지가 없는 사실이다. 어머니는 날 목욕시키면서 어떻게 씻어야 하는지 가르쳐 주었다. 나중에 일어난 일들을 생각해 보면 여성의 위생에 관한 이러한 훈육은 기껏해야 초보 수준이었다고 여겨야 할 것이다. 나의 성기에 대한 어떤 직접적인 언급도 기억나지 않는다. 은밀하고 연약한 부분으로 모든 것이 가려져 있고, 어머니는 결코 그 부위를 박박 문지른 적이 없었다.(챕터 일레븐의 성기는 "꼬추"라고 불렸다. 그러나 내가 가진 것에는 아무런 이름도 없었다.) 아버지는 한층 더 결벽증에 가까웠던 까닭에 내 기저귀를 갈아 주거나 목욕시켜 주는 일도 드물었지만 어쩌다가 그럴 때면 조심스럽게 눈을 피했다.

"구석구석 씻겼어?"

어머니가 여느 때와 같이 돌려서 물어보면 아버지는 이렇게 대답했다.

"구석구석은 아니고. 그건 당신 몫이잖아."

어쨌든 그건 그리 중요한 문제가 아니었을 것이다. 5알파환원효소결핍증은 고단수의 사기꾼이다. 사춘기에 이르러 안드로젠[141]이 혈관에 흘러넘칠 때까지만 해도 내가 다른 여자아이들과 다르다는 건 알아채기 어려웠다. 나를 담당한 소아과 의사는 전혀 이상한 점을 눈치채지 못했다. 그리고 다섯 살이 되었을 무렵 테시는 날 필로보시안 박사에게 데리고 다니기 시작했다. 필로보시안 박사는 날로 어두워지는 눈으로 대강대강 검사했다.

1967년 1월 8일, 나는 일곱 살이 되었다. 1967년은 디트로이트에서 많은 것이 종말을 고한 해인데 그중에는 아버지의 홈 무비도 포함된다. 「칼리의 일곱 번째 생일」은 밀턴의 '슈퍼 8' 중 마지막 작품이다. 배경은 풍선으로 장식된 우리 집 식당이다. 내 머리에는 흔히 보는 고깔모자가 씌워졌다. 열두 살인 챕터 일레븐은 식탁의 아이들과 어울리지 않고 벽에 기대서서 펀치를 마시고 있다. 우리 사이의 터울은 형과 나의 성장 과정이 가깝기엔 너무 멀었다는 것을 의미한다. 내가 아기였

---

141) 남성 호르몬이다.

을 때 챕터 일레븐은 아이였고, 내가 아이가 되었을 때 형은 십 대가 되었고, 그리고 내가 십 대가 되었을 때 그는 이미 어른이었다. 열두 살 때 나의 형은 지하 실험실에 내려가는 것을 세상에서 제일 좋아했는데, 거기서 그는 골프공을 반으로 갈라 속에 뭐가 있는지 알아보았다. 평범한 윌슨스나 스폴딩 제품을 생체 해부하면 고무 밴드를 매우 단단하게 다발 지어 묶어서 만든 심이 드러났다. 그러나 때로는 놀라운 발견도 있었다. 만약 홈 무비에서 형을 세밀히 관찰하면 이상한 점을 발견할 것이다. 그의 얼굴과 팔, 셔츠와 바지에 수천 개의 작고 하얀 점이 가득하다는 사실을 말이다.

내 생일 파티가 시작되기 직전에 챕터 일레븐은 지하실에 다녀온 참이었다. 거기서 그는 "속에 물이 들어 있습니다."라고 광고하는 신제품 타이틀리스트[142]에 쇠톱을 대었다. 공은 고래 심줄처럼 질겼다. 마침내 톱날이 타이틀리스트의 한가운데에 도달하자 펑 하는 굉음이 나더니 이어서 연기가 푸 하고 퍼졌다. 공의 중심은 텅 비어 있었다. 챕터 일레븐은 의혹에 휩싸였다. 그러나 그가 지하실에서 나타났을 때 우리는 모두 그 작은 점들을 보았다.

다시 파티장으로 돌아오면 내 생일 케이크가 일곱 개의 초와 함께 나오고 있다. 어머니가 소리 내지 않고 입술을 달싹이며 내게 소원을 빌라고 말하고 있다. 일곱 살 때 나는 무엇을 바랐을까? 기억이 나지 않는다. 필름에서 나는 몸을 앞으로

---

142) 골프용품 브랜드이다.

수그리고 바람의 신 아이올로스에 힘입어 촛불을 끈다. 잠시 뒤 사람들이 다시 불을 붙인다. 나는 다시 촛불을 불어 끈다. 똑같은 일이 일어난다. 그러고 나자 기분이 좋아진 챕터 일레븐이 웃고 있다. 그렇게 우리 집의 홈 무비는 내 생일의 장난으로 끝이 난다. 수없이 많은 목숨을 가진 촛불과 함께.

아직도 풀리지 않는 의문은 왜 이것이 밀턴의 마지막 영화가 되었을까 하는 것이다. 아이들의 일상을 필름에 담는 아버지의 열정이 으레 그렇듯이 시간이 흐르면서 식었다는 말로 설명할 수 있을까? 챕터 일레븐에게는 아기 적 사진을 수백 장이나 찍어 주었으면서 나에게는 겨우 스무 장 남짓밖에 안 찍어 주었다는 사실이 보여 주듯이? 이 물음에 대답하려면 사진기 뒤로 가 아버지의 눈으로 사물을 볼 필요가 있다.

밀턴이 집에 잘 안 붙어 있었던 까닭은 구 년 동안의 장사 끝에 식당 돈벌이가 시원찮아져서였다. 아버지는 날이면 날마다 (아테나 올리브오일 깡통 위) 정면 유리창 너머로 바깥을 내다보며 핑그리 거리로 이전할 생각을 했다. 예전에 단골이었던 길 건너의 백인 가족은 이사를 가 버렸다. 지금 그 집에는 모리슨이란 이름의 유색인이 살았다. 그는 담배를 사러 식당에 오곤 했는데 커피를 한 잔 주문해 놓고는 100만 번쯤 리필을 시켰으며 담배를 피워 댔다. 음식은 결코 주문하는 법이 없었다. 직업도 없는 것 같았다. 다른 사람들이 그의 집에 이사 들어오기도 했는데 모리슨의 딸인 듯한 젊은 여자가 아이들을 데리고 왔다. 그러다 그들이 다시 떠나고 나면 모리슨 혼자 덩그러니 남았다. 그 집에는 지붕에 난 구멍을 막으려고 방

수 외투가 덮여 있었는데 외투가 바람에 날아가지 않도록 벽돌을 빙 둘러 눌러 놓은 것이 보였다.

바로 아래 블록에는 심야 영업을 하는 업소가 문을 열었다. 그곳 손님들은 집에 돌아가는 길에 밀턴의 식당 문간에 소변을 보았다. 12번 거리에서는 매춘부들이 영업을 시작했다. 한 블록 떨어져 있는 세탁소는 습격을 당해 백인 주인이 중태에 빠졌다. 옆집에서 안경점을 하는 A. A. 로리는 인부들이 가게 앞에 세워 둔 네온 안경을 철거하는 동안 벽에서 검안표를 뜯어냈다. 로리는 사우스필드로 이사해 새 점포를 열었다.

아버지도 그렇게 할까 생각하고 있었다.

"이 근방이 모두 못쓰게 돼 버렸어."

어느 일요일, 식사를 마친 후 지미 피오레토스가 조언해 주었다.

"벌이가 좋을 때 떠나야 해."

그러자 기관 절개 수술을 받아 목에 난 구멍을 통해서 말하는 거스 파노스도 풀무처럼 쉿 소리를 내며 말했다.

"지미 말이 맞소……. 스스스스……. 옮겨야 해……. 스스스…… 블룸필드 힐스로."

피트 아저씨는 동의하지 않았는데 그는 예의 인종 차별 폐지를 주장하며 존슨 대통령이 주창한 가난과의 전쟁을 지지하는 발언을 했다.

두어 주 지나 밀턴은 식당을 감정받아 보고 충격에 빠졌다. 제브러룸의 감정가가 1933년 레프티가 인수했을 때보다 더 떨어진 것이다. 밀턴은 진작에 그걸 팔아 버렸어야 했다. 수입도 신통치 않았다.

그렇게 해서 제브러룸은 핑그리와 텍스터 사이의 모퉁이에 그대로 남게 되었다. 주크박스에서 흘러나오는 스윙 음악은 점점 더 시대에 뒤떨어져 가고, 벽에 붙여 놓은 명사들과 스포츠 선수들이 누군지 몰라보는 사람들이 점점 더 늘어났다. 토요일이면 할아버지는 종종 날 차에 태워 주었다. 우리는 벨아일로 가서 사슴을 보고 점심을 먹으러 패밀리 레스토랑에 들렀다. 우리는 손님인 것처럼 칸막이 좌석에 앉아서 아버지의 서빙을 받았다. 아버지는 할아버지의 주문을 받고 한 눈을 끔벅이며 물었다.

"그리고 옆의 부인께서는 뭘 드실까요?"

"난 부인이 아녜요!"

"그래요?"

나는 늘 하던 대로 치즈버거와 밀크셰이크를 주문하고 디저트로 레몬 머랭 파이를 시켰다. 아버지는 금전 등록기를 열어 내게 주크박스에 넣을 수 있도록 25센트짜리 동전을 한 움큼 주었다. 나는 노래를 고르면서 정면 창밖으로 이웃 친구를 찾아보았다. 토요일이면 대개 젊은 남자들에 둘러싸여 그가 모퉁이에 있었다. 어떤 때는 부서진 의자나 시멘트 블록 위에 올라서서 한바탕 연설을 늘어놓았는데 그의 팔은 흔들거나 제스처를 취하느라 언제나 공중에 떠 있었다. 어쩌다가 날 보게 될라치면 그는 쳐들었던 주먹을 슬그머니 펴서 날 향해 흔드는 것이었다.

그의 이름은 마리우스 윅츠위저드 챌루어리칠체스 그라임

스. 내가 그에게 말을 거는 것은 허락되지 않았다. 아버지는 마리우스를 말썽쟁이로 보았고, 그러한 견해에는 백인이나 흑인이나 막론하고 제브러룸의 많은 손님이 흔쾌히 동의했기 때문이다. 그래도 난 그가 좋았다. 마리우스는 나를 "귀여운 나일강의 여왕"이라고 불렀다. 또 내가 클레오파트라처럼 보인다고도 했다.

"클레오파트라는 그리스 사람이었어. 그거 알고 있었니?" 그가 말했다.

"아니."

"내 말이 맞아. 클레오파트라는 그리스 여자였어. 프톨레마이오스 집안이었거든. 당시엔 대단한 가문이었지. 그 집안은 그리스계 이집트인이었는데 나도 이집트 피를 조금 물려받았어. 너하고 난 어쩌면 친척인지도 몰라."

부서진 의자 위에서 사람들이 모이기를 기다리고 있을 때 그는 내게 말을 걸곤 했다. 그러나 다른 사람들이 있으면 그는 너무나 바빠졌다.

마리우스 웍츠위저드 챌루어리칠체스 그라임스라는 이름은 파드 무함마드와 동시대 인물인 1930년대 이집트의 민족주의자 이름에서 따온 것이었다. 마리우스는 어려서 천식을 앓았다. 그 때문에 어린 시절을 대부분 실내에서 보냈고, 그러면서 어머니의 서재에 있는 잡다한 책들을 읽게 되었다. 십 대가 되었을 때 그는 엄청나게 괴롭힘을 당했다.(그는 안경을 썼고 입으로 숨을 쉬는 버릇이 있었다.) 그러나 내가 그를 알게 되었을 때 마리우스 W. C. 그라임스는 성년기에 접어들고 있었다. 그는 낮에 레코드 가게에서 일하고 밤에는 D 법대에 나갔다. 어느 날 미국 흑인가에서 무슨 일이 벌어졌는데, 그로 인해 마리우스 같은 형제가 가두 연단에 등극할 기회를 잡게 되었다. 사태를 파악하고 스페인 내전의 원인을 장황하게 설명하는 일이 갑자기 근사해 보였다. 체 게바라[143]도 천식을 앓았다. 그리고 마리우스는 베레모를 썼다. 군인 모자를 흉내 낸 검은 베레와 검은 안경, 그리고 솜털처럼 보송보송한 패치[144]. 베레모와 안경을 쓴 마리우스가 사람들의 눈을 뜨게 하려고 모퉁이에 서 있었다.

"제브러룸은……." 그는 앙상한 손가락을 들어 제브러룸을 가리키며 말했다.

"주인이 백인입니다."

이어서 손가락은 아래쪽 블록을 향했다.

"텔레비전 상점도 식료품 가게도 백인들의 것입니다. 은행은……."

형제들은 주위를 두리번거렸다.

"맞습니다. 은행은 없습니다. 흑인한테는 돈을 꾸어 주지 않으니까요."

마리우스는 공익을 대변하는 변호사가 되려는 꿈을 갖고 있었다. 그래서 법대를 졸업하는 대로 디어본시를 주택 차별로 고소할 생각이었다. 그는 현재 과에서 3등이었다. 그러나

---

143) Ernesto "Che" Guevara(1928~1967). 쿠바의 혁명가이다.
144) 아랫입술 바로 밑에 작은 네모꼴로 기르는 수염이다.

지금은 바깥의 습도가 높아 어린 시절의 천식이 재발한 참이었다. 그 때문에 내가 롤러스케이트를 타고 지나갈 때 마리우스는 기분도 건강도 안 좋은 상태였다.

"안녕, 마리우스 오빠."

그는 소리 내어 응답하지 않았다. 그것은 그가 울적하다는 표시였다. 그 대신 머리를 끄덕여 주었고, 그 덕에 나는 용기를 내어 말을 더 걸어 보았다.

"왜 좀 좋은 의자에 올라서지그래?"

"이 의자가 싫으니?"

"다 망가졌잖아."

"이 의자는 골동품이야. 그러니까 부서지는 것도 당연하지."

"그래도 너무 심하다."

그러나 마리우스는 길 건너편의 제브러룸을 지그시 쳐다보고 있었다.

"귀여운 클레오파트라, 뭐 좀 물어보자."

"뭔데?"

"어째서 너희 아빠 식당엔 맨날 저렇게 뚱뚱하고 덩치 큰 경찰 아저씨가 셋이나 앉아 있는 걸까?"

"아빠가 공짜 커피를 주거든."

"너희 아빠는 왜 그러는 걸까?"

"몰라."

"모른다고? 좋아. 내가 가르쳐 주지. 너희 아빠는 저 작자들한테 지켜 주십사 하고 돈을 찔러주고 있는 거야. 흑인 녀석들이 무서워서 주변에 짭새들을 쫙 깔아 놓고 싶은 거지."

"그렇지 않아."

난 갑자기 방어적으로 나왔다.

"그렇게 생각하지 않니?"

"절대로 아냐."

"좋아. 어쨌든, 꼬마 여왕, 네가 제일 잘 알 거다."

그러나 마리우스의 공격에 난 기분이 상했다. 그 후로 난 아버지를 좀 더 세밀하게 관찰하기 시작했다. 아버지는 흑인 구역을 지나갈 때면 언제나 자동차 문을 꼭 잠갔다. 일요일에 거실에서 아버지는 이렇게 말했다.

"그놈들은 자기 재산도 돌보지를 않아. 만사 될 대로 되라는 식이지."

그다음 주가 되어 할아버지가 날 식당에 데려갔을 때는, 카운터에 앉은 경찰들의 넓은 등이 어느 때보다 넓어 보였다. 경찰들이 아버지와 농담하는 소리가 들렸다.

"이봐, 밀트, 메뉴에 솔 푸드[145]라도 올리는 게 낫지 않아?"

"그럴까요? 콜라드 같은 풀 쪼가리 말씀이시죠?"

아버지가 유쾌하게 받아넘겼다.

나는 마리우스를 찾으러 살금살금 빠져나갔다. 그는 늘 서 있던 자리에서 어쩐 일인지 앉은 채로 책을 읽고 있었다.

"내일 시험이어서 공부해야 돼."

그가 내게 말했다.

"난 2학년이야."

---

145) 흑인 특유의 음식이다.

내가 말했다.

"겨우 2학년이라고! 난 적어도 곧 고등학생이 되는 줄 알았는데."

나는 그에게 나의 가장 매력적인 미소를 지어 보였다.

"넌 프톨레마이오스 혈통이 틀림없어. 로마인들 일엔 참견하지 말라고, 알았어?"

"뭐라고?"

"아무것도 아닙니다요, 귀여운 여왕 폐하. 그냥 널 놀리는 거야."

그는 이제 소리 내어 웃었다. 좀처럼 드문 일이었다. 그의 얼굴이 환하게 밝아졌다.

그런데 그때 갑자기 아버지가 날 부르는 것이었다.

"칼리!"

"왜요?"

"당장 이리로 못 오겠니?"

마리우스는 의자에서 엉거주춤 일어섰다.

"우린 그냥 얘기하고 있었어요. 영리하고 귀여운 아이인걸요."

"그 애 옆에서 썩 물러나지 못하겠어? 내 말 안 들려?"

"아빠!"

나는 당황해서 얼굴이 하얗게 질린 채 친구를 위해 항의했다.

그러나 마리우스의 목소리는 부드러웠다.

"괜찮아, 귀여운 클레오. 난 시험공부해야 해. 아빠한테 가 봐."

그날 내내 아버지는 내 뒤를 따라다녔다.

"앞으로 절대 다시는 그런 낯선 사람하고 말하지 마라. 도대체 어떻게 된 거냐?"

"그 오빠는 낯선 사람이 아니에요. 이름은 마리우스 윅츠위저드 챌루어리칠체스 그라임스고요."

"너 아빠 말 듣고 있니? 그런 사람들하고 어울리지 말란 말이야."

그 후 아버지는 할아버지에게 날 식당에 데려오지 말라고 당부했다. 그러나 나는 한 달도 안 되어 혼자 다시 올 것이다.

오파!

사람들은 언제나 그걸 전통적이고 신사다운 관행으로 여긴다. 나처럼 천천히 진행하는 것을 말이다. 슬그머니 발을 밀어 넣는 한가한 폼이란!(이제야 난 한 수 뜨는 법을 배웠다. 그러나 두 번째 수는 아직 모른다.) 줄리 키쿠치에게 주말 동안 어디 다녀오자고 했다. 행선지는 포메른. 발트해에 있는 우제돔 섬까지 차를 몰고 가서 빌헬름 2세[146]가 좋아했다는 유서 깊은 리조트에 머무를 계획이었다. 나는 우리가 방을 따로 쓸 것이란 사실을 특별히 강조해 두었다.

주말이었기 때문에 난 가벼운 차림을 하려고 했다. 내게는 쉽지 않은 일이지만. 결국 낙타털로 짠 터틀넥 니트와 트위드

---

146) 1차 세계 대전 당시 독일 황제이다.

블레이저에 청바지를 입었다. 그리고 에드워드 그린의 수제품인 코도반[147] 구두를 신었다. 이런 스타일의 신발은 특히 던디라고 불리는데 비브람 밑창만 아니라면 영락없는 정장용 구두이다. 밑창의 가죽 두께가 보통 구두의 두 배이다. 던디는 부동산 재산을 둘러보기에 알맞도록 디자인된 구두이다. 넥타이를 매고 뒤에는 스패니얼을 여러 마리 끌고 진흙길을 헤치며 걸어갈 때 신는 신발. 난 이 구두에 발을 넣기 위해 넉 달을 기다려야 했다. 구두 상자에는 이렇게 쓰여 있다. "제화의 거장 에드워드 그린이 엄선된 분만을 위해 만들었습니다."

엄선된 분이라면 바로 날 두고 한 말이 아니겠는가?

나는 렌트한 메르세데스에 줄리를 태웠다. 과히 조용하달 수 없는 디젤차였다. 그녀는 가는 도중에 들을 테이프 꾸러미와 읽을거리를 가져왔다. 《가디언》과 《파케트》 최근 호 두 권이었다. 우리는 나무가 빽빽하게 늘어선 오붓한 길을 따라 북동쪽으로 차를 몰았다. 초가집들이 보이는 마을을 지나자 대지가 질퍽해지면서 바다의 초입이 눈앞에 펼쳐지는가 싶더니 이내 우리는 다리를 건너 섬으로 들어갔다.

바로 시작할까? 아니지, 천천히, 여유를 가지고, 그게 비결이다. 먼저 독일의 이곳은 10월 날씨란 말부터 꺼내야지. 날씨는 선선했지만 헤링스도르프의 해변에는 대담하게도 알몸인 사람들이 꽤 많이 눈에 띄었다. 주로 남자들이었는데 타월 위

---

147) 부드러운 염소 가죽이다.

에 해마처럼 누워 있거나 줄무늬가 진 조그만 방갈로 슈트란
트쾨르베 안에 떠들썩하게 모여 있었다.

소나무와 자작나무로 둘러싸인 우아한 보도에 서서 그들
나체주의자들을 쳐다보면서 나는 항상 궁금해하던 문제를 다
시 떠올렸다. 저렇게 자유롭다고 느끼는 건 어떤 기분일까?
내 말은 그러니까 내 몸이 그네들보다 훨씬 낫다는 것이다. 나
는 잘 단련된 이두근과 터질 듯한 가슴판, 매끄럽게 윤이 나
는 엉덩이 근육을 가졌다. 그렇지만 저렇게 남들 앞을 활보할
수는 없을 것이다. 절대로.

"《선샤인 앤드 헬스》의 표지감은 아니군요." 줄리가 말했다.

"어느 정도 나이가 들면 사람은 옷을 챙겨 입어야죠."

난 이렇게 대답했다. 아니, 대답했던 것 같다. 왠지 확신이
없을 때 내 발음은 약간 보수적이거나 혹은 영국식이 되어 버
린다. 머릿속으로는 딴생각을 하고 있었다. 갑자기 나체주의자
들에 대해 까맣게 잊어버리고 만 것이다. 왜냐하면 그때 줄리
를 바라보고 있었기 때문이다. 그녀는 DDR(동독) 시절에 유
행했던 스타일의 안경을 머리 위로 밀어 올리고 멀리 일광욕
하는 사람들의 사진을 찍으려고 했다. 발트해에서 불어오는
바람에 그녀의 머리카락이 날렸다.

"당신 눈썹은 작고 까만 털 애벌레 같군요." 내가 말했다.

"아첨꾼."

카메라에서 눈을 떼지 않으며 줄리가 대꾸했다. 나는 아무
말도 하지 않았다. 겨울의 끝에서 태양이 돌아오는 것을 맞이
하듯이 나는 가만히 서서 따스하게 빛나는 미래를 맞아들였

다. 까만 머리카락에 사랑스럽고 어디 한 군데 도드라지지 않은 몸, 그리고 묘하게 사나운 구석이 있는 이 조그만 여자와 함께 있다는 흡족함과 함께. 그래도 그날 밤, 그리고 그다음 날 밤에도 계속해서 우리는 각방을 썼다.

*

미시간의 4월, 그 축축하고 잔인한 달에 아버지는 내가 마리우스 그라임스에게 말을 걸지 못하도록 엄명을 내렸다. 5월이 되면 따뜻해지고, 6월은 뜨겁고, 7월은 더 뜨겁다. 세미놀의 집 뒷마당에서 나는 수영복, 그러니까 비키니 차림으로 스프링클러가 뿌려 대는 물 사이로 이리저리 뛰어다녔고, 챕터 일레븐은 민들레 술을 담글 민들레를 뽑고 있었다.

그해 여름, 기온이 한창 올라갈 무렵 아버지는 진퇴양난에 빠져 허우적대고 있었다. 애초 그의 꿈은 식당 하나를 여는 것이 아니라 체인을 만드는 것이었다. 그런데 이제 그 체인 1호점인 제브러룸이 부실해지자 그는 의혹과 혼돈에 빠져 버렸다. 생애 처음으로 밀턴 스테퍼니데스는 전혀 달갑지 않은 가능성에 직면했다. 이 식당을 어떻게 해야 할까? 껌값에라도 팔아 버리는 게 나을까? 그러고 나면?(당분간 인건비를 줄이기 위해 월요일과 화요일은 쉬기로 했다.)

아버지와 어머니는 우리 앞에서 그런 이야기를 꺼내지 않았고, 조부모와 의논할 때에는 슬그머니 그리스 말로 얘기했다. 챕터 일레븐과 나는 전혀 알아들을 수 없는 그 대화의 어조로 어렴풋이 사태를 이해할 뿐이었고, 솔직히 말하면 그다지 관심이 없었다. 달라진 거라곤 아버지가 갑자기 낮에 집에 있게 됐다는 사실뿐. 전에는 해 지기 전에 거의 볼 수 없었던 아버지가 별안간 뒤뜰에서 신문을 읽고 있었던 것이다. 우리는 짧은 바지를 입은 아버지의 다리를 눈여겨보게 되었고, 면도를 하지 않은 모습을 보게 되었다. 면도를 거른 처음 이틀은 그저 여느 주말에 보았던 것처럼 까끌까끌했다. 그러나 내 손을 붙들고 아파서 비명을 지를 때까지 턱수염으로 문지르는 일 따위는 이제 없었다. 아버지는 나와 놀아 줄 기분이 아니었다. 수염이 얼룩처럼, 버섯처럼 번져 가도록 그냥 안마당에 앉아 있을 따름이었다.

모름지기 아버지는 가족 중 누가 죽으면 면도를 하지 않는 그리스 관습을 따르고 있었다. 다만 이번 경우는 목숨이 아니라 생계 수단이 끊어진 것이다. 구레나룻을 기르자 이미 살이 오른 아버지의 얼굴은 더욱 뚱뚱해 보였다. 아버지는 수염을 다듬지도 깨끗이 관리하지도 않았다. 자기 고민에 대해 한마디도 털어놓지 않았기 때문에 그 말 못 할 속사정은 수염이 대신 말해 주었다. 엉킨 채 나선형으로 돌아가는 수염은 날이 갈수록 꼬여만 가는 그의 심사를 상징했다. 쏩쓸한 악취는 스트레스성 케톤이 풍기는 것이었다. 여름이 깊어 갈수록 수염은 벌초 한 번 받지 않은 채 무성해져 갔다. 아버지가 핑그리 거리를 마음에 둔 것은 분명했다. 그는 핑그리 거리가 있는 곳에 씨를 뿌리려 했다.

할아버지는 그런 아들을 위로하고자 애썼다. "힘을 내거라."

칠판에다 이렇게 쓰는가 하면 미소를 지으며 테르모필레[148]에 있는 전사의 비문을 베껴 써 주었다. "길 가는 나그네여, 가서 스파르타인들에게 전하시오/ 그들의 법에 순종하여 여기 우리가 누웠노라고." 그러나 아버지는 그 인용문을 거의 읽지도 않았다. 중풍으로 쓰러진 다음부터 할아버지는 더 이상 집안의 우두머리가 아니었다. 사포의 시를 복원하는 일에 골몰한 채 칠판을 지고 다니는 가엾은 벙어리 할아버지는 아들에게 한낱 노인네로만 비치기 시작했던 것이다. 아버지는 점점 참을성과 주의력이 없어지는 걸 느꼈다. 가족들이 늘어 감에 따라 더욱 절감하게 되는 인생무상, 책상 스탠드 앞에 웅크리고 앉아 침이 흐르는 아랫입술을 쭉 내민 채 죽은 언어에 매달린 아버지를 보고 밀턴이 느끼는 감회였다.

냉전 시대의 비밀과도 같은 것이었지만 어떤 정보들은 우리 아이들에게도 누설되었다. 우리 살림이 점점 더 어려워진다는 사실은 내가 장난감 가게에서 비싼 것을 사 달라고 조를 때마다 어머니의 콧잔등 위에 번개처럼 스쳐 가는 톱날 주름만 봐도 알 수 있었다. 저녁 식탁에서 고기 구경하기가 점점 어려워졌다. 아버지는 전기를 제한했다. 챕터 일레븐 형이 일 분 이상 전등을 켜 두면 어느 틈엔가 아버지가 나타나 스위치를 끄곤 어둠 속에서 이렇게 말하는 것이었다.

"내가 킬로와트에 대해 뭐라고 말했지?"

한동안 우리는 달랑 전구 하나로 생활해야 했는데 아버지

---

148) 스파르타가 페르시아에 대패했던 그리스의 산길이다.

는 그걸 이 방 저 방 옮겨 다녔다.

"이렇게 해야만 얼마나 전기를 쓰는지 확인할 수 있다니까."

이렇게 말하며 아버지는 저녁을 먹을 수 있도록 식당의 소켓에 전구를 감싸서 돌려 넣었다. "음식이 안 보여." 어머니가 투덜거리면 "그게 무슨 소리야?" 하고 아버지가 받았다. "이게 바로 분위기 내는 거라고." 후식이 끝나면 아버지는 뒷주머니에서 손수건을 꺼내 뜨거운 전구를 돌려 뺀 뒤 아무 욕심도 없는 저글링 재주꾼처럼 던져 올렸다 받으며 거실로 건너갔다. 우리가 어둠 속에서 기다리는 동안 아버지는 더듬거리다가 가구에 부딪히곤 했다. 마침내 저 멀리서 절전용 등화관제가 시작되면 아버지는 신이 나서 소리쳤다.

"준비 끝!"

아버지는 가게 앞을 흠잡을 데 없이 깨끗하게 유지했다. 그는 식당 밖의 보도까지 물을 뿌렸고 창문은 얼룩 하나 없이 말끔했다. 손님을 맞을 때는 변함없이 진심 어린 말투로 "요즘 어떠십니까?"라며 환대했다. 그러나 제브러룸의 스윙 음악과 퇴물이 돼 버린 야구 선수들이 시간을 멈춰 줄 순 없었다. 지금은 1940년이 아니라 1967년이었던 것이다. 엄밀히 말해 1967년 7월 23일. 그런데 아버지의 베개 밑에는 무언가 울퉁불퉁한 것이 있었다.

우리 부모의 침실은 완전히 초창기 미국을 재현해 놓은 듯한(또한 할인가에 구입한) 가구들로 꾸며져 있었다. 따라서 이 나라의 개국 신화와도 관련이 깊었다. 예를 들어 침대 머리의 베니어합판은 조지 워싱턴이 어릴 때 도끼로 찍은 것과 똑같은 진짜 체리목으로 만든 것이라고 아버지는 즐겨 말하곤 했다. 시민 혁명을 모티브로 삼은 벽지로 시선을 돌리면 북 치는 소년과 파이프 연주자, 그리고 절름발이 노인의 유명한 트리오가 반복적으로 그려져 있었다. 세상에 태어나 처음 몇 년 동안 나는 그 비참한 인물들이 부모의 침실을 빙 둘러 행진하는 모습을 보면서 자라났다. 그들은 '몬티셀로'[149] 풍의 서랍장 뒤에서 사라졌다가는 "버넌산"[150]을 본뜬 거울 뒤에서 다시 나타났고, 때로는 막다른 길에 부닥치고 더러는 붙박이장 때문에 반 토막이 나기도 했다.

이제 마흔세 살이 된 우리 부모는 그 역사적인 밤에 곤한 잠에 빠져 있었다. 아버지가 코 고는 소리에 침대가 흔들흔들, 벽 하나를 사이에 둔 내 방 침대도 따라서 흔들흔들, 난 그 흔들리는 어른용 침대에서 자고 있었다. 그런데 아버지의 베개 밑에서는 뭔가 다른 것이 흔들거렸다. 그 물건이 어디에 쓰이는지 생각해 보면 자칫 위험한 상황일 수도 있었다. 아버지는 전쟁터에서 가지고 온 45구경 자동 소총을 베개 밑에 넣어 두었던 것이다.

체호프가 정한 희곡 작법의 첫 번째 규칙은 다음과 같다. 즉 "1막 1장에서 벽에 총이 걸려 있으면 3막 2장까지는 그 총을 발사해야 한다." 아버지 베개 밑의 총을 생각하면 난 그 규칙을 떠올리지 않을 수 없다. 총이 거기에 있고, 난 이미 그 사

---

149) 토머스 제퍼슨의 옛 집터이다.
150) 조지 워싱턴의 주택과 묘지가 있다.

실을 입 밖에 내 버렸기 때문에 은근슬쩍 없애 버릴 수도 없다. (그날 밤 정말 거기에 있었다.) 한술 더 떠서 그 총엔 총알도 들어 있고 안전장치마저 풀려 있었다.

1967년 여름의 숨 막히는 폭염 속에서 디트로이트는 인종 폭동을 향해 치닫고 있었다. 이 년 전 여름 워츠에서 이미 터진 바 있는 폭동이 그달 들어서는 뉴어크까지 어수선하게 만들었다. 전국적인 소요에 응답하여 백인 일색인 디트로이트 경찰 병력은 디트로이트 시내 흑인 구역의 심야 영업 술집들을 급습하곤 했다. 혹시 있을지 모르는 폭발 사태에 대비해 선제 진압을 한다는 명분이었다. 그럴 때면 경찰은 대개 뒷길에다 죄수 호송차를 세워 놓고 아무도 안 보는 사이에 술집 손님들을 호송차에 몰아넣었다. 그런데 오늘 밤 아무런 이유도 없이 세 대의 경찰 차량이 ─ 핑그리에서 세 블록 떨어진 ─ 2번 거리 9125번지의 이코노미 출판사 앞 연석에 주차하는 것이었다. 새벽 5시에는 이런 일이 벌어질 리 없을 거라고 생각한다면 그건 오산이다. 왜냐하면 1967년 디트로이트 12번 거리는 불야성이었기 때문이다.

한 예를 들자면 경찰이 도착했을 때 여자들이 길을 따라 죽 늘어서 있었는데 이들은 모두 허벅지가 훤히 드러나는 짧은 치마에 팔과 등이 훤히 드러나 보이는 홀터 차림이었다. (매일 아침 아버지가 보도에서 호스로 물을 뿌려 씻어 내는 바닷말 같은 것 중에는 죽은 해파리 같은 콘돔과 소라게처럼 보이는 짝 잃은 하이힐도 있었다.) 여자들은 자동차들이 지나가는 연석에 서 있었다. 초록색 캐딜락, 불붙은 듯이 새빨간 토로나도, 찢어져라 입을 벌린 채 굴러다니는 링컨……. 모두가 완벽한 자태를 뽐냈다. 크롬 도금이 번쩍거리고 휠 캡이 눈부셨다. 어디에서고 한 점 녹도 찾을 수 없었다.(바로 그 점이 늘 밀턴을 놀라게 했는데 흑인들은 자동차는 완벽하리만치 가꾸면서 집에 가 보면 형편 없었다.) 그런데 이제 그 번쩍이는 자동차들이 서행하고 있었다. 차창들이 내려가더니 아가씨들이 몸을 수그려 운전자들과 말을 주고받는 것이었다. 여기저기서 부르는 소리가 들리고, 그러잖아도 짧디짧은 치마를 추켜올리고, 때로는 젖가슴을 살짝 내보이면서 음란한 자세를 취하기도 하고. 여자들은 웃음을 흘리며 잘도 그 일을 해내고 있었다. 새벽 5시가 되어 다리 사이가 얼얼해지도록, 그리고 아무리 향수를 들이부어도 남자들의 잔여물을 지울 수 없을 때까지. 길거리에서 몸을 깨끗이 간수하기란 쉬운 노릇이 아니다. 그리하여 새벽 무렵이 되면 그 젊은 여자들의 중요한 부분에서는 저마다 너무 익어 버린 말랑말랑한 프랑스 치즈 냄새가 풍기게 마련이다. 여자들은 집에 남겨 둔 아기 생각에도 무감각해졌다. 독감에 걸린 채 낡은 침대에 누워 고무젖꼭지를 빨면서 거친 호흡을 몰아쉬는 생후 육 개월 된 아기에 대해서도……. 박하 향 껌과 함께 입안에서 감도는 정액 맛에 대해서도. 여자들은 대부분 열여덟 살도 안 되었다. 그들 생애에서 첫 직장인 이 12번 거리의 연석이야말로 이 나라가 그들에게 제공하는 최선의 혜택이랄까. 이곳을 떠나면 그들이 어디로 가겠는가? 그들은 그런 사실에도 역시 무감각했다. 오로지 한 쌍의 남녀만이 애틀랜틱시티에 가서 장사를 하거나 미용실을 열 꿈을 품고 있었다.

그러나 여기선 그날 밤에 이미 벌어졌고 또 이제 막 벌어지려는 사건만 다루기로 하겠다. (이제 경찰들이 차에서 내려 무허가 주점에 쳐들어가는 중이다.) 그때 창문이 하나 열리면서 누군가 고함을 지른다.

"짭새다! 뒤로 튀어!"

연석 위의 여자들은 공짜 손님인 경찰을 알아본다. 그런데 오늘 밤은 낌새가 이상했다. 뭔가 일이 벌어지려는 눈치였다. ……경찰들이 나타났을 때 여자들은 평소와 다름없이 도망가지 않았다. 무허가 술집의 손님들이 수갑을 찬 채 끌려 나오는 것을 여자들은 우두커니 지켜보았고 심지어 투덜대는 여자도 있었다. ……이때 또 다른 문들이 열리고 자동차들이 멈춰 섰으며 갑자기 모든 사람들이 길거리에 쏟아져 나왔다. 다른 무허가 술집들과 집에서도, 길모퉁이에서도 사람들이 끝없이 줄지어 나왔다. 숨 쉬는 공기로도 느낄 수 있었다. 어떻게 해서 대기가 그 하나하나를 잊지 않고 새겨 왔는지, 그리하여 1967년 7월 이 순간 어떻게 해서 그 학대의 기록이 주 경계를 넘어서 워츠와 뉴어크의 절체절명을 디트로이트 12번 거리로 날아오게 했는지. 그때 한 여자가 악다구니를 썼다.

"이 씨팔 새끼들, 어따 손을 대?"

……고함을 지르고 밀치고, 누군가 던진 병이 아슬아슬하게 경찰관을 비껴가 그 뒤의 경찰차 유리창을 산산조각 냈다. ……그리고 다시 세미놀로 돌아오면 아버지는 다시 임무를 시작한 총을 베고 잠들어 있다. 폭동이 시작된 것이다.

오전 6시 23분, 내 방에 있는 공주풍 전화가 울려서 받았다. 지미 피오레토스였다. 그는 공포에 질려서 날 어머니로 착각했다.

"아주머니, 사장님한테 어서 식당으로 내려가라고 하세요. 흑인들이 폭동을 일으켰어요!"

"스테퍼니데스네 집입니다." 나는 일찍이 배운 대로 공손하게 말을 이어 나갔다.

"전 칼리예요."

"칼리니? 맙소사. 얘야, 아빠 좀 바꿔 줄래?"

"잠깐만 기다려 주세요."

난 분홍색 전화기를 내려놓고 부모님 방으로 가서 아버지를 흔들어 깨웠다.

"피오레토스 아저씨야."

"지미라고? 나 참, 웬일이야?"

얼굴을 드는 아버지의 뺨에는 총신 자국이 선명했다.

"아저씨가 그러는데 누가 폭동을 일으켰대."

그 순간 아버지는 침대에서 펄쩍 뛰어내렸다. 그때는 아직 86이 아닌 63.5킬로그램이기도 했지만 어쨌든 아버지는 운동선수처럼 공중으로 몸을 솟구치더니 정확하게 바닥에 착지했다. 벌거숭이란 사실과 꿈으로 가득한 아침 발기에 대해선 까맣게 잊은 채. (그래서 디트로이트 폭동을 상기할 때면 언제나 머릿속에 처음으로 본 발기된 남성 생식기의 모습이 떠오른다. 설상가상 그것도 내 아버지의 것이라니. 그러나 최악의 사실은 아버지가 총을 집으려고 손을 뻗었다는 점이다. 때로는 담배라고 집은 것이 담배가 아닐 경우도 있다.) 어머니가 어느새 올라와서 아버지에게 가지 말라고 소리 질렀는데 아버지는 한 발로 서서 바지를 입으려고 애쓰고 있었다. 그리고 곧 온 가족이 끼어들었다.

"뭔 일이 나도 단단히 날 거라고 내가 그랬지!"

할머니가 계단을 뛰어 내려가는 아들의 뒤통수에 대고 빽 고함을 질렀다.

"너 성 크리스토퍼님을 위해 교회를 고쳤니? 아니잖아!"

"여보, 경찰한테 맡겨." 어머니가 애원했다.

그리고 챕터 일레븐은 "아빠, 언제 집에 올 거야? 오늘 라디오색에 데려간다고 약속했잖아?"라고 물었다.

그리고 아까 봤던 것을 지우려고 여태껏 눈을 꼭 감고 있던 나는 "이제 다시 자러 가도 되겠다."라고 말했다.

아무 말도 하지 않은 사람은 할아버지뿐이었다. 왜냐하면 그 소동의 와중에 할아버지는 칠판을 찾지 못했던 것이다.

옷을 입다가 만 꼴로 양말도 안 신고 신발에 발을 꿰어 넣고 팬티도 입지 않은 채 바지를 입은 아버지는 올즈모빌 제너럴 모터스 승용차로 이른 아침의 거리를 질주해 갔다. 우드워드를 지날 때만 해도 평소와 다른 것은 아무것도 없었다. 도로는 확 트여 있었고 사람들은 아직 잠들어 있었다. 그러나 웨스트그랜드 거리로 들어섰을 때 아버지는 공중으로 피어오르는 연기 기둥을 보았다. 디트로이트시의 공장 굴뚝에서 피어오르는 연기 기둥들과 달리 이 기둥은 퍼져서 스모그로 변하지 않았다. 그것은 앙심을 품은 토네이도처럼 지면 가까이 낮게 걸려 있었다. 그 기둥은 세차게 돌면서 하나씩 집어삼킬 때마다 점점 더 무시무시해졌다. 올즈모빌은 바로 그 기둥을 향해 돌진해 나갔다. 갑자기 사람들이 나타났다. 뛰어가는 사람들, 물건을 나르는 사람들. 어떤 이들은 깔깔거리며 어깨 너머로 돌아보고 다른 이들은 손을 흔들어 대며 제발 그만하라고 사정하고 있다. 사이렌 소리가 웽웽거렸다. 경찰차 한 대가 지나갔다. 운전석에 앉은 경관이 밀턴에게 돌아가라고 손짓했지만 그는 듣지 않았다.

예삿일이 아니었다. 여기서 이런 일이 벌어지다니. 밀턴은 나서부터 줄곧 이 동네에 살아왔다. 저 너머 링컨 거리에는 예전에 과일 노점이 있었다. 레프티는 어린 밀턴의 손을 잡고 그 노점에 들르곤 했는데 그가 아들에게 맛 좋은 캔털루프[151]를 고르는 방법을 가르쳐 준 것도 바로 그곳에서였다. 꿀벌들이 조그맣게 구멍을 뚫어 놓은 것이 맛있는 것이라고. 거기를 지나 트럼불 거리에는 차차라키스 부인이 살았다. 날 보면 항상 지하실의 진저에일[152]을 갖다 달라고 부탁했지, 밀턴은 생각했다. 이젠 그 계단도 오를 수 없게 됐어. 오래전 스털링 거리와 커먼웰스 거리 모퉁이에는 프리메이슨의 본산이 있었다. 삼십오 년 전 어느 토요일 오후 밀턴은 거기서 열린 철자 대회에서 2등을 했다. 철자 대회라니! 스물네댓 명의 아이들이 제일 좋은 옷을 차려입고 최대한 정신을 집중해서 'prestidigitation'의

---

151) 멜론의 일종이다.
152) 생강 맛이 도는 탄산음료이다.

철자를 한 번에 한 글자씩 맞춰 나갔다. 그게 이 동네에서 있었던 일이다. 철자 대회라! 어디선가 열 살배기 아이들이 벽돌을 들고 뛰어왔다. 아이들은 깔깔대고 뜀박질하면서 가게 유리창에 벽돌을 던졌다. 일종의 경기라고 생각하는지, 무슨 휴일 행사로 여기는지.

광란하는 아이들에게서 시선을 돌리자 바로 앞의 길을 막고 있는 연기 기둥이 눈에 들어왔다. 일이 초 정도 차를 돌릴 시간 여유가 있었다. 그러나 밀턴은 돌아가지 않았다. 그는 정통으로 연기 기둥과 맞부딪쳤다. 제일 먼저 올즈모빌의 후드 장식이 사라졌다. 이어서 앞 펜더와 지붕이 뒤를 잇고. 미등이 잠시 빨갛게 번쩍이더니 이내 꺼져 버렸다.

우리가 여태껏 봐 온 추적 장면에서 주인공은 언제나 지붕으로 올라갔다. 엄정한 현실주의자인 우리 가족은 그게 늘 불만이었다. "어째서 항상 위로 올라가는 걸까?" "잘 봐. 저 사람 이제 탑을 기어오를 거야. 봤지? 내 말이 맞잖아." 그러나 역시 할리우드는 인간 본성에 대해 우리보다 아는 바가 많았다. 왜냐하면 어머니는 그와 같은 비상시국에 챕터 일레븐과 나를 다락방으로 올려 보낸 것이다. 아마도 그것은 나무에 얽힌 인류의 과거를 보여 주는 희미한 흔적 같은 것이리라. 기어 올라가서 위험을 피하고 싶었던. 아니면 도배지로 발라 버린 문짝 때문에 어머니가 그곳을 더 안전하게 여겼는지도 모를 일이다. 이유야 어찌 되었든 우리는 먹을 것을 잔뜩 채운 여행 가방을 들고 다락방으로 올라가 조부모의 작은 흑백텔레비전으로 도시가 불타는 장면을 보면서 사흘을 지냈다. 할머니는 당신 생애에 거듭 겪는 이 광경으로부터 스스로를 보호하려는 듯이 마분지 부채를 가슴에 갖다 댔다.

"아이코, 하느님 맙소사! 영락없이 스미르나야! 흑인들 좀 봐! 몽땅 불 질러 버린 튀르키예 놈들하고 똑같아!"

그렇게 비교하는 데에도 일리가 있었다. 스미르나에서도 사람들이 가구를 옮겨 해안 거리로 내놓았는데 지금 텔레비전에서도 사람들이 가구를 옮기고 있었다. 상점마다 남자들이 끙끙대면서 신품 소파들을 끌어냈고, 냉장고나 난로, 식기 세척기 같은 물건들이 길거리에 넘쳐 났다. 또 한 가지 스미르나와 너무도 흡사한 점은 사람들이 옷가지란 옷가지는 남김없이 싸 들고 나온 듯한 분위기였다. 여자들은 7월의 찌는 더위에도 밍크를 입고 있었고 남자들은 새 양복을 입어 보랴 뛰어가랴 열심이었다.

"스미르나야! 저건 스미르나라고! 분명 스미르나야!"

할머니는 계속해서 울부짖었고, 난 이미 칠 년 동안 스미르나에 대해 귀에 못이 박히도록 들었던 터라 뭐가 그리 똑같다는 건지 눈을 똑바로 뜨고 장면들을 뜯어보았다. 그러나 나는 이해할 수 없었다. 분명히 건물들이 불에 타고 시체들이 길가에 누워 있었지만 분위기는 절망적이지 않았다. 내 전 생애를 통틀어 사람들이 그렇게 행복해하는 것을 본 일이 없었다. 남자들은 악기상에서 가져온 악기들을 연주했고, 깨진 유리창 너머로 위스키병을 건네주고 그걸 돌려 마시는 남자들도 있었다. 그것은 폭동이라기보다 동네잔치처럼 보였다.

그때까지 흑인 이웃에 대한 우리 동네 사람들의 기본 정서는 폭동이 일어나기 한 달 전에 개봉한 시드니 포이티어[153] 주연의 영화 「언제나 마음은 태양」을 보고 나서 어머니가 한 말로 요약할 수 있을 것이다.

"거봐, 저 사람들도 마음만 먹으면 완전히 정상적으로 말할 수 있잖아."

그게 우리의 느낌이었다.(당시에는 나 자신도 그렇게 생각했음을 부인하지 않겠다. 왜냐하면 자식이란 부모의 생각을 닮게 마련이니까.) 우리는 흑인들을 받아들일 준비가 되어 있었고 그들을 싫어하는 편견도 없었다. 흑인들이 정상적으로만 행동해 준다면 우리는 그들을 우리 사회에 포함시키고 싶었다!

존슨 대통령의 "위대한 사회"[154]를 지지하는 만큼, 그리고 영화 「언제나 마음은 태양」에 대한 열광만큼 우리 이웃과 친척들은 흑인이 백인과 똑같을 수 있다는 우호적인 믿음이 확실했다. 그런데 이게 무어란 말인가? 사람들은 텔레비전을 보면서 자문하는 것이었다. 길거리에 소파를 내려놓는 저 젊은 이들은 대체 무슨 짓을 하고 있단 말인가? 시드니 포이티어라면 상점에서 돈도 내지 않고 소파나 커다란 부엌 가구들을 들고 나가겠는가? 그가 과연 불타는 건물 앞에서 저렇게 춤을 추겠는가?

---

153) Sidney Poitier(1927~2022). 바하마 태생의 미국 배우이자 영화감독. 영화 산업에서 인종 장벽을 깨고 흑인의 배우 진출 문을 연 인물로 평가받는다.
154) 1964년 미국 대통령 선거에서 존슨을 내세운 민주당의 선거 공약으로 교육 진흥, 노령자 의료 보험, 가난 추방을 위한 입법화 등이 있다.

"개인 재산인데도 전혀 아랑곳도 하지 않는군."

이웃에 사는 벤츠 씨가 소리쳤다. 그리고 그의 아내 필리스는 이렇게 말했다.

"저렇게 동네를 다 태워 버리고 나면 어디서 살겠다는 거지?"

오로지 조 고모만 동정하는 기색을 보였다.

"난 모르겠어. 길거리를 가다가 저렇게 밍크코트가 나와 있으면 난 가져갈 것 같아."

"여보!" 마이크 신부가 충격을 받았다.

"그건 도둑질이오!"

"아니, 사실을 잘 보면 꼭 그렇지도 않아요. 이 나라 자체가 장물 더미인걸요."

꼬박 사흘을 우리는 다락에 앉아 아버지의 소식을 기다렸다. 화재로 전화 서비스가 중단되었기 때문에 어머니가 식당에 전화를 걸면 녹음된 교환원의 목소리만 줄곧 반복되었다.

사흘 동안 어머니만 아래층으로 내려가 점점 비어 가는 찬장에서 음식들을 가져왔다. 우리는 사망자 집계가 늘어 가는 것을 지켜보았다.

첫째 날: 사망 15명. 부상 50명. 상점 약탈 1000건. 화재 800건.

둘째 날: 사망 27명. 부상 700명. 상점 약탈 1500건. 화재 1000건.

셋째 날: 사망 36명. 부상 1000명. 상점 약탈 1700건. 화재 1163건.

사흘 동안 우리는 텔레비전으로 희생자들의 사진을 면밀히 살폈다. 샤론 스톤 부인은 신호 대기 중에 저격범의 탄환에 맞았고, 소방관인 칼 E. 스미스는 불길을 잡는 중에 살해되었다.

사흘 동안 우리는 정치가들이 우물쭈물하면서 입씨름하는 걸 보았다. 공화당원인 조지 롬니 주지사는 존슨 대통령에게 연방 군대를 투입할 것을 요청했다. 그러자 민주당원인 존슨은 그런 짓을 할 "능력이 없다."라고 말했다. (가을 대선이 다가오고 있었다. 폭동의 추이가 악화될수록 롬니의 입지도 점점 좁아질 터였다. 그래서 존슨 대통령은 낙하산병을 투입하기에 앞서 상황을 파악하기 위해 사이러스 밴스[155]를 파견했다. 거의 24시간이 지나서야 연방 군대가 도착했다. 그동안 경험이 없는 주 방위군은 시를 쑥대밭으로 만들어 놓았다.)

사흘 동안 우리는 목욕은커녕 양치질도 못 했다. 사흘 동안 정상적인 일상생활이 정지되었고, 반쯤 잊혔던 일상, 예컨대 기도 같은 것이 부활했다. 우리가 할머니 침대를 중심으로 모였을 때 그녀는 그리스어로 기도했고, 어머니는 여느 때와 다름없이 의심을 물리치고 진심으로 믿으려고 애를 썼다. 기름이 떨어진 까닭에 등명은 전구가 대신했다.

사흘 동안 우리는 아버지에게서 아무런 전갈도 받지 못했다. 어머니가 아래층에 다녀올 때면 난 어머니 얼굴에 남은 눈물 자국과 함께 희미한 죄의식의 흔적 같은 것을 눈치채기 시작했다. 죽음은 언제나 사람을 실리적으로 만든다. 그래서 먹

---

155) 존슨 행정부의 국방차관이다.

을 것을 찾아 1층에 내려간 어머니는 아버지의 책상을 뒤졌던
것이다. 아버지의 생명 보험 약관을 읽고 은퇴 수당의 잔고를
확인했을 것이다. 목욕탕 거울을 보며 그녀는 그 나이에 다른
남편감을 얻을 수 있을까 당신의 얼굴에 점수를 매겨 보기도
했다.

"난 너희를 생각하지 않을 수 없었어."

수년이 지나서 어머니가 내게 고백했다.

"난 네 아버지가 돌아오지 않으면 어떻게 해야 할지 막막
했지."

최근까지만 해도 미국에 산다는 것은 전쟁에서 멀어지는
것을 의미했다. 전쟁이란 동남아시아의 정글에서, 중동의 사
막 지대에서, 옛 노래가 말해 주듯이 '머나먼 저곳'에서 일어
났다. 그런데 어쩌자고 사흘째 아침이 밝았을 때 우리 앞마당
옆으로 탱크가 굴러가는 게 지붕창으로 눈에 띄었을까? 녹색
탱크가 아침나절의 긴 그림자를 끌고 홀로 굉음을 내며 아스
팔트를 밟았다. 장갑 포장이 된 군용 차량의 장애물이라곤 달
랑 누군가 잃어버린 롤러스케이트 한 짝뿐이었다. 탱크는 박
공벽과 작은 탑에 마차 출입구까지 갖춘 대저택들을 지나 굴
러갔다. 일시 정지 표지에 이르면 회전 포탑이 마치 운전 연수
생처럼 좌우를 살핀 뒤 다시 앞으로 전진했다.

그사이에 무슨 일이 일어났던 걸까? 월요일 밤늦게 존슨
대통령은 마침내 롬니 주지사의 요구에 승복하여 연방군이
개입하도록 지시했다. 존 L. 스록모턴 장군은 우리 부모가 다
녔던 사우스이스턴 고교에 101 공수부대를 주둔시켰다. 가장

격렬한 폭동이 웨스트사이드에서 벌어졌지만, 스록모턴 장군은 자신의 낙하산 병력을 이스트사이드에 포진시키기로 하고 이 결정을 "전술적 편의"라고 지칭했다. 그리고 화요일 이른 아침이 되자 낙하산병들은 소요를 진압하기 위해 이동하고 있었다.

다른 사람은 자느라고 아무도 탱크가 우르릉거리며 지나가는 것을 알지 못했다. 할아버지, 할머니는 침대에서 코를 골았고, 어머니와 챕터 일레븐은 바닥에 깔아 놓은 에어 매트리스 위에서 새우잠을 자고 있었다. 앵무새들마저 조용했다. 그때 침낭 위로 삐죽 나와 있던 형의 얼굴이 생각난다. 침낭의 플란넬 안감에는 오리들에게 총을 겨누는 사냥꾼들 문양이 그려져 있었다. 이렇게 남자다운 배경은 도리어 챕터 일레븐에게 영웅적 자질이 부족함을 강조할 뿐이었다. 누가 내 아버지를 도우러 갈 것인가? 아버지는 누굴 의지할 수 있겠는가? 코카콜라병으로 나팔을 부는 챕터 일레븐 형을? 칠판 없이는 아무것도 못 하는 육십 대 노인을? 다음 순간 내가 한 행동은 나의 염색체 상태와 전혀 무관하다고 믿는다. 그것은 내 혈액 속의 테스토스테론 혈장 수준이 높아서 생긴 반응이 아니라 헤라클레스 영화를 자양분 삼아 자라난 효성스럽고 아버지에 대한 사랑이 넘치는 딸이라면 의당 했을 행동이었다. 그 순간에 나는 아버지를 찾아내 구하기로 마음먹었다. 그래서 필요하다면, 아니 다른 건 몰라도 집에 돌아오라고 말을 하리라.

정교회식으로 성호를 그은 다음 나는 몰래 다락방 층계를 내려와 문을 닫았다. 내 방에서 운동화를 신고, 아멜리아 에어

하트[156]의 항공 모자를 썼다. 아무도 깨우지 않은 채 나는 현관문으로 빠져나와서 집 옆에 세워 놓은 자전거에 올라타 페달을 밟기 시작했다. 두 블록을 지나자 빨간 신호에 걸려 서 있는 탱크가 보였다. 탱크 안의 군인들은 폭동이 일어난 곳으로 가는 지름길을 찾느라 정신없이 지도를 들여다보고 있었다. 그들은 항공 모자를 쓴 여자아이가 바나나 자전거를 타고 몰래 따라오는 걸 알아차리지 못했다. 그때까지도 바깥은 어둑어둑했다. 새들이 지저귀기 시작했으며 잔디와 지푸라기에서 풍기는 여름 냄새가 대기를 가득 채웠고, 나는 갑자기 겁이 나기 시작했다. 탱크는 가까워질수록 더 커 보였다. 난 무서워서 집으로 돌아가고 싶었다. 그러나 신호가 바뀌고 탱크가 비틀거리며 앞으로 움직이기 시작하자 난 페달을 밟고 전속력으로 뒤따르기 시작했다.

시내 건너편 불 꺼진 제브러룸에서는 아버지가 몰려오는 졸음을 쫓느라 안간힘을 쓰고 있었다. 금전 출납기 뒤에 바리케이드를 쌓고 한 손에는 총을, 또 다른 손에는 햄샌드위치를 든 채 밀턴은 전면 유리창에 늘어놓은 올리브기름 깡통에 내놓은 총안 구멍으로 바깥에서 벌어지는 일들을 내다보았다. 어젯밤도 그제 밤도 잠을 못 잤기 때문에 그의 눈 밑은 커피한 잔을 마실 때마다 그만큼 더 검어졌다. 눈꺼풀은 반쯤 내려와 있었지만 눈썹만큼은 초조와 긴장의 땀방울로 축축했

156) Amelia Earhart(1897~1939). 대서양을 단독 비행한 최초의 여성 비행사이다.

다. 배가 아파 왔다. 화장실에 가고 싶은 욕망이 거의 참을 수 없을 지경에 이르렀으나 그는 개의치 않았다.

밖에서는 또 시작이었다. 저놈의 저격범들. 시각은 새벽 2시가 다 되었다. 밤이 오면 마치 누군가가 종을 울려 차양을 내리는 것처럼 저무는 태양은 밤을 줄줄 풀어서 동네를 덮어 버렸다. 저격범들은 뜨거운 한낮에 사라져 갔던 곳으로부터 다시 나타나 자리를 잡았다. 호텔 방 창문으로부터, 비상 탈출구와 발코니로부터, 앞뜰에 끌어다 놓은 자동차로부터 놈들은 갖가지 총대를 뻗쳤다. 자세히 살펴보면, 이 시각에 머리를 창밖으로 내밀 만큼 용감하거나 무모하다면 달빛에 힘입어 수백 개의 번쩍이는 총들이 길거리를 조준하고 있는 장면을 볼 수 있었을 것이다. 그 속을 헤치고 낙하산병들이 이제 막 진격하려 하고 있었다.

식당 안의 빛이라곤 주크박스에서 흘러나오는 새빨간 불빛뿐. 크롬과 플라스틱, 색유리로 만들어진 디스코매틱 음악상자는 입구 한쪽에 기대서 있었다. 작은 창을 통해 레코드가 자동으로 바뀌는 것이 들여다보였다. 주크박스 가장자리의 회전판을 따라서 검푸른 거품이 보글보글 솟아올랐다. 활기에 넘치는 미국적 삶, 전후의 낙관론, 비등하고 있는 우리의 제국주의적 탄산음료를 상징하는 거품. 내부에 무더기로 쌓인 플라스틱 접시로부터 끓어오르는 미국적 민주주의의 뜨거운 거품. 아마 버니 베리건의 「엄마, 그러지 마세요(Mama Don't Allow It)」, 아니면 토미 도시와 그 오케스트라의 「스타더스트」였을 것이다. 그러나 오늘 밤은 아니었다. 오늘 밤 밀턴은 누군가

침입하지 않을까 신경을 곤두세우느라 주크박스를 꺼 놓았다.

뒤죽박죽이 된 식당의 사방 벽은 외부의 폭동에 전혀 무관심했다. 컬린은 여전히 액자 속에서 빛을 발했고, 폴 버니언과 베이브 더 블루 옥스는 오늘의 메뉴 아래에서 계속 트랙을 달렸으며 메뉴판에는 변함없이 달걀, 해시 브라운, 일곱 종류의 파이가 내걸려 있었다. 지금까지 아무 일도 벌어지지 않았다. 뭔가 기적이 일어난 것만 같았다. 어제 정면 유리창 앞에 엎드려 있던 밀턴은 괴한들이 이쪽 블록의 가게들을 하나도 빠짐없이 약탈하는 광경을 지켜보았다. 유대인 상점에 들어간 폭도들은 유월절 과자와 추도용 초를 제외한 모든 것을 가져갔다. 조엘 모스코비츠 제화점에 들어간 놈들은 예리한 유행 감각으로 고가품과 신모델을 골라내고 단화 두어 점만 남겼다. 다이어 씨네 가전제품 가게에는 밀턴이 아는 한 진공청소기 필터밖에 남지 않았다. 이 식당에 들어오면 놈들은 무얼 약탈해 갈까? 밀턴이 직접 구해다 놓은 스테인드글라스를 가져갈까? 코브[157]가 미끄러지면서 운동화를 먼저 2루에 들이밀고 이를 드러내는 사진에 관심을 보일까? 어쩌면 바 의자에 씌운 얼룩말 가죽을 벗겨 갈지도 모르지. 그놈들은 아프리카에서 온 거면 뭐든 좋아하지 않던가? 어차피 그게 새로운 유행이 아니었나? 아니면 옛날 유행이 다시 돌아온 건가? 젠장, 빌어먹을 놈의 얼룩말 가죽쯤 가져갈 수도 있지 뭐. 차라리 화해

---

157) 타이런스 레이먼드 코브(Tyrus Raymond Cobbm, 1886~1961). 야구 역사상 가장 뛰어난 공격수이다.

의 선물로 저걸 앞에 내놓을까?

그때 무슨 소리가 들렸다. 문고리에서 나는 소리였을까? 그는 귀를 쫑긋 세웠다. 몇 시간 동안 귀를 기울이고 있었으니 이젠 귀가 그를 놀려 먹을 만도 하다. 그는 카운터 뒤에 웅크린 채 어둠 속을 뚫어지게 보았다. 귀에서는 조가비에서 나는 것 같은 소리가 윙윙거렸다. 먼 데서 총소리와 사이렌 소리가 들려왔다. 냉장고가 윙윙거리고 시계가 똑딱거렸다. 거기다가 들끓는 듯한 피가 그의 머리로 치솟아 오르는 것이었다. 그러나 문간에서는 아무 소리도 나지 않았다.

밀턴은 한숨 돌리고 샌드위치를 한입 베어 물었다. 가만히 시험적으로 그는 카운터 가까이 머리를 수그렸다. 단 일 분간이었다. 눈을 감자 쾌감이 물밀듯이 밀려들었다. 그때 문고리를 잡고 흔드는 소리가 났고 밀턴은 퍼뜩 긴장했다. 그는 머리를 흔들어 잠을 쫓아냈다. 샌드위치를 내려놓고 발끝걸음으로 카운터 뒤에서 나와 총을 그러쥐었다.

총을 쏠 생각은 없었다. 놈들을 겁주어 쫓아내야겠단 생각이었다. 그게 안 되면 밀턴은 떠날 준비가 되어 있었다. 올즈모빌은 뒤에 주차되어 있으니 십 분이면 집에 갈 수 있을 것이다. 문고리가 다시 달그락거렸다. 그러자 이것저것 생각할 겨를도 없이 밀턴은 유리문 쪽으로 다가가 소리 질렀다.

"난 총을 가지고 있다!"

다만 그것은 총이 아니라 햄샌드위치였다! 밀턴은 토스트 식빵 두 조각, 고기 한 점, 그리고 핫머스터드로 약탈꾼을 위협하고 있었다. 그런데도 바깥은 어두웠기 때문에 이 방법은 효과가 있었다. 문밖의 약탈꾼은 손을 들어 올렸다.

그는 길 건너의 모리슨이었다.

밀턴은 모리슨을 빤히 바라보았고, 모리슨 역시 눈을 동그랗게 뜨고 있었다. 그러고 나서 우리 아버지는 이런 경우에 백인들이 으레 하는 말을 던졌다.

"뭘 도와드릴까요?"

모리슨은 믿을 수 없다는 듯이 눈을 가늘게 떴다.

"이봐, 뭐 하고 있는 거야? 당신 미쳤어? 백인들은 여기서 목숨 부지하기도 어렵단 말이야."

총소리가 밖에서 울렸다. 모리슨은 창에 바짝 몸을 갖다 댔다.

"흑인도 마찬가지지만."

"난 내 재산을 지켜야 해요."

"목숨은 재산이 아닌가 보지?"

모리슨은 방금 한 말이 누가 봐도 나무랄 데 없다는 듯이 눈썹을 추켜올렸다. 그런데 그때 그 훌륭한 표현이 무색하게도 그만 기침이 나오고 말았다.

"내 말 잘 들어. 사장, 마침 당신이 여기 있으니 잘됐어." 그는 잔돈을 꺼내 들었다.

"담배 때문에 길을 건너왔단 말이야."

아버지는 턱을 아래로 내려뜨려 목살을 겹치게 만들면서 믿을 수 없다는 듯이 속눈썹을 비스듬히 떴다. 건조한 음성으로 그가 말했다.

"지금이야말로 담배를 끊어 버릴 때이죠."

총소리가 이번엔 제법 가까이서 들렸다. 모리슨은 깜짝 놀랐다가 미소를 머금었다.

"분명히 건강에 안 좋지. 더구나 이런 시절엔 한층 더 위험하고."

그러고 나서 그는 입을 더 크게 벌려 웃었다.

"이게 마지막이라고. 하느님께 맹세코."

그는 잔돈을 우편함에 떨어뜨렸다.

"팔러먼트로."

아버지는 잠시 동전을 내려다보다가 들어가서 담배를 가져왔다.

"성냥 있소?"

모리슨이 물었다. 밀턴은 성냥도 밀어서 건네주었다. 그러는 동안에도 폭동과 곤두선 신경, 공기 중에 떠도는 타는 냄새, 담배 한 갑을 위해 화재 속에 달음질쳐 온 이 모리슨이란 사내의 대담함, 이 모든 것이 밀턴에게 큰 부담이 되었다. 갑자기 그는 모든 것을 가리키듯 손을 흔들어 보이고 문틈으로 고함을 질렀다.

"당신들 대체 문제가 뭐요?"

모리슨은 잠시 뜸을 들였다.

"우리한테 문제라면 당신네이지."

이 말을 남기고 그는 가 버렸다.

"우리한테 문제라면 당신네이지."

나는 자라면서 이 말을 귀에 못이 박히도록 들었다. 아버지의 자칭 흑인 발음으로, 누군가 박식한 자유주의자가 "문화적 소외 계층"이나 "하층민", "권력의 소외 지대"에 대해 이야기할 때면, 흑인들 자신이 우리의 사랑하는 도시의 중요한 부분을 태워 버리는 동안 그가 얻어들은 이 한 문장이 모든 어처구니 없음을 증명이라도 하듯이 아버지는 믿음에 가득 차서 이 말을 내뱉곤 했다. 아버지는 당신의 반대 의견에 대한 방패로서 이 말을 사용했는데 세월이 흐르면서 이 말은 점차 일종의 주문으로 변해 갔다. 세상이 어째서 지옥으로 변해 가는가를 설명하면서 아프리카계 미국인만 아니라 페미니스트와 동성애자들에게까지 써먹었고, 그리고 나서는 당연한 얘기겠지만 우리가 식사에 늦거나 어른들이 좋아하지 않는 차림을 할 때마다 우리한테도 사용하는 표현이었다.

"우리한테 문제는 당신네이지!"

모리슨이 남긴 말이 거리에 메아리쳤지만 밀턴은 거기에 신경 쓸 여유가 없었다. 왜냐하면 바로 그 순간 일본 영화에 나오는 꽥꽥거리는 고질라처럼 첫 번째 탱크가 시야에 들어왔기 때문이다. 군인들이 양편으로 섰다. 그들은 경찰이 아니라 주 방위군이었으며 위장을 한 채 헬멧을 쓰고 총검을 끼운 라이플을 긴장한 손에 들고 있었다. 그들을 위에서 조준하는 모든 라이플을 향해 그들도 라이플을 치켜들었다. 상대적으로 조용한 순간이 찾아왔다. 밀턴은 건너편 모리슨네 문이 쾅 닫히는 소리를 들을 수 있었다. 그리고 나서 뻥 하는 장난감 총소리 같은 것이 들리더니 갑자기 수천 발의 총탄이 불을 뿜어대기 시작했다.

나도 400미터 떨어진 곳에서 그 소리를 들었다. 느린 탱크를 조심스럽게 따라가던 나는 이스트사이드의 인디언 빌리지에서 웨스트사이드 쪽으로 자전거를 몰아 나왔다. 나는 최대한 방향을 잘 잡으려 했지만 겨우 일곱 살 반의 나이였기에 그 많은 길 이름을 알 수가 없었다. 시내를 지나가면서 나는 시군 청사(헨리 앤드 에드셀 코드 회관) 앞에 서 있는 "디트로이트의 영혼"인 프레더릭스 사령관의 동상을 보았다. 그로부터 몇 년 전에 어떤 장난꾸러기가 그 동상에 걸맞은 크기의 빨간 발자국을 그려 놓았는데, 그 발자국은 우드워드를 가로질러 디트로이트 국립 은행 앞의 벌거숭이 여인상에게로 이어졌다. 그 발자국들은 내가 지나갈 때에도 희미하게 남아 있었다. 탱크는 부시 거리로 꺾어졌고, 나는 먼로 거리와 그리스 타운의 반짝이는 네온을 지나 탱크를 따라갔다. 보통 때 같으면 우리 할아버지 연배의 그리스인 할아버지들이 카페에 모여 주사위 놀이를 하며 시간을 보냈겠지만 1967년 7월 25일, 그 거리는 텅 비어 있었다. 어느 지점에서 내가 따라가던 탱크는 다른 탱크들과 합류하여 일렬로 북서쪽을 향했다. 곧 번화가가 끊겼고 나는 길을 잃고 말았다. 핸들 위에 공기 역학적으로 몸을 수그린 채 나는 움직이는 대열의 자욱하고 매캐한 배기가스 속으로 맹렬하게 페달을 밟았다. ……한편 핑그리 거리의 아버지는 그 순간에도 아테나 여신이 그려진 올리브오일 깡통으로 만든 바리케이드 뒤에 웅크리고 있었다.

그 블록의 컴컴한 모든 창문으로부터 총알이 날아왔다. 프랭크의 풀홀과 크로우바에서, 아프리카 성공회 교회의 종탑

3부

으로부터, 날아오는 총알이 너무 많아 흡사 비가 오는 것처럼 하늘이 흐려졌고, 멀쩡한 가로등이 깜박거리는 것 같았다. 총탄은 탱크의 장갑에 튕겨 나갔고 벽돌 건물을 스쳤으며 세워 놓은 자동차에 문신을 새겼다. 우체국 우편함은 한쪽 다리가 총알에 날아가는 바람에 술에 취한 사람처럼 한쪽으로 쓰러져 버렸다. 총알에 맞아 동물병원 창문이 없어졌고, 벽을 뚫고 들어간 총탄은 그 위의 동물 우리에까지 이르렀다. 사흘 밤낮을 쉬지 않고 짖어 대던 독일산 셰퍼드는 마침내 울음을 뚝 그쳤고, 공중에 몸을 꼬고 있던 고양이는 날카로운 비명을 지르며 빛나는 녹색 눈에서 빛을 발했다. 이는 실제 상황이었으며 베트남전의 일부를 본국에 옮겨 놓은 것 같았다. 그러나 이번엔 베트콩이 뷰티레스트 매트리스에 누워 있었다. 그들은 캠핑용 의자에 앉거나 맥아주를 마시며 거리의 징병된 군인들과 대결하기 위해 나선 지원군이었다.

이 저격범들이 실제 누구인지는 알 수 없다. 그러나 경찰이 왜 그들을 저격범이라 불렀는지는 금방 알 수 있다. 어째서 제롬 캐버노 시장과 조지 롬니 주지사가 그들을 저격범이라 불렀는지는 금방 알 수 있다. 저격범은 정의상 단독으로 행동한다. 저격범은 겁이 많아 은밀히 행동한다. 또 멀리 보이지 않는 곳에 숨어서 사람을 죽인다. 그래서 편의상 이들을 저격범이라 부르는 것이다. 사실 저격범이 아니라면 이들이 대체 뭐란 말인가? 거기에 대해선 주지사도 언론도 아무 말이 없었다. 역사책 역시 그에 대한 언급이 없다. 그러나 자전거 위에서 모든 사실을 지켜본 나는 분명히 보았다. 1967년 7월 디트로이트에서 벌어진 일은 게릴라의 준동, 그 이상도 그 이하도 아니었다. 제2의 미국 혁명이었다.

이제 주 방위군이 맞서 싸우고 있었다. 폭동이 처음 일어났을 때 경찰은 전체적으로 조심스럽게 행동했다. 멀찍이서 소요를 잠재우려 했다. 연방군, 즉 적절한 무력을 사용할 줄 아는 백전의 용사들이었던 82 공수 부대와 101 부대 역시 마찬가지였다. 그러나 주 방위군은 이야기가 달랐다. 주말의 용사들인 그들은 갑작스러운 전투로 집에서 불려 나온 사람들이었다. 그들은 경험도 없고 겁에 질려 있었다. 그들은 거리를 누비며 보이는 족족 날려 버렸다. 때로는 누군가의 집 앞마당으로 탱크를 몰고 가기도 했고, 현관으로 돌진하다가 담에 충돌하기도 했다. 제브러룸 앞에 있던 탱크가 잠시 멈추었다. 열 명가량의 병력이 제브러룸을 둘러싸고 버몬트 호텔 4층에 있는 저격범을 조준했다. 저격범이 총을 쐈고, 주 방위군이 반격을 했다. 놈은 아래로 떨어졌는데 비상계단에 다리가 걸려 버렸다. 그 직후에 길 건너편에서 또 다른 불이 켜졌다. 밀턴은 거실에서 담배에 불을 붙이는 모리슨을 보았다. 그는 얼룩말무늬 성냥으로 팔러먼트에 불을 붙였다.

"안 돼!"

밀턴은 목이 터져라 외쳤다.

"안 돼!"

……한편 모리슨은 설사 그 소리를 들었다 하더라도 흡연을 두고 하는 말로 알아들었을 것이다. 그러나 그의 얼굴을 보면 그나마도 듣지 못한 게 틀림없다. 그는 그저 성냥에 불

을 붙였을 뿐인데 이 초 뒤 한 방의 총알이 그의 두개골을 관통해 버렸다. 그는 풀썩 구겨져 내렸다. 그러고 나서 군인들은 계속 전진했다.

거리는 다시 텅 빈 채 침묵에 젖어 들었다. 기관총과 탱크들이 다음 블록과 그다음 블록을 쑥대밭으로 만들어 놓았다. 밀턴은 정문에 서서 모리슨이 서 있던 텅 빈 창가를 건너다보았다. 그때 문득 식당이 무사하다는 데 생각이 미쳤다. 군인들이 왔다가 갔다. 폭동이 끝난 것이다.

그런데 이제 누군가 다른 인물이 거리로 들어섰다. 탱크가 핑그리 거리에서 사라지자 새로운 인물이 아까와 다른 방향으로부터 접근해 왔다. 이웃에 사는 누군가가 모퉁이를 돌아 제브러룸을 향하고 있었다. ……탱크를 따라가는 동안 내가 형보다 잘났다는 생각 따위는 벌써 잊은 지 오래였다. 나는 너무나 많은 총질에 기가 질려 있었다. 아버지의 2차 세계 대전 스크랩북도 수없이 보았고, 텔레비전으로 베트남을 본 적도 있었다. 고대 로마와 중세 전쟁을 다룬 영화도 엄청나게 보아 왔다. 그러나 그랬던 나도 내가 사는 동네에서 벌어지는 전투에 대해서는 준비가 되어 있지 않았다. 탱크를 따라 내려가는 길에는 울창한 느릅나무 가로수가 즐비했다. 연석에는 자동차들이 세워져 있었다. 우리는 잔디와 정원 가구들, 새 모이통과 목욕통을 지나갔다. 눈을 들어 느릅나무를 올려다보았을 때 하늘은 이제 막 희끄무레 밝아 오고 있었다. 나뭇가지 사이에서 새들과 다람쥐들이 움직였고 어떤 나무에는 연이 매달려 있었다. 또 다른 가지에는 누군가의 테니스화가 매듭이 걸려 대롱거렸다. 이 신발 바로 밑에 도로 표지판이 보였다. 총에 맞아 벌집이 되어 있었지만 그럭저럭 읽을 수 있었다. 펑그리 거리였다. 갑자기 나는 내가 어디 있는지를 알게 되었다. "최고급 정육점" 자리였다. "뉴요커 의상실"도 있었다. 너무 기쁜 나머지 나는 잠시 그 두 곳에 모두 불이 난 것도 몰랐다. 탱크를 지나 보내고 나서 차도로 올라가 어떤 나무 뒤에서 멈췄다. 자전거에서 내린 나는 길 건너의 식당을 엿보았다. 얼룩말 머리 간판이 아직 그대로 있었다. 식당에는 불도 나지 않았다. 그러나 그 순간 제브러룸에 다가가는 인물이 내 시야에 들어왔다. 30미터 떨어진 지점에서 나는 그가 손에 들고 있던 병을 들어 올리는 것을 보았다. 그는 병 입구에 삐죽이 나온 천 조각에 불을 붙이더니 굉장히 익숙한 몸놀림으로 제브러룸의 정면 창 안으로 집어 던지는 것이었다. 그러자 식당 안에서 확 불길이 일어났고, 방화범은 기괴한 음성으로 고함을 질렀다.

"오파,[158] 썹새끼!"

난 그의 뒷모습밖에 보지 못했다. 아직 날이 완전히 새지 않았고 주변의 불타는 건물에서 연기가 피어올랐기 때문이다. 그런데 그 불빛 속에서 나는 내 친구 마리우스 윅츠위저드 챌루어리칠체스 그라임스의 검은 베레모를 본 것 같았다.

"오파!"

식당 안에 있던 아버지는 그리스 웨이터들의 유명한 대사를 들었다. 그리고 무슨 일이 벌어졌는지 미처 알아채기도 전

---

158) '에라'라는 의미이다.

에 이미 식당 안은 불타는 애피타이저처럼 되어 버렸다. 제브러룸은 사거나키[159]가 되어 있었다. 칸막이 좌석에 불이 붙었을 때 아버지는 소화기를 가지러 카운터 뒤로 달음질쳤다. 다시 밖으로 나온 그는 호스를 끌어다 치즈에 들러붙은 레몬 조각같이 된 불길을 잡으려 했다.

갑자기 아버지가 동작을 멈췄다. 그러고는 예의 익숙한 표정을 짓는 것이었다. 식사 때면 자주 짓는 그 표정, 사업에 대한 생각을 끊을 수 없었던 사내의 꿈꾸는 듯한 표정이었다. 성공이란 새로운 상황에 적응하느냐 못 하느냐에 달려 있었다. 그렇다면 이보다 더 새로운 상황이 어디 있겠는가? 불길이 벽을 타고 올라 지미 도시의 사진이 오그라들었다. 그리고 아버지는 스스로에게 집요한 질문들을 던졌다. 예컨대 이 동네에서 어떻게 다시 식당을 경영할 수 있겠는가? 그리고 이미 떨어질 대로 떨어진 부동산 시세가 내일 아침이면 또 어떻게 될 것인가? 가장 중요한 질문은 이것이다. 즉 어떻게 이게 범죄란 말인가? 자기가 폭동을 일으켰던가? 자기가 화염병을 던졌던가? 어머니와 마찬가지로 아버지도 마음속으로 자기 책상 서랍을 뒤지고 있었다. 특히 각기 다른 세 회사에 들어 놓은 화재 보험 증서가 든 두툼한 봉투를 떠올리며. 보험 증서가 눈앞에 선했다. 화재 보상 범위를 읽고 그것을 합산해 보았다. 최종 금액은 50만 달러, 그의 눈에 다른 건 아무것도 보이지 않았다. 100만 달러의 반이라니! 밀턴은 사납고 조바심 나

---

159) 버터에 튀긴 치즈빵이다.

는 눈으로 주변을 둘러보았다. 프렌치토스트 표지판에 불이
붙었다. 얼룩말 가죽을 씌운 의자들은 횃불 행렬 같았다. 그는
미친 듯이 돌아서서 밖에 세워 둔 올즈모빌로 뛰어갔다.

거기서 아버지는 나와 맞닥뜨렸다.

"칼리! 세상에, 네가 여기 웬일이니?"

"도와주러 왔어요."

"대체 어떻게 된 거냐?"

아버지는 소리를 질렀지만 화난 음성과 달리 어느새 무릎
을 꿇고 나를 끌어안았다. 나는 팔로 아버지의 목을 감싸안
았다.

"아빠, 식당에 불이 났어요."

"안다."

나는 소리 내어 울기 시작했다.

"괜찮아." 아버지가 날 차로 데려가면서 말했다.

"이제 집으로 가자. 다 끝났다."

그렇다면 그 일은 폭동인가, 아니면 게릴라의 준동인가? 또
다른 질문들로 그 질문에 답하기로 하자. 폭동이 끝난 뒤 동
네 주변에서 무기 은닉 장소가 발견되었던가? 그리고 그 무기
들은 AK-47[160]과 기관총이었던가? 그리고 어째서 스록모턴
장군은 폭동의 진원지로부터 수 킬로미터 떨어진 이스트사이
드에 탱크를 포진했던 걸까? 그것이 오합지졸 저격범들을 진압
하는 방법이었단 말인가? 군사 전략적인 측면에서 그러는 편

---

160) 소련의 공격용 소총이다.

이 나왔을까? 전쟁에서 전선을 형성하는 것처럼? 좋을 대로 생각하자. 나는 일곱 살이었고 탱크를 따라가다가 눈에 들어오는 것을 보았다. 그 혁명의 피날레 장면은 텔레비전으로 방영되지 않았다. 텔레비전에서는 그것을 단지 폭동이라고 불렀다.

다음 날 아침이 되어 연기가 걷히자 다시 디트로이트의 깃발이 나부끼는 것을 볼 수 있었다. 거기 그려진 상징을 기억하는가? 잿더미에서 비상하는 불새이다. 그 아래 적힌 문구는? "Speramus meliora; resurget cineribus.(우리는 보다 나은 것들을 희망한다. 그것은 잿더미에서 솟아오를 것이다.)"

미들섹스

말하기 부끄럽지만 그 폭동은 우리에게 최고의 행운을 가져다주었다. 우리는 중산층에서 낙오되지 않으려고 안간힘을 쓰던 처지에서 하루아침에 상류층, 아니면 적어도 중상에 속하는 계층으로 슬그머니 올라갈 희망에 젖게 되었다. 보험금은 당초 아버지가 기대했던 만큼의 액수는 아니었다. 보험 회사 두 곳에서 중복 보상 관련 구절을 짚어 가며 전액 지급을 거절했던 것이다. 그들은 보험 증권에 확정된 금액의 4분의 1만 지불했다. 그러나 모두 합했을 때는 제브러룸의 시가를 훨씬 뛰어넘었고, 그 덕분에 우리 부모는 인생의 전기를 마련했다.

내 어린 시절을 통틀어 볼 때 그날 밤만큼 마술 같고 꿈 같던 때는 다시없었다. 우리는 난데없는 경적 소리에 창밖을 내다보았다. 그러자 웬 우주선이 집 앞 차도에 착륙해 있는 게 보였다. 그 우주선은 어머니의 스테이션왜건 옆에 거의 소리도 없이 내려앉아 있었다. 앞에는 전조등이 깜박거렸고, 뒤에서는 빨간 불빛이 뿜어져 나왔다. 삼십 초 동안 그 이상 아무 일도 일어나지 않았다. 그러다가 마침내 우주선 창문이 스르륵 내려갔는데 거기서 나타난 얼굴은 화성인이 아니라 아버지였다. 아버지는 면도를 해서 말쑥한 얼굴이었다.

"엄마 모셔 와라." 아버지가 빙그레 웃으면서 큰 소리로 말했다.

"드라이브 가자."

그때는 아직 우주선이란 게 없고 다만 출현이 임박한 때였다. 1967년형 캐딜락 플리트우드는 이제까지 디트로이트가 만들어 낸 것 가운데 가장 우주선에 가까운 자동차였다.(달나라 정복은 아직 일 년 남아 있었다.) 색깔은 우주 공간처럼 새까맸고 옆으로 눕혀 놓은 로켓 형태였다. 기다란 앞판은 로켓의 원뿔형 코처럼 뾰족했고 도로를 달리는 몸체는 길었다. 한없이 아름답고 불길할 정도로 완벽한 형체였다. 우주진을 걸러 주기 위해서인 듯 여러 칸으로 나뉜 은색 그릴이 보였다. 멋진 회로처럼 크롬관이 원추형의 노란 깜빡이등에서 시작해 둥그스름한 몸통의 양옆을 지나 후미에 이르렀으며, 거기서 차체는 나팔꽃처럼 벌어져서 제트 안전판과 추진 로켓으로 이어졌다. 캐딜락 내부에는 비로드 카펫이 깔려 있고 리츠 호텔의 바처럼 은은한 조명이 들어왔다. 팔걸이에는 재떨이와 라이터가 구비되었고 검은 가죽으로 둘러싼 좌석에서는 신선한 가죽 냄새가 진동했다. 마치 누군가의 가죽 지갑에 올라탄 기분이었다.

　우리는 잠시 그 자리에서 움직이지 않았다. 마치 거기 앉아 있는 것만으로도 너무 흡족한 것처럼, 이제 그걸 소유했으니 우리 거실에 대해서는 다 잊어버리고 밤새도록 이 길 위에 앉아 있어도 좋을 것처럼 가만히 차 안에 앉아 있었다. 아버지가 시동을 걸었다. 기어를 주차에 놓은 채 아버지는 우리에게 깜짝 놀랄 만한 것을 보여 주었다. 버튼 하나로 창문들을 열었다 닫았다 한 것이다. 또 다른 버튼을 누르자 문이 모두 잠겼다. 그는 붕 소리와 함께 앞좌석을 앞으로 보냈다가 뒤로 보내 어깨 위의 비듬이 보일 정도로 내게 다가오기도 했다. 아버지가 기어를 넣을 때는 우리 모두 약간 현기증을 느꼈다. 우리는 세미놀 거리를 내려가 우리 동네를 벗어나고 어느새 인디언 빌리지에 안녕을 고했다. 모퉁이에서 아버지는 깜빡이를 켰다. 그러자 깜빡이는 재깍거리는 소리를 내며 우리의 감격적인 출발에서부터 걸린 시간을 초 단위로 계산해 내는 것이었다.

　1967년형 플리트우드는 아버지가 처음 가져 본 캐딜락이었지만 그 이후 많은 캐딜락이 아버지의 손을 거쳐 가게 된다. 칠 년 동안 아버지는 매년 차를 바꿨고, 나는 그 기다란 캐딜락들의 유행 디자인만 가지고도 내 생애의 도표를 꾸밀 수 있다. 꼬리지느러미가 사라졌을 때 나는 네 살이었고, 파워 안테나가 도입되었을 때는 여덟 살이었다. 내 감정 사이클도 디자인의 변화와 맞물린다. 1960년대, 캐딜락들이 미래 지향적인 자세를 보이며 자신만만해했을 땐 나 역시 자신감에 차서 미래에 대해 낙관적이었다. 그러나 기름이 부족해진 1970년대에 이르러 자동차 업체들이 불운한 세빌 — 그 차는 꼭 추돌을 당한 것처럼 생겨 먹었다 — 을 출시했을 땐 나도 운이 없었다. 한 해 한 해 꼽으면서 우리가 가졌던 차를 따져 보자면 1970년에는 콜라색 엘도라도였고 1971년에는 빨간 세단인 데빌이었다. 1972년엔 조수석의 선바이저를 열면 작은 별이 그려진 화장 거울(이걸 보고 어머니는 화장을 고쳤고 나는 첫 여드름을 짰다.)이 있는 황금색 플리트우드였다. 1973년, 지붕이 둥근 검은색의 기다란 플리트우드를 샀을 때는 우리 차가 나가면 장례 행렬인 줄 알고 다른 차들이 자리를 내주었다. 1974년, 카나리아처럼 노란색에 문 두 개짜리 '플로리다 스페셜'은 하얀 비닐 천장에 선루프와 황갈색 가죽 시트를 갖췄는데, 삼십 년이 지난 오늘까지도 어머니가 몰고 다닌다.

그러나 1967년 당시엔 우주 시대의 개막을 알리는 플리트우드였다. 규정 속도에 이르자 아버지가 말했다.

"좋았어. 이젠 이걸 보라고."

아버지는 계기판 아래의 스위치를 당겼다. 풍선이 부푸는 것 같은 쉬익 소리가 나더니 마치 요술 양탄자에 탄 것처럼 우리 네 사람은 천천히 (차 안에서) 위로 붕 솟아올랐다.

"이게 말하자면 '공기 부양'이란 거야. 새로 나왔어. 어때, 부드럽지?"

"수력 부유 장치 같은 건가요?" 챕터 일레븐이 궁금해했다.

"내 생각엔 그런 것 같아."

"내가 운전할 때 쿠션이 필요 없겠네."

어머니의 말이었다. 그러고 나서 한동안 우리는 아무 말도 하지 않았다. 우리는 동쪽 디트로이트 외곽으로 말 그대로 공중에 떠서 갔다. 그길로 나는 우리 상류층 인생의 2장으로 건너갔다. 폭동이 일어난 직후 디트로이트의 다른 백인들처럼 우리 부모는 교외에 집을 알아보러 다녔다. 부모님이 눈여겨본 교외란 자동차 거물들이 모여 사는 호숫가의 부촌인 그로스포인트였다.

이사는 예상보다 훨씬 오래 걸렸다. 캐딜락을 타고 다섯 군데의 그로스포인트[161]를 전전하며 부모님은 "매물"이라고 쓰여 있는 표지판을 많이 보았다. 그러나 부동산 사무소에 차를 세우고 서류를 작성하고 나면 집주인이 갑자기 팔지 않기로 마음을 바꾸었거나 집이 벌써 팔렸거나 값이 두 배로 오른 것을 알게 되었다. 두 달 동안의 고생 끝에 아버지는 마지막 부동산 중개업자를 만났다. 그레이트레이크 부동산 소개소의 제인 마시라는 아가씨였다. 아버지는 그녀를 만나 이야기를 들으면서 뭔가 미심쩍어했다.

"이곳은 약간 특이해요."

9월의 어느 토요일 오후 마시 양은 길을 따라 앞서가면서 아버지에게 설명해 주었다.

"선견지명이 있는 분이라면 단번에 마음에 드실 거예요."

그녀는 현관문을 열고 아버지를 안으로 안내했다.

---

161) 그로스포인트 파크, 그로스포인트시, 그로스포인트 농장, 그로스포인트 숲, 그로스포인트 호반이 있다.

"그리고 이 집에는 족보가 있지요. 바로 허드슨 클라크가 디자인한 집이거든요."

이 말을 알아듣기를 그녀는 잠시 기다렸다.

"프레리 양식[162]이죠."

아버지는 의심스러운 눈초리로 끄덕였다. 그러고는 고개를 이리저리 돌려 가며 둘러보았다. 아버지는 마시 양이 아까 사무실에서 보여 준 사진에는 별반 관심이 없었다. 너무 네모꼴이었고, 너무 현대적이었다.

"글쎄, 집사람이 이런 집을 좋아할지 모르겠군요, 마시 양."

"현재로서는 이보다 더 전통적인 집을 보여 드릴 수는 없을 것 같습니다."

그녀는 사용하지 않는 하얀색 복도를 지나 작은 층계참으로 아버지를 데리고 갔다. 그 아래로 푹 꺼진 거실에 들어설 때 마시 양의 고개도 돌아가기 시작했다. 토끼처럼 위쪽 잇몸을 휙 드러내는 정중한 미소를 지으며 그녀는 아버지의 안색과 머리털, 구두를 살펴보았다. 그러면서 아버지의 부동산 구매 능력을 다시 눈대중하는 것이었다.

"스테퍼니데스라. 어느 나라 이름인가요?"

"그리스 이름입니다."

"그리스라고요. 아주 흥미롭네요."

마시 양은 장부에 기재하면서 위쪽 잇몸을 더 크게 드러내

---

162) 20세기 초 '초원 주택'으로 구현된 미국의 주거 양식으로 보통 이층집에 날개부 건물이 붙어 있고 지붕 경사가 완만한 것이 특징이다.

보였다. 그리고 다시 집을 보여 주었다.

"거실을 낮게 만들었고, 식당에 온실이 붙어 있어요. 그리고 보시다시피 창문을 많이 만들어 놓았답니다."

"정말 창문밖에 안 보이는군요."

아버지는 창유리에 다가가 뒷마당을 주시했다. 그러는 동안 30센티미터 뒤에서는 마시 양이 아버지를 주시하고 있었다.

"스테퍼니데스 씨, 하고 계신 일이 어떤 종류의 사업인지 여쭤봐도 될까요?"

"식당 사업이지요."

또 장부에 적는 마시 양.

"이 지역에 어떤 교회가 있는지 말씀드릴까요? 어떤 종파에 나가세요?"

"난 그런 데는 나가지 않아요. 집사람이 그리스 정교회에 애들을 데리고 가긴 하지만."

"부인도 그리스인이세요?"

"집사람은 디트로이트 시민이죠. 우린 둘 다 이스트사이드 주민이오."

"그리고 아이가 둘이면 애들 공간도 있어야겠네요?"

"그렇죠. 거기다가 부모님을 모시고 있어서요."

"아, 그러세요."

마시 양이 모든 사실을 기재하기 시작할 때 분홍색 잇몸이 사라졌다. '어디 보자. 남지중해 출신이라. 포인트 1점. 전문직 종사자는 아님. 포인트 1점. 종교? 그리스 정교회. 그것도 가톨릭의 일종이지? 그렇다면 거기 또 포인트 1점. 그리고 부모와

함께 산다! 포인트 2점! 그러면…… 5점! 어머, 이거론 안 돼. 택도 없어.'

마시 양의 산수를 설명해 보자. 당시 그로스포인트의 부동산업자들은 유망한 구매객을 이른바 포인트 시스템이란 것을 통해 평가했다.(동네 수준이 떨어질까 봐 걱정하는 사람은 밀턴만이 아니었다.) 아무도 그것을 내놓고 말하지는 않았다. 부동산업자들은 그저 "지역 사회의 기준"을 들먹이며 "제대로 된 사람들"에게 팔겠노라 했다. 이제 백인들의 도주가 시작되었으므로 그 포인트 시스템은 과거 어느 때보다 더 중요해졌다. 디트로이트에서 벌어졌던 일을 여기서 다시 겪고 싶지는 않았던 것이다. 신중한 태도로 마시 양은 '스테퍼니데스' 옆에 조그맣게 '5'를 적어 넣고 동그라미를 쳤다. 그러나 그와 더불어 그녀는 뭔가 아쉬움 비슷한 감정을 느꼈다. 어쨌든 포인트 시스템은 그녀가 생각해 낸 건 아니다. 그것은 그녀가 위치토[163]에서 그로스포인트로 오기 훨씬 전부터 있어 온 제도였다. 위치토는 그녀의 아버지가 정육점을 하는 곳이다. 그러나 그녀가 할 수 있는 일은 아무것도 없었다. 그렇다, 마시 양은 미안한 마음이 들었다.

'난 진심인데. 이 집을 보라고! 이탈리아계나 그리스계가 아니면 누가 이런 집을 사겠어? 죽을 때까지 못 팔 거야. 절대로 못 팔아!'

그녀의 고객은 아직도 밖을 내다보며 서 있었다.

---

163) 캔자스주에 위치해 있다.

"손님이 좀 더 '구세계'¹⁶⁴⁾적인 물건을 원하시는 건 충분히 알겠습니다. 가끔 그런 물건이 나오기도 하지요. 인내심 있게 기다리기만 하신다면요. 여기 전화번호를 적어 놓았으니까요. 매물이 나오면 바로 연락드리겠습니다."

밀턴은 그녀의 말이 귀에 들어오지 않았다. 그는 눈앞의 전경에 넋을 잃었다. 이 집에는 옥상도 있고 집 뒤로 테라스까지 있었다. 그 건너편에는 작은 건물 두 채가 있었다.

"허드슨 클라크란 인물이 어떤 사람이죠?"

밀턴이 입을 열었다.

"클라크요? 저어, 솔직히 말해서 그 사람은 그다지 중요하지 않은 인물이고요."

"프레리 양식이라고 했던가?"

"허드슨 클라크는 프랭크 로이드 라이트가 아니에요. 손님이 말씀하시는 게 그거라면."

"저기 보이는 별채들은 뭐지요?"

"그건 별채라고 하지 않아요, 스테퍼니데스 씨. 저것 때문에 집이 한층 고급스럽지요. 하나는 목욕장이에요. 낡기는 했지만. 제대로 돌아가는지는 모르겠군요. 그 뒤의 것은 손님을 위한 숙소이고요. 거기도 손을 많이 봐야 할 거예요."

"목욕장이라고? 다르게 생겼는데."

밀턴이 창유리로부터 돌아서며 말했다. 그는 새로운 눈으로 돌아보기 위해 집 안을 이리저리 걸어 다니기 시작했다. 스톤

---

164) 유럽을 말한다.

헨지와 같은 돌담, 클림트 스타일의 타일 작품, 탁 트인 방들. 모든 것이 기하학적이고 바둑판 무늬였다. 채광창으로부터 햇빛이 쏟아져 들어왔다.

"여기 안에 있는데도 꼭 뒤에 있는 느낌이군요. 사진으로 볼 때는 잘 몰랐는데." 밀턴이 말했다.

"정말이지 손님처럼 어린 자녀가 있는 가족에게 딱 어울리는 집입니다. 이게 최고라고 말씀드리긴 뭣하지만……."

그러나 그녀가 채 말을 끝맺기도 전에 밀턴이 항복의 표시로 손을 들었다.

"이 이상 보여 줄 필요 없어요. 별채가 낡았든 말았든 이걸 사겠소."

잠시 침묵이 흘렀다. 마시 양은 아래위 잇몸을 모두 드러내며 웃었다.

"훌륭한 선택이십니다, 스테퍼니데스 씨." 그녀는 열없게 말했다.

"물론 모든 게 대부 승인에 달려 있긴 하지만."

그러자 이번엔 밀턴이 웃을 차례였다. 아무리 부인을 해도 포인트 시스템 정도야 알 만한 사람은 모두 아는 비밀이었다. 해리 카라스는 일 년 전에 그로스포인트에 집을 사려다가 실패했다. 피트 새비디스도 똑같은 일을 경험했다. 밀턴에게 어디서 살아야 될지 말해 주는 사람은 아무도 없을 것이다. 마시 양이나 다른 한 무더기의 촌뜨기 부동산업자들도 마찬가지일 것이다.

"그 문제로 고민할 필요는 없소." 아버지는 한숨 돌린 뒤 말을 이었다.

"현금으로 낼 테니까."

포인트 제도의 장벽을 넘어서 아버지는 우리에게 그로스포 인트의 주택을 얻어 주는 데 성공했다. 아버지가 선불로 뭔가 를 사기는 그때가 아버지의 생애 중 처음이자 마지막이었다. 그러나 다른 장벽들은 어떨까? 부동산 중개업자들이 아버지 에게 디트로이트에서 가장 가까운 지역, 남들 같으면 쳐다도 안 볼 집들만 보여 줬다는 사실은 어떻게 해석해야 할까? 다 른 사람은 아무도 살고 싶어 하지 않는 집? 아버지가 우쭐대 는 것 빼고는 물건 보는 안목이 없는 데다 집을 살 때 어머니 와 의논 한마디 안 했다는 사실은 어떻게 받아들여야 할까? 글쎄, 그런 문제들에는 해결책이 없다.

이삿날에 우리는 자동차 두 대로 출발했다. 어머니는 흐르 는 눈물을 훔쳐 내며 할아버지와 할머니를 스테이션왜건에 태 웠고, 아버지는 챕터 일레븐 형과 나를 신형 플리트우드에 태 워 이사했다. 제퍼슨 길가에는 폭동의 흔적이 해답을 찾지 못 한 나의 물음과 마찬가지로 아직도 역력했다.

"보스턴의 티 파티가 뭔지 알아?"

뒷좌석에서 내가 아버지에게 도전장을 냈다.

"식민주의자들이 차를 몽땅 훔쳐다가 항구에 쏟아 놓았대. 폭동이나 마찬가지지."

"그건 전혀 같은 일이 아냐." 아버지가 대꾸했다.

"도대체 그놈의 학교란 데에선 무얼 가르치는 게냐? 보스턴 의 티 파티는 미국인들이 다른 나라의 폭정에 반대해서 들고 일어난 거야."

"하지만 아빠, 그건 다른 나라가 아니야. 같은 나라였어. 그때는 미합중국이란 건 있지도 않았거든."

"한 가지 물어보자. 그렇게 차를 몽땅 바다에 쏟아부을 때 조지 왕은 어디 있었니? 보스턴에 있었니? 행여 미국에 있었을까? 천만의 말씀이지. 조지 왕은 핫케이크를 먹으며 영국 땅에 가만히 앉아 있었다 그 말이다."

아버지와 형과 날 태운 검은 캐딜락은 시가전으로 엉망이 된 시내를 사정없이 내달았다. 우리는 디트로이트와 그로스 포인트를 해자처럼 가르고 있는 좁은 해협을 건너갔다. 그러고 나자 미처 그 변화를 체감하기도 전에 우리는 미들섹스 거리의 주택에 닿아 버렸다. 내가 맨 처음 알아본 것은 나무들이었다. 저택의 양편으로 털북숭이 매머드처럼 휘휘 늘어진 거대한 버드나무 두 그루가 보였다. 차도 위에 늘어진 버드나무 가지들은 세차장의 세차 스펀지 조각처럼 보였다. 머리 위에는 가을의 태양이 버들잎 사이로 쏟아지면서 푸른 녹색으로 변했다. 그 시원한 그늘에 들면 마치 점강등이 켜진 것 같았고 이러한 인상은 우리가 지금 멈춘 집을 보고 한층 더 강해졌다.

미들섹스라니! 이렇게 괴상한 집에서 누가 살아 봤겠는가? 과학 소설에 나오는 것 같은 집에서, 미래와 과거가 공존하는 집에서, 실제보다는 이론상 공산주의에 가까운 집에서 말이다. 미국삼나무로 처마를 따라 가장자리를 두르고 팔각형 벽돌로 쌓아 올린 담장은 엷은 노란색이었고, 거실 전면은 두꺼운 판유리였다. 허드슨 클라크(그 이름을 아버지는 앞으로 수년 간 되뇌게 되는데 그 사람이 누군지 아무도 알아주지 않았다.)는 자연환경과의 조화를 생각해서 미들섹스를 디자인한 것이었다. 이 집의 경우 휘휘 늘어진 버드나무 두 그루와 뽕나무 한 그루가 현관에 기대어 있는 것이 바로 그것을 의미한다. 자기가 어디 있는지(보수적 성향의 교외에 있으면서), 또 이 나무들 맞은편에 뭐가 있는지도 망각한 채 클라크는 프랭크 로이드 라이트의 원칙을 추종해서 빅토리아식 수직선을 버리고 중서부 수평선을 채택하여 내부 공간을 트고 일본 양식을 들여왔다. 미들섹스는 이론과 실용성이 접목되지 못한 실례였다. 예컨대 허드슨 클라크는 문의 필요성을 믿지 않았다. 이쪽과 저쪽으로 흔들리는 존재로서의 문은 유행이 지난 것이었다. 그래서 미들섹스에는 문이 아예 없었다. 그 대신 사이잘 삼으로 만든 기다란 아코디언 같은 칸막이가 있었는데 지하실에 있는 압축 공기 펌프로 작동하는 것이었다. 고전적 의미의 층계 개념도 세상에 더 이상 필요 없는 것이었다. 층계란 어떤 것에서 다른 것으로 이르는 목적론적인 우주관을 대변하지만 이제는 어떤 것을 통해 다른 것에 도달해 봐야 결국 아무것도 아님을 누구나 알고 있었다. 우리 집 층계도 마찬가지였다. 아, 참, 그래도 결국 올라가는 층계는 있었다. 포기하지 않고 올라가다 보면 2층으로 가게 되지만 도중에 다른 곳도 들르게 되었다. 예를 들면 모빌이 걸려 있는 층계참이었다. 층계참에는 벽을 파서 만든 틈 구멍과 선반이 있었다. 계단을 올라가다 보면 위층 복도를 지나가는 사람의 다리가 보였다. 아래층 거실에 앉아 있는 누군가를 훔쳐볼 수도 있었다.

"벽장은 없어?"

집에 들어가자마자 어머니가 물었다.

"벽장이라고?"

"거실에서 부엌이 1킬로미터는 떨어졌잖아. 여보, 간식이 먹고 싶을 때마다 집 안을 가로질러 수레라도 끌고 다녀야겠어."

"운동도 되고 좋잖아."

"게다가 저 창문에 맞는 커튼은 어디서 구한담? 저렇게 큰 커튼은 아무도 안 만들어. 밖에서 안이 훤히 들여다보이게 생겼어."

"이렇게 생각하면 어떨까. 우리도 밖을 훤히 내다본다고 말이야!"

그러나 그때 집의 반대편에서 비명 소리가 들렸다.

"아이코!"

어떻게 할까 생각하던 할머니가 당신의 판단력만 믿고 벽의 단추를 눌렀던 것이다.

"무슨 문이 이러냐?"

우리 모두 달려갔을 때 할머니가 소리 질렀다.

"저 혼자 움직이다니!"

"야, 짱이다." 챕터 일레븐 형이었다.

"칼, 한번 해봐. 문간에 머리를 집어넣어 봐. 그래, 그렇게……"

"문 가지고 장난치지 마라, 얘들아."

"얼마나 센지 시험해 보는 거예요."

"아얏!"

"이 바보, 아빠가 뭐라 그랬니? 동생 데리고 문에서 나와."

"그러려고요. 근데 단추 눌러도 안 되네 뭐."

"안 된다니 그게 무슨 말이야?"

"오, 정말 근사해서 어쩔 줄을 모르겠어. 여보, 벽장도 없고, 칼리가 문에 끼면 119를 불러야 할 판이야."

"누가 사람 목을 집어넣으라고 만들었대?"

"아이코!"

"칼리, 숨 쉴 수 있니?"

"응, 그런데 아파."

"칼즈배드 동굴에 끼었던 그 사람 같아." 챕터 일레븐이 말했다.

"동굴에 끼어서 사람들이 사십 일 동안 그를 먹여 줘야 했는데 결국 죽고 말았어."

"가만, 움직이지 마라, 칼리. 점점 더……."

"안 움직인단 말이야."

"칼리 팬티가 보인다! 팬티가 보여!"

"그만하지 못하겠니?"

"여보, 자, 여기, 칼리 다리를 잡아. 좋아, 셋을 세자고. 하나, 두울, 세엣!"

수만 가지 걱정에 싸였지만 어쨌든 우리는 자리를 잡았다. 버튼 문 사고가 있은 후로 할머니는 이 현대적인 장비를 갖춘(그리고 사실은 할머니만큼이나 오래된) 집에서 당신이 생을 마칠 것이란 예감이 들었다. 할머니는 자기들 부부의 소지

품 — 놋쇠 커피 탁자와 누에 상자, 아테나고라스 총주교의
초상화 — 을 손님채로 옮겨 왔다. 그러나 할머니는 지붕에 뚫
린 구멍 같은 채광창과 욕실의 페달식 수도꼭지, 또 벽에 설치
된 말하는 상자(미들섹스에는 방마다 인터컴이 설치되어 있었다.
그게 설치되었던 1940년대 — 집이 건축된 1909년으로부터 삼십 년
도 지나서였는데 — 에는 아마 그 인터컴들이 모두 작동했을 것이
다. 그러나 1967년이 되자 부엌 인터컴에 대고 말을 하면 안방에서
만 겨우 소리가 들리는 정도였다. 스피커에서는 목소리가 이상하게
울려 나왔다. 그래서 우리는 아이가 맨 처음 말을 배우면서 웅얼웅
얼할 때처럼 귀를 쫑긋 세워야만 무슨 말인지 알아들을 수 있었다.)
와는 결코 친해지지 못했다.

챕터 일레븐은 지하실의 압축 공기 펌프를 이용하여 진공
청소 호스로 온 집 안에 탁구공을 보내는 장난을 하며 몇 시
간씩 보냈다. 어머니는 끊임없이 벽장 공간이 없고 설계가 비
효율적인 것을 탓하다가 밀실 공포증 덕택에 점차 미들섹스의
탁 트인 전면 유리창에 감사하는 마음을 가지게 되었다.

유리창은 할아버지가 닦았다. 언제나와 마찬가지로 쓸모 있
는 사람이 되려는 할아버지는 노역하는 시시포스처럼 그 큰
유리판을 반짝거리게 만들어 놓았다. 할아버지는 고대 그리
스 동사의 부정 과거 시제 — 결코 끝나지 않을 것만 같은 능
동태의 조건을 진저리 나게 명시하는 시제 — 에 기울이는 것
과 똑같은 열정으로 그 거대한 판유리, 온실의 희뿌연 유리,
뜰로 통하는 미닫이문, 심지어 채광창까지 말끔히 닦아 놓았
다. 그러나 할아버지가 새집에 윈덱스를 뿌리는 동안 형과 나

는 새집을 휘젓고 다녔다. 주요 생활 공간은 길가에 면한 노란 파스텔 색조의 조용한 입방체 안에 있었다. 그 뒤에 물을 채워 놓지 않은 수영장과 바스러질 것만 같은 산딸나무가 비치지도 않는 수영장 바닥에 몸을 드리우고 있는 마당이 위치했다. 부엌 뒤편에서부터 이 마당 서쪽 면을 따라 하얀 반투명의 터널이 있었는데 그것은 마치 축구팀이 구장으로 나올 때 이용하는 지하도 같은 모양이었다. 이 터널로 들어가면 둥근 지붕의 작은 별채 — 커다란 이글루라고나 할까 — 로 통했는데, 그쪽 베란다는 빙 돌아가면서 막아 놓았다. 그 안에는 (내 인생에서 제 역할을 하려고 이제 막 데워지기 시작한) 목욕통이 있었다. 그 뒤에는 매끄러운 검은 돌을 깔아 놓은 마당이 또 하나 있었다. 이 동쪽 면을 따라서 터널과 균형을 맞추기 위해 갈색의 얇은 철근을 댄 현관이 보였다. 이 현관에 들어서면 손님채였는데 아직 어떤 손님도 묵은 일이 없이 오직 할머니만이 할아버지와 잠깐, 그리고 혼자 오래도록 그곳을 지키게 된다.

그러나 무엇보다 어린아이에게 중요한 사실 한 가지. 미들섹스에는 발을 딛고 올라설 만한 바위가 많았다. 거기다가 요새에 침투하기 딱 알맞도록 창을 따라 깊고 단단한 통로도 마련되어 있었다. 거기엔 일광욕을 하기 위한 베란다와 좁은 길이 많았다. 형과 나는 미들섹스를 열심히 기어올랐다. 할아버지가 창문을 닦아 놓아도 오 분만 지나면 형과 내가 유리에 기대거나 손자국을 남기기 일쑤였다. 그러면 그걸 보고 시절이 좋았으면 교수가 될 수도 있었겠지만 지금은 젖은 걸레와 양동이를 들고 있는 우리의 훤칠한 벙어리 할아버지는 빙그레 웃으며 다시 처음부터 유리를 닦는 것이었다.

할아버지는 내게 한마디도 해 준 적이 없었지만 난 채플린을 닮은 나의 파푸165)가 아주 좋았다. 할아버지가 말이 없는 것은 일종의 세련된 태도로 보였다. 우아한 옷차림과 누빈 장식이 있는 구두 등가죽, 그리고 빛나는 머릿결과 말이 없는 것은 잘 어울렸다. 그러면서도 할아버지는 꽉 막히지 않고 장난기가 있었으며 때로는 희극적이기까지 했다. 날 차에 태워 줄 때 할아버지는 이따금 운전대에 앉아 잠든 시늉을 했다. 갑자기 눈을 감고 한쪽으로 쓰러지곤 하는 것이었다. 자동차는 멈추지 않고 방향을 잃은 채 차도 위를 비틀거렸다. 나는 깔깔거리며 소리치다가는 파푸의 머리털을 쥐어뜯고 발길질을 했다. 그러면 마지막 순간에 이르러 할아버지는 튕겨 오르듯이 잠에서 깨어나 운전대를 잡고 아슬아슬한 위험에서 벗어났다.

우리는 서로 말할 필요가 없었다. 말없이도 서로를 이해했다. 그런데 그때 끔찍한 일이 벌어지고 말았다.

미들섹스로 이사한 지 이삼 주 지난 토요일 아침이었다. 할아버지는 새로 이웃이 된 동네를 돌아보기 위해 날 데리고 나섰다. 처음엔 호수까지 다녀오려는 계획이었다. 손을 맞잡고 우리는 새집의 앞마당을 성큼성큼 질러갔다. 할아버지의 바지 주머니에서 쩔렁거리는 잔돈 소리가 바로 내 귀 아래에서 들려왔다. 난 할아버지가 늘 동물원의 원숭이가 먹어 버렸다고 주장하는, 없어져 버린 손톱 얘기가 재미있어서 할아버지의

---

165) 할아버지를 부르는 애칭이다.

엄지를 간질이고 있었다.

곧 보도에 이르렀다. 그로스포인트의 보도를 만든 사람은 시멘트에 자기 이름 J. P. 스타이거를 남겼다. 갈라진 틈에서는 개미들이 전쟁을 벌이고 있었다. 우리는 보도 사이의 잔디를 건너 길에 들어섰고 이윽고 연석에 닿았다. 난 한 걸음 내려섰다. 할아버지는 그러는 대신 오히려 차도 쪽으로 꼭 15센티미터 되는 곳에 쓰러져 버렸다. 할아버지 손을 잡은 채 난 할아버지가 그렇게 바보처럼 구는 걸 보고 소리 내어 웃었다. 할아버지도 따라 웃었다. 그런데 할아버지의 눈이 날 보고 있지 않은 것이었다. 할아버지는 허공을 뚫어지게 응시했다. 그걸 본 순간 나는 갑자기 할아버지가 심상치 않다는 것을 알 수 있었다. 상황을 이해하기에는 너무 어렸지만. 나는 할아버지의 눈에 어린 두려움과 당혹감을 보았다. 그리고 무엇보다 놀랐던 것은 우리가 함께 산책하는 일보다 어른들의 세계에 속하는 어떤 걱정이 더 중요해졌다는 사실이다. 태양이 할아버지 눈속에 있었다. 할아버지의 동공이 수축했다. 우리는 먼지와 낙엽이 구르는 연석에 그대로 있었다. 오 초. 십 초. 할아버지는 할아버지대로 당신의 힘이 빠진다는 사실과 대면하고 난 나대로 힘이 커지는 걸 느끼기에 충분한 시간이었다.

아무도 몰랐던 사실 한 가지. 할아버지는 그 전주에도 중풍 발작을 일으킨 바 있었다. 그리하여 이미 언어 능력을 잃어버린 데다가 이제는 공간과 방향 감각마저 상실하기 시작했던 것이다. 놀이동산의 기구들이 그러는 것처럼 파푸의 시야에서 가구들이 앞으로 나왔다가는 뒤로 물러났다. 바로 뒤에 의자가 있는 줄 알고 앉으려고 하면 뒤에 못된 장난꾸러기라도 있는 것처럼 마지막 순간 누가 의자를 잡아당기는 것이었다. 주사위 놀이판의 다이아몬드들은 장난감 피아노 건반처럼 울퉁불퉁했다. 할아버지는 아무한테도 그 사실을 말하지 않았다.

스스로 운전하는 것을 불안하게 여긴 할아버지는 그 대신 날 산책에 데리고 나가기 시작했다.(그렇게 해서 우리는 그 연석에 이르게 된 것이다. 그 연석에서 할아버지는 때가 되어도 일어나지도 돌아눕지도 못했다.) 이국에서 온 늙은 벙어리 신사와 그의 말라깽이 손녀, 이 두 사람은 미들섹스를 따라 걸었다. 손녀가 할아버지 몫까지 하느라 하도 쉴 새 없이 재잘대는 바람에 예전에 클라리넷을 불었던 아버지는 딸이 순환 호흡을 할 줄 안다고 농담조로 얘기하곤 했다. 난 그로스포인트, 머리에 시폰 스카프를 둘러쓴 엄마들, 색 짙은 키프로스에 둘러싸인 유대인 가족의 (역시 현금을 주고 산) 집에 익숙해지려던 참이었다. 한편 할아버지는 그보다 훨씬 더 겁나는 현실에 익숙해지고 있었다. 자기 시야에서 야릇하게 미끄러지는 나무들과 덤불들 사이에서 균형을 잡으려고 내 손을 꼭 잡은 할아버지는 의식이란 생물학적으로 마주친 우연일지 모른다는 생각을 했다. 신앙과는 언제나 거리가 멀었던 할아버지이지만 그럼에도 당신이 영혼의 힘과 죽음을 딛고 일어선 인격의 힘을 언제나 믿어 왔음을 처음으로 깨달았다. 그러나 정신이 가물가물 끊어지는 가운데 할아버지는 결국 냉정한 결론에 이르렀다. 즉 젊어서 혈기 왕성하던 때의 생각과는 사뭇 다르게 두뇌 역시 다른 기관과 마찬가지로 한낱 기관일 뿐이며 뇌가 쓰러질 때 자기도 더 이상 존재하지 않으리라는 결론에.

일곱 살짜리 여자아이는 할아버지와 함께 겨우 그 정도 걸음밖에 떼어 놓지 못했다. 난 그 동네에 처음 왔기 때문에 친구를 사귀고 싶었다. 우리 집 옥상에서 나는 이따금 뒷집에 내 또래의 여자아이가 있는 걸 보았다. 그 아이는 저녁에 작은 발코니로 나와서 창틀에다 꽃잎을 짓이겨 넣곤 했다. 어떤 때는 신이 나서 마치 내가 늘 끼고 지붕까지 들고 다니던 음악상자 소리에 장단을 맞추는 것처럼 느린 동작으로 발끝 돌기를 하곤 했다. 그 아이는 옅은 금발을 뒤로 길게 늘어뜨리고 앞머리는 가지런히 잘랐는데 낮에는 한 번도 본 적이 없기 때문에 난 그 애를 선천성 색소 결핍증 환자라고 단정 지어 버렸다.

그러나 내가 틀렸다. 왜냐하면 어느 날 오후 햇살 속에 그 아이가 나타났기 때문이다. 그 아이는 우리 집 담을 넘어온 공을 찾으러 온 것이었다. 그 아이의 이름은 클레멘틴 스타크였다. 그 아이는 선천성 색소 결핍증 환자가 아니라 그저 매우 창백할 뿐이었다. 그리고 피하기 힘든 것들(잔디나 먼지)에 대해 알레르기가 있었다. 그 애의 아버지는 곧 심장 마비를 겪을 예정이었고, 지금 내 머릿속에 남은 그 애의 기억은 당시에 아직 닥치지 않은 불행한 사건들로 인해 우울한 색조를 띤다. 그 애는 양말도 신지 않은 채 우리 집과 자기 집 사이에 자라난 정글 같은 잡초 속에 우뚝 서 있었다. 그 애의 피부는 벌써부터 공에 달라붙은 잔디 조각에 반응하기 시작했다. 나는 공이 왜 저렇게 축축하게 젖어 있나 했다가 천천히 시야에 들어

오기 시작한 체중 과다의 래브라도를 보고 금방 이해할 수 있었다.

클레멘틴 스타크는 파란 양탄자가 깔린 자기 방 한쪽에 황제의 전용 보트인 양 차양이 달린 침대를 갖고 있었다. 또 독충처럼 보이는 벌레들의 표본을 많이 가지고 있었다. 나보다한 살 위여서 세상을 많이 알았으며, 전에 폴란드의 크라쿠프에 살았다고 했다. 알레르기 때문에 클레멘틴은 대부분 집 안에서 시간을 보냈다. 그런 이유로 우리는 많은 시간을 함께 실내에서 지내게 되었고, 그 애로부터 키스하는 법을 배운 것도그렇게 해서였다. 루스 박사에게 내 인생살이를 털어놓았을때 그가 변함없이 관심을 보인 대목은 바로 클레멘틴 스타크를 만나는 부분이었다. 루스 박사는 죄악으로 맺어진 조부모나 누에 상자, 또는 세레나데를 연주하는 클라리넷에는 관심이 없었다. 어느 정도까지는 이해가 간다. 나도 그러니까.

클레멘틴 스타크는 날 집으로 초대했다. 회색 돌로 성채를쌓아 올린 클레멘틴의 집은 감히 미들섹스와는 비교도 안 될만큼 중세적 분위기가 압도했다. 라벤더색 깃발을 휘날리는사치스러운 (공주에게나 바쳐질 만한) 뾰족탑 하나를 빼고는 아기자기한 물건이 하나도 없었다. 실내 벽에는 태피스트리들이걸려 있었고 투구에 필기체의 프랑스어가 쓰인 갑옷 한 벌이있었다. 그리고 날씬한 클레멘틴의 어머니가 몸에 착 달라붙는 운동복 차림으로 다리 들어 올리기를 하고 있었다.

"얘가 칼리야." 클레멘틴이 말했다.

"우리 집에 놀러 왔어."

나는 환하게 미소를 짓고는 무릎을 굽히고 몸을 낮추는 절을 시도했다.(어쨌든 그건 점잖은 자리에서 내가 인사하는 방법이었다.) 그러나 그 애의 어머니는 고개도 돌리지 않았다.

"이사 온 지 얼마 안 돼요." 내가 입을 열었다.

"바로 뒷집에 살아요."

스타크 부인의 표정이 점점 구겨지기 시작했다. 난 내가 무슨 말을 잘못했나 싶었다. 그로스포인트에서의 첫 번째 에티켓 실수였다. 이윽고 그녀가 말했다.

"2층에 올라가지 그러니?"

우리는 그렇게 했다. 클레멘틴은 방에 들어가자 흔들 목마에 올라탔다. 그러고는 삼 분 동안 말없이 그러고 있었다. 그러다 불쑥 내려오며 말했다.

"전에 거북을 키웠는데 도망갔어."

"그래?"

"엄마가 그러는데 거북은 밖에서 살 수 있대."

"아마 죽었을 거야." 내가 말했다.

클레멘틴은 이 말을 대범하게 받아들였다. 그녀는 내게로 오더니 팔짱을 끼며 이렇게 선언했다.

"잘 봐, 난 북두칠성처럼 주근깨가 있어."

우리는 전신 거울 앞에 나란히 서서 얼굴을 쳐다보았다. 클레멘틴은 눈 가장자리가 분홍색이었다. 그 애가 하품을 했다. 클레멘틴은 손등으로 코를 문지르더니 이렇게 물었다.

"너 키스 연습해 보고 싶지 않니?"

난 뭐라고 대답해야 좋을지 몰랐다. 벌써 입맞춤하는 법을 알고 있지 않던가? 새삼 배워야 할 게 더 있을까? 그러나 이런 질문들이 머릿속을 들락거리는 동안 클레멘틴은 이미 착착 진도를 나갔다. 날 향해 돌아서더니 심각한 표정을 지으며 두 팔로 내 목을 감쌌던 것이다. 그럴 때 필요한 특수 효과를 난 취할 수 없었지만 내가 하고 싶은 말은 그 졸린 듯한 눈을 감으면서 클레멘틴의 창백한 얼굴이 내 얼굴을 덮쳤다는 것이다. 약 냄새로 달착지근한 입술을 오므리고 세상의 다른 모든 소리 — 우리의 옷이 바스락거리는 소리, 아래층에서 클레멘틴의 어머니가 다리 들어 올리기를 세는 소리, 공중에 느낌표를 찍어 대는 비행기 소리 — 가 침묵에 빠진 듯 고요한 가운데 노련한 여덟 살짜리 클레멘틴의 입술이 내 입술을 만났다. 그런데 그때 저 아래 어디에선가 내 심장이 반응을 보였다.

정확히 쿵 하는 것도 아니고 그렇다고 두근거림도 아니었다. 개구리가 진흙 둔덕에서 발길질로 뛰어오를 때처럼 획 하는 느낌이랄까. 양서류가 된 내 심장은 그때 두 가지 요소 사이에서 왔다 갔다 했다. 하나는 흥분이고 다른 하나는 공포였다. 나는 정신을 집중해 보려고 했다. 일의 실마리를 찾으려고 했다. 그러나 바로 앞에 클레멘틴이 있었다. 그 애는 영화에서 여배우들이 하는 것처럼 머리를 앞뒤로 돌렸다. 나도 똑같이 했는데 갑자기 그 애가 입술을 붙인 채 야단치는 것이었다.

"넌 남자야."

그래서 난 동작을 멈추었다. 난 팔을 옆에 붙인 채 뻣뻣하게 서 있었다. 마침내 클레멘틴이 입맞춤을 마쳤다. 그 애는 일순 멍하니 나를 바라보다가 이렇게 말했다.

"처음 치고 나쁘지 않은데그래."

"엄마아!" 그날 저녁 난 집으로 가서 이렇게 소리 질렀다.

"나 친구 사귀었다!"

나는 엄마에게 클레멘틴과 벽에 걸려 있던 오래된 융단, 운동을 하던 예쁜 아줌마에 대한 얘기를 주절주절 늘어놓았지만 키스 교습에 대해선 입을 꾹 다물었다. 처음부터 나는 클레멘틴 스타크에 대한 감정에 떳떳하지 못한 무언가가 있다는 걸 알고 있었다. 뭔가 엄마에게 말해선 안 되는 거였지만 그게 무엇인지 딱 집어 말할 수는 없었다.

"그 애를 초대해도 돼?"

"그러렴."

이제 동네에서 내가 외톨이가 아니란 사실에 안도하며 어머니가 선선히 대답했다.

"보나 마나 이런 집은 처음 볼 거야."

일주일쯤 지나서 때는 바야흐로 선선하고 기분 좋은 10월 어느 날이었다. 노란 집 뒤에서 어린 여자아이 둘이 게이샤 놀이를 했다. 우리는 머리를 틀어 올리고 식당에서 받아 온 젓가락을 그 안에 질러 넣었다. 또 샌들을 신고 실크 숄을 둘렀다. 그러고는 우산을 파라솔처럼 쓰고 놀았다. 난 「플라워 드럼 송」을 몇 소절 알았는데 마당을 건너 욕장 계단을 올라가면서 그 노래를 부르곤 했다. 우리는 모퉁이의 검은 형상을 알아보지 못한 채 욕장 안으로 들어갔다. 욕조는 환하게 거품을 일으키는 튀르키예옥으로 되어 있었다. 실크 숄을 바닥에 스르르 떨어뜨린 뒤 두 마리의 플라밍고는 킬킬거리며 각자 한 발을 물에 넣어 본다. 하나는 피부가 하얗고 하나는 밝은 올리브색이다.

"너무 뜨거워."

"원래 그런 거야."

"네가 먼저 들어가."

"아냐, 너 먼저."

"좋아."

그러다간 결국 둘이 함께 들어간다. 미국삼나무와 유칼립투스 냄새, 백단향 거품 냄새가 진동했다. 클레멘틴은 머리카락이 머리통에 찰싹 달라붙었다. 상어 지느러미처럼 그 애의 발이 이따금 물 밖으로 나왔다 들어갔다 했다. 우리는 깔깔거리고 물 위를 헤엄치며 내 어머니의 목욕 구슬을 마구 써 댔다. 수증기가 피어올라 벽과 천장, 모퉁이의 검은 형상을 뿌옇게 만들었다. 난 발바닥의 오목한 부분을 들여다보고 있었다. 왜 그 부분을 "함몰되었다."라고 말하는 걸까? 그 순간 갑자기 클레멘틴이 물살을 헤치고 내게 다가오는 것이 보였다. 수증기 밖으로 그 애 얼굴이 나타났다. 난 또 입을 맞추려나 보다 생각했는데 이번에는 다리로 내 허리를 감는 것이었다. 그 애는 입을 가리고 미친 듯이 웃었다. 눈이 왕방울만 해지더니 내 귀에다 대고 이렇게 말했다.

"좀 편하게 있어 봐."

그 애는 원숭이처럼 쫓아오면서 날 욕조 옆 발판까지 밀어붙였다. 난 그 애 다리 사이에서 넘어지고 말았다. 그 애 위로 쓰러지면서 우리는 둘 다 물에 빠졌다. ……그러곤 물속에서 빙빙 돌면서 내가 위로 갔다가 그 애가 위로 갔다가 하며 낄낄거리다가 꽥꽥거리곤 했다. 수증기가 두꺼운 외투처럼 우리를 품어 주었다. 휘저은 물이 밝게 번쩍였다. 우리는 계속 빙글빙글 돌았는데 어느 순간 난 어느 것이 내 손이고 어느 것이 내 다리인지 알 수 없는 상태가 되어 버렸다. 우리는 입을 맞추는 것도 아니었고 이 장난은 훨씬 덜 심각하고 더 재밌고 더 자유로웠지만, 우리는 서로를 꽉 붙잡고 미끈거리는 알몸을 놓지 않으려 했다. 무릎이 쿵 부딪치고, 배도 맞닿았고, 엉덩이가 서로 앞뒤로 스쳐 지나갔다. 물속에 잠긴 클레멘틴의 부드러운 몸을 만지면서 난 그 애에 관한 중대한 정보들을 알아내어 머릿속에 담았지만 여러 해가 지나도록 그걸 이해할 수는 없었다. 얼마나 오랫동안 그러고 있었던 걸까? 모르겠다. 하지만 문득 우리는 지쳐 버렸다. 클레멘틴은 욕조 옆 발판에 올라가 햇볕을 쪼였고, 그 위에 내가 엎드렸다. 무릎을 세우고 내가 정신을 차리려는 순간 난 목욕물의 온도에 상관없이 얼어붙고 말았다. 왜냐하면 바로 거기 욕실 한 모퉁이에 뜻밖에도 할아버지가 앉아 있었던 것이다! 난 일순간 할아버지가 옆으로 기대는 것을 보았다. '웃고 있는 걸까? 화가 났을까?' 그러고 나서 다시 수증기 때문에 할아버지 얼굴이 보이지 않게 되었다. 난 너무 놀라서 움직일 수도, 말을 할 수도 없었다. 얼마나 오래 할아버지가 거기 있었던 걸까? 무얼 보았을까?

"우린 그냥 수중 발레를 했을 뿐이야."

클레멘틴이 어색하게 말했다. 수증기가 다시 갈라졌다. 할아버지는 움직이지 않았다. 아까와 조금도 다름없이 머리를 한쪽으로 숙인 채 앉아 있었다. 할아버지는 클레멘틴처럼 창백해 보였다. 한순간 난 무모하게도 할아버지가 운전하면서 자는 척하는 장난을 하는 줄로 알았다. 하지만 바로 다음 순간 이제 다시는 할아버지와 그런 장난을 칠 수 없게 되었음을 알아 버렸다. 곧이어 집 안에 있는 모든 인터컴이 삑삑거렸다. 난 부엌에 있는 어머니에게 소리쳤고, 어머니는 서재에 있던 아버지에게, 아버지는 손님채의 할머니에게 큰 소리로 이 사실을 전했다.

"빨리 와! 파푸가 이상해!"

그러고 나서 비명이 이어지고 구급차가 깜박거리며 왔다. 어머니는 클레멘틴에게 집에 갈 시간이라고 일러 주었다.

그날 밤늦게 미들섹스의 새집에선 방 두 곳에 환한 조명이 밝혀졌다. 한쪽 방에서는 늙은 여자가 성호를 긋고 기도드렸으며 다른 방에서는 일곱 살짜리 여자애가 역시 용서를 빌며 기도하고 있었다. 왜냐하면 내 책임이란 사실이 너무나 분명했기 때문이다. 그 짓을 한 건 나였고…… 할아버지가 본 그 짓을……. 그래서 난 다시는 그런 짓을 하지 않겠다고 약속하며 파푸가 돌아가시지 않게 해 달라고 기도드리는 한편 이 모든 건 클레멘틴의 잘못이라고, 그 아이가 그렇게 시켰다고 되뇌고 있었다. (그다음엔 스타크 씨의 심장에 때가 왔다. 푸아그라[166]로 둘러싸인 스타크 씨의 동맥이 어느 날 멎었다. 클레멘틴의 아버지는

---

166) 거위의 간장으로 만든 요리이다.

샤워하던 도중에 앞으로 쓰러져 버렸다. 아래층에 있다가 뭔가를 감지한 스타크 부인은 다리 들어 올리기를 멈췄다. 그리고 삼 주가 지나자 그녀는 집을 팔고 딸을 어디론가 보내 버렸다. 난 클레멘틴을 다시는 만나지 못했다.)

할아버지는 회복이 되어 퇴원하셨다. 그러나 이것은 그의 정신이 천천히 피할 수 없는 종말을 맞는 데 잠시의 휴지기였을 뿐이다. 그 후 삼 년에 걸쳐 할아버지의 기억이 저장된 하드 디스크는 서서히 지워지기 시작했다. 먼저 가장 최근의 정보들이 지워지더니 차츰 오래된 것들까지 지워졌다. 처음에 할아버지는 만년필이나 안경을 어디 두었는지 잊어버리는 단기 건망증을 보였다. 그러다가 오늘이 며칠인지, 무슨 달인지, 결국은 몇 년도인지도 기억하지 못하게 되었다. 그의 생애의 상당 부분이 죽어 버렸다. 우리가 시간적으로 앞으로 가는 동안 할아버지는 뒤로 돌아갔다. 1969년이 되었을 때 우리는 할아버지의 시간이 아직 1968년이란 사실을 분명히 알게 되었다. 왜냐하면 할아버지는 여전히 마틴 루서 킹과 로버트 케네디의 암살에 대해 고개를 젓고 있었기 때문이다. 우리가 1970년대의 골짜기를 건너가려 할 즈음 할아버지는 1950년대로 훌쩍 돌아가 있었다. 다시 한번 할아버지는 세인트로렌스 해로의 완공에 흥분하고 있었다. 그리고 내게는 말을 거는 법이 없어졌다. 왜냐하면 그때 난 아직 태어나지도 않았으니까. 할아버지는 다시 도박에 빠졌고 은퇴 후의 소외감을 한 번 더 경험해야 했다. 그러나 이건 곧 지나갔다. 1940년대에는 할아버지가 바와 그릴을 다시 운영해야 했으니까. 매일 아침 할아버지는 일하러 가는 사람처럼 일찍 일어났다. 할머니는 할아버지를 달래기 위해 갖은 책략을 다 꾸며 내야 했다. 우리 집 부엌이 제브러룸인데 실내 장식을 다시 했을 뿐이라며 장사가 얼마나 안 되는지 하소연했다. 어떤 때 할머니는 교회에서 부인네들을 초대해서 커피를 주문하고는 나갈 때 부엌 카운터에 돈을 놓아두는 연극을 시키곤 했다.

마음속으로 할아버지는 점점 더 젊어졌고 실제로는 점점 더 늙어 갔다. 그래서 할아버지는 당신이 들 수 없는 것들을 들려고 했고, 자기가 올라갈 수 없는 계단을 올라가려고 끙끙댔다. 넘어지는 일이 비일비재했고, 물건들은 박살이 났다. 이럴 때 할아버지를 일으키던 할머니는 남편의 눈에 순간적으로 또렷한 기운이 스쳐 가는 것을 보곤 했다. 마치 현재를 마주하기가 겁이 나서 과거를 다시 사는 것처럼 연극을 하는 듯한 눈빛. 그러고 나면 할아버지는 울기 시작했고, 할머니는 옆에 주저앉아 울음이 그칠 때까지 할아버지를 안아 주었다.

그러나 할아버지는 곧 1930년대로 회귀해서는 라디오를 찾아내어 프랭클린 델러노 루스벨트의 연설에 열심히 귀를 기울이는 것이었다. 할아버지는 우유를 배달하는 흑인을 지미 지즈모로 여기고, 어떤 때는 주류 밀매를 하러 간답시고 그의 트럭에 올라타기도 했다. 할아버지는 칠판에 써 가며 우유 배달부를 주류 밀매에 관한 대화에 끌어들이려 했다. 설사 아귀가 맞는 얘기라 해도 우유 배달부는 전혀 이해하지 못했을 것이다. 왜냐하면 이 무렵 할아버지의 영어는 형편없어졌기 때문이다. 그토록 오래 갈고닦았던 철자법과 문법이 틀리기 시작하더니 얼마 안 가 엉터리 영어를 구사했다가 결국 전혀 영어라고 볼 수 없는 말을 쓰게 되었다. 할아버지는 부르사에 대해 필담으로 언급하기 시작했고 할머니는 또 걱정하기 시작했다. 할머니는 남편의 이 같은 정신적 퇴보가 결국 한 지점에 이르리라는 것을 알았다. 그가 남편이 아니고 동생이던 때, 침대에 누워 설렘에 몸을 떨며 기다리던 순간. 어떤 의미로는 할머니도 인생을 되짚어 살고 있었다. 왜냐하면 젊었을 때의 두근거림이 다시 나타났기 때문이다. 오, 하느님, 지금 절 죽게 해 주십시오. 레프티가 구명보트에 다시 들어오기 전에. 할머니는 기도했다. 그러던 어느 날 아침 잠에서 깨어 보니 레프티는 아침 식탁에 앉아 있었다. 머리에는 발렌티노 포마드와 약상자에서 찾아낸 바셀린을 바르고. 목에는 행주를 스카프처럼 둘렀다. 식탁에는 칠판이 있었고 거기에는 그리스어로 이렇게 쓰여 있었다.

"잘 잤어, 누나?"

사흘 동안 그는 예전에 그랬던 것처럼 할머니에게 투정 부리고 머리카락을 잡아당기는가 하면 더러운 강아지 인형극을 공연했다. 할머니는 칠판을 감춰 버렸지만 소용이 없었다. 일요일 식사 시간에 할아버지는 피트 아저씨의 셔츠 주머니에서 만년필을 꺼내더니 식탁보에 이렇게 썼다.

"우리 누나한테 뚱뚱해졌다고 말해 줘요."

할머니의 얼굴이 새하얗게 되었다. 할머니는 두 손으로 얼굴을 감싼 채 늘 닥쳐올까 노심초사하던 일진광풍을 기다렸다. 그러나 피터 타타키스는 할아버지에게서 펜을 받아 넣으며 말했다.

"레프티가 이젠 당신을 누이로 착각하는 것 같군요."

모든 사람이 와하고 웃었다. 그것밖에 그들이 무얼 할 수 있었겠는가?

"이봐요, 거기, 누나."

그날 오후 사람들이 데스데모나를 이렇게 놀려 댔는데 그때마다 할머니는 깜짝 놀라 펄쩍 뛰다시피 했고, 매번 심장이 멎는 줄 알았다. 그러나 이 단계도 오래가지 않았다. 할아버지의 정신은 무덤의 소용돌이에 감금된 듯 파멸을 향해 갈수록 점점 가속도가 붙었다. 사흘 뒤에 할아버지는 아기처럼 옹알거렸고, 다음에는 자기 몸을 더럽히기 시작했다. 그 시점에 이르자 이제 할아버지에게는 남은 것이 거의 없었고, 하느님은 레프티 스테퍼니데스에게 석 달을 더 허락했다. 1970년 겨울까지. 마지막에 할아버지는 끝내 복원해 내지 못한 사포의 시 구절처럼 되었으며, 결국 어느 아침 할아버지 일생에서 가장 큰 사랑이었던 여인의 얼굴을 올려다보면서도 그녀를 알아보지 못하게 되었다. 그 순간 머리에 또 한차례 충격이 가해졌다. 마지막으로 뇌에서 봇물이 터지듯 피가 흘러나와 그나마 당신의 남은 조각마저 휩쓸어 갔다.

처음부터 할아버지와 나 사이에는 이상한 균형이 존재했다. 내가 첫울음을 터뜨렸을 때 할아버지는 벙어리가 되었고, 할아버지가 시각, 미각, 청각, 사고, 심지어 기억을 잃어 가는 동안 난 시각, 미각, 청각을 가지게 되었으며 심지어 내가 보거나 먹거나 하지 않았던 것까지 기억할 수 있게 되었다. 나중에 시속 200킬로미터의 서브를 날리는 테니스 선수의 재능처럼 내게는 성(性)을 초월하여 대화하는 능력과 한 가지 성에 국한된 단일 시각이 아니라 두 개의 성을 아우르는 입체경의 시각으로 사물을 보는 능력이 잠재되어 있었다. 그래서 장례식이 끝난 뒤에 나는 그리스식 정원에 차려진 테이블에 둘러앉은 모든 사람의 느낌을 알 수 있었다. 아버지는 인정하고 싶지 않은 감정의 파도에 압도되었다. 그는 말을 하면 울음이 나올까 봐 식사하는 내내 아무 말도 하지 않고 입에다 빵만 밀어 넣었다. 어머니는 챕터 일레븐과 나에 대한 필사적인 사랑에 사로잡혀 계속해서 우리를 끌어안고 머리카락을 쓰다듬었다. 죽음에 대항하는 유일한 진통제는 아이들이었으므로. 수멜리나는 그랜드트렁크역에서 레프티를 만났던 때를 떠올렸다. 그때 코만 보면 어디서든 레프티를 알아볼 수 있겠다고 말해 주었는데. 피터 타타키스는 자신이 죽었을 때 울어 줄 미망인이 없다는 사실을 슬퍼하고 있었다. 마이크 신부는 아침에 자기가 했던 고인을 기리는 연설이 좋았다고 스스로 평가하고 있었고, 조 고모는 사업가와 결혼했더라면 좋았을걸 하고 생각하고 있었다. 무슨 생각을 하는지 알아낼 수 없는 사람은 할머니뿐이었다. 말없이 식탁의 상석, 미망인의 자리에 앉아 할머니는 흰살생선을 발라내며 마브로다프네[167] 잔을

---

167) 펠로폰네소스반도에서 생산되는 달콤한 디저트용 포도주이다.

기울였지만 할머니의 생각은 검은 베일에 싸인 얼굴처럼 내게는 불투명했다.

그날 할머니의 정신 상태는 꿰뚫어 보지 못했지만 그다음에 벌어진 일은 말해 줄 수 있다. 식사를 마친 후 우리 부모와 할머니, 형, 그리고 나는 아버지의 플리트우드에 올라탔다. 안테나에 자주색 장례 깃발을 꽂은 채 우리는 그리스 타운을 벗어나 제퍼슨으로 향했다. 그 캐딜락은 삼 년 된 차로서 아버지의 역대 차들 중 가장 오래간 것이었다. 오래된 메두사 시멘트 공장 옆을 지나갈 때 난 쉿 하는 긴 소리를 듣고 옆에 앉은 나의 야야 할머니가 한숨을 내쉬는 줄 알았다. 그런데 그때 좌석이 기우뚱하는 것이었다. 할머니가 아래로 푹 주저앉고 있었다. 항상 자동차를 두려워했던 할머니가 뒷좌석에 삼켜지고 있었다. 그것은 공기 부양이었다. 원래 적어도 시속 50킬로미터가 되기 전까지는 공기 부양을 작동해서는 안 된다. 그런데 아버지는 마음이 너무 슬픈 나머지 시속 40킬로미터밖에 안 된 상태에서 공기 부양을 작동했던 것이다. 유압 장치가 파열되었다. 차 뒷좌석은 기울어진 채 움직일 줄을 몰랐다.(그리고 아버지는 그때부터 매년 차를 바꾸기 시작했다.)

흐느적거리는 다리를 끌면서 우리는 집으로 돌아왔다. 어머니는 차에서 내릴 수 있게 할머니를 부축하고 뒤쪽 손님채로 통하는 주랑 밑으로 걸어갔다. 시간이 좀 걸렸다. 할머니는 지팡이에 의지해서 쉬었다. 마침내 문밖에 이르렀을 때 할머니가 말했다.

"테시, 난 이제 자야겠다."

"그러세요, 야야." 어머니가 대답했다.

"좀 쉬셔야 해요."

"난 자야겠다."

할머니가 같은 말을 반복했다. 그러고는 돌아서서 안으로 들어갔다. 침대 옆에는 할머니의 누에 상자가 뚜껑이 열린 채 놓여 있었다. 그날 아침 할머니는 할아버지의 결혼 화관을 꺼내 함께 묻기 위해 잘라 내었던 것이다. 할머니는 잠시 상자 안을 들여다보고는 뚜껑을 닫았다. 그리고 옷을 벗었다. 검은 드레스를 벗어 좀약이 가득 들어 있는 의류함에 던졌다. 신발은 페니[168] 상자에 도로 넣었다. 잠옷을 입고 팬티스타킹을 욕실에서 빤 다음 샤워대에 널었다. 그런 다음 오후 3시밖에 안 되었지만 할머니는 침대에 들었다.

그 후 팔 년 동안 매주 금요일 목욕하는 날을 제외하고 할머니는 절대 바깥으로 나오지 않았다.

(2권에 계속)

---

168) 대규모 소매 유통사 브랜드이다.

세계문학전집 459

미들섹스 1

1판 1쇄 펴냄 2004년 1월 25일
2판 1쇄 찍음 2024년 12월 21일
2판 1쇄 펴냄 2024년 12월 31일

지은이 제프리 유제니디스
옮긴이 이화연
발행인 박근섭, 박상준
펴낸곳 (주)민음사

출판등록 1966. 5. 19. (제 16-490호)
서울특별시 강남구 도산대로1길 62(신사동) 강남출판문화센터 5층 (우편번호 06027)
대표전화 02-515-2000 팩시밀리 02-515-2007
www.minumsa.com

한국어 판 © (주) 민음사, 2004, 2024, Printed in Seoul, Korea

978-89-374-6459-1 04800
ISBN 978-89-374-6000-5 (세트)

* 잘못 만들어진 책은 구입처에서 교환해 드립니다.